Paul Beorn est né et a grandi à La Rochelle, en face de la mer. Alors que ses parents lisent Tolkien et Roald Dahl à ses frères et sœur aînés, à cinq ans il tend l'oreille et se promet lui aussi de devenir écrivain – si possible un bon écrivain, un de ceux qui vous font rire, pleurer et trembler d'émotion. Aujourd'hui encore, il n'a pas oublié sa promesse. Il a obtenu le prix Gulli en 2014 pour *14-14*, co-écrit avec Silène Edgar, été finaliste du grand prix de l'Imaginaire en 2013 et a reçu le prix Imaginales des lycéens en 2016 pour *Le Septième Guerrier-Mage* et le prix Imaginales des bibliothécaires en 2019 pour *Les Deux Visages*. Il vit actuellement dans la ville de Niort.

Du même auteur :

Le Septième Guerrier-Mage
Prix Imaginales des lycéens 2016

Calame :
1. *Les Deux Visages*

Le Jour où…

Un Ogre en cavale

14-14
(en collaboration avec Silène Edgar)
Prix des Incorruptibles 2015-2016
Prix Gulli 2014

Lune Rousse
(en collaboration avec Silène Edgar)

Chez Mnémos :

La Pucelle de Diable-Vert :
1. *La Perle et l'enfant*
2. *Le Hussard amoureux*

Les Derniers Parfaits

Chez Rageot :

Le club des chasseurs de fantômes :
1. *Le navire de l'oubli*
2. *La statuette mystérieuse*

Paul Beorn

Les Deux Visages

Calame – 1

Bragelonne

Collection dirigée par Stéphane Marsan et Alain Névant

ISBN : 979-10-281-0773-4

Bragelonne
60-62, rue d'Hauteville – 75010 Paris

E-mail : info@bragelonne.fr
Site Internet : www.bragelonne.fr

« La folie est la loi de la majorité. »
T. Gilliam

CHAPITRE PREMIER

Dans le ciel noir, une traînée d'étoiles apparut soudain à travers une trouée des nuages. C'était la constellation des deux visages, un bon présage.

— Tu sais que c'est mon anniversaire, aujourd'hui ? J'espère que tu as un cadeau, pour la meilleure de tes lieutenantes. Un bon bain, par exemple ? J'en rêve depuis des semaines.

Pour toute réponse, Darran tendit le bras vers la plus grande cité des deux royaumes, ses remparts noirs, ses feux rouges qui perçaient la nuit sur les tours crénelées. Homgard en guise de cadeau ?

— Ça fait combien de temps qu'on se côtoie tous les jours, Darran ? Cinq ans ? Six ans ? Si pour chaque mot que tu avais prononcé, j'avais gagné un sou, je ne suis pas sûre que j'aurais de quoi m'acheter une miche de pain, aujourd'hui.

Un vent froid rabattit les cheveux de Maura sur sa joue. Ses longs cheveux d'un roux flamboyant, elle en était très fière, mais ils la gênaient au combat. Des deux mains, elle les coinça sous le col de sa tunique. Autour d'eux, une masse sombre de milliers d'hommes et de femmes, armés jusqu'aux dents, attendait le signal de leur chef. Sur leurs visages tournés vers lui, elle crut lire une adoration qui la mit mal à l'aise.

— Une loi.

— Quoi, une loi ?

— Pour ton anniversaire. Je t'offre une loi à abroger.

Elle soupira et secoua la tête.

— Dix-neuf ans, toujours pas de fiancé et une *loi* en guise de cadeau.

Le visage dénué d'expression, Darran observa les murailles en silence.

— Ce sera un sale moment, fit-il finalement. Il y aura du sang.

— C'est toujours un sale moment… mais ton *calame* nous donnera un bon coup de main. Pas vrai ?

Il ne répondit rien. C'était ce qu'il avait tendance à faire quand il était d'accord.

— J'adore ces petits bavardages avec toi, avant une bataille, fit Maura en se frottant les mains pour les réchauffer. Tu as presque autant de conversation que mon marteau de guerre. Elle souleva le manche de son arme : pas vrai, Marty ?

— Demande-lui s'il ne voudrait pas commander à ma place.

Maura pouffa un peu.

— Personne ne peut commander à ta place.

Quelque part dans les ombres, sur une butte à cinquante pas, les servants des balistes tendirent leurs grands arcs dans un cliquetis de manivelle.

— Lui aussi, aura son *calame*, dit finalement Darran.

Lui. Le Roi Lumière.

Elle frissonna et Darran posa sa main sur la sienne. Elle n'en était pas sûre dans cette obscurité, mais il lui sembla qu'il la regardait avec une certaine tendresse. Elle serra cette main, chaude et calleuse, et prit une grande inspiration pour essayer de chasser sa peur.

— Alors, dernière ville ? Dernière bataille ?

— Il n'y a jamais de dernière bataille.

Darran tendit la main vers une grande femme, armée d'une bâtarde et vêtue de cuir clouté, qui lui passa une torche allumée. Alors il se pencha vers Maura et chuchota :

— Ne meurs pas cette nuit, s'il te plaît.

— Moi aussi, je t'aime, murmura-t-elle trop bas pour qu'il l'entende.

Darran projeta la torche dans le ciel avec une telle force qu'elle fit un grand arc de cercle en tournoyant. Des reflets orangés dansèrent un bref instant sur des centaines de casques et de lames des rebelles massés autour d'eux. Aussitôt, avec un sifflement, les projectiles des balistes traversèrent la nuit comme des traits de feu et éclatèrent sur les murailles dans un vacarme assourdissant. Des débris incandescents retombèrent en pluie sur le chemin de ronde et des hurlements s'élevèrent de la cité.

Homgard ne fut bientôt plus qu'un énorme nuage de poussière et de fumée. Contre la pierre chauffée au rouge, les hourds des murailles s'enflammèrent comme des torches. Les deux gigantesques tours de la porte s'écroulèrent sur elles-mêmes dans un grondement de fin du monde.

— Jusqu'au palais! tonna la voix puissante de Darran, qui couvrit tout le reste.

Hache au poing, sa silhouette massive se découpa un instant, noire sur les flammes jaunes. Et avec lui monta la clameur informe, monstrueuse, de mille voix gueulant pour se donner du courage, comme une vague énorme roulant vers un rivage de pierre.

CHAPITRE 2

M aura se réveilla en sursaut, le corps en sueur. Il faisait nuit. Tellement nuit qu'on n'y voyait rien. Des bribes de rêves la hantaient encore. Une lumière insoutenable, une chaleur intense, et un cri dans sa gorge qui lui déchirait la voix.

— Darran ? murmura-t-elle du bout des lèvres.

Sa tête et sa jambe lui faisaient mal. Ça puait, ici. Elle essaya de se redresser, mais une douleur foudroyante lui écorcha le cou. Par réflexe, elle voulut y porter les mains, mais quelque chose les retenait prisonnières. Au tintement du métal, elle comprit qu'elle était enchaînée. Et il ne faisait pas nuit, non : il faisait noir. Elle était allongée sur une sorte de banc de bois.

Putois ! Mais qu'est-ce qui s'est passé ? La bataille est finie ?

Elle renifla l'air ambiant pour en identifier l'odeur, un mélange d'urine, de sueur, et aussi de pierre poussiéreuse et de terre battue. Un cachot.

Maura, ma petite, si tu ne peux pas te servir de tes yeux, sers-toi du reste.

La magie, par exemple.

Elle voulut tracer des lignes devant son visage avec ses doigts, mais se souvint que ses mains étaient entravées. Une planche à trous avait été refermée sur ses poignets. Et ses doigts étaient collés les uns aux autres par une bande de tissu, qu'on avait enroulée autour de ses mains.

Ils savent que je suis mindaran. Pour la magie, c'est raté.

Essayant de dominer la panique qui montait en elle, elle se contorsionna dans le noir avec ses bras pour essayer d'attraper ses cheveux. Deux ou trois, est-ce qu'elle pouvait juste s'en arracher deux ou trois ? Impossible, elle ne pouvait pas toucher son propre visage. En fait, avec ses mains, elle ne pouvait toucher aucune partie de son corps.

Je vais trouver une solution. Il y en a toujours une. Il y en a forcément une !

Des éclats de voix lui parvenaient de quelque part devant elle, comme assourdis. Des femmes qui criaient, des hommes qui pleuraient de douleur.

— Eh ! Il y a quelqu'un ?

Elle appela encore plusieurs fois sans réponse, puis essaya de se souvenir de la bataille, mais sa mémoire était confuse et une douleur lancinante lui vrillait le crâne chaque fois qu'elle essayait de se concentrer.

— Putois, Darran, tu as intérêt à me sortir de là vite fait, murmura-t-elle. Sinon, tu vas m'entendre.

Le claquement de la clé dans la serrure rompit le silence du cachot. Elle releva la tête et le regretta aussitôt : l'anneau de fer autour de son cou lui écorcha un peu plus la peau. Une lueur orangée tremblotait sous la porte de chêne, découvrant les reliefs d'un sol de terre battue. Elle la fixa du regard, affamée de lumière.

Quelqu'un releva l'une après l'autre les barres de sûreté et, quand la porte s'ouvrit en grand, un air glacial siffla par un trou d'aération creusé dans le mur.

Une silhouette indistincte pénétra dans la pièce, portant un bougeoir très haut. La vue de la flamme nue brûla les yeux de Maura, qui plissa les paupières. Tout ce qu'elle put voir du nouveau venu, ce fut son étonnant chapeau de cuir. Quel que soit cet homme, ce n'était pas un soldat. Lorsque la morsure de la lumière s'estompa peu à peu, elle distingua la veste de velours bien coupée, les cheveux blancs, et enfin le visage aux ombres mouvantes d'un vieil homme.

— J'apporte de mauvaises nouvelles, jeune fille.

Sa voix était un peu éraillée, et cependant le ton était doux.

— Je suis où ? fit Maura. Qu'est-ce qui s'est passé ?

— Vous êtes dans la prison royale de Frankand. Vous avez été retrouvée ce matin, inconsciente, aux portes du palais de Sa Majesté. Rassurez-vous, votre entaille à la jambe et vos légères brûlures sont sans gravité. De quoi vous souvenez-vous, exactement ?

Elle voulut tâter son crâne à la recherche d'une plaie ou d'une bosse, et pesta contre la planche à trous qui l'en empêchait.

— J'ai perdu connaissance pendant la bataille.

Elle se souvenait de cette chaleur soudaine sur la place du palais royal, et des ombres immenses qui s'étaient allongées dans leur dos. Leurs propres ombres. D'une netteté parfaite. Une lumière si puissante que tous les combattants, soldats et rebelles confondus, avaient dû se cacher le visage dans leurs mains.

— Le Roi Lumière lui-même est sorti du palais, fit le vieil homme. Une partie du bâtiment a été soufflée par une explosion peu après ; vous avez probablement reçu un éclat sur la tête. Les derniers combats se sont poursuivis jusqu'à l'aube et les Dragons du roi ont remporté la victoire.

Maura baissa la tête. Elle s'en doutait depuis qu'elle s'était réveillée enchaînée, mais elle n'avait pas pu s'empêcher de conserver un tout petit espoir.

— Quelqu'un nous a trahis, murmura-t-elle.

Devant le palais, les troupes d'élite du roi les attendaient : des Dragons, par régiments entiers. Jamais ils n'auraient dû se trouver si nombreux dans la cité. Dounia avait dit : un ou deux milliers de miliciens recrutés de force, quatre cents gardes de forteresse ordinaires et une seule section de Dragons, les meilleurs soldats du royaume. Une section : cinquante hommes. Pas *cinq cents*.

—Un grand nombre de rebelles a été tué, reprit le vieil homme. D'autres, comme vous, ont été capturés.

La veille, Maura faisait partie d'une armée et avait l'immense espoir de changer la loi de ce royaume. Aujourd'hui, elle n'avait plus rien.

«Ainsi vont les batailles», disait Darran.

—Une partie des vôtres a malgré tout réussi à se cacher dans la ville. Dans la capitale, la situation restera très tendue tant que l'armée royale n'aura pas reçu de renforts. Je dois dire que les troupes du roi ont été saignées à blanc.

Maura ne releva pas cette étrange marque d'honnêteté de la part d'un homme qui était visiblement dans le camp adverse.

—Nous recommencerons! Encore et encore! Darran vous fera payer pour chacun de nos morts! cracha Maura.

—En ce qui concerne le seigneur Darran Dahl…, fit le vieil homme avec une sincère compassion, j'ai le regret de vous apprendre qu'il a péri, brûlé vif, au cours de sa lutte avec le Roi Lumière. Je suis navré, ma demoiselle, je crois savoir que vous étiez très proches.

—Brû… brûlé vif?

Les mains cramponnées à son banc de bois, elle sentit le monde autour d'elle basculer dans le vide. L'air lui manqua. Sa tête tomba en avant et le vieil homme se précipita pour la retenir des deux mains.

—Je vous présente mes plus sincères condoléances.

—Vous… vous mentez! murmura-t-elle.

Il ne chercha pas à la contredire, il lui sourit simplement d'un air triste et lui tendit un mouchoir. Ce fut peut-être à cause de ce geste qu'elle eut la certitude qu'il disait la vérité. Un long moment, elle chercha sa respiration et, par un immense effort de volonté, se retint de hurler.

Darran est mort.

Les larmes coulèrent en silence sur ses joues. Dans une sorte de semi-conscience, elle vit deux Dragons en armure apporter avec précaution deux petits meubles en bois précieux dans son cachot.

Darran est mort.

— C'est un cauchemar. Je vais me réveiller.

Au fond de cette prison crasseuse, voir ces deux brutes transporter de jolies pièces de menuiserie… cela paraissait tellement absurde qu'il lui fallut un moment pour comprendre qu'il s'agissait d'un tabouret et d'une écritoire en acajou.

— Ce n'est peut-être pas le meilleur moment pour vous annoncer cela, reprit le visiteur, mais… vous serez exécutée dans trois jours, en place publique, ainsi que tous les autres prisonniers.

Maura resta parfaitement impassible, le visage gris de fatigue, les yeux vides. Puis elle se redressa soudain, dans un bruit de chaînes :

— Les autres prisonniers ? Lesquels ? Qui est encore en vie ?

— Je n'ai pas de liste complète. Je sais que votre amie Muette a été capturée, elle aussi, ainsi que le kerr Owain. La petite Yannah, également, je crois. Mais il y en a certainement d'autres.

— Muette, Owain, Yannah, répéta Maura dans un murmure, comme on compte et recompte les pièces d'un trésor. Alors, ils ne sont pas encore morts.

— Je vous en supplie, messires, faites bien attention ! cria le vieil homme à l'un des soldats qui frottait par mégarde l'écritoire contre un mur. Ce meuble a plus de deux siècles !

Le Dragon se figea dans son geste et tourna lentement vers lui son visage ou, plutôt, la plaque de métal lisse de son heaume qui en tenait lieu. Le reflet de la bougie dansait sur la surface polie. À l'emplacement des yeux, deux éclats de miroir en forme de triangle étaient enchâssés dans l'acier – les Dragons voyaient à travers, mais ne pouvaient être vus. Pas de visage, pas de regard… étaient-ce encore des hommes ?

— Je… je suis navré, murmura le vieillard.

Le soldat tourna la tête vers le petit meuble qu'il venait d'érafler à l'angle, puis de nouveau vers son propriétaire.

—Toutes mes excuses, messire, répondit-il avec la voix déformée et métallique des Dragons, étonnamment claire et audible malgré le heaume.

Il déposa l'écritoire et recula. Les deux soldats refermèrent la porte et se postèrent en faction de part et d'autre à l'intérieur, aussi froids et immobiles que des statues. Avec un sourire pour la prisonnière, le vieil homme s'assit sur le tabouret avec un soupir de soulagement. Il sortit d'un étui de cuir une liasse de feuilles de papier, très blanches, qui devaient valoir une petite fortune.

—Qui êtes-vous? murmura-t-elle.

Son regard se posa sur les mains du vieil homme, petites et fines, qui dépassaient à peine des longues manches en soie blanche.

Il se tourna vers Maura et ôta son chapeau.

—Ainsi, vous me reconnaîtrez peut-être?

Sur la partie gauche de son crâne, la peau était jaunie et boursoufflée, une cicatrice de brûlure lui mangeait presque la moitié de la tête. Il sourit tristement en remettant son chapeau et, cette fois, elle remarqua la discrète tache noire sur son front, en forme de plume d'oie: la marque d'un talent! Celle des hommes qui écrivent les légendes! Dans tout le royaume, il n'existait qu'un seul conteur à la tête brûlée:

—Vous êtes d'Arterac…, murmura-t-elle. Le célèbre comte Jean d'Arterac!

—Pour vous servir. Mon titre officiel est «grand légendier», mais j'ai toujours préféré celui de «conteur». Vous savez donc qui je suis, tant mieux, tant mieux! Cela nous facilitera les choses.

D'Arterac, «l'homme dont les histoires ne mentent jamais», le plus vieux et le plus aimé des légendiers, dont la réputation avait franchi les mers et les frontières bien au-delà des deux royaumes de Westalie! Son visage était jauni, piqueté de taches brunes. Sa peau avait cet aspect rugueux du vieux parchemin. Et depuis qu'il était entré dans le cachot, une odeur d'encre fraîche faisait presque oublier à Maura celle de l'urine et de la terre.

— J'ai… j'ai soif, coassa-t-elle d'une voix rauque.

Ses lèvres étaient sèches et craquelées, sa peau très blanche de rousse encore plus pâle qu'à l'ordinaire.

— Bien sûr! Grand Kàn, où avais-je la tête?

Il remarqua la cruche en bois sur le sol, hors de portée de la prisonnière, la ramassa et la lui tendit. En guise de réponse, elle leva vers lui ses mains prisonnières de la planche à trous, refermée sur ses poignets.

— Messires, auriez-vous l'extrême gentillesse de bien vouloir détacher un moment cette jeune fille? demanda-t-il aux Dragons.

Les deux soldats se consultèrent du regard, hésitants.

— C'est une sorcière, résonna la voix de l'un des deux, bien qu'il fût impossible de dire lequel. Elle doit avoir les mains entravées.

Le vieil homme eut un petit rire.

— Je suis navré, accablé même, à l'idée de devoir quelque peu insister. Au nom de Sa Très Sainte Majesté, bénie soit-elle.

Finalement, le Dragon qui avait rayé l'écritoire fit deux pas en avant, et Maura se recroquevilla instinctivement contre le mur quand il se pencha jusqu'à elle. Il s'occupa d'abord de ses poignets enserrés dans la planche à trous, qu'il ouvrit en deux. Puis il saisit l'anneau de fer autour de son cou et le tira vers lui. Maura poussa un cri étranglé. Quand le Dragon fit coulisser le verrou de sûreté, elle entendit le souffle sourd de cet homme dans son heaume, comme celui d'un fauve. Puis la morsure du fer sur sa peau cessa soudain. Le collier s'ouvrit et le Dragon le laissa retomber à terre où sa chaîne cliqueta en chutant.

La prisonnière se leva aussitôt, contempla ses doigts toujours prisonniers de bandelettes blanches serrées pour l'empêcher de dessiner sa magie, et tendit ses poignets vers d'Arterac, qui lui remit la cruche en bois. Elle but à grandes gorgées. L'eau froide dégoulina dans son cou meurtri, sur sa chemise en lambeaux et jusque sur son ventre.

—Vous êtes bien demoiselle Maura du village de Kenmare, en Taëllie ? Dix-neuf ans ? Fille du sieur Karech, garde-chasse de son état, et de son épouse Onagh ?

Il se rassit sur son tabouret, derrière son écritoire, et lissa du doigt l'une de ses plumes blanches, pendant qu'elle buvait les yeux fermés.

—Ça se prononce Ma-o-ra, dans ma province, fit-elle en jetant au sol la cruche vide. C'est un nom taëllique.

—Apparemment, malgré votre jeune âge, vous étiez la première lieutenante du chef rebelle Darran Dahl dit « l'Indestructible », Gottaran autoproclamé. Paix à son âme.

Il avait prononcé « Gottaran », « touché par les dieux », sans réussir à masquer un certain dégoût.

—Chez les rebelles, on l'appelait juste « Darran ».

—Confirmez-vous avoir été sa première lieutenante ? dit le vieil homme.

Elle haussa les épaules.

—Quelle importance, maintenant ? Il est mort.

Le conteur considéra que c'était un « oui ».

—Vous avez été sa domestique pendant des années, n'est-ce pas ? Vous avez vécu tous deux dans la même maison et vous l'avez côtoyé bien avant le début de la rébellion. Vous êtes sans doute l'une des personnes qui le connaissaient le mieux. Il fronça un sourcil. Rassurez-moi, ma demoiselle : vous n'avez pas été sa maîtresse, n'est-ce pas ?

Pendant un instant, Maura ouvrit des yeux ronds. Puis elle éclata de rire ; un rire tonitruant, haut perché, un peu forcé peut-être.

— J'ai dix-neuf ans, conteur ! fit-elle en reprenant son souffle. Vous savez quel âge avait Darran ?

Il haussa les épaules.

— Pour un vieillard comme moi, messire Dahl était un homme fort jeune… Enfin, j'en déduis que vous ne l'avez pas été. Tant mieux : vous n'avez pas idée à quel point les amants et les maîtresses sont des témoins peu fiables. Tout ce que vous auriez dit sur Darran aurait été sujet à caution.

— Mais de quoi me parlez-vous, par Kàn ? s'écria Maura. Vous êtes venu m'interroger ? Allez-y, torturez-moi, finissons-en !

— Je n'ai jamais torturé personne de ma vie, jeune fille. Et j'ai une proposition à vous faire.

CHAPITRE 3

L e conteur croisa les mains sur la table. Elle ne lut dans son regard nulle trace de haine ou de mépris, mais plutôt une vive intelligence. Peut-être même une certaine tendresse.

— Comme vous le savez, je suis légendier. J'ai pour métier d'écrire l'histoire des grands hommes et des grandes femmes de ce royaume, qu'ils soient vivants ou qu'ils soient passés dans le monde suivant.

Maura hocha la tête. Jean d'Arterac, « l'homme dont les histoires ne mentent jamais ».

Il reprit, l'œil brillant :

— J'ai été mandaté pour écrire l'histoire du général Darran Dahl. J'en ferai une légende et d'ici quelques mois – quelques semaines, peut-être –, dans chaque village et dans chaque église des deux royaumes de Westalie, les habitants l'entendront et la répéteront. Je vous propose de me raconter tout ce que vous savez de lui. Chaque détail, chaque pensée, chaque parole dont vous avez gardé le souvenir. L'histoire du légendaire chef de guerre vue par vos yeux.

Maura haussa les sourcils.

— Pourquoi moi ? Je ne suis pas savante comme vous. Je n'ai jamais appris à lire et à écrire.

— Aucune importance : c'est moi qui écrirai. D'après ce que j'ai lu de votre dossier, vous êtes une jeune femme intelligente et observatrice. Vous avez également, à ce que l'on raconte, une mémoire excellente.

Elle grimaça en essayant de trouver une position moins inconfortable sur son banc.

—Vous vous intéressez vraiment à ce que peut raconter *une femme*?

—Dans mon travail, je ne fais pas la moindre différence entre les hommes et les femmes.

Maura le scruta avec méfiance.

—Vous me prenez pour une oie?

—Pas le moins du monde, je vous assure que…

Un éclair de colère passa dans les yeux de la jeune fille.

—Qu'est-ce que vous attendez de moi, exactement? Qu'en vous racontant son histoire, je vous dévoile les emplacements de ses caches d'armes? Les noms de ses partisans encore en liberté? Je ne sais peut-être pas lire, vieillard, mais je ne suis pas idiote!

Le conteur agita la main d'un air horrifié.

—Non, non! Rien de tout cela! Ce qui m'intéresse, c'est la façon dont vous l'avez connu, dont vous l'avez suivi. Je veux découvrir l'homme intime dans ses forces et dans ses faiblesses. Je veux écrire une légende, jeune fille! Pas un compte-rendu de sergent-chef!

Elle pencha la tête, à moitié convaincue.

—Et en quoi ça vous intéresse?

Il se gratta la tête.

—Sur ce projet, je travaille pour la sainte Église de Kàn. Le Conseil des Grands Kerrs s'est réuni cette nuit, dans la ville sainte d'Ennead, et m'a adressé un message. Ils me désignent pour cette tâche.

—Peut-être, mais j'ai l'impression que vous n'avez pas beaucoup d'estime pour Darran, fit-elle en fronçant les sourcils. Vous n'allez pas mentir dans votre récit? Vous n'allez pas déformer ce que je dis, salir sa mémoire, ou le faire passer pour un assassin?

D'Arterac devint écarlate. Il se redressa, frappa du poing sur son écritoire et renversa son encrier tout en dispersant les feuilles de papier.

— Je suis Jean d'Arterac! hurla-t-il de sa voix aiguë. Un autre que moi écrirait peut-être toutes sortes de fariboles. Un autre ferait de messire Dahl un traître, un souteneur ou un bandit, que sais-je? Il vous taillerait une légende imaginaire avec mille aventures inventées de toutes pièces. Mais moi, je ne commettrai jamais un tel crime! Le Grand Kàn m'en est témoin, je ne sais écrire qu'une seule chose : la vérité! Peut-être pas celle des faits, mais au moins celle du cœur et de l'âme d'un témoin. Je ne veux rien ajouter d'autre, pas une virgule, pas même l'ombre d'une nuance personnelle! Je ne suis pas un tricheur, jeune fille, je suis un artiste!

Maura se recula sur son banc, stupéfaite. Elle ne pouvait détacher les yeux de la petite tache en forme de plume sur son front. La bénédiction du Second Visage de Kàn. La marque d'un talent hors du commun, inné, indiscutable. Elle avait vu bien peu de ces marques au cours de sa vie entière – la sienne mis à part, bien entendu.

— D'accord, d'accord, admettons, fit-elle avec un geste d'apaisement de la main. Ma mère vous adorait, et moi, j'ai toujours aimé vos histoires quand je les entendais à l'église. Si on ne peut pas croire d'Arterac, à qui d'autre se fier, hein? Mais il va quand même falloir m'expliquer pourquoi l'Église de Kàn se passionne à ce point pour la vie de Darran.

Le vieil homme soupira et se rassit sur son siège.

— Officiellement, l'Église de Kàn s'intéresse à tous les cas de magie maléfique, quel que soit l'individu qu'elle infecte, homme ou femme, prince ou roturier. Depuis des siècles, elle consigne chaque manifestation du démon.

Maura eut un rire amer.

— De la magie maléfique, hein? C'est ce qu'ils disent du pouvoir de Darran?

—Les Grands Kerrs m'ont donné pour mission de…

Il se tortilla sur son tabouret et tira de son cartable une feuille de papier, couverte d'une écriture en pattes de mouche.

> « *Rassembler preuves et témoignages concernant l'œuvre de rébellion du général Darran Dahl, afin de déterminer par quels moyens et de quelle manière le démon s'est emparé de son âme et lui a confié certains de ses pouvoirs maléfiques.* »

—Qu'est-ce qu'ils en savent, du démon ? Sacrés culs-bénis de l'Église ! Pour eux, seul le Roi Lumière a la bénédiction du Kàn ! Et vous comptez sur moi pour aider ces gens-là ?

—Vous ne comprenez pas. Le Roi Lumière est sans doute furieux, il n'a aucun intérêt à ce que j'écrive ce récit. Il n'a pas les moyens de refuser ce projet au Conseil des Grands Kerrs, mais l'idée que Darran Dahl devienne un martyr légendaire lui fait horreur. Ne voyez-vous pas que l'Église offre à la rébellion une occasion unique de faire connaître ses exploits et ses idées ?

Maura en resta bouche bée.

—Vous voulez dire que… l'Église soutient la rébellion ?

—Attendez.

Il fit un sourire d'excuse aux deux Dragons derrière lui.

—Veuillez nous laisser, messires.

Les deux soldats hésitèrent.

—La prisonnière est toujours détachée. Et dangereuse.

—Soyez sans inquiétude, elle ne me fera aucun mal.

Ils finirent par lui obéir, mais ils restèrent prudemment postés de l'autre côté de la porte. Avant qu'ils ne referment le battant, Maura crut apercevoir une file de prisonnières, la tête basse, avancer dans un couloir.

—Ce que je vais vous dire n'est pas vraiment un secret, fit d'Arterac à voix basse une fois qu'ils furent seuls, mais je ne suis pas sûr que les gardes aient besoin de l'entendre.

Maura haussa les épaules.

—Allez-y, je vous écoute.

Il tendit les mains devant lui, le bout des doigts se touchant pour former une sorte d'arche.

—L'Église et le roi sont comme les deux arcs d'une voûte de pierre. Ils ont besoin l'un de l'autre pour ne pas s'écrouler, mais ils se haïssent et s'opposent en permanence. Le roi tient l'armée et la justice, l'Église l'or et l'influence. Seulement, depuis son couronnement, le roi n'a cessé d'accroître son pouvoir, jusqu'à devenir infiniment plus puissant que tous les monarques qui l'ont précédé. Avant la rébellion, il s'était senti assez fort pour faire arrêter les Grands Kerrs pour corruption et les faire condamner à mort, et il avait saisi un grand nombre de biens du clergé… La guerre civile a éclaté juste à temps pour les Grands Kerrs : le roi a soudain eu désespérément besoin d'un allié contre Darran Dahl, pour maintenir une partie de la population de son côté, alors il a levé toutes les charges qui pesaient sur ses anciens ennemis.

—Mais Darran vient de mourir, murmura Maura. Pas de chance pour l'Église.

—Absolument ! Les Grands Kerrs veulent sauver leurs têtes ! Ils ont désespérément besoin que la rébellion perdure, et pour cela, ils ont choisi de faire de Darran Dahl un martyr.

Maura lui jeta un regard soupçonneux.

—Mais vous, d'Arterac, vous n'êtes pas un kerr, hein ? Pourquoi avez-vous accepté ?

—Je ne suis pas un homme de religion, je ne fais pas non plus de politique. J'écris des légendes, c'est tout.

—Je comprends, murmura-t-elle. Ce qu'ils veulent, ce n'est pas seulement raviver la rébellion, c'est aussi frapper le roi là où ça lui fera le plus mal : à son *calame* !

Le conteur pâlit et sa voix baissa encore d'un ton, jusqu'à devenir à peine plus qu'un couinement étouffé :

— Qu'avez-vous dit ? Quel mot avez-vous prononcé ?

— Le *calame*. Je sais ce que c'est, d'Arterac. Et vous le savez aussi, je parie.

— Savez-vous combien de personnes dans ce royaume connaissent le secret du *calame* ?

Maura déplia négligemment les doigts de ses deux mains, les uns après les autres.

— Dix ? Douze ? Une petite quinzaine, peut-être ?

— Parlez moins fort, je vous en conjure ! Les gardes pourraient vous entendre !

— Ils ne me croiraient pas. J'ai déjà essayé avec beaucoup de gens.

Elle se tourna vers la porte et hurla à pleins poumons :

— N'est-ce pas, messires, que vous ne me croiriez pas, si je vous parlais du *calame* ?

Bien entendu, ils ne répondirent pas.

— Je… vous avez raison, répondit finalement le conteur. L'Église cherche à affaiblir le *calame* du roi, et il l'a parfaitement compris. Vos intérêts convergent, ma demoiselle : la légende de Darran Dahl sera d'une importance capitale pour le camp de la rébellion – car tout n'est pas perdu, malgré la mort de son chef, il reste de nombreux partisans à votre cause.

Maura répondit à voix basse :

— Je n'ai aucune confiance dans les Grands Kerrs, ils ont toujours prêché contre Darran. Et le roi fera pression sur vous pour que vous disiez du mal de Darran dans votre récit. Alors donnez-moi une seule raison pour laquelle je devrais vous aider à écrire cette histoire ?

Le conteur eut un sourire amer.

— Parce que c'est *moi* qui vous le demande, et non le roi ni les Grands Kerrs. Cela ne fait-il pas une différence ? Je n'ai aucun autre but que de dire la vérité. Cependant, s'il vous faut une meilleure raison, j'en ai une à vous proposer : si vous acceptez de me raconter l'histoire du général, votre exécution sera suspendue le temps que je vous interroge.

Suspendue ? Au fond des yeux de Maura, une petite lueur d'espoir dansa de nouveau, pour la première fois depuis qu'elle avait appris la mort de Darran Dahl.

— Je veux des vêtements propres, dit-elle soudain.

Elle frissonna de dégoût en contemplant les lambeaux crasseux de sa vieille chemise de lin déchirée.

— Je veux un seau d'aisance avec un couvercle, du savon noir, un peigne. Je veux… de l'eau, des fruits, du pain qui ne soit pas aussi dur que la pierre, je…

Le conteur éclata de rire et l'arrêta de la main.

— Vous aurez tout cela. Mes témoins sont toujours bien traités.

— Ce n'est pas tout ! ajouta-t-elle, haletante et les yeux brillants. Je veux que les exécutions des autres soient suspendues, elles aussi. Celle de Muette, du kerr Owain, de Yannah et celle de *tous* les prisonniers !

Sa voix déraillait, c'était la voix de l'espoir qui l'animait de nouveau.

— C'est vous que j'ai choisie, Maura, fille de Karech. J'ai reçu l'autorisation écrite du roi pour vous épargner, vous et vous seule.

— Grand Kàn, mais je ne suffirai pas ! s'étrangla-t-elle. Darran mérite plus qu'un seul témoin ! Avec moi, vous aurez un portrait de lui incomplet ! Chacun de vos prisonniers peut vous apprendre quelque chose sur lui, vous devrez les entendre eux aussi !

Le conteur secoua la tête.

— Vous cherchez uniquement à donner un sursis à vos compagnons. Cette tentative vous honore, mais…

— Peut-être, oui. Mais vous, vous cherchez la vérité, c'est bien ce que vous m'avez dit ? Alors écoutez-moi : ils en ont chacun un petit morceau à vous donner. Et si vous leur tranchez la tête, votre sainte vérité va crever avec eux !

Il hocha longuement la tête.

—La vérité. Oui, la vérité…, murmura-t-il pour lui-même, comme s'il prononçait le nom d'une déesse. Je peux toujours adresser un message au roi, même si je doute fort qu'il accepte. L'idée même que l'Église me fasse écrire la légende de Darran l'a probablement rendu fou de rage, alors épargner tous ses prisonniers pour que j'entende davantage de témoignages…

—Je n'ouvrirai pas la bouche tant que je n'aurai pas votre parole que les exécutions seront suspendues pour chaque prisonnier. Mais si vous les sauvez, je vous jure de vous raconter la plus incroyable histoire que vous ayez jamais entendue.

Le conteur eut un sourire.

—J'ai déjà entendu tellement d'histoires, jeune fille…

Il se leva en grimaçant et ouvrit la porte aux deux Dragons. L'un d'eux saisit brutalement Maura par les bras pour l'enchaîner de nouveau.

—Doucement, toi ! cria-t-elle avant de lui cracher dessus.

Le Dragon leva la main pour la gifler, mais d'un geste rageur, elle rua de la tête contre sa cuirasse. Elle ne réussit même pas à le bousculer, et tout ce qu'elle y gagna, ce fut qu'il la saisit par les cheveux pour la rasseoir sur le banc.

—Allons, allons, ma demoiselle, fit le conteur, embarrassé. Vous savez bien que l'on ne peut pas laisser une sorcière les mains libres.

Il rassembla ses feuillets et frissonna quand l'air du couloir s'engouffra en sifflant dans la cellule. Des prisonnières aux mains attachées passaient la tête basse dans le couloir, certaines boitaient, d'autres avaient le front ou le bras ensanglanté.

« Le goût de la défaite est amer », disait Darran.

—S'il vous plaît, conteur, supplia Maura.

Les deux soldats avaient déjà débarrassé l'écritoire et le tabouret. Le vieil homme se retourna au moment où il franchissait la porte.

—Oui?

—Laissez-moi la bougie!

Il hésita, puis déposa la bougie déjà presque entièrement consumée sur le sol de terre battue, hors de portée de la prisonnière.

Chapitre 4

Maura soupira de soulagement quand le battant se referma dans un fracas métallique. Par chance, le courant d'air n'avait pas soufflé la flamme. Son regard se posa sur l'intérieur de son bras, où l'on distinguait à peine le petit trait noir à la saignée du coude : le bâton, la marque des sorciers. Son visage couvert d'écorchures se détendit enfin un peu, et elle murmura pour les ombres :

« L'exécution est suspendue, hein ? Maura, il y a une petite, une toute petite chance pour que tu ne crèves pas comme un chien, après tout. »

Ses deux mains étaient toujours prisonnières de la planche à trous et étroitement emmaillotées dans des bandelettes de tissu. Elle essaya désespérément de dégager ses doigts, mais les bandes étaient beaucoup trop serrées – même en les raclant contre le bois de son banc, puis contre la pierre du mur. Impossible de tracer le moindre dessin de magie dans l'air.

« Darran serait calme. Il ne paniquerait pas, il trouverait une solution. Il en trouvait toujours. »

Elle se mit à scruter le sol en plissant les yeux, fouillant méthodiquement du regard la surface de la terre battue à la lueur de la bougie, puis elle poussa une exclamation de triomphe : il y avait là trois longs cheveux roux, que le Dragon lui avait arrachés quand il l'avait repoussée brutalement sur le banc.

« Pourquoi je t'ai provoqué, à ton avis, crétin en armure ? »

Ses entraves aux mains empêchaient peut-être Maura de s'arracher elle-même des cheveux, mais son propre gardien l'avait fait pour elle.

La terre battue était froide et dure sous ses genoux quand elle se laissa glisser du banc. Après d'infinies contorsions, mettant à profit chaque maillon de ses courtes chaînes, elle coucha sa joue sur le sol. De sa langue, elle remua la terre qui crissa sous ses dents, jusqu'à sentir entre ses lèvres les traits fins de ses propres cheveux. Avec un grognement de satisfaction, elle releva lentement la tête. Les trois cheveux, pendus à sa bouche, se déroulèrent lentement dans le vide. Ils semblaient brûler d'un feu magique à la lumière de la bougie.

Elle avait les cheveux de sa mère, épais et denses, d'un roux éclatant. Elle loucha désespérément dessus, se concentra sur leurs lignes allongées, légèrement ondulées… Puis elle remua lentement la tête de droite à gauche, essayant maladroitement de tracer un dessin de magie avec le menton. Puis elle ferma les yeux et inspira longuement.

Son regard se posa sur sa jambe et sur l'entaille, longue mais peu profonde, récoltée pendant la bataille. Prenant une grande inspiration, elle fit basculer sa planche à trous et frappa en plein sur la plaie, étouffant un cri de douleur. La fine croûte céda et plusieurs gouttes de sang frais jaillirent de l'entaille. Ce serait le prix de ce sortilège.

Les cheveux se mirent alors à ondoyer, bien qu'il n'y eût pas un souffle d'air, puis ils s'entortillèrent les uns autour des autres. Une gouttelette de sueur perla au front de Maura, barré de plis de concentration. Et bientôt ses trois cheveux ne firent plus qu'un, continuèrent leur danse et se muèrent peu à peu en un minuscule serpent aussi fin que le petit doigt, pas plus long qu'un lacet. Maura ouvrit lentement la bouche et il tomba au sol.

Les larmes aux yeux, stupéfaite de son propre succès, elle se pencha sur la petite créature qui tournait sur elle-même et scrutait le cachot d'un œil curieux.

—J'ai réussi, par Kàn! J'ai réussi!

Elle éclata de rire. Le petit serpent tourna vers elle les deux fentes noires de ses yeux reptiliens.

—Je vais t'appeler *Ava Grantë*, c'est comme ça qu'on dit «merci beaucoup», dans le patois de mon pays.

Il émit un petit sifflement en retour, tendant sa tête écailleuse vers sa maîtresse.

—Je… je suis si contente que tu sois là.

Nouveau sifflement, impatient cette fois.

—Tu as raison, on n'a pas de temps à perdre en pleurni-cheries. On a une évasion à préparer.

Elle essuya maladroitement les larmes qui coulaient sur ses joues, se cognant la tête avec sa planche à trous.

—Tu voudras bien te faufiler dans les salles et les couloirs? Tu voudras bien être mes yeux et mes oreilles?

Le serpent, d'une jolie couleur blond-roux, s'enroula autour de son poignet comme pour une dernière caresse, puis se coula au sol et rampa jusqu'au trou d'aération, où il se glissa en silence.

—Je ne finirai pas dans ce trou à rats.

CHAPITRE 5

L a forteresse de Frankand était visible, disait-on, jusqu'à quarante lieues à la ronde. Son énorme masse de pierre était perchée sur une unique colonne ridiculement fine, autour de laquelle s'enroulait un escalier sans la moindre rambarde. Pour les habitants de Homgard, c'était le symbole de la puissance royale – et une ombre sinistre au-dessus de la cité. Pour Jean d'Arterac, c'était juste un tas de pierres qui n'aurait, en toute logique, jamais dû tenir debout. Quand il la voyait d'en bas, elle lui évoquait un immense champignon ; ses milliers de poutres de chêne noircies étaient comme les lamelles, et sa colonne un pied bien trop étroit.

Après avoir monté quatre cent cinquante marches, il reprit son souffle, épuisé et le cœur battant à tout rompre. Il jeta un regard en bas. Une fumée noire flottait encore au-dessus du toit des maisons, bien que la plupart des incendies soient maintenant maîtrisés. Le roi avait mis le feu aux quartiers nord de sa propre cité, pour y prendre au piège les rebelles entrés par la brèche. Dans les ruines, des centaines d'hommes et de femmes grouillaient sur les décombres, essayant de sauver des habitants prisonniers des bâtiments effondrés. Au-delà, les hautes murailles avaient été fracassées autour de la grande porte et la barbacane n'était plus qu'un tas de moellons.

D'Arterac poussa un long soupir. Il y avait encore eu des troubles, cette nuit. Les rebelles commençaient déjà à relever la tête.

31

La dernière marche de l'escalier débouchait sur un vide vertigineux. Sous l'immense plancher de fer et de bois qui constituait le socle de Frankand, il faisait presque aussi sombre qu'en pleine nuit. La garde de la prison royale observa en silence le visiteur depuis des trous pratiqués entre les poutres. Puis un long panneau d'acier, retenu par des chaînes, s'inclina jusqu'à lui en grinçant sur ses charnières. Il heurta la dernière marche de l'escalier dans un bruit sourd, formant un pont très pentu permettant d'accéder à la forteresse. Des vents furieux soufflaient à ces hauteurs, sifflaient aux oreilles et enveloppaient les visiteurs comme s'ils voulaient les pousser dans le vide – les Dragons entre eux appelaient ces tourbillons «les doigts de Frankand». Cependant, ils s'apaisèrent dès que le vieil homme franchit l'arche de pierre de l'entrée. L'air froid et l'odeur minérale de la forteresse le firent frissonner. Mais le commandant Osgarat l'accueillit en personne en lui prenant le bras.

— Messire d'Arterac, c't'un honneur de vous revoir dans nos murs.

Avant de gravir les échelons de l'armée, l'épée à la main, Osgarat avait été un homme du rang. Il n'aurait jamais le langage raffiné des fils de nobles et continuait de s'exprimer comme un soldat de caserne. C'était un Matave du Nord à la peau cuivrée, et il était si grand et si massif que même ses deux Dragons bien bâtis, à côté de lui, semblaient chétifs. Le vieux d'Arterac lui arrivait à peine à la poitrine.

— T... tout l'honneur est pour moi, commandant, murmura le vieillard, encore rouge d'effort après l'ascension de l'escalier et l'épreuve des «doigts de Frankand». J'ai là un pli à vous remettre en main propre.

Osgarat recueillit la lettre scellée à la cire que le vieil homme lui tendait, puis il fronça les sourcils en reconnaissant le sceau royal. D'Arterac en profita pour reprendre son souffle, jusqu'à ce que le commandant fasse signe à ses hommes de décrocher une torche et de les accompagner. Passant sous l'assommoir au-dessus de leurs têtes, ils pénétrèrent dans une salle étroite et voûtée. À travers le plafond percé de meurtrières, plusieurs Dragons les observaient, postés à la défense de l'unique entrée de la forteresse. On ne distinguait d'eux que les reflets de la torche sur les casques en acier.

—Causons un peu ensemble, hein? fit Osgarat. J'vais vous accompagner.

D'une main, il tenait son heaume de Dragon, qu'il avait ôté par politesse et par respect envers son hôte, de l'autre, la lettre de mission royale.

—Vous êtes trop aimable, commandant.

Ils s'engagèrent dans un couloir sombre – Osgarat en retrait derrière eux, encore plongé dans la lecture de la lettre. Depuis la dernière visite du conteur, les centaines de prisonniers assis dans les couloirs avaient disparu, sans doute entassés les uns contre les autres dans des cachots verrouillés. Il ne restait de leur présence que l'odeur des lieux bondés et mal aérés. Sous ses pieds, à intervalles réguliers, le dallage percé de trous laissait passer un peu de lumière du dehors et un air froid, qui leur coulait dans les jambes.

—Nous sommes au-dessus de la ville, en ce moment, n'est-ce pas? demanda d'Arterac à l'un des deux Dragons qui l'encadraient. C'est… c'est tout de même étrange, cette énorme masse de pierre construite sur une colonne aussi mince. Ces dalles devraient tomber dans le vide et la forteresse devrait s'effondrer, vous ne croyez pas?

—Non, répondit le soldat.

D'Arterac continua de regarder le sol avec méfiance.

—Maura a-t-elle demandé à me voir, depuis notre dernière entrevue?

—Non, répéta l'autre.

Le commandant Osgarat s'avança soudain à sa hauteur et s'écria en brandissant la lettre royale :

—Cul Dieu! Il y a forcément une erreur!

D'Arterac fit un sourire embarrassé.

— Je crains fort que non, commandant.

— Vous me demandez de continuer à surveiller cinq cent seize prisonniers dangereux ? Pendant une « durée indéterminée » ? Alors que la cité grouille de rebelles cachés dans tous les coins ? Vous n'avez pas idée de ce que ça veut dire pour mes gars ! Ils ont le cul sur un foutu volcan et ça peut exploser à tout moment !

— Moi ? Jamais je ne me permettrais de faire une chose pareille, commandant, répondit d'Arterac avec un sourire d'excuse. Comme vous le voyez, l'ordre est signé de la main même de Sa Majesté le Roi Lumière. Béni soit-il. J'en ai été aussi surpris que vous.

— D'Arterac, vous qu'avez toujours été dans les petits papiers de Sa Majesté, dites-lui que c'est pas possible ! Les exécutions, c'était prévu pour aujourd'hui : on a placardé les avis dans toutes les rues, les estrades sont déjà montées sur la place royale, j'ai donné des ordres pour les escortes, la surveillance des rues et des toits. Pensez à c'que vont dire les gens, à c'qu'ils vont penser de nous s'ils ne voient pas le massacre ! Et puis, Frankand n'est pas faite pour accueillir autant de prisonniers, j'en avais à peine trente avant la bataille. Là, j'ai dû foutre des paillasses dans des cuisines et des salles de gardes !

Il posa une main gantée d'acier sur l'épaule de d'Arterac. Elle était si énorme qu'elle faisait presque passer le vieil homme pour un farfadet. Le commandant baissa la voix :

— Il y a sûrement un moyen de nous mettre d'accord… On pourrait se débarrasser d'une partie du lot. Mettons trois ou quatre cents têtes, ceux qu'étaient moins proches de Darran Dahl. Qu'est-ce que vous en dites, hein ? Ça ferait déjà une belle hécatombe. Vous n'avez quand même pas besoin du témoignage de tous ces cinq cent seize foutus rebelles pour votre légende ?

—Je suis navré, commandant, mais les instructions de Sa Majesté sont très claires. J'ai lu ses ordres ce matin, comme vous : toutes les exécutions, sans exception, sont suspendues.

—Alors… laissez-moi au moins en transférer une partie dans d'autres prisons ! Quelle différence ça f'rait, qu'on les garde ici ou dans un quelconque trou à rats, à trente lieues de Homgard ? La plupart de ces hors-la-loi sont de la piétaille ordinaire, quoique… j'sais pas si « ordinaire », c'est bien le mot qu'il faut.

—Vous voulez faire allusion au fait qu'il s'agit principalement de femmes ?

Osgarat lui jeta un regard éloquent.

—Non, j'fais allusion au fait que ces furies ont de quoi donner des sueurs froides, au combat. La bataille de Homgard a été une vraie boucherie et c'est un miracle si les nôtres ont remporté la victoire. On peut penser ce qu'on veut de Darran Dahl, mais c'était un sacré chef de guerre et, hommes ou femmes, il savait donner à ses rebelles la rage de se bat…

Il leva soudain la tête, renifla en l'air et fit signe au vieil homme de s'arrêter au milieu du couloir.

—Bougez plus. Restez où vous êtes.

—Comment ? protesta d'Arterac.

Un grondement sourd ébranla les fondations de la forteresse, suivi du grincement du métal contre le métal, comme si une gigantesque machinerie s'était mise en branle. Une fine poussière tomba du plafond sur leurs têtes. Puis une rainure apparut dans le sol juste devant eux dans le dallage et, brusquement, le couloir tout entier fut agité d'une secousse. D'Arterac faillit perdre l'équilibre, mais le commandant le retint par le bras pendant que le couloir reculait lentement.

—C'est rien ! cria Osgarat pour couvrir le vacarme. Les cachots de Frankand changent de place une ou deux fois par semaine ! Comme ça, impossible pour les détenus de prévoir un plan d'évasion !

Le couloir se mit lentement à s'enfoncer dans le sol dans un bruit assourdissant. Tout l'édifice tremblait sur ses bases, faisant vibrer les os, les dents ; on aurait dit que cette masse de pierre et d'acier était en train de s'effondrer morceau par morceau. De petits éclats tombaient en crépitant sur le dallage, et malgré la main ferme du commandant sur son bras, d'Arterac rentra la tête dans les épaules.

—C'est… c'est très ingénieux ! répondit-il, regardant de tous côtés d'un air terrifié.

Le sol sous leurs pieds ne cessait de bouger dans une direction puis dans une autre. Un mur se dressa à la verticale devant eux, puis céda place à une grille noire remontant des profondeurs.

Tout s'arrêta d'un seul coup. Un silence étrange suivit le phénomène pendant qu'une vapeur surchauffée, à l'odeur d'huile brûlée, dessinait entre leurs jambes des volutes orangées. Le passage dans lequel ils se trouvaient était à présent clos par la grille noire et le commandant fit signe au légendier de rebrousser chemin.

—Désolé, ça va rallonger un peu… Pour aller au cachot de la sorcière, il faut revenir sur nos pas.

—Comment le savez-vous ? demanda d'Arterac, interloqué.

Le commandant haussa les épaules.

—Ça fait plus de dix ans que je vis dans cette prison, j'connais toutes ses combinaisons par cœur.

Ils franchirent une arche au-dessus du vide, traversèrent un étrange petit jardin aux fleurs rouges et, une fois revenus dans les couloirs obscurs, passèrent devant des portes closes derrière lesquelles on entendait tout un tapage de voix de femmes.

—Vous voyez : entassées à trente par cellule, ça peut plus durer ! lâcha le commandant pour tout commentaire.

Les deux Dragons de l'escorte hésitaient parfois sur le chemin à prendre, mais Osgarat, lui, avançait en regardant à peine autour de lui. Il semblait connaître chaque moellon de sa forteresse comme les doigts de sa propre main.

— J'reconnais vot' talent, évidemment, fit soudain Osgarat d'une voix hésitante alors qu'ils s'approchaient du quartier des cachots individuels, mais… j'comprends pas très bien l'importance pour la sainte Église de Kàn de c'que vous faites ici : interroger des prisonnières, écrire un livre sur ce sale rebelle de Darran Dahl… C'est évident qu'il était inspiré par le démon, pas vrai ? J'honore les saints kerrs et le bon Kàn, loué soit-Il, mais pour être franc, je me demande si ça mérite de mettre ma forteresse dans un tel foutu bordel.

D'Arterac eut un sourire embarrassé.

— Vous et moi, nous ne sommes pas en mesure d'apprécier l'intérêt de ce projet aux yeux de la sainte Église. Apparemment, les Grands Kerrs tiennent beaucoup à comprendre d'où le traître Darran Dahl a pu tirer de si puissants pouvoirs.

— Pour mieux lutter contre le démon et ses serviteurs à l'avenir, hein ? Ils espèrent que ça pourra empêcher que sa sale magie en touche d'autres ?

— En… en quelque sorte, commandant.

Une fois face au cachot de Maura, pendant que les deux Dragons déverrouillaient la porte et soulevaient les barres de sûreté, le commandant glissa au conteur en baissant la voix :

— Dites, euh, dans votre récit, vous allez pas nous faire une mauvaise réputation, à Frankand et à sa garnison, hein ? Vos légendes font chaque fois le tour des deux royaumes et même au-delà, j'voudrais pas que mes gars passent pour des brutes ou des idiots.

— N'ayez crainte, commandant, mon récit portera sur Darran Dahl, pas sur cette forteresse. Et puis, je ne sais pas dire autre chose que la vérité, vous le savez.

— En tout cas, j'ai donné l'ordre à mes gars de se mettre à votre disposition. Et si vous avez besoin de moi, faites-moi appeler, hein ? Ce sera toujours un honneur de vous aider dans votre mission.

Le commandant semblait sincère. Malgré sa brusquerie d'homme de caserne, d'Arterac sentit son profond respect.

— Je vous en suis très reconnaissant, ainsi qu'à vos hommes, répondit le conteur. Oh, et n'oubliez pas que les ordres du roi sont de veiller à ce que les prisonniers disposent tous de suffisamment d'eau et de nourriture pour rester en bonne santé.

Chapitre 6

La jeune Maura se tenait toujours à la même place, enchaînée aux mains et au cou. Il sembla à d'Arterac qu'une petite bête se cachait précipitamment dans ses jambes quand il entra. Un rat, peut-être ?

Elle avait les traits moins tirés que deux jours auparavant et ses lèvres n'étaient plus gercées par la soif. Ses vêtements déchirés avaient laissé place à une robe toute simple et propre. Sa jambe légèrement blessée avait été bandée, ses égratignures au visage nettoyées. On l'avait lavée de ses traces de sang et elle ne sentait plus la sueur et la boue. Mais le changement le plus visible, c'était son regard brûlant d'une joie sauvage – à mille lieues de l'expression terne et sans espoir qu'elle avait deux jours plus tôt.

—Bonjour, jeune fille.

—Si vous êtes revenu, c'est que vous avez convaincu le roi ! Alors, toutes les exécutions ont été suspendues ?

Les deux Dragons déposèrent dans le cachot un tabouret et une petite table à tréteaux – moins fragile que l'écritoire en acajou de l'entrevue précédente.

Une ombre passa sur le visage de Maura :

—C'était ma condition pour vous répondre, vous vous en souvenez, pas vrai ? La suspension de toutes les exécutions ? Pour tous les prisonniers et toutes les prisonnières ?

Son accent des provinces de l'Ouest était encore plus prononcé quand elle parlait avec émotion.

— Ma mémoire n'est peut-être plus aussi bonne qu'autrefois, mais je n'ai pas oublié vos conditions. Les cinq cent seize exécutions qui devaient avoir lieu aujourd'hui ont été reportées, sur l'ordre de Sa Majesté le Roi Lumière. Béni soit-il. Cela représente l'intégralité des prisonniers et prisonnières rebelles détenus à ce jour dans cette forteresse. Je dois dire que je ne m'attendais pas à ce geste de la part de Sa Majesté.

— Est-ce que j'ai votre parole, messire d'Arterac ?

— Vous l'avez, jeune fille.

— *Ava grantë !* cria Maura en levant les mains au ciel. *Ava grantë*, messire ! Loué soit Kàn-aux-deux-visages !

— Certes, certes, répondit le vieil homme.

Elle bondit de joie, oubliant ses chaînes et son collier de fer qui la tirèrent brutalement en arrière.

— P… putois, fit-elle la bouche en sang, quelle tête d'âne je fais.

D'Arterac se précipita vers elle. Avec des gestes tendres, il lui passa la main sur le visage, inspecta le cou à vif et sortit un mouchoir blanc de sa poche pour lui tamponner la bouche.

— Vous vous êtes fait mal ?

— 'me suis mordu la langue comme une bougre de cervelle d'oiseau, répondit Maura en grimaçant, surprise de la bonté du vieil homme.

Elle sourit de nouveau et murmura : « Cinq cent seize… » savourant ce nombre sur ses lèvres comme une friandise.

— Ne vous réjouissez pas trop vite, les exécutions ne sont que suspendues. Elles reprendront dès que j'estimerai avoir recueilli suffisamment de témoignages.

Peut-être, pensa Maura, *mais d'ici là, qui peut dire ce qui se passera ? La rébellion n'a pas dit son dernier mot.*

Quelque part dans le couloir, étouffé par l'épaisseur de la porte, résonna un cri bref et strident. Depuis trois jours qu'elle était là, Maura avait fini par s'habituer aux hurlements, mais le conteur ne put s'empêcher de sursauter.

—J'ai un petit préambule à faire, dit-il. Je préfère poser dès le départ les grands principes qui régissent toujours mon travail. Voici le premier : au cours de nos entretiens, chaque fois que je me concentrerai sur vos paroles, si vous me mentez, cette main me le dira aussitôt – il tendit la main droite et l'agita devant lui. Peut-être cela vous paraît-il surprenant, mais je le saurai aussi clairement que si votre visage, mettons, changeait brusquement de couleur. Et voici le second : si jamais vous me cachez une partie de la vérité, même sans me mentir, alors c'est mon autre main qui m'en avertira. À présent, dites-moi deux vérités et un mensonge, jeune fille, n'importe lesquels.

—Comment ça ?

—Par exemple, votre couleur préférée, votre plat préféré et votre pire souvenir.

Elle hésita puis répondit d'une voix monocorde :

—Le vert, le pain aux noix, le jour où mon père est mort.

Le vieil homme se concentra sur chaque mot et fit soudain une grimace de douleur, frottant la paume de ses mains l'une contre l'autre.

—Vous avez pour le pain aux noix une aversion… puissante, fit-il en déglutissant et en montrant sa main droite couverte de cloques. Quant à votre pire souvenir, vous ne me dites pas tout à son sujet.

Il tendit vers Maura la paume de sa main gauche : elle était rayée d'écorchures comme si on l'avait frottée à des épines.

—Sacré putois… murmura Maura, impressionnée. Le Second Visage de Kàn est puissant en vous !

—Lorsque vous me raconterez votre histoire, vous ne pourrez *pas* me tromper. Cela fait partie de mes talents de légendier. Oh, bien sûr, vous commettrez parfois des erreurs dans votre témoignage, la mémoire est imparfaite. Vous me cacherez aussi des faits ou des pensées. De tout cela, je ne vous tiendrai pas rigueur ; je suppose que c'est indissociable de la nature humaine. Mais je tiens à être parfaitement clair sur un point : ne me mentez jamais, pas une fois, pas une *seule*. Pure invention, exagération, mélange de faux et de vrai, peu importe la façon dont vous ferez volontairement offense à la vérité : je le saurai aussitôt et ce sera la fin de notre entretien. C'est la seule et unique règle que je poserai entre nous.

Le vieil homme poussa la lanterne, rassembla ses feuillets et eut un sourire timide.

— Et si vous commenciez, maintenant ?

Chapitre 7

Maura baissa la tête. Ses longs cheveux roux lui passaient constamment devant les yeux, depuis qu'elle avait les mains prisonnières de sa planche à trous. Elle rejeta la tête en arrière pour dégager son visage. Le conteur admira ses traits fins, ses joues constellées de taches de rousseur minuscules, presque invisibles, et la profondeur étonnante de son regard.

Le même regard qu'Hélène à son âge, pensa-t-il, *le même caractère.* Parfois, sa fille lui manquait tellement qu'il aurait pu en devenir fou.

— Toute la vie de Darran... comment je peux faire pour l'enfermer dans des mots ? Et par où je devrais commencer ?

— Il est d'usage de commencer par sa naissance, fit remarquer le conteur.

— Mais je n'étais même pas née !

— Vous devez bien avoir appris certaines choses. Dans un village, les gens se connaissent, les histoires circulent.

Maura garda un moment le silence, les yeux dans le vague, et finit par reprendre d'une voix un peu plus assurée :

— Le jour de sa naissance, sa mère a rendu l'âme au Grand Kàn. Il a été élevé par son père dans un taudis crasseux en bordure des champs. Kerry-le-bienheureux, on l'appelait : il était menuisier et il avait de l'or dans les mains. Il sculptait comme personne des statuettes d'art et des bijoux en bois. Dans toute la presqu'île de Taël, on lui passait des commandes. Le baron en personne lui achetait sa marchandise. Son fils et lui auraient pu vivre dans une belle maison et avoir des domestiques, s'il l'avait voulu. Mais le père Kerry avait un poil dans la main, c'était le plus grand paresseux du village. Au lieu de faire son métier, il passait son temps à boire, à jouer de la musique et à faire des tours de magie aux fêtes de printemps… Enfin, à boire surtout. Il ne s'est jamais occupé de son fils, sauf pour l'humilier devant tout le monde ou lui briser le dos à coups de canne pour un oui ou pour un non.

— Quel genre d'enfant a été le général Darran Dahl ? S'est-il intéressé très tôt aux armes et à la guerre de Succession des princes ?

Maura ricana un moment.

— Peut-être que vu de la capitale, la guerre de Succession était une chose très importante, mais au village, à cette époque, tout le monde s'en fichait pas mal. C'était loin de chez nous. D'après ce qu'on m'a dit, Darran n'a jamais rêvé d'être un guerrier. C'était un gamin solitaire qui passait son temps sur la lande et les marais. Ce qui l'intéressait vraiment – et ça n'a pas changé depuis – c'était les oiseaux. Du début à la fin, ça a été la grande passion de sa vie !

Elle serra le poing en ajoutant :

— Je crois qu'il les aimait plus que les gens, ces sacrées bestioles…

— Les oiseaux ? fit le conteur, les yeux ronds. Les aigles de guerre ? Les faucons de chasse ?

— Non, il n'y a pas d'aigles sur la presqu'île de Taëllie. Les aigrettes bleues, les alouettes des champs, les fauvettes, ah, ses fichues fauvettes ! Il pouvait les regarder pendant des heures, il en était fou. Vous savez, je crois que si on l'avait laissé tranquille, il serait toujours là-bas sur la lande à dessiner ses bon sang de volatiles…

Elle baissa la tête et lutta pour ne pas pleurer.

— … à tailler leur forme dans le bois, sans faire d'histoire, dans sa petite maison. Sans déranger personne.

—Ce n'est pas comme cela que j'imaginais le général Dahl, murmura le conteur. Comment un tel enfant a pu devenir un grand chef rebelle ? Il a dû se passer quelque chose de terrible dans sa vie.

Maura haussa les épaules.

—Les gens connaissent Darran le chef de guerre, mais personne ne s'est jamais intéressé à l'homme qu'il était, au fond de lui. Si vous l'aviez vu avant la guerre… Il pouvait s'émerveiller pour une plume trouvée par terre ou pour un débris de coquille d'œuf. C'est sûrement son amour pour les oiseaux qui l'a conduit à se passionner pour les dragons. Ce sont bien de grands oiseaux, non ? Les plus grands et les plus étranges qui soient ? Les dragons et lui, c'était une vraie histoire d'amour – une obsession en fait. Lui qui pouvait rester toute une journée sans décrocher un mot, si on le lançait sur les dragons, il était capable de parler pendant des heures.

Le conteur attendit un instant qu'elle reprenne la parole, mais Maura semblait perdue dans ses souvenirs.

—Vous avez sauté quelques étapes, je crois. Nous en étions au Darran Dahl des années d'enfance. Comment est-il devenu soldat, dans sa jeunesse ?

Elle soupira.

—Il s'est passé quelque chose l'année de ses seize ans. Il est tombé fou amoureux d'une fille qu'il avait rencontrée dans les marais. Rachaëlle, elle s'appelait – belle à croquer, à ce qu'on raconte. Elle adorait les oiseaux, elle aussi. Manque de chance : c'était une des filles du baron de Kenmare, une de ses filles « naturelles » comme on dit. Une bâtarde, quoi. Mais elle vivait au château – en tout cas, elle était bien au-dessus de sa condition à lui, pauvre fils d'artisan.

Le conteur fit la grimace et ouvrit la paume de sa main gauche, qui saignait un peu.

—Vous me cachez quelque chose.

—Oui, et alors? cria-t-elle. Vous avez posé vos règles : pas de mensonge, mais j'ai le droit de garder pour moi ce que je veux. Vous vous souvenez?

—Certes, admit le conteur. Darran Dahl était donc amoureux de cette jolie Rachaëlle. Elle ne fait pourtant pas partie des rebelles capturées il y a trois jours, je crois?

—Elle est morte bien avant la rébellion. Laissez-moi continuer mon histoire, putois!

—Mille pardons. Vous parliez d'un événement dans sa vie, à seize ans?

—Oui.

Maura croisa les bras, le regard de nouveau dans le vague.

—Rachaëlle l'aimait, elle aussi. Il était un bel homme, vous savez, dans le genre costaud aux yeux bleus. À seize ans, il devait être un sacré beau garçon. À ce qu'on dit, ils voulaient s'enfuir tous les deux jusqu'à Mollvay, la ville la plus proche, mais ça ne s'est pas passé comme ça. Certains prétendent que le père a voulu, à coups de bâton, faire passer à son fils l'envie de trousser une fille de sang bleu. Mais j'ai aussi entendu des ragots bien plus sordides. Dans une autre version, il l'aurait même obligée à coucher avec lui… La seule chose qui soit sûre, c'est que le père et le fils se sont battus, un soir, et que tout le village s'est rassemblé autour d'eux. Ce n'était pas juste une bagarre, non : c'était un combat à mort. Quand ils en parlent aujourd'hui, ceux qui ont vu ça ce jour-là baissent encore la voix.

C'étaient de vrais fous furieux, ils étaient tous les deux en rage. Darran était déjà charpenté comme son père à l'époque, massif, costaud, mais il n'avait que seize ans. Et son père, lui, avait l'expérience du combat. Il avait été lutteur de foire et il avait terrassé des colosses dans sa jeunesse. En toute logique, il aurait dû mater son fils ; je pense que c'est pour ça que personne n'est intervenu. Les gens attendaient que Kerry règle ses affaires en famille. Mais ça ne s'est pas passé comme ça.

C'est Darran qui a massacré son père à coups de poing, le vieux y a même perdu un œil. Il a fallu dix hommes pour empêcher son fils de le réduire en bouillie. Le lendemain matin, quand la milice est venue l'arrêter, il avait disparu. On a fini par apprendre qu'il avait croisé la route d'un sergent recruteur et qu'il s'était enrôlé dans l'armée du prince Erik.

— Et Rachaëlle?

— Elle est morte, je vous dis.

Un éclair de rage passa dans le regard de Maura, mais il n'était pas vraiment adressé à d'Arterac. Il se perdait dans le vide, bien au-delà des murs du cachot.

— Le père Kerry est resté alité un mois. Il était défiguré et il avait un bras cassé. Il ne s'en est jamais vraiment remis. On l'a enterré deux ans plus tard, emporté par la dysenterie. Rachaëlle a été reniée par son père et chassée du château. On a retrouvé son corps dans les bois pendant l'hiver qui a suivi le départ de Darran. Sans doute une pneumonie.

Maura s'interrompit un moment; un sourire triste flottait sur son visage.

— Une belle histoire d'amour, pas vrai? Eh oui, Darran n'a jamais eu beaucoup de chance, dans la vie.

Le conteur laissa passer un instant de silence, ponctué seulement par le bruit des bottes de soldats dans le couloir, de l'autre côté de la porte.

— À vous, dit-il finalement. Maintenant, racontez-moi la manière dont vous êtes arrivée à Kenmare, et dont vous avez rencontré pour la première fois l'homme qui allait devenir le général Darran Dahl.

CHAPITRE 8

J'étais une gamine, commença-t-elle.

Mon père et ma mère venaient d'emménager à Kenmare dans un vieux cabanon en lisière des bois, qui avait servi autrefois de pavillon de chasse. Mon père n'était pas un homme libre : à moins de trouver l'argent pour racheter ses années de servitude, il appartenait au baron pour les cinq années à venir. Il était garde-chasse et, sans que ce soit vraiment officiel, il travaillait avec ma mère – elle en savait bien autant que lui sur la forêt, sinon plus.

Moi, j'avais grandi au sud de la presqu'île de Taëllie, dans les collines. J'y avais passé des heures dans les hautes herbes ou dans les marécages, avec les autres gosses, à capturer des sauterelles et des grenouilles. Et puis, à ce qu'il paraît, le garde-chasse de Kenmare avait été tué par un ours et le baron en personne avait ordonné à mon père de venir dans son pré carré de Kenmare pour le remplacer. Il devait surveiller ses terres et ses forêts préférées – trois cents acres de bois, de landes et de marécages autour du château.

On n'avait pas eu le choix. On avait plié bagage et quitté notre village. Du jour au lendemain, toute ma vie d'enfant avait disparu : plus d'oncles, de tantes, de cousins… et plus une seule amie. J'ai appris la solitude. On venait d'un hameau à quinze lieues à peine, mais pour les gens de Kenmare, on était des étrangers et on le resterait toute notre vie.

La première fois qu'on est allés à l'église tous les trois, on avait tous fait bien attention à notre tenue. Mon père était mal à l'aise, avec son chapeau du dimanche à la main et sa veste trop grande pour lui, mais ma mère était magnifique. C'était une femme exceptionnellement jolie, elle était connue pour cela dans notre hameau et sa région. Bien coiffée et dans ses plus beaux vêtements, elle faisait se retourner les hommes à son passage. Mais à Kenmare, ça ne s'est pas passé comme ça. Les villageois dans les rues s'arrêtaient de parler en nous voyant et nous dévisageaient avec des regards hostiles.

— Ils sont sûrement très gentils, quand on les connaît un peu, a dit ma mère.

Dans l'église, on ne nous a fait aucune place : devant chaque banc, un homme se levait quand on s'approchait et nous faisait « non » de la tête. Un grand gars, j'ai appris plus tard qu'il s'appelait « le père Cairach », m'a prise par le col et m'a fichue dehors en criant : « Nettoie tes sandales avant d'entrer, l'étrangère ! C'est notre église, ici ! »

J'avais brossé mes sandales le matin. Elles avaient juste marché dans la poussière et la terre du village, mais j'avais pris soin de les frotter avant d'entrer, alors j'ai trouvé ça tellement injuste que j'ai craché à la figure de cet homme. J'ai vu son visage virer au rouge écarlate et sa main s'est abattue sur ma joue avec tellement de force que je me suis retrouvée couchée au sol, avec une douleur cuisante à la mâchoire.

Il a levé le bras pour me frapper à nouveau, mais ma mère a déboulé dans son dos et lui a tordu le bras jusqu'à le faire crier de douleur. Je ne l'avais jamais vue dans cet état. Elle était complètement hors d'elle. Envolée, la jolie femme souriante en robe d'été. Disparue. À la place, il n'y avait plus qu'une furie.

— Vous allez présenter immédiatement des excuses à ma fille, ou je vous casse le bras.

Le gars a été tellement surpris de s'être laissé prendre par cette petite femme qu'il s'est excusé et qu'il est rentré dans l'église sans faire d'histoire.

Ma mère s'est précipitée sur moi pour me relever et me réconforter. Ma main a cherché la sienne et j'ai failli me couper à un objet tranchant : elle tenait une petite lame d'acier au creux du poing. Je crois qu'elle aurait saigné cet homme de sang-froid pour me protéger, s'il avait continué à me battre.

Voilà comment était ma mère et voilà comment étaient les gens de Kenmare. À partir de ce jour, personne n'a plus porté la main sur moi. Mais ils ont continué à nous appeler « les Sudiens » et je n'ai jamais réussi à me faire un seul ami pour jouer.

Mais j'avais les meilleurs parents du monde. C'étaient les deux personnes les plus passionnées, les plus joyeuses que j'aie jamais connues. Avec sa voix d'amoureux des bêtes, mon père pouvait passer des heures à m'expliquer la différence entre les traces de pattes des gloutons et celles des loutres, entre les poils de lynx roux et ceux du chat sauvage. Moi, je l'écoutais avec de grands yeux. Dès que j'ai eu sept ou huit ans, mon père a commencé à m'emmener dans leurs tournées les plus faciles. Ils m'ont montré comment pister la belette et le renard, tirer à l'arc, tailler des javelines... J'avais perdu mes amies, mais j'avais découvert la forêt de Kenmare, et mon père m'a appris à l'aimer.

Un jour, il m'a demandé de l'aider à faire du repérage dans les bois de la ravine. Des paysans s'étaient plaints des dégâts d'un gros sanglier dans leurs cultures. C'était la fin du printemps, au moment où les blés sont en lait : les mâles solitaires raffolent des épis encore verts et, la nuit, ils sortent des forêts pour s'en régaler. Le baron avait prévu de partir en chasse de la bête, la semaine suivante. Il avait même fait fabriquer un grand socle de bois pour y planter sa tête et la montrer à tous les nobliaux de la région, dans la grande salle à manger de son château. Mes parents avaient reçu pour mission de repérer la bauge du sanglier et ses chemins favoris, en prévision de la chasse.

Mon père savait bien qu'en plein jour, on n'avait aucun risque de le rencontrer, et il m'avait demandé de venir avec lui relever ses pistes. On est partis chacun de notre côté avec un sifflet : on devait s'appeler dès que l'un de nous trouvait quelque chose. Il faisait doux, ce jour-là. La forêt était humide et le vent dans les branches des peupliers faisait ce frémissement si particulier – j'adorais les bois de Kenmare, c'était vite devenu mon petit royaume à moi. J'ai décidé de descendre au val pour voir si notre mâle solitaire n'était pas allé boire au ruisseau du Bendall. J'ai commencé à longer les eaux sur le sentier forestier et j'ai repéré des empreintes fraîches près d'une fougeraie. Les pas étaient trop peu espacés pour que ce soit un cerf, les pinces étaient ouvertes et les gardes faisaient trois pouces de large. Un sanglier. Ça devait être une sacrée belle bête. En tout cas, j'avais eu raison de descendre au val : vu la fraîcheur des empreintes, il était allé boire ici après avoir croqué son blé vert avant l'aube.

J'étais sacrément fière de moi. Papa allait être content. Mais comme je voulais être sûre de mon coup, je n'ai pas utilisé tout de suite mon sifflet. Les yeux rivés au sol, j'ai remonté la piste pour repérer l'endroit où la bestiole avait l'habitude de tremper son groin dans l'eau. Je faisais bien attention de me tenir à dix pas de ses empreintes pour ne pas laisser mon odeur sur son chemin. En m'approchant du ruisseau, j'ai trouvé des branches de sureau brisées, des poils accrochés à une écorce rugueuse de vieux saule… Le sanglier n'est pas une bête très difficile à pister. Je pense que c'est pour cette raison que mon père m'avait emmenée ce jour-là : c'était un exercice facile pour une enfant. Évidemment, il ne pouvait pas deviner que j'allais tomber sur un gibier autrement plus dangereux.

Je ne l'ai pas vu tout de suite, parce que j'étais entièrement absorbée par ma tâche. La tête baissée, je cherchais de nouvelles traces – une crotte sous un genêt ou une nouvelle empreinte dans la terre molle, autour du ruisseau. Mais quand j'ai vu cet homme couché dans l'eau, la tête sur un rocher, je suis restée pétrifiée. Ses cheveux étaient poisseux de sang et de grosses mouches s'agglutinaient autour de son visage. Malgré le bruit de l'eau, on les entendait bourdonner aussi fort que des abeilles dans une ruche. La peau blanche sur ses joues mangées de barbe m'a fait penser à celle de ce vieux buffle albinos qui avait agonisé pendant deux jours, sans que ma mère puisse le sauver. Une légère brise a rabattu vers moi la puanteur du cadavre ; j'ai senti mon estomac se retourner et j'ai vomi tout ce qu'il contenait. Un jour, j'avais vu un cheval mort dans un fossé, il avait le ventre gonflé et noir, la tête grouillait d'insectes. Le corps de cet homme n'était pas encore aussi décomposé mais ce serait bientôt le cas. Vu son état, il devait se trouver dans l'eau depuis plusieurs jours.

Mon regard s'est attardé sur son torse. Il portait les couleurs d'un uniforme de soldat – du doré, du noir, et un dessin brodé qui ressemblait à une tête de cheval. Une cotte de mailles était passée dessous ; c'était la toute première fois que j'en voyais une vraie. À l'épaule, elle avait été trouée d'une façon bizarre, comme si le métal avait été rouillé et rongé par un acide, et on voyait la peau. Mais elle était boursouflée, violacée, couverte de cloques aussi grosses que la paume de mes mains.

Je n'avais jamais vu de cadavre. De cadavre humain, je veux dire.

Mes tripes faisaient des nœuds dans mon ventre, mais je suis restée là, fascinée, incapable de faire le moindre geste. C'est son cheval qui m'a fait tourner la tête : il se tenait sous un genévrier à quelques pas de moi, mais à cause du bruit du ruisseau, je ne l'avais pas entendu plus tôt. Il était magnifique, rien à voir avec les gros percherons du village sauf pour la haute taille. C'était un cheval de guerre sapàn – ça aussi, c'était la première fois que j'en voyais un. Sur sa tête, il portait un capuchon aux mêmes couleurs noir et or que l'uniforme du soldat. Ça ne lui découvrait que les yeux et les oreilles, ce qui lui donnait un air un peu effrayant de cheval fantôme. Il n'avait pourtant pas l'air bien méchant.

Même pour un cheval de guerre, il était trop chargé. Les fontes de sa selle étaient pleines à craquer et il portait toute une armurerie sur le dos : un bouclier, une épée dans son fourreau, une hache de bataille, un arc court avec son carquois plein, un couteau de guerre dans une gaine… Il y avait surtout un gros paquetage en travers de la croupe, qui semblait peser lourd. Pauvre cheval.

En posant sur moi ses gros yeux paisibles, il a renâclé doucement, comme s'il me demandait : « Qu'est-ce que je dois faire, maintenant ? » Mon regard est allé du soldat au cheval et du cheval au soldat. Je ne comprenais pas : si son maître croupissait dans le ruisseau depuis plusieurs jours, pourquoi le cheval était resté ici tout ce temps ? Il aurait dû partir peu de temps après la chute de son cavalier, non ?

C'est là que l'homme a ouvert les yeux.

J'ai poussé un cri suraigu.

Vivant ! Il était vivant ! J'ai reculé de quelques pas et je me suis cogné le dos contre le tronc d'un frêne.

Il y avait quelque chose de terrifiant dans le regard de cet homme, une intensité, une souffrance. J'avais l'impression qu'il essayait de toutes ses forces de me demander quelque chose. De m'approcher, peut-être ? Je suis restée la bouche ouverte, paralysée, la tête pleine des histoires que racontait ma mère le soir aux veillées : la légende de Kar-Camalàn, le guerrier maudit par son village, mort et vivant à la fois, condamné à errer sur la lande pour l'éternité et qui venait la nuit frapper aux portes des fermes pour dévorer les vivants.

Et puis, je me suis souvenue qu'on était en plein jour.

C'était un soldat, juste un soldat en train d'agoniser. Je m'étais trompée, ça ne faisait pas deux jours qu'il était là :

il avait dû tomber de cheval juste avant que j'arrive. C'est pour ça que le Sapàn était encore auprès de lui. Qu'est-ce qu'il faisait là, sur ce chemin forestier qui n'était pas du tout fait pour aller à cheval ? C'était un sentier tellement discret qu'il était quasiment invisible – sauf pour un homme habitué aux forêts du pays.

J'avais pas mal de questions sans réponses.

Je savais qu'un homme de guerre au village, ça n'apportait jamais rien de bon. Tout le monde avait entendu les rumeurs au sujet de pillards ou de déserteurs qui redescendaient de Matavie, fuyant les combats au nord et à l'est. On en parlait toujours d'une voix effrayée, de ces bandes de soudards qui égorgeaient les fermiers dans leur sommeil, forçaient leurs filles et faisaient main basse sur tout ce qu'ils pouvaient emporter.

Sauf que celui-là était blessé, dans un ruisseau, tout seul. S'il avait eu des compagnons, ils lui seraient déjà venus en aide, non ? Alors pas de représailles à craindre, pas de bande dans les parages. Qu'est-ce que je risquais ? J'ai fait quelques pas vers son cheval, il a reculé un peu, mais je lui ai parlé doucement et je lui ai caressé l'encolure, il ne fallait rien de plus pour devenir son ami.

Par curiosité, j'ai tâté une des fontes de la selle : ça teintait là-dedans comme des pièces de monnaie – des *centaines* de pièces de monnaie. J'ai soulevé le rabat, j'ai plongé la main dedans et j'en ai retiré… une pleine poignée de reines d'or ! Il y avait une fortune ! De quoi rendre mon père aussi riche que le baron lui-même, de quoi racheter sa liberté ! Et entre l'or et nous, il y avait juste un déserteur en train d'agoniser sous mes yeux, que personne ne verrait jamais mourir.

J'ai tiré le grand couteau de guerre de sa gaine. La lame était froide et tranchante, son acier était d'une qualité qu'on ne trouvait pas ici, si beau et si lisse que je pouvais me voir dedans. Et puis je me suis tournée vers le soldat. Mes sandales glissaient sur les cailloux du ruisseau, mes braies de pisteuse se sont trempées jusqu'aux genoux. J'essayais d'éviter le regard de l'homme, mais quand il a commencé à marmonner quelque chose, par réflexe, j'ai plongé mes yeux dans les siens. Pendant un instant, j'ai presque cru qu'il allait se relever et me sauter à la gorge pour se défendre, mais il n'a pas bougé. Il me regardait avec son propre couteau dans ma main, avec mes doigts aux articulations blanchies à force de serrer le manche de toutes mes forces. Qu'est-ce qu'il disait exactement ? Je ne suis pas sûre, mais je crois que c'était : « Fais-le. »

Alors, pour la première fois, j'ai remarqué les taches de rousseur sur ses joues, sa peau claire, ses cheveux blond-châtain. Cet homme avait les traits d'un Taëllique, un homme du pays, il n'avait pas le teint sombre des Mataves du Nord. Je crois que c'est ça qui m'a retenue à l'ultime instant. Je ne saurai jamais ce que j'aurais fait, en fin de compte. L'achever ? L'épargner ?

Une main s'est posée sur mon épaule, j'ai hurlé de frayeur et j'ai lâché le couteau qui est tombé dans le ruisseau.

C'était mon père.

CHAPITRE 9

Il n'a rien dit pour le couteau.

Il m'a regardée avec une expression grave et m'a fait signe de l'aider à porter le soldat jusqu'à la berge. On ne pouvait pas le tirer par les pieds, parce que sa tête aurait plongé dans l'eau et aurait cogné sur les rochers. Alors il a fallu le prendre par les épaules, malgré son horrible brûlure. Quand mon père a passé les mains sous ses aisselles, l'homme a poussé un cri bref, son visage s'est tordu de souffrance et il a perdu connaissance. D'une certaine façon, ça nous a aidés à le transporter au sec. Une fois qu'on l'a allongé sur le sentier, mon père a fait ce qu'il faisait toujours avec les animaux blessés : il a inspecté chaque partie de son corps, il a ouvert sa bouche, soulevé une paupière, il a palpé son ventre et la base de son cou.

Maintenant qu'on l'avait tiré hors de l'eau, l'odeur de cadavre était encore plus forte et on a vite compris pourquoi : une flèche était fichée dans sa cuisse. Tout autour de la plaie, le tissu de ses braies avait été déchiré – sans doute par lui-même. On voyait la chair en dessous, noire et boursouflée, infectée depuis des jours, peut-être des semaines. C'était la gangrène.

Je n'ai jamais su comment il avait pu tenir à cheval avec une blessure pareille, sans même parler de sa brûlure à l'épaule. Pour moi, ça reste un mystère : aucun homme ne peut survivre aussi longtemps dans cet état – et encore moins voyager. Pourtant, des années après, j'ai appris qu'il avait traversé tout le royaume d'est en ouest, six cents lieues, avec cette flèche fichée dans la jambe.

En tout cas, il était facile de voir pourquoi il ne l'avait pas retirée lui-même : ce n'était pas une flèche de chasse, c'était une flèche de guerre. Elle avait été conçue spécialement pour provoquer des infections et empêcher qu'on l'ôte de la plaie. La pointe elle-même, très tranchante, était en forme de chevron pour déchirer encore un peu plus la chair si on la tirait vers l'arrière. Mais surtout, tout le long de la tige, on avait taillé des encoches en biseau pour en faire des bords cassants, de sorte que si on la retirait d'un côté ou de l'autre, on semait de petits éclats de bois à l'intérieur de la plaie.

Seulement, la plaie en question s'était nécrosée depuis des jours et les tissus s'étaient ramollis, gorgés de sang et de pus. C'est ce qui l'a sauvé, en fin de compte : vu son état, mon père a jugé qu'il pouvait bien prendre le risque de tirer la flèche d'un coup sec. Les chairs pourries étaient devenues si spongieuses que c'est passé comme dans du beurre, la hampe et l'empennage sont venus tout seuls et, avec eux, un flot de liquide noir. Je jure que jamais de ma vie, ni avant, ni depuis, je n'ai été frappée par une puanteur aussi insupportable.

Je suis partie en arrière et je me suis évanouie.

Quand je suis revenue à moi, l'homme était étendu sur le manteau ouvert de mon père, entièrement nu. À côté de lui, en tas : sa cotte de mailles trouée, son uniforme en lambeaux, une chemise de lin brodée d'or qu'il portait en dessous et des braies lacérées. Il y avait aussi une ceinture de cuir marquée d'une tête de licorne, une bourse bien ronde et une paire de bottes fourrées d'hermine – sûrement très coûteuses et utiles en montagne, mais pas du tout adaptées à la chaleur de la région.

Mon père avait nettoyé les deux plaies comme il avait pu : il avait cureté la blessure à la jambe avec son couteau de chasse, et dans la cuisse, ça faisait un trou gros comme le poing. Pour l'épaule, elle avait simplement nettoyé la zone brûlée à l'eau fraîche. Quand j'ai relevé la tête, il était occupé à écraser des feuilles de plantain, au-dessus de la plaie, pour y déposer quelques gouttes de sève. C'est là que j'ai remarqué la petite tache presque noire en forme d'épée, sur l'autre épaule du blessé : la marque des guerriers-nés, ces prodiges du combat. Cet homme était un mindaran et c'était la première fois de ma vie que je voyais une marque du Second Visage de Kàn.

— Papa, regarde, il porte le signe de l'épée !

Mon père a sursauté quand il a vu que j'avais repris connaissance, et il a posé sur moi un regard très étrange. Un mélange d'angoisse et de tristesse. Maintenant, évidemment, je sais pourquoi il avait cet air triste et ce que signifiait pour lui le retour de cet homme. Mais ce jour-là, je ne pouvais pas encore le comprendre.

— Est-ce que ça va, papa ?

Il ne m'a pas répondu. Il tenait quelque chose dans son poing serré – un petit objet en bois, mais je n'ai pas pu voir ce que c'était. Tout à coup, il m'a crié :

— Cours au village, vite ! Va prévenir le kerr Owain ! Dis-lui d'apporter ses onguents et ses instruments de chirurgie ! Et une civière !

Mon regard s'est posé sur les fontes pleines d'or dont j'avais relevé un des rabats tout à l'heure. Mon père avait forcément vu ce qu'elles contenaient, lui aussi : des poignées et des poignées de reines d'or, bien plus qu'on n'en verrait jamais dans toute notre vie. Cet inconnu ne les avait sûrement pas gagnées honnêtement. Et s'il mourait maintenant, personne ne les réclamerait.

— Va aussi chercher Breena-la-noire, a continué mon père en faisant semblant de ne pas avoir remarqué l'or. Ça ne plaira pas au kerr Owain, mais si la médecine ne réussit pas à le sauver, on pourra toujours essayer la sorcellerie.

Peut-être que si on avait su, à l'époque, à quel point on allait avoir besoin de cet argent, on aurait laissé ce cavalier crever tout seul sur le sentier. On aurait caché le sac et on aurait raconté qu'on était arrivés trop tard pour le soldat, qu'on n'avait rien pu faire. Mais ce n'est pas ce que mon père a décidé ce jour-là. Je lui en ai voulu pendant des années, oh bon sang ! comme je l'ai détesté. Il aurait suffi de si peu de chose pour que notre vie soit complètement différente. Un linge appliqué sur le visage de cet homme, par exemple, juste assez longtemps pour qu'il passe paisiblement dans le monde suivant…

Je n'avais encore jamais vu Breena-la-noire, mais je savais où se trouvait sa cabane dans les marécages. J'ai tambouriné à la porte mais, au lieu d'une femme, c'est un garçon de mon âge qui m'a ouvert. Il était tellement beau que je suis restée là, bouche ouverte, oubliant pendant une seconde pourquoi j'étais venue.

— Tu es Maura, c'est ça ?

J'ai acquiescé de la tête. Je ne pouvais plus parler : il était trop mignon pour ça. De grands yeux clairs, des cheveux noir comme le charbon, un visage qui rayonnait d'intelligence.

— Il paraît que tu es arrivée au village le mois dernier, alors bienvenue à Kenmare. Si tu cherches ma mère, elle est sortie. Moi, je m'appelle Aedan.

Il m'a tendu la main, mais, sans réfléchir, je lui ai fait la bise sur les deux joues. Et ensuite, je me suis sentie si bête que j'ai débité à toute vitesse :

— Il y a un soldat blessé qu'on va porter à l'auberge, on a besoin de ta mère !

— Qui l'a blessé ?

— Je… je ne sais pas. Ça a dû se passer à la guerre.

Je me perdais complètement dans ses yeux clairs et ses cheveux aile de corbeau. C'était si rare, les cheveux noirs, en Taëllie.

— La guerre, c'est loin. Pourquoi est-il venu jusqu'ici, au lieu de se faire soigner dans son armée ?

C'était une bonne question – une excellente question, même. Mais sur le moment, elle m'a agacée et m'a tirée de ma rêverie. On n'avait pas le temps avec les questions, pas le temps non plus avec les jolis garçons. J'ai répondu un vague « J'sais pas » et j'ai tourné les talons. J'ai couru d'un bout à l'autre des bois, du village, des marécages, j'ai appelé à l'aide tous ceux que je croisais. À partir de ce moment-là, les autres adultes se sont occupés de l'affaire et je n'ai plus vraiment eu mon mot à dire.

Le kerr Owain est venu tout de suite. Du temps de la guerre contre les pirates du désert, il avait été aumônier et chirurgien dans l'armée royale. Il a emmené deux hommes forts avec lui, pour transporter l'inconnu jusqu'au village, sur une civière.

Mon père ne les a pas quittés des yeux un instant. Il avait refermé le rabat de la fonte du cheval et c'est lui-même qui a mené la bête par la bride, de sorte que personne n'a vu l'or. Le kerr Owain a juste ouvert la bourse que l'étranger portait à sa ceinture. Les quelques pièces d'argent qu'il a trouvées à l'intérieur ont déjà suffi à monter à la tête des deux gars, qui se sont mis à pousser des cris de surprise et à se regarder avec des faces réjouies.

Sa bourse a valu au blessé une chambre à l'auberge des Braddy, et aussi toute une troupe de domestiques pour se relayer à son chevet. Il fallait voir leur empressement ! Ils voulaient tous leur piécette, cette bande de vautours. Ils avaient les yeux brillants à l'idée de toute cette richesse tombée du ciel. S'ils avaient su qu'une fortune en reines d'or était là, juste sous leur nez, Grand Kàn, je pense qu'ils se seraient entre-tués... Mais papa avait conduit le cheval à l'écurie, il avait ôté les fontes et les avait transportées lui-même jusque dans la chambre, sous le lit de l'étranger. Tout le reste, les armes, le paquetage, il l'avait laissé avec le cheval sapàn dans sa stalle. Pendant ce temps-là, le kerr Owain inspectait son patient. Les mauvaises langues disaient que c'était bien commode d'avoir un kerr qui faisait de la chirurgie : comme ça, si ses opérations tournaient mal, il était aux premières loges pour donner l'absolution. À vrai dire, ça tournait souvent mal avec le kerr Owain, mais on ne peut pas vraiment lui en vouloir, hein ? La médecine fait rarement des miracles.

Le kerr était un gros homme à moitié chauve, très nerveux, avec des cheveux roux mal peignés et surtout d'énormes sourcils en broussailles qui lui donnaient un air un peu ahuri. Il était de ce genre d'homme qui semblait ne jamais avoir eu un âge : ni vraiment jeune, ni vraiment vieux, quelque part entre les deux. Il parlait avec un fort accent de l'Est, à tel point qu'on comprenait à peine ce qu'il disait, à Kenmare. L'Église l'avait envoyé ici huit ans plus tôt – on murmurait que c'était à cause d'une histoire de femme, mais personne ne savait grand-chose à ce sujet. Malgré toutes les années qu'il avait passées au village, on le considérait toujours comme un étranger ici, comme nous, mais il avait fini par faire partie du paysage. Moi, j'aimais bien le kerr Owain, c'était un des seuls habitants de Kenmare qui me disait bonjour quand je le croisais.

J'ai voulu entrer dans la chambre avec mon père et les autres adultes, mais je me suis fait refouler par un des fils Braddy qui montait la garde.

— C'est pas un spectacle pour une fillette ! qu'il m'a dit.

Il ne devait pas avoir plus de douze ou treize ans, ce petit morveux.

Comme je n'avais pas le droit de voir le blessé, je me suis assise en tailleur dans le couloir, à tendre l'oreille pour essayer de comprendre ce que papa et le kerr Owain se disaient, de l'autre côté de la porte. J'ai entendu les mots « hémorragie », « fièvre noire » et un autre qui revenait tout le temps dans la bouche du kerr Owain avec son accent de l'Est : « amputation ». Je ne savais pas ce que ça voulait dire. Mes parents soignaient les animaux, pas les humains – et on n'ampute jamais une bête, on l'abat.

Le kerr Owain a ouvert la porte à la volée, une scie à la main, faisant sursauter le fils Braddy et moi aussi, bien sûr. Il a réclamé de l'eau bouillante, des chiffons propres, une longue bande de tissu et un fer chauffé au rouge. Le fils Braddy s'est penché dans l'escalier pour prévenir ses parents et a relayé la liste en hurlant ; j'ai entendu des éclats de voix, des pas précipités. Le père Braddy est sorti dans la cour pour aller chercher du bois pour le feu.

— Il la faut vraiment bouillante ? a demandé la mère Braddy.

— Bouillante ! a répété le fils.

J'en aurais bien profité pour me faufiler discrètement dans la chambre, mais à ce moment-là, quelqu'un a ouvert la porte de l'auberge et a demandé à voir « l'étranger ». Le silence s'est fait d'un seul coup.

C'était une voix de femme, plutôt douce. Quand elle a commencé à monter l'escalier, le fils Braddy est devenu écarlate. Je n'ai d'abord vu d'elle que ses cheveux noirs, puis sa robe étonnante, d'une coupe très osée. Le tissu était fluide comme de la soie et d'un bleu tellement lumineux qu'on l'aurait dit éclairé de l'intérieur. Elle avançait appuyée sur un bâton de marche presque aussi grand qu'elle, taillé dans un bois noueux. Quand elle a levé la tête vers moi, j'ai enfin vu son visage et j'ai tout de suite pensé : *Quand je serai grande, je veux être comme elle.*

— Bonjour petite, m'a-t-elle dit en souriant. Maura, c'est bien cela ? Tu es la fille de notre nouveau garde-chasse, je crois ?

Sa voix était une caresse, comme la sensation du velours sur la peau. Cette femme n'était plus vraiment jeune, mais il émanait d'elle une sensualité presque magique. Le fils Braddy, dans son coin, dévorait des yeux ses courbes à moitié dévoilées par sa robe.

— Je suis Breena. Tu es venue me chercher ce matin, mais j'étais en forêt.

Breena ? La sorcière qui vivait dans une cabane des marais ? Je m'étais imaginé une vieille folle couverte de verrues, avec des bottes sales et des cheveux gris en épis, et je me retrouvais face à une vraie princesse de palais. Un peu défraîchie, peut-être, mais une princesse quand même.

— Est-ce que…

Elle a tendu le doigt vers la porte de la chambre :

— … est-ce qu'il est ici ?

J'ai acquiescé de la tête. Quand elle est arrivée à ma hauteur, un parfum de fleurs sauvages l'a précédée. Mais elle s'est arrêtée et a tourné la tête vers moi d'un air étonné. Son regard s'est posé sur mon bras ; de son doigt, elle a repoussé un peu la manche de ma chemise pour mieux voir un détail sur ma peau. Et un sourire s'est dessiné sur son visage.

— Tiens, tiens…

J'étais tellement impressionnée que je n'ai pas prononcé un seul mot. En fait, j'ai à peine remarqué la nouvelle petite tache noire au creux de mon coude. Une sorte de grain de beauté, mais tout en longueur.

— Tu as perdu ta langue, petite ? Dommage, je suis certaine que nous aurions beaucoup de choses à nous dire, toi et moi… Une autre fois, peut-être ?

De sa main, elle a effleuré mon bras et, sous le tissu rugueux de ma chemise, j'ai senti un picotement à la saignée du coude. Sur le moment, je n'ai pas compris ce qui se passait ni de quoi elle parlait. Je l'ai su plus tard : c'était cette tache qui ferait de moi une mindaran, touchée par la grâce du Second Visage de Kàn. Et pas n'importe quelle mindaran : j'étais une sorcière-née. J'avais ce pouvoir en moi et il allait changer ma vie. Mais ce jour-là, j'ai juste regardé Breena avec de grands yeux stupides.

Elle m'a fait un clin d'œil et a tourné la poignée. Et dès qu'elle a ouvert la porte de la chambre, elle a reculé d'un pas et s'est écriée :

—Grand Kàn ! Mais c'est le petit Morregan !

CHAPITRE 10

Ils sont restés deux jours et deux nuits sans quitter la chambre du blessé. L'aubergiste devenait fou. À toute heure du jour ou de la nuit, on lui réclamait de l'eau, des compresses, des herbes rares ou des outils. Au début, il y a eu une grande dispute : Breena refusait qu'on coupe la jambe du blessé et, avec sa voix calme et posée, elle a tenu tête pendant une heure aux hurlements du kerr Owain. Après quoi, j'ai entendu des cliquetis d'instruments de chirurgie, des ordres brefs, ça a duré presque jusqu'au soir. Ensuite, ils ont commandé à souper – une bouteille de vin, du gruau et du pain. Le vin a achevé de réconcilier Owain et Breena ; mon père y a aidé, aussi. Alors ils ont commencé à parler entre eux à voix basse. Ils se posaient des questions sur ce Morregan, sur sa résistance incroyable, sur sa brûlure étrange, sur son retour au village encore plus étrange…

De temps en temps, l'un des fils Braddy frappait à la porte, entrait et ressortait avec un pot de chambre, de la charpie trempée de sang ou une bouteille vide. Ma mère est venue apporter des vêtements et des provisions à son mari. Elle m'a demandé de rentrer à la maison et on s'est disputées. Il était hors de question que je bouge de là : c'était moi qui avais trouvé cet homme, et surtout, surtout… un tas d'or dormait encore sous le lit. Alors elle a fini par partir sans moi.

À un moment, Gràinne, la fille de l'aubergiste, est montée me voir, une jolie blonde de mon âge qui rêvait de princes charmants. Elle m'a montré sa poupée minable et sa figurine de baronne, taillée dans un bout d'écorce que son père avait barbouillé de peinture. Ça m'a navrée : je lui ai tiré les couettes et je lui ai dit de dégager. Finalement, je suis restée toute la nuit couchée en chien de fusil devant la porte, blottie contre le chat de la maison et bercée par les chuchotis de la conversation à l'intérieur.

J'ai été réveillée au matin par le fils Braddy qui remontait les escaliers à toute vitesse en me disant :

— C'est la milice ! C'est la milice !

Il avait raison, le vieux capitaine Galbraith et son fils Erremon ont débarqué dans l'auberge et monté les étages. Le fils avait une tunique de milicien impeccable et ne quittait pas des yeux sa pique de près de deux mètres, le père était débraillé et allait sans arme. Je me suis écartée pour les laisser entrer, et quand le vieux Galbraith a ouvert la porte, les conversations se sont tues à l'intérieur.

— Alors, c'est bien le fameux Morregan ? a dit Galbraith. On m'a prévenu ce matin. Pas croyable ! Dix ans qu'on ne l'avait pas vu !

Le kerr Owain a toussoté. Breena a dit quelque chose d'aimable.

— Il a crevé l'œil de son père le jour de son départ, a soudain déclaré Erremon.

Personne n'avait pensé à fermer la porte. Le fils Braddy et moi, on écoutait dans le couloir avec des yeux brillants, en essayant de ne pas se faire remarquer.

— Selon les lois du baron, Morregan mérite dix coups de bâton pour avoir porté la main sur son père et vingt coups pour l'avoir mutilé, a ajouté Erremon d'une voix tranchante.

———— :————

— Attendez ! s'écria le conteur, interrompant Maura. Je ne comprends pas : qui est ce Morregan ? Lui aussi avait disparu dix ans plus tôt ? Et lui aussi s'était battu avec son père ? C'était un ami du général Darran Dahl ?

— Putois ! Je pensais que vous le saviez : « Darran Dahl », c'était juste un nom de guerre. Son vrai nom, c'était « Morregan ». Tout le monde l'appelait comme ça au village.

— Alors… depuis le début, vous me parlez de votre première rencontre avec lui ?

— Évidemment ! C'est ce que vous m'avez demandé, non ?

———✦———

Erremon voulait donc à toute force fracasser le dos de Morregan à coups de bâton pour un délit commis dix ans plus tôt. Ça avait l'air capital, pour lui.

— Dans son état ? Vous allez le tuer ! a crié Breena.

— Le père avait autorité sur le fils, a répliqué Erremon, comme le baron sur ses gens. Si on laisse les fils se rebeller contre leurs pères, qui sait ce qui adviendra de cette baronnie ?

— Ce n'était qu'un gosse, il n'avait pas plus de seize ans ! a fait le kerr Owain. Et puis, ce sacré salopard de Kerry ! Kàn me pardonne, mais il battait son fils. Tout le monde le détestait, au village.

Alors mon père a pris la parole pour la première fois :

— Morregan est un héros de guerre qui s'est battu pour le prince Erik, et donc pour notre baron son vassal. Si le baron apprend qu'un tel homme a été arrêté et bastonné à mort par sa propre milice, vous aurez sali son honneur de noble.

Ça a coupé le sifflet aux miliciens pendant un petit instant. Le baron aurait fort bien pu les renvoyer ou, pire, les jeter eux-mêmes au cachot.

— Je suis navré, mais la loi est la loi, a tranché Erremon. Rhabillez-le ! Nous allons faire monter une civière jusqu'ici et le transporter au château pour le placer au cachot en attendant qu'il y soit ju…

— Fils ! a soudain crié le vieux Galbraith. Rappelle-moi qui est le capitaine, ici ?

— V… vous, père.

— Mon capitaine !

— Vous, mon capitaine.

Erremon a reculé et je l'ai vu se cogner contre le chambranle de la porte. Galbraith a changé de ton et s'est adressé à mon père :

— Sieur Karech, vous portez-vous garant de cet homme ?

Il a acquiescé.

— Je vous préviens : si jamais il s'en tire vivant, au moindre coup de sang, à la moindre bagarre où il sera impliqué, moi et mes gars, on ira le chercher où qu'il se trouve.

— Je le lui dirai, capitaine.

Pour une bagarre, ça a été une sacrée bagarre, au final : Morregan a jeté le royaume dans la guerre civile… Je me dis parfois que le pauvre Galbraith a dû se retourner dans sa tombe.

Mais ce jour-là, il a retrouvé le sourire et sa voix bon enfant.

— Parfait, voilà une affaire réglée ! Nous vous laissons avec votre patient.

Il a porté la main à son casque en guise de salut et tourné les talons, suivi d'Erremon qui écumait de rage en silence. Quand ils ont descendu les escaliers, Galbraith crachait à son fils des mots doux du genre : « Imbécile ! » « Dix coups de bâton, et puis quoi encore ? »

Ce jour-là, j'ai encore plus admiré mon père.

CHAPITRE 11

Dans son état, Morregan ne pouvait pas être déplacé de sa chambre, alors on l'a laissé là pendant plusieurs semaines. Tout le monde est reparti, mais mon père m'a ordonné de le remplacer, pour protéger le magot du blessé. Il ne faisait confiance qu'à moi – pas même à maman, je crois.

Bien sûr, je lui ai obéi. J'aimais mon père. Je ne dis pas que je n'ai pas été tentée de fourrer la main dans ce tas d'or et d'y ramasser une poignée de pièces, hein, je ne suis pas une sainte. Mais je ne l'ai pas fait.

Au lieu de ça, je suis restée des heures assise sur une chaise à regarder dormir cet homme. Il faisait toujours les mêmes cauchemars, je l'entendais gueuler : « Pourquoi ? Moi, j'aurais fait n'importe quoi ! » ; il était capable de répéter ça pendant des heures, les larmes aux yeux et des sanglots dans la voix, avec parfois un petit ajout à la fin : « … j'aurais fait n'importe quoi pour vous, prince. »

Je m'en fichais pas mal. Je le haïssais. Je devais supporter son odeur de charogne, ses cris, la vue de son visage malade. Et surtout, j'étais obsédée par l'idée que s'il mourait, on aurait son or. Je le haïssais de ne pas mourir.

Un soir, alors que je m'étais endormie sur ma chaise, sa voix m'a tirée du sommeil.

—Où est Rachaëlle ?

J'ai ouvert les yeux : il s'était redressé dans son lit, blanc comme un linge, amaigri et les poings crispés sur les draps. Il était nu et sa peau était livide, on aurait presque dit qu'elle était transparente. Kàn-aux-deux-visages! Je voyais même le renflement de son cœur, qui battait comme un fou dans sa poitrine.

—Où est RACHAËLLE?

Son épaule brûlée était bandée et les draps lui couvraient le bas du corps, mais je savais qu'il ne portait aucun vêtement. C'était la première fois que je me trouvais seule avec un homme nu dans une chambre et je suis restée hébétée, fascinée par ce corps puissant aux épaules larges, malgré sa maigreur. Un instant avant, ce n'était qu'un malade inconscient sur un lit, et voilà qu'en s'éveillant il dominait soudain toute la pièce de sa présence. La pensée m'a traversé l'esprit qu'il avait dû être un guerrier redoutable. Et pour la première fois, je l'ai trouvé terriblement beau – aussi beau qu'un ours ou un fauve mortel.

— Kàn-aux-deux-foutres, gamine, je t'ai posé une question!

Il avait la voix rauque de n'avoir pas parlé depuis longtemps, mais c'était une voix forte, au timbre grave, le genre de voix qui pouvait dominer toutes les autres.

—Qui… qui est Rachaëlle, messire?

Il m'a dévisagée d'un air stupéfait. Un bref instant, la peur est passée dans son regard comme une ombre.

—Tu es qui, toi? Tu n'es pas du village! Va chercher quelqu'un!

—Vous ne devez pas vous agiter, messire. Le kerr Owain a dit que…

On a soudain poussé la porte; j'ai sursauté et je me suis retournée. Un homme a déboulé dans la chambre. Grand et mince, il était vêtu à la mode de la ville avec des chaussures à pointe et un costume en tissu fin. À ses doigts tachés d'encre, j'ai reconnu un scribe ou un homme de loi. Il était à bout de souffle et il avait le front en sueur, comme quelqu'un qui vient de courir jusqu'à l'auberge et de grimper les marches quatre à quatre.

—Bonjour, sieur Morregan. Je suis maître Edbert de Kenmare, j'ai accouru depuis la ville de Mollvay dès que j'ai su votre retour. Cela fait-il longtemps que vous êtes réveillé ?

Edbert *de Kenmare* ? Sans doute encore un bâtard du baron de Kenmare. D'après ce qu'on prétendait, le vieux nobliau culbutait toutes les servantes qui lui tombaient sous la main. Et depuis des années, il semait dans son fief une ribambelle de petits héritiers.

—J'ai reçu des instructions très précises à votre sujet, sieur Morregan, a-t-il poursuivi. De la part de votre père, en premier lieu.

Morregan n'a rien dit, en fait, il est resté complètement indifférent.

—Il a trouvé la mort il y a huit ans, des suites d'une dysenterie, mais il a eu le temps de faire rédiger un testament qui vous lègue les quelques biens qu'il possédait. J'ai ici la liste de… Attendez un instant…

Edbert de Kenmare a sorti une liasse de feuillets de sa sacoche, qu'il a posée sur la table de nuit ainsi qu'un couteau à papier. Puis il a décroché un sac en toile de son épaule.

—Je ne veux rien recevoir de lui, a répondu Morregan, très calmement.

L'autre s'est arrêté dans ses gestes, surpris.

—Vous ne voulez même pas voir de quoi il s'agit ?

—Jetez ça au feu.

—C'est… c'est votre droit. Dans ce cas… je vais vous faire signer ce…

Il a rassemblé les documents et tendu le bras vers son couteau à papier.

—Je ne sais pas lire, a dit Morregan.

Quelque chose de brûlant s'est allumé au fond de ses yeux, il a soudain regardé Edbert de Kenmare bien en face et lui a attrapé la main.

—Edbert, c'est *elle* que je veux voir. J'ai fait six cents lieues pour lui parler. Je me doute qu'elle doit être mariée ou remariée, depuis le temps, et qu'elle a sûrement des enfants. Mais ça m'est complètement égal. Je ne lui causerai aucun ennui, je te le jure. Je… je veux juste lui parler. Grand Kàn! Personne ne l'a prévenue de mon retour?

—Sieur Morregan…

—Edbert, par Kàn! Tu es son frère, dis-moi ce qu'elle est devenue!

—J'allais justement vous… te parler d'elle. C'est la seconde raison de ma visite.

Un immense sourire a illuminé le visage de Morregan.

—Où est-elle? Est-ce qu'elle vit toujours dans la région?

—Je suis navré, j'ai de mauvaises nouvelles. Rachaëlle a été chassée du château après ton départ et elle a succombé à une… une grave maladie. C'était il y a près de neuf ans.

Le regard de Morregan s'est éteint d'un seul coup, comme la flamme d'une bougie soufflée par le vent. Son sourire s'est fané peu à peu et il a laissé place, sur son visage, à une expression absente, atrocement vide. La bouche légèrement ouverte et un peu tremblante, il s'est tourné vers moi comme s'il cherchait un témoin.

—Morte? m'a-t-il demandé d'une voix aiguë de petit garçon.

Quelque chose avait brusquement disparu de lui, cette force d'ours qui l'avait maintenu en vie jusqu'ici, celle qui lui faisait encore serrer les poings un instant plus tôt et qui habitait sa voix. Soudain, il n'en restait plus rien.

Il s'est affaissé dans son lit et il est redevenu cet homme faible et malade que j'avais regardé délirer pendant des jours. C'était comme une marionnette dont on aurait tranché les fils. Je l'ai fixé un moment du regard. C'est quelque chose de voir mourir un homme, mais c'est encore pire de voir mourir son âme. Il m'a fait penser à un de ces arbres géants qui semblent faits pour vivre encore dix siècles et que les bûcherons abattent en une heure de temps : un de ceux qui auraient pu défier tous les ouragans, mais qui s'effondre si on le coupe de racines.

Je crois que c'est Morregan qui m'a appris ce qu'était l'amour, ce jour-là. Et je me suis juré de ne jamais tomber amoureuse.

—Avant de mourir, a poursuivi Edbert, elle m'a laissé des instructions à ton sujet. Je devais… je devais t'annoncer moi-même son trépas avant qui que ce soit, elle a bien insisté sur ce point : je devais être le tout premier à te le dire. Et après cela, je devais…

Morregan ne l'écoutait pas. Il continuait à me regarder, moi, avec son visage défait, et à murmurer tout bas de cette voix aiguë qui n'était pas vraiment la sienne : « Elle est morte ? Elle est vraiment morte ? » en espérant peut-être que je le contredise.

Edbert de Kenmare a fait quelques pas vers lui.

—Morregan ?

Il est sorti peu à peu de son hébétude. Son regard a erré sur le plancher puis sur les murs, comme s'il cherchait quelque chose, et ses yeux se sont finalement posés sur le couteau à papier qu'Edbert avait laissé sur sa table de chevet. Je pouvais presque voir l'idée qui se formait dans sa tête : le manche du couteau dépassant de sa poitrine, le sang éclaboussant les draps, son visage aux veines bleuies par l'effort et la douleur… Edbert de Kenmare a sûrement vu la même chose que moi, parce qu'il a aussitôt tendu la main vers son couteau pour le mettre hors de portée de Morregan.

—Ne fais pas cela, je t'en prie !

D'un geste d'une vitesse stupéfiante, Morregan a saisi le couteau avant lui et il a hurlé :

—Dehors, tout le monde ! Dehors !

Il était comme une bête frappée à mort et je savais d'instinct qu'à cet instant, il aurait été capable de tuer n'importe quel homme qui se serait mis en travers de son chemin. Edbert s'est tourné vers moi et il a ouvert des yeux ronds, je crois qu'il n'avait même pas remarqué ma présence dans la pièce jusqu'ici. Il m'a fait signe de partir et j'ai ressenti un immense soulagement qu'un adulte me le demande enfin.

J'ai filé dans le couloir et j'ai refermé la porte, le cœur battant. À l'intérieur, les hurlements de Morregan se sont tus et Edbert a chuchoté quelque chose. Ils sont restés un long moment tous les deux, puis Edbert est enfin sorti. Il s'est approché de moi dans le couloir et m'a murmuré à l'oreille :

— Je crois qu'il va mieux, maintenant. Mais retourne près de lui, il ne doit pas rester seul. Oh, et ne commets pas la même erreur que moi : ne laisse traîner aucun objet tranchant à sa portée.

Il m'a souri timidement avant de repartir avec sa mallette et son sac de toile sur le dos – tous les objets que le père Kerry avait voulu léguer à son fils et qui seraient jetés au feu.

J'ai poussé le battant de la chambre et j'ai glissé la tête à l'intérieur. Morregan était allongé sur le lit, les yeux fermés. Il n'y avait plus de tristesse en lui, plus de colère, plus de questions à poser, son visage n'exprimait rien. En fait, il ressemblait à un cadavre, sauf pour la poitrine qui soulevait régulièrement le drap.

— Tu n'es pas de la région, petite, hein ? m'a-t-il dit sans même me regarder.

— Je viens d'un village plus au sud. Je… je suis arrivée à Kenmare le mois dernier.

— Sudienne, hein ?

Il a hoché la tête et ne m'a plus adressé la parole pendant les quatre années qui ont suivi.

CHAPITRE 12

Quand la porte du cachot claqua derrière le conteur et ses Dragons, et que Maura entendit le raclement des barres de sûreté contre le bois, elle esquissa un sourire triste.

Le petit serpent aux écailles rousses sortit de sous son banc, où il s'était caché, et il siffla doucement comme pour consoler sa maîtresse, s'enroulant autour de sa cheville.

—Alors, mon petit Grantë, si on en revenait à notre évasion, hein ?

En se contorsionnant dans ses entraves, Maura porta la main à sa cuisse gauche, qui avait été légèrement blessée pendant la bataille. Serrant les dents, elle enfonça l'angle de sa planche à trous dans la plaie encore à vif. Quelques gouttes de sang clair éclaboussèrent les écailles du serpent. Elles y furent aussitôt absorbées comme si elles étaient tombées sur une éponge. Avec un petit cri étouffé, elle appuya encore jusqu'à ce que le liquide poisseux coule de plus en plus vite. La petite bête se tortillait en poussant des sifflements aigus à chaque goutte qu'elle recevait sur son corps. Dans un tourbillon d'écailles, de plumes et de fourrure, elle se changea successivement en perdrix, en rat, en grenouille, en écureuil… Puis elle redevint serpent, mais nettement plus long et plus gros.

Maura reprit sa respiration, maîtrisant les vagues de douleur lancinantes de sa plaie, et jeta un coup d'œil à son familier.

—Darran aurait préféré un oiseau… murmura-t-elle pour elle-même. Mais moi, j'ai besoin d'un rongeur.

Le serpent émit un sifflement aigu, il sembla se tasser sur lui-même tandis que des poils sombres lui poussaient soudain sur le dos. En un clin d'œil, il avait disparu et un gros rat se tenait à sa place, reniflant les mains de sa maîtresse.

— Mon petit Grantë, veux-tu m'aider ?

Le rat fit deux tours sur lui-même et se mit à renifler autour de lui, comme s'il n'avait pas entendu.

— Pourrais-tu ronger les joints entre les pierres autour de ce conduit ? J'ai besoin qu'il soit aussi friable qu'une galette de beurre.

L'animal ne répondit rien et continua un moment de trotter dans le cachot, jetant de temps en temps un coup d'œil interrogatif à Maura. Puis, comme frappé d'une idée soudaine, il se rua au conduit et commença à ronger les joints.

Maura se redressa sur son banc, fit la grimace en cherchant une position moins douloureuse et murmura encore :

— Ronge, Grantë, ronge. Et quand tu auras fini, file par ce trou et mange tout ce que tu trouveras. Je n'aurai pas la force de te donner mon sang tous les jours, il va falloir changer de forme et chercher toi-même ta nourriture, tu comprends ?

Le rat ne répondit rien et continua à grignoter les joints.

— Tu vas grossir, mon tout beau, grossir, grossir, jusqu'à devenir énorme. Et alors, fit-elle rageusement, on verra bien si ces fameux Dragons sont vraiment invincibles.

Elle soupira et murmura finalement pour elle-même :

— Il faut que je dorme. Réveille-moi quand tu entendras sonner la cloche de la chapelle. Une heure de sommeil, pas plus… Sinon, tu disparaîtras.

Chapitre 13

D'Arterac fut conduit par un domestique en livrée jusqu'à l'immense salle des demandes du palais de Homgard. Sur les deux grandes portes aux moulures dorées, les cadavres vitrifiés des anciens vassaux de la Princesse Sanglante, hommes et femmes, étaient enchâssés dans le bois – tous ceux qui étaient tombés vivants entre les mains de Sa Majesté après sa victoire. Il ne restait de leurs corps que des squelettes noircis et des lambeaux de chair desséchés, le résultat de la célèbre colère du «Roi Lumière».

D'Arterac déglutit et desserra le col de sa veste. Il éprouvait toujours une sensation d'étouffement quand il venait ici.

—Veuillez entrer, Sa Très Sainte et Illustrissime Majesté va vous recevoir, fit le domestique, le buste légèrement incliné en signe de déférence et le bras tendu vers la salle.

D'Arterac passa sous la gigantesque tête de dragon sculptée qui semblait jaillir du ciel, peint au plafond, pour dévorer tous ceux qui pénétraient ici. Le sol, les murs, les colonnes et même les fenêtres : chaque parcelle de cette salle était ornée de dents de dragon, de griffes de dragon, d'yeux de dragon… jusqu'aux deux gardes à l'entrée, bien sûr, qui portaient leurs célèbres heaumes. Tout était fait pour rappeler le combat héroïque du roi contre In-Gao-Da, le dernier des dragons, qui avait permis sa victoire finale sur la Princesse Sanglante.

D'Arterac avait connu cette salle du temps de cette dernière. Elle était alors bien différente : les murs étaient drapés de tentures rouge vif et le plafond était entièrement recouvert de crânes – ceux des innombrables jeunes hommes sacrifiés aux dieux terrifiants de la princesse.

Le vieillard soupira en massant son dos endolori et resta debout. Inutile de chercher un endroit où s'asseoir : des centaines de courtisans étaient déjà entassés dans la salle des demandes, par terre ou sur des bancs inconfortables. Tous avaient sollicité une entrevue avec Son Altesse et attendaient son bon vouloir.

Un nouveau domestique au visage poudré, portant perruque et jabot à dentelles, surgit d'une porte de service. Il tenait un coussin de soie, comme on tient un plateau d'argent, sur lequel était posé le traditionnel bandeau noir. Les courtisans levèrent les yeux vers lui, retenant leur souffle.

Le visage dénué de toute expression, le domestique s'arrêta devant le conteur et déclama d'une voix beaucoup trop forte pour un interlocuteur si proche :

— Comte Jean d'Arterac, Son Illustrissime Sainteté, Sa Majesté Erik de Homgard, Maître du Feu, Roi Lumière, Souverain des Haut et Bas-Royaumes de Westalie, Prince de Matavie et de Taëllie, Suzerain des îles du Dragon, de la Nouvelle Westalie et du désert de Ougrie, Seigneur de Brom, Duc de Kehen et de Homgard, béni soit-il, va vous recevoir !

Un murmure indigné s'éleva parmi les courtisans. Certains attendaient ici depuis des semaines.

Le domestique tendit au comte le bandeau noir, qu'il noua lui-même soigneusement sur ses yeux. Une main ferme lui saisit alors le poignet et le conduisit avec raideur à travers un couloir et une seconde antichambre. Privé de la vue, d'Arterac entendit que des portes étaient ouvertes devant lui et refermées à grand fracas, puis il sentit que ses pieds foulaient un tapis épais et il sut qu'il était arrivé. Il flaira aussitôt le mélange étrange d'odeurs si particulier de cet endroit : dominant celle de la cire du parquet, il distingua le camphre, l'alcool médicinal et l'amande douce. C'était l'odeur du roi. Son cœur se mit à battre un peu plus fort dans sa poitrine et une sueur glaciale coula le long de son cou. Il avait connu des dizaines, peut-être des centaines d'entrevues avec Sa Majesté, mais chaque fois qu'il passait ces portes, la peur lui revenait au ventre, intacte.

D'Arterac n'avait jamais vu cette pièce. À la façon dont les sons se perdaient au loin – le bruit feutré de ses pas sur le tapis, son toussotement dans son poing –, il se la représentait assez vaste. La seule chose dont il était certain, c'est qu'elle ne comportait aucune fenêtre : le roi ne voulait pas que l'on voie sa lumière depuis l'extérieur. Pour tromper son angoisse, le comte imagina les murs lambrissés, le plafond noir, les portes matelassées aux seuils recouverts par des tissus opaques.

Il y eut un déplacement d'air dans son dos et, sous le bandeau, d'Arterac ferma aussitôt les yeux. Il s'attendit au voile rouge de sa propre peau traversée par la lumière du roi, mais au lieu de cela, il sentit l'odeur de cire brûlée d'une bougie : si Sa Majesté devait s'éclairer, c'est qu'il avait son apparence normale. D'Arterac, dominant sans une plainte les douleurs de son dos de vieillard, s'inclina jusqu'à terre.

Nul n'était autorisé à prendre la parole *avant* le roi.

—Relevez-vous, mon ami.

Le roi avait une voix totalement désarmante. Chaude et apaisante.

—Votre Sainte et Illustrissime Majesté, fit le conteur en guise de salut, en se redressant lentement.

—Nous sommes content de vous revoir, comte.

—Votre Sainte et Illustrissime Majesté me fait trop d'honneur.

—Vous êtes un homme précieux, d'Arterac. Le meilleur au monde dans votre domaine.

Le conteur ne répondit rien. Contredire le roi était une entreprise extrêmement risquée. Et admettre le compliment aurait été une faute de goût – ce qui était tout aussi risqué.

Avec le Roi Lumière, la moins mauvaise option était parfois de se taire.

— Nous avons là du nectar de jin-lang finement pilé, mêlé à de la poussière de diamant. Savez-vous que le jin-lang est un fruit naturellement glacé ? Il contient de minuscules fragments de pierre-de-froid. Notre médecin nous conseille ce breuvage pour apaiser nos humeurs et absorber le… le trop-plein de lumière. Voulez-vous y goûter ? Ces jin-langs ont fait un voyage de trois mille cinq cents lieues avant d'arriver jusqu'à Homgard.

Pendant un instant, le comte se remémora le prince qu'avait été le roi. Un jeune homme au regard rieur, plein d'espoir et de rêves, et qui avait le don de les transmettre à des milliers d'hommes. Un jeune homme qui, vingt ans plus tôt, avait eu l'incroyable audace de défier la Princesse Sanglante à la tête d'une poignée de chevaliers rebelles. Darran Dahl avait-il eu la même fougue ? Et s'il était parvenu à monter sur le trône, aurait-il lui aussi changé aussi brutalement après la victoire ?

Ne sachant s'il fallait accepter ou refuser la boisson, d'Arterac garda de nouveau le silence. Ce fut un bon choix, car le roi sembla oublier totalement son offre.

— Comme vous le savez, j'ai décidé de suspendre, à votre demande, l'exécution de tous les prisonniers rebelles, et cela afin que vous meniez à bien la mission que vous a confiée la Très Sainte Église de Kàn.

— Je vous en remercie, Votre Sainte et Illustrissime Majesté. Je… je ne m'attendais pas à cette décision de votre part, je l'avoue.

— Il y a près de neuf ans, nous sommes monté sur ce trône. Vous avez recueilli notre témoignage et vous avez écrit l'épopée de notre vie, *La légende d'Erik de Kehen, roi des deux Westalies*. Personne n'aurait pu accomplir cette tâche à moitié aussi bien que vous. Votre récit a fait vibrer nos sujets des deux royaumes, il a traversé les océans et traversera aussi les siècles à venir. Nous n'hésiterons pas à dire que c'est en partie grâce à vous que s'est consolidé mon pouvoir.

D'Arterac n'entendait pas le frottement des bottes de cuir sur le tapis ; le roi se déplaçait sans le moindre bruit, en guerrier accompli. Mais le mélange d'odeurs se fit plus fort quand il s'approcha, jusqu'à devenir étouffant.

—Votre légende, Votre Sainte et Illustrissime Majesté, méritait d'être écrite.

À l'époque, pensa-t-il, *vous étiez un grand homme.*

—Et que pensez-vous de celle du rebelle Darran Dahl ?

Un imperceptible tressaillement dans la voix du roi fit tinter une alarme dans l'esprit du conteur.

—Je crains de ne pas être encore suffisamment avancé dans la collecte des témoignages pour…

—Il y a trois jours, nous avons vaincu par les armes ce fameux général « indestructible », comme il se faisait appeler, l'interrompit le roi avec une crispation mal contenue. Nous avons écrasé son invincible armée de femmes, nous avons capturé ses lieutenantes, décapité sa rébellion et nous poursuivrons bientôt ses partisans dans les deux royaumes !

—Oui, Votre Sainte et Illustrissime Majesté.

Le roi se mit à crier :

—Il est mort, d'Arterac ! Je l'ai terrassé !

—Oui, Votre Sainte et Illustrissime Majesté.

Tant qu'on ne savait pas où voulait en venir le roi, il était toujours préférable d'aller dans son sens.

—Mais vous et moi, nous savons que tout cela ne suffit pas. Même mort – surtout mort –, Darran Dahl est plus aimé que nous. Pire : on *parle de lui* plus que de nous.

La voix du roi, jusqu'ici douce et grave, montait dans les aigus. D'Arterac l'entendait passer et repasser devant lui, lui tournant autour comme un fauve en cage. Il crut sentir une élévation de la température, l'odeur de camphre et d'alcool céda la place à celle du métal chauffé au rouge. Des éclairs lumineux traversèrent ses paupières closes, malgré le bandeau.

—Sa légende prend toutes les formes, on lui prête mille exploits, mille fantasmes. Les cœurs et les têtes de nos sujets ne sont plus remplis que de ce petit général à deux sous!

—C'est… c'est tout à fait fâcheux, Votre Très Sainte Majesté, mais vous savez bien que cela ne durera pas.

—Cela durera *trop longtemps*! Les gens de ce royaume nous oublieront. Vous savez ce que cela signifie? S'ils nous oublient, nous mourrons, nous disparaîtrons, nous nous consumerons dans les flammes et nous tomberons en poussière!

—Cela n'arrivera pas, Votre Très Sainte Majesté. Vous restez très aimé, très craint. Et surtout… très présent dans les esprits de vos sujets.

—Bien sûr qu'ils nous craignent et nous adorent! Ils nous voient dans toutes les statues que nous avons fait dresser dans toutes les églises. Ils nous entendent dans toutes les prières qu'ils adressent au Kàn. Et au plus profond de leurs esprits, nous sommes une ombre et une voix dans leurs cauchemars.

Il laissa passer un silence et, quand il reprit la parole, il avait presque le ton suppliant d'un enfant:

—Mais cela s'affaiblit! Et vous connaissez le secret de notre malédiction, d'Arterac. Le feu nous ronge et nous dévore, et chaque jour, nous devons lutter contre lui pour ne pas être réduit en cendres.

—Votre Très Sainte Majesté, je…

—Ces chiens de Grands Kerrs de l'Église! Faire écrire par le plus grand des conteurs le récit des exploits de Darran Dahl! Et ils m'obligent à accepter cela, moi?

—Votre Sainteté, bredouilla le conteur, mes ordres indiquent qu'il s'agit simplement d'étudier un cas de possession d'un homme par le démon.

Il sortit de sa poche une lettre froissée, signée des quatre Grands Kerrs du Conseil, et l'exhiba devant lui, à l'aveugle, puis récita de mémoire :

> « *Avec la bénédiction de Sa Majesté, vous interrogerez les prisonniers détenus par les forces royales. Vous recueillerez leurs témoignages. Vous tenterez de rédiger une histoire cohérente de la vie de Darran Dahl. Vous mettrez en lumière les mécanismes de corruption démoniaque de cet homme, à des fins d'études théologiques pour les archives de la très sainte Église de Kàn.* »

— « Pour les archives » ? Allons, on ne déplace pas le grand d'Arterac pour rédiger des archives ! Les Grands Kerrs utiliseront votre récit comme une arme contre moi. Il sera lu dans toutes les églises et repris par tout ce que ce royaume compte de ménestrels, d'amuseurs de foire et de troupes de théâtre. L'Église de Kàn veut faire de Darran Dahl un martyr, elle veut donner un second souffle à la rébellion !

— Vous… vous pourriez refuser cette requête aux Grands Kerrs, Votre Sainteté, et faire interdire l'accès aux témoins sous la garde de vos soldats.

— Nous n'avons pas le choix, d'Arterac ! Nous sommes pieds et poings liés ! Savez-vous à quel point nos armées ont été laminées ? Dans quelle situation de faiblesse nous nous trouvons, face à une rébellion qui peut enflammer de nouveau mon royaume à tout moment ? Nous avons encore bien trop besoin des Grands Kerrs. Notre nom est cité dans chaque prière et il est au fronton de chaque église de ce royaume. Grâce à l'Église, nous sommes dans chaque village et au cœur de chaque homme. Et elle nous prête l'or dont nous avons besoin pour lever de nouvelles troupes. Oh, plus tard, peut-être, nous pourrions jeter quelques-uns de ces traîtres en robe noire dans les flammes pour qu'ils s'y consument à ma place… Plus tard…

Vous aviez déjà commencé à le faire, pensa d'Arterac. *Avant la rébellion de Darran Dahl.*

—Mais vous, d'Arterac, vous, mon ami, mon loyal serviteur! Vous êtes mon ancien précepteur, mon confident, presque mon père. Et vous interrogez les compagnons d'armes de Darran Dahl? Et vous écrivez la légende de cet homme comme vous avez écrit la mienne?

Le conteur vit soudain le voile rouge de ses paupières traversé par la lumière du roi.

—Si j'avais refusé cette offre, Votre Illustrissime Sainteté, les Grands Kerrs auraient désigné quelqu'un d'autre. Or je possède un don que ne possède aucun autre scribe, je… je ne peux pas mentir, Sa Majesté le sait. Même si les Grands Kerrs me demandaient de présenter le général Darran Dahl sous un jour favorable, je ne le ferais pas. J'ai pensé que je servais mieux Votre Sainteté en acceptant ce rôle qu'en le refusant.

—C'est exact, fit le roi d'un ton soudain radouci. Vous avez bien fait d'accepter, et je suis heureux que vous ayez compris ce que j'attendais de vous.

—Je suis au service de Votre Illustrissime Sainteté.

—La vérité, d'Arterac! Pour votre amour de la vérité, nos sujets vous aiment et vous croient, et vous savez toucher leurs cœurs. Puisqu'il faut écrire sa légende, alors n'inventez rien sur Darran Dahl! Faites donc le travail que le Grand Conseil vous demande, mais faites-le sans ajouter une once de gloire supplémentaire à ce petit rebelle et à sa misérable révolte. Reconstituez bout à bout sa petite vie minable, les deux ou trois échauffourées sanglantes sur lesquelles s'est bâtie sa prétendue légende. Dénichez-nous les faiblesses de l'homme derrière le héros, les mesquineries, les traîtrises, les lâchetés, les coucheries sordides. Révélez ce qui est vrai, rien que ce qui est vrai, et je suis sûr que la légende du grand général rebelle s'écroulera. Alors, la petite manœuvre des Grands Kerrs se retournera contre eux.

Il rit à gorge déployée, d'un rire joyeux et clair où d'Arterac crut retrouver un instant le prince qu'il avait aimé autrefois.

— Vous avez maintenant tous mes prisonniers à votre disposition. Quelle excellente idée de me demander de les garder en vie ! Cette Maura est peut-être acquise à la cause de son chef, mais vous en trouverez certainement quelques-uns qui seront ravis de lui cracher dans le dos… Il y en a toujours.

Au fur et à mesure que parlait le roi, la température de la pièce s'élevait progressivement jusqu'à ce que l'air devienne aussi suffocant que dans un four. Chaque fois que Sa Majesté passait près de lui, d'Arterac était enveloppé par une vague de chaleur brûlante. Il était en nage, le souffle court.

— Il… il sera fait selon vos désirs, Votre Sainte et Illustrissime Majesté.

Un long silence suivit ces dernières paroles, pendant lequel le conteur espéra qu'on lui donne l'ordre de prendre congé – en vain. Le roi, semblait-il, n'en avait pas encore fini avec lui.

— Vous ne m'aimez pas, d'Arterac.

La réplique royale était tombée comme un couperet. Les mains du conteur se mirent à trembler malgré lui et mille réponses tournèrent dans sa tête.

— Votre Très Sainte Majesté, les sentiments qui animent ma personne n'ont pas la moindre importance…

— Répondez à ma question : vous ne m'aimez pas, n'est-ce pas ?

Toutes les réponses possibles vinrent à l'esprit du conteur, et toutes, il les rejeta. Que devait-il répondre à une question pareille ? À un personnage pareil ? Des images terribles passèrent devant ses yeux : les squelettes noircis des anciens vassaux sur les portes de la salle des demandes, les mille têtes tranchées des prisonniers qu'il avait fait exécuter après sa victoire sur la princesse… Il prit une grande inspiration et dit finalement d'une petite voix :

— C'est exact, Votre Majesté.

Le roi garda le silence. L'intensité lumineuse s'accrut jusqu'à devenir à peine supportable, la chaleur monta encore. D'Arterac sentit les battements de son cœur s'accélérer. Il voulut faire une dernière prière à Kàn-aux-deux-visages, mais les mots qu'il murmura tout bas furent finalement : « Adieu, Hélène, ma fille. »

— Certains monarques, peut-être, apprécieraient votre franchise, répondit le roi d'une voix très calme. Nous, nous l'avons en horreur… Cependant, votre amour de la vérité fait de vous le meilleur maître conteur de mon royaume. Puisqu'il faut que vous écriviez sa légende, montrez au monde que Darran Dahl était un menteur et un brigand sans envergure. Ne nous décevez pas, surtout.

Le comte resta droit comme un I comme s'il attendait encore quelque chose.

— Oh ! fit soudain le roi. J'avais presque oublié !

Entre ses mains tendues, Jean d'Arterac sentit le léger poids d'une enveloppe.

— Merci, Votre Sainteté.

Son cœur se mit à battre plus fort encore. Une lettre par semaine, depuis neuf ans. Une lettre de sa fille.

La vie d'Hélène, prisonnière, contre la loyauté absolue de Jean d'Arterac à Sa Majesté. Voilà un élément que le Conseil des Grands Kerrs n'avait pas à sa connaissance.

CHAPITRE 14

L es entrailles de la forteresse de Frankand, à l'approche de midi, étaient toujours aussi sombres.

Le conteur suivit les deux Dragons dans les couloirs interminables jusqu'à une porte, qui semblait identique à toutes les autres.

« Un menteur et un brigand sans envergure, a dit Sa Majesté... Eh bien, au travail, essayons de le montrer », marmonna d'Arterac dans sa barbe. « Tous les hommes qui se laissent dévorer par le calame deviennent des menteurs... Il suffit de trouver le bon témoin. »

— Il est ici ? demanda-t-il.

Le Dragon acquiesça de la tête sans hésiter.

— C'est une cellule d'hommes.

— Ah, il y en avait donc tout de même quelques-uns, dans l'armée de Darran Dahl.

— Ceux-là sont les tout premiers compagnons du deimonaran.

Les soldats levèrent la barre de fer et poussèrent le lourd battant vers l'intérieur. Il régnait ici une obscurité totale. Le conteur avança la tête et grimaça à cause de la puanteur, la lueur de la torche éclaira un sol terreux. Puis des visages blêmes émergèrent peu à peu de l'ombre, et des corps agglutinés les uns contre les autres.

— Prisonniers, approchez ! beugla l'un des deux Dragons.

Pendant un moment, aucun ne réagit. Puis un homme de grande taille s'avança, ses bras enchaînés levés devant les yeux pour se protéger de la lumière.

—Qui… qui êtes-vous ? Qui vous envoie ?

—Je suis le comte Jean d'Arterac, légendier du roi.

—Loués soient les deux visages de Kàn ! Vous êtes exactement la personne que j'attendais ! Je suis enfermé ici par erreur, Votre Seigneurie. C'est un malentendu, une épouvantable méprise. J'ai été obligé de suivre ce rebelle de Darran Dahl dans sa guerre insensée, mais c'était contre ma volonté.

Le conteur recula d'un pas.

—Je cherche le kerr Owain, l'homme qui a soigné Darran Dahl, autrefois, à son retour de la guerre de Succession des princes. Est-ce vous ?

—Non, je suis Erremon, capitaine de la milice de Kenmare. Je suis un loyal sujet du Roi Lumière. Je n'ai jamais souhaité cette rébellion. Tout du long, j'ai fait tout ce que j'ai pu pour essayer de raisonner ce fou furieux de Darran Dahl !

Il s'approcha si près que l'un des Dragons le fit reculer de la pointe de son épée.

—Vous devez me croire, Votre Seigneurie ! Je n'ai rien à voir avec ces gens-là ! Je suis prêt à donner ma vie pour prouver ma bonne foi et sauver mon honneur !

À la lumière du couloir, le conteur vit que l'homme était aussi massif que grand, la tête entourée d'un bandeau ensanglanté.

—Je suis navré, sieur Erremon, répondit le conteur. C'est le kerr Owain que je cherche pour l'instant. Kerr, êtes-vous ici ? M'entendez-vous ?

Une nouvelle silhouette sortit des ombres. Le kerr Owain était tel que Maura l'avait décrit : de gros favoris rouges, d'épais sourcils et un crâne presque entièrement dégarni. Elle n'avait rien dit, en revanche, de sa carrure de lutteur de foire et de ses grosses mains velues ; on aurait plutôt dit un bûcheron qu'un homme d'Église.

— Comte d'Arterac, ne me laissez pas ! hurla Erremon. Vous qui cherchez la vérité, vous qui traquez le mensonge, par pitié, croyez-moi !

— Je reviendrai vous entendre, capitaine Erremon, je vous en fais la promesse, fit le conteur en faisant signe aux Dragons de refermer la porte, pendant que le kerr Owain sortait de la cellule. Soldats, apportez-nous plus de lumière, voulez-vous ?

L'un d'eux s'avança avec la torche, l'autre apporta les tréteaux et la planche, puis les installa dans le couloir, devant la porte close. D'Arterac, dépliant son petit tabouret, s'assit avec un soupir d'aise.

— Que me voulez-vous ? demanda le kerr Owain. Êtes-vous réellement…

— Oui, je suis Jean d'Arterac.

Le kerr inclina la tête avec respect. Il ne semblait pas avoir été blessé pendant la bataille, sauf pour quelques brûlures superficielles sur les mains.

— C'est un grand honneur, maître conteur.

D'Arterac le regarda fixement et croisa les mains sur la table.

— Je suis venu pour vous poser une question précise, kerr.

— À moi ? Pourquoi moi ?

— Vous êtes bien le sieur Owain ? À la fois kerr et guérisseur du village de Kenmare ?

— C'est… c'est exact.

— Parfait. Alors voici ma question : la jeune Maura m'a parlé des blessures que portait Darran Dahl à son retour de la guerre de Succession – des blessures mortelles, selon elle. Je veux savoir pourquoi cet homme n'est pas mort. Je veux savoir quel était l'état de Darran Dahl dans le ruisseau, comment vous l'avez soigné, et, plus important que tout, ce que vous avez découvert par vous-même ce jour-là.

Le kerr Owain s'approcha de la table, il exhalait de lui une odeur épouvantable. Le pauvre homme loucha sur sa propre soutane souillée de terre et d'excréments, visiblement embarrassé de se présenter ainsi.

— Alors c'est vrai, ce qu'on raconte ? fit-il. Vous avez obtenu un sursis pour notre exécution à tous, au nom de notre sainte Église ?

D'Arterac acquiesça d'un air impatient.

— Oui. Pour que vous répondiez à mes questions. Alors, ces blessures ?

— Je… je ne comprends pas. Cela s'est passé il y a plus de dix ans, Darran n'était pas encore général et il n'y avait pas encore de rébellion. En quoi cela vous intéresse-t-il, de savoir quelle blessure il avait ce jour-là ?

— Mon cher kerr, je suis navré de devoir vous rappeler, d'une façon quelque peu brusque peut-être, que vous êtes ici prisonnier et que c'est à moi de poser les questions, non à vous.

— Oh, commença le kerr, c'était il y a près de dix ans, vous savez. Je n'ai pas autant de mémoire que Maura… Car elle a une mémoire prodigieuse, cette jeune femme, vous avez dû vous en rendre compte ? Elle n'oublie rien !

— Je suis certain que vous vous souvenez de ce jour-là. À Kenmare, on ne retrouve pas tous les jours un homme à moitié mort dans un ruisseau. Vous êtes chirurgien de guerre, vous connaissez les plantes médicinales. Alors je vous le demande franchement : Comment se présentait votre patient ? N'avez-vous pas remarqué quelque chose d'inhabituel chez lui ?

Le kerr Owain soupira et, secouant ses chaînes, passa ses grosses mains sur son visage.

— Ce que je peux vous dire, c'est que Darran avait toute l'épaule gauche profondément brûlée – Kàn ! même sa cotte de mailles était rongée et trouée ! Je me suis demandé quel genre de feu ou d'acide avait pu causer de pareils dégâts, la peau en dessous était presque verte. Mais il souffrait d'une seconde blessure tout aussi sérieuse : une flèche de guerre avait traversé sa cuisse de part en part ; elle était fichée là depuis une bonne semaine au moins, vu l'avancement de la gangrène.

D'Arterac commença à griffonner quelque chose et demanda encore, sans lever la tête de ses notes :

— Vous n'avez pas été surpris qu'il ait pu voyager à cheval dans son état ?

— Bien sûr que j'ai été surpris. Une seule de ces blessures aurait suffi à clouer au lit n'importe quel homme. Alors tenir en selle !

— N'auriez-vous pas, à ce sujet, une… hypothèse ?

— Eh bien… commença le prêtre en évitant le regard du conteur. C'était « Darran l'Indestructible », non ? Je sais qu'il n'est pas roi, qu'il a été déclaré « deimonaran » touché par le démon, mais… je crois, moi, que c'était un vrai Gottaran. Des textes peu connus des Saintes Écritures nous apprennent qu'autrefois, le Premier Visage de Kàn touchait aussi de simples roturiers qui n'avaient jamais appartenu à la famille royale. Je peux vous assurer que Darran était l'un de ceux-là. Un jour, j'ai vu une lance de baliste le frapper au ventre, un coup qui aurait coupé en deux n'importe qui. Il était tellement résistant que pendant longtemps, j'ai cru qu'il ne pouvait pas mourir.

Il baissa la tête et ajouta dans un souffle :

— Nous l'avons tous cru, je crois, jusqu'au dernier moment…

— Vous me cachez quelque chose, kerr Owain, mon corps me le dit…

Il montra sa main gauche, où un filet de sang coulait entre ses doigts.

— … Et je veux que vous me disiez de quoi il s'agit.

Mal à l'aise, l'autre loucha sur la main du conteur, stupéfait, et répondit finalement :

—Il… il est vrai qu'en l'inspectant, j'ai remarqué la couleur légèrement violacée de ses gencives. Cela faisait penser au tanin de la *tin-tiriad*… cette petite baie que l'on appelle aussi, hum, pardonnez-moi, le « rubis-de-pute ».

Le visage de d'Arterac s'illumina et il poussa un petit rire de jubilation.

—Je le savais ! Il s'agit d'un puissant remède, n'est-ce pas ?

—Plus ou moins… C'est une petite baie de couleur rouge vif que l'on trouve dans les montagnes mataves. On l'appelle « rubis-de-pute » parce qu'elle ressemble à la *tin-tiviad*, une baie mortelle, et que l'on peut facilement se tuer en les confondant toutes les deux. À moins que ce ne soit à cause de son effet secondaire… Cette baie contient une drogue puissante qui peut, pendant plusieurs jours, maintenir en vie un blessé ou un malade sur le point de mourir. Mais pour cela, il puise très profondément dans ses réserves vitales, à tel point que le choc en retour dure plusieurs mois, souvent même plusieurs années : mélancolie morbide, hallucinations, cauchemars, dégoût de soi… Les livres médicinaux en interdisent l'usage, car le malade a presque autant de chances de mettre fin à ses jours dans les années qui suivent que de mourir de ses blessures.

—Vous êtes convaincu qu'il avait absorbé quelques-unes de ces baies avant son arrivée au village, n'est-ce pas ?

—Disons que c'est… c'est probable, oui, admit Owain. Il baissa la tête.

—À l'époque, vous n'en avez parlé à personne, je suppose ? demanda d'Arterac.

—À quoi bon ?

—Tous les autres étaient donc persuadés que sa survie et son impossible chevauchée à travers le pays étaient dues à sa constitution exceptionnelle… D'où le surnom d'« Indestructible ».

Le kerr Owain s'écria aussitôt :

— Je vois ce que vous sous-entendez ! Vous allez raconter dans votre récit que la légende de Darran est bâtie sur un mensonge et que tout peut s'expliquer par quelques plantes. Mais vous vous trompez, il était réellement touché par la magie du Kàn !

Sa grosse voix caverneuse était maintenant troublée de sanglots. Il redressa les épaules et fixa D'Arterac de ses yeux brûlants. Le conteur en fut surpris, il trouva dans ce regard autant de vérité que dans tous les mots qu'il venait d'entendre.

— C'était… c'était *Darran l'Indestructible*. Voilà ce qu'il faut écrire dans votre légende ! Un grand homme d'une honnêteté irréprochable !

Le conteur replongea sa plume dans l'encrier et posa sur ce vieux lutteur un regard presque tendre.

— Vous pensez que vous venez de trahir votre général, kerr ? Rassurez-vous : il n'en est rien.

— Je… je ne comprends pas.

— Pour se bâtir une réputation, j'ai vu certains personnages, royaux ou non, mentir et tricher pour convaincre un grand nombre de gens qu'ils possèdent un pouvoir exceptionnel.

— Vous voulez dire… pour attirer les faveurs de Kàn ? Il est possible de *tricher* ?

Le kerr Owain écarquilla les yeux, mais le conteur fit un geste apaisant de la main.

— Ce que je veux dire, c'est que j'ai longtemps soupçonné que Darran Dahl était, comme beaucoup avant lui, un ambitieux qui cherchait à attirer le regard des hommes par tous les moyens. Mais d'après votre témoignage, il n'a ourdi aucun stratagème, il n'a menti à personne : il a simplement avalé ces baies pour survivre à ses blessures. Il ignorait qu'une légende naîtrait de ce petit hasard… Ses amis l'ont appelé « l'Indestructible », les poètes et les ménestrels ont repris le surnom.

Le conteur massa ses mains endolories par l'arthrose.

—C'est ainsi que naissent les plus belles légendes, kerr Owain. Sans artifice. Juste avec un petit grain de hasard.

CHAPITRE 15

—**B**onjour Maura, fit le conteur.

Il s'assit à sa table et sortit ses feuillets de sa mallette en cuir. L'étroit cachot de la jeune fille lui semblait maintenant presque familier. L'odeur d'urine et d'excréments avait presque disparu depuis qu'elle disposait d'un seau d'aisance avec couvercle.

—Tiens, vous avez un peu de lumière du jour dans votre cellule, à présent ?

—Moi j'appelle plutôt ça une vague lueur, répondit Maura. Mais c'est vrai que depuis le dernier changement de place des cachots, mon trou d'aération donne sur l'extérieur.

Elle semblait fatiguée mais apaisée, presque joyeuse.

—Fort bien, fort bien, fit le conteur.

—Je me suis demandé où vous étiez passé, aujourd'hui. Il est tard.

—Je suis allé rendre visite à… de vieux amis. Mais reprenons votre récit où nous l'avions laissé, voulez-vous ? fit le conteur. Morregan venait de se réveiller, je crois ?

—Oui. Je ne lui ai pas reparlé pendant des années après cela. En fait, je ne l'ai pas revu pendant quatre ans… Je peux reprendre le récit au moment où je l'ai revu, si vous voulez ?

—Qu'a-t-il fait pendant ces quatre ans ?

Le conteur s'aperçut que sa plume était usée et plongea la main dans la poche de son manteau, par réflexe, pour en retirer son petit taille-plume. Mais il sentit au bout de ses doigts la texture inattendue d'un minuscule rouleau de papier très fin – un rouleau qui, il en était certain, ne se trouvait pas ici quand il était sorti de chez lui le matin même.

— Pas grand-chose, répondit Maura sans se rendre compte du trouble du conteur. En fait, rien du tout ! Avec son or, il s'est acheté une grande maison en bois sur la colline qui surplombait le village, et on ne le voyait pratiquement jamais sortir.

Le conteur ne l'écouta pas vraiment : la main toujours plongée dans sa poche, il déplia délicatement le rouleau de papier et, après avoir chaussé ses petites lunettes d'écailles, y jeta un regard discret. La première chose qu'il reconnut fut le sceau du Conseil des Grands Kerrs, les deux visages de Kàn accolés et la citation « *Gior aë Jonej* », « Gloire au Très Grand. » Qui avait glissé là ce billet ? Et quand ? Sans doute un agent de l'Église, sur le chemin de la forteresse.

> « *Ceci est une modification majeure du travail qui vous est demandé. Votre but n'est plus de rédiger la légende de Darran Dahl, mais de faire émerger une nouvelle figure de la rébellion aux yeux du peuple. La jeune Maura de Kenmare nous semble parfaite pour ce rôle.*
> *Sous couvert d'évoquer la vie de messire Dahl, votre récit devra mettre en valeur cette jeune fille et faire d'elle une héroïne capable de prendre la tête du mouvement. Il est cependant vital que le roi continue de croire que vous ne vous intéressez qu'à Darran Dahl.* »

— Pendant des mois, poursuivit Maura plongée dans son récit, les gens ont passé leur temps à cancaner au sujet de Morregan : son or à l'origine douteuse, sa guérison impossible… Il y avait largement de quoi faire jacasser toutes les commères d'un petit village comme Kenmare. Et puis les années ont passé et les gens ont parlé d'autre chose. Morregan vivait en ermite et ne donnait plus tellement prise aux bavardages. Les gens se sont mis à l'appeler «le fou de la colline» et on l'a tous un peu oublié. Eh, vous m'écoutez, quand je vous parle?

Le conteur, blanc comme un linge, les doigts crispés sur le message roulé en boule au creux de son poing, fixait la table sous ses yeux, avec une intensité qui la mettait mal à l'aise.

Le Grand Conseil ne souhaite pas l'équilibre des forces, il souhaite voir la rébellion renverser le roi.

La vérité, qu'il chérissait plus que tout, on l'en avait privé: le Grand Conseil lui avait fait mentir au roi sans le savoir. D'Arterac en eut des sueurs froides.

Depuis le début, les Grands Kerrs voulaient donner une nouvelle championne à la rébellion, mais ils ont attendu mon entrevue avec le roi pour me le dire. Ils savent que je suis incapable de mentir.

Maura était jeune et sans expérience. Sans doute espéraient-ils attirer ainsi la sympathie du peuple, tout en choisissant un esprit facile à manipuler en cas de victoire.

— Messire? demanda l'un des deux Dragons en s'approchant d'un pas dans le dos de d'Arterac. Tout va bien?

Il fallait prendre une décision, et vite. Trahir le Grand Conseil et avouer ses nouvelles instructions au roi? Il libérerait peut-être enfin sa fille, quoi que ce fût peu probable.

De plus, les méthodes du Conseil des Grands Kerrs, cette façon de faire de lui un menteur et de le mettre devant le fait accompli, tout cela le mettait en fureur.

Le conteur avait proposé à Maura d'être témoin, alors que l'Église voulait en faire une nouvelle reine. La jeune fille croyait livrer le récit de Darran, alors que c'était sa propre vie qui serait jetée en pâture au royaume tout entier.

Et s'il refusait ce travail? Plus de légende, plus de témoins, plus de mensonges. Mais alors, le roi ferait exécuter sa fille et l'Église ne lèverait pas le petit doigt pour le défendre.

— Je vous écoute, bredouilla d'Arterac. Je vous assure que ce que vous avez à dire m'intéresse énormément.

Il contempla cette jeune fille aux cheveux rouges, au regard furibond, et il s'aperçut qu'il avait *envie* d'entendre son histoire. Peu importait ce qu'en feraient le roi, les Grands Kerrs et tous ceux qui l'entendraient. Il avait *envie*, lui, d'Arterac, de l'écrire et de la faire connaître, beaucoup plus, comprit-il avec étonnement, que celle de Darran Dahl. Il exultait à l'idée, pour la première fois dans sa carrière, et sans doute pour la dernière mission de sa vie, de raconter enfin le combat d'une personne qui n'était ni roi, ni reine, ni général. Une jeune fille inconnue, qui s'était battue pour ses idées avec courage, dans l'ombre d'un plus grand personnage.

— … énormément, répéta-t-il tout en glissant discrètement la petite boulette de papier dans sa bouche.

Il trempa sa plume dans l'encrier, mâchonna la boulette et ajouta finalement :

— Vous veniez… – Il déglutit en faisant la grimace, et sentit sa nouvelle mission se frayer un chemin dans son œsophage – … vous veniez de découvrir que vous étiez une mindaran, je crois ? La petite marque du bâton était apparue au creux de votre coude, Breena-la-sorcière vous avait promis un rendez-vous… Racontez-moi cela.

Maura fronça les sourcils.

— C'est mon histoire, que vous voulez, ou celle de Darran ?

— Vous êtes mon témoin principal et j'aimerais en savoir davantage à votre sujet, dit-il en choisissant une formule qui ne le faisait pas mentir. Cela vous pose-t-il un problème ?

Il sentit au creux de sa paume une douleur cuisante : une entaille rouge et sanglante venait d'apparaître sur sa main. Et cette fois, ce n'était pas son témoin qui lui cachait quelque chose, c'était lui qui cachait quelque chose à son témoin.

Reine, pensa-t-il. *Si la rébellion gagne cette guerre, elle sera peut-être reine un jour.*

Maura haussa les épaules.

—Aucun.

Tout ce qu'elle voyait, de son côté, c'était que plus le récit serait long, plus son sursis le serait aussi.

Chapitre 16

B reena n'avait pas menti : quelques jours plus tard, elle est venue me trouver dans notre vieille cabane en bordure de la forêt pour me parler.

C'est ma mère qui l'a accueillie – plutôt froidement, je dois dire. La visite d'une femme connue pour aller cueillir les hommes là où ça lui chante, ce n'est jamais une bonne nouvelle pour une épouse. Breena portait encore une robe complètement extravagante, ce jour-là ; le tissu couvrait à peine ses seins et, par une fente, on voyait ses cuisses nues à chaque pas. Elle m'a désignée à ma mère et lui a dit avec un naturel incroyable, comme si c'était la chose la plus banale du monde :

— J'emmène votre fille en promenade.

— C'est Maura, que vous êtes venue voir ? a dit ma mère, stupéfaite.

Le fait qu'une sorcière demande à parler à sa fille n'avait absolument aucun sens. Breena ne nous avait *jamais* adressé la parole depuis notre arrivée. J'ai fait un pas en avant mais maman m'a retenue par la main.

— Pourquoi Maura ? Elle n'a rien de… « particulier », comme vous. C'est une fillette tout à fait ordinaire.

— Maman !

À l'époque, je n'ai absolument pas compris pourquoi elle disait ça. Je l'ai détestée pour cette façon de m'humilier devant cette femme fascinante. Mais je suppose qu'en réalité, elle avait simplement essayé de me protéger d'elle, d'instinct.

— Peut-être devrais-je plutôt en parler à votre mari ? a répondu Breena avec un sourire éclatant.

Maman m'a serré la main encore plus fort.

— Si vous faites du mal à ma fille, sorcière, je vous égorgerai de mes propres mains.

Un silence pesant s'est invité entre nous trois, et puis Breena, avec un sourire quelque peu forcé, a fini par répondre :

— Je peux comprendre que vous vouliez protéger Maura, dame Onagh, j'ai un enfant moi aussi. Mais vous ne devriez pas juger si mal les sorcières, c'est une chose que vous pourriez vivement regretter dans un avenir proche.

Ma mère a blêmi et lâché ma main. À l'époque, j'ai cru que Breena l'avait menacée. En réalité, je pense qu'elle lui disait simplement que sa fille en était une, elle aussi.

— Quoi qu'il en soit, je vous donne ma parole que je ne toucherai pas à un cheveu de la tête de Maura.

Et puis, comme si de rien n'était, elle a ajouté d'une voix joyeuse :

— Je la raccompagnerai chez vous en fin de journée. Vous n'y voyez pas d'inconvénient, n'est-ce pas ?

J'ai suivi Breena et la porte a claqué derrière nous. Au bout de quelques pas, la petite maison de bois a disparu de ma vue, derrière les arbres, et je me suis retrouvée seule avec cette femme que je ne connaissais pas.

— Vous n'avez pas jeté un mauvais sort à ma maman, hein ?

— Bien sûr que non, je lui ai simplement parlé avec aplomb. Sur la plupart des gens, cela a presque le même effet que la magie. Dis-moi, Maura, ta mère risque-t-elle de parler à quelqu'un de ma visite ?

— Je… je ne crois pas. Elle n'a personne avec qui parler, au village. Nous sommes des étrangers.

— C'est parfait.

Breena m'a tout de suite traitée comme une égale et non comme une enfant. J'en étais flattée mais aussi un peu effrayée, comme si elle me prenait pour quelqu'un d'autre et que je risquais à tout moment d'être découverte.

Elle m'a d'abord fait jurer de ne parler à personne de ce qu'elle allait me dire, et puis elle m'a conduite dans l'un des endroits les plus sombres et les moins fréquentés de la forêt. C'était fascinant de voir comme la boue glissait sur ses ballerines légères. Les feuilles ne s'accrochaient jamais à sa robe de soie et, sous ses pas, aucune brindille ne semblait vouloir craquer.

— Que les choses soient claires : je n'ai pas l'intention de devenir ta professeure et encore moins ton amie. Je vais te consacrer une journée, Maura. Une journée, et rien de plus. Après cela, ne cherche plus *jamais* à me parler. Demain, nous serons de nouveau deux étrangères, toi et moi. Il se trouve simplement qu'à ton âge, je n'avais personne à qui parler de ma magie et que j'ai commis des erreurs par ignorance. Alors je vais juste t'apprendre deux ou trois petites choses pour que cela ne t'arrive pas. De bons conseils, entre sorcières.

— Alors c'est vrai ? Je… j'en suis une, moi aussi ?

— Tu en portes la marque, n'est-ce pas ? Montre-la-moi.

J'ai découvert mon bras. Elle était là, petite, mais bien visible, noire sur ma peau blanche de rousse. C'était un simple trait tout droit au creux du coude : le « bâton », la marque des sorciers.

— La question est réglée : tu es bien une sorcière. Je vais donc te donner les trois règles que je connais à propos de la magie.

Trois règles. Comme dans tous les contes de fées que me racontait ma mère.

— La première, c'est que personne ne devra savoir que tu es une mindaran. Tu auras peut-être envie de le crier sur tous les toits, pour te vanter auprès de tes amies ou menacer un camarade : ne fais jamais cela.

— Je n'ai pas d'amies.

Elle ne m'a pas vraiment écoutée.

—Aujourd'hui, les femmes mindarans ne se cachent pas. Mais il se prépare un âge sombre, Maura. Tu as entendu parler de la guerre de Succession, n'est-ce pas ?

—Oui, ma dame. On raconte qu'elle sera bientôt terminée, que le prince Erik va traverser les montagnes qui entourent la capitale et qu'avec toute son armée, il va enfin punir cette méchante femme qui tuait des tas de gens.

—Peut-être… Mais la Princesse Sanglante ne sera pas la seule à perdre cette guerre : toutes les femmes la perdront avec elle.

—Comment… comment les femmes pourraient perdre la guerre ? Elles ne se battent même pas !

—Ah… c'est peut-être bien le problème, vois-tu. Enfin, tu comprendras cela plus tard. Ce qui compte c'est que, très bientôt, je crains que toutes les femmes mindarans ne doivent cacher leurs pouvoirs, tu comprends ? Des hommes viendront pour les enfermer, ils les chercheront partout pour les capturer.

—Pourquoi ? Elles ont fait quelque chose de mal ?

—Peu importe. Souviens-toi juste de la première règle : ton secret t'appartient, c'est ton bien le plus précieux. Répète après moi.

—Il m'appartient. C'est mon bien le plus précieux.

—Bien.

Elle parut se détendre un peu.

—Vous allez m'apprendre des sortilèges ? Est-ce que je vais être aussi belle que vous ?

Elle a éclaté de rire.

—Tu me trouves belle ?

J'ai acquiescé de la tête. Évidemment qu'elle était belle.

—Je suis coquette, Maura. Je suis vaniteuse, menteuse et manipulatrice. Mes paroles charmeuses rentrent dans le cœur des gens, les troublent et les conduisent à servir mes intérêts. Je séduis des hommes pour mon plaisir, puis je me lasse d'eux et je leur brise le cœur.

J'ai soudain eu très peur. Et si Breena m'avait emmenée si loin en forêt pour me tuer ? Et si j'étais une menace pour elle ? Une concurrente à éliminer ?

— Mais j'ai aussi rallumé l'amour entre des hommes et des femmes qui en étaient venus à se haïr, a-t-elle finalement ajouté. J'ai protégé des enfants de personnes mauvaises, j'ai soigné de leurs terreurs profondes bon nombre d'âmes blessées, j'ai démasqué des voleurs, des tueurs et des violeurs qui croupissent à présent dans des geôles ou au fond d'une tombe.

— Alors… est-ce que vous êtes bonne ou mauvaise ?

Elle haussa les épaules.

— Justement, voici la deuxième règle dont je veux te parler : oublie les leçons de morale, les livres de religion, les prêcheurs de bien et de mal. Ta liberté et ton libre arbitre t'appartiennent. Aucune femme ne devrait jamais oublier cela, et encore moins une sorcière.

Elle s'est soudain arrêtée et a regardé autour d'elle. Nous étions seules au bord du ruisseau, à l'endroit où il forme une petite cascade. La voûte immense des chênes, au-dessus de nos têtes, faisait comme un toit presque noir.

— Ma magie est à l'image de mes goûts, a-t-elle dit en reprenant sa marche. La tienne sera à l'image de ce que tu aimes, toi. Je voulais être belle, alors je le suis devenue. Qu'est-ce qui fait battre ton cœur, Maura ? Est-ce la séduction ? La peinture ? La danse ? Est-ce le désir de briller ou d'être aimée ? Celui de manipuler ceux qui te font obstacle ? Qu'est-ce que tu aimes plus que tout ?

J'ai crié aussitôt :

— La forêt et ses animaux ! Les écureuils, les serpents, les belettes ! Tous les animaux !

Elle a fait une grimace dégoûtée.

— Eh bien… il faut de tout pour faire un monde de sorcières, j'imagine.

J'ai mis une main devant ma bouche comme si j'avais dit une bêtise.

—Ça ne vous plaît pas?

Elle a soupiré.

—Maura… Quelle est la deuxième règle que je viens de te donner?

—Ma… ma liberté? Mon libre arbitre?

—Ce qui me plaît ou ce qui ne me plaît pas, cela n'a aucune importance, c'est de toi qu'il s'agit. Peux-tu sentir ton amour des animaux sourdre au fond de ton ventre et bouillonner comme un volcan?

Je lui ai jeté un regard en biais. Je ne savais pas ce que voulait dire «sourdre», mais je n'ai pas osé le lui demander.

—Alors c'est un excellent choix, a-t-elle conclu sans attendre ma réponse. J'ignore totalement ce que tu pourras en faire… Donner des ordres à un fauve? Modifier le corps d'un serpent pour qu'il te serve mieux?

—Je pourrais créer un petit animal rien qu'à moi? Un écureuil, par exemple?

—Ah non. Pour créer une âme, si petite soit-elle, il faut savoir y projeter un peu de la sienne. C'est l'art que pratiquent les *amin-guela*, les «sorciers des âmes». Cette sorte de magie est rare, et elle n'a rien à voir avec les animaux.

—Alors, je pourrais entrer dans la tête d'un oiseau pour lui parler?

Elle a fait un geste vague de la main.

—Oui, oui, peut-être. Ou peut-être que non. Tu trouveras bien.

—Ce n'est pas cela que vous allez m'apprendre?

—Certainement pas! Je déteste cette forêt, ces marais et toutes les bestioles qui grouillent là-dedans. J'ai vécu dans un palais autrefois, tu sais, avec un homme beau comme un dieu! Des chevaliers et des barons me mangeaient dans la main!

À présent, j'en suis réduite à vivre au fond d'un marigot… Ne fais jamais d'enfant, Maura! Jamais d'enfant!

Elle a éclaté de rire de nouveau, mais il n'y avait rien de gai dans ce rire. Il était plein d'amertume et de tristesse. Elle m'a pris le poignet tout à coup et m'a regardée droit dans les yeux. Des larmes perlaient au coin de ses paupières et sa lèvre tremblait.

—Ne m'écoute pas : j'adore mon fils. C'est la prunelle de mes yeux et je n'ai jamais regretté un instant de l'avoir eu. Mais il m'a coûté ma vie d'autrefois.

J'étais un peu gênée et je ne savais pas quoi répondre. Moi, quand elle me parlait d'Aedan, je revoyais ses beaux cheveux noirs et ça me faisait comme des étincelles dans le ventre. On a continué à marcher, j'ai laissé passer un moment de silence et finalement, je lui ai demandé :

—Alors, si vous n'aimez pas les animaux, qu'est-ce que vous allez m'apprendre?

—Sur les animaux, pas grand-chose. Mais tes goûts changeront peut-être, la vie est plus longue et plus variée qu'on ne croit. Si tu apprends à aimer une chose nouvelle ou… une personne nouvelle, alors ta magie se diversifiera peut-être.

Elle s'arrêta et pointa le doigt sur moi.

—Car voici la troisième règle, qui te servira quoi que tu deviennes : tu es mindaran, donc ta magie vient de toi. Elle ne tire sa force de rien d'autre. Tu te souviens des prêches du kerr Owain à l'église? Kàn a deux visages. « Le Premier Visage de Kàn », c'est le monde qui nous entoure, l'univers créé par Kàn. Il touche nos reines – et autrefois nos rois. Elles deviennent, à leur couronnement, de « saintes Gottarans ». Ce sont ces êtres d'essence divine que tu vois peints sur les vitraux de l'église. Ils reçoivent leur pouvoir du monde, comme un fleuve qui recueille chaque goutte de pluie tombée sur une vaste plaine.

—Les deux visages de Kàn, oui je m'en souviens… La Princesse Sanglante est une Gottaran, c'est ça?

— Eh bien, elle n'a jamais été couronnée. Mais elle est encore officiellement la souveraine de ce royaume et elle dispose de grands pouvoirs. Sa colère est crainte de millions d'hommes, un seul cri de sa bouche peut faire jaillir le sang de dix guerriers.

— Quelle horreur! C'est vraiment le Visage de Kàn qui lui donne sa force? Ce n'est pas celui du démon?

Breena eut une moue évasive.

— Nos reines Gottarans sont bénies par Kàn. Les deimonarans sont habités par le démon. Leurs pouvoirs sont… relativement similaires, en fait. En tout cas, notre magie à nous, Maura, est tout autre. Nous sommes touchées par le Second Visage de Kàn, son visage secret. On nous appelle mindarans et nous portons la marque. Certains d'entre nous sont des guerriers-nés, d'autres des marins hors pair, d'autres encore des chasseurs infaillibles. Toi et moi, nous sommes des sorcières. Notre force de mindarans ne vient pas du monde qui nous entoure, comme celle des Gottarans. Elle est puisée en nous-mêmes, dans notre esprit et dans notre corps. Attends, je vais te montrer.

Elle a recueilli deux minuscules larmes au bord de ses paupières et les a fait rouler sur le bout de deux doigts. J'ai levé vers elle des yeux interrogateurs.

Elle a effleuré le rebord du décolleté de sa robe et elle a lentement tracé des lignes sur la soie noire qui couvrait son sein gauche. Sous son index est alors apparue une jolie broche en diamant, en forme de rose parfaite, qui étincelait dans la pénombre. Puis elle a glissé son autre doigt sous le tissu et son décolleté s'est soudain légèrement alourdi comme si sa poitrine avait gonflé de volume. Je suis restée ébahie, le nez collé au sein de Breena si longtemps qu'elle a fini par toussoter dans son poing et me demander:

— Tu… tu aimes les garçons, n'est-ce pas?

Je ne comprenais pas sa question. Alors j'ai simplement dit:

— Je m'en fiche, des garçons.

Ce qui n'était pas tout à fait vrai. Surtout en ce qui concernait son fils.

Elle a pointé un doigt en l'air et a continué la leçon tout en marchant.

—Tu peux utiliser pour la magie tout ce qui vient de ton corps. Plus la matière sera noble et plus le sortilège sera puissant. La plupart du temps, un peu de sueur fait l'affaire et on ne s'aperçoit même pas de la perte. Mais cheveux, salive, sang, tout cela peut servir au pouvoir d'une mindaran. Une larme peut suffire à créer à partir du néant un objet d'un volume bien plus gros. Souviens-toi seulement que, comme la vie est éphémère, tes créations le seront aussi. Dès que tu relâcheras ton attention trop longtemps, elles disparaîtront. Oh, et attention à une chose : ne sacrifie jamais ta propre chair pour la magie ! Certains se sont coupé un pied ou une jambe pour un sortilège, c'est une hérésie !

—Ça ne marche pas ?

—Bien sûr que si. Le sortilège est alors extrêmement puissant. Mais le mindaran perd une part de lui-même, sa magie sera faussée à jamais. Bon, à ton tour maintenant. Essaie un peu.

J'ai porté un doigt à ma bouche et j'ai mordu brutalement dans l'ongle. Il m'est resté sur la langue une rognure en forme de lune que j'ai crachée dans ma main.

Breena l'a contemplée d'un air dégoûté.

—Hum… Pour le style, il y a encore des progrès à faire. Mais tu as bien écouté. Ce… cette chose provient de ton corps, en effet. Et maintenant, lève une main en l'air et sens le picotement de ta magie affluer dans tes doigts. La main est l'instrument essentiel du mindaran : tu vas dessiner ce que tu désires.

J'ai fermé les yeux et j'ai pensé très fort à mon animal préféré : l'écureuil. De la main droite, j'ai tracé en l'air la forme d'une queue, puis d'une tête ronde. Je me suis concentrée à m'en faire exploser la tête, mais quand j'ai rouvert les yeux, ma rognure d'ongle était toujours à sa place au creux de mon poing.

Tout à coup, il m'est venu une pensée terrifiante : je n'étais pas du tout sorcière, tout cela était une méprise et Breena allait s'en apercevoir. Mais elle a seulement dit :

— À quoi as-tu pensé, Maura ? Quel était ton dessin de sorcière ?

— Un… un écureuil.

— Ce n'est pas un dessin, ça. Tu dois penser à une chose plus précise. Où. Comment. Combien. Pourquoi… Il faut la dessiner avec ta main, certes, mais il faut aussi que l'image soit parfaite dans ton esprit.

J'ai fermé les yeux de nouveau. J'ai visualisé le ruisseau, la voûte des arbres au-dessus de nos têtes, puis tout le tapis végétal et minéral à nos pieds : du lierre, des buissons, des cailloux charriés par les eaux. J'ai tendu la main devant moi et mon doigt a commencé à bouger de lui-même, avec de petits mouvements vifs, pendant qu'une douce chaleur me gagnait le bras. C'était comme si une main plus grande et plus sûre se posait sur la mienne pour me guider.

Et soudain, Breena a poussé un cri. J'ai rouvert les yeux : dans les sous-bois autour, une demi-douzaine d'écureuils bondissaient partout, grimpant les uns sur les autres et jouant comme des enfants. Je les avais appelés à moi. J'ai éclaté de rire et battu des mains.

— C'est exactement ce que j'avais dessiné !

— Kàn tout-puissant ! a hurlé Breena en grimpant sur une vieille souche, il y en a partout !

Puis ils ont disparu dans les sous-bois. Breena était très pâle et secouait encore sa robe, comme pour se débarrasser de quelque chose qui lui aurait grimpé sur les mollets. Moi, je me suis sentie bizarrement épuisée, comme si je n'avais pas dormi de toute la nuit.

— Tu… tu… a-t-elle bredouillé en me fixant avec de grands yeux écarquillés. Tu seras une *grande* sorcière, Maura, fille de Karech.

— C'est vrai ? J'ai fait quelque chose de difficile ?

Elle a soudain regardé autour d'elle : le ruisseau, le sentier derrière les buissons d'ajoncs, la trouée dans le feuillage au-dessus de nos têtes.

— Où m'as-tu emmenée ?

— Ce n'est pas moi qui vous ai emmenée, c'est vous qui…

J'ai posé le regard par terre et alors, j'ai reconnu l'endroit : c'était exactement ici que j'avais trouvé Morregan, quelques jours plus tôt. Il y avait encore une tache de sang par terre, là où mon père l'avait allongé.

— Ta marque de mindaran : elle est apparue le jour où tu as trouvé cet homme dans le ruisseau, n'est-ce pas ? Et je suppose que c'était précisément ici ?

J'ai acquiescé lentement de la tête.

— Morregan représente quelque chose de très important pour toi, a-t-elle soufflé à mon oreille. J'ignore de quoi il s'agit, mais c'est son retour au village qui a éveillé ta magie.

Chapitre 17

Pendant les quatre années qui ont suivi, j'ai complètement oublié ce que Breena m'avait dit au sujet de Morregan. D'ailleurs, je l'ai complètement oublié, lui aussi, avec tout son or, ses blessures étranges et tous ses mystères. J'étais bien trop occupée.

Je passais le plus clair de mon temps seule, à exercer mes pouvoirs dans les bois ou sur la lande. Je ne parlais pratiquement à personne, je me désintéressais totalement des gens, du village et du monde entier. Ils auraient pu tous disparaître, je m'en serais à peine aperçue.

Bâcler les corvées domestiques, me traîner à l'église, écouter les sermons de ma mère qui me criait dessus pour que je m'habille plus décemment ou que j'apprenne à coudre… Dès que tout ça était terminé, je filais retrouver mon royaume et je redevenais la reine des bois. Ça ne me dérangeait pas, que personne ne connaisse mon secret. En fait, ça m'allait très bien. Mindaran, j'étais une mindaran… Le nom même suffisait à me remplir de joie.

Je me suis à peine rendu compte des changements au village après la victoire du prince Erik.

La guerre était finie, le prince avait terrassé le dernier des dragons et son armée victorieuse était entrée dans Homgard, où il avait vaincu la garde prétorienne de la Princesse Sanglante. On disait de lui qu'il était « le maître du feu » et tout le monde l'appelait maintenant «le Roi Lumière». C'était le nom qu'on citait dans chaque prière au Grand Kàn, et une très jolie statue de lui, en bronze, trônait sur la place du village. Il était tout doré dans son armure, en train d'enfoncer une lance dans la bouche du dernier des dragons. D'ailleurs, son blason avait changé : le dragon royal avait remplacé la licorne des ducs de Kehen.

Et puis, un jour, on avait gravé une inscription au fronton de l'église. Je ne savais pas lire mais, selon Aedan, ça disait : «*Aran umaë imradil*», ce qui signifiait apparemment en haut saméen : «L'âme est l'attribut de l'homme». Je me suis demandé ce que ça sous-entendait pour la femme… Jusqu'à ce que le petit Tomey prenne pour habitude de tirer les cheveux des filles après la messe en leur criant : «T'as pas d'âme ! T'as pas d'âme !» Avec moi, il a essayé une fois et il s'est pris une gifle.

On avait ôté toutes les anciennes reines Gottarans de l'église : les statuettes d'Ursel-la-guérisseuse, d'Hisolda-la-sainte-artiste, et même de Bianca-la-guerrière ; on avait mis à leur place des Gottarans hommes, d'anciens rois oubliés ou d'autres pays dont on ne savait pas grand-chose. Je trouvais ça dommage, j'adorais Bianca-la-guerrière, elle avait un arc à double courbure que je regardais tout le temps avec envie, pendant les prêches. On avait aussi enlevé tous les vitraux qui montraient des femmes et on les avait remplacés par de nouveaux qui ne montraient que des hommes. Je ne les aimais pas : ils étaient moins colorés que ceux d'avant, ça se voyait qu'on les avait fabriqués à la va-vite. Le seul vitrail qui représentait une femme, c'était celui de Maelid-la-maléfique, l'affreuse deimonaran tentatrice, à moitié nue, que l'ancien roi saint Joach pourfendait de sa sainte épée. On ne parlait que des «saintes Gottarans», avant. Mais le père Owain nous avait expliqué que saint Joach avait été roi et Gottaran, lui aussi, il y avait très très longtemps, à l'époque où les deux royaumes de Westalie n'avaient pas encore de reines.

En fait, une seule chose était devenue beaucoup plus amusante qu'avant : c'était le moment où les pierres-de-paroles se mettaient à parler. Chez nous, les pierres-de-paroles étaient toutes simples. Trois énormes monolithes de granit dressés de façon à faire une sorte de table, haute comme deux hommes. Une simple encoche dans la pierre, sur chaque côté, faisait comme une bouche qui s'ouvrait et qui parlait comme toutes les pierres-de-paroles du royaume. Celles-ci étaient vieilles comme le monde ; les murs de l'église, qui étaient pourtant très vieux, avaient été construits autour d'elles. Dans les villes, ils ont des statues en pierre de taille ou en marbre dans leurs églises, avec des visages finement taillés qui s'animent entièrement quand les pierres parlent. Mais j'ai toujours préféré nos pierres à nous, grossières et tout usées par les siècles. On les écoutait une fois par semaine, et parfois même, certains soirs, le kerr Owain annonçait une messe spéciale. Dans l'église, tous les villageois se mettaient sur les bancs disposés en cercle autour des pierres. Et quand le kerr terminait enfin son prêche, il annonçait qu'elles allaient parler et moi je frétillais d'avance.

Avant la victoire du prince, elles rabâchaient les mêmes histoires sur les exploits du Grand Kàn : le Grand Kàn contre les morts-qui-marchent, le Grand Kàn qui fait surgir le continent des eaux, le Grand Kàn qui invente le blé, le riz, le pain et le vin pour les offrir aux hommes. Je m'ennuyais à mourir. Mais après la victoire de Homgard, tout avait changé. Désormais, les pierres racontaient par épisodes la légende du prince Erik de Kehen, et la façon dont il avait monté sa troupe de courageux chevaliers pour se dresser contre l'armée invincible de la Princesse Sanglante. On suivait toutes ses batailles, une par une, son périple dans les deux royaumes de Westalie pour rassembler les soutiens des grands nobles et celui des évêques de la sainte Église. J'adorais ça ! On se demandait toujours comment il allait s'en sortir, contre la terrible cavalerie noire de la reine qui brûlait les villes et massacrait tout sur son passage, et contre ses prêtres corrompus qui pratiquaient les sacrifices humains et qui buvaient le sang de leurs victimes. Le prince savait enflammer le cœur de ses hommes et les pousser à la lutte même dans les situations les plus désespérées. Mon moment préféré, ça a été le combat du prince contre le dernier des dragons, le vénérable In-Gao-Da, qui gardait depuis des siècles la passe de Homgard et interdisait à toute armée d'entrer dans la plaine. Une poignée d'hommes fidèles, toute la ruse et le courage d'un prince et… le coup d'épée fatale dans le poitrail de la créature. J'en avais les larmes aux yeux.

La voix des pierres avait changé, elle était vieille, mais chaleureuse, une voix forte, exaltée, qui racontait tout ça de façon palpitante et savait nous tenir en haleine. Elle avait l'accent étrange des gens de l'Est, et le kerr Owain nous avait dit le nom de l'homme à qui elle appartenait. J'avais entendu « Da-trac ». J'ai mis des années à comprendre que c'était « d'Arterac » ; on disait que c'était « l'homme dont les histoires ne mentent jamais ». On disait aussi qu'il avait recueilli mille témoignages pour raconter l'histoire vraie du prince Erik.

Vous êtes un sacré conteur : à l'époque, tout le village était suspendu à vos lèvres – enfin, aux lèvres des pierres-de-paroles.

Je n'ai pas vraiment fait attention au moment où le prince devenait roi, « maître du feu », et signait son premier décret sur les âmes des femmes. J'étais juste contente qu'il ait battu cette affreuse sorcière, la Princesse Sanglante. Et aussi que l'histoire reprenne en boucle la semaine suivante, du début, pendant la messe. Je l'ai écoutée un nombre incalculable de fois, je crois, comme tout le monde dans les deux royaumes.

CHAPITRE 18

À la maison, mes parents étaient inquiets et chuchotaient souvent à voix basse pour que je n'entende pas ce qu'ils disaient. Ils se disputaient entre eux et papa essayait de convaincre maman de continuer à l'aider à faire son métier de garde-chasse, mais elle répondait que ce n'était pas « convenable » et que c'était « dangereux pour nous tous ». Elle répétait en boucle : « Ce n'est plus le travail d'une femme. » Je suppose qu'elle avait peur pour lui, pour sa place. Alors papa parlait de mon avenir, à moi, et ils se disputaient encore plus fort. Mais ce qu'ils disaient ne me touchait pas beaucoup : mon avenir, c'était la magie et ils n'y connaissaient rien.

Ma mère me reprochait tout le temps de ne pas me conduire « comme il fallait pour une jeune fille », de ne pas être plus polie, plus convenable, de ne pas m'ouvrir aux autres enfants. Elle avait peur que je finisse par devenir la paria du village et on se criait dessus presque tous les jours. Mon père, lui, me demandait de l'accompagner en forêt ou proposait de m'apprendre à pister, comme autrefois, mais ça ne m'intéressait plus. Si je m'exerçais à ma magie, je pourrais bientôt pister n'importe quel animal cent fois mieux que lui. Il ne pouvait pas comprendre ce qui m'arrivait, et tant pis s'il avait maintenant un visage triste quand il partait seul.

L'hiver suivant, papa s'est mis à tousser et maman était de plus en plus épuisée. Mais je voyais à peine tout ça. Je n'étais qu'une sale petite égoïste.

Et puis un jour, Aedan, le fils de Breena, est venu me chercher dans les bois. Il courait en hurlant mon nom. Moi, j'étais derrière un rocher, en train de me concentrer sur une famille de lapins à qui je demandais de se mettre en pyramide et de danser les uns sur les autres ; ça les amusait beaucoup et moi aussi. Je suis sortie de ma cachette et Aedan s'est arrêté devant moi, tout essoufflé, ses jolis cheveux noirs ébouriffés. Il était rouge comme une pivoine, mais toujours aussi beau.

— Salut, Aedan !

J'ai pouffé : il était complètement hors d'haleine. Je me suis moquée gentiment.

— Ben dis donc, il n'y en a pas beaucoup, des garçons qui me courent après comme toi… Je te manquais tant que ça ?

Il était tellement essoufflé qu'il n'arrivait pas à sortir un mot. Sa tunique était toute chiffonnée par sa course, il était débraillé et je voyais un bout de son épaule. J'en aurais bien regardé plus, si j'avais pu.

À treize ans, on s'émeut de pas grand-chose.

— Il faut que tu viennes avec moi au village, a-t-il fini par articuler avec difficulté. Ton p…

Il s'est interrompu et il a soudain ouvert des yeux ronds. J'ai suivi son regard : ma pyramide de lapins m'avait suivie cahin-caha et dansait à nos pieds.

Aedan a compris, ce jour-là, que j'étais une sorcière : sa mère en était une, il savait comment ça marchait. Nos regards se sont croisés, il avait la lèvre qui tremblait, et moi, j'ai senti mon cœur battre de peur et de rage.

— Si tu en parles à quelqu'un, je te tue !

— Il faut que tu viennes avec moi au village, a-t-il répété. Ton père a eu un grave accident de chasse.

On avait transporté papa jusque dans la sacristie. Quand le kerr Owain m'a vue arriver, il m'a fait signe d'entrer sans faire de bruit. Maman était debout dans un coin de la pièce, en train de se tordre les mains en silence. Papa était allongé sur un dallage de pierre recouvert de paille fraîche, et il a tourné la tête vers moi quand je suis entrée. Il portait les blessures caractéristiques d'une attaque de sanglier : les défenses avaient ouvert deux larges entailles dans chaque cuisse et une autre au bas du ventre. J'ai tout de suite vu qu'il allait mourir.

La première chose que j'ai dite, ça a été :

— Pourquoi tu es parti repérer les sangliers sans moi, par Kàn ?

Mon père et ma mère ont échangé un regard. Il n'a pas répondu, mais j'ai pris conscience, tout à coup, que ça faisait un bon moment que je ne l'avais plus accompagné. Je fuyais la maison dès que je le pouvais pour aller retrouver mon royaume.

Pour la première fois de ma vie, j'ai remarqué les petites rides au coin de ses yeux, les filets de cheveux blancs dans sa tignasse châtain. Ce n'était plus le père fort et solide de mon enfance. C'était un homme vieilli, amaigri, et ça m'a déchiré le cœur. Il m'a fait signe d'approcher et m'a souri, mais le sang qui coulait de sa bouche ne lui faisait pas un joli sourire.

— Mau… Maura. Je veux que tu saches que tu es ma petite fille chérie, je t'aime plus que… plus que si j'étais…

Il a secoué la tête. Et il a parlé si doucement que je devais presque coller mon oreille à sa bouche pour l'entendre. Au coin de mes yeux, les larmes ont commencé à couler et j'ai à peine pu articuler un son cohérent.

— Ce sanglier, papa, je vais le retrouver et le massacrer !

— Je vais mourir.

— Ne dis pas ça !

— Écoute-moi s'il te plaît, pour une fois. Tu sais que ta mère et moi, nous n'avons jamais pu… Je t'ai toujours dit que je ne savais pas qui c'était, qu'on ne pouvait pas savoir, qu'on ne le saurait jamais…

Je lui tenais la main, je me demandais s'il délirait complètement, je crois aussi que j'avais peur de comprendre où il voulait en venir.

— Je t'ai menti.

— Je ne comprends pas, papa. De quoi tu parles?

— Chut! Moins fort. L'objet de ta mère… sors-le!

— Tu veux parler de…

Mon cœur s'est mis à battre plus vite dans ma poitrine. J'ai fouillé le fond de ma poche et, la main tremblante, j'ai sorti l'objet dont parlait mon père. C'était un appeau de chasseur taillé dans du hêtre, pas plus gros qu'une pièce de monnaie. Il portait les initiales « RK », deux lettres gravées avec une pointe fine. Kàn seul savait quelle sorte d'oiseau il avait servi à appeler. Il était tout simple et sans rien de particulier – sauf qu'il était amputé d'une moitié, coupé en deux comme par un coup de cisaille très net.

— Tu veux parler du souvenir de ma *vraie* mère?

Au fil des années, j'en avais imaginé des noms dans ma tête. Ils commençaient tous par la lettre « R » : Rosin, Reagan, Rowan, Rionach, Rosaleen…

D'Arterac se leva à demi sur son tabouret, la plume en l'air et l'œil rond.

— Ce n'étaient pas vos vrais parents? Vous êtes une fille adoptée? Vous ne me l'aviez pas dit!

— Et alors? Vous ne m'avez pas non plus posé la question! Mon père m'a trouvée sur le parvis de l'église, une nuit, alors qu'il avait été convoqué par le baron à Kenmare pour son travail de garde-chasse. Il y avait mon prénom sur un papier,

«Maura», et cet objet étrange posé sur moi, cet appeau coupé en deux. Et maintenant, ne m'interrompez plus, je n'ai pas fini.

———

— «RK», a continué mon père. J'ai découvert que… que c'est pour «Rachaëlle de Kenmare». Une fille du baron.

«Rachaëlle»… C'était donc «Rachaëlle». Je l'avais imaginé aussi, ce prénom-là.

— Onagh ne sait rien, a murmuré mon père, je n'ai pas réussi à le lui dire.

J'ai retenu mon souffle.

— Tu savais qui était ma vraie mère ? Tu m'avais dit que tu m'avais trouvée dans un panier, qu'il n'y avait pas de mot, qu'on ne pouvait pas savoir qui c'était ! Tout ce temps, j'aurais pu la rencontrer, lui parler, passer du temps avec elle, et toi, tu m'as fait croire que…

— Cette Rachaëlle est morte, Maura, il y a bien longtemps.

J'ai senti mon ventre se serrer, l'air manquait dans ma poitrine. Ma mère, ma *vraie* mère. Ma mère secrète, celle de tous les espoirs, de tous mes rêves de gamine abandonnée et adoptée. Celle que j'avais si fort appelée secrètement à chaque dispute avec mes parents adoptifs. Celle de toutes mes histoires, de tous mes fantasmes, celle que j'avais attendue toute ma vie. Je savais maintenant que je ne la connaîtrais jamais. Que ce vide-là resterait en moi comme un gouffre pour toujours.

— Comment tu as su que c'était elle ?

Karech a ouvert le poing : à l'intérieur, il y avait l'autre moitié de l'appeau. Elles s'emboîtaient parfaitement. Je connaissais par cœur la forme de la coupure. Une taille en biais, bien propre, bien nette.

— Je l'ai trouvé… au cou de cet homme blessé dans le ruisseau. Morregan. J'ai posé des questions aux gens du village.

Avant de partir à la guerre, il avait été l'amant de cette femme, Rachaëlle de Kenmare. Les dates co… correspondent.

Il a encore baissé la voix.

— Maura, ta vraie mère est morte, mais je… je crois que ce Morregan est ton vrai père.

Voilà pourquoi papa avait sauvé la vie de cet homme et pourquoi il n'avait pas raflé son or : c'était pour moi qu'il l'avait fait ! Mon père n'était pas un saint. Il m'aimait, c'est tout.

Je lui ai répondu, les yeux embués de larmes :

— C'est toi, mon père.

CHAPITRE 19

—D arran Dahl? Darran Dahl est votre père? s'écria
d'Arterac en lâchant cette fois sa plume, qui laissa
une tache d'encre sur le papier de soie.

Maura baissa la tête, au bord des larmes.

—Vous avez un sacré foutu talent, conteur. Je… je n'avais
pas l'intention de vous le dire, mais c'est sorti tout seul. Depuis
que j'ai commencé à vous raconter cette histoire, je ne sais plus
comment m'arrêter !

—Cet homme a donc une héritière !

D'Arterac scruta ses mains, s'attendant à y voir apparaître
des cloques. Depuis un bon moment, déjà, sa main gauche
le démangeait furieusement : des traits rougeâtres s'étalaient
depuis le renflement du pouce jusqu'à l'auriculaire, signe que
Maura lui avait caché une information importante au cours
de son récit. Mais depuis son aveu, la marque s'estompait et
la sensation de brûlure disparaissait. Quant à sa main droite,
elle était parfaitement intacte. Il n'y avait pas de mensonge,
pas de non-dit, la jeune fille était parfaitement sincère.

—Je ne comprends pas ! fit-il en agitant la tête. Quand on
est aussi célèbre que le général Darran Dahl, on ne peut pas
cacher une chose pareille ! Un enfant !

—Et *qui* en aurait parlé, hein ? cria Maura. Je ne lui ai
même pas dit, à lui. Et il ne s'en est jamais douté, cette espèce
de… de…

Elle éclata en sanglots.

—Cette espèce d'idiot !

Le comte tamponna la tache d'encre avec son mouchoir, puis, se ravisant, le tendit à Maura qui s'en saisit d'un geste brusque pour essuyer son visage. Quand elle le lui rendit, un trait noir lui barrait la joue.

— Je comprends mieux, maintenant, votre obsession pour votre marque de mindaran, fit d'Arterac, et toutes ces heures passées seule en forêt. Ce don que vous aviez reçu, vous pensiez qu'il vous avait été transmis par l'un de vos parents, n'est-ce pas ? C'était votre seul héritage, c'était tout ce qui vous restait de vos origines inconnues. Voilà pourquoi vous l'avez développé avec tant de force : c'était votre identité, le lien avec vos racines…

— J'étais stupide. J'aurais dû profiter de ma vie avec Karech et Onagh tant que je le pouvais. Ils étaient les meilleurs parents du monde.

La mort de Karech a été un choc terrible. Je l'aimais et j'ai pleuré sur son corps, mais le choc, ça a aussi été celui de découvrir brutalement les nouvelles lois du Roi Lumière. J'étais comme une ivrogne après une nuit de beuverie, qui se réveille dessoûlée et qui se reprend le monde entier en pleine figure. Et il n'était pas devenu bien joli, le monde, pendant que je jouais à la sorcière dans ma forêt.

Ma mère et moi, on a eu deux petites heures pour pleurer l'homme qu'on aimait. Après ça, un homme de loi a débarqué à la sacristie. C'était le fils du baron, maître Edbert de Kenmare, vous vous rappelez ? L'homme qui était venu trouver Morregan sur son lit d'auberge pour lui parler du testament de son père, quatre ans plus tôt. Il portait les mêmes chaussures à pointes et le même genre de costume coûteux.

Ce gars était le frère de Rachaëlle de Kenmare, c'était donc mon *oncle* à moi. Je n'arrêtais pas de me le répéter pendant que je l'entendais déblatérer son charabia d'homme de loi en évitant de nous regarder dans les yeux, maman et moi.

Il était venu avec deux miliciens du château. L'un d'eux était un homme aux petits yeux méchants, qui fouillait dans le sac de Karech pour faire la liste de ses possessions, comme un vautour. L'autre, c'était Erremon, le fils de Galbraith. Le sergent qui avait voulu traîner Morregan au cachot, quand il était mourant, pour l'achever de dix coups de bâton sous prétexte que c'était la loi… Je l'ai reconnu à son uniforme impeccable et aussi à sa grande taille. Il avait toujours un air important, comme s'il était persuadé que chacun de ses actes allait changer la face du monde.

L'homme de loi notait tout ce que l'autre milicien sortait du sac : « un arc de chasse et cinq flèches, une pierre à briquet, trois pièges à collet, un couteau à la lame aiguisée… » Je commençais à comprendre pourquoi ils étaient venus si tôt : dans ces cas-là, plus ils intervenaient vite, moins la famille avait de temps pour cacher les possessions du mort. Au bout d'un moment, Edbert a même détaillé les vêtements que mon père portait encore sur lui : sa tunique brune, son pantalon, sa chemise…

—Maman, ils sont en train de prendre les affaires de papa ! j'ai chuchoté en lui prenant le bras.

Mais ma mère les regardait faire en silence, les larmes continuaient à couler sur son beau visage. Elle n'avait pas prononcé un mot depuis que Karech était parti.

—Il se trouve que votre mari, paix à son âme, devait encore deux ans de servage au Baron, mes dames, a commencé Edbert.

Ma mère a murmuré quelque chose en réponse, mais personne n'a compris quoi.

—Légalement, a poursuivi l'homme de loi, votre mari appartenait donc encore au baron au moment de sa mort, corps et biens.

—Corps et biens, a répété ma mère.

—Ce que je suis en train de vous expliquer, c'est que… maintenant qu'il nous a quittés, toutes ses possessions reviennent, de droit, au baron. La cabane, les vêtements, les meubles…

—Les meubles, d'accord.

Le ton monocorde de ma mère me déchirait le cœur.

—S'il vous plaît, messire, j'ai murmuré, ma mère et moi, on aimerait être tranquilles, maintenant.

C'est Erremon, le sergent de milice, qui m'a répondu assez sèchement :

—N'interromps pas maître Kenmare, petite.

—Au sujet des biens meubles… a poursuivi Edbert de Kenmare. La loi royale sur les âmes des Haut et Bas-Royaumes de Westalie dispose que… enfin, vous le savez bien : les femmes n'ont pas d'âme. Notre vénéré souverain, béni par le Kàn, a inscrit ces termes dans la loi. Par conséquent…

—Les femmes n'ont pas d'âme.

—Par conséquent, vous et votre fille êtes considérées par le Code comme des… des « biens meubles ».

J'ai regardé le kerr Owain qui enrageait en silence, mais quand il s'est aperçu que j'avais les yeux fixés sur lui, il a baissé la tête.

J'ai demandé à ma mère :

—Qu'est-ce qu'il dit, maman ? *Qui* est un meuble ?

Elle a lentement tourné la tête vers moi et Edbert s'est enfin arrêté de jacasser.

—Les femmes n'ont pas d'âme, ma chérie, a-t-elle dit d'une voix douce. Ni toi, ni moi… Dans cette pièce, seuls le kerr Owain, ces deux soldats et maître Kenmare en ont une, tu comprends ?

—Non.

—Comme je vous l'ai dit, a continué Edbert, tant que votre mari était encore en période de servage, il ne possédait rien en propre. Il avait seulement la possibilité de jouir de l'usufruit de certains biens meubles et immeubles, comme… vous, ma dame.

J'avais l'impression que cet homme venait de dire une grossièreté, mais ça ne collait pas avec le personnage.

— Je ne comprends toujours pas! j'ai dit.

— Cela signifie, jeune fille, a-t-il expliqué avec une certaine douceur en se tournant vers moi, mais en évitant mon regard, que ta mère et toi, vous *appartenez* au baron. Il peut faire de vous ce qu'il souhaite.

Devant mon air incrédule, il a précisé :

— Il pourrait vous vendre sur un marché aux femmes comme il en existe dans l'Est, ou vous offrir à un autre seigneur comme concubines.

— Un… un « marché aux femmes » ?

J'ai cherché le regard du kerr Owain, qui fixait le bout de ses sabots en secouant la tête d'un air accablé.

— Vous ne pourriez pas leur ficher la paix, à ces malheureuses ? a-t-il grommelé, mais visiblement, personne ne l'a écouté.

— Rassurez-vous, a repris l'homme de loi d'une voix conciliante, notre baron ne ferait jamais une chose pareille ! Il a beaucoup d'humanité. Quand il s'agit d'une fille et de sa mère, et surtout si elles sont jolies comme vous l'êtes toutes deux, il ne les sépare pas et les garde à son service.

J'ai froncé les sourcils. Je refusais encore de comprendre. Mais quand il a dit « surtout si elles sont jolies », une alarme a tinté en moi. Le baron et ses fils culbutaient leurs servantes dans toutes les pièces de leur château. C'était leur passe-temps favori quand la saison de la chasse était passée. C'était même tellement connu au village qu'avant d'y envoyer leurs filles comme domestiques, les pères demandaient un acompte pour les éventuels bébés à venir – parce qu'une fois engrossées, bien sûr, on renvoyait les soubrettes dans leurs familles.

— Je n'irai pas.

— Maura, voyons, a dit ma mère. Tu as pourtant entendu maître Kenmare ?

J'avais l'impression que quelqu'un avait enlevé ma mère et l'avait remplacée par une marionnette en chiffon, qui répétait tout ce que disait ce corniaud d'homme de loi.

En fait, je crois qu'elle était juste assommée par le chagrin. C'est comme ça que les choses ont commencé avec la loi du roi sur les femmes : les premières femmes touchées étaient des veuves et des enfants. À la mort du mari, elles étaient tellement bouleversées qu'elles ne se révoltaient pas. Et après, le système s'est mis en place, de plus en plus serré, de plus en plus implacable, et il a touché toutes celles qui ne s'étaient pas réveillées à temps.

— Ouais, j'ai entendu.

Erremon a levé les yeux vers moi. Il avait détecté dans le son de ma voix quelque chose qui avait titillé son instinct de garde-chiourme. Un milicien apprend très vite à reconnaître le ton de la rébellion. Mais quand j'ai détalé comme une flèche, il n'a pas réussi à me retenir.

— Reviens ici ! a crié maman.

Je crois que c'est ça qui m'a fait le plus mal.

Peut-être presque autant que la mort de papa.

Chapitre 20

À toute vitesse, j'ai couru jusqu'à la rue principale, les deux
miliciens sur mes talons. J'ai entendu leurs coups de
sifflet et, à la sortie du village, une patrouille de trois hommes
a déboulé à ma rencontre. Le plus grand a crié un ordre et ils
se sont déployés dans la rue pour me couper la route. Kenmare
est un village de château assez riche, les maisons sont de belles
constructions en pierre, serrées les unes contre les autres dans
des ruelles pavées. Devant, derrière : j'étais coincée.

Les miliciens de chaque côté de la rue s'avançaient lentement vers moi, ils se conduisaient exactement comme des
rabatteurs dans une chasse : répartis en ligne, me criant dessus
pour me faire peur, ne laissant aucun espace. Pour eux, j'étais
juste un lièvre à capturer.

Si je voulais m'en sortir, il fallait que je me comporte en
humaine. Alors j'ai poussé la porte d'une maison au hasard. Par
chance, elle n'avait pas de loquet. Les miliciens de la patrouille
m'ont jeté un regard ahuri en me voyant faire.

Je me suis engouffrée dans une entrée carrelée qui sentait
la lavande. En trois bonds, j'ai franchi un couloir, j'ai ouvert
une porte et je me suis retrouvée dans un jardinet rempli de
choux et de citrouilles, ou des poules gloussaient dans un abri.
Un mur qui faisait deux fois ma taille le ceinturait entièrement.
Derrière moi, les hommes d'Erremon faisaient déjà tout un
boucan dans le couloir, j'étais fichue.

Dans le jardin, un chat tigré a tourné la tête vers moi.
Il a plissé les yeux et a filé derrière l'abri des poules, avant de

se mettre à miauler ; je l'ai suivi en courant, en espérant m'y cacher. Et là, j'ai vu l'échelle posée contre le mur… Le chat venait de me sauver la mise.

Je n'ai jamais grimpé aussi vite de ma vie à une échelle. J'étais au dernier barreau quand les miliciens ont déboulé dans le jardin. Un arbre me cachait à leur vue, et les poules ont caqueté tout ce qu'elles pouvaient, couvrant le bruit que je faisais. Je suis montée sur le mur et j'ai tiré l'échelle à moi avant de la balancer de l'autre côté et de sauter à mon tour chez le voisin.

J'ai entendu leurs pas précipités, leurs cris de surprise. Leur lièvre avait disparu et ils ne comprenaient pas comment.

Ce jardin-ci était plus grand, plus sauvage, il sentait le fenouil et du chiendent s'accrochait à mon pantalon. Au moment où j'escaladais un autre mur, j'ai croisé le regard d'une fille de mon âge assise sur une chaise en bois. Elle portait une très jolie robe blanche et elle avait exactement les mêmes cheveux rouges que moi. Elle m'a souri, m'a fait un clin d'œil et m'a fait signe de filer. Et quand les miliciens ont crié à la ronde pour savoir si quelqu'un avait vu passer une fugitive, elle a gardé le silence. Ou plutôt, elle a chuchoté : « Par là ! Tu pourras t'enfuir ! » en me désignant une petite porte moussue dans un mur de son jardin.

Plus tard, j'ai appris son nom : cette fille s'appelait Eveer, sans doute la meilleure personne que ce village ait jamais fait naître. Je me suis souvent demandé ce qui se serait passé si j'étais tombée sur une autre fille – Gràinne Braddy, par exemple, qui m'aurait probablement dénoncée. À quoi aurait ressemblé ma vie, comme servante au château.

Mais c'était Eveer, et ça ne s'est pas passé comme ça. Je n'oublierai jamais son clin d'œil.

Kenmare n'est pas si grand et je me suis très vite retrouvée sur les chemins de campagne. Je suis montée à la colline du vieux pommier en courant jusqu'à la maison de Morregan. À qui d'autre pouvais-je demander de l'aide, hein ? Ça faisait quatre ans que je vivais à Kenmare mais je ne m'étais fait aucun ami. En fait, je ne connaissais pratiquement personne.

J'ai franchi deux clôtures, j'ai croisé les vaches du père Kay qui m'ont regardée passer en beuglant et je me suis écorché les jambes dans les hautes herbes du champ d'à côté, qui était en jachère cette année-là. Quand je suis enfin arrivée devant la grande maison en bois sur la colline, j'ai tambouriné à la porte comme une folle.

Derrière moi, trois miliciens m'ont repérée de loin et ont crié quelque chose avant de se remettre à courir. Je me suis mise à hurler :

— Morregan ! Ouvrez-moi, je vous en supplie !

J'ai frappé jusqu'à en avoir mal aux poings, mais il n'a jamais ouvert la porte. Une grosse voix m'a répondu de l'intérieur :

— Fous le camp, gamine !

En bas de la colline, les trois miliciens avançaient en soufflant et en suant sous le soleil de plomb, dans leurs cottes matelassées, avec leurs casques et leurs grandes piques. Prise de panique, j'ai fait le tour de la maison pour essayer de trouver une autre porte. C'était une bâtisse immense pour un homme seul. Elle avait un toit en tuile, des avancées avec des moulures en chêne, des volets solides… Et puis, j'ai découvert qu'il avait fait ajouter à l'arrière une grande pièce étrange, aux cloisons entièrement faites de grillages en bois, comme je n'en avais encore jamais vu. Ça avait dû lui coûter une fortune ! J'y ai collé le nez et j'ai compris ce que c'était : il y avait là-dedans des oiseaux de toutes les couleurs qui piaillaient et se promenaient au milieu de quelques buissons plantés à l'intérieur. Je ne savais pas encore que ça s'appelait une « volière » ni à quoi ça servait, mais j'ai vite repéré qu'au sommet du grillage, il y avait un panneau amovible. J'ai grimpé là-haut et je me suis avancée à quatre pattes sur le toit : ça a un peu craqué sous mon poids et les oiseaux se sont agités comme des fous. J'avais déjà ouvert le panneau et j'étais en train de me glisser à l'intérieur quand Morregan a déboulé ; il avait l'air tellement furieux que pendant un moment, j'ai vraiment cru qu'il allait me coller son poing dans la figure. Son visage avait la peau rouge et marbrée des ivrognes et son haleine empestait le vin à dix pas.

— Tu te crois où, toi ? Je t'ai dit de foutre le camp !

Qu'est-ce que j'aurais pu lui répondre ? Il m'est bien venu quelques répliques du genre « je suis ta fille, espèce de salaud ! », mais… ce n'était pas vraiment comme ça que j'avais imaginé mes retrouvailles avec mon vrai père.

J'ai seulement dit :

— Mon père est mort !

— Pas mes affaires.

Il m'a attrapée par le col et m'a traînée à travers sa maison, je pouvais à peine respirer.

— Ils nous ont lu des textes de loi ! Ils disent que ma mère et moi, on appartient au baron !

— Toujours pas mes affaires.

Je me débattais autant que je le pouvais, mais il avait une force de cheval et quand je donnais des coups, c'était dans des muscles durs comme du bois.

— Vous savez ce que ça veut dire, hein ? Le baron va nous forcer à coucher avec lui ! Il va nous engrosser, comme les autres !

— Ce monde est pourri jusqu'à l'os. C'est comme ça, il n'y a rien à faire.

— Vous êtes riche : vous pouvez nous racheter toutes les deux !

Il m'a fait passer dans de grandes pièces à moitié vides, ça sentait la sueur et l'alcool, il y avait des restes de nourriture collés au sol, des bouteilles vides, de la poussière et de la crasse.

— Je vous ferai le ménage, je vous ferai la cuisine !

—Je n'ai besoin de personne.

Il a ouvert en grand la porte d'entrée. Le sergent Erremon et deux de ses miliciens étaient déjà là. Ils étaient écarlates, trempés de sueur, et ils avaient l'air furieux.

—Vous ne pouvez pas me livrer à eux !

Morregan a juste répété :

—Il n'y a rien à faire, je te dis.

Il m'a soulevée de terre et, avec une force incroyable, m'a tendue à eux à bout de bras.

—Merci, sieur Morregan, a marmonné Erremon, les dents serrées, en m'attrapant par le poignet.

Alors j'ai crié :

—Votre argent, je sais d'où il vient ! Mon père vous a…

Je me suis arrêtée. On aurait pu lui voler tout son or, au bord du ruisseau. J'aurais pu l'égorger ! Avec cette fortune, mon père aurait racheté sa liberté au baron. Et aujourd'hui, maman et moi, on n'appartiendrait pas à cet homme. Par Kàn, on avait sauvé la vie et l'or de Morregan. Il nous devait bien ça !

Mais comment j'aurais pu lui dire une chose pareille ? *« Si je vous avais égorgé pour vous voler votre or, je serais libre, aujourd'hui. »* Je ne pense pas que ça l'aurait convaincu de m'aider…

—Oui ? a-t-il finalement répondu. Qu'est-ce qu'il a, mon argent ?

—C'est moi qui vous ai retrouvé dans le ruisseau, vous vous souvenez ? C'est mon père qui vous a sauvé !

Les deux miliciens m'ont tenu les mains dans le dos pendant qu'Erremon passait une corde autour de mes poignets.

—Je ne lui ai rien demandé, moi, à ton père, a répondu Morregan.

Je me suis mise à crier :

—Vous êtes un salaud ! Un salaud !

J'aurais voulu lui sauter à la figure, mais Erremon tenait fermement la corde et m'a collé une gifle :

—La ferme, fillette ! Je t'apprendrai à filer doux, moi. J'en ai mâté d'autres que toi !

—Ouais, un salaud, c'est bien ce que je suis… a admis Morregan en secouant la tête, et, titubant un peu, il a reculé pour fermer la porte.

Arrachant un juron à Erremon, je me suis ruée dans sa direction autant que j'ai pu, aussitôt arrêtée par la corde qui me sciait les poignets.

—Attendez !

J'ai eu une idée. J'ai pensé aux oiseaux et à cette drôle de pièce grillagée qu'il avait fait aménager rien que pour eux. Qui faisait une chose pareille, sinon quelqu'un qui se passionnait pour ces bestioles au point d'y consacrer son temps et sa fortune ? C'était peut-être ma dernière chance. J'ai essayé de me rappeler chaque détail, chaque petite âme de la volière où j'avais à peine passé un instant.

—Votre fauvette des champs est blessée, j'ai dit, elle a soif et elle a trop chaud dans votre cage en plein soleil, il lui faut de l'ombre !

Dans l'œil de Morregan, quelque chose s'est enfin ranimé.

—De l'ombre ? Et comment tu sais ça, toi ?

—Vos deux aigrettes bleues ont une maladie contagieuse, si vous les laissez là, vous mettez les autres oiseaux en danger.

—Quoi ? Quelle maladie ?

Il s'est précipité sur moi et a posé ses deux grosses mains sur mes épaules.

—Tu sais distinguer une aigrette bleue d'une fauvette, toi ?

—Mon père était garde-chasse, personne ne connaît aussi bien que moi les animaux de cette forêt. Vous avez aussi une alouette des champs avec une aile cassée, et un bouvreuil. Le bouvreuil a une saleté dans l'œil, c'est pour ça qu'il a ce chant triste. Oh, et dans la petite cage, il y a une buse malade – vous avez oublié de lui donner à manger.

—Lâchez cette jeune fille, a commencé Erremon, nous devons l'emmener au chât…

Morregan s'est écrié :

—Attendez !

Il a filé à l'intérieur et il est revenu avec une pleine poignée de pièces d'argent, il y en a même quelques-unes qui ont débordé de ses mains et qui sont tombées sur le chemin.

—Combien ça vaut, une fillette ? Quel âge tu as, toi, au fait ? Dix ? Onze ans ?

—J'en ai treize !

—Bon, je dirais… à peine dix couronnes, non ?

—Sieur Morregan, a répété Erremon avec un certain agacement dans la voix, cette jeune fille n'est pas à vendre.

—Et pour douze couronnes ? Plus une couronne pour chacun de vous ?

Les yeux des deux autres miliciens se sont allumés comme des chandelles. Mais Erremon m'a brutalement tirée en arrière, furieux.

—Certainement pas ! Vous avez de la chance que je ne vous arrête pas pour tentative de corruption sur un officier seigneurial !

Il m'a emmenée de force et Morregan l'a regardé partir avec un air stupéfait au visage. Ce jour-là, il a compris qu'on n'achetait pas Erremon. Moi, j'ai remué tant que je pouvais, et j'ai craché sur le sergent en hurlant :

—Je vais l'dire, moi, à votre baron !

—Tu lui diras quoi, idiote ? Que tu t'es enfuie et que sa milice a dû te courir après ? Tu recevras du bâton, oui !

—Je vais l'dire, que vous avez refusé douze couronnes pour une gamine qui n'a même pas encore de seins. Quand il me verra toute nue, il ne sera pas content du tout !

Il a haussé les épaules et il a continué à marcher en tenant la corde. Je freinais des pieds et je faisais tous mes efforts pour ne pas fondre en larmes.

— Je lui grifferai la peau, je lui mordrai les couilles, je lui crèverai les yeux ! Et je lui dirai que tout est de votre faute à vous !

Au bout d'une dizaine de pas, il a soupiré, il s'est arrêté et s'est retourné vers Morregan :

— Douze couronnes, hein ? Je vous la fais à quinze !

— J'ai dit douze. Et c'est déjà deux de trop.

— Va pour douze, a lâché Erremon.

Morregan s'est approché et a compté les pièces. Erremon les a recomptées lui-même, une par une, avant de lâcher la corde.

— Ça va, le compte y est.

J'ai crié à Morregan :

— *Ava grantë ! Ava grantë !* Merci, sieur Morregan !

Je me suis précipitée loin des sales pattes du sergent.

— N'oubliez pas ma mère. Rachetez-la, elle aussi !

Erremon a pointé sur moi un doigt menaçant :

— Toi, je t'aurai à l'œil. Au moindre trouble à l'ordre public, je te fais arrêter.

Je ne lui ai prêté aucune attention :

— Si j'en vaux douze, alors elle ne vous coûtera pas plus de vingt ou vingt-cinq couronnes au maximum.

— Là où elle va, a-t-il répondu, ta mère ne mourra pas de faim et elle aura un toit sur la tête.

J'ai seulement pu balbutier :

— Qu… quoi ?

— Tu m'as bien entendu.

— Alors… vous n'allez pas la racheter ? Mais vous *savez* ce que le baron et ses fils vont lui faire, non ?

Il a haussé les épaules.

— Je te l'ai dit, ce monde est pourri jusqu'à l'os. C'est comme ça, il n'y a rien à faire pour le changer.

Il a murmuré entre ses dents :

— J'ai essayé autrefois. Pour ce que ça a servi…

— Ma mère vous fera la cuisine, elle fera le ménage, elle s'occupera de…

Il m'a coupé la parole :

— Je suis sincèrement désolé pour ta mère. Mais je ne peux pas faire disparaître toute la misère du monde à moi tout seul, hein ? Je ne vais quand même pas racheter toutes les femmes des deux royaumes pour leur rendre la liberté !

C'était là que j'aurais dû lui dire que j'étais sa fille.

« Sieur Morregan, il y a quelque chose que je dois vous dire à propos de vous et moi, quelque chose d'important. »

Seulement les mots sont restés bloqués dans ma gorge. Une force invisible a maintenu mes mâchoires serrées. Pourquoi ? Il n'y a pas un jour qui se passe sans que je me pose la question. Peut-être que ce moment-là, je l'avais trop attendu, que je l'avais trop rêvé, et que la réalité n'était pas à la hauteur de ce rêve ? Ou peut-être tout simplement j'étais morte de trouille à l'idée que tout mon univers soit bouleversé à jamais ? Si je n'étais plus cette petite fille qui cherchait ses vrais parents, alors j'étais qui, au fond ? C'était quoi, mon identité ? Je m'étais construite comme ça et je ne savais pas comment faire disparaître cette fillette sans me faire disparaître moi-même.

Il y a parfois des moments-clés dans la vie, qui la font basculer d'un côté ou de l'autre sans retour en arrière possible. Côté pile. Côté face. C'était un de ces moments-là. Oh, je ne sais pas si Morregan m'aurait crue, si je lui avais dit la vérité. Mais peut-être qu'il aurait sorti de sa poche une deuxième poignée de pièces d'argent, et qu'il aurait sauvé la mère adoptive de sa fille… ça aurait été tellement peu de chose, pour lui.

— Ma mère est la personne la plus travailleuse, la plus fiable que…

— J'ai dit non, fillette. Fin de la discussion.

Au cours des années suivantes, je devais apprendre que, quand il disait ça, on ne pouvait plus rien en tirer.

— Alors, cette maladie sur les deux aigrettes bleues, hein ? C'est quoi ? Une variole, un parasite ?

Ses questions ont glissé sur moi. Il aurait pu sauver ma mère et il ne l'avait pas fait : je ne le lui ai jamais pardonné. Et comme c'était aussi à moitié ma faute, je lui en ai voulu deux fois plus.

CHAPITRE 21

—Alors vous êtes restée chez Morregan? demanda le conteur en tapotant sa pile de feuillets pour en aligner les bords. Vous n'avez pas essayé de parler à votre mère?

Maura garda un moment la tête basse, puis répondit finalement:

—J'ai fait plus qu'essayer. À la nuit tombée, je suis sortie sans faire de bruit, je suis allée jusqu'au château, j'ai escaladé les murs et je me suis faufilée à l'intérieur. Je voulais la libérer pour qu'on s'enfuie ensemble, ma mère et moi.

—Vous n'avez pas été repérée par les gardes?

—Dans un couloir, je me suis fait attraper par la régisseuse du domaine, une certaine Tara. J'ai eu la frousse de ma vie.

—Grand Kàn! Et vous avez été jetée au cachot?

—Tara est la femme la plus douce et la plus gentille que j'aie jamais rencontrée. Elle m'a cachée. Mieux: elle m'a conduite jusqu'à ma mère et m'a permis de lui parler. Seulement ma mère ne voulait pas s'enfuir.

Une larme coula sur la joue de Maura.

—Elle m'a expliqué qu'on ne pouvait pas courir les routes, qu'on serait deux femmes seules, poursuivies par la garde du baron. Qu'elle allait se faire à sa nouvelle vie et qu'elle était soulagée que je sois en sécurité avec Morregan. Apparemment, Karech ne lui avait pas dit que c'était mon vrai père, j'étais la seule à le savoir.

Le conteur lui tendit un mouchoir en tissu et Maura s'essuya le nez.

— Moi, je lui ai dit que si elle ne s'enfuyait pas avec moi, là tout de suite, j'allais hurler jusqu'à ce que la garde me trouve et me jette au cachot. Alors elle m'a dit… elle m'a dit…

Sa voix dérailla, trop forte, trop aiguë.

— Elle m'a dit que je n'étais pas sa fille et que je n'avais pas à la sauver. Que c'était Karech qui avait eu l'idée de m'adopter, pas elle. Qu'elle m'avait élevée et supportée pendant treize ans, c'était déjà bien plus qu'on ne pouvait en demander à quelqu'un qui trouve un bébé sur le bord du chemin. Que je l'avais couverte de honte année après année devant tout le village avec mon sale caractère et ma tête de mule, et encore aujourd'hui à m'enfuir devant la milice. Et que maintenant que Karech n'était plus là, elle était enfin libre de ses obligations envers moi et qu'elle n'avait plus aucune envie de m'avoir dans les pattes. Que je devais l'oublier, lui ficher enfin la paix et vivre ma vie de mon côté. Elle m'a aussi dit que… que j'étais une sale sorcière et qu'elle ne m'aurait jamais acceptée dans son foyer si elle avait pu le voir sur le bébé que j'étais. Et que c'était ma faute si Karech était mort, parce que les gens comme moi apportaient le malheur et que si j'avais été une fille sans marque, j'aurais été là, dans la forêt avec lui, et il n'aurait jamais été blessé…

Maura pleurait. Un flot continu de larmes silencieuses sur des joues écarlates.

— Elle n'en pensait pas un mot, fit le conteur d'une voix douce. Elle voulait juste vous éloigner pour vous sauver.

Il lui tendit un second mouchoir.

— Mais moi, je l'ai crue! Ces dernières années, j'avais été odieuse, on s'était cent fois disputées. Je ne savais même pas qu'elle avait deviné la vérité, pour ma marque de sorcière, c'était la première fois qu'elle m'en parlait. Et c'est vrai que j'aurais pu être là pour Karech quand il est parti repérer ce sanglier! Alors je l'ai crue, et je l'ai haïe. Je lui ai craché au visage et je lui ai dit qu'elle n'était plus ma mère. J'ai enterré tout l'amour que j'avais pour elle. J'ai maudit toute ma vie avec Karech et elle.

Je me suis entièrement tournée vers Morregan. Il était mon sang. C'était lui qui m'avait faite. J'avais rêvé toute ma vie de rencontrer mon vrai père et ma vraie mère, et maintenant, il était tout ce qui me restait de ce rêve.

CHAPITRE 22

Dès le lendemain, Morregan, cet homme que je ne connaissais pas, est devenu à la fois mon père, mon maître et la personne avec qui je partageais un toit. Et il était aussi, d'une certaine manière, le seul adulte qui ne m'avait pas rejetée ou abandonnée – même si c'était pour ses oiseaux qu'il m'avait prise à son service.

Au petit matin, je l'ai trouvé accroupi par terre au salon avec son poignard entre les mains : il gravait un dessin sur les lattes du plancher. J'ai essayé d'oublier ma tristesse, ma rancœur, et de rester polie :

— Bonjour.

Il a continué à sculpter.

— Bien dormi ?

Il n'a pas levé les yeux. Alors je suis allée en cuisine préparer un petit déjeuner pour nous deux. J'avais promis de m'occuper de sa maison, après tout. J'ai trouvé du pain dur, un peu de tisane, j'ai allumé le fourneau et fait des œufs brouillés… Quand je suis revenue, il était toujours à la même place.

— Vous avez faim ?

Comme il n'a pas répondu, je me suis mise à manger toute seule sur la grande table. Ensuite, je me suis levée, je lui ai apporté un bol fumant et une tartine, que j'ai posés près de lui. Il n'a pas eu l'air de les remarquer, alors je me suis mise derrière son épaule.

— On dirait un grand cercle. Ou un ballon, peut-être ?

Je l'ai regardé faire un bon moment, en silence.

— En fait, ça ressemble à l'œil d'un animal, mais il est tellement énorme que… C'est un oiseau, c'est ça ? C'est l'image d'un oiseau vu de très près, que vous sculptez ?

La seule réponse que j'ai eue, c'était le petit raclement de la pointe en acier qui mordait dans le bois : « tchac, tchac ». Ça a duré toute la journée, et encore les jours suivants. Pas un mot, pas un regard.

Comme je n'avais pas grand-chose d'autre à faire, je me suis mise à observer ce qu'il gravait dans le plancher. Il m'a fallu plusieurs semaines avant de comprendre que ce n'était pas un oiseau en gros plan. Morregan avait hérité de son père le don pour travailler le bois, il avait un sens du détail et des proportions absolument parfait. Les crocs, les yeux, les ailes… D'une beauté à couper le souffle ! Le dessin courait de la cuisine à la chambre en passant d'une cloison à l'autre. C'était une sculpture gigantesque ; chaque pouce carré de plancher était couvert de détails minuscules.

C'était un dragon à taille réelle.

Après quelques jours, j'ai commencé à bien cerner le personnage. Qu'est-ce que je pourrais dire, à son crédit ? Il se fichait pas mal que je brûle ses plats ou que j'oublie de faire une lessive. Je mangeais à ma faim, aussi, et je dois dire qu'il ne m'a jamais battue. Je suppose que j'aurais pu tomber sur un maître pire que celui-là ?

Et pourtant, ce n'était pas une partie de plaisir, de vivre avec lui. Il beuglait comme un âne à la moindre contrariété – contre lui-même, le plus souvent. Ou bien, pendant des journées entières, il ne disait pas un mot et il errait dans sa maison en pantoufles, débraillé, sans détacher le regard du bout de ses pieds. Le soir, il était ivre mort, et au matin, je devais essuyer son vomi et supporter son humeur de cochon.

Ces jours-là, je me demandais ce qui le maintenait encore en vie.

Un matin de la semaine suivante, il s'est réveillé avant l'aube. Je me suis levée avec une bougie à la main et je l'ai trouvé dans la cuisine en train d'avaler une tranche de lard. Il était très agité. Quand il m'a vue, il m'a dit d'une voix où perçait une sorte d'urgence :

— Il me faut des vêtements propres ! Vite ! Mon habit de messe !

J'ai marmonné :

— Bonjour.

Je suis revenue avec ses vêtements, mais il avait disparu de la cuisine : je l'ai retrouvé dehors, dans l'obscurité, en train de se laver tout nu dans une bassine d'eau de pluie glaciale, et de se frotter au savon noir.

— Pose ça là !

Je me suis exécutée et j'ai grommelé :

— De rien…

Il est ressorti de sa bassine, il s'est séché et il a enfilé ses beaux habits – un pantalon de toile, une chemise blanche et une veste en cuir bien coupée.

— Ça va ? Je présente bien ?

— Eh ! Vous vous êtes rasé !

— Évidemment.

Il a laissé la moitié de sa tranche de lard sur la table et il s'est rué au-dehors. Par la fenêtre, je l'ai vu sortir son cheval de la grange avant de partir au galop. Il n'a pas reparu de la journée, mais le soir, il est revenu avec, sur le visage, un air encore plus épuisé, encore plus désespéré que la veille.

Ça s'est reproduit plusieurs fois, pendant un mois ou deux. Au début, je pensais qu'il allait retrouver une maîtresse, mais ça ne collait pas avec son air triste quand il rentrait. Et quand je lui demandais ce qu'il avait fait de sa journée, il ne répondait rien et s'enfermait dans sa chambre avec un tonnelet de vin.

Alors une fois, je l'ai suivi.

Il est parti au galop à l'aube, et bien sûr, je n'avais pas de cheval, moi. Mais on ne peut pas maintenir un cheval au galop bien longtemps, alors ça voulait dire qu'il n'allait pas bien loin. J'ai enfilé une veste et je suis sortie pour voir où il allait : il se rendait tout droit au château, sur l'autre colline. J'ai couru comme une folle, j'ai descendu la pente, remonté celle d'en face et je suis arrivée, complètement hors d'haleine, à deux cents pas des murailles. Il était là, caché sous un arbre sur le chemin, comme s'il attendait quelque chose. Au bout d'un moment, la porte du château s'est ouverte et une cavalière en est sortie. Je l'ai reconnue aussitôt : c'était Tara la régisseuse, la jeune femme qui m'avait conduite à ma mère quand j'avais escaladé la muraille et que les gardes me recherchaient partout. Celle qui m'avait permis de m'enfuir.

J'ai d'abord cru qu'ils allaient s'embrasser comme un couple d'amoureux. Mais ce n'était pas ça du tout : ils n'avaient pas cet air idiot et ravi des amoureux qui se retrouvent. Ils n'ont pas fait un seul geste l'un vers l'autre. Ils se sont à peine dit un mot et ont filé à travers les pâturages de l'autre côté de la colline, bien trop vite pour que je puisse les suivre. Ce n'était pas un rendez-vous galant : ces deux-là avaient quelque chose à faire, même si je ne savais pas quoi.

— Et vous n'avez jamais su ce qu'ils faisaient ensemble, s'ils n'étaient pas amoureux ? l'interrompit le conteur.

— Morregan, en tout cas, ne l'était pas. Mais je me suis renseignée au sujet de cette Tara. Un domestique m'a dit qu'elle s'appelait « Tara de Kenmare », c'était une bâtarde du baron, et pas n'importe laquelle : elle était la petite sœur de Rachaëlle, ma vraie mère. Les deux sœurs avaient grandi ensemble et elles s'adoraient autrefois. Morregan et Tara avaient en commun une personne qu'ils avaient aimée plus que tout au monde, alors ils devaient parler d'elle, je suppose. Mais visiblement, ces rencontres ne lui apportaient aucune joie, à lui.

Chapitre 23

Voilà, c'était ça, de vivre avec Morregan.

Les rares moments de gaieté que j'ai eus avec lui, c'était dans la volière. À part ses petits secrets avec Tara, on aurait dit que c'était la seule chose qui l'intéressait un peu. Après tout, c'était à cause de ses foutus volatiles qu'il m'avait achetée, non ? Il n'en capturait jamais : il recueillait des bêtes mal en point et il faisait tout son possible pour les sauver. Avec ma magie, je pouvais comprendre d'instinct ses oiseaux, je pouvais les soigner s'ils étaient blessés, les guérir s'ils étaient malades. Ça fascinait Morregan. Je lissais une aile de la main, doucement, dans le sens des plumes, l'oiseau se laissait faire. Et au bout d'une heure, l'aile était réparée. J'aurais pu arriver au même résultat en cinq minutes, sauf que pendant tout ce temps, Morregan me regardait faire et j'aimais bien ça. À la dérobée, j'observais son visage, ses mains, je cherchais un point de ressemblance entre nous ; je savais que j'avais hérité de sa marque de mindaran, je me demandais si je n'avais pas son nez, aussi, ou sa bouche. Pendant ces moments-là, j'avais l'impression qu'on était presque une fille et un père normaux. On était ensemble, vraiment.

Et puis un soir, au dîner, je lui ai trouvé un air bizarre, différent de d'habitude. Il était toujours aussi morose, mais je voyais qu'il se forçait à sourire. Après le dessert, il m'a fait des compliments maladroits sur ma cuisine – les compliments, ça ne lui ressemblait pas, pourtant – et au moment où j'allais débarrasser le couvert, d'un air gêné, il a sorti de sous la table un paquet en toile qu'il m'a jeté dans les bras.

— C'est… c'est un cadeau, a-t-il dit en haussant les épaules.

Mes lèvres se sont mises à trembler. J'ai senti que j'allais fondre en larmes. Ça faisait un mois que mon père adoptif était mort et que je n'avais pas revu ma mère. Personne ne me faisait la moindre gentillesse, je n'avais pas d'ami, et mon dernier cadeau remontait à l'anniversaire de mes treize ans : une ceinture offerte par ma mère.

J'ai dénoué le paquet et j'ai découvert une très jolie robe coupée à ma taille ; elle était d'un rouge absolument magnifique, le genre de robe que toutes les autres filles du village auraient tué pour avoir. Alors une boule s'est formée au creux de mon ventre. J'ai tâté le renflement de ma ceinture : là où, au creux d'une fente taillée dans le cuir, je gardais bien cachée une minuscule lame d'acier donnée par maman, elle aussi. Un pouce de long, flexible, tranchante comme un rasoir.

Pourquoi m'offrait-il une robe ?

Est-ce qu'il allait faire comme tous les hommes ? M'acheter ? Me rendre jolie ? Coucher avec moi ? C'était mon père, Grand Kàn ! Est-ce qu'il était le genre d'homme qui couchait avec une gamine à sa merci ?

Il fallait que je sache. Alors j'ai couru dans ma chambre pour enfiler la robe, et puis je suis revenue à table et je me suis avancée jusqu'à lui. J'ai tiré sur le décolleté, je suis montée sur ses genoux ; lentement, j'ai passé un bras autour de son épaule et j'ai posé ma tête contre la sienne. Je sentais sa joue piquante de barbe, son odeur d'homme, j'entendais même son cœur battre.

— Alors, maître, est-ce que vous me trouvez jolie ?

J'ai attendu, la lame au creux de ma main, invisible. Je ne sais pas combien de temps. Une heure, une seconde ? Je suis incapable de le dire. Pour moi, ça a duré un siècle. J'étais tendue comme un chat sauvage, je crois que je n'ai jamais eu aussi peur de ma vie : tout ce que j'ai pu vivre après, en comparaison, ce n'était rien à côté de ça. Un geste, un *seul* geste déplacé de sa part et je lui tranchais la gorge.

Finalement, il a seulement dit :

— Ne m'appelle pas comme ça et descends de là, tu veux ?

Là, j'ai craqué. Le soulagement, l'émotion. C'était trop pour moi. Je me suis écroulée au sol et roulée en boule, juste devant la table, les bras autour des jambes, à pleurer tout ce que je pouvais.

— Ben quoi ? Je suis désolé, a-t-il murmuré, je ne voulais pas…

Il a tendu une main vers moi, mais il n'a pas osé la poser sur mon épaule. J'ai pensé fort, tellement fort : pose-la, ta foutue main ! Prends-moi dans tes bras, serre-moi contre toi, dis-moi des choses gentilles, fais ce qu'un père est censé faire avec sa fille !

— Oh et puis merde ! a dit Morregan. Je me suis demandé ce qui pourrait faire plaisir à une gamine de ton âge. Mais je me suis planté, hein ? Le kerr Owain m'a dit que c'était ton anniversaire. Je voulais juste te faire un cadeau…

Je me suis recroquevillée un peu plus sur moi-même, par terre, encore secouée de sanglots, j'avais tellement de larmes dans les yeux que je voyais à peine à travers et j'étais totalement incapable de prononcer un mot. Je venais d'apprendre une chose : mon père était peut-être un ivrogne à moitié fou, mais il n'était pas le genre d'homme qui couchait avec une esclave encore gamine. Non. Et il ne me ferait jamais de mal.

Je me suis jetée dans ses bras et je lui ai fait un baiser sur le front. Il a été tellement surpris qu'il a dégringolé de sa chaise. On s'est retrouvés tous les deux par terre, il s'est même cogné la tête contre la table.

— Putasserie !

Il a grommelé quelque chose en se frottant la tête avec sa main. Et puis, il s'est levé de table et il s'est enfermé dans sa chambre.

On a les moments de bonheur qu'on peut, pas vrai ? Morregan ne savait pas exprimer ses sentiments, il était incapable de me dire qu'il était content que je sois là, avec lui, depuis un mois, et que ma présence lui faisait du bien malgré tout. Mais à sa manière, il me l'avait fait comprendre avec son cadeau absurde. Et ce «putasserie», à mes oreilles, il a résonné comme une sorte de : «Tu es la bienvenue ici.»

Ce jour-là, j'ai compris que ce n'était pas un mauvais homme. Il avait juste de la tristesse en lui. Tellement, tellement de tristesse qu'il en étouffait de l'intérieur.

Le lendemain, la robe avait disparu et j'ai trouvé sur ma paillasse un bout d'écorce de chêne qu'il avait taillé lui-même en forme d'écureuil. Je n'ai pas su comment il avait deviné que c'était mon animal préféré. C'était une simple figurine, pas plus grosse que le pouce, mais très jolie et sculptée tout en finesse. Je n'ai pas dit merci, je crois, mais je l'ai attachée à un bout de ficelle pour en faire un pendentif et je ne m'en suis jamais séparé.

CHAPITRE 24

Les années ont passé.

J'étais avec mon vrai père, c'était un rêve que j'avais eu toute mon enfance et j'avais des milliers de questions à lui poser. Sur Rachaëlle de Kenmare, d'abord, son ancien amour. Comment était-elle ? Quelle sorte de femme c'était ? Sur mon grand-père, le fameux Kerry. Sur ce qu'il avait vécu, pendant ces dix ans de guerre où il était parti du village. J'aurais voulu tout savoir, aussi, sur cette marque mindaran des «guerriers-nés» en forme d'épée qu'il portait sur la peau. Et sur la façon dont il avait trouvé ce trésor qui dormait dans les fontes de son cheval, sur son épaule brûlée à l'acide et sa jambe trouée d'une flèche… Mais chaque fois que j'abordais un de ces sujets, je me heurtais à un silence complet et à des regards sombres, qui n'étaient même pas tournés contre moi.

Je sortais souvent de la maison : je faisais les courses au village, j'apportais ses vêtements aux lingères, j'avais seize ans et il y avait quelques garçons des environs qui me tournaient autour. Mais je suis restée solitaire, toujours sur le qui-vive. Eveer était la seule personne qui arrivait à me faire rire. Vous vous souvenez d'Eveer ? La fille du jardin qui ne m'avait pas dénoncée à la milice et qui m'avait dit comment fuir ? Elle surgissait parfois de nulle part, me prenait par la main et m'emmenait presque de force au bord de la rivière. On parlait avec passion de sorcières et de chevaliers tout en jetant des cailloux dans l'eau, c'étaient des petits moments de bonheur. Je découvrais avec elle ce que c'était que d'avoir une vraie amie.

J'ai revu ma mère de temps en temps au village. Elle était toujours aussi belle. Elle faisait à chaque fois des efforts pour sourire en ma présence, mais moi, je lui crachais dessus et je partais en courant.

Une fois, elle était avec Tara, la régisseuse qui m'avait cachée au château, et Tara m'a couru après pour me demander pourquoi je faisais ça. Je lui ai répondu que ça ne la regardait pas, mais que j'avais de bonnes raisons. Impossible d'oublier qu'elle m'avait reniée au moment où j'avais le plus besoin d'elle.

Un jour d'automne, je devais avoir quinze ou seize ans, alors que j'étais perchée sur une échelle en train de déboucher une gouttière remplie de feuilles mortes, un garçon est monté à la colline depuis le village, en courant et en m'appelant par mon prénom. C'était Aedan, le fils de Breena. J'ai eu un coup au cœur : la dernière fois qu'il était venu me chercher, c'était pour m'annoncer la mort de mon père adoptif.

Je suis descendue de mon échelle. Les cheveux d'Aedan étaient collés de sueur et ses yeux brillaient de peur. Il m'a dit en criant, complètement paniqué :

— C'est ma mère ! Il faut que tu viennes au village !

Aedan en grandissant était devenu encore plus mignon qu'avant.

— Je la connais pas, ta mère.

Breena m'avait dit de ne pas lui adresser la parole et de ne pas l'approcher. Première règle : ma magie est un secret. Si je m'étais affichée un peu trop avec la sorcière du village, les gens auraient fini par deviner que je l'étais moi aussi.

Aedan a baissé la voix et m'a empoignée par le bras.

— Un inquisiteur royal est arrivé ce matin dans le marais, avec une vingtaine de soldats. Ils sont venus chercher ma mère.

— Un inquisiteur ? C'est quoi ?

Je n'aime pas trop qu'on m'empoigne le bras, d'habitude. Mais à vrai dire, quand c'était Aedan, ça ne me dérangeait pas tant que ça.

—Et maintenant, ils… ils sont sur la place du village, en train de construire son bûcher.

C'est ce dernier mot qui m'a définitivement fait oublier ses beaux yeux.

—Un bûcher ? Quel bûcher ?

—Ma mère est une sorcière, Maura ! Tu étais où, ces dernières années ? Tu n'as pas entendu parler des nouveaux décrets royaux ? Il est interdit aux femmes de pratiquer la magie. Toutes les sorcières sont considérées comme la propriété du roi et elles doivent se livrer aux autorités sans résistance.

J'ai blêmi. Je commençais à mieux comprendre la première règle que m'avait enseignée Breena.

—C'est… c'est n'importe quoi !

—Ils l'accusent d'avoir jeté des malédictions sur des fermes, sur du bétail et des récoltes, et même d'avoir fait partie d'une troupe de brigands à cheval qui pillent les villages !

Aedan était parti, il ne pouvait plus s'arrêter de parler, j'ai dû attendre qu'il reprenne son souffle pour en placer une.

—De quoi tu parles… Ta mère fait partie d'une bande de brigands ?

—Évidemment que non ! Mais tout le monde sait que c'est une sorcière, au village, ça a dû venir jusqu'aux oreilles de l'inquisiteur de la province. Et elle n'a pas de mari ! Légalement, elle n'appartient à personne et personne ne la protège.

—Breena sait très bien se défendre toute seule.

—Ils lui ont passé les mains dans une planche à trous. Sans ses mains, une sorcière ne peut pas faire de magie.

Une bruine fine a commencé à tomber, j'ai frissonné en redescendant les manches de ma chemise, tout en vérifiant que ma marque était bien cachée sous le tissu.

— C'est ridicule : le baron ne le laissera jamais faire, ton inquisiteur. Brûler ses propres habitants devant son château, sous son nez ? T'inquiète pas, il va intervenir et sauver ta mère.

Aedan a secoué la tête.

— Le baron est parti pour trois jours dans son château du Sud. Je pense que l'inquisiteur le savait et qu'il a justement choisi ce moment pour faire une descente à Kenmare.

Je n'ai rien trouvé à dire. Alors j'ai retiré sa main de mon bras et je me suis retournée pour déplacer l'échelle.

— Il faut que je nettoie cette gouttière.

— Maura, je ne suis pas idiot, m'a-t-il dit. Je sais que toi aussi.

J'ai répondu sans le regarder :

— Quoi, moi aussi ?

Il s'est approché si près que sa bouche était tout contre mon oreille.

— Toi aussi, tu es touchée par le Second Visage de Kàn. Je t'ai vue dans la forêt. Tu es une sorcière.

— Je… je ne sais pas de quoi tu parles.

J'ai regardé autour de moi. Heureusement, il n'y avait personne aux alentours et Morregan cuvait encore son vin de la veille, à cette heure-là.

— Il n'y a que toi qui puisses la sauver, Maura. Tu ne vas pas les laisser brûler ma mère sur un bûcher, par le Kàn ? Elle est comme toi, vous devez vous entraider !

— Tu es son fils, non ? Alors toi aussi, tu dois avoir la marque mindaran des sorciers.

Il a baissé les yeux et secoué la tête.

— Oh, Grand Kàn ! Tu ne l'as pas ?

— Ça… ça ne se transmet pas toujours aux enfants, tu sais.

J'ai poussé un soupir.

— D'accord, alors admettons une minute que je sois une mindaran, bénie par le Second Visage et bla et bla et bla… Pure hypothèse, hein ? Tu t'imagines vraiment que je pourrais assommer vingt soldats, briser les chaînes de ta mère et l'emporter sur mon dos ? Juste en claquant des doigts ?

Il a tourné vers moi son beau visage, et il y avait quelque chose d'étrange dans son regard. Un peu d'envie, peut-être. Beaucoup de fascination, surtout, pour ce pouvoir qu'il n'avait pas, lui.

— Pourquoi pas ? Maman m'a dit qu'elle n'avait jamais vu de sa vie une sorcière aussi puissante que toi.

— Quoi ? Ta mère t'en a parlé ?

Putois ! C'était ça, sa conception du secret, à Breena ?

— Quand je lui ai dit que je t'avais vue dans la forêt, oui. Tu sais, on vit ensemble et on se dit tout, ma mère et moi.

J'ai reçu ça comme un coup de poignard au cœur. J'ai coulé un regard vers la maison où Morregan ronflait encore. Ouais, il y avait des familles où les enfants et les parents se disaient tout… Et d'autres non.

— Alors, a dit Aedan, tu vas la sortir de là ?

Breena avait bien dit qu'elle n'était pas mon amie, pas vrai ?

— Je suis désolée pour ta mère, mais tu te fais des illusions sur mes pouvoirs. Je connais juste deux ou trois tours avec des bêtes de la forêt, je suis complètement incapable de me battre contre des soldats. Peut-être… peut-être que tu pourrais demander à Morregan ? Il porte la marque des guerriers-nés, alors…

— Ne dis pas n'importe quoi. C'est un ivrogne.

Il a soupiré et il a détourné le regard.

— Tu ne me laisses pas vraiment le choix, hein, Maura ?

— Comment ça ?

— Je ne voulais pas en arriver là, mais il n'y a que toi qui puisses sauver ma mère. Alors aide-la, sinon, je te dénonce à l'inquisiteur et tu te retrouveras sur le bûcher à côté d'elle.

Je suis restée un moment sans pouvoir dire un mot.

— Tu… tu ne ferais pas ça ? Pas toi ?

— Évidemment, que je le ferai.

J'ai dû m'appuyer à l'échelle pour ne pas tomber. La maison, la colline, les pâtures du père Kay, tout s'est mis à tourner soudain autour de moi.

— Si tu parles à l'inquisiteur, je nierai tout ! Pourquoi c'est toi qu'ils croiraient, d'abord ?

— Parce que je suis un garçon, Maura. Selon la loi du roi, ton témoignage ne compte pas, puisque tu n'as pas d'âme.

J'ai senti mes joues devenir écarlates et la fureur monter en moi, alors il a hésité un peu et il a ajouté à voix basse :

— Je ne dis pas que j'y crois. Je veux juste sauver ma mère. Tu devrais comprendre ça, toi aussi.

Mon gentil Aedan, mon amour secret, l'objet de mes fantasmes de jeune fille… Il était prêt à m'envoyer sur le bûcher. Je crois que mon cœur d'enfant s'est brisé, ce jour-là. Alors j'ai serré les poings et tout étouffé en même temps : les larmes qui me montaient aux yeux et mes sentiments pour Aedan.

Chapitre 25

Au village, au moins trois ou quatre cents personnes se serreraient les unes contre les autres sous la pluie, il y en avait même aux balcons et sur les toits. J'ai eu un mal fou à me faufiler jusqu'au centre de la place.

Le bûcher sentait le sapin et la résine, ainsi qu'une forte odeur de poix ; il était bien trop haut et trop large pour une seule condamnée, mais je suppose que les dimensions faisaient partie du spectacle. À quoi bon brûler des gens si ça ne marque pas les esprits ? D'après Aedan, l'inquisiteur n'avait pas perdu de temps : un faux procès à huis clos expédié en vitesse sous une grande tente orange, un bûcher dressé en quelques heures par des paysans recrutés de force. Tout était prêt pour la grande scène.

Au début, je pensais que la foule venait pour le petit frisson de la mise à mort. Les gens n'aimaient pas beaucoup Breena-la-sorcière et pas mal d'entre eux ne lui adressaient pas la parole quand ils la croisaient au marché. Mais je me trompais. Autour de moi, les visages étaient fermés, les mines sombres. Sorcière ou pas, elle faisait partie de leur communauté et, aujourd'hui, leur présence était une marque de soutien silencieux.

Tout ce monde parlait à voix basse, ça faisait comme une rumeur sourde qui montait et descendait, répercutée sur les murs des plus hautes maisons du village. Un marchand ambulant vendait des tourtes au lard et des marrons chauds, mais il n'avait pas beaucoup de succès.

Tout autour du bûcher étaient postés des soldats en tenue rouge portant le blason au dragon de l'armée royale, bien rasés, aux uniformes bien soignés. Certains avaient des arcs courts, tous portaient un glaive, une cuirasse de cuir bouilli et un grand bouclier ovale. J'ai repensé à Morregan, à sa hache de bataille et à sa tunique noir et or de soldat. Est-ce qu'il avait fait ce genre de chose, lui aussi ? Est-ce qu'il s'était tenu devant un bûcher, aligné avec les autres, pour brûler de pauvres gens qui n'avaient rien fait de mal ?

À côté des soldats royaux, les quelques miliciens du baron ressemblaient à une bande de paysans mal dégrossis. J'ai cherché des yeux le vieux Galbraith, avant de me souvenir qu'il était mort d'une attaque au printemps. C'était son fils Erremon qui avait hérité de sa charge de capitaine de la milice. Dans son uniforme d'officier au maintien impeccable, il avait l'air furieux qu'on lui ait forcé la main. Son village avait été envahi par cette troupe étrangère, mais en l'absence du baron, il ne pouvait pas vraiment s'opposer à un envoyé de l'Église mandaté par le vice-roi en personne.

Quand l'inquisiteur est sorti de la tente, il y a eu un murmure dans la foule. C'était un homme très grand aux cheveux gris fer, qui portait la longue cape à tissu d'or des envoyés du Roi Lumière.

Deux soldats lui ont emboîté le pas en tenant Breena par les bras. C'était la première fois que je la voyais sans l'une de ses fameuses robes provocantes : on lui avait enfilé une grossière tunique en toile de chanvre, peinte en jaune et frottée avec du soufre pour qu'elle brûle mieux. Ses mains de sorcière étaient enserrées dans une planche de bois munie de deux trous, comme l'avait décrite Aedan, et ses doigts étaient emmaillotés dans des bandes de tissu pour l'empêcher d'utiliser ses pouvoirs. Ça m'a fait froid dans le dos.

Elle était tendue, mais digne, et elle toisait ses gardiens d'un œil méprisant. Je n'ai pas pu m'empêcher de l'admirer : moi, à sa place, j'aurais été morte de trouille. Mais Breena ne manquait pas de courage.

L'inquisiteur est monté sur le bûcher avec un rouleau de papier à la main et, d'une voix forte, il a commencé à nous dérouler la longue liste des crimes de Breena :

> « Dévergondage »
> « Provocation à l'adultère »
> « Procréation hors mariage »

À chaque nouvelle accusation, la foule murmurait de plus en plus fort. Chacun avait son anecdote à raconter au sujet de Breena et de sa vie de croqueuse d'hommes. Une femme a crié : « Sale putain ! », mais elle s'est fait siffler.

> « Refus de livrer sa personne à son propriétaire légitime, le Roi Lumière »
> « Usage féminin de la sorcellerie »
> « Malédiction lancée sur des fermes et des récoltes »

C'était tellement ridicule que quelqu'un a éclaté de rire. Jamais les récoltes n'avaient été si belles que ces dernières années. Mais deux soldats ont soudain quitté les rangs et tiré en arrière un malheureux père de famille en sabots – sans doute celui qui avait ri. Ils l'ont mis à genoux et l'ont roué de coups de pied.

> « Collusion avec un groupe de brigands à cheval pratiquant le pillage et le vol de femmes dans les villages »

C'était encore plus ridicule, mais personne n'osait plus rire depuis l'intervention des soldats. Aedan m'a soufflé :

—Alors, tu vas faire quoi ?

Une sueur froide a coulé dans mon cou. Qu'est-ce que je faisais là ? Qu'est-ce que j'avais promis ?

— Je… je…

— Tu vas faire tomber une pluie de pierres, comme la sainte Gottaran Hooga ? Tu vas ouvrir la terre en deux comme la Sainte Gottaran Jillifer ?

— Putois ! Je ne suis pas une Gottaran ! Moi, tout ce que je sais faire, c'est…

J'allais dire que je savais attirer des écureuils à moi et faire danser des lapins, mais je me suis arrêtée à temps : il attendait vraiment de moi un miracle. Et s'il comprenait que je ne pouvais rien faire, il allait me dénoncer à l'inquisiteur.

— Dépêche-toi. Sinon, je lève la main et je leur dis tout ce que je sais de toi.

— Bon, j'ai peut-être une idée.

Je me suis penchée vers lui :

— Mais tu vas faire exactement ce que je te dis, compris ?

D'un mouvement de la tête, il a acquiescé en silence.

— Faufile-toi jusqu'à l'autre bout de la place, grimpe sur un toit et, quand tu seras assez loin du cordon de soldats, mets-toi à gueuler : « Mort au Roi Lumière ! »

Il est devenu aussi blanc que ma chemise.

— Si je fais ça, je finirai au cachot !

— Tu as envie que ta mère soit brûlée vive ?

Nos regards se sont croisés. Il a fait un effort terrible pour maîtriser sa panique.

— D'accord.

— Fais un maximum de tapage pour qu'ils te courent après : éloigne le plus possible de soldats du bûcher…

Il a fait un petit signe de la tête pour dire qu'il avait compris. J'ai dû le retenir par la manche pour ajouter :

— Eh ! Et essaie quand même de ne pas te faire prendre, d'accord ?

Au lieu de me répondre, il s'est approché et, me prenant totalement par surprise, m'a embrassée sur la joue. Après ça, il a filé pendant que je faisais tout mon possible pour étouffer le mélange incompréhensible de joie et de rage froide qui me montait à la tête.

Sur le bûcher, l'inquisiteur lisait maintenant des textes de loi : ceux qui l'habilitaient, au nom du roi et du vice-roi, à rendre justice dans les provinces et jusque dans les fiefs des seigneurs. Ensuite, il a décliné ses titres et ses qualités, ce qui lui a pris un bon moment. Pendant ce temps, la foule s'était tue. Du côté de la tente orange, un homme avait allumé un brasero et préparait une longue perche de bois en badigeonnant son embout de goudron et d'huile.

La panique a commencé à monter lentement en moi, comme une eau froide qui monte peu à peu jusqu'à vous noyer.

Les deux soldats qui tenaient Breena l'ont fait grimper sur un petit escabeau qui permettait d'accéder au bûcher. L'inquisiteur débitait toujours ses âneries, mais on voyait bien qu'il arrivait au bas de sa feuille.

— Bon sang, qu'est-ce que tu fabriques, Aedan ?

Enfin, le vieux bavard est descendu par l'escabeau pendant que les deux soldats poussaient Breena contre le poteau et déroulaient une corde pour l'y attacher. C'est à ce moment-là que les premiers cris ont retenti derrière nous :

— Aleeeeeeeerte ! Les brigands ! Les brigands à cheval ! On nous attaque !

J'ai ouvert de grands yeux. Il m'a fallu une fraction de seconde pour reconnaître la voix d'Aedan. Foutriquée de putois, il ne criait pas « Mort au roi ! », il faisait croire *à une attaque* des brigands ! Soit ce garçon avait du génie, soit c'était le plus grand des imbéciles.

Les soldats ont gardé leur calme. Mais dans la foule, ça a été la panique. Le cri d'Aedan a été repris par des dizaines de voix, on commençait à entendre n'importe quoi : « Des rançonneurs ! » « Des voleurs de femmes ! » « Ils vont brûler notre village ! »

L'inquisiteur a ordonné à ses gardes de serrer les rangs. Bravo Aedan, beau résultat ! Le seul point positif, c'est que l'homme qui tenait déjà une perche enflammée a reculé un peu. Et ceux qui s'apprêtaient à attacher Breena se sont interrompus dans leurs gestes, attendant les ordres.

C'était à moi de jouer et j'étais pétrifiée de peur. Je me suis arraché un peu de peau du poignet avec les ongles et j'ai tenté de toucher l'esprit d'un des chevaux, qu'un soldat tenait par la bride.

« Piaffe ! Hennis ! Rue ! Échappe à cet homme et mets la pagaille ! »

C'était un esprit simple et placide, habitué à obéir à son maître. Il a levé la tête d'un air surpris et soufflé bruyamment des naseaux, comme pour dire à cette petite voix qui résonnait dans sa tête qu'il n'avait aucune envie de faire ce qu'elle lui demandait.

En moi, la panique est encore montée d'un cran. J'avais l'impression que les soldats me regardaient, qu'ils savaient ce que j'étais en train d'essayer de faire, que *tout le monde* savait. Je me suis retenue de m'enfuir en courant.

J'ai fermé les yeux et respiré lentement. Le cheval était un animal trop gros pour moi, trop calme, trop peu sauvage. Ce qu'il me fallait, c'était autre chose : de la folie et la liberté. Pour la première fois, j'ai compris la passion de Morregan pour les oiseaux. C'étaient eux, qui pouvaient encore sauver la vie de Breena.

J'ai léché le bout de ma main pour y laisser une goutte de salive, qui s'est lentement évaporée dans le vent. J'ai fait le vide absolu dans mon esprit, jusqu'à ne plus entendre les sons autour de moi, ne plus sentir aucune odeur, entrer dans une bulle de vide. Alors une vision de la place du village s'est peu à peu faite dans mon esprit, mais une vision bien différente de celle d'un humain : un endroit peuplé d'odeurs, de cachettes et de vents, où chaque murmure de l'air était une caresse. Une vision d'oiseau. Dans le ciel et sur les toits, ils étaient des centaines de petites âmes comme des flammèches allumées. Hirondelles, corbeaux, tourterelles… Je me suis attardée sur les sansonnets, ces fous du ciel qui tracent des dessins éphémères dans les airs en criant à pleins poumons. À cette époque de l'automne, ils se rassemblaient en nuées immenses, en attendant de partir vers le sud. Autour du village, il y avait des milliers de ces oiseaux au bec jaune, sur les toits, dans les champs et les bois. J'ai sondé l'esprit de dizaines de ces petites bêtes qui volaient au-dessus de nous : des âmes joyeuses, émerveillées par le goût des insectes dans leurs becs, surexcitées par le bonheur de voler ensemble par centaines. J'ai très vite deviné lequel d'entre eux était le plus téméraire, lequel avait le plus soif de liberté et de curiosité.

Mieux vaut que tu ne sois pas là, Morregan, j'ai pensé. *Ça ne te plairait pas.*

Mes années passées à soigner les petits pensionnaires de sa volière avaient renforcé mon lien avec les oiseaux. Je connaissais par cœur leurs esprits vifs et inquiets, toujours aux aguets, leurs peurs, leurs désirs, leurs appétits dévorants. Celui que j'avais choisi a répondu joyeusement à mon appel, me considérant tout de suite comme l'un des siens, et j'ai su que ses camarades le suivraient. Dans sa petite tête emplumée ont soudain éclos des sensations étranges : toute forme de crainte a disparu de son esprit. Et les humains en uniforme rouge, en dessous de lui, ont pris l'odeur et les contours délicieusement appétissants de grains de raisin, de framboises et de cerises mûres. Un seul… Deux… Cinq… Puis dix… Je ne pouvais pas en toucher davantage, mais il n'en fallait pas plus pour créer un mouvement qui allait en agglomérer des milliers.

J'ai rouvert les yeux et j'ai regardé vers le ciel. Le soleil était maintenant voilé par un nuage de plus en plus dense de sansonnets, attirés en un seul tourbillon vaste et noir. Quelques têtes se sont levées, un murmure a gagné la foule et même certains soldats du roi ont entendu les cris surexcités des oiseaux. Ils étaient réunis en une masse compacte en mouvement, prenant des formes élégantes et gigantesques, toujours plus larges, toujours plus denses…

J'ai croisé le regard bouffi de certitude de l'inquisiteur, dans sa ridicule cape en tissu d'or, et des souvenirs terribles ont resurgi à ma mémoire. La mort de mon père adoptif, les deux miliciens qui volaient ses possessions, l'homme de loi qui nous avait traitées de «biens meubles» ma mère et moi. Une colère sourde est montée en moi, comme une vague énorme.

Un premier sansonnet a enfoncé ses serres et son bec dans la main d'un soldat, qui a poussé un cri de surprise. Une bête pas plus grosse que le poing, légère comme un petit pain, ça n'a pas l'air inquiétant. Mais quand mille autres se sont précipitées vers les hommes en uniforme dans un sifflement suraigu, le bûcher tout entier a disparu sous leurs ailes noires et la foule s'est mise à paniquer. Plusieurs soldats se sont égaillés dans toutes les directions en hurlant, quelques autres ont tenu bon malgré tout et resserré les rangs, aveuglés par le nuage d'oiseaux et essayant de se protéger le visage avec leurs bras. Les cris des soldats ont été couverts par les piaillements des sansonnets. Ils ont essayé de se défendre mais dès qu'ils découvraient un pouce carré de visage, les oiseaux déchaînés leur crevaient la peau. «Alerte! On nous attaque!» a beuglé le sergent, mais ça n'a fait qu'accroître la panique chez les soldats. Ils ont rompu leurs rangs.

Je me suis faufilée discrètement au milieu d'eux. Je n'ai eu qu'à marcher vers l'escabeau, grimper sur la pile de bois entièrement plongée dans l'ombre et à m'avancer à tâtons vers le poteau. Les oiseaux s'écartaient à mon passage et aucun soldat n'était plus là pour m'arrêter. Mais au moment où je suis arrivée devant Breena, je me suis aperçue que j'avais été devancée: Tara, la régisseuse du château, était en train de trancher les liens de ses poignets avec un poignard et le kerr Owain s'occupait de ses chevilles.

—Voilà, a murmuré Tara quand le dernier lien a cédé, filez maintenant !

—Merci à vous deux, a fait Breena.

Elle était essoufflée et avait les traits tirés. Ses mains ont joué des dessins sur sa peau : une houppelande sale de paysanne a soudain couvert ses épaules et une capuche grise a plongé son visage dans l'ombre. Elle ressemblait maintenant à toutes les autres femmes du village.

Mais avant de s'enfuir, elle est venue vers moi et a glissé à mon oreille :

—Je ne regrette pas de t'avoir appris deux ou trois petites choses, à toi.

Après quoi, elle est descendue du bûcher, elle a gagné la place à moitié désertée par la foule, puis elle a disparu dans une ruelle. Tara et Owain m'ont prise par la manche et fait descendre moi aussi, au moment où mon tourbillon d'oiseaux commençait à faiblir.

—C'est votre fils qu'il faut remercier, j'ai grommelé en réponse à Breena tout en fichant le camp, bien qu'elle ne puisse plus m'entendre.

Je n'ai jamais oublié la menace d'Aedan. Et je suis rancunière.

L'inquisiteur a fait fouiller les maisons et les bois, en vain, et il a fini par plier bagage. Tout le monde racontait que des dizaines de brigands armés de bâtons avaient attaqué le village, que Breena-la-sorcière avait appelé à elle des centaines d'oiseaux qui l'avaient emportée dans les airs. Les gens fermaient leurs portes au loquet, désormais, et priaient Kàn-aux-deux-visages pour que les voleurs à cheval aillent saccager d'autres campagnes. Peu leur importait qu'on n'ait retrouvé aucune trace de ces brigands ni que personne n'ait rapporté le moindre vol.

Ils étaient prêts à croire que c'étaient des démons venus des enfers, qui étaient repartis une fois leur besogne accomplie.

Deux jours plus tard, le baron revenait de son fief du Sud avec toute sa garde, et au bout de quelques mois, comme par hasard, la belle Breena réapparaissait, mettait le grappin sur son fils et se fiançait avec lui.

Elle a été lavée, par le témoignage de son mari, de toute accusation de sorcellerie. Il a juré que sa marque n'était qu'une tache de naissance et tout le monde a fait semblant de le croire. La belle se pavanait désormais au bras de ce petit homme bedonnant, plus jeune de dix ans et qu'elle menait, à ce qu'on racontait, par le bout du nez.

Le baron n'était certainement pas un homme sans défaut, mais il aimait les femmes, ça, on ne pouvait pas le lui dénier. Et depuis que ma mère était devenue sa maîtresse officielle, on murmurait qu'elle l'incitait à les protéger.

Pour ce qui était de Morregan… quand je suis rentrée, il était dans sa volière en train de dessiner au fusain un sizerin à queue noire. Il ne m'a même pas regardée arriver, il m'a juste dit :

— Je crois que les colombes sont complètement guéries, qu'est-ce que tu en penses ?

Et puis, il a ajouté d'une voix morne :

— Il y a eu un de ces boucans au village, tout à l'heure, ça a fait peur aux oiseaux.

Chapitre 26

Le conteur fit signe à Maura de s'arrêter. Il fit jouer ses doigts en grimaçant et se servit un verre d'eau, puis mordilla le bout de sa plume.

—Darran Dahl a-t-il vraiment sculpté tout un dragon sur le plancher avec son poignard?

Avec un sourire mélancolique, Maura pencha la tête.

—Au fil des années, sa création a débordé sur les murs extérieurs : la queue, le bout des ailes, les griffes… C'était tellement beau que des enfants se cachaient souvent à bonne distance de la maison pour la regarder, complètement fascinés. Il y avait même des gens qui venaient des villages alentour. C'était devenu une curiosité de Kenmare. On l'appelait « la maison du dragon » et parfois, les gens demandaient à voir l'intérieur. Bien sûr, Morregan les envoyait sur les roses. Il se fichait totalement qu'on aime ou pas son œuvre d'art. Il se contentait de sculpter, pour lui seul, comme s'il essayait de retrouver un souvenir perdu.

—Avez-vous su la cause de son obsession pour les dragons?

—Pendant la guerre contre la Princesse Sanglante, Morregan faisait partie de la garde rapprochée du prince. Il a même été dans cette escouade d'élite qui est entrée dans l'antre de Inn-Gao-Da, le dragon de Homgard, pour l'abattre. Je crois que ce souvenir le tourmentait beaucoup. (Elle baissa les yeux.) Il l'avait fait pour son prince, mais je crois qu'il ne s'est jamais pardonné d'avoir contribué à la mort du dernier des dragons.

— Il… il a fait partie de la garde rapprochée du prince ? Vous voulez dire, de l'actuel Roi Lumière ?

— Oui. Sacré retournement de situation, hein ? Un membre de sa garde rapprochée qui, dix ans plus tard, devient son pire ennemi.

— Permettez-moi de douter de ce qu'il vous a dit. Les hommes de « la Licorne », cette garde légendaire, étaient choisis par Sa Majesté en personne ! Peut-être, à ce sujet, Darran a-t-il pris quelque liberté avec la vérité…

Maura eut un sourire sans joie :

— Morregan se fichait totalement de ce qu'on pensait de lui. Je ne vois pas pourquoi il aurait inventé ça.

Le conteur regarda la paume de ses mains pour vérifier qu'elle ne mentait pas et griffonna quelque chose sur un papier, avant de le confier à l'un des Dragons.

— Voulez-vous bien transmettre ce message au commandant Osgarat, je vous prie ? Je l'attendrai à l'entrée de la forteresse, c'est urgent !

Puis il se tourna vers Maura :

— Je vous écoute depuis un bon moment me parler de vous et de votre père, jeune fille, et je trouve que vous dressez un portrait très étrange de Darran Dahl. Un portrait qui, en fait, ne correspond guère à ce que nous savons de lui. Comment un homme qui se désintéressait à ce point des affaires du royaume – et même de son propre village – a-t-il pu devenir le chef d'une rébellion à l'échelle de tout le pays ?

— Moi, je vous dis juste la vérité. C'est ce que vous vouliez, non ?

Elle voulut se passer la main dans les cheveux, mais grogna en se rappelant que la planche à trous l'en empêchait.

— Il n'y a pas de mystère, tout le monde sait bien comment tout a commencé : au début, il a juste voulu sauver une femme en danger. C'est tout, il ne pensait à rien d'autre.

—Ah oui, ce fameux épisode… murmura le conteur. C'est donc cela qui l'a fait quitter sa retraite ? N'était-ce pas plutôt l'appel du pouvoir ? La volonté de vengeance ou l'appât du gain ?

Elle éclata de rire.

—Je n'ai jamais vu quelqu'un qui s'intéressait *aussi peu* au pouvoir. Il ne parlait à personne et il ne pensait qu'à ses oiseaux. Et pour ce qui est des richesses… il était déjà revenu de la guerre avec une fortune, il se moquait totalement de l'argent.

—S'il s'intéressait aussi peu à ses semblables, comment expliquez-vous qu'il ait de nouveau pris les armes ?

Maura soupira et secoua la tête.

—Je crois savoir pourquoi. Vous vous souvenez de Tara, la régisseuse ? La jeune femme qui m'avait cachée des gardes et conduite à ma mère, le jour où j'avais voulu m'enfuir avec elle ? Celle à qui il donnait des rendez-vous mystérieux, et avec qui il passait des journées entières à cheval ? Eh bien, quand les trafiquants de femmes ont attaqué le village, Tara faisait partie de celles qu'ils ont enlevées.

—Tara était la sœur de Rachaëlle, n'est-ce pas ? Votre tante, en fait ?

—Un jour, Tara est venue à la maison pour parler à Morregan. Elle s'était faite toute belle, maquillée, en robe de soie… Mais il était ivre mort et c'est moi qui l'ai reçue. Elle en pinçait pour lui, c'était évident.

—Ah, enfin, je comprends ! Il était tombé amoureux de cette Tara, n'est-ce pas ? C'est donc par amour pour elle qu'il a quitté le village ? Pour aller la sauver ?

—Non, vous ne comprenez pas. Morregan vivait dans le passé. Il n'y a eu qu'un seul amour dans sa vie. Oui, il a voulu sauver Tara, mais uniquement parce que c'était la petite sœur adorée de Rachaëlle, et qu'il aurait fait n'importe quoi pour la femme qu'il aimait.

—Mais Rachaëlle était déjà morte, non ?

—Je crois qu'on peut faire des folies pour la personne qu'on aime. Peu importe qu'elle soit vivante ou morte. Morregan avait laissé mourir la femme de sa vie et il n'arrivait pas à se le pardonner. Alors quand sa petite sœur a été enlevée sous ses yeux, il ne pouvait pas l'abandonner, vous comprenez? Ça aurait été comme d'abandonner Rachaëlle une seconde fois. En fin de compte, *tout* ce qu'il a fait, c'était pour Rachaëlle, rien d'autre n'a jamais compté pour lui.

Le conteur fronça les sourcils et écrivit dans la marge:

> « *Chercher la véritable raison du départ de Darran Dahl:*
> *Maura croit la connaître, mais il y a peut-être autre chose.* »

CHAPITRE 27

Une fois la porte refermée, d'Arterac redressa le buste, l'œil pétillant, et demanda aux gardes de faction :

— Mon message au commandant Osgarat a bien été transmis, n'est-ce pas ?

L'un des deux Dragons opina de la tête.

— Il a été fait selon vos ordres, messire.

De l'index, il tapota joyeusement le plastron en acier du soldat.

— Messires, je crois que j'ai découvert le premier petit mensonge de notre ami Darran à ses compagnons ! Ces faux Gottarans sont de fieffés imposteurs, amoureux de leur propre image. Sa Majesté sera satisfaite.

Bien que les soldats n'eussent, bien entendu, pas la moindre réaction, d'Arterac se frotta les mains et conclut à voix haute :

— Tous les mêmes…

———————

Le conteur se fit reconduire aux appartements d'Osgarat, mais il trouva les lieux vides et deux Dragons de faction devant la porte.

— Le commandant n'est pas ici, dit l'un d'eux. Nous avons reçu l'ordre de ne laisser entrer personne.

— Où est-il ?

— Votre message a été transmis, il ne va pas tarder à vous rejoindre.

—Je vous prie de m'excuser, jeune homme, mais ce n'est pas la réponse à ma question. Je vous ai demandé où il se trouvait.

Le soldat garda un instant le silence, puis lâcha finalement :

—Sur les toits, près de la tour nord.

—Que diable fait-il sur les toits à une heure pareille ?

—L'un de nous deux peut vous y accompagner, si vous le souhaitez.

D'Arterac soupira. C'était la deuxième fois que le soldat esquivait ses questions.

—Volontiers, soldat.

Le Dragon se mit en marche d'un bon pas et ils passèrent à travers un labyrinthe inextricable de couloirs et d'escaliers où le conteur eut l'impression de faire cent tours et détours avant d'atteindre leur but. Puis la pénombre des couloirs s'éclaircit enfin et il sentit l'air glacial du dehors souffler sur son visage : en haut d'une volée de marches, ils débouchèrent sur le toit à travers un grand panneau de bronze ouvert.

Frankand offrait ici un aspect effrayant : de sinistres tours noires hérissées de piques, un enchevêtrement de pentes d'ardoise et, en guise d'étendards, les centaines de squelettes cloués à des croix. Ils se dressaient comme des spectres sur les toits, les lambeaux de leurs vêtements claquant au vent, leurs longs doigts osseux dépassant des montants de bois. D'après la légende, l'un de ces corps desséchés était celui de la Princesse Sanglante.

Osgarat était là, debout sur une contre-pente, entouré de quatre Dragons qui semblaient occupés à chercher quelque chose dans les gouttières. Des plumes d'oiseau et des taches de sang maculaient par endroits les ardoises. En voyant arriver d'Arterac, le commandant s'avança avec précaution sur le revêtement glissant et lui adressa un signe de la main.

—Fallait pas vous déplacer, j'allais descendre !

D'Arterac posa les yeux sur ce qu'il tenait entre ses mains : un oiseau mort, dont il manquait la tête.

—Un pigeon ?

Osgarat sembla embarrassé.

—Cette nuit, une sentinelle a entendu du boucan sur le toit, près de la tour nord, et on a retrouvé… eh bien… quelques-uns de ces foutus piafs à moitié déchiquetés. Vous avez demandé à me parler ? Suivez-moi, on sera mieux en bas pour causer.

—Non, restons ici, je ne veux pas vous déranger. J'avais une simple question à vous poser.

Le commandant jeta un coup d'œil à ses hommes et s'assit de mauvaise grâce, invitant d'Arterac à faire de même.

—Ce foutu toit est dangereux, messire.

—Qu'ont-ils de si particulier, ces pigeons ? Je suppose que ce n'est pas la première fois qu'un rapace en chasse sur vos toits ?

Osgarat confia le petit cadavre à l'un de ses Dragons et sortit de son aumônière un chiffon avec lequel il essuya le sang sur ses mains gantées de fer.

—Sauf votre respect, conteur, ça peut pas être un rapace : les corps ont été éventrés à coups de dents. On voit nettement leurs traces.

—Alors, sans doute un renard ou une belette qui…

Le vieil homme s'arrêta en se souvenant que la forteresse était juchée sur un pilier de pierre à des centaines de toises de hauteur.

—C'est vrai que c'est étrange…

—Jamais vu ça depuis dix ans que je suis là.

Des lueurs roses et orangées coloraient encore paresseusement le ciel, cédant peu à peu la place au bleu sombre de la nuit. Une brume tardive recouvrait encore la capitale comme un océan de nuages, dont il n'émergeait que les deux grandes flèches de la cathédrale, presque aussi hautes que Frankand. Les cloches sonnèrent soudain la sixième heure, si fort que le conteur eut presque l'impression d'entendre les Grands Kerrs lui rappeler sa mission : renverser le roi, coûte que coûte, pour sauver le royaume tout entier. Osgarat lui jeta un regard fatigué.

— Bon. Vous avez demandé à me parler d'une affaire urgente, messire. Alors c'était quoi ?

D'Arterac frissonna et releva le col de son manteau, puis il sortit de sa mallette en cuir une liasse de feuilles vierges, ainsi qu'une plume et son encrier, qu'il posa sur le toit en biais.

CHAPITRE 28

— S i j'ai bonne mémoire, commandant, vous avez dirigé la garde rapprochée de Sa Majesté, du temps de la guerre de Succession ? Les célèbres «licorniers» dont on prétend qu'ils ont renversé le cours de la guerre ?

Osgarat eut l'air surpris.

— J'croyais que c'était les prisonniers, que vous deviez interroger ! Pourquoi vous me posez cette question, à moi ?

— Parce qu'il n'y a qu'un seul ancien capitaine de la Licorne encore en vie, et que c'est vous, commandant Osgarat.

— *Yedinorog*, «la licorne» dans ma langue. C'est vrai. J'en ai été le capitaine pendant quatre ans.

— Chaque membre de la Licorne était, je crois, remarqué et enrôlé par le prince Erik lui-même.

Un sourire mélancolique flotta sur le visage d'Osgarat.

— Par le prince en personne, ouais. J'ai servi Sa Majesté pendant les douze ans de la guerre de Succession. J'étais là dès les premières batailles. À l'époque, on d'vait faire barrage à la princesse, pour l'empêcher d'arriver jusqu'à la ville sainte d'Ennead et de s'y faire sacrer reine. La couronne lui aurait donné le rang de «Sainte Gottaran», et ça, on devait l'empêcher à tout prix. Tant que cette sale truie de princesse n'avait pas posé la couronne sur sa tête, il y avait encore de l'espoir. Alors on lui a barré la route au village de Karkerov et moi, j'étais en première ligne. Sauf que la princesse n'était pas venue seule : elle avait toute son armée avec elle, trois fois plus nombreuse que la nôtre. Mon régiment a été entièrement taillé en pièces en défendant le dernier pont sur la Nioursk. Tout le monde était mort ou à terre, je me tenais seul, face à une horde de soldats, quand notre cavalerie a déboulé dans le dos de l'ennemi. Ça a été notre première victoire. Le lend'main, au camp, le prince lui-même est venu me trouver, et il m'a fait l'immense honneur de me prendre dans sa garde rapprochée. Après ça, combat après combat, j'suis monté en grade dans la Licorne jusqu'à en devenir le capitaine. Au cours de la campagne de la Norska, on avait…

—Y avez-vous connu le sieur Darran Dahl? l'interrompit le conteur. Il a prétendu auprès de Maura qu'il était un ancien de la Licorne. Vous allez pouvoir me confirmer, n'est-ce pas, qu'il s'agit d'un mensonge?

Osgarat ne répondit pas tout de suite et se remit à frotter son gantelet avec son chiffon, bien qu'il n'y ait plus depuis longtemps la moindre trace de sang sur l'acier poli.

—Certains licorniers ont mal tourné après la guerre. Comme on dit chez moi, en Matavie: «Y a des chèvres boiteuses sur toutes les montagnes».

Le conteur ouvrit la bouche, stupéfait, et consulta la paume de ses mains.

—Vous… vous confirmez donc qu'il a fait partie de la garde? Je ne comprends pas. Sa Majesté ne m'en a jamais parlé! J'ai pourtant recueilli ses mémoires!

—Sa Majesté ne vous a rien dit? fit Osgarat, soudain blanc comme un linge. Alors je… je dois me tromper.

—Comment cela? Darran Dahl a-t-il été licornier, oui ou non? Si vous étiez capitaine de la garde, vous devez bien le savoir!

—Ça fait bien longtemps, vous savez. Je sais plus, j'ai oublié, je peux pas vous dire.

Le conteur grimaça et tendit sa main droite devant Osgarat. Sa paume fumait et bourgeonnait de cloques ouvertes, comme si la peau était soumise à une chaleur intense.

—Commandant, vous mentez. Nous le savons vous et moi.

Osgarat détourna le regard.

—Je ferais rien qui pourrait mettre Sa Majesté en difficulté… S'il a pas voulu vous parler de Darran Dahl, moi j'vois pas pourquoi je le ferais… Vous comprenez, quoi.

—J'ai recueilli les mémoires de Sa Majesté il y a dix ans, après sa victoire contre la princesse. À cette époque, Darran Dahl était un inconnu. Sa Majesté n'avait sans doute aucune raison de me parler d'un simple soldat.

D'Arterac laissa planer un moment de silence, jusqu'à ce que le commandant fasse mine de se lever et grogne :

—Conteur, je peux pas vous aider. Je resterais bien avec vous à bavarder, mais cul Dieu, j'ai tellement de choses à faire…

—Il ne vous a pas beaucoup remercié, fit d'Arterac.

—Remercié ? Qui ? Pour quoi ?

—Le prince Erik. Pendant la guerre de Succession, vous avez été son plus fidèle soldat. Douze années de guerre, commandant Osgarat ! Vous avez bravé la mort, vous avez mené mille combats héroïques. Vous avez connu le froid, la faim, l'épuisement, et souffert toutes sortes de tourments pour lui. Oh oui, vous avez tué, et vous avez vu mourir vos amis et vos soldats. C'est probablement à vous et à vos hommes qu'il doit la victoire. Et une fois sur le trône, au lieu de vous couvrir d'honneurs et de richesses, vous le capitaine de sa garde, le plus fidèle de ses soldats, il vous nomme gardien de prison et vous laisse moisir dans ce trou à rats. Combien de fois vous a-t-il fait l'honneur d'une entrevue, depuis la fin de la guerre de Succession ?

Osgarat rentra la tête dans les épaules et, malgré son corps massif, sembla vouloir rétrécir et disparaître.

— Je serai jamais à ma place parmi sa cour. Vous m'voyez, en habit de soie, à faire des courbettes et à écouter des poèmes dans les salons ? J'aurais l'air d'un ours apprivoisé.

— Et pourquoi pas général en chef des armées ? Je suis convaincu que les rebelles auraient été écrasés dès les premiers combats, si Sa Majesté vous avait placé à cette fonction.

— Il sait ce qu'il fait, nom de Kàn ! S'il m'a envoyé ici, à Frankand, c'est que c'était la meilleure place pour moi !

— Parce qu'il se méfiait de vous, peut-être. Lui êtes-vous vraiment resté loyal, après toutes ces années ?

Le commandant se releva d'un bond, blanc de fureur.

— Foutredieu ! Est-ce que vous en doutez, conteur ?

D'Arterac se leva lui aussi et ses yeux noirs brûlaient d'une force intense.

— Peut-être bien, commandant. Car c'est au son nom de Sa Majesté que je vous somme aujourd'hui de me dire la vérité : Darran Dahl a-t-il fait partie de la Licorne, oui ou non ?

Osgarat soupira et se tassa de nouveau sur lui-même. Puis il répondit d'une voix si basse qu'elle était à peine audible :

— Ouais… il y a même été sergent.

De son aumônière, il sortit une flasque de métal. Il y but une gorgée d'un liquide qui lui tira un soupir de satisfaction.

Le conteur murmura :

— Je crois qu'il est temps de me dire tout ce que vous savez à ce sujet, commandant.

CHAPITRE 29

—J'aurais jamais pu imaginer qu'il prendrait les armes contre son propre roi, commença le commandant Osgarat en secouant la tête d'un air profondément affligé. Darran Dahl était l'un des meilleurs soldats que j'aie jamais connus. Jamais une plainte, toujours volontaire pour les sales besognes, intelligent, coriace, redoutable au combat et d'une loyauté à toute épreuve.

Il but une nouvelle gorgée et coula un regard vers le conteur.

—Vous avez connu le prince à cette époque, hein, comte d'Arterac?

Un sourire nostalgique se peignit sur le visage du commandant et son regard se perdit dans le lointain.

—Sur son cheval de guerre, le prince Erik rayonnait comme un dieu. Il avait tout : la beauté, la force, la noblesse… Et une intelligence, cul Dieu! un vrai génie. La tactique militaire, la finesse de la diplomatie, la connaissance innée des soldats et de la façon de les comprendre… Jamais vu un chef comme lui de toute ma carrière. Et il fallait en avoir, des tripes, pour se dresser contre cette presque Gottaran de Princesse Sanglante et ses prêtresses, avec son armée bien plus forte. Y avait que lui au monde pour réussir un exploit pareil. Oui, ça c'était un prince… On l'aurait suivi au bout du monde. Chacun de nous aurait donné sa vie pour lui. Mais Darran, ah, Darran! Ça allait encore bien au-delà de ça…

Osgarat ouvrit les mains et les agita devant lui comme pour expliquer sa pensée d'un geste maladroit.

— J'ai jamais su pourquoi il s'était engagé dans l'armée, mais d'après ce que j'ai compris, il avait tout laissé derrière lui et il avait tiré un trait sur son passé. Alors son prince, c'était toute sa vie. Il le vénérait comme un dieu. Il priait pour lui, il buvait ses paroles et le citait à tout bout de champ, il dormait roulé en boule chaque nuit contre sa tente… Un jour, le capitaine d'une compagnie de mercenaires a refusé de marcher au combat, il a craché par terre et traité le prince de voleur. Qu'est-ce qu'il a fait, Darran, à votre avis ? Il a enfilé une tunique de mercenaire, il s'est glissé en pleine journée au milieu de ces vétérans et il est allé trouver le capitaine pour lui trancher la tête et la rapporter à son prince. Les mercenaires ont filé droit, après ça, vous pouvez me croire. Un sacré soldat, que c'était, oui…

Osgarat tourna la tête vers le conteur et, d'un geste, lui proposa une lampée à sa flasque. Mais le vieil homme refusa poliment.

— Je me souviendrai toute ma vie de son arrivée au campement. C'était pendant l'attaque des guerrières Lehrs contre l'armée de la princesse, qui avait donné un peu de répit au prince. On avait traversé la forêt de Molensk. On avait dressé le campement en bordure du fleuve et on avait attendu là au moins une semaine, pendant que le prince négociait avec le comte Norrov son entrée dans la rébellion. Il y avait un petit bourg au pied du château comtal. Le premier jour, le prince nous avait demandé de rapiner les culs-terreux du coin et de taquiner un peu leurs gueuses, juste en guise d'avertissement : une petite pression amicale sur le comte, pour faciliter les négociations. J'avais été chargé de veiller à ce que le sang ne coule pas. Mais ensuite, quand les pourparlers ont commencé, l'ordre est tombé de ne plus toucher à un cheveu de ces pouilleux. Alors les gars se sont tourné les pouces, et l'ennui, ça ne vaut rien de bon au soldat. Il faisait froid, il pleuvait tout le temps et les hommes n'avaient rien d'autre à faire qu'à jouer aux cartes et à se raconter des histoires de femmes.

Et voilà que les planqués de l'intendance, revenus de l'Ouest profond où ils avaient acheté des chevaux et des bœufs, nous débarquent ce pauvre gamin perdu loin de chez lui, ce paysan qui avait voulu à tout prix s'enrôler… Il fallait le voir, avec son uniforme trop petit, sa silhouette de mioche monté en graine et son regard de chien abandonné. Pauvre gosse. Il avait encore le lait de sa mère sur la bouche qu'il se retrouvait dans une armée de tueurs, au milieu d'une guerre atroce. Personne n'aurait misé un sou sur lui. Évidemment, tous les rats du régiment lui sont tombés dessus : c'était une proie facile, il était seul et il faisait tellement pitié… Je ne me souviens plus de son nom, je veux dire, son vrai nom de paysan de l'Ouest. Norgan ? Orregane ? En tout cas, ça sonnait comme un nom de fille et tout le monde se payait sa tête. Qu'est-ce qu'il a pu déguster, le pauvre… Ils lui refilaient toutes les corvées, ils pissaient dans ses rations, et pour un oui ou pour un non, il se prenait des coups. Ils auraient fini par le tuer, ça n'aurait pas été la première fois.

Un jour, un gars du régiment des Haches Noires a balancé ses sandales à la flotte. Ça a fait rire tout le monde et le gamin est allé pieds nus toute la journée. Nous, les licorniers, on ne se mêlait jamais des histoires de « troupeux », ils se débrouillaient entre eux. Mais je le regardais de loin et j'avais de la peine pour lui, il me rappelait mon arrivée dans l'armée. Il a dû voir que je ne riais pas avec les autres, alors il est venu me trouver le soir, pendant que j'étais devant le brasero. Tête basse, grise mine, il m'a tiré par la manche et, dans son regard, y avait quelque chose qui me disait qu'il ne partirait pas avant de m'avoir posé une question.

— Que voulait-il savoir ? demanda le conteur.

— Il voulait trouver un tatoueur.

Osgarat éclata de rire.

—C'était pas le premier à vouloir se faire tatouer une fausse marque de guerrier-né mindaran ! Je lui ai expliqué que ça ne servirait à rien : les petits malins qui essayaient ça pour épater leur régiment finissaient en première ligne et ne faisaient pas de vieux os. Et puis, en regardant bien, on pouvait toujours voir la différence entre un tatouage et la vraie marque laissée par le Second Visage de Kàn. Alors il a ôté sa chemise et j'ai reculé d'un pas : un petit trait noir bien net était dessiné sur son épaule. Ce gamin portait la marque de Kàn, ça oui : il portait le bâton mindaran des sorciers.

« Je ne veux pas être un sorcier, qu'il m'a dit. Mon père était un foutu salopard de sorcier. Moi, je veux être un guerrier et ça ne me fait pas peur d'aller en première ligne. »

J'en suis resté sur le cul : la marque ! Ce foutu gamin portait sur lui la bénédiction du Second Visage de Kàn !

Ce qu'il attendait d'un tatoueur, c'était juste un petit trait noir en plus, pour faire comme une garde qui ferait penser à une épée – au lieu d'un bâton de sorcier. Je lui ai dit qu'il était fou. Qu'en tant que sorcier, il serait traité comme un roi dans n'importe quel régiment. Qu'il n'avait qu'à montrer son épaule pour qu'on lui fasse des courbettes et que toutes ses misères s'arrêtent dans l'heure.

« Je veux pas des courbettes ! qu'il a gueulé. Je veux être un guerrier ! »

« C'est un péché, je lui ai dit. Kàn t'a touché de sa grâce et t'a marqué. Tu ne peux pas te cacher de son Second Visage. »

« Ce ne sera pas un mensonge, qu'il a répondu. Je serai un guerrier. Je serai le plus grand guerrier de toute cette armée. Je tuerai la Princesse Sanglante de mes mains et je rendrai le monde meilleur. »

Il m'a presque fait peur. J'en ai connu des gars, vous savez. J'en ai combattu, j'en ai tué. Je sais reconnaître un homme dangereux rien qu'à sa voix. Et ce soir-là, j'ai vu que ce gamin avait une force brute en lui. Une sorte de fureur qui bouillonnait dans son regard, comme j'en avais rarement vu, prête à exploser. Je lui ai donné le nom d'un guérisseur au village, qui faisait des tatouages, alors il s'est calmé.

« Comment tu t'appelles, déjà ? » je lui ai demandé.

Il m'a donné son nom de l'Ouest, impossible de me souvenir de ce que c'était.

— Morregan, l'interrompit le conteur. Il s'appelait Morregan.

— Ah, c'est ça ! Un nom de fille, je vous disais ! répondit Osgarat. Ça sonnait comme l'Ouest pouilleux… Je lui ai conseillé de s'en trouver un autre pour la guerre, parce qu'avec ce nom de catin à deux sous, il aurait toujours des ennuis.

Il avait compris que j'étais du Nord et il m'a demandé comment on disait « guerrier » en langue matave.

— *Darran*, répondit tout bas le conteur.

— C'est ça.

— Et pourquoi *Dahl* ?

— C'était le nom du bourg à côté du campement. Celui où il s'est fait tatouer la petite barre en travers de sa marque de sorcier.

D'Arterac hocha la tête.

— « Darran Dahl » : le guerrier de Dahl.

Osgarat acquiesça en silence et reprit son récit :

— Vous vous souvenez de ce salopard qui lui avait jeté ses sandales à la flotte, le soldat des Haches Noires ? Il était de garde, cette nuit-là. Au matin, on l'a retrouvé pendu à un arbre par les pieds, à moitié mort, et sa propre botte était enfoncée dans sa bouche presque jusqu'au talon. Personne n'avait entendu un seul bruit pendant la nuit.

Trois gars des Haches Noires sont allés trouver le gamin avant que la garde du camp n'ait eu le temps de réagir. Il ne s'était même pas enfui. Ils se sont mis autour de lui et ils étaient partis pour le crever comme un chien. J'ai vu la scène de loin.

J'avais pitié pour lui, mais enfin… putasserie! il avait failli tuer un homme, je ne pouvais quand même pas le défendre! Je l'ai vu montrer aux autres la petite épée noire sur l'épaule nue, en guise de menace. Les trois gars des Haches Noires ont rigolé. Ils l'ont accusé de s'être fait tatouer une marque de mindaran pendant la nuit et ils lui sont tombés dessus avec des couteaux et des haches, alors qu'il n'avait pas d'arme sur lui.

« On va te crever, Morregan! »

J'ai passé mes doigts sur mes deux joues en signe de prière pour son âme.

Et ce jour-là, j'ai dû être entendu par Kàn-aux-deux-visages. J'ai reçu un morceau de tripes en pleine face et, le temps que je m'en débarrasse, il y avait déjà un corps à terre : Morregan avait arraché une hache de bataille des mains de l'un des soldats, je ne sais pas comment, et il cognait dans le tas.

« Je suis Darran Dahl! » qu'il a beuglé. « Darran Dahl! Et j'ai la marque des guerriers! »

Je suis resté là, les bras ballants, la bouche ouverte… J'suis pas un artiste comme vous, comte d'Arterac, je suis un guerrier. Mais dans mon domaine, je sais r'connaître le talent. Vous qui êtes un lettré, imaginez un gamin qui n'aurait jamais appris à écrire de sa vie, qui ramasserait d'un coup une plume et du papier, et qui pondrait sous vos yeux le plus beau poème jamais lu à la cour. Eh bien, ce gosse, c'était un peu ça!

Le combat n'a duré que quelques secondes, mais je me souviens de chaque geste, chaque mouvement. Je reconnais un bon guerrier d'un seul coup d'œil, j'en ai formé des centaines. Alors je voulais comprendre ce que je voyais ce jour-là. C'était fascinant.

Contre ces combattants aguerris, il parait tous les coups, même les plus vicieux. Mieux : il trouvait une faille dans la défense de chacun avec une facilité écœurante. Oh, la grâce et le style, c'était pas son point fort. On aurait dit un gars qui avait appris à tuer sur le tas, dans les bagarres ou les arènes.

Sauf que c'était pas le cas, ce Darran était un gamin tout juste sorti de sa campagne, sans aucune expérience. Alors j'ai mieux regardé et j'ai fini par voir des petites choses presque invisibles : parfois, le manche de sa hache s'allongeait d'un pouce pendant une fraction de seconde, d'autres fois, ses bras ou ses jambes se tordaient dans des positions humainement impossibles. C'est comme ça qu'il a surpris son second adversaire et qu'il a passé sa garde.

Et je vais vous dire : le plus surprenant, c'était même pas ça. Quand il a porté son attaque, sa force a été colossale. D'un seul coup de hache, il a fait voler en éclats le bouclier et fendu la cuirasse de cuir bouilli du gars d'en face, et ça… eh bien, c'est pas possible, hein, on est d'accord ? J'ai eu l'impression qu'il avait déplacé au bout de son fer une grande partie du poids de son corps, pendant juste une seconde. Il faisait ça sans même s'en apercevoir, dans chacun de ses pas, dans chacun de ses gestes, ça le rendait incroyablement rapide et puissant.

Je crois que je suis le seul à avoir vu ces détails-là, peut-être parce que moi, je connaissais la vérité sur sa marque. Ceux qui ont vu le combat ont cru que Darran avait des années de pratique de la hache derrière lui. Mais ils se trompaient : c'était pas un combattant aguerri, c'était un génie du combat qui manquait encore d'expérience. Et une fois entraîné, je savais qu'il serait une vraie machine de guerre.

Au final, il s'en est sorti avec une entaille à la main et une jambe blessée ; il avait étendu deux hommes et le dernier a détalé comme un lapin. Ouais, c'était un sorcier. Et un guerrier, aussi. Un sorcier qui avait choisi la magie *d'être* un guerrier. Je ne sais pas si vous voyez ce que je veux dire ? Cette marque de mindaran, qu'elle soit en forme de bâton ou d'épée, y avait pas beaucoup de différence, au final : il ne le savait pas encore lui-même, mais ce gars valait dix hommes au combat.

Quand il s'est retrouvé sans adversaire, il s'est arrêté, à bout de souffle, sans remarquer la petite foule qui s'était formée, et il a regardé les cadavres à ses pieds en criant:

«Allez, relevez-vous, bande de trouillards!»

Il ne s'était même pas rendu compte qu'il les avait tués.

Les gars de la garde du camp ont débarqué en force à ce moment-là. Ils l'ont désarmé et jeté au trou; il aurait fini pendu le lendemain, en toute logique. Mais le prince est revenu de ses négociations, ce soir-là. Et il a sorti Darran de sa prison pour l'incorporer dans ses licorniers.

Osgarat était maintenant debout sur le toit de Frankand. Pendant son récit, il avait mimé les gestes du combat, les bras tendus. Il reprit soudain ses esprits et baissa les yeux vers le comte toujours assis.

— Le jour suivant, le prince a ordonné à son meilleur maître d'armes de faire l'entraînement intensif de sa nouvelle recrue. Et Darran est devenu l'un des plus formidables combattants jamais vus sur un champ de bataille.

Il y eut un long silence, et ce fut le conteur qui le rompit:

— Son meilleur maître d'armes, c'était vous, n'est-ce pas?

Le visage plongé dans la pénombre du crépuscule, le commandant affichait un sourire triste.

— C'était moi.

CHAPITRE 30

—C hut, doucement, mon petit Grantë…, murmura Maura à l'énorme rat assis sur ses genoux, qui rongeait avec application le bois de sa planche à trous.

L'animal s'arrêta soudain et leva ses yeux noirs, où se lisait une intelligence étonnante. Un bruit dans le couloir l'avait alerté.

—Revoilà le conteur ! File !

Le rat poussa un couinement et détala jusqu'au trou d'aération. Il ne lui fallut pas plus d'une seconde pour y arriver. Mais dans ce laps de temps, il changea trois fois de forme, devint furet, puis martre, avant de prendre l'aspect d'un serpent et de disparaître dans le trou.

—Bonne chasse au pigeon, mon trésor ! chuchota Maura. Grossis, forcis et reviens-moi plus féroce que jamais !

Elle souleva sa planche à trous au-dessus de sa tête et, à la lumière pâle de l'aube que laissait filtrer le trou d'aération, fit la grimace en constatant que le bois était à peine entamé. Puis elle se coucha sur son banc et fit semblant de dormir.

Lorsque le battant de la porte pivota sur ses gonds, deux Dragons firent irruption dans la cellule, précédant une vieille domestique en tablier portant un gros seau d'eau. Maura fit mine de se redresser en bâillant.

—C'est l'heure de la toilette, fit la petite femme d'une voix enrouée. Veuillez lever les bras, je vous prie.

C'était une dame au regard doux. Maura se mit debout et laissa les deux Dragons lui soulever sa robe par les bras.

La dame au tablier lui frotta tout le corps avec un savon noir, avant de jeter l'eau froide du seau sur sa peau nue, pour la rincer.

D'Arterac arriva à cet instant, encadré par deux autres Dragons. Maura lui jeta un regard morne quand il passa la porte, nullement embarrassée par le spectacle qu'offrait sa nudité. Le conteur resta un instant interdit sur le seuil en contemplant sa peau très pâle. La jeune fille était jolie, de visage comme de corps, et sa marque de mindaran bien visible à la saignée du coude.

—Et alors? fit-elle. Vous n'avez jamais vu de femme nue?

Le conteur baissa la tête et murmura:

—Veuillez m'excuser, c'est juste que… en vous voyant, parfois, je repense à ma fille. Elle me manque beaucoup.

—Oh, désolée, fit Maura. Je ne savais pas que vous aviez perdu votre fille.

La dame au tablier sécha vigoureusement sa peau avec un linge propre et les deux Dragons lâchèrent les pans de la robe, qui lui retomba sur le corps. La vieille domestique lui demanda à voix basse:

—N'est-ce pas le moment où votre corps va commencer à saign…

—Non, l'interrompit Maura, pas avant une semaine.

Une seconde femme, munie d'un grand sac de toile, nettoya son banc et ramassa le seau d'aisance, pendant que la première faisait manger Maura, à la cuillère, un gruau insipide mais abondant.

—Vous n'avez pas de fièvre? demanda-t-elle. Pas de démangeaisons? Pas de douleurs au ventre? Pas de toux?

—Je vais bien, grommela Maura entre deux bouchées. Je n'ai pas besoin d'une putois de nourrice!

—J'ai seulement pour instruction de vous garder en bonne santé, ma dame.

—Jusqu'au jour où on me coupera la tête?

—Oui.

Maura mastiqua longuement, déglutit et dit finalement, avec une certaine tendresse dans la voix :

—Allez plutôt vous occuper du vieux kerr Owain. Il a toujours eu les bronches fragiles, le pauvre. J'ai peur qu'il attrape froid dans ces courants d'air. Et de Muette, bien sûr. Et même de ce râleur d'Aedan s'il est encore en vie.

Les deux domestiques quittèrent la cellule, laissant Maura avec le conteur et ses deux Dragons.

—Alors, commença d'Arterac, comment allez-vous, ce matin ?

Maura répondit par un haussement d'épaules, pendant qu'il disposait ses instruments d'écriture sur sa table avec un soin méticuleux.

—Vous étiez sur le point de me parler, je crois, de l'événement qui allait pousser Darran Dahl à quitter sa retraite.

—Ah oui, ça… Mais il va d'abord falloir que je vous parle d'Alendro. Cet homme a changé beaucoup de choses dans nos vies à Darran et moi.

—Alendro ? J'ai eu un fils qui s'appelait Alendro. Il est mort depuis bien longtemps.

—Oh, vous avez perdu votre fils, aussi ? fit Maura avec un air de compassion sincère.

———————

C'était la grande foire aux bestiaux de Kenmare. On était dans les derniers jours de l'été et cette année-là, il faisait une chaleur infernale. Le métal était bouillant au soleil, la terre de la colline était craquelée de sécheresse et on avait dressé de grands pans de toile dans les pâtures pour abriter les bêtes.

Kenmare n'était qu'un gros village, mais il était idéalement placé pour une foire, en plein centre de la presqu'île de Taëllie. Et puis le château du baron rassurait les marchands : les affaires prospèrent toujours mieux à l'ombre des tours et des hallebardes.

On ne peut pas vraiment s'imaginer ce que c'est qu'une grande foire de campagne si on a vécu toute sa vie à Homgard. C'est un peu comme si votre village devenait soudain une ville. Il y avait autant de cris, de bruit, de puanteur et de foule en sueur. Mais au lieu des places et des monuments, c'étaient des roulottes, des troupeaux de vaches et des étals de marchands à perte de vue.

À l'ouest de Kenmare, sur la presqu'île, il y a de petits ports de commerce et des guildes d'artisan. À l'est, c'est un territoire de collines et de marais, où vivent des fermiers et des bergers. La grande foire faisait se rencontrer ces deux mondes une fois par an, pendant trois jours. On y trouvait toutes sortes d'animaux à vendre, bien sûr : des vaches de toutes les races, des chevaux, des mulets, des cochons, des moutons, des volailles… Mais il se faisait aussi un grand déballage d'autres marchandises, dont certaines venaient de loin.

Malgré la milice qui essayait désespérément d'y mettre de l'ordre, c'était toujours une cohue monumentale. Pendant trois jours, les champs et les pâtures autour du village servaient de dépôt pour le bétail, les rues étaient envahies de chariots et de bêtes, les bœufs meuglaient sous les fenêtres des gens, il y en avait partout, c'était un de ces foutoirs ! Difficile de mettre un pied devant l'autre sans se cogner dans quelqu'un, se faire rouler sur le pied ou marcher dessus par un de ces foutus bestiaux. Des nuées de taons et de guêpes vous bourdonnaient aux oreilles partout où vous alliez. Et ça puait, Grand Kàn ! Vingt mille têtes de bétail qui chiaient et pissaient toute la journée à l'air libre, dans l'air surchauffé par un soleil de plomb… J'avais beau être habituée aux odeurs de la campagne, c'était à vomir.

Une longue file de chariots et de troupeaux passait devant notre maison avant de se répandre dans les pâtures du père

Kay, qui les louait à prix d'or. Souvent, il y en avait tant qu'ils s'empêtraient les uns les autres et bouchonnaient sur le chemin. Bien sûr, Morregan faisait le mort et ne mettait pas le nez dehors des trois jours. Mais moi, j'étais fascinée par tous ces étrangers aux vêtements colorés, qui riaient ou qui chantaient, la bouche remplie de mots inconnus. Pour être honnête, je regardais surtout les garçons de mon âge – ou un peu au-dessus –, beaucoup allaient torse nu par cette chaleur et le soleil avait cuivré leurs dos musclés. Souvent, ils me faisaient des clins d'œil ou criaient à mon passage de petites pépites de poésie du genre : « Eh, la belle jument, tu cherches un étalon ? » ou « Viens voir, je suis monté comme un taureau ! »

Pour leur répondre, j'avais une phrase toute faite que Karech m'avait apprise autrefois : « C'est le cerf qui a les plus petits bois qui brame le plus fort ! », ce qui suffisait, en général, à refroidir leurs ardeurs. Des grappes d'enfants couraient entre les troupeaux en riant, comme des volées de moineaux et, derrière les tentures installées à la va-vite, on entendait la rumeur discrète de tractations commerciales et le tintement des pièces de monnaie. Ce jour-là, je me suis étourdie toute la journée à cavaler entre les étals et les chariots, humant les odeurs de viande grillée des marchands ambulants, admirant les étoffes, les ferronneries, les bijoux.

— *Damasella*, une belle journée pour une belle fleur, a soudain fait une voix derrière moi.

C'était un jeune cavalier qui ne ressemblait à rien de ce que je connaissais. Il avait une vingtaine d'années ou peut-être un peu plus, un sourire charmeur avec de petites fossettes sur les côtés et des yeux d'un noir profond, comme on n'en voyait pratiquement jamais dans la région. Ses vêtements bizarres étaient coupés avec élégance dans un tissu fin comme de l'eau. Une chemise brodée, un pantalon léger. Il portait aussi un chapeau noir d'une forme extravagante et une rose rouge à la boutonnière. Son cheval était magnifique, un pur-sang

189

sapàn tout blanc qui m'a aussitôt fait penser à Rach, celui que Morregan avait ramené de la guerre six ans plus tôt. Mais celui-ci était plus taillé pour la course que pour la bataille.

Je suis restée un moment sans bouger, incapable de prononcer un mot. On parle de «coup de foudre», je ne sais pas si c'était ça. C'était peut-être juste l'envie de coucher avec ce garçon? Ou d'ouvrir la porte d'un monde nouveau pour moi? Je n'étais qu'une gourdiche encore jamais sortie de son village. Et aujourd'hui, je sais ce qui m'attirait en lui: c'était un étranger, un homme joyeux, drôle, tout en finesse et qui aimait parler. En fait, il était l'exact *contraire* de Morregan et de la vie triste à pleurer que je menais jusque-là.

La fameuse réplique de mon père, sur le cerf et ses bois, n'est jamais sortie de ma bouche.

J'ai ri, je crois, sans pouvoir détacher mes yeux de lui. Et quand il a décroché sa rose pour me la tendre délicatement, je l'ai serrée dans mon poing à m'en faire rentrer les épines dans la paume, sans même m'en rendre compte.

— *Rosë rouja*. Une rose rouge pour la plus jolie des roses rouges! a-t-il fait en inclinant le buste.

Sa voix grave me faisait vibrer des pieds à la tête, avec un léger accent inconnu qui la rendait irrésistible. Je l'ai regardé disparaître dans la cohue des chariots et je suis restée là un bon moment, à me faire bousculer par la foule.

Sa voix résonnait encore et encore dans ma tête.

CHAPITRE 31

J'ai décidé d'être la fille la plus belle de la foire, et même du monde entier. Irrésistible. C'était la première fois que j'avais cette envie-là. La petite Maura de l'enfance avait cédé la place à la bécasse de dix-sept ans qui veut plaire à un homme. On en est tous passés par là, hein? J'ai jeté un coup d'œil aux beaux habits de messe que je portais : je les avais lavés, battus, frottés et aplatis au fer pour l'occasion. J'ai caché mon pendentif écureuil dans ma poche, parce que je le trouvais trop enfantin. Si je réussissais à me tenir à l'écart de la poussière du chemin pendant toute la journée, je pouvais espérer revoir mon bel inconnu ce soir dans des vêtements qui ne me feraient pas trop honte.

— Eh, Carotte, tu as pris racine? a soudain fait quelqu'un dans mon dos.

Carotte : une fine allusion à la couleur de mes cheveux. C'était Gràinne Braddy, la fille de l'aubergiste. Vous vous souvenez, la fillette modèle qui voulait à toute force me montrer sa poupée, le jour où on avait transporté Morregan blessé à l'auberge? Et à qui je tirais les couettes? Elle était devenue un beau brin de blonde, qui faisait loucher les garçons sur ses décolletés plongeants.

— Tiens, Boucle d'Or, j'ai répondu, tu as encore perdu un bouton à ta chemise? Surveille tes seins, un de ces jours, ils vont passer par-dessus bord!

Quelqu'un m'a brutalement poussée par-derrière et je me suis retrouvée couchée sur le chemin, étalée dans la bouse et le crottin. Deux sales garces, Neyn et Avelen, sont apparues dans mon champ de vision au-dessus de moi, hilares.

—Alors, comment va ton maître, le fou-aux-oiseaux?

Ça m'a mise hors de moi.

—Morregan n'est pas fou!

—Il s'occupe bien de tes fesses, au lit, au moins? a craché Avelen.

—Il n'a jamais porté la main sur m…

Elles m'ont plaqué la tête dans une bouse avant de s'enfuir avec Gràinne Braddy en chantant à tue-tête: «*Astique bien, la domestique! De ton maître, astique la pique!*», une sale petite chanson que j'entendais souvent au village, fredonnée dans mon dos.

Une rage animale est montée en moi. Pendant une seconde, un voile rouge est passé devant mes yeux. Quelque chose a craqué dans mon corps, sous ma peau, et une goutte de sang a perlé au bout de mon index: avec une certaine fascination, j'ai cru voir une sorte de griffe pointue percer ma peau au-dessus de l'ongle…

Et puis une main a saisi la mienne pour me relever et tout s'est arrêté.

Eveer, ma seule amie au village.

—Ben dis donc, elles ne t'ont pas arrangée, les trois petites truies…

J'ai regardé mon doigt: il y avait un peu de sang, mais pas de griffe. J'avais dû rêver.

—Morregan est bizarre, mais… mais il n'est pas fou, tu sais.

Elle a éclaté de rire.

—On l'est tous un peu, non?

—Regarde-moi, j'ai dit en essayant de maîtriser mes sanglots. Je suis, je suis…

J'étais couverte de crotte de la tête aux pieds, j'en avais dans les cheveux, dans les oreilles et jusque dans les dents.

Et je puais, Kàn-aux-deux-visages, comme une porcherie à moi toute seule ! Même la rose rouge de mon bel inconnu avait été piétinée dans la boue.

— Pousse-toi de là, souillon ! m'a crié un charretier derrière moi. Tu vois bien que tu gênes le passage des bêtes !

Eveer lui a hurlé :

— Retourne dans ta bauge, eh, vieux cochon !

Puis elle s'est tournée vers moi :

— Allez, viens !

Elle s'est mise à courir en me tirant par la main, au milieu des moutons et des chèvres qui avaient envahi cette partie de la colline. Eveer n'avait pas beaucoup grandi depuis notre première rencontre. Elle était fine comme une belette, un tout petit bout de rousse à qui on n'aurait jamais donné ses dix-sept ans. Moi qui n'étais déjà pas très grande, elle m'arrivait au menton. Je ne lui connaissais que deux expressions au visage : la joie et la joie intense. C'était quelqu'un d'extraordinaire. Elle riait tout le temps, de tout, des gens, d'elle-même. Tout était drôle, pour elle.

Je n'ai plus jamais rencontré quelqu'un comme Eveer, même parmi les milliers de femmes que j'ai croisées pendant la guerre civile. Elle me manque souvent.

— La première arrivée a gagné !

Entre les bêtes qui braillaient et leurs maîtres qui hurlaient pour attirer des clients, il y avait un tel boucan que j'ai dû pousser la voix pour lui répondre :

— J'ai rencontré un homme à la foire ! Je vais essayer de le retrouver ce soir !

Son regard s'est allumé aussitôt. Eveer aimait les garçons comme on aime les pâtisseries : elle les aurait tous goûtés si elle avait pu ; dès qu'un beau mâle passait devant son nez, ça faisait briller des étincelles dans ses yeux. Par la foi, un régiment entier n'aurait pas pu la rassasier.

— Un homme ? Je croyais que tu avais le béguin pour Aedan depuis que tu étais arrivée au village !

C'était peut-être pour ça qu'on était devenues amies : moi, ses fringales de garçons me faisaient rire, contrairement aux autres filles qui poussaient des cris indignés quand elles l'entendaient parler.

— N'importe quoi ! Aedan, c'est un gamin !

Un gamin qui avait menacé de me dénoncer à l'inquisiteur...

— Eh ! Si tu n'en veux pas, j'en ferais bien mon quatre-heures, moi !

On a dévalé la pente, malgré les vaches qui commençaient à se répandre entre les barrières, et puis on a encore traversé des champs et des bois jusqu'au moulin de la famille d'Eveer. Son père était meunier, alors elle n'avait jamais manqué de pain ni de beaux vêtements.

À cet endroit, le ruisseau du Bendall passait entre deux petites digues qui canalisaient le courant vers les grandes pâles du moulin. Eveer et moi, on se baignait en aval, en lisière de la forêt. Sans s'arrêter de courir, Eveer a passé sa robe par-dessus sa tête et plongé dans l'eau froide en poussant un cri. Moi, j'ai sauté tout habillée : le contraste avec la chaleur ambiante était intense, c'était comme d'entrer dans de la glace.

Eveer, en grelottant, m'a accueillie d'un : « Elle est b... bonne, hein ? » Ensuite, elle a couru au moulin et elle est revenue les bras chargés de vêtements avant de les poser sur la rive et de replonger dans l'eau, savon à la main, pour en frotter chaque pouce carré de ma peau. Quand je suis sortie de là, la bouse et le crottin avaient disparu, et je ressemblais enfin à quelque chose. On a séché au soleil et Eveer a encore louché sur ses seins qui ne voulaient pas pousser.

— On dirait des piqûres de moustique.

Ensuite, elle a entrepris de m'enfiler sa houppelande préférée, qui était dix fois plus belle que mes pauvres habits

194

de messe : un décolleté pigeonnant, de la dentelle et une coupe audacieuse juste au-dessous du genou. Je me sentais serrée là-dedans, les coutures étaient trop ajustées pour moi, mais Eveer a éclaté de rire en regardant ma silhouette et m'a juré que c'était parfait pour la chasse au garçon.

— Alors, ça se passe bien, le travail avec ton maître ? Comment il est, à la maison ? m'a-t-elle demandé en serrant les cordons dans mon dos.

— Comment ça ?

Ses mains se sont mises à papillonner en l'air et elle a levé les yeux d'un air embarrassé.

— Ben, les gens disent qu'il passe son temps à parler à ses oiseaux comme si c'était ses amis, et que pendant la nuit, il saute de son toit avec des plumes collées aux bras pour s'entraîner à voler.

J'ai commencé à pouffer.

— N'importe quoi !

— Et aussi…

Elle a baissé la voix.

— Et aussi que pendant la guerre de Succession, il a pactisé avec le démon et bu du sang de griffon pour ne pas mourir de ses blessures. Que ça l'a rendu complètement fou.

— C'est ça. Et moi, je suis une sorcière.

Une lueur égrillarde a traversé son regard.

— Tu le défends toujours. C'est vrai ce qu'on raconte sur vous deux ? Tu peux me le dire, à moi !

Je n'ai pas aimé sa question.

— C'est quoi, ce qu'on raconte sur nous deux ?

— Ben… un homme célibataire dans la trentaine, qui vit depuis des années sous le même toit que sa jeune servante. Ça crée… des liens, non ? Il sait y faire au lit, au moins ?

Il y avait un peu plus que de l'amusement dans le ton de sa voix, peut-être une inquiétude, ou une curiosité un peu trop forte pour être honnête. Mais je n'y ai pas vraiment prêté attention, parce que j'ai senti monter en moi la même rage qu'à la foire, quand Gràinne et ses amies avaient chanté la chanson de la domestique.

— Je n'ai jamais couché avec lui ! Tu te rends compte de ce que tu dis ? Enfin, c'est mon p… c'est mon maître !

— Oh, d'accord. Excuse-moi…

Eveer avait le don de me calmer, on ne pouvait pas résister à son sourire. J'ai fini par dire d'une voix timide :

— En fait, je n'ai jamais couché avec un garçon. Ça fait comment ? Il paraît qu'on a mal, la première fois ?

— Tu ne l'as vraiment jamais fait ? Jamais jamais ?

— Pourquoi ? Tu en as eu combien, toi, des hommes ?

Elle a déplié les doigts de ses deux mains, plusieurs fois.

— Oh, des dizaines !

— Tu fais comment pour ne pas tomber enceinte ?

Elle a haussé les épaules.

— Il faut savoir s'y prendre, c'est tout. Alors, raconte-moi : cet étranger, il est comment ? Il est riche ? Il est beau ?

CHAPITRE 32

J'étais bien décidée à séduire mon bel inconnu, mais les choses ne se sont pas passées exactement comme prévu. Oh, pour ce qui est de le retrouver, je n'ai eu aucun mal. C'est après, que les choses se sont compliquées.

Pendant la foire, les journées étaient épuisantes, mais à la nuit tombée, on trouvait toujours des endroits où s'amuser. Il n'y avait qu'une seule grande foire par an, alors, on en profitait pour danser, pour chercher femme ou époux… ou simplement une étreinte pour la nuit. Et on essayait d'oublier la routine de la vie d'éleveur ou de domestique.

Sur la place centrale du village, éclairée à grands frais par des torchères, des musiciens loués par le bourgmestre donnaient chaque soir un bal populaire. C'était d'un ennui mortel. On y trouvait tous les gens barbants : les couples mariés, les kerrs, les vieux marchands… On y dégustait de bons crus dans de petits verres et on parlait de sujets sérieux.

Mais dans les champs et les pâtures autour du village, c'était une autre ambiance. Devant de grands feux de joie, pour les gars et les filles dans le genre d'Eveer, des musiciens improvisés jouaient des airs de musique à vous mettre le diable au corps et à vous faire danser jusqu'à l'aube. On riait beaucoup, le vin bon marché coulait à flots et pas mal de couples d'un soir s'éclipsaient dans le noir en gloussant… Le plus grand de ces feux de joie, c'était au sommet de la colline qu'on le trouvait – à deux pas de la « maison du dragon » de Morregan. Des filles ricanaient en parlant du « fou de la colline » qui vivait là, et se faisaient peur en racontant des histoires sur son compte.

C'est là que j'ai retrouvé mon bel inconnu. Il jouait de la mandoline, entouré d'une foule compacte. À vrai dire, il y avait surtout des femmes dans son public et j'ai dû jouer des coudes pour me faufiler jusqu'au premier rang. Son accent étranger et sa belle voix faisaient courir des frissons sur ma peau, j'aurais pu rester des heures à l'écouter.

Il a donné de grands classiques très drôles comme *Le chevalier qui se croyait Gottaran*, mais aussi d'autres chansonnettes inconnues au village, comme *Le malheureux prince Azall et ses cinq cents épouses*; celle-ci m'a fait rire aux éclats, surtout quand chaque femme du prince réclame un baiser le soir et que le pauvre homme regagne sa couche au petit matin, complètement épuisé. Et puis, il a commencé une nouvelle chanson, *La danse des amants maudits*. J'ai appris plus tard que cette histoire était très chantée dans l'Est, mais chez nous, on ne l'avait jamais entendue.

> *Écoutez la ballade de Jenn et Sandrëa,*
> *les amants de la nuit, au destin scélérat,*
> *marqués l'un et l'autre des deux visages du dieu,*
> *Gottarans, mindarans, et maudits tous les deux.*

C'était l'histoire sublime de deux amants, roi et reine de deux pays voisins, submergés par leurs pouvoirs de Gottarans et qui finissaient par s'entre-tuer malgré leur amour. Plus personne ne riait, et moi, je suis restée un moment la bouche grande ouverte, les larmes dévalaient mes joues en silence… jusqu'à ce qu'Eveer me secoue par la manche.

— Ferme ça, tu vas gober les mouches ! Et sois belle, il te regarde !

Eveer avait raison : il me souriait.

Pire : il *s'avançait* vers moi.

Il s'est incliné de façon théâtrale et a délicatement pris ma main pour y déposer un baiser, tellement doux que j'ai à peine senti le contact de ses lèvres.

—*Damasella*, voulez-vous bien me faire l'honneur de m'assister pour un tour de magie?

D'une main ferme, il m'a entraînée plus près du feu de joie.

—Et maintenant, damoiselles et damoiseaux, je vais exécuter pour vous un tour qu'ont vu les barons, les comtes, les ducs et tous les plus grands seigneurs des Haut et Bas-Royaumes de Westalie. Venez! Venez!

Le cercle des visages s'est rapproché de nous. Eveer, au premier rang, m'envoyait de pleines poignées de baisers silencieux pour m'encourager.

Il s'est tourné vers moi et m'a demandé tout haut:

—Comment t'appelles-tu, *rosē rouja*, fleur parmi les fleurs?

—M… Maura.

—Eh bien, Maura, quel est ton rêve?

J'ai froncé les sourcils pour essayer de trouver une belle réponse, sincère, qui lui révélerait en un mot ma nature profonde, un seul mot qui révélerait toute mon âme…

—Tu rêves d'être une princesse, n'est-ce pas? m'a-t-il dit avec un clin d'œil.

Une princesse? Et puis quoi encore? J'ai voulu protester, mais il a jeté son chapeau en l'air, il a fait tournoyer sa cape autour de moi et j'ai senti mille frissons sur mon corps: sur mes doigts, sur mes épaules, à mon cou. Je me suis regardée: je portais maintenant une robe d'un rouge criard, brodée de fils dorés, j'avais des grosses bagues plein les mains et un collier de fausses perles plongeait dans mon décolleté.

La foule a poussé des exclamations ravies, on a lancé des vivats, il y a eu des «Princesse! princesse!» puis des «Bravo mindaran!»

Le Second Visage de Kàn? Il était béni, lui aussi?

Mon inconnu s'est incliné presque jusqu'à terre, son chapeau à la main et sa cape flottant autour de lui, et il a remercié plusieurs fois son public. Puis il s'est tourné vers moi et a déclamé bien haut :

— À moins que tu ne rêves d'être l'une de ces anciennes reines dont parlent les Saintes Écritures ?

Je lui ai chuchoté d'un air indigné :

— Moi, une Gottaran ? Jamais de la vie !

Mais il m'a glissé à l'oreille :

— S'il te plaît, *rosē rouja*, sois ma partenaire le temps d'une scène ?

J'ai eu un frisson de plaisir à cette idée. Nous étions tous les deux face à la foule et nous étions *partenaires*. J'adorais ce mot.

Il a de nouveau fait tournoyer sa cape autour de moi, et cette fois, j'ai senti des griffures sur mon cou et une sensation désagréable de palpation sur les mains. En un clin d'œil, j'étais redevenue la petite Maura dans sa houppelande d'emprunt : la belle robe et tous les bijoux avaient disparu. Il était incroyablement doué. Aucune femme de chambre n'aurait été aussi rapide que lui.

La foule a applaudi bruyamment. Alors mon inconnu s'est redressé, brandissant au-dessus de lui une statuette en bois grande comme le bras. C'était sainte Kiral-la-dévote, l'ancienne reine Gottaran qui pétrifiait de son regard de glace les prêtres étrangers qui ne priaient pas le Grand Kàn. J'avais toujours détesté sainte Kiral, on la représentait couverte de breloques religieuses de mauvais goût, qui portaient les deux visages de Kàn.

— Jeunes filles, galants messires, je vais maintenant passer parmi vous afin de vous demander un peu d'aide : sainte Kiral est nue, elle a besoin de vous !

Il a présenté sa cape devant lui comme un sac, et des dizaines de mains se sont aussitôt tendues pour la remplir de broches bon marché, de bagues ou de médaillons religieux. Il y avait même une ceinture à la boucle d'argent, un collier avec une pierre de jade et des petites boucles d'oreilles en or. Quelques personnes avaient les moyens : Kenmare profitait de la prospérité du château, et puis la foire faisait circuler beaucoup d'argent. Mon inconnu a récupéré tous ces objets, puis il a lancé en l'air une pleine poignée d'une poudre étrange qui scintillait dans le noir.

Quand tous les regards sont revenus à lui, il m'a désignée de la main d'un air triomphant. J'avais de nouveau changé d'apparence. Je portais cette fois la toge blanche immaculée de la sainte dévote. Chaque bijou, chaque ornement prêté par l'assistance avait été piqué, accroché, ou déposé d'une quelconque façon sur mon habit. Ma poitrine était couverte de broches et brillait comme de l'or. En tout cas, je ressemblais comme deux gouttes d'eau à la statuette de sainte Kiral posée par terre.

— Tu as été parfaite, partenaire… m'a-t-il susurré à l'oreille.

— Je déteste sainte Kiral, j'ai murmuré.

— Moi aussi, *rosē rouja*. Mais ne t'inquiète pas, tu es bien plus jolie qu'elle.

La foule était déchaînée, on l'acclamait, on voulait le porter en triomphe. Il a entrepris de défaire les bijoux un à un et de les rendre à leurs propriétaires, et puis il a salué son public d'une profonde révérence.

— Et maintenant, *messerē ē damasellas*, je dois, hélas, vous quitter.

Il y a eu des exclamations de tristesse, des « Non, reste un peu ! » « Encore un tour, mindaran ! », j'ai même distinctement entendu un « Je t'aime ! »

— Eh bien, m'a soufflé Eveer, tu lui as tapé dans l'œil !

C'est là que je me suis rendu compte que quelque chose de dur était niché au creux de ma paume : un sou d'argent bien poli, bien brillant, frappé aux armoiries d'un duc inconnu. Il était plus épais et plus large que ceux en vigueur dans la baronnie, et je l'ai serré contre mon cœur en comprenant qu'il m'en avait fait cadeau en me le glissant dans la main.

Avec son drôle de chapeau noir, il a fait le tour de ses admiratrices pour récolter des piécettes sous leurs applaudissements, avec un petit sourire ou un mot galant pour chacune. Du coin de l'œil, j'ai remarqué Gràinne, qui minaudait devant lui comme une catin et qui a sorti un bel écu de sa petite bourse en tissu – ce qui lui a valu un clin d'œil et un compliment de l'artiste.

— Tu sais écrire, toi ! j'ai soufflé à Eveer. Tu as du papier ?

Elle a ouvert de grands yeux stupéfaits.

— Pourquoi ?

— Quand il viendra avec son chapeau, je vais lui glisser un message.

Eveer a éclaté de rire.

— Maura, tu es complètement folle ! Je t'adore !

Avant d'ajouter :

— Je n'ai pas de papier sur moi. Mais j'ai ça !

Elle a ramassé une pomme tombée de l'arbre et a ôté de ses cheveux l'aiguille de bois qui tenait sa coiffure en place.

— Tu peux vraiment écrire là-dessus ? je lui ai demandé.

— Quelques mots, oui.

— Alors écris-moi ça : « Rendez-vous sous le grand pommier dans une heure ».

Elle s'est mise à piqueter la surface de la pomme de la pointe de son aiguille, crevant la peau de petits trous qui ont peu à peu formé des lettres ; et pendant ce temps, mon inconnu s'approchait de nous, admiratrice après admiratrice.

— Je vais simplifier ton message, a-t-elle marmonné entre ses dents, parce que je ne vais pas avoir le temps ni la place de…

Tout à coup, il s'est tenu devant moi avec son chapeau rempli de piécettes, les yeux légèrement baissés en bon professionnel de l'aumône. J'ai arraché la pomme-message des mains d'Eveer – qui a poussé un petit cri indigné – et je l'ai jetée dans le chapeau avec un sourire d'excuse. Il a levé un sourcil étonné mais n'a rien dit.

—Tu as eu le temps? Dis-moi que tu as eu le temps!

Eveer a bafouillé:

—Je n'aurais pas dû faire ça… Franchement, Maura, tu es sûre de toi? Je ne veux pas jouer les saintes-nitouches, mais ce garçon, tu ne le connais pas du tout. Tu ne sais même pas s'il est dangereux.

—Tu vas me faire la morale, toi? Après tous les garçons avec qui tu as couché?

Eveer a jeté un regard effrayé autour d'elle.

—Tu n'es pas obligée de le crier sur les toits.

—Je crois que je suis amoureuse, Eveer, c'est la première fois que je ressens ça! De toute façon, toi, tu enchaînes les aventures, tu ne sais pas ce que c'est que l'amour!

Son visage s'est décomposé et elle m'a répondu d'une voix blanche:

—Qu'est-ce que tu en sais, hein?

—Quoi? Ne me dis pas que tu es amoureuse, toi aussi?

—Et pourquoi pas?

Je me suis esclaffée.

—Et on peut savoir quel est l'heureux élu, ou je devrais peut-être l'appeler «l'heureux messire Cocu»? Est-ce qu'il sait, au moins, quel genre de fille tu es?

—Comment ça? Je suis quel genre de fille, d'après toi?

Prise de court, j'ai écarté les bras et j'ai dit la chose la plus idiote du monde:

—Ben, tu sais bien… une fille facile, qui pourrait coucher avec un garçon pour un sourire… mais gentille, quoi.

Quand elle est partie en courant, j'ai compris que je l'avais blessée.

—Eveer! Pardon, je plaisantais!

J'ai essayé de la rattraper, mais il y avait une foule compacte et il faisait noir. Et puis, j'étais trop impatiente pour m'éloigner du grand pommier.

Quand j'y repense aujourd'hui, je voudrais pouvoir lui demander pardon d'avoir été aussi stupide. Je m'étais comportée comme un bon petit serviteur du Roi Lumière, méprisante envers les femmes qui demandaient juste un peu de liberté.

CHAPITRE 33

L a nuit s'avançant, le calme s'est fait peu à peu, le feu a décliné et tout le monde est parti se coucher. Moi, je suis restée sous mon pommier, à attendre mon inconnu. Au début, je nous voyais déjà enlacés, j'imaginais nos baisers brûlants, ma houppelande froissée et roulée en boule devant un buisson. Au bout d'une heure d'attente, je me suis inventé des excuses pour expliquer son retard. Après tout, c'était un artiste, non? Un poète! Un musicien! Tout le monde savait que ces garçons-là étaient tête en l'air. Et puis, passé deux heures, mes excuses sont devenues de plus en plus improbables. Il avait peut-être été écrasé par un chariot? Ou il avait reçu une lettre de sa mère mourante?

Alors quand j'ai vu sa longue silhouette monter la colline en silence, juste avant l'aube, je me suis levée d'un bond. Aucun doute, c'était lui: je reconnaissais son chapeau étrange et la tête de sa mandoline qui dépassait de son épaule.

Je lui ai carrément sauté dessus et je l'ai empoigné des deux mains.

—Alors c'est comme ça qu'on traite les filles? Avec cinq heures de retard?

Il a failli tomber à la renverse. Le soleil n'était pas encore levé, mais j'ai tout de suite vu que je lui avais fichu une trouille bleue.

— *Quo soù passao?* Qui êtes-vous? a-t-il bafouillé.

—La pomme! La princesse! La sainte reine Kiral! Ça vous revient?

Un éclair de compréhension a passé dans son regard.

—Petite partenaire, c'est toi ? Parle plus doucement, s'il te plaît, *rosë rouja*. Qu'est-ce que tu veux ? Je ne comprends pas, je ne t'ai rien fait, à toi !

J'ai croisé les bras et j'ai répondu d'un air boudeur :

—Non, rien du tout, justement.

—Il faut que je parte. Bonne et longue vie à toi, *adiō*, ma rose rouge des prés.

Je l'ai attrapé par la manche et je lui ai de nouveau crié dessus :

—Oh non, vous n'allez pas partir comme ça !

Un air terrifié est passé sur son visage.

—Pas si fort !

—Pourquoi êtes-vous en retard ? Où est la pomme de mon message ?

Là, il a franchement froncé les sourcils.

—Quoi ? Mais quelle pomme ?

—Oh, ça c'est trop facile !

J'ai plongé la main dans la drôle de besace en cuir qu'il portait sous le bras. Il a poussé un cri et voulu m'en empêcher, mais j'ai résisté. Des pièces de monnaie et de petits objets froids roulaient sous mes doigts, jusqu'à ce que ma main se referme enfin sur ma pomme, que j'ai brandie sous son nez. J'ai à peine remarqué qu'elle était à moitié mangée.

—« RV au moulin à l'aub… », a-t-il lu avec difficulté sur le côté intact.

—Au *moulin* ? Non, vous vous trompez : c'est marqué « au pommier » ! Vous êtes sûr que vous savez lire ?

Il a écarté ma main avant de s'éloigner à grands pas.

—C'est sûrement toi qui as raison, petite partenaire… Je suis navré, mais je suis vraiment très pressé.

J'ai couru après lui et j'ai crié avec rage :

—Espèce de… de…

De quelle sorte d'insulte affreuse je pouvais bien le traiter ? Il ne m'avait rien promis, il ne m'avait pas menti, ni violentée, ni insultée…

Une grande main d'homme s'est soudain posée sur son épaule, comme surgie de la nuit elle-même.

—Au nom de Sa Seigneurie le baron de Kenmare, étranger, je vous arrête.

Mon inconnu a eu l'air aussi effaré que moi – quoique moins surpris, peut-être. C'était Erremon, le chef de la milice. Et derrière lui venait du renfort : deux gardes armés de hallebardes et ma chère amie Gràinne, la fille Braddy, qui avait l'air furieuse.

—Je ne comprends pas…, a balbutié mon inconnu. Je ne suis qu'un pauvre musicien, je n'ai rien fait de mal.

J'ai soudain senti un poids sur mon épaule : la besace en cuir de l'étranger se balançait maintenant à mon flanc, apparue là comme par magie.

—De quoi m'accuse-t-on, *Daoù miõ* ? Je n'ai rien fait !

Son pied a heurté discrètement le mien et, comme je ne réagissais pas, il m'a envoyé un coup de coude comme pour me repousser loin de lui. Mais je n'ai rien compris et je suis restée là, les bras ballants.

—Menteur ! a crié Gràinne d'une voix suraiguë. Je lui ai prêté mes boucles d'oreilles en or pour son spectacle et celles qu'il m'a rendues étaient en cuivre jaune !

—*Per les santoù Gõttarans*, c'est de la pure calomnie !

—Ensuite, il est passé pour faire la quête, a continué Gràinne, et comme par hasard, ma bourse a disparu de ma ceinture. Il y avait au moins dix couronnes d'argent dedans !

La fureur de Gràinne n'était pas seulement celle d'une jeune fille qui s'était fait voler sa bourse. C'était celle d'une jeune fille qui s'était fait voler sa bourse par un garçon qu'elle avait trouvé très beau.

Comme je restais toujours pétrifiée, incapable de faire un geste, mon inconnu s'est éloigné de moi – et de son sac en cuir – et il a levé les bras.

— C'est grotesque ! Fouillez-moi, vous verrez bien si je porte la moindre boucle d'oreille sur moi !

Mais au lieu de partir, un réflexe, au contraire, m'a fait me rapprocher de lui pour ne pas quitter sa présence. L'amour est aveugle, à ce qu'on dit. Il est aussi complètement idiot. Sauf que Gràinne, elle, était loin d'être une imbécile : elle a tout de suite reconnu la besace du magicien.

— Le sac ! Sur l'épaule de Maura !

Erremon s'est tourné vers moi, avec l'œil de l'épervier qui repère une mésange au coin d'une haie.

— Tiens, tiens… Maura, fille de Karech ! Cette fois, tu ne t'enfuiras pas dans les jardins. Si tu portes sur toi les boucles d'oreilles de demoiselle Braddy, dès demain, tu seras de service auprès de monseigneur le baron…

C'est le moment que mon inconnu a choisi pour essayer de filer, mais l'un des gardes d'Erremon lui a plaqué le fil de sa hallebarde sous la gorge et il a dû lever les mains en signe de reddition.

— Parfait ! Deux voleurs pour le prix d'un, a murmuré le capitaine de la milice en se frottant le menton.

Par curiosité, j'ai ouvert en grand la besace en cuir : il y avait là une quantité impressionnante de sous de cuivre ramassés pendant la quête. Mais il y avait aussi une dizaine de bourses aux cordons coupés, un collier avec une pierre de jade, des broches et des pendentifs en argent ou en or. Bien sûr, j'ai aussi repéré les boucles d'oreilles de cette garce de Gràinne.

J'ai senti un frisson me parcourir le dos. Mon inconnu, en prison ? Je n'ai pas réfléchi et j'ai encore fait une chose totalement stupide :

— C'est moi ! C'est mon sac ! L'étranger n'y est pour rien, c'est moi qui ai tout volé. Regardez : j'allais m'enfuir avec mon butin.

Mon inconnu m'a jeté un regard tellement stupéfait que je l'aurais presque embrassé. Erremon a haussé les épaules : il avait le butin et un coupable, ça lui suffisait bien.

—Maura, fille de Karech, donnez-moi votre besace. Je veillerai à rendre à chacun toutes les possessions que vous avez dérobées.

—Mais c'est lui ! C'est lui ! s'est époumonée Gràinne, qui n'en croyait pas ses yeux, en pointant du doigt mon inconnu.

—Demoiselle Gràinne Braddy, veuillez rentrer chez vous. Et n'ayez aucune inquiétude : les boucles d'oreilles seront restituées à votre père, comme le veut la loi.

—C'est la blondinette qui a raison, a soudain fait la voix de mon inconnu.

Tout le monde s'est tourné vers lui.

—Blondinette ? a murmuré Gràinne, écumant de rage.

—Cette besace est la mienne, seigneur capitaine. Je viens tout juste de la mettre sur l'épaule de… Maura, c'est ça ? Cette jeune fille n'est pour rien dans ce que j'ai volé hier soir.

—Ce n'est pas ce que Maura vient de nous dire.

—Une gamine de son âge raconterait n'importe quoi pour les beaux yeux d'un garçon. *Maïcar !* Vous n'avez pas idée…

J'ai senti mes joues devenir aussi rouges que des pivoines et une fureur terrible s'emparer de moi. Rien n'est plus humiliant que la vérité.

—C'est une domestique, ça se voit tout de suite, a-t-il poursuivi avec sa belle diction d'acteur. Franchement, vous la voyez couper des bourses et voler des bijoux ? La pauvre *damasella*, elle n'a jamais rien coupé de sa vie, à part son pain. Libérez-la, capitaine, ou vous allez vous ridiculiser…

Erremon a grommelé quelque chose et m'a arraché la besace d'un coup sec.

—Votre nom, étranger ?

Mon inconnu s'est incliné, la main sur le cœur.

—Alendro, pour vous servir.

Alendro. De grosses larmes ont roulé sur mes joues. Et quand les miliciens lui ont lié les mains avant de descendre la colline, je me suis mise à crier :

— Je vous déteste, Alendro ! Je vous déteste !

CHAPITRE 34

Des trois jours de foire qui ont suivi, je ne garde qu'un souvenir très confus. Je suis restée un moment à la maison, je crois, avec Morregan. J'ai aussi erré à travers les tentes et les chariots sans retrouver le sourire. Le dernier jour, je me suis agglutinée avec les autres à la sortie du village après la cérémonie de clôture de la foire. Le soleil était encore brûlant bien qu'il soit tard et l'air était toujours aussi étouffant. Les derniers éleveurs de l'Est étaient en train de plier bagage ou de s'entasser sur le chemin du retour, et les marchands de l'Ouest avaient déjà fichu le camp. J'étais dans la foule des villageois, tous fatigués par trois jours de fêtes et de boissons, mais ravis. Le baron était là, avec ma mère, Tara, son fils et sa nouvelle bru, Breena-la-belle, parfaite dans son rôle d'épouse modèle et d'icône du village. Des commerçants se frottaient les mains, des filles en larmes agitaient des mouchoirs…

C'est à ce moment qu'Eveer a soudain surgi derrière moi et s'est jetée dans mes bras ; son air boudeur avait été effacé de son visage. Elle semblait avoir complètement oublié mes insultes stupides et notre petite dispute à propos du grand amour. Eveer n'était jamais fâchée très longtemps.

—Eh ! Maura, qu'est-ce que c'est que cette tête ? Quelqu'un est mort ou quoi ?

Elle portait une nouvelle houppelande achetée par son père à la foire, sans doute. Quelque chose de rose vif, rembourré au niveau de la poitrine, serré aux jambes et avec des manches pendantes à la dernière mode.

211

— Tu as écrit « au moulin », hein ?

— Quoi ?

— Sur la pomme, tu as écrit : « rendez-vous au moulin » ! Je t'avais dit d'écrire « sous le pommier ». Mais comme je ne sais pas lire, tu m'as prise pour une idiote.

Elle a baissé la tête et murmuré :

— C'était pour te protéger… Ce garçon était louche, il t'aurait fait du mal. Ton maître, Morregan, dit que les magiciens sont des voleurs et des menteurs. Son père, Kerry, était un magicien de foire et c'était un vrai sale type !

— Tu as parlé à Morregan, toi ?

Elle a haussé les épaules et détourné le regard.

— Un peu. Une fois ou deux.

— En tout cas, si tu t'imagines qu'il se fait du souci pour moi, tu te fais pas mal d'illusions à son sujet.

— Bien sûr qu'il se fait du souci pour toi. Si tu avais fricoté avec ce magicien étranger, ça l'aurait peiné !

— Ça l'aurait *peiné* ?

Les pièces du puzzle se sont emboîtées d'un seul coup dans ma tête. Morregan et Eveer ? Eveer et Morregan ? Eveer qui se vexait quand je lui disais qu'elle ne savait pas ce qu'était le grand amour ! Eveer qui ne voulait pas me dire le nom de l'homme qui était l'élu de son cœur !

— Oh non ! Pitié, Eveer, ne me dis pas que l'homme dont tu es amoureuse, ce fameux messire Cocu… c'est Morregan ?

— Il n'est même pas au courant que je suis amoureuse de lui, a-t-elle murmuré tout bas.

Elle m'a jeté un regard de défi et, à voix basse, elle a ajouté :

— Pas *un seul homme* de ce village ne lui arrive à la cheville. Il faut être aveugle pour ne pas voir sa force. Tout le monde le croit fou, mais c'est juste une âme qui souffre. Je m'en moque pas mal, qu'il ait dix-huit ans de plus que moi. Et que tout le monde ricane de lui dans son dos. Moi, si je dois un jour donner des enfants à un homme, je veux que ce soit à lui et à personne d'autre.

J'ai ouvert grand la bouche, tellement stupéfaite par sa tirade que j'en avais du mal à parler. La première chose que j'ai pensée, c'est qu'Eveer allait me voler mon père. À cette idée, la colère est montée en moi. La seconde, presque simultanée, a été d'imaginer cette gamine de dix-sept ans avec ce colosse dépressif de Morregan, qui ne pensait qu'à se soûler et à s'enfermer avec ses oiseaux. Finalement, je n'ai pas pu m'empêcher d'éclater de rire.

—Il ne voudra jamais de toi, idiote ! Il ne s'intéresse à rien ni à personne, il est complètement fou !

Son poing dans ma figure, je ne l'ai pas vu partir. Je me suis retrouvée le cul par terre, Eveer à califourchon sur moi avec une expression de rage que je ne lui avais jamais vue.

—Il n'est pas fou ! Retire ça !

Il a fallu un moment pour que j'entende les cris autour de moi. Je crois que ce qui m'a alertée en premier, ce sont les vibrations de la terre : celles que font de nombreux chevaux lancés au galop. L'attaque avait commencé.

J'ai levé les yeux : cinq cavaliers fonçaient sur nous. Ils étaient tout proches, beaucoup trop proches. L'un d'eux brandissait un javelot qu'il a lancé à bout portant dans la poitrine d'un des miliciens qui protégeaient le baron. Le fer s'est enfoncé dans la tunique de cuir du malheureux et il est ressorti sanglant de l'autre côté ; le visage de cet homme n'a exprimé que la stupéfaction, en voyant le manche en bois dépasser de son corps.

Deux autres cavaliers déployaient un grand filet, en le tenant chacun par un bout, et faisaient tomber dedans les jeunes filles qui s'enfuyaient en hurlant. Les deux derniers portaient de grands gourdins et s'en servaient pour rabattre leurs proies en coupant la route à celles qui cherchaient à échapper au piège.

La plupart des villageois sont restés frappés de stupeur. Moi, il ne m'a fallu qu'une fraction de seconde pour comprendre qui étaient ces gens et ce qu'ils faisaient. C'étaient des trafiquants de femmes.

Ils avaient attendu que les éleveurs et les marchands soient presque tous partis, avec leurs mercenaires de protection, et que la milice soit épuisée après trois jours de foire et de vin bon marché. Ils avaient dû se faire passer pour une fausse caravane et attendre leur heure, peut-être même qu'ils étaient là depuis le premier jour. Et il y en avait d'autres autour de nous, toujours par groupes de cinq, qui faisaient leur cueillette de filles et taillaient en pièces tous ceux qui essayaient de se mettre en travers de leur chemin.

Une troupe d'une douzaine de miliciens, menée par un sergent courageux, s'est mise en position de défense pour protéger le baron. Plusieurs d'entre eux se sont même précipités sur l'un des trafiquants pour essayer de le désarçonner – un de ceux qui tenaient un long gourdin. Le cavalier a évité un coup de hallebarde en plongeant presque au sol et, toujours sur sa selle, il a cueilli un homme à la joue du bout de son gourdin : la tête est partie en arrière, les os du cou ont craqué. D'un même mouvement, il a enfoncé l'autre bout de son arme dans le ventre d'un second milicien, qui s'est écroulé en crachant du sang. En un clin d'œil, un groupe compact de dix cavaliers, plus lourdement armés que les autres, est apparu comme par magie et a chargé les miliciens. Ceux-là n'avaient pas pour mission de récupérer des femmes : ils étaient équipés pour réduire la défense à néant. Le premier a tiré une flèche mortelle avec un arc court, en plein dans l'œil d'un piquier, le second a tranché le bras du sergent d'un coup de hache. L'homme a hurlé et s'est vidé de son sang en quelques secondes, pendant que les survivants privés de chef s'enfuyaient, en abandonnant armes et casques. Les cavaliers les ont poursuivis et presque tous massacrés avant de prendre en otage le baron et ses proches. Ça a été la fin de la résistance armée.

J'ai pris Eveer par la main. Sa mâchoire tremblait.

— Viens ! Vite !

J'ai couru avec elle, sans regarder en arrière. Les cavaliers «cueilleurs» avaient besoin d'espace pour manœuvrer, alors on a longé les murs des maisons en espérant que ça leur rendrait la tâche plus difficile. Et on a filé le plus loin possible des hurlements et du grondement des chevaux.

Il y avait un gros rocher au bord du chemin, haut comme une cabane, que les enfants appelaient «le cul de Kàn» à cause de sa forme. On s'est jetées derrière en espérant que les cavaliers seraient trop occupés pour venir par ici.

Je me suis allongée par terre, bien cachée, et j'ai regardé en arrière. Ils n'étaient pas si nombreux : une trentaine en tout, peut-être. Les cavaliers aux grands filets raflaient deux ou trois filles et les jetaient dans des chariots qui, une fois débarrassés de leur bâche, ont révélé de grandes cages de fer. Là, deux gardiens ouvraient et fermaient les portes pour fourrer ces prises au frais, et puis les cueilleurs repartaient en chasse. Comme le baron et sa famille étaient entre leurs mains, les miliciens accourus en renfort du château ont déposé les armes : les trafiquants de femmes pouvaient maintenant aller et venir à leur guise sans craindre les autorités et riaient en faisant leur récolte. Ils s'interpellaient bruyamment les uns les autres, frappant celles qui résistaient et massacrant sans remords les pères ou les maris qui ne s'enfuyaient pas assez vite.

— Eh, regarde-moi cette gazelle ! criait un gros barbu. Joli cul, hein ? Hop, dans la cage !

C'était Jenna, une fille de deux ans plus âgée que moi qui venait de se fiancer et qui hurlait tout ce qu'elle pouvait.

— Elles sont bien nourries, dans ce village, regarde-les détaler !

— Je te parie une couronne d'argent que j'en attrape plus que toi ! a crié le barbu.

Gràinne s'est défendue en jetant une pierre au visage d'un cavalier. Elle a récolté un coup de bâton en guise de récompense, mais elle a encore trouvé la force de se glisser sous le filet : il a fallu que deux hommes descendent de cheval pour l'attraper par les cheveux et la rouer de coups de pied. Il y avait de nombreux hommes du village autour d'elle, mais pas un seul n'a levé le petit doigt pour la défendre contre ces brutes.

Kenmare était à eux et ils pourraient bientôt fouiller les maisons une par une, faire leur choix et repartir avec toutes les femmes qui n'auraient pas eu le temps de se terrer dans un trou… Combien pouvaient-ils en mettre dans leurs chariots-prison ? Cinquante ? Cent ? Ils allaient vider Kenmare de toutes ses filles… Ce serait bientôt un village d'hommes et d'enfants.

— De l'autre côté ! a crié Eveer.

Pendant que j'étais occupée à regarder ce qui se passait à la sortie du village, couchée derrière le roc, un autre groupe de cavaliers avait remonté la pente et fonçait droit sur nous.

— Suis-moi !

Quand on n'a pas le temps de réfléchir, l'esprit ne calcule plus, il ne sait plus raisonner. Tout ce qui lui reste, ce sont les réflexes primaires. Alors au bout d'un moment, je me suis rendu compte que j'escaladais de nouveau la colline vers le seul refuge que je connaissais : la maison de Morregan, comme quand la milice m'avait couru après, six ans plus tôt. Est-ce que ça ne sert pas à ça, un père ? À vous défendre ? À vous protéger ? Instinctivement, j'ai fait confiance à Morregan. J'ai tout misé sur lui.

— Ils arrivent, Maura !

— Ne parle pas, cours !

J'étais complètement hors d'haleine. Au milieu des pâtures du père Kay, d'habitude, des vaches broutaient les hautes herbes – des herbes où on pouvait se coucher et se rendre complètement invisible. Sauf que trois jours de foire avaient transformé l'endroit en bourbier ; l'herbe avait été piétinée, dévorée par cinq cents bêtes, et il n'y avait nulle part où se cacher. La maison de Morregan était encore à deux cents pas devant nous, après une pente terreuse et semée de cailloux. Ce n'était pas le terrain idéal pour mettre un cheval au galop, mais les trafiquants de femmes étaient d'excellents cavaliers. Deux formations de cinq hommes convergeaient vers nous, maintenant, l'une à gauche, l'autre à droite. Ils allaient à une allure prudente, le sourire aux lèvres, sachant très bien qu'on ne pouvait pas s'enfuir.

—Regarde-moi ces deux-là ! La jolie rousse se vendra bien cent couronnes au marché de Kiell-la-Rouge ! a crié un archer au visage joyeux, celui du chasseur qui vient de repérer une proie.

—La colline, la… la maison ! j'ai dit à Eveer, à bout de souffle et les dents serrées. On va y arriver !

Une pensée tournait en boucle dans ma tête : *Je ne peux pas mourir tant que je n'aurai pas dit à Morregan que je suis sa fille.* C'était stupide, mais je crois que ça m'a donné le coup de fouet pour courir encore. Seulement Eveer, avec sa fichue houppelande toute neuve serrée aux jambes, n'arrivait pas à suivre. Elle s'est pris le pied dans le cercle de pierres où les fêtards avaient allumé le grand feu de joie, les nuits précédentes, et elle a lâché ma main. Je me suis retournée, prête à la relever, mais les cavaliers étaient beaucoup trop près.

—Sauve-toi, Maura !

Alors j'ai continué à courir, pendant qu'Eveer finissait dans un filet en poussant des hurlements. Quand je suis arrivée à la maison, je me suis ruée sur la porte, poings en avant, prête à tambouriner dessus de toutes mes forces. Mais je n'en ai pas eu besoin : cette fois, le battant s'est ouvert et Morregan est sorti.

CHAPITRE 35

— Tout doux, le cul-terreux! a crié l'un des hommes dans mon dos. Livre-nous gentiment ta putain sans faire d'histoire et on ne te fera aucun mal!

Dix cavaliers nous faisaient face. En larmes dans l'un de leurs filets, Eveer regardait Morregan.

Il y avait quelque chose de changé, en lui. Comme d'habitude, il portait une chemise de nuit sale et il sentait déjà l'alcool, malgré l'heure matinale. Mais cette fois, il se tenait étrangement droit, les épaules carrées, et son visage était plus dur. Pour la première fois, j'ai pris conscience qu'il n'avait rien d'un vieillard : il avait à peine trente-quatre ans. Il était grand, massif, et contrairement à tous les autres hommes du village, rien dans son regard n'exprimait la moindre peur devant les cavaliers.

Un javelot a filé droit vers lui mais s'est planté dans la porte : Morregan l'avait évité.

J'étais assez près des trafiquants de femmes pour voir leurs joues mal rasées, leurs dents noires, leurs mains crasseuses posées sur les filets ou les gourdins. Je pouvais sentir leur odeur de crottin. Des plastrons de cuir bouilli, des bottes d'équitation, des bourses remplies sur des ceinturons de bonne facture : au vu de leur équipement, ce n'étaient pas des crève-la-faim poussés par la misère. C'étaient des professionnels de haute volée. Et à en juger par leur alignement impeccable en demi-cercle, ils étaient habitués à une discipline quasi militaire.

Je suis sûre que Morregan a vu exactement la même chose que moi. En fait, je suis certaine que d'un seul regard, il a évalué la force de chaque homme, il a mesuré son aptitude au combat, ses qualités et ses faiblesses de guerrier. Il avait été soldat et cavalier, rien ne lui échappait.

— Jolie esquive, l'ami, un beau coup de chance, a dit l'homme qui semblait être leur chef. Mais tu ferais mieux de t'écarter, maintenant. Cette fille est à nous.

C'était un homme assez petit, presque chauve, et sa joue était barrée d'une vilaine cicatrice ancienne en forme de croissant.

— C'est toi qui vas t'écarter, Petit Goll, a répondu Morregan d'une voix si forte, si claire qu'elle a éclipsé d'un seul coup tous les autres bruits alentour.

Les cavaliers ont éclaté de rire et plusieurs se sont tournés vers leur chef, hilares, imitant Morregan et le pointant du doigt.

— Messire Gaollan ! Vous avez entendu comment il vous a appelé, ce bouffeur de fumier ?

— Laissez-moi le trancher en deux !

— Et moi lui couper les roublardes !

Le chef n'a rien dit, il n'a pas non plus ri avec les autres. Au lieu de ça, il a longuement fixé Morregan d'un air perplexe.

L'archer, celui qui me voyait déjà vendue pour cent pièces d'argent, a été plus rapide que tous les autres : il a encoché à une vitesse stupéfiante et lâché un trait qui est parti en sifflant. J'ai poussé un cri et fermé les yeux. Le visage crispé, j'ai attendu le bruit sourd d'un corps qui s'effondre. J'ai attendu, attendu encore… mais il n'y a rien eu de ce genre. Alors, j'ai rouvert les yeux : Morregan était toujours debout. Il tenait maintenant le javelot à la main, celui qui s'était planté dans la porte, et la flèche fichée dans le manche vibrait encore.

Aucun des dix cavaliers ne riait plus, maintenant. Les expressions joyeuses qui dominaient, un instant plus tôt, avaient complètement disparu. En fait, le masque de la peur était sur plusieurs visages. Un homme qui évite un javelot, ça peut être un hasard. Le même homme qui arrête une flèche avec un manche de bois, non.

—Kàn-aux-deux-visages, a murmuré leur chef d'une voix blanche. D… Darran ? Darran Dahl ? C'est bien toi ?

L'un des cavaliers s'est tourné vers lui, un grand type avec une cicatrice sur le menton, sans doute son lieutenant.

—Vous connaissez ce paysan, messire Gaollan ?

Le chef était devenu pâle comme la lune.

—Tu étais mort ! Tu étais MORT, foutre-Kàn !

J'ai levé les yeux vers mon père.

Darran Dahl ? C'était quoi, ce nom bizarre ?

Mais l'archer, lui, n'était pas aussi impressionné que son chef. Une seconde flèche a filé droit sur Morregan et s'est plantée à deux pouces de la première sur le manche du javelot – qui venait de se retrouver de nouveau sur sa route, manié d'une main de maître.

Personne n'a vu partir le coup en représailles : l'archer s'est soudain mis à hurler, la main transpercée de part en part. Le javelot de Morregan avait traversé sa paume. Sous l'effet de la douleur, l'homme a vidé ses étriers. Son cou a fait un craquement sonore quand il est tombé. Un murmure a parcouru le rang des cavaliers, dont la belle formation en arc de cercle a connu un certain flottement. Ils ont regardé un petit moment leur compagnon étalé par terre, sans vie.

—Demi-tour ! a soudain beuglé le chef. Repli ! Repli ! On fout le camp !

Il y avait de la panique dans sa voix.

—Vous êtes sûr, messire Gaollan ? a protesté son lieutenant. Les chariots ne sont à peine à moitié remplis !

—Libère les filles que tu as prises ! a hurlé Morregan. Ou ce sera la plus grosse erreur de ta vie, Petit Goll !

Le chef a mis une taloche à son lieutenant et a fait volter sa monture.

— J'ai dit qu'on foutait le camp, sacrée putain !

Morregan a couru droit sur lui.

— Libère-les ou je te poursuivrai jusqu'en enfer !

— Et on fout le feu aux écuries ! a ajouté le chef d'une voix aiguë en éperonnant sa monture, qui a fait un bond en avant.

— Jusqu'en enfer ! a continué de hurler Morregan. Jusqu'en enfer !

Et il s'est mis à les poursuivre, sans arme. Ça n'avait aucun sens. Des guerriers à cheval armés jusqu'aux dents, qui avaient mis hors d'état de nuire toute une garnison, et qui détalaient maintenant la peur au ventre devant un homme seul. Un gars en chemise de nuit, puant l'alcool, sans arme et les pieds nus, qui courait derrière eux en hurlant comme un perdu.

« Si je dois un jour donner des enfants à un homme, je veux que ce soit à lui et à personne d'autre », avait dit Eveer.

Je comprenais enfin pourquoi elle avait pu dire une chose pareille. Et après quatre ans passés à ses côtés, j'avais l'impression de rencontrer mon père pour la première fois.

CHAPITRE 36

L a porte se referma sur le conteur, sur son visage soucieux et ses feuillets noircis.

Le vieux bonhomme a eu sa tranche d'histoire, pensa Maura. *Je devrais pouvoir dormir une petite heure.*

Elle ferma les yeux et en une seconde, le sommeil l'engloutit et l'emporta très loin du cachot, cette nuit d'été où des hommes à cheval l'avaient poursuivie sur la colline de Kenmare. Dans ses cauchemars, leurs chevaux s'approchaient dans son dos, les cavaliers riaient et un immense filet tombait sur sa tête. Elle hurlait, hurlait. Le filet se changeait en pierre, en cachot, en porte de prison, et elle continuait de hurler : « Darran ! À l'aide ! », mais personne ne venait à son secours.

Quand elle rouvrit les yeux, elle était en sueur et son cœur battait comme un fou dans sa poitrine. Elle eut la sensation qu'un très long moment s'était écoulé. Prise de panique, elle se redressa sur son banc et fouilla des yeux la pénombre.

— Grantë ? Grantë ! J'ai trop dormi ? Tu es toujours là ?

Elle tira sur ses chaînes, tourna la tête à droite, puis à gauche, regarda au plafond et entre ses jambes. Rien. Personne.

— Grantë !

— Silence, prisonnière ! répondit la voix étouffée d'un de ses gardiens à travers la porte.

— S'il te plaît, supplia-t-elle, secouée de sanglots, les larmes dévalant ses joues. Ne me laisse pas toute seule. Dis-moi que tu n'as pas disparu.

Quelque chose remua dans le trou d'aération et un gros chat sauvage sauta sur les genoux de Maura en ronronnant. Elle soupira de soulagement.

Ne pas me rendormir, surtout ne pas me rendormir.

Elle caressa longuement la créature puis, les mâchoires crispées et la respiration haletante, elle rejeta la tête en arrière contre le mur froid du cachot. Le poil de Grantë se fit plus rêche et plus court, sa forme s'allongea et elle sentit les vibrations de dents en train de s'attaquer au bois de sa planche à trous. C'était désormais un gros rat.

— Tu as raison, mon tout beau, c'est la meilleure forme pour ce travail. D'ailleurs, il est temps d'inviter quelques amis à la maison, tu ne crois pas ?

Elle concentra tout ce qu'il lui restait de force. Après des heures passées avec sa planche à trous, elle avait appris qu'elle pouvait dessiner, tant bien que mal, des formes vagues et maladroites avec ses mains en bougeant les bras. C'était épuisant, et pas assez précis, mais ça suffisait pour de la magie très simple. Bientôt, des dizaines de rats et de souris commencèrent à trottiner sur le sol de son cachot et à se rassembler autour d'elle. Sur la planche à trous qui enserrait ses mains, une masse grouillante rongea bientôt le bois qui emprisonnait ses mains – tous ceux qui arpentaient nuit et jour les couloirs et les tuyauteries de la vieille forteresse. Perché sur le banc à côté de sa maîtresse, Ava Grantë regardait d'un œil sévère les petits rongeurs occupés à leur besogne, sa longue queue entourant affectueusement le cou de la jeune fille.

De son pansement à la jambe, de petites gouttes de sang s'échappaient et coulaient le long de son mollet. Mais au lieu de chuter jusqu'au sol, elles disparaissaient peu à peu en fumant, comme de l'eau qui s'évapore sur une surface brûlante. Le coût de la magie : les rats étaient à ce prix.

—Il me reste combien de jours de sursis, tu crois, Grantë, avant de me faire couper la tête ? Et combien de jours sans faire une vraie nuit de sommeil ?

Au bout d'un long moment, elle tira un grand coup sur sa main pour essayer de la dégager de son entrave, mais sans succès. Les souris et les rats se dispersèrent en piaillant. Crachant sur son poignet pour rendre la peau plus glissante, elle tira encore à s'en écorcher la peau.

—Sacré putois de planche. Ce n'est pas encore assez large…

Ava Grantë sauta sur ses genoux et, du bout du museau, flaira le trou dans la planche où elle était maintenue, avant de lever vers sa maîtresse un regard de pur amour. Il s'ébroua pendant un moment, si vite que sa fourrure forma une masse indistincte. Quand cela s'arrêta, il avait pris la forme d'un jeune castor à l'œil brillant et aux dents tranchantes ; alors il se jeta à son tour sur les bords du trou déjà légèrement élargi par les rats.

—Un castor ? Tu commences à prendre des initiatives. C'est brillant, mon Grantë !

Maura n'avait jamais réussi à faire vivre aussi longtemps une créature de pure magie ; était-ce normal qu'il se distingue peu à peu d'elle-même ? « Tu seras une grande sorcière, Maura, fille de Karech », avait dit Breena.

Au bout d'un moment, Grantë s'arrêta et leva de nouveau le museau, comme pour inviter sa maîtresse à regarder le résultat de son travail. Maura tira encore de toutes ses forces et sa main jaillit soudain hors de son trou.

—Ça y est ! On a réussi ! Bravo Grantë !

Elle éclata de rire et, de son bras enfin libre, l'attira contre elle d'un geste tendre. Il poussa un petit piaulement aigu. Son poil sembla frissonner un instant et changea légèrement de teinte, passant du brun au jaune orangé. C'était sa couleur, quand il était content.

Mais le travail n'était pas terminé : les bandelettes enroulées autour de ses doigts l'empêchaient toujours d'ouvrir la main.

— Qu'est-ce que c'est que cette chose ? Ce n'est pas du tissu !

C'était une matière étrange, glissante, et étonnamment résistante. Visiblement, elle avait été conçue tout spécialement pour entraver les mains des sorciers. Maura la porta à ses dents, mais poussa un cri et se mit à cracher par terre toute la salive de son corps : l'intérieur de ses lèvres et le bout de sa langue lui brûlaient comme des braises. Au contact de l'humidité de sa bouche, il semblait que la matière glissante produisait une sorte de poison ou d'acide.

— Ne touche pas à ça, surtout ! hurla-t-elle à Grantë qui avançait déjà le museau.

Croyant qu'elle le grondait, le petit castor lui jeta un regard d'incompréhension d'une infinie tristesse et son pelage perdit peu à peu sa couleur jaune, pour un gris terne.

— Idiot, c'était pour te protéger, fit-elle en voulant lui donner une caresse – mais il recula la tête, vexé. Bon, mon joli, on ne va pas y arriver de cette manière. Pour couper ces bandelettes, il va falloir que tu me déniches quelque chose de tranchant quelque part dans cette forteresse.

Le castor s'immobilisa soudain, en arrêt devant la porte.

— Quoi ? C'est déjà l'heure de la vieille ?

Maura voulut fourrer de nouveau sa main dans le trou de sa planche, mais s'aperçut que ça ne passait pas. Dans le couloir, des pas approchaient.

— Foutue main, vas-tu rentrer ?

Grantë se précipita pour arracher rageusement quelques copeaux de plus. Mais la planche était faite dans un bois de chêne trempé au sel, aussi dur que le roc, et le petit animal grognait de frustration. Ses coups de dents acharnés ne récoltaient que de minuscules miettes de bois. De l'autre côté de la porte, il y eut quelques paroles échangées puis le raclement sinistre des barres de sûreté qu'on soulevait de leurs crochets.

Grantë jeta à sa maîtresse un regard désespéré.

—Vite, cache-toi!

Du menton, elle désigna le trou d'aération où il se faufilait toujours sous la forme d'un serpent ou d'un gros lézard des marais. Mais cette fois, toujours en castor, il la toisa d'un œil noir et refusa d'obéir, se reculant contre le mur à côté de la porte.

—Grantë! chuchota-t-elle en roulant des yeux furieux. Veux-tu bien filer? S'ils te trouvent, ils te tueront!

Dans son coin d'ombre, il continua à la défier du regard pendant que la grosse clé de fer tournait dans la serrure. Et soudain, elle comprit la raison de son obstination: elle lui avait demandé de lui trouver quelque chose de tranchant pour se débarrasser de ses bandelettes… et il savait que deux Dragons bardés de fer et d'acier allaient pénétrer dans la pièce d'un instant à l'autre.

La porte s'ouvrit en grand et les soldats firent leur entrée, épées tirées, comme chaque fois. La vieille femme au tablier, celle qui la lavait chaque matin et la nourrissait à la becquée deux fois par jour, entra à la suite des deux hommes. Maura eut juste le temps de jeter un regard désespéré à Grantë, désormais à moitié dissimulé derrière le battant de bois, et de prononcer un «NON» silencieux du bout des lèvres.

—Que dites-vous, mon enfant? fit la vieille. «Non»? Pourquoi non?

Une sueur froide perlant à son front, Maura colla sa main libre tout contre le trou de la planche, sans pouvoir le faire rentrer dedans, en espérant que l'autre ne le remarque pas.

—Votre… votre nom. Je vous demandais: quel est votre nom, ma dame?

—Silence, prisonnière! beugla l'un des deux Dragons de sa voix métallique.

Une seconde domestique récupéra le seau d'aisance et le vida dans un tonnelet muni de roulettes, avant de le nettoyer sommairement d'un coup de torchon.

—Je m'appelle Honorine, murmura la vieille femme.

Puis elle fronça les sourcils et son regard tomba sur la planche à trous, que Maura tenait serrée contre sa poitrine pour cacher sa main.

—Ma pauvre fille, pourquoi vous tortillez-vous sur votre banc? C'est la vermine, hein? Les puces et les poux pullulent dans cette forteresse, à cause des rats. Laissez-moi voir ça.

Si Maura ne faisait rien, la vieille lui ôterait ses vêtements pour lui frotter le corps au savon. Elle lui demanderait de lever les bras, et alors, elle verrait sa main libre…

—Je… je ne me sens pas bien, Honorine. Je crois que je suis malade.

—C'est vrai que vous avez mauvaise mine.

Après une semaine à dormir deux heures par nuit, j'aimerais bien voir la tienne, tiens.

—Je tremble depuis ce matin.

La vieille eut l'air soudain inquiète :

—Par Kàn, j'espère que votre plaie à la jambe ne s'est pas infectée !

Elle se pencha sur la cuisse de la prisonnière, oubliant les mains et la planche.

—Kàn-aux-deux-visages ! La blessure s'est rouverte, le sang a coulé sous le pansement !

Le sang des sorcières, pensa Maura. *Évidemment qu'il a coulé !*

La vieille se tourna vers les deux Dragons en baissant les yeux et en prenant, pour s'adresser à eux, une petite voix soumise :

—Je crois qu'il faudrait faire venir un guérisseur, messires.

Non, non, pas ça !

Un guérisseur ferait tout de suite la différence entre la fièvre et le manque de sommeil, il lui ferait boire de force une potion somnifère et Grantë disparaîtrait !

Les deux gardes se consultèrent du regard. L'un d'eux s'approcha de Maura et tira brutalement sur le pansement de sa jambe, lui arrachant un cri. Il découvrit la coupure nette que le poignard d'un soldat avait laissée dans sa chair, le jour de la bataille.

— La plaie a saigné, mais elle est saine, fit-il en se tournant vers Honorine. Pas besoin de déranger le chirurgien pour si peu. Nettoie ça, femme. Tu parles trop !

La vieille femme se répandit en excuses en rougissant, pendant que Maura, soulagée, essayait de repérer Grantë dans la pièce. Mais dans l'ombre de la porte, sa tête ronde avait disparu.

Où est-il passé, putois ?

— Tu as entendu comme ces soldats te parlent, Honorine ? demanda-t-elle à la vieille.

La domestique ne répondit pas et continua de nettoyer la plaie à vif, avec un linge propre et humide.

— Tu as une fille ? Si ça te plaît d'être traitée comme une serpillière, tant mieux pour toi. Mais est-ce que ta fille mérite ça, elle ? Quoi, tu n'as pas de fille ? Une sœur, peut-être, une nièce ?

— Une… une mère, murmura Honorine.

— Une mère, bien sûr ! Alors fais quelque chose pour elle, putois ! Révolte-toi ! Ne les laisse pas te parler comme à un chien !

Le Dragon s'avança jusqu'à Maura, l'empoigna par les épaules et la secoua brutalement.

— J'ai dit *silence*, prisonnière !

La jeune femme eut un petit ricanement :

— Tu as reçu des ordres, hein ? Tu ne peux pas me frapper, je parie. Ça te démange mais tu n'as pas le droit de le faire.

Malgré ses bravades, sa voix déraillait un peu sous l'effet de la peur.

— Se révolter? lui chuchota Honorine. Voyez un peu où ça vous a menée, vous…

— J'ai reçu l'ordre de ne pas te frapper, admit le soldat. Mais elle, dit-il en saisissant Honorine par le bras, je peux la faire fouetter à ta place si tu ne te tiens pas tranquille. Tu veux la voir saigner par ta faute?

Maura voulut répliquer mais, avec un frisson d'horreur, elle aperçut soudain la forme élancée d'un gros chat sauvage entre les jambes du soldat; il reniflait sa botte d'où dépassait le manche d'un poignard. Le chat avança une patte hésitante, ne sachant comment faire sortir cette chose de son logement.

À cet instant, quelqu'un frappa doucement au battant de la porte restée ouverte. Le Dragon se retourna aussitôt.

— Je dérange, peut-être? fit le conteur en entrant avec son tabouret pliant.

Maura regarda entre les pieds du Dragon: Grantë avait disparu.

— Nous avons un récit à poursuivre, jeune fille, il me semble.

— Je… Oui, nous en étions à l'attaque des trafiquants de femmes.

Et elle murmura pour elle-même:

— Conteur, je n'ai jamais été aussi contente de vous voir.

CHAPITRE 37

Une foule silencieuse s'était regroupée à la sortie du village, là où les trafiquants de femmes avaient massacré une quinzaine de miliciens avant de relâcher le baron et de s'enfuir soudain dans la précipitation, leurs chariots-prison aux trois quarts vides.

Le kerr Owain s'affairait sur les blessés. Quand je suis arrivée, les gens se regardaient les uns les autres, le visage inquiet, les yeux humides ; certains portaient des traces de coups, ou bien de la boue sur leurs vêtements pour ceux qui s'étaient jetés à terre. Personne n'osait parler. Notre sécurité, nos petites vies tranquilles loin des guerres et des pillages : les trafiquants avaient balayé tout ça en quelques instants et on essayait encore de comprendre ce qui venait de nous arriver.

Kenmare était un petit village isolé au bout du monde, on se croyait à l'abri. On venait de comprendre, dans la douleur, que personne n'est à l'abri.

Une brebis couchée sur le bord du chemin, la patte cassée, n'arrêtait pas de bêler de douleur. Mon regard s'est posé sur un chaton tigré qui gisait mort sur la route du Nord, écrasé par les chevaux. C'est idiot, mais c'est devant ce pauvre petit chat crevé que mes larmes se sont mises à couler en silence. Il faisait encore une chaleur d'enfer après cette journée de plein été, et tout le monde était en sueur ; les mouches et les taons attirés par le bétail bourdonnaient autour des cadavres, surexcités par l'odeur du sang. Ça sentait encore la bouse et le crottin, mais il s'y mêlait maintenant une odeur de flambée : une fumée noire montait du château et on entendait les hurlements des chevaux. Les écuries du baron, sans doute : leur chef avait parlé d'y mettre le feu avant de partir.

Et puis soudain, la mère Braddy, la femme de l'aubergiste, a poussé des cris perçants. Au bout d'un moment, j'ai compris qu'elle prononçait un nom : « Gràinne ! », son aînée. Alors un murmure a parcouru la foule, comme une onde dans un lac tranquille. Ça a été comme un signal. Les gens se sont mis à hurler tous en même temps, ils ont appelé leurs filles, leurs femmes, beaucoup se sont retrouvés et se sont tombés dans les bras en pleurant de joie. Mais d'autres mères, sœurs, pères et maris continuaient à appeler indéfiniment : « Breedy ! » « Macha ! » « Caitrin ! » et ils n'obtenaient aucune réponse. Ils s'éloignaient du village, arpentaient les champs et les pâtures alentour, les mains en porte-voix. « Breedy ! » « Macha ! » « Caitrin ! »

Il faisait de plus en plus noir et les gens criaient de plus en plus fort. Une dispute a éclaté pour je ne sais quelle broutille. Soudain, quelqu'un m'a saisie par les épaules : c'était le père Braddy, il me regardait avec des yeux remplis d'espoir.

— Tu l'as vue, toi, Maura ? Tu l'as vue ?

— Gràinne ? Oui, je l'ai vue. Ils… ils l'ont prise dans leurs filets et l'ont emmenée.

Son visage s'est décomposé. Et il s'est mis à hurler :

— Foutue putain de menteuse !

Dans la bouche de ce petit homme toujours si poli et si gentil, ces insultes m'ont fait mal. Et puis, comme s'il ne s'était rien passé, il m'a demandé de nouveau avec les mêmes yeux pleins d'espoir, la même expression douloureuse :

— Tu l'as vue, hein, Maura ? Tu sais où elle est, toi ?

J'avais les larmes qui me montaient aux yeux et je n'arrivais pas à le regarder en face. Comme si c'était moi qui avais fait quelque chose de mal. Je revoyais en boucle Gràinne qui lançait une pierre au visage d'un des cavaliers, puis les deux hommes qui descendaient de cheval pour la rouer de coups de pied.

— Elle s'est défendue contre eux, j'ai dit. Vous pouvez être fier de votre fille.

Il m'a jeté un regard halluciné. Avec ses cheveux collés de boue, ses joues sales et la grosse ecchymose qu'il portait près de l'œil, il avait l'air tellement déboussolé que je me suis demandé s'il n'était pas devenu complètement fou. Et puis soudain, il m'a giflée.

— Tu vas me dire où elle est, maintenant, sale garce ? Hein ?

— Allez, allez…, a dit une voix chaude et rassurante.

C'était le kerr Owain. Il a pris le père Braddy tout contre lui, ce petit bonhomme qui faisait la moitié de son poids, et il l'a serré dans ses bras en lui répétant encore et encore : « Allez, allez… » pendant que l'autre pleurait comme un bébé.

Il a fallu plusieurs heures pour commencer à avoir une idée du nombre des disparues. Des filles s'étaient cachées dans des tonneaux, sur des toits ou dans les jardins. Il y en avait même trois dans le puits de l'auberge, accrochées aux parois au risque de se rompre le cou. Pour les convaincre de sortir de là, on a dû leur jurer que les trafiquants étaient partis.

Au milieu de la nuit, des torches ont percé l'obscurité. Quatre ou cinq miliciens descendaient du château et avançaient la tête basse, le capitaine Erremon à leur tête. Les gens les ont regardés en silence, puis le père Cairach leur a soudain crié dessus :

— Vous étiez où, hein ? Vous étiez où quand ils ont pris nos femmes ?

C'était celui qui m'avait mise dehors quand j'étais entrée dans l'église, à notre arrivée à Kenmare. Un veuf qui venait de se remarier avec une épouse plus jeune. Et c'était surtout un grand costaud fort en gueule qui était très écouté au village.

— Pour nous prendre nos impôts, y a toujours du monde, mais quand il faut défendre nos épouses, elle est où la milice ?

— Et nos filles ! a crié un autre gars.

Le père Cairach a repris :

— Ouais ! Contre les trafiquants de femmes, là, y a plus personne !

Moi non plus, je ne portais pas particulièrement la milice dans mon cœur. Mais à regarder les cadavres de ces pauvres bougres en uniforme qui avaient essayé de faire leur boulot et qui étaient morts pour une solde à deux sous par semaine, je me disais que les villageois se trompaient d'ennemi. Ces gars avaient fait ce qu'ils avaient pu. Ils n'avaient pas fait le poids, c'est tout.

— On va vous faire voir, ouais ! a gueulé Tomey, un garçon de mon âge qui essayait de toutes ses forces d'avoir l'air d'un homme.

— Justice pour nos filles ! a crié Cairach.

Des dizaines de voix ont repris en chœur la même rengaine. Ça brandissait des bâtons, des fourches, et même des hallebardes ramassées sur les cadavres des miliciens. Je ne sais pas ce qu'ils avaient l'intention de faire exactement – et eux non plus, je crois. Mais ils avaient une immense colère en eux, alimentée par le sentiment de culpabilité de ne pas avoir pu protéger leurs femmes.

Erremon a levé les bras et reculé un peu :

— Du calme !

— Elle est où, ma petite Gràinne, Erremon ? lui a demandé le père Braddy avec ses insupportables yeux suppliants.

— Qu'est-ce que tu vas faire pour retrouver nos femmes ? a enchaîné Cairach.

— Il faut les poursuivre ! a crié le père Braddy.

Erremon a secoué la tête d'un air buté.

— Les écuries du château ont été incendiées. Nous n'avons plus de chevaux. Le baron nous avisera dans la matinée des mesures à prendre. Dans un premier temps, nous allons vous… vous indemniser.

Le père Braddy l'a regardé avec un air de totale incompréhension.

—Ça veut dire quoi, « indemniser » ? On va nous rendre nos filles indemnes ?

Il y croyait vraiment, je pouvais le voir sur son visage. Il était prêt à se raccrocher au plus petit espoir.

—Eh bien…, a commencé Erremon. Le baron vous dédommagera de la valeur exacte de vos femmes. De cette façon, ce sera comme… comme s'il ne s'était rien passé pour vous.

Le père Braddy a froncé les sourcils. Il avait l'air de plus en plus perdu.

—Ça veut dire qu'on va nous rendre nos filles, hein ? C'est ça ? Le baron va nous les rendre ? J'ai… j'ai toujours acclamé le baron, moi, dans tous les défilés ! Ouais, j'ai toujours applaudi, et je f'rai tout ce qu'il faudra !

L'espoir sur son visage était presque insupportable à voir. Même Erremon n'a pas réussi à le regarder dans les yeux. Dans la demi-obscurité du crépuscule, Tomey s'est avancé avec une pioche qu'il avait ramassée je ne sais où, le visage déformé par la rage. Ça m'est revenu tout à coup : il avait une petite sœur d'un an de moins que lui, Carmann, qu'il adorait.

—Nous indemniser ? Mon cul ! il a hurlé. Justice pour nos filles !

Sa pioche a fait un arc de cercle dans les airs, la pointe fonçant droit vers la tête du milicien…

… mais au lieu de cris et de sang, il y a juste eu le bruit d'un corps qui s'effondre. La pioche, Tomey… je n'ai plus rien vu. Il m'a fallu un moment pour comprendre que quelqu'un avait assommé Tomey d'un coup de poing. Il a dû manger un peu de terre et se réveiller avec une belle bosse sur le crâne, cette nuit-là. À sa place se tenait maintenant la silhouette massive de Morregan, qui a fait réfléchir tous les excités de la fourche.

—Calmez-vous, a-t-il dit. C'est exactement ce que les trafiquants attendent : qu'on s'entre-tue.

—Qu'est-ce que t'en sais, de ce qu'ils attendent ? a beuglé le père Cairach.

—Moi aussi, j'ai pillé des villages.

Ça aurait pu les rendre furieux, mais il a parlé d'un ton si assuré que tout le monde, je crois, s'est raccroché à cette voix comme à une bouée de sauvetage. Le contraste avec le ton embarrassé d'Erremon était frappant. Morregan était la première personne qui semblait savoir quoi faire. Il était oublié, « le fou de la colline ». Tout à coup, on se souvenait qu'il avait été soldat, qu'il était revenu de la guerre sur un cheval de bataille avec une cotte de mailles sur le dos et une hache dans ses fontes.

—Voilà ce qu'on va faire, a dit Morregan : on va former une colonne de volontaires, on va retrouver ces trafiquants et leur reprendre nos femmes.

—Tu vas nous aider à retrouver nos filles ? a demandé la mère Braddy.

Il a acquiescé de la tête.

—Et pourquoi tu ferais ça ? a demandé le père Cairach, suspicieux. T'en as rien à faire, du village ! T'as même pas de femme !

—Je vous aiderai, c'est tout. Et je tuerai ces hommes, s'il le faut.

Ça a jeté un étrange silence dans l'assemblée. Les villageois reprenaient conscience avec un certain malaise, je crois, que ce voisin tranquille était aussi un homme qui avait tranché des têtes et répandu des tripes sur les champs de bataille.

Finalement, c'est Erremon qui a repris la parole.

—Le baron m'envoie recenser les blessés et les besoins des villageois. Et bien sûr, compter toutes les femmes manquantes. Il a annoncé qu'il allait convoquer ses vassaux dès demain pour discuter de ce qui doit être fait.

—Excellent, a dit Morregan. Bon, et maintenant, formons la colonne.

Un murmure d'approbation lui a répondu aussitôt. En tout cas, plus personne ne levait de fourche.

—Mais, il… il n'y a plus de chevaux! a répété Erremon.

—Peut-être plus au château, a répondu Morregan, mais il en reste au village, pas vrai? Qui a des chevaux? Qui veut aider la colonne à retrouver nos femmes?

Des bras se sont levés, des bouches se sont ouvertes, tout le monde était prêt à donner ce qu'il avait. Kenmare était un village de paysans prospères. Certains d'entre eux possédaient des chevaux de labour, mais il y avait aussi ceux du relais de poste, qui n'étaient pas dressés pour la monte, mais qui étaient tout de même robustes et obéissants.

—Ces trafiquants sont des professionnels disciplinés, a continué Morregan. Ils ne toucheront pas à nos filles pour ne pas leur faire perdre de leur valeur. Nous devrons donc les rattraper avant qu'ils n'aient le temps de les vendre.

—Bien sûr…, a renchéri Erremon qui s'est rapproché de Morregan et qui essayait désespérément d'avoir l'air de maîtriser la situation. Bien sûr qu'il y aura une colonne de secours! Et il nous faudra des volontaires!

Un tonnerre d'exclamations lui a répondu: les hommes levaient les bras, vociféraient dans tous les sens et se bousculaient pour donner leurs noms.

—On ne peut pas commencer la poursuite maintenant, a dit Morregan, il fait trop sombre. Mais il nous reste toute la nuit pour faire la liste des femmes manquantes, rassembler les chevaux et les hommes.

Erremon, l'air furieux, lui a murmuré quelque chose de hargneux à son oreille. Je n'ai pas compris ce que c'était, mais j'ai entendu la réponse de Morregan, prononcée à voix basse:

—Remercie-moi plutôt, mon gars. Ils t'auraient massacré.

CHAPITRE 38

J e crois que tout le monde ne l'a pas vraiment compris, sur le moment, mais c'est Morregan qui nous a sauvés, ce soir-là, sans roulement de tambour ni grand discours.

En quelques instants, tout ce que ces gens avaient en eux de haine et de rancœur a disparu. Ou plutôt, ça s'est changé en une énergie débordante, tournée vers le projet de mettre en place la fameuse colonne de Morregan. Des familles fâchées à mort depuis dix ans discutaient à voix basse de chevaux, de vivres, d'armes à récupérer. On allait chercher des outils, des cartes, on faisait passer un panier d'osier parmi les villageois pour les frais, dans lequel beaucoup jetaient tout le contenu de leurs bourses. Certains avaient perdu des filles, d'autres non, mais tous avaient dans le regard quelque chose de douloureux qui brûlait en eux. Et les gens se sont tournés vers le capitaine Erremon, calmés d'un coup et prêts à se mettre aux ordres de celui qu'ils avaient failli étriper un peu plus tôt.

J'ai rattrapé Morregan alors qu'il filait au château.

— Ce que vous avez fait tout à l'heure, avec ce javelot. C'était incroyable. Vous avez arrêté deux flèches !

— Je vais partir du village, petite. Il va falloir te trouver un meilleur maître.

— Vous pourriez tous les tuer à vous tout seul. Vous n'avez pas besoin des autres. Vous pourriez prendre un cheval, partir à leur poursuite et les massacrer jusqu'au dernier !

— Je suis un des meilleurs guerriers-nés du monde.

Il l'a dit sans un sourire, sans un clin d'œil. Il ne se vantait pas : il énonçait un fait.

— Mais ce sont des vétérans. Je pourrais en tuer cinq ou six au maximum, avant de me faire tailler en pièces.

Il a levé la tête et murmuré pour lui-même :

— Foutre-Kàn, l'orage va éclater et effacer leurs traces.

— Leur chef, ce Gaollan, vous le connaissez ?

— On a fait la guerre ensemble. C'est un malin. Maintenant, laisse-moi, j'ai à faire.

Mais je l'ai empoigné par le bras et je l'ai forcé à se retourner.

— Morregan !

Il m'a enfin regardée droit dans les yeux, d'égal à égale.

— Quoi ?

— Le baron a fait jeter en prison un magicien, un coupeur de bourses à l'accent des villes. Ce serait une bonne chose d'avoir un guide et un interprète si jamais la colonne quitte la Taëllie.

Accepte ! Accepte ou il va croupir dans cette prison jusqu'à tomber en poussière.

Il n'a rien répondu. Ou plutôt, il a hoché la tête d'un geste presque imperceptible.

———————

Il manquait trente femmes. La plupart étaient des filles de moins de vingt ans, qui se revendaient plus cher. Mais il y avait aussi quelques femmes un peu plus âgées sur la liste. Toutes très jolies, et surtout, toutes appartenant à la suite du baron. Breena, la femme de son héritier, par exemple. Ou Tara, sa régisseuse, la sœur de Rachaëlle avec qui Morregan passait parfois la journée – ma tante. Mais il y avait aussi la plus belle de ses maîtresses, la favorite du seigneur.

Ma mère.

D'abord, j'ai refusé d'y croire. Plusieurs témoins l'avaient vue dans les chariots-prison, mais j'ai continué à l'appeler et à la chercher partout pendant des heures, comme les autres – les pères, les mères, les sœurs ou les maris. Et puis j'ai arrêté. L'idée s'est imposée peu à peu dans mon esprit, comme une douleur avec laquelle j'allais devoir apprendre à vivre : ma mère était aux mains de ces trafiquants de chair humaine et elle serait bientôt à vendre au plus offrant.

J'ai essayé de me rappeler la façon dont elle m'avait reniée, la nuit où j'avais voulu m'enfuir avec elle. Ces paroles qui m'avaient fait si mal.

« *Tu es une sale sorcière, je ne t'aurais jamais acceptée dans mon foyer si j'avais pu le voir sur le bébé que tu étais. C'est ta faute si Karech est mort.* »

J'ai tenté de me convaincre qu'elle n'avait eu que ce qu'elle méritait, et que je ne lui devais rien. Sauf qu'au milieu de la nuit, alors que je transportais une pile de couvertures pour la colonne, quelqu'un s'est mis en travers de ma route.

— Poussez-vous de là, putois ! j'ai crié.

Mais comme le gars ne se poussait pas, j'ai jeté un coup d'œil par-dessus ma pile et j'ai vu le baron en personne, encadré par deux miliciens. J'ai lâché toutes mes couvertures, avant de le saluer bien bas et de bredouiller une excuse. Il avait les yeux rouges et bouffis de quelqu'un qui a beaucoup pleuré ; ses cheveux gris, un peu dégarnis, étaient en pagaille. Il portait de beaux habits de noble, des étoffes fines aux couleurs extravagantes, mais ils étaient froissés et salis de boue par endroits, ce qui m'a laissé penser qu'il ne s'était pas changé depuis l'attaque d'hier.

— Tu es bien la petite Maura, la fille d'Onagh ?

C'était la première fois de ma vie qu'il m'adressait la parole.

— Oui, mon seigneur.

— Celle qui lui crache dessus chaque fois que vous vous croisez au village ?

—O… oui, mon seigneur.

Il m'a tendu quelque chose, j'ai relevé la tête.

—J'ai perdu la femme que j'aimais, hier. Et toi, tu as perdu ta mère. Tiens, j'ai ramassé ça, à l'endroit où ils l'ont capturée, je crois que ça lui appartenait.

C'était un petit pendentif religieux en bois, tout simple, qui pouvait s'ouvrir comme une boîte minuscule. Je l'ai reconnu tout de suite, c'était celui qu'elle portait tout le temps à son cou.

—Je n'ai pas fait que de bonnes choses dans ma vie, mais celles que j'ai faites, je les dois presque toutes à ta mère, a commencé le baron, qui était visiblement au bord des larmes. Je ne sais pas pourquoi vous vous êtes disputées, toutes les deux, mais elle en souffrait et elle me parlait souvent de toi. Je pense qu'elle aurait voulu que tu le saches.

Il s'est retourné aussitôt et il est reparti en sens inverse, avec ses deux miliciens.

—Attendez !

Il s'est arrêté, mais ne s'est pas retourné.

—Morregan va monter une colonne, et il va la retrouver !

Il a haussé les épaules et il est reparti. Le baron n'y croyait guère. Il n'avait jamais été un guerrier.

J'ai ouvert le petit pendentif et j'ai trouvé un bout de papier plié à l'intérieur. C'était un portrait de moi au fusain, à cinq ans, dessiné pour deux sous par un artiste itinérant. Je me suis souvenue du jour où elle l'avait commandé, et de la façon dont elle l'avait serré contre elle.

Une grosse larme a roulé sur ma joue quand j'ai enfin compris qu'Onagh n'avait jamais cessé de m'aimer. Elle ne m'avait pas reniée : elle m'avait blessée, volontairement, pour m'éloigner d'elle et assurer ma propre sécurité. C'était tellement évident ! Et moi, j'avais été assez stupide pour la croire et lui cracher au visage pendant des années.

Alors je me suis fait une promesse à moi-même. Gamine, je n'avais pas pu lui rendre sa liberté. J'étais petite et faible, à cette époque. Mais cette fois, j'allais la sauver et personne ne pourrait m'en empêcher. J'ai serré les dents, et devant mon poing fermé, j'ai murmuré :

— Je jure que je te retrouverai, maman, où que tu sois. Je te libérerai. Et je tuerai tous ceux qui t'ont fait du mal.

———

Les villageois s'activaient comme des fourmis. Les torches, lanternes et lampes à huile filaient d'un bout à l'autre de la grand-place. Des silhouettes sombres se croisaient sans arrêt, chuchotaient entre elles ou s'interpellaient d'une rue à l'autre. Il n'y avait aucune dispute, aucune insulte, certains visages portaient encore la trace de larmes mais tous affichaient maintenant une expression déterminée.

On avait déjà rassemblé une trentaine de chevaux et il en arrivait toujours davantage. La plupart étaient des bêtes de labour et aucune n'était vraiment taillée pour la course, ni même pour être montée, mais ce serait toujours mieux que pas de chevaux du tout. Aròn, le patron du relais de poste, s'est chargé de sélectionner les meilleurs et les moins peureux d'entre eux. C'était un homme entre deux âges, sec, musclé, et un vrai amoureux des chevaux. Par chance pour la colonne, sa fille Macha était sur la liste et il n'avait pas hésité une seconde à réquisitionner les huit montures de son relais – qui appartenaient pourtant de droit à la Compagnie royale des postes et diligences.

Les salles d'armes du baron avaient été vidées : casques et boucliers, haches, masses et coutelas – un peu rouillés, pour la plupart – attendaient bien alignés contre le mur d'une maison. Et les hommes qui allaient les porter faisaient la queue jusqu'à une table de fortune, dressée là pour l'occasion, où Erremon et deux miliciens enregistraient leurs noms. Le père Harvin, qui avait au moins soixante-dix ans, voulait à toute force retrouver sa petite-fille, on avait dû le déloger de la file entre deux gardes. Ils avaient aussi refusé le grand Fray à cause de ses trois enfants qui n'avaient plus de mère. Et le fils Braddy, qui avait à peine douze ans, braillait comme un âne pour qu'on le laisse aller se battre et sauver sa sœur Gràinne.

— Toi non plus, t'as rien à faire dans la queue, pisseuse ! m'a soudain crié Tomey, qui avait un œil noir et gonflé depuis que Morregan l'avait assommé devant tout le monde.

Je ne me suis même pas retournée, j'ai répondu du tac au tac :

— Pourquoi tu t'en prends à moi, petit Tomey ? Pour faire oublier que tu as seize ans ?

— Et toi, tu as quel âge ?

— Laissez-la donc, a dit le beau Cahal, qui était deux rangs devant, elle veut retrouver sa mère, moi je respecte ça.

Je l'ai remercié d'un signe de tête reconnaissant. Cahal était un charpentier de vingt-cinq ans, au corps taillé comme un dieu. Et sur qui fantasmaient la moitié des filles du village.

— Ouais, a renchéri le père Cairach en éclatant de rire. Maura a toujours été une dure à cuire, pas vrai Tomey ? Depuis que vous êtes gamins, chaque fois que tu lui cherches des poux, elle te met une déculottée !

La file des volontaires traversait toute la place, des dizaines et des dizaines d'hommes, des centaines, en fait. Presque tous ceux qui n'étaient pas déjà occupés à une tâche quelconque étaient là, mais j'étais la seule fille. Et soudain, je me suis demandé pourquoi.

D'accord, les filles ne sont pas censées se battre. Mais quand même, il y avait des mères, des sœurs, il y avait des amies à qui on avait arraché quelqu'un qu'elles aimaient ! Dans tout le village, il aurait pu se trouver… je ne sais pas, moi ? cinq, dix femmes volontaires dans la file ? Je suis sûre qu'Eveer l'aurait été, elle.

Mais Eveer avait été enlevée. Si on ne la retrouvait pas, elle serait vendue à un fermier, quelque part à l'autre bout du continent, qui la violerait chaque soir en appelant ça « mariage » et qui forcerait ses entrailles à vomir un marmot à chaque printemps. Eveer, Breena, ma mère... elles étaient toutes enfermées dans des chariots-prison comme des bêtes qu'on mène à l'abattoir ! Et moi, j'étais la seule fille de ce village à vouloir empêcher ça ? Cette idée me rendait folle ! Alors, le Roi Lumière avait raison au sujet des femmes, c'est ça ? On n'avait pas d'âme ?

—Âge, nom, et nom du père, a énoncé une voix dure devant moi.

Perdue dans mes réflexions, je n'avais pas vu que la file avait avancé. Quatre planches, deux tréteaux et trois miliciens à l'air épuisé : j'étais devant le capitaine Erremon, assis sur une caisse en bois, qui gardait les yeux baissés sur une feuille remplie de noms en attendant que je lui réponde.

—Capitaine, murmura l'un des deux gardes, celui qui tenait une lanterne. Regardez, c'est... c'est...

—Âge, nom, et nom du père ! a répété Erremon d'un air agacé.

—Dix-sept ans. Maura. Fille de Karech.

Il a levé la tête.

—C'est une plaisanterie ?

—Dix-sept ans. Maura. Fille de Karech. Vous devez m'inscrire sur cette liste !

Le capitaine s'est tourné vers ses deux gardes :

—Faites-la sortir de la file.

—Ma mère a été enlevée elle aussi ! Je veux la retrouver ! Je veux faire partie de la colonne !

—Le petit Tomey, qui a seize ans, a été inscrit sur la liste, lui aussi, a timidement fait remarquer l'un des deux miliciens.

—Laisse-la partir avec nous, Erremon, a plaidé le beau Cahal qui avait déjà son nom inscrit sur la liste. Elle nous sera utile.

—C'est une fille! Qui êtes-vous, pour discuter des décrets du roi? Gardes, débarrassez-moi d'elle!

Les deux hommes en armure de cuir, embarrassés avec leurs grandes hallebardes, ont essayé de me prendre chacun par un bras pour m'écarter. Je leur ai glissé entre les doigts et j'ai frappé du poing sur la table de fortune.

—Je sais suivre une piste! Je sais monter à cheval et me servir d'un arc! Combien des paysans que vous avez inscrits sur votre fichue liste peuvent en dire autant?

En réalité, la dernière fois que j'avais tiré à l'arc, je devais avoir dix ans et c'était plus un jouet qu'une arme de chasse. Mais pour le reste, je disais vrai.

—Eh, les femmes, réveillez-vous! j'ai crié à la ronde. Venez avec moi! On ne va pas laisser nos sœurs aux mains de ces trafiquants de chair humaine!

Quelques femmes, qui portaient de lourds sacs sur le dos, se sont arrêtées. L'une d'elles a murmuré:

—Je voudrais bien, mais qui va s'occuper de mes enfants?

Puis elles ont repris leur marche, avalées par la nuit. Erremon, lui, a grommelé en essayant d'éponger l'encre que j'avais renversée:

—Par les deux visages de Kàn!

—Pardon pour l'encrier, je ne voulais pas…

—Hors de ma vue, sans-âme! Tu me fais perdre mon temps! Rentre chez toi ou je te fais jeter au cachot pour entrave à la milice!

—« Sans-âme »? Vous m'avez appelée « sans-âme »?

Les deux miliciens à côté de lui ont eu l'air choqués. Personne n'utilisait cette expression au village, je n'étais pas encore habituée. Les décrets du roi, peu de gens les comprenaient vraiment. Je l'ai pris comme un crachat au visage.

J'ai eu l'impression de me retrouver devant l'un des hommes qui avaient enlevé ma mère et mon amie. Une colère sourde est montée en moi, je me suis avancée jusqu'à lui, les poings serrés, et… une main s'est posée sur mon épaule juste au moment où j'allais frapper. C'était Morregan.

—Rentre à la maison, petite.

Les mots «sans-âme» résonnaient encore à mes oreilles, dans ma tête tournaient en boucle des images de ma mère habillée comme une catin aux côtés du baron.

—Hors de question! Je ne vais pas rentrer à la maison alors que…

—Obéis, servante, a-t-il dit en haussant le ton.

C'était la première fois qu'il m'appelait «servante», mais ce n'est pas le seul détail qui m'a arrêtée: j'ai senti le contact froid du métal dans ma main. Morregan venait de me glisser le manche d'un poignard dans la paume.

—Tu t'occuperas de Rach en mon absence.

—Rach? Votre cheval de guerre?

—Il est trop vieux pour faire la course aux trafiquants de femmes. Pense à changer son filet abîmé.

Rach était vieux, mais Morregan savait parfaitement qu'il était encore solide, surtout s'il devait porter un cavalier léger comme moi. Je me suis demandé si je rêvais ou s'il était en train de m'encourager à partir de mon côté.

—Rends leur liberté à tous les oiseaux et occupe-toi de la maison en mon absence.

Le capitaine Erremon était toujours furieux, mais il s'était tu et l'incident était clos. Alors, Morregan a murmuré tout bas, d'un ton plus doux:

—Tu es libre.

Je ne m'étais pas trompée. Mon père me donnait sa bénédiction. Mieux: il me donnait son cheval.

De retour à la maison, je suis allée directement à la volière. Les oiseaux dormaient, pour la plupart, sauf une chouette hulotte, qui me regardait fixement. J'ai ouvert les panneaux, j'ai allumé une torche et j'ai crié tout ce que j'ai pu : les oiseaux ont à peine ouvert un œil, certains ont daigné voleter au ras du plancher, mais aucun n'est sorti. Moi qui m'imaginais une belle pagaille d'ailes et de plumes bondissant vers la liberté, j'en ai été pour mes frais. La liberté, apparemment, il ne vaut mieux pas l'offrir en pleine nuit.

Et puis j'ai couru à la grange. Il faisait tellement noir, là-dedans, que même avec ma petite lampe à huile, je voyais à peine où je mettais les pieds. Ça sentait le crottin et la paille fraîche. Rach était là, attaché à son poteau et tout content de ne plus être seul : Morregan avait récupéré le cheval du seul trafiquant tué, l'archer transpercé par son javelot. Ce bon vieux Rach m'a accueillie d'un hennissement ravi et je me suis approchée de lui en évitant le regard sombre de son compagnon, un grand hongre à la robe presque noire. Après une caresse sur ses flancs et un câlin contre son cou, je lui ai glissé à l'oreille :

— Alors, vieux soldat, prêt pour un long voyage ? Ça devait te manquer, la route, pas vrai ?

Je lui ai mis son filet, puis je lui ai passé la selle de guerre de Morregan. Elle avait deux grandes fontes où j'ai eu la surprise de trouver, emballés dans de la toile, de la viande fumée et des biscuits secs pour trois jours. Les biscuits n'étaient ni moisis ni effrités, signe que Darran avait dû les renouveler régulièrement – comme s'il avait passé les sept dernières années de sa vie prêt à tout quitter à chaque instant. Est-ce qu'il craignait que quelque chose le rattrape ? Ou quelqu'un ? Il avait défié dix cavaliers vétérans, sans une once de peur, alors quel genre d'ennemi pouvait l'effrayer au point de le pousser à remplacer chaque semaine la nourriture de voyage de ses fontes ?

En enfonçant la main plus profondément, j'ai trouvé une gourde, du fil et des aiguilles, une bande de tissu, une couverture soigneusement pliée, un briquet d'amadou, deux torches en pin et une petite casserole de fer. Il y avait, en fait, à peu près tout ce qu'il fallait à un voyageur pour mettre cent cinquante lieues entre lui et d'éventuels poursuivants, sans avoir à s'arrêter dans un village ou une ferme.

Est-ce que je pouvais faire main basse sur tout ce matériel sans en priver Morregan, qui en aurait besoin pour le voyage ? Je ne me suis pas posé longtemps la question : les fontes du trafiquant contenaient exactement la même chose…

C'était un vétéran, lui aussi, hein ? Finalement, papa, qu'est-ce qui vous distingue l'un de l'autre ?

J'ai pris Rach par la bride et j'ai ouvert la porte de la grange. Il faisait encore noir, mais une lueur rosâtre, à l'est, annonçait déjà l'aube.

Et puis, soudain, je me suis souvenue de ce qu'il m'avait dit :

— Changer le filet ! Il m'a bien prévenue qu'il fallait le changer !

J'ai saisi le second filet accroché à son clou contre le mur et j'ai tout de suite remarqué quelque chose au toucher : sous la jugulaire, la lanière était trop épaisse. Et dans une doublure cousue finement, j'ai senti sous mes doigts le renflement de petites pièces de monnaie. De l'or, bien sûr, et bien caché : une petite babiole bien utile, elle aussi, en cas de départ au débotté…

Chapitre 39

O n frappa soudain à la porte du cachot.
La plume du conteur, qui grattait frénétiquement le papier, continua sa course folle.

— Qu'est-ce que c'est? demanda-t-il d'une voix agacée, sans se retourner.

— Messire d'Arterac, fit la voix puissante du commandant Osgarat à travers la porte, j'dois vous parler.

Le conteur, cette fois, s'interrompit. Il jeta un regard vers Maura puis vers la porte, comme déchiré entre deux injonctions contradictoires.

— Cela ne peut-il pas attendre quelques instants?

— Non, ça peut pas.

À regret, d'Arterac fit un signe de tête à la jeune fille et se leva en grimaçant.

— Vous partez déjà? demanda-t-elle.

— Nous reprendrons cette discussion plus tard. Mais je suis particulièrement intéressé par les derniers développements. Il me semble entrevoir enfin le chef rebelle qui…

— Comte d'Arterac! fit le commandant. C'est urgent!

— Oui, oui…

Il se leva et ouvrit la porte, que les Dragons refermèrent derrière lui. Osgarat l'attendait, l'air agité et tenant une sorte d'enveloppe en tissu à la main.

— Je vous écoute, commandant.

Le vieux soldat plaça un index sur sa bouche et murmura:

—Allons plus loin, cette sorcière s'rait bien capable de nous entendre à travers la porte.

Ils firent quelques pas dans le couloir jusqu'à une petite salle voûtée d'où partaient deux escaliers, l'un vers les étages et l'autre vers les caves.

—Voilà plusieurs jours que les couloirs n'ont pas changé de place, fit remarquer d'Arterac.

Le commandant ne lui répondit pas. Il s'arrêta, l'air soucieux, et murmura d'une voix sourde :

—On a réussi à faire en sorte que ça ne s'ébruite pas, mais cette nuit, un groupe de rebelles s'est introduit au poste de garde, au pied de la forteresse. Ils ont réussi à égorger trois de mes hommes avant de s'enfuir.

Il baissa encore la voix et se pencha jusqu'à coller sa main contre l'oreille du comte.

—Tous les plans d'entretien ont été volés, avec toutes les configurations possibles de la forteresse. Ça rendra plus facile une infiltration ennemie dans Frankand pour libérer les prisonniers.

—C'est… c'est très ennuyeux. Avez-vous demandé des renforts à Sa Majesté ?

—La bataille de Homgard a décimé nos troupes, une vraie hécatombe. Sa Majesté m'a donné… – le commandant poussa un soupir résigné – deux compagnies de miliciens de la cité.

Soudards et mercenaires à trois sous, pensa le comte.

—Conteur, fit le commandant d'une voix pressante, j'ai à peine cent vingt hommes dans ces murs. Foutre-Kàn : essayez de faire votre boulot le plus vite possible !

—C'est pour me dire cela que vous êtes venu me chercher dans la cellule de Maura ? Je suis navré, commandant, mais si vous m'interrompez dans mon travail, je risque au contraire de…

—Non, il y a une autre raison.

Osgarat lui tendit l'enveloppe en tissu qu'il tenait à la main.

— J'comprends rien à ce qui est écrit dessus, c'est pas du westalien. Alors, j'ai pensé qu'vous sauriez peut-être le lire.

Des signes élégants avaient été cousus sur l'enveloppe avec du fil bleu, dans un alphabet qui n'était pas celui du continent.

— C'est du sapàn. Il est écrit : « Pour l'usurpateur Erik, de la part de la duchesse de Homgard ».

— Foutre-Kàn ! La princesse fantôme !

— Et en dessous, en petites lettres… Voulez-vous m'apporter une lanterne, je vous prie ?

Le conteur se pencha sur l'enveloppe, presque à loucher dessus. Osgarat approcha la flamme, qui jeta un éclat intense sur le tissu.

— « Tu n'es pas le seul, cousin… à maîtriser le… feu. »

Au contact de la chaleur de la lanterne, l'enveloppe de tissu se mit soudain à brunir entre les mains du conteur, puis à se racornir et à produire une fumée noire à l'odeur écœurante.

— Lâchez ça ! cria Osgarat.

D'Arterac jeta le message sur les dalles de pierre où il s'embrasa d'un seul coup, dégageant une puanteur fétide et lâchant une pluie de petits papiers, certains à moitié carbonisés, portant des inscriptions à l'encre noire.

— La marque du démon ! s'écria Osgarat.

— Je dirais plutôt un savant mélange de soufre et de pierre froide, qui réagirait à la lumière de manière explosive…, fit le conteur. Pur spectacle : on ne voulait pas que le contenu soit brûlé.

Toussant et se frottant les yeux brûlés par la fumée, il ramassa les papiers. Ils étaient, eux aussi, rédigés en sapàn.

— Ça veut dire quoi, au juste, tout ce charabia ? fit le commandant. Sa Majesté voudra une traduction.

— Sa Majesté sait parfaitement lire cette langue, fit pensivement le conteur. Je la lui ai moi-même apprise.

Il se redressa et lut le premier papier.

—Ce sont de célèbres poèmes sapàns. Celui-ci s'intitule
« *Le roi qui voulait être au-dessus de tous les seigneurs du monde* »,
et celui-là « *Comment les dieux préservent l'équilibre en toute
chose* »…

—Qu'est-ce que ça veut dire ?

—Ces poèmes racontent l'histoire de monarques qui ont
cherché à accroître leur pouvoir avec avidité et qui ont été punis
par les dieux. Les Sapàns considèrent qu'aucun seigneur ne
doit s'élever au-dessus des autres, ils prônent un équilibre des
forces. Leur empereur n'a lui-même aucun pouvoir en propre,
si ce n'est de veiller à faire respecter cet équilibre. Je crois… je
crois que la princesse adresse un message à Sa Sainteté.

—Foutu pays de sauvages, bande d'incroyants qui
ne reconnaissent pas le Grand Kàn ! murmura Osgarat,
scandalisé.

Le conteur ne répondit rien, bien que l'Empire sapàn soit,
à travers le monde, considéré avec bien plus de respect que la
Westalie dans les domaines de la théologie et de la philosophie
– il ne répondit rien car, parmi les papiers noircis échappés de
l'enveloppe, l'un d'eux venait d'attirer son attention :

*POUR LE COMTE D'ARTERAC EN
PERSONNE*

—Celui-ci est pour moi, murmura-t-il.

—Encore un poème ?

Pendant qu'Osgarat ordonnait à l'un de ses hommes de
nettoyer le sol, le conteur lut avec stupeur les quelques lignes
rédigées dans l'alphabet sapàn :

*CONTEUR, LISEZ LE PREMIER,
NOUS AVONS FOI EN VOUS, NOUS
CONNAISSONS VOS DONS, NOUS*

POUVONS VOUS PRÉSENTER D'AUTRES
TÉMOINS. VOUS DEVREZ VOUS
LIBÉRER DE TOUTE ESCORTE.
À L'AUBERGE DU DÉMON, DEMANDEZ
VOTRE CHEMIN, PUIS SUIVEZ LES
INSTRUCTIONS DE LA
FILLE DE SALLE. NOUS ATTENDRONS
TROIS JOURS.

SI VOUS ÊTES D'ACCORD, VOUS
PORTEREZ UNE ÉCHARPE JAUNE.

Le cœur battant, après un soupir, il fourra l'ensemble des papiers dans sa poche.

— Poèmes d'insultes ou pas, Sa Majesté voudra lire toutes ces lettres.

— Bien entendu, répondit le conteur d'une voix lasse. Je les lui donnerai toutes.

Est-ce qu'il avait le moindre choix ? Le roi tenait sa fille.

CHAPITRE 40

— Où en étions-nous, jeune fille ? fit le conteur en s'asseyant sur son tabouret.

Il avait les traits défaits, le visage inquiet, et semblait plus vieux et plus fatigué que jamais.

— Vous alliez partir à l'aventure, c'est cela ? Prendre un cheval, vous lancer seule sur les routes, vous croire libre, comme si on pouvait vraiment être libre dans ce monde…

Maura fronça les sourcils.

— Vous allez bien, messire ?

Il eut un petit rire sans joie.

— Oh oui, le gentil petit conteur se porte bien. Toujours au service de ces messires. Toujours disponible, toujours obéissant. Continuez. Je vais prendre ma petite plume, mon petit papier et noter ici tout ce que vous aurez à me dire. C'est pour cela qu'on m'emploie, à ce qu'il paraît. Alors, racontez-moi. Votre départ. Votre fuite. Le grisant appel de cette illusion qu'on nomme la liberté !

La poursuite a commencé sous un grand soleil.

La piste des trafiquants n'était pas très difficile à suivre : trente cavaliers encombrés de trois chariots lourds, ça laisse des traces. Ils étaient obligés d'emprunter des chemins suffisamment larges pour l'écartement des roues. Et ils filaient droit vers l'est, comme c'était prévisible, probablement pour quitter la presqu'île par le passage du Taël et gagner le continent. En poussant un peu Rach, qui était encore un excellent cheval malgré son âge, j'aurais sans doute pu les rattraper en une journée ou deux. Seulement, qu'est-ce que j'aurais fait, seule contre trente vétérans armés jusqu'aux dents ? Rien.

Je ne pouvais donc pas me passer de la colonne. Mais je ne devais pas m'en faire repérer, non plus : si Erremon me voyait dans les parages, il me renverrait au village. Alors, je devais rester ni trop près, ni trop loin, sans faire de bruit, et ronger mon frein pendant que les trafiquants continuaient leur chemin à travers la presqu'île. Plus d'une fois, je me suis demandé ce que je faisais là. Mais l'image de ma mère enchaînée balayait tous mes doutes.

La colonne de Kenmare n'était pas bien difficile à repérer, elle non plus : trente-neuf braillards montés sur des percherons, qui faisaient autant de poussière qu'un troupeau de bœufs et presque autant de bruit. Le sol tremblait à cent pas devant eux et ils faisaient fuir toutes les bêtes à la ronde. Je me suis postée derrière un cabanon en ruine pour les laisser passer devant et j'ai observé de loin cette bande de culs-terreux qui se prenaient pour des guerriers. Erremon avançait en tête avec cinq hommes de sa milice – tout ce que le baron avait bien voulu céder à la colonne, après tous les gens d'armes qu'il avait déjà perdus. Il fallait voir le capitaine avec son bel uniforme blanc encore immaculé, droit comme un I sur son cheval et le menton en avant : la parfaite image de la justice en marche ! J'ai cherché mon père des yeux et j'ai fini par l'apercevoir en queue de colonne, légèrement à l'écart comme s'il n'arrivait pas encore à faire partie de la troupe. Il avait enfilé sa vieille cotte de mailles rouillée et trouée à l'épaule. Ensuite, j'ai essayé de repérer Alendro : est-ce que Morregan m'avait écoutée ? Est-ce qu'ils l'avaient libéré pour servir de guide et de traducteur ? Si je ne l'avais pas vu dans la colonne, je serais peut-être revenue en arrière. J'aurais peut-être fait quelque chose de stupide, comme de profiter de la confusion pour entrer dans le château et le faire évader de sa prison. Mais il était là, je l'ai reconnu à son haut chapeau noir et à la façon dont il se tenait sur sa selle – beaucoup plus à l'aise à cheval que les paysans qui l'entouraient. J'ai poussé un soupir de soulagement.

————

L'orage a éclaté en fin de matinée. Toute l'énergie dont la nature s'était gorgée pendant deux semaines de fournaise, elle l'a déchaînée sous la forme d'un déluge de grêle et d'éclairs. Rach hennissait à chaque grondement du tonnerre. En un clin d'œil, j'ai été trempée de la tête aux pieds. Sous la force de la grêle, la peau de mes mains était constellée de marques rouges. J'ai pris le cheval par la bride et j'ai couru jusqu'à une étable, où je me suis réfugiée au milieu d'une vingtaine de vaches terrorisées qui meuglaient tout ce qu'elles pouvaient. Il n'y avait personne, le bouvier était peut-être occupé à courir après ses dernières bêtes. Plaquée contre la porte, je regardais entre les planches disjointes les torrents de boue dévaler la pente.

Morregan avait raison, l'orage va effacer la piste des trafiquants.

Et tout à coup, une silhouette noire a déboulé du haut de la colline. C'était un homme assez grand, mince, courbé sous l'averse de grêle. Il a vu l'étable, lui aussi, et il s'est rué vers la porte. J'ai eu à peine le temps de m'écarter avant qu'il ne la pousse en grand.

—*Maïcar!* a-t-il craché en ôtant son chapeau et en essayant vainement de chasser l'eau des manches de sa veste.

C'était Alendro, mon magicien. Mon adorable coupeur de bourses.

—Ça veut dire quoi, « *maïcar* » ?

Il a fait un bond en arrière.

— Toutes mes excuses ! Je… je suis désolé, je ne vais pas rester longtemps dans votre étable, je voulais juste m'abriter de la pluie.

— Tu ne me reconnais pas, hein ?

Il faut dire que, trempée comme j'étais, mon visage disparaissait à moitié sous mes cheveux collés. Et puis, je ne portais plus la belle houppelande prêtée par Eveer, comme à la foire.

— Bien sûr, que je vous reconnais, a-t-il dit d'un air hésitant.

Puis son visage s'est éclairé d'un seul coup et il a ouvert de grands yeux :

— Ma rose rouge ? *Rosē rouja !* Qu'est-ce que tu fais dans cette…

La porte de l'étable s'est de nouveau ouverte en grand, et cette fois, c'est Morregan qui est entré. Alendro a reculé si vite qu'il a trébuché contre mon pied et qu'il s'est étalé dans la paille.

— C'est… c'est un malentendu ! il a couiné. J'étais parti… en reconnaissance !

— Vers l'arrière ? a demandé Morregan d'une voix impassible.

Il a fait trois pas en avant, s'est penché vers Alendro et l'a remis debout en le soulevant par les épaules, comme si le magicien n'avait pas pesé plus lourd qu'une brindille. Alendro a levé le coude pour se protéger le visage.

— Je ne le ferai plus ! Je le jure ! Je vais rester avec la colonne et je vous servirai de guide si vous allez en ville !

— Magicien ou pas, si tu essaies encore de t'enfuir, je le saurai.

Morregan ne m'a pas adressé un mot, à moi. Il ne s'est même pas tourné de mon côté. Est-ce qu'il s'est rendu compte que j'étais là ?

Il a emmené Alendro à l'extérieur et refermé la porte derrière lui. La pluie tombait encore fort, mais il ne grêlait plus et le tonnerre grondait maintenant plus loin en aval.

—Bonjour, papa. Moi aussi, j'ai été ravie de te voir, j'ai murmuré en essayant de toutes mes forces de me retenir de pleurer.

Mais Alendro a soudain déboulé de nouveau dans l'étable.

—Il dit qu'il faudrait «suivre un peu plus à distance» et «couvrir les parties métalliques qui font des reflets au soleil».

On a échangé un sourire triste. Lui, il voulait s'échapper de la colonne. Moi, je voulais en faire partie. Et Morregan nous tenait tous les deux à l'œil.

—Drôle de bonhomme, hein, *rosē rouja*?

J'ai acquiescé de la tête et il m'a laissée là, avec un baiser sur le bout des doigts et un salut de son chapeau trempé.

Chapitre 41

Pendant toute une journée, j'ai suivi la colonne, qui elle-même s'efforçait de suivre la troupe des trafiquants. Sauf que la boue avait raviné les sols et brouillé leur piste. Ces messires s'arrêtaient à chaque carrefour d'un air perplexe et se disputaient sur la route à prendre. Moi, j'enrageais, à trois cents pas en arrière : à leur place, j'aurais été capable de retrouver leurs traces en moins de deux minutes. Mais bien sûr, je n'étais pas censée être là.

Ils interrogeaient des habitants, mais visiblement, les trafiquants n'avaient ni tué ni pillé sur leur passage. Ils s'étaient contentés de traverser le paysage le plus vite possible et n'avaient pas laissé beaucoup de traces dans les mémoires.

Au matin du deuxième jour, un vieux conducteur de diligence leur a pourtant indiqué une bifurcation vers un chemin qui allait droit au nord de la presqu'île. Sans doute qu'il avait entendu des rumeurs. La colonne a quitté la route principale et s'est engagée sur cette voie plus étroite. Et en fin d'après-midi, ils ont enfin retrouvé, sur un chemin qui croisait le nôtre, les traces fraîches d'une troupe de cavaliers et de chariots ferrés. Morregan et Erremon se sont disputés un moment sur ce qu'ils devaient faire. Morregan secouait la tête et conseillait visiblement de ne pas aller par là, mais finalement, le groupe a obéi à Erremon et suivi les traces.

Un peu avant le crépuscule, au moment où la colonne allait s'arrêter, un filet de fumée s'est élevé à peu de distance. Parfois, un paysan brûlait du bois vert ou du foin moisi, mais jamais le soir avant d'aller se coucher. Les braises auraient pu mettre le feu aux champs pendant la nuit. Non : cette fumée-là ne pouvait provenir que d'un grand feu de camp. Et quel genre de voyageurs pouvait faire un camp à cette époque de l'année, dans ces collines perdues, sinon des hors-la-loi ?

Les hommes ont sorti leurs haches, leurs arcs, leurs piques. Ils ont noué des chiffons aux sabots des chevaux pour étouffer le bruit de leur trot, et les quelques miliciens de métier ont encadré les paysans pour qu'ils gardent une formation serrée. La nuit commençait à tomber et, le cœur battant, j'en ai profité pour les suivre en me rapprochant un peu. Le chemin franchisait un petit cours d'eau à gué, puis longeait le flanc d'une colline. La fumée venait juste de derrière.

Erremon a commencé à donner des ordres à voix basse. Finalement, Morregan a pris dix hommes avec lui, qui sont descendus de cheval et qui ont contourné la colline. C'était tactique : pour empêcher les trafiquants de s'enfuir, il fallait les encercler avant l'assaut. Les autres ont attendu un petit moment, puis l'obscurité s'est tellement épaissie que je n'ai plus rien vu. Alors j'ai attaché Rach à un poteau de clôture et je suis montée sur la colline, sans faire de bruit, par le versant le plus abrupt.

On avait une vue parfaite, de là-haut, et un feu éclairait tout le camp. Ils étaient bien là ! Certains portaient des pièces d'armure, d'autres juste des tuniques de cuir un peu miteuses. Leurs chevaux étaient attachés un peu plus loin, aux arbres d'un bosquet – trop loin pour qu'ils puissent les enfourcher rapidement en cas d'attaque. Ils se tenaient autour du feu où ils faisaient griller une pièce de viande. Un cochon, d'après la forme. Où est-ce qu'ils avaient trouvé cette bête ? Ils l'avaient achetée ou rapinée ? Un peu plus loin, j'ai reconnu les chariots surmontés de cages en métal, où se reflétaient les flammes du feu. Une masse compacte d'êtres humains en guenilles s'entassaient là-dedans en essayant de trouver le sommeil.

C'étaient des femmes. Cinquante ou cent, peut-être. Les trafiquants avaient dû faire de nouvelles prises. Certaines poussaient des plaintes, mais les hommes n'y prêtaient aucune attention. Ils riaient beaucoup et buvaient du vin directement à un tonnelet qu'ils se partageaient. J'ai sursauté quand j'ai remarqué les deux jeunes filles, presque nues, que les hommes se passaient de main en main comme des poupées. Ils les forçaient à les embrasser l'un après l'autre. Cela les faisait beaucoup rire. J'avais du mal à entendre ce qu'ils se disaient mais j'ai compris quelques bribes : « Beau pays », et aussi « Jolie récolte ». J'étais trop loin et il faisait trop sombre pour que je reconnaisse les visages de ces filles, mais mon poing aux doigts glissants se crispait beaucoup trop fort sur le manche du poignard.

Calme-toi, Maura. Calme-toi et compte.

Je n'en voyais qu'une quinzaine autour du feu. Où étaient passés les autres ? À Kenmare, ils étaient au moins trente. Je les ai dénombrés un par un : je suis arrivée à quatorze. Puis j'en ai repéré deux autres derrière un chariot. Seize. Et il y en avait un dernier au sommet d'un arbre solitaire, un peu plus loin, qui devait monter la garde. Dix-sept.

Pourvu que les autres l'aient vu eux aussi, celui-ci.

Presque au moment exact où j'ai formulé cette pensée, je l'ai vu tomber de son arbre comme une masse.

Joli tir. Je parie que c'est toi, Morregan.

Ça a été comme un signal. L'un des hommes près du feu a poussé un cri de douleur : une flèche s'était fichée dans son bras. Un deuxième s'est effondré, le cou transpercé. D'autres flèches se sont plantées dans la terre. La pagaille a été totale, ça courait dans tous les sens, ça beuglait, ça se criait dessus. Certains ont foncé vers les chevaux, d'autres ont essayé d'éteindre le feu en jetant de la terre dessus, mais sans succès. D'autres encore se sont mis à couvert derrière les chariots.

Le sol a soudain grondé au sommet de la colline, à m'en faire vibrer les dents. Une masse compacte de cavaliers a déboulé dans la pente, précédée de hurlements. Les bandits qui étaient près du feu ont été piétinés sous les sabots des chevaux en un clin d'œil. Puis, du côté du bosquet, des torches ont troué l'obscurité et ceux qui avaient voulu s'enfuir à cheval se sont retrouvés face à Morregan. J'ai reconnu sa silhouette large, et le fer de sa cotte de mailles qui brillait à la lueur des flammes. Ses gestes étaient si rapides qu'on pouvait à peine les voir. Autour de lui, les bandits sont tombés l'un après l'autre en hurlant. Pas un seul n'a pu atteindre les chevaux.

La bataille était déjà gagnée, mais plusieurs fuyards essayaient de profiter de l'obscurité pour s'égailler dans la nature. L'un d'eux montait la colline dans ma direction, haletant comme un chien, l'air complètement terrifié. Au fur et à mesure qu'il s'approchait, sa silhouette s'est faite plus nette, se découpant sur la lumière du feu qui continuait de brûler en contrebas. Il tenait quelque chose dans ses mains. J'ai d'abord cru que c'était une arme, mais ça gigotait bizarrement et l'homme en laissait tomber de petits éléments dans sa course : c'étaient des colliers, des bracelets et des bijoux qu'il avait dû ramasser à la hâte avant de ficher le camp et qu'il plaquait à deux mains contre sa poitrine. Le butin pris aux villages et aux femmes.

Une rage sourde est montée en moi. Le bruit, les cris d'agonie de la bataille, la folle excitation du combat, tout ça m'était encore étranger. Mais j'en avais déjà eu un aperçu au village, quand c'était moi, la proie. Maintenant, les rôles étaient inversés et en voyant cet homme terrifié, je me sentais invincible.

Je me suis jetée sur lui en hurlant. Il a reculé d'un pas et il est tombé en arrière, avant que je ne le touche. Et quand j'ai enfoncé la lame de mon poignard, je n'ai trouvé que de la terre. Il m'a empoignée par l'épaule, je me suis débattue comme une folle. Et puis je me suis retrouvée à sa merci. Il me tenait par une clé de bras et m'a obligée à me remettre debout.

— Si tu cries, si tu bouges, je te casse le coude, a-t-il murmuré à mon oreille.

De son autre main, il a attrapé mes cheveux et m'a tiré la tête en arrière, et puis il m'a forcée à avancer jusqu'à ce qu'on passe la crête de la colline et que le camp soit hors de vue. Mon poignard… je l'avais lâché quand il m'avait saisi le bras.

— Et maintenant, tu vas mourir, sale garce.

Je n'ai pas réfléchi. J'étais plus petite que lui : mon coup de coude l'a cueilli au creux de l'estomac. Puis ma jambe s'est glissée entre les siennes et, avec mon pied, j'ai bloqué le sien pendant que je le poussais de toutes mes forces vers l'arrière. Il a perdu l'équilibre, et moi avec. La pente était abrupte à cet endroit et on a dégringolé tous les deux.

Je suis restée sonnée un petit moment et je me suis relevée en titubant, j'avais mal partout. J'ai cherché l'homme dans le noir et j'ai fini par le retrouver. Il s'était ouvert le crâne sur une borne de pâture, une de ces grosses pierres taillées que les paysans utilisent pour délimiter leurs terres. J'ai touché son visage du bout des doigts. Il semblait mort.

J'ai frissonné comme si j'avais froid, alors qu'il faisait une chaleur étouffante.

CHAPITRE 42

—Tu l'as tué? a fait une petite voix.
    J'ai poussé un cri. Une jeune fille, toute menue, à peine sortie de l'enfance, était accroupie derrière la borne de pierre et me regardait avec des yeux brillants. Elle portait des guenilles, comme les prisonnières, mais pas de traces de coups.

—Ne me laisse pas toute seule, s'il te plaît!

Elle avait les cheveux blonds des filles de la région, mais elle parlait avec un très léger accent qui n'était pas d'ici, presque imperceptible. Je me suis approchée d'elle.

—Tu étais avec les autres dans les chariots?

Elle a fait « oui » de la tête. J'aurais dû trouver ça bizarre, je suppose, qu'elle soit si loin du camp. Comment avait-elle pu se libérer et courir aussi vite? Je crois que je n'étais pas en état de réfléchir. Et puis, elle s'est littéralement jetée dans mes bras. Je ne suis pas à l'aise avec le contact physique, surtout de la part d'une inconnue. C'est comme une intrusion sur le seul territoire qui m'appartient.

—Je... je m'appelle Maura, j'ai dit en la repoussant un peu.
—Vivaine.

J'étais comme dans un brouillard, très loin d'ici. À ma place, une parfaite étrangère se tenait là, au bas de cette pâture, à parler à cette fille... Mes bras et mes mains tremblaient encore à cause de la peur: je venais de me battre à mort avec un homme. Par comparaison, le retour à la normalité paraissait vide et irréel. J'ai fini par marmonner:

—Il y a des hommes de l'autre côté de la colline, ce sont des gens de mon village. Viens, tu n'as plus rien à craindre.

Une expression de dégoût s'est peinte sur son visage.

—Des hommes ?

—Ils ne te feront aucun mal, ceux-là.

Quelque chose brûlait au fond de ses prunelles. Une colère, une rage qui couvait en elle. *Violée*, j'ai pensé. *Ils l'ont violée.* Elle a ramassé le grand couteau rouillé dans la main du cadavre et elle en a fixé la pointe un bon moment, comme si ça pouvait lui rendre un peu de confiance. Et puis, elle s'est mise à sangloter. Je n'avais jamais eu de petite sœur dont j'aurais dû m'occuper, alors je ne savais pas quoi faire avec cette femme-enfant. Une solitaire, voilà ce que j'étais, et mes années passées avec Morregan ne m'avaient pas vraiment appris les démonstrations de tendresse.

Mais d'un sourire, elle a fini par chasser la tristesse et elle a passé son bras sous le mien. On a remonté toutes les deux la pente jusqu'à la crête et on a commencé à redescendre vers le camp des trafiquants de femmes. Le feu éclairait les hommes de la colonne, qui ouvraient les cages des prisonnières et faisaient un tas avec les cadavres. Je n'ai pas vu un seul gars de Kenmare parmi les corps empilés et je m'en suis réjouie.

—Tu es vraiment avec eux ? m'a demandé Vivaine. Ils t'ont acceptée dans leurs rangs alors que tu es une fille ?

—Non. Les autres ne savent pas que je suis là. Enfin… sauf Morregan. Mais lui, il est d'accord.

—Qui c'est, Morregan ? Votre chef ?

J'ai haussé les épaules.

—Erremon est censé être le chef de la colonne, mais Morregan est le seul qui ait fait la guerre, autrefois. Alors les autres l'écoutent.

Vivaine a semblé très intéressée.

—Il a fait la guerre de Succession ? Dans quel camp ?

Je me suis arrêtée à mi-chemin.

—Putois! Ces femmes… ce ne sont pas celles de mon village!

Les prisonnières sortaient peu à peu des chariots, la mine basse, les cheveux défaits. Ç'aurait été normal que je ne les reconnaisse pas toutes. Les trafiquants avaient pu écumer d'autres villages après le nôtre. Mais je n'en reconnaissais *aucune*.

—Et ce ne sont pas non plus les bandits de Kenmare!

Maintenant que je pouvais voir les cadavres de plus près, je remarquais mille détails: leurs vêtements de citadins, l'absence de casques, leurs armes rouillées…

Ça expliquait tout! Pourquoi ils n'étaient qu'une petite quinzaine au lieu de trente, pourquoi ils avaient allumé stupidement un feu qui nous avait guidés jusqu'à eux, pourquoi ils n'avaient posté qu'une seule sentinelle, et surtout… la facilité avec laquelle quelques paysans les avaient massacrés! Ceux-là n'étaient pas d'anciens vétérans, comme ceux de Kenmare. C'était une bande de soudards sans expérience du combat, qui en étaient probablement à leur toute première rafle.

Un murmure de déception grondait parmi les hommes de mon village. Des femmes, il y en avait plein les chariots, mais ce n'étaient pas les leurs.

—Mais alors… ma mère est toujours prisonnière des autres trafiquants, et moi je dois continuer à me cacher! Vivaine, je ne peux pas aller plus loin, si je me montre, ils vont me renvoyer au village!

Elle m'a agrippé le bras et m'a jeté un regard étrange.

—C'est pour ta mère que tu as fait tout ce chemin?

J'ai opiné de la tête. Ma mère, ma promesse. Ma mère que j'avais accueillie si souvent en lui crachant dessus, alors qu'elle n'avait jamais cessé de m'aimer.

—Alors suis-moi, on va bien voir si, oui ou non, le chef de votre colonne est ce fameux Morregan dont tu m'as parlé.

Je l'ai regardée plus attentivement. Elle était petite, mince, et on ne lui aurait pas donné plus de quinze ans. Il y avait quelque chose de peu ordinaire chez elle, même si je n'aurais pas su dire quoi exactement. Aujourd'hui, je pense que c'était tout simplement son comportement contradictoire : deux minutes plus tôt, elle pleurait, et maintenant, elle me forçait presque à avancer avec elle.

Erremon lui a tout de suite crié dessus quand il l'a vue :

— Toi, lâche ce couteau !

Il a blêmi en remarquant le sang sur la pointe – sans doute le mien, en réalité, puisque l'homme m'avait entaillé le cou.

— Tu… tu as tué un de ces hommes ?

Au ton de sa voix, ce n'était pas un compliment. Vivaine a ouvert de grands yeux étonnés.

— Moi ?

J'ai cru qu'elle allait éclater de rire. À cause des nerfs. En fait, elle n'a rien dit de plus, mais elle n'a pas non plus lâché le couteau. J'ai même vu sa main se crisper légèrement sur le manche.

— Ce n'est pas à une femme de rendre la justice, a déclaré Erremon de son insupportable ton péremptoire, et encore moins de tuer un…

Tout à coup, ses yeux se sont posés sur moi et sa bouche a formé un rond de surprise. Je lui ai dit avec mon plus beau sourire :

— Bonsoir capitaine, je passais dans les parages. Belle nuit, hein ?

— Kàn-aux-deux-visages ! Qu'est-ce que tu fais là, toi ? J'ai pourtant été clair au village : pas de fille dans la colonne !

Je ne sais pas comment les choses auraient tourné si Morregan n'était pas intervenu très vite. Il a pris Erremon à l'écart. Ce qu'il lui a dit, je ne l'ai jamais su, mais je suppose qu'il lui a fait remarquer qu'on était à trois jours de cheval du village et qu'on ne pouvait pas envoyer deux hommes d'escorte pour me ramener là-bas. La colonne se retrouvait déjà avec des dizaines de femmes sur les bras, alors une de plus ou de moins, ça ne changerait pas grand-chose à l'affaire. En tout cas, j'ai pu rester. Et la petite Vivaine m'a jeté un regard entendu en murmurant :

— Et voilà ! Maintenant, tu sais qui est le chef de la colonne. C'est ton Morregan.

Et puis elle s'est tournée vers les deux hommes.

— Et nous ? Qu'est-ce que vous allez faire de nous ?

— Nous ne sommes pas des bandits, a répondu Erremon. Nous allons vous rendre à vos pères ou à vos maris.

Vivaine a murmuré, si faiblement que je n'étais même pas certaine qu'elle ait vraiment parlé :

— Moi, je ne veux pas rentrer.

Morregan l'a examinée un petit moment.

— Ton père te battait ?

Elle a penché la tête.

— C'est vrai que vous avez fait la guerre, Morregan ? Vous étiez dans quel camp ?

— Tu appartiens forcément à un homme, a insisté Erremon. Il est de ton devoir d'aller le retrouver, en espérant qu'il t'accepte malgré… eh bien, malgré les circonstances.

— On n'a pas le temps pour ça, l'a contredit Morregan. Celles qui voudront rentrer chez elles, on les aidera. Les autres…

Il a eu un geste comme quelqu'un qui balaie une question de la main.

— … les autres iront où ça leur chante. Nous sommes là pour retrouver nos femmes, et les trafiquants ont plusieurs jours d'avance. On ne va pas leur en donner davantage.

Erremon a grommelé quelque chose, se rangeant de mauvaise grâce à son raisonnement.

— « Où ça leur chante » ? a répété Vivaine, perplexe. Vous voulez dire que… vous ne me forcerez pas à vous suivre ?

Morregan a haussé les épaules et jeté un coup d'œil vers les autres femmes.

—Bien sûr que non. Pourquoi, tu souhaites partir de ton côté?

Mais quand il s'est de nouveau tourné vers elle, elle avait disparu. Comme par magie.

On ne l'a jamais retrouvée.

Chapitre 43

Cette disparition a tout de suite obsédé Morregan. Il s'est mis en tête de retrouver cette « Vivaine » et il a fouillé le camp avec une torche, cherchant dans tous les coins. Mais au lieu de cette fille, il est tombé sur trois des bandits, planqués sous les chariots et morts de peur. Ils se sont agenouillés devant lui. C'était presque insupportable de les voir pleurer, supplier, en appeler à sa pitié… Quand je repensais à ce qu'ils faisaient aux filles avant l'assaut, ça me donnait envie de leur enfoncer la tête dans la boue jusqu'à ce qu'ils s'étouffent avec.

— C'était la première fois ! pleurnichait un petit morveux qui avait à peine seize ou dix-sept ans.

— Ils nous ont obligés ! a crié un autre, pas plus âgé.

— Et moi, j'étais juste un cocher. Je n'ai rien fait, je le jure !

C'était pourtant lui que j'avais vu devant le feu en train de peloter une gamine à demi nue, quand j'observais le camp depuis la crête. Et celui-là n'était pas un gosse : il avait l'âge d'être le père de cette fille.

— Ces chariots, a dit Morregan. Où les avez-vous trouvés ?

Ils se sont regardés entre eux et l'un des deux gamins a chuchoté :

— On doit lui dire !

L'autre a répondu :

— T'es fou ?

— Je vais répondre pour vous, alors, a continué Morregan. Deux ou trois crapules vous ont recrutés dans les bas quartiers d'une ville à l'est. Quork ou Kiell-la-Rouge. Ils vous ont promis une belle prime et vous êtes partis chez les culs-terreux aux villages mal défendus. Votre bande est allée à la chasse aux femmes avec des chariots bricolés, où étaient fixées de vieilles caisses en bois en guise de prisons de fortune. Vous avez commencé à enlever des femmes dans les campagnes sans rencontrer de résistance.

Les trois trafiquants l'ont écouté bouche bée.

—Et puis, il y a deux jours, coup de chance : vous avez croisé un autre groupe de trafiquants de femmes, comme vous. Ou plutôt, c'est eux qui vous ont trouvés et qui vous ont abordés. C'étaient des professionnels, bien armés, avec de bons chevaux. Ils arrivaient en sens inverse et ils avaient déjà une trentaine de femmes prisonnières dans trois chariots solides, à larges roues et avec de vraies cages en fer. Alors, ils vous ont proposé un marché un peu étrange : échanger vos chariots minables contre leurs solides chariots à cages de fer. Ils ne vous demandaient qu'un peu d'or en retour, soi-disant parce qu'ils avaient besoin de fonds. Et ensuite, ils vous ont dit qu'ils avaient déjà écumé la région et ils vous ont conseillé de franchir le passage de Taël, pour aller piller des villages mal protégés au nord de la presqu'île.

Je ne l'avais jamais entendu parler autant en une seule fois ! Ç'avait dû lui coûter toute sa salive pour une semaine !

—Vous… vous êtes Darran Dahl, c'est ça ? a bredouillé le jeunot.

Morregan a poussé un soupir.

—Je les ai entendus parler de vous, entre eux ! Ils ont dit que vous étiez un tueur infaillible, un génie du combat, que vous pouviez tout voir et tout entendre, que vous étiez capable de vous changer en brume, de passer à travers les murs et que…

Morregan l'a interrompu :

—Oui, oui, je suis Darran Dahl.

Les gars de Kenmare l'ont regardé avec des yeux étonnés. Pas mal de femmes libérées étaient là elles aussi, et elles écoutaient attentivement. Il y a eu des murmures dans leur groupe : « Il s'appelle Darran Dahl », « À lui tout seul, il en a tué la moitié. »

— C'est vraiment votre nom ? a demandé le petit Tomey de l'autre côté du feu.

— Quand je tue, je suis Darran Dahl.

— C'est un nom de guerre, c'est ça ?

Le petit Tomey a pris la main de Darran, et avec tout l'enthousiasme d'un gamin de seize ans qui vient de se trouver un héros, il s'est mis à crier :

— Hourra pour Darran Dahl ! Hourra pour le héros de la bataille des collines !

— Hourra pour Darran Dahl ! a repris une bonne partie des gars de la colonne, avec l'enthousiasme, cette fois, d'une bande d'hommes qui se trouve un chef.

Morregan-Darran avait l'air de s'en soucier autant que de sa première cotte de mailles, mais Erremon, lui, n'a pas vraiment apprécié.

— Les trafiquants que nous cherchons ont donc plusieurs jours d'avance. Ils ont franchi la passe de Taël et sont sur le continent, à présent, a-t-il grogné dans sa barbe. S'ils arrivent dans une ville, ils vendront les femmes sur un marché et ce sera un cauchemar de les retrouver une par une.

Le père Cairach, qui avait reçu une estafilade sur la joue, s'est tourné vers Darran :

— C'est toi qui avais raison. Tu avais bien dit que ces empreintes, sur le chemin, n'étaient pas celles de nos trafiquants.

— Pas assez de chevaux, a confirmé Darran. Pas les mêmes fers. Seules les traces des chariots correspondaient.

— On aurait dû t'écouter, mon fils, a renchéri le kerr Owain.

Il tenait à la main une hachette au tranchant maculé d'une bouillie d'os et de cheveux – visiblement, il ne s'était pas contenté de prier pour la réussite de l'attaque, le bon kerr.

Erremon est devenu blême de rage, mais au moment où il allait répondre, Tomey a repris son chant de guerre :

— Vive Darran Dahl ! Vive Darran Dahl !

Ça faisait sept ans qu'on ne l'avait pas appelé comme ça. Mais si Morregan avait cru que le « Darran Dahl » qui sommeillait en lui était mort, alors il s'était trompé.

Il venait de revenir à la vie.

CHAPITRE 44

Un soleil timide pointait au-dessus des toits de la capitale quand le conteur arriva sur la place royale.

Il grimaça en levant la tête vers le monumental – et interminable – escalier de marbre qui menait au palais. Des centaines d'ouvriers s'échinaient aux réparations sur le côté oriental. Le palais des Gottarans… Il l'avait toujours détesté, ce bloc de marbre blanc aux symétries parfaites. L'ouvrage était monstrueusement massif, d'une prétention sans borne. Et taillés à même les murs, les visages immenses des anciennes reines toisaient d'un œil hilare les quartiers misérables de Homgard autour d'elles.

L'affrontement entre le Roi Lumière et Darran Dahl avait produit une gigantesque explosion qui avait pulvérisé une bonne moitié de l'escalier, ainsi qu'une partie de la façade. Il ne restait plus de la tour du Vassal qu'un tas de gravats noircis.

On avait masqué les dégâts à la hâte derrière une grande palissade de bois, sur laquelle on avait peint un décor de pierres bien alignées – un trompe-l'œil pour faire oublier que le trône avait vacillé sur ses bases. Depuis, on avait mobilisé à grands frais des milliers d'ouvriers. Ils travaillaient jour et nuit pour rebâtir à l'identique tout ce qui avait été détruit. On parlait déjà d'un nouvel impôt dans la cité pour financer les travaux.

—Quand les seigneurs de guerre se battent entre eux, c'est toujours le bon peuple qui paie la facture, murmura d'Arterac.

Un domestique, en livrée royale, dévala les marches et accueillit le comte en se courbant jusqu'à terre :

— Seigneur d'Arterac, vous voilà enfin ! Sa Très Sainte et Illustrissime Majesté vous a réclamé tôt ce matin !

Le beau visage poudré du malheureux masquait mal la terreur dans son regard. D'Arterac en déduisit, avec un frisson d'inquiétude, que le roi était d'humeur agitée.

— Je suis venu dès que j'ai reçu le pli scellé de Sa Très Sainte Majesté, répondit-il.

Il sortit de la poche de son manteau le papier plié en quatre et, pour la centième fois, parcourut les quelques lignes rédigées de la main même du roi :

« Cessez tout ! Venez immédiatement ! »

Il épongea la sueur qui perlait à son front.

Si le roi a appris les véritables intentions des Grands Kerrs concernant Maura, pensa-t-il, *je serai incapable de mentir, et je cours à une mort certaine.*

Puis il affronta du regard les cent trente marches qui l'attendaient…

———

Arrivé dans le hall monumental, le laquais tendit le bras au comte pour l'aider à marcher, ce que le vieil homme refusa avec un sourire poli mais obstiné.

— Je me dois de faire remarquer à Votre Seigneurie, fit le domestique, que Sa Très Sainte et Illustrissime Majesté semblait très… impatiente de s'entretenir avec vous.

— Eh bien, elle devra… attendre… encore un peu, je le crains, murmura-t-il à bout de souffle.

D'Arterac avait connu trois reines avant le Roi Lumière, au cours de sa carrière. Contrairement à ce que beaucoup s'imaginaient, la servilité la plus plate était une mauvaise stratégie si l'on souhaitait survivre auprès des Gottarans. Ce qu'il fallait avant tout, c'était *exister* à leurs yeux.

Si l'on étouffait complètement son génie pour leur complaire, on devenait pour eux aussi dépourvu de substance qu'une coquille vide. Et tôt ou tard, on figurait sur la liste des victimes de leurs accès de rage. Se présenter avec quelques instants de retard, quitte à blâmer ses rhumatismes, était donc le genre de choses que le comte pouvait se permettre, qu'il *devait*, en fait, se permettre, pour que le roi n'oublie jamais qu'il avait besoin de son conteur.

—Allons-y, dit finalement d'Arterac une fois remis, se dirigeant vers le couloir qui menait à la salle des audiences.

Tendant la main vers la droite, le domestique s'inclina :

—Non, seigneur, dans cette direction.

Il l'invita à passer dans la sombre galerie des figés – un couloir très large, mais si bas qu'on devait presque se baisser pour entrer. D'innombrables corps de guerriers Lerhs étaient entassés à l'envers, suspendus au plafond – un souvenir des guerres de pacification des montagnes orientales, menées par la sainte reine Beatriz. Le mouvement d'air du passage des visiteurs faisait parfois bouger les cheveux longs des guerriers figés ou les pans de leurs capes en peau de chèvre, mais ils ne dégageaient aucune odeur. Certains prétendaient qu'à la fin des temps, ils reprendraient vie. D'Arterac, lui, en doutait fort.

—Si Votre Seigneurie veut bien me suivre…, fit le domestique en appuyant sur un panneau pivotant qui révéla une porte dérobée dans une alcôve.

—Le passage de la sainte reine Amalia… Cela faisait des années que je ne l'avais pas emprunté.

C'était un escalier aux marches glissantes, où soufflait un air charriant une odeur de moisi. Le domestique battit son briquet pour allumer une torchère au mur. Une flamme orangée jaillit à son extrémité avec un doux ronflement, dégageant un parfum d'huile brûlée et une agréable chaleur quand il la détacha.

—La sainte reine fit creuser ce tunnel pour sortir de son palais en secret, et rencontrer son peuple déguisée en vieille lingère, déclara le domestique avec une ferveur respectueuse dans la voix.

… *Et pour aller enlever en ville des nourrissons, qu'elle faisait étriper dans ses caves par ses médecins dans l'espoir de percer le mystère de l'éternelle jeunesse*, pensa D'Arterac qui avait bien connu la reine Gottaran, autrefois.

Le serviteur les fit bifurquer vers la gauche et emprunter un autre escalier encore plus humide. Puis, arrivé à un embranchement, il s'engagea dans le tunnel le plus étroit. L'air devint soudain sec et presque tiède ; des volutes de fumée grises s'attardaient au plafond.

—Où m'emmenez-vous, exactement ?

Le serviteur fit de nouveau jouer un passage secret, dont le mécanisme était dissimulé dans la pierre, et le précéda dans une salle voûtée que d'Arterac n'avait encore jamais vue. Une suffocante odeur de soufre le prit à la gorge : une fumée jaunâtre pulsait du plafond par deux ouvertures grillagées. Le domestique toussa dans son poing, puis il se dirigea vers une porte massive en acier, qui semblait avoir été coulée d'un seul bloc. Une lueur dorée filtrait par en dessous, et le comte sut qu'il était enfin arrivé.

—Sa Très Sainte et Illustrissime Majesté vous attend, Votre Seigneurie.

Le domestique frappa cinq coups à la porte métallique et tendit à d'Arterac le traditionnel bandeau noir avant de se tourner vers le mur. D'Arterac se hâta de nouer le bandeau sur ses yeux. La serrure fut déverrouillée de l'intérieur et une lumière de plus en plus vive éclaboussa la salle voûtée. Une vague de chaleur intense s'abattit soudain sur le conteur.

Une poigne brûlante se referma sur son bras et le tira vivement à l'intérieur.

—Venez…, murmura le roi dans un souffle rauque.

La lourde porte fut claquée avec force, dans un vacarme assourdissant. À l'intérieur de cette nouvelle pièce inconnue, il régnait une chaleur d'enfer.

—Vous pouvez ôter votre bandeau, mon ami. Nous sommes très… présentable, ce matin.

La voix du roi résonnait de manière sourde et métallique, comme s'il parlait dans un heaume. Le vieil homme obéit et plissa les yeux. Le roi était en pleine crise. Il s'était entièrement recouvert le corps de bandes de cuir, étroitement serrées et tenues par des agrafes. Sa tête était coiffée d'un heaume à visière dont le métal fumait, et ses mains portaient des gants taillés dans un matériau opaque, très épais, à l'épreuve du feu. Malgré cela, il émanait de lui une telle lumière qu'il était presque impossible de le regarder bien longtemps. Et la chaleur était si forte qu'instinctivement, le conteur recula de quelques pas et ôta sa veste – sa chemise était déjà trempée de sueur.

S'habituant peu à peu à la luminosité, il distingua bientôt les contours immenses d'une cave ronde, au plafond haut et aux colonnes ouvragées – une salle probablement plus vieille que le palais lui-même, car les murs n'étaient pas en marbre blanc, mais en pierre de lave de Homgard, d'un gris presque noir.

Le conteur attendit que Sa Majesté prenne la parole.

Grand Kàn, faites qu'il ne sache rien à propos de Maura, pria-t-il en silence, terrifié. *S'il m'interroge à ce sujet, je serai incapable de lui mentir.*

—Comme vous le savez, d'Arterac, le poste de garde au pied de la forteresse de Frankand a été pris d'assaut cette nuit. On a volé les plans des machines qui modifient périodiquement l'emplacement des cachots.

Le conteur poussa un soupir de soulagement : le roi ne savait rien.

Sa Majesté se mit à faire les cent pas devant le comte et ses gestes trahissaient une agitation extrême. Surpris par son silence, d'Arterac répondit finalement :

— C'est très fâcheux, votre Très Sainte Majesté, mais nous savions déjà que des éléments rebelles continuaient d'agir. Votre victoire a sauvé la capitale et la couronne, mais n'a pas encore mis fin à la rébellion.

— Vous ne comprenez pas ! Regardez, d'Arterac ! cria le roi.

Le comte lui avait rarement entendu ce timbre de voix. D'Arterac avait l'impression de revoir le petit garçon aux yeux brillants d'intelligence, qui lui demandait de le prendre sur ses genoux. *« Racontez-moi une histoire, Jean ! Une histoire de Gottaran ! »* Aujourd'hui, Erik de Homgard avait presque la même voix que le jour où son propre père lui avait dit que les garçons n'héritaient jamais de la couronne. Que la Westalie était un royaume de saintes reines et que ce serait sa cousine qui prendrait un jour la place de sa mère sur le trône, pour devenir la prochaine Gottaran. La trahison, l'effondrement des certitudes, l'expression d'une impitoyable injustice…

— Voyez par vous-même !

De la main, il désigna quelque chose derrière lui. Il y avait bien une masse sombre et imposante au centre de la salle, mais les yeux du conteur, éblouis par le feu royal, n'en voyaient pas encore les contours.

— Nous sommes descendu ici cette nuit, nous l'avons mise en marche et…

Il s'interrompit et d'Arterac entendit sa respiration sifflante à travers le heaume.

— Lorsque le traître Darran Dahl est venu jusqu'à nous il y a sept jours, et que son armée a franchi les portes de la capitale, l'appareil n'a pas supporté la force de la magie et les cadrans ont explosé. Nous avons fait réparer les pièces cassées dès que possible, mais il a fallu plusieurs jours pour la remettre en route.

D'Arterac distinguait à présent la forme arrondie d'une sorte de statue haute comme trois hommes. Les deux visages de Kàn fondus dans le métal regardaient chacun dans une direction opposée, soudés l'un à l'autre. C'étaient deux visages de femmes et non d'hommes, ce qui laissait supposer qu'elle était très ancienne. C'était une œuvre sublime.

Sous la statue elle-même se tenait un enchevêtrement complexe de tuyaux en or, une grande sphère de cristal et d'énormes gemmes bleutées. L'artiste avait donné à l'ensemble la forme allongée d'un dragon, les ailes repliées, dont la statue de Kàn figurait le buste et la tête.

—Je prie humblement Votre Sainteté de bien vouloir pardonner mon ignorance, mais… je n'avais encore jamais vu cet étrange artefact. À quoi sert-il?

Le roi sembla oublier un instant sa peur; il caressa le cristal de la sphère avec une infinie tendresse, comme la peau d'une amante endormie.

—C'est notre petite merveille, d'Arterac… On l'appelle «*Ra-Goon*» en haut saméen, ce qui signifie, «la dragonne».

Il fit quelques pas, effleurant de son gant les gaines en bois rouge de Kiell et les gemmes, au cœur desquelles une lumière bleue pulsait comme la respiration d'un animal fabuleux.

—Elle ne sert qu'à une chose et une seule…

Il se tourna vers le comte qui dut aussitôt baisser les yeux.

—… elle mesure la magie autour d'elle.

—La magie? Comment peut-on mesurer la magie?

—*Ra-Goon* nous renseigne à tout instant sur le nombre et la localisation des mindarans présents dans ma capitale et aux alentours. Voyez-vous cette fine aiguille en cristal dans ce cadran?

Le Roi Lumière désignait le second visage de la déesse, celui des mindarans. On le reconnaissait à ses yeux mi-clos, à l'expression de concentration d'une femme tournée entièrement vers ses pensées intérieures. Juste en dessous du menton s'alignait une rangée de sphères en cristal, et dans celle que lui montrait le roi, la pointe d'une aiguille très fine tremblotait face au chiffre « 1 ».

—Elle sent votre présence auprès d'elle, comte. Le petit symbole au-dessus de cette sphère est une plume : vous êtes le seul mindaran au pouvoir de conteur à vingt lieues à la ronde. Et elle indique aussi à quelle distance exacte vous vous trouvez : moins d'un pas.

Le roi poussa un soupir.

—N'est-elle pas miraculeuse ?

Elle est effrayante…, pensa d'Arterac, mais il eut la présence d'esprit de ne pas le dire.

—Elle est… elle est gigantesque.

Le roi, d'un geste large, montra les dizaines d'autres cadrans.

—Guerriers-nés, mages, artisans de génie ou cavaliers hors pair… Nous pouvons savoir combien d'entre eux sont dans notre capitale et à quelle distance. Mais ce n'est pas… ce n'est pas pour ces cadrans-là que nous vous avons fait venir jusqu'ici, d'Arterac ! C'est pour celui-ci !

De sa main gantée, il désigna le premier visage de la déesse. Contrairement à l'autre, il affichait un sourire radieux. Tous ses traits exprimaient, d'une manière parfaite, l'animation d'une femme recevant le regard et l'attention. Sa beauté happa un instant d'Arterac et lui fit presque oublier où il se trouvait, avec qui et pourquoi.

—Qui a réalisé cette œuvre ? Elle est magnifique…, murmura-t-il pour lui-même, fasciné.

—Regardez l'aiguille !

Sous l'unique sphère géante, placée sous le menton de Kàn, une aiguille d'or, longue comme le bras, avait cassé le cristal pour sortir de son cadre. Elle tressautait encore avec un crissement métallique, comme si elle continuait de vouloir jaillir hors de son axe.

— Je ne comprends pas, Votre Sainteté.

— La magie est bien trop forte ! Et quand nous avons remis l'appareil en marche, cette nuit, le même phénomène s'est reproduit !

— Le… le même, Votre Sainteté ? De quel phénomène parlez-vous ?

— Avant la bataille. Il était arrivé exactement la même chose !

Le conteur entendit, dans le heaume, le souffle court du roi. Il vit les bandelettes de cuir noircir et fumer ; l'intensité de la lumière et de la chaleur augmenta encore.

— *Ra-Goon* détecte aussi la magie du Premier Visage de Kàn. En temps normal, l'aiguille arrive aux deux tiers du cadran, c'est là l'étendue de notre pouvoir à nous, Erik de Homgard, et jamais aucune reine au cours des siècles n'avait atteint cette puissance. Mais si un autre puissant Gottaran entre dans la capitale, nos présences simultanées font exploser la sphère. Vous comprenez, d'Arterac ? Je ne suis pas le seul Gottaran présent ! L'aiguille détecte un pouvoir immense !

D'Arterac ouvrit de grands yeux.

— Mais… seul le roi est Gottaran !

Erik de Homgard secoua la tête avec impatience.

— Gottarans, deimonarans, *Ra-Goon* ne fait pas de différence. Darran Dahl est mort et nous pensions être débarrassé des engeances du démon. Mais il doit y en avoir un autre, car l'aiguille nous montre la présence d'une magie surpuissante !

— Il reste également la princesse Véra, la fille de la Princesse Sanglante. Elle s'est échappée au cours de la bataille et se cache dans la cité. Elle a, elle aussi, un pouvoir notable.

— Elle est bien plus faible que Darran Dahl ! Comment pourrait-elle, à elle seule, faire avancer l'aiguille à un tiers de sa course ?

Le conteur pâlit tout à coup et, pour cacher son trouble, se passa la main sur le visage.

— Je crois savoir, Votre Sainteté, la raison pour laquelle la machine détecte un plus grand pouvoir.

— Vous croyez savoir, d'Arterac ? Vous croyez savoir ? Eh bien, je vous écoute ! Qu'attendez-vous ?

— La Dame fantôme explique peut-être en partie le phénomène, mais pour le reste… Vous avez vaincu Darran Dahl. Vous seul, en combat singulier. Et c'est une partie de son pouvoir qui se manifeste aujourd'hui.

— Que voulez-vous dire ? Il est mort !

— Précisément. C'est vous qui l'avez tué et avez donc récupéré une fraction du pouvoir qui l'habitait. Il y a déjà eu des cas semblables, au cours de l'Histoire. Alors je crois, Votre Sainteté, que la machine détecte un accroissement de *votre* pouvoir.

Le roi resta un long moment silencieux.

— Pourquoi ne l'ai-je pas ressenti ?

— Le pouvoir qui vous anime est au-delà de ce qu'aucun mortel a jamais connu, fit le conteur en baissant la tête. Vous êtes comme un homme devant un océan si vaste qu'il n'en voit pas le bout. Si l'océan s'agrandit encore de mille lieues dans toutes les directions, il ne peut pas se rendre compte de cet agrandissement. Et vous, vous ne pouvez ressentir la différence entre un immense pouvoir et un pouvoir plus immense encore.

Il ne put masquer, dans sa voix, la tristesse et l'accablement que suscitait en lui sa propre conclusion. Mais le roi ne sembla pas l'entendre, il éclata soudain d'un rire joyeux et d'Arterac sentit une poigne bouillante saisir le col de sa chemise, qui émit un grésillement et une odeur de tissu brûlé.

— Brillant ! Vous êtes brillant ! Comment n'y ai-je pas pensé plus tôt ? C'est évident ! J'ai vaincu Darran Dahl, j'ai capté une partie de son pouvoir !

— Oui, Votre Majesté.

— Bon, fit le roi d'une voix soulagée, vous avez des documents à nous remettre, nous semble-t-il ? La princesse Véra nous a fait cadeau de certains petits poèmes, à ce que l'on nous a dit ? Donnez-nous cela.

Le conteur, ébranlé à l'idée que le roi était devenu encore plus puissant qu'avant, fourra la main dans sa sacoche où il trouva les poèmes en sapàn de la Dame fantôme. Mais au moment de les sortir, sa main tremblante se raffermit et il prit une grande décision.

Non, la lettre qui lui était adressée, à lui, il ne la remettrait pas au roi. Et il ne la remettrait pas à l'Église non plus. Quand il tendit la liasse à son souverain, il ne s'y trouvait que les innombrables poèmes sapàns de la princesse Véra.

———

En sortant enfin du palais, le conteur respira l'air du dehors à pleins poumons, pour en chasser l'odeur de soufre. Puis il relut la fameuse lettre.

> *CONTEUR, LISEZ LE PREMIER,*
> *NOUS AVONS FOI EN VOUS, NOUS*
> *CONNAISSONS VOS DONS, NOUS*
> *POUVONS VOUS PRÉSENTER D'AUTRES*
> *TÉMOINS. VOUS DEVREZ VOUS*
> *LIBÉRER DE TOUTE ESCORTE.*
> *À L'AUBERGE DU DÉMON, DEMANDEZ*
> *VOTRE CHEMIN, PUIS SUIVEZ LES*
> *INSTRUCTIONS DE LA*
> *FILLE DE SALLE. NOUS ATTENDRONS*
> *TROIS JOURS.*
>
> *SI VOUS ÊTES D'ACCORD, VOUS*
> *PORTEREZ UNE ÉCHARPE JAUNE.*

À un fripier ambulant, il acheta pour deux sous une vieille étole jaune, et la passa autour de son cou le cœur battant.

— Eh bien..., murmura-t-il, les mains tremblantes, il n'y a pas d'âge pour entrer en rébellion, je suppose…

— Vous êtes mon premier client, ce matin, fit le fripier en frissonnant.

— Le premier ? murmura le conteur en ouvrant des yeux ronds. Vous avez bien dit le « premier » ?

Il devint soudain écarlate et le fripier s'inquiéta.

— Vous allez bien ?

— Le *premier*, Seigneur Kàn ! répéta d'Arterac, comme un fou, en relisant fébrilement la lettre.

Car la première ligne, « LISEZ LE PREMIER », avait un double sens. C'était la clé d'un code très simple : si l'on ne lisait que le « premier » mot de chacune des lignes suivantes, le message des rebelles devenait : « CONTEUR, NOUS POUVONS LIBÉRER VOTRE FILLE ».

Chapitre 45

Maura se cala sur son banc en voyant le conteur débouler dans sa cellule, ses deux gardes sur les talons. Il était si agité qu'il manqua de s'asseoir à côté de son tabouret.

— Vous arrivez encore tard, aujourd'hui. Vous avez vu quelqu'un d'autre avant moi ? Un prisonnier ?

— Un prisonnier ? Pas exactement, non.

Le vieil homme triste et abattu de la veille avait laissé place à un conteur exultant de joie et d'énergie.

Qu'est-ce qui a bien pu le transformer à ce point ? pensa Maura.

Avec son chapeau de travers et son visage extra-ordinairement animé, il semblait avoir rajeuni de vingt ans. On se serait presque attendu à le voir éclater de rire à chaque instant.

— Où en étions-nous, jeune fille ? Ah oui ! Le combat pour la liberté ! Les trafiquants terrassés par le juste courroux des gens de votre village ! Vous aviez déployé vos ailes et quitté enfin ce village et cette maison qui vous étouffaient comme une prison ! Et vous aviez retrouvé votre place dans cette communauté. Cela n'a-t-il pas été magique, de se sentir de nouveau avec vos amis, vos voisins ? De pouvoir librement leur parler et les tenir dans vos bras ?

Maura fronça les sourcils.

— Vous avez bu, messire ?

Il eut un petit rire joyeux.

—Pas une goutte d'alcool depuis vingt ans! Je pensais juste aux retrouvailles avec la famille, les amis, après un long moment de solitude. Allons, continuez. Je suis impatient de vous entendre à nouveau!

Il soupira d'un air ravi et ajouta:

—Vous savez, je vous aime bien, Maura. Dix-sept ans, c'est un bel âge pour partir de chez soi. C'est exactement à cet âge que ma propre fille Hélène a décidé de…

Il s'interrompit, éclata de rire et balaya ce qu'il venait de dire d'un revers de main.

—Les vieillards sont bavards, ma chère, vous n'avez pas idée. Alors, racontez-moi. Le bilan de la bataille. La liberté retrouvée pour les filles enfermées par les trafiquants.

Je vous aime bien, moi aussi, pensa Maura.

Il n'y avait pratiquement pas eu de dégâts parmi les gars de la colonne, vu que l'ennemi s'était débandé sans combattre. Excepté quelques ecchymoses et égratignures sans gravité, il n'y avait pas le moindre blessé dans nos rangs.

Du côté des trafiquants, par contre, on avait compté dix cadavres, dont trois écrasés sous les sabots de nos chevaux. Trois hommes avaient été tués par des flèches et les quatre derniers par Morregan – mais je crois que je devrais plutôt dire « Darran Dahl » à partir de maintenant. Chacun de ces quatre-là avait reçu un coup précis, mortel, dans un organe vital. On avait aussi cinq prisonniers en assez mauvais état.

Oh, et cet idiot d'Aedan était tombé de cheval sur la colline au moment de charger l'ennemi. Par chance, il était dans les derniers, ce qui lui avait évité de se faire écraser sous les sabots des autres. Il en a été quitte pour un énorme bleu sur la joue, qui lui fermait à moitié l'œil. Je dois dire qu'à le regarder allongé dans l'herbe, avec tout un côté du visage rouge et boursouflé, j'avais du mal à me retenir de rire.

Une dénommée Noreen lui a appliqué un cataplasme à la camomille, avec autant de délicatesse qu'un maçon en train de replâtrer une façade.

—Aïe!

—Ne bouge pas comme ça tout le temps. Je sais très bien soigner les blessures, tu sais. Mon oncle a reçu un coup de sabot dans le dos, l'année dernière, et c'est moi qui me suis occupée de lui.

C'était une des filles qu'on avait libérées. Une vraie pipelette.

—Aucun des trafiquants n'a posé la main sur moi. Quelle chance, hein? Heureusement que vous êtes arrivés à temps!

La camomille, ça ne fait pas de miracle, mais ça soulage un peu les ecchymoses. Noreen m'avait quasiment arraché la préparation des mains: elle s'était mis en tête de soigner nos blessés… enfin, à vrai dire, surtout Aedan. Il faisait naître de petites étincelles dans les yeux de cette fille chaque fois qu'elle les posait sur lui.

—Alors, c'est vrai que tu as pris les armes pour aller au secours de ta mère? Je trouve ça tellement courageux!

Quel âge pouvait-elle avoir? Dix-huit? Dix-neuf? Juste un peu plus qu'Aedan et moi. Jolie d'après les critères habituels – si on aime le blond paille et les joues rouges.

—Je suis ridicule, hein? a murmuré Aedan. Tomber de cheval pour mon premier combat…

J'ai confirmé:

—Ouais.

—Moi, je trouve que tu as été très courageux pour quelqu'un qui n'était jamais monté en selle!

Elle attaquait franco, la fille. Au moins, elle savait ce qu'elle voulait. Je me suis levée et j'ai fait quelques pas pour échapper à ce spectacle.

On avait environ soixante filles sur les bras, désormais, mais j'étais la seule qui faisait maintenant officiellement partie de la colonne.

— Alors, Maura ? Tu nous as suivis jusqu'ici, toute seule, pour retrouver ta mère, c'est ça ? m'a fait le beau Cahal avec un sourire, tout en démontant les cages des chariots. Sacré courage de ta part !

— Erremon est vert de rage, de te voir ici ! a fait Tomey en pouffant.

Même le père Cairach, qui enterrait les morts, semblait content de me voir.

— Sacrée gamine ! Dire que tu nous filais le train pendant tout ce temps. Personne ne t'a remarquée, une vraie pisteuse !

— Si. Darran m'a vue tout de suite.

À ma grande stupéfaction, les hommes du village m'ont presque tous accueillie à bras ouverts, comme l'une des leurs. Oh, pas Erremon, bien sûr, mais personne ne semblait écouter beaucoup Erremon, désormais. Les gars ont partagé le pain et le vin avec moi, ils m'ont fait quelques tapes dans le dos et invitée à participer aux tâches communes. J'ai toujours préféré la compagnie des garçons à celle des filles : avec eux, tout était plus simple. Au village, les gens m'avaient toujours regardée comme une étrangère. Mais peut-être qu'ici, loin de Kenmare, dans ce pays déjà étranger où ils se sentaient mal à l'aise, ces hommes me voyaient enfin comme l'une des leurs.

Évidemment, le seul à ne pas m'avoir accordé la moindre marque de bienvenue, c'était Darran.

Je l'ai cherché des yeux : il était en train de faire le tri entre les chevaux récupérés, les essayant un par un pour déterminer ceux qui seraient plus adaptés pour la monte et nous faire gagner du temps dans la poursuite. Il avait le poing fermé, je crois qu'il tenait des sortes de graines rouges dans sa main et qu'il leur parlait tout bas. On aurait dit que le monde autour de lui n'existait pas. Qu'est-ce qu'il pouvait bien leur raconter ?

J'ai fait semblant de ramasser des feuilles de pissenlit autour de lui avec un air concentré, comme si elles pouvaient me servir à quelque chose. J'ai attendu, le cœur battant, un sourire ou un mot de lui. Je ne demandais rien de grandiose : « Bienvenue parmi nous » ou « Sacré combat, hein ? », par exemple. Même « Belle journée », je m'en serais contentée. Le genre de choses qu'on se dit entre membres d'une même colonne, ou entre un maître et sa domestique. Ouais, j'aurais presque voulu qu'il me demande si je lui avais apporté son linge !

Mais non, rien.

J'ai ramassé son casque qui traînait à ses pieds. Sur le devant, Darran avait gravé la forme d'un dragon à la pointe du couteau. C'était une vraie obsession chez lui !

— Il est beau. C'est quoi, un insigne, un souvenir ?

Il a enfourché un nouveau cheval.

— Ils ressemblent vraiment à ça, les dragons ? Pourquoi est-ce que vous en dessinez partout ?

J'aurais aussi bien pu parler à une souche. Mauvaise nouvelle : Darran Dahl n'était pas plus bavard que Morregan.

— Merci de m'avoir confié Rach. Au fait, pourquoi vous l'avez appelé « Rach », votre cheval ? À cause de « Rachaëlle », la femme que vous avez aimée ? C'est parce que Tara était sa petite sœur, que vous avez décidé de poursuivre les trafiquants de femmes ? Est-ce que Rachaëlle lui ressemblait ? On m'a dit qu'elle avait les mêmes cheveux que sa sœur ?

Il n'a pas levé la tête, mais quand j'ai prononcé pour la seconde fois le nom de « Rachaëlle », il a laissé tomber une de ses graines rouges sur le sol. Il est aussitôt descendu de cheval et il l'a cherchée à quatre pattes, avant de la retrouver et de la nettoyer soigneusement contre sa tunique. Et puis, il est remonté sur le cheval.

Une furieuse envie de le secouer et de lui crier dessus m'a saisie.

Regarde-moi ! Parle-moi !

— Les cheveux de Rachaëlle étaient du roux flamboyant de Taëllie, comme ceux de beaucoup de filles de la région. Ils étaient magnifiques.

J'ai retenu mon souffle. Enfin, je l'avais fait parler de ma mère.

— J'aurais pu passer des heures à les caresser...

— Eh ! Maura ? a demandé Aedan dans mon dos. La camomille, on peut aussi en mettre sur les coupures ?

J'ai hurlé :

— Toi, tu peux te la mettre où je pense, ta camomille !

Darran s'était de nouveau muré dans le silence. Le moment magique était passé.

———————— ❖ ————————

Quand l'aube a commencé à poindre, les hommes avaient fini de démonter les cages sur deux des chariots – on a gardé le troisième pour y mettre nos prisonniers.

Alendro, mon magicien, est le seul qui ait essayé de réconforter les filles qu'on avait libérées. Il a profité des premiers rayons du soleil pour faire un petit spectacle silencieux devant elles. Ces filles se sont agglutinées par dizaines autour de lui, blotties dans les bras les unes des autres, et elles l'ont regardé bouche bée sortir une colombe de son chapeau ou jongler avec des balles de couleur qu'il faisait disparaître une par une. Pas de scènes de charme, pas de sourires coquins : il avait senti que ces femmes-là n'avaient pas besoin de ça. Ce qu'elles voulaient, c'était oublier un instant les horreurs qui tournaient en boucle dans leurs têtes. Même si ce n'était qu'un petit spectacle improvisé, il leur montrait qu'elles pouvaient encore rire malgré ce qu'elles avaient vécu. Il leur offrait un peu de magie et de merveille.

— Tout le monde en route ! a soudain gueulé Darran, déjà en selle. Il faut rattraper Gaollan et ses hommes !

Les gars étaient épuisés par le combat et la nuit blanche, mais personne n'a protesté. On s'est tous remis en selle, dans l'espoir de retrouver les femmes de notre village.

———— ⊹ ————

Au premier village – un hameau plutôt –, une maison isolée était en cendres. Il y avait du bétail crevé sur le bord du chemin et des draps noirs aux fenêtres en signe de deuil. Des chiens attachés à des piquets nous ont aboyé dessus et quelques poules nous ont accueillis en caquetant.

On s'est arrêtés sur la place de l'église, déserte. Et puis, un barbu est sorti de chez lui avec une pique à la main et a gueulé :

— Qu'est-ce que vous voulez ?

Erremon, sur son cheval, s'est approché au pas, la tête haute, et le gars a reculé dans l'embrasure de sa porte d'un air méfiant. Il portait une tunique de travail crasseuse. Ses yeux étaient gonflés comme s'il avait pleuré toute la nuit, il titubait et empestait le mauvais vin à trente pas.

— Je suis le capitaine de la milice de Kenmare, a répondu Erremon. Au nom du baron, je suis venu vous rendre vos femmes. Les bandits ont été tués ou capturés par nos soins.

Le barbu a crispé ses mains sur sa pique en bois, avant de dire d'un ton amer :

— On n'a pas de quoi payer. Ils nous ont tout pris.

Il faisait un gros effort pour ne pas bafouiller, mais il était clair que cet homme s'était soûlé à mort. C'était peut-être ce qui lui avait donné le courage de sortir de sa maison quand notre troupe s'était arrêtée devant chez lui.

— Nous ne demandons rien, mon brave. Nous cherchons nous aussi nos femmes enlevées par un autre groupe de trafiquants. Auriez-vous par hasard des renseignements à nous fournir à ce sujet?

L'homme s'est appuyé au chambranle de sa porte pour ne pas s'étaler par terre, tout en essayant de conserver sa dignité.

— Comment ça, vous d'mandez rien?

D'autres paysans ont commencé à sortir de leur trou. Certains avaient reconnu des filles dans les chariots. Au bout d'un long moment, la première est descendue prudemment, suivie par trois ou quatre autres : toutes celles qui venaient de ce hameau, sans doute. Je me suis attendue à des scènes de liesse, des embrassades et des cris de joie à notre arrivée. Il n'y a rien eu de tout ça.

Noreen, celle qui avait soigné Aedan, s'est avancée la tête basse vers un grand paysan tout mince, à côté d'une femme un peu pâlotte et de deux jeunes garçons.

— Papa? Maman?

Son père a secoué la tête, le visage fermé, et a marmonné :

— La dot a été payée. Tu appartiens à la famille de ton fiancé, maintenant.

Noreen s'est tournée vers un autre petit groupe : un jeune homme, plutôt joli garçon, a reculé d'un pas. J'ai trouvé ça bizarre qu'il ne la prenne pas dans ses bras pour la réconforter. Mais ce qui a été plus bizarre encore, c'est quand sa mère a fait un pas en avant et a giflé Noreen à la volée, une fois, deux fois.

— Mon fils n'épousera pas une putain!

Noreen n'a pas fait un seul geste pour se défendre, elle a reculé jusqu'à nous et, très lentement, elle est remontée dans le chariot. Je ne connaissais pas cette fille, et à vrai dire, je n'avais aucune sympathie pour elle. Mais mon cœur s'est brisé quand je l'ai vue se serrer au milieu des autres d'un air misérable.

Je suis même descendue de cheval pour aller jusqu'à elle et je lui ai dit à voix basse :

— Je suis désolée.

Elle m'a jeté un regard empli de haine.

— J'ai pas besoin de toi, la rouquine.

Elle a hésité, et puis, elle a finalement ajouté :

— Sale putain !

— Allez ! Allez ! a crié Darran. On s'est assez arrêtés comme ça, on reprend la route !

Est-ce que mes parents auraient été comme ces gens ? Est-ce qu'Onagh ou Karech m'auraient reniée ou, pire encore, accueillie avec un regard de reproche ?

— On dirait presque qu'ils nous détestent de leur rendre leurs femmes, j'ai murmuré à Aedan, derrière moi.

— Ces gens voient que nous avons pris les armes alors qu'eux, ils n'ont rien fait, a répondu Aedan. À cause de nous, ils ont encore plus honte.

— Quels idiots, les hommes !

— Ne dis pas ça, a-t-il répondu en haussant les épaules. Hommes ou femmes, ça ne change rien. Tu vois bien que les mères aussi ont fermé leurs portes à leurs filles.

Ce jour-là, j'ai compris que pour toutes ces filles, le souvenir des hommes qui les avaient violées ne serait même pas ce qu'elles auraient à affronter de pire : le pire, c'était la honte que leurs proches éprouveraient pour le restant de leur vie. Elles étaient déshonorées. Une fille qui disparaît, c'est un drame pour une famille. Mais une fille souillée, c'est une tache. Pas mal de gens, apparemment, préféraient le drame à la tache. Finalement, beaucoup d'entre eux n'auraient jamais voulu revoir leurs filles.

Les gens de Kenmare étaient-ils aussi stupides que ceux-là ? Aussi lâches ? J'ai coulé un regard vers Darran, en queue de colonne. Je suis absolument certaine qu'il n'aurait pas fait une chose pareille avec moi. Il ne m'aurait peut-être pas prise dans ses bras, ce n'était pas son genre, mais il ne m'aurait jamais rejetée pour ça.

Et je me suis souvenue que, sans lui, les autres ne seraient jamais partis de chez eux. Le baron aurait « indemnisé » les pères et les maris. En fin de compte, sans Darran, notre village aurait aussi abandonné ses femmes.

— Eh ! toi, la rouquine ! a fait Noreen quand je suis passée à cheval à côté de son chariot.

J'ai tourné la tête et elle a murmuré :

— Pardon pour tout à l'heure. Je ne le pensais pas.

CHAPITRE 46

Il n'a pas été bien difficile de suivre en sens inverse la piste des bandits de la colline. De petits hameaux en villages des marécages, on a rendu à leurs familles les filles libérées, plus souvent dans les larmes que dans la joie… Darran n'a pas cessé de nous aiguillonner pour qu'on perde le moins de temps possible, mais ça nous ralentissait forcément, et au bout de trois jours, il nous restait toujours sept filles sur les bras que personne ne réclamait.

On a fini par arriver au fameux passage de Taël, une étroite bande de sable de quelques dizaines de pas de large, recouverte par l'océan à marée haute. Elle reliait la presqu'île de Taëllie au continent et marquait la fin des terres du baron. De l'autre côté de la passe, une bourgade profitait du trafic sur ce point de passage : elle s'appelait Taëlbal, « le bouclier de Taël ».

Le kerr Owain disait que, du temps où la Taëllie était une principauté indépendante, c'était une forteresse qui servait de verrou défensif à la presqu'île. Selon la légende, sur la place centrale, une énorme statue de cheval ailé prenait vie, autrefois, dès qu'une troupe hostile attaquait la ville. Visiblement, il n'avait pas empêché les reines Gottarans de Westalie d'annexer la Taëllie, il y avait de ça quelques siècles. Aujourd'hui, Taëlbal n'était plus qu'un gros village.

Deux miliciens locaux nous ont confirmé qu'une colonne de « marchands de femmes » était passée quatre jours plus tôt.

Quatre jours ! Ça nous a assommés. Ce Gaollan avait été sacrément malin de nous mettre l'autre groupe de trafiquants dans les pattes. Entre le temps perdu à les poursuivre au nord et à rendre les femmes à leurs villages, son petit piège nous avait sacrément retardés. Devant moi, j'ai vu Darran serrer les poings et jeter un regard à la colonne, comme s'il hésitait à filer tout seul.

—Sans les autres, tu te feras massacrer, je lui ai dit. Ce n'est pas de cette façon que tu sauveras Tara.

Il m'a jeté un regard perplexe.

—Ce n'est pas non plus en se traînant comme ça.

—Tu la retrouveras, j'en suis sûre.

Tara semblait être une femme solide, forte. Est-ce que Rachaëlle, ma vraie mère, avait été comme elle ?

—On les retrouvera toutes, ta mère aussi, a fini par dire Darran. Si cette foutue colonne rattrape son retard.

Onagh… En traversant Taëlbal, j'ai essayé de l'imaginer au fond d'un chariot, regardant vers l'arrière dans l'espoir de voir arriver une colonne de secours. Mes années d'enfance avec elle et Karech étaient comme une bulle de bonheur perdue, de plus en plus lointaine.

—Je ne t'oublie pas, maman, j'ai murmuré en quittant Taëlbal.

Mais ça sonnait comme une mauvaise excuse pour nos quatre jours de retard.

On a repris la route après avoir fait le plein de vivres et d'eau. Nos nouveaux chariots permettaient d'en transporter un peu plus et, à vrai dire, pas mal de nos paysans peu habitués à monter à cheval s'y reposaient aussi les fesses. Les sept femmes abandonnées, elles, restaient groupées et silencieuses. Deux d'entre elles pleuraient, une troisième avait enfoui son visage dans ses mains.

— Soyez les bienvenues parmi nous, leur a soudain dit Darran, à la sortie de Taëlbal.

Tout le monde s'est arrêté de parler dans la colonne. On n'entendait plus que le bruit des sabots sur le chemin ou sur l'herbe.

— Selon la loi, jeunes filles, a dit Edbert le juriste, vous appartenez désormais au baron de Kenmare, sous la garde de sa milice.

— Sauf que s'il vous prenait l'envie de filer, a fait remarquer Darran, personne n'irait vous courir après. Alors si vous voulez tenter votre chance ailleurs, vous êtes libres.

Les filles l'ont regardé avec des yeux ronds.

— En revanche, si jamais vous choisissez de rester dans la colonne, vous ne nous ferez pas perdre une minute de plus, est-ce que c'est clair ? On a quatre jours à rattraper. Si l'une d'entre vous nous retarde, je l'abandonnerai sur le chemin.

Erremon était vert de rage. « Sept femmes », je l'ai entendu fulminer. « Sept femmes au milieu de quarante hommes. » J'ai souri en comprenant que, dans ses calculs, je comptais déjà pour un homme.

CHAPITRE 47

On a trouvé le premier cadavre au soir du cinquième jour, dans un hameau au bord d'une rivière. Il était pendu à l'enseigne d'une auberge, la tête en bas. Une fine bruine nous mouillait depuis une heure et la nuit tombait. Le bruit de la rivière et la beauté de la nature à cet endroit avaient quelque chose d'étrangement décalé, à côté du sang qui dégouttait de ce salopard.

— « Au Cochon rieur » a lu Edbert de Kenmare sur l'enseigne de l'auberge qui grinçait en se balançant doucement sous l'effet du vent.

Pour tous ceux qui ne savaient pas lire, il a précisé :

— Quelqu'un a barré « rieur » avec du sang et l'a remplacé par « pendu »...

On a tout de suite compris pourquoi on avait tué cet homme, mais le kerr Owain a quand même cru bon de nous éclairer :

— Dans le Sud, ils coupent la langue aux voleurs de pain. Ils coupent le pied aux voleurs de chevaux. Et aux voleurs de femmes, ils leur coupent... eh bien...

Pour ceux qui attendaient la fin de sa phrase, il n'y avait qu'à regarder l'entrejambe ensanglanté du cadavre. Et ce qu'on avait fourré dans sa bouche.

J'ai fait avancer mon cheval pour l'inspecter de plus près.

— Les bandits de la colline étaient dix-sept, j'ai dit, et on n'en a retrouvé que quinze après la bataille. Il y en a deux qui avaient dû réussir à s'échapper.

Un seul, maintenant… Parce que celui-là n'irait plus jamais nulle part.

—Il est mort il y a peu de temps, a déclaré Erremon.

Darran a touché le cadavre de la main et a murmuré :

—À peine quelques instants. Le sang est encore poisseux.

Il s'est tourné vers moi.

—Maura, tu as bien poursuivi un des bandits, le jour de l'attaque, c'est ça ? Vous vous êtes battus et il s'est fracassé la tête contre une borne de pâture ?

Je ne l'avais dit qu'à Aedan. Mais apparemment, l'information avait circulé.

—Est-ce que tu l'as vu mourir de tes propres yeux ?

—On est tombés, on a roulé sur la pente. Et j'ai retrouvé son corps contre la borne, le crâne ouvert. Donc, je… Non, je ne l'ai pas vraiment vu mourir.

Un cercle de visages nous entourait, maintenant, et les autres nous écoutaient d'un air inquiet. La présence d'un cadavre n'est jamais rassurante. Et celui-ci, qui semblait avoir été égorgé exprès pour nous, l'était encore moins.

—Et il y avait cette jeune fille juste derrière la borne, n'est-ce pas ?

—Vivaine ?

—Celle qui a disparu ensuite comme par magie.

Je revoyais encore ce petit bout de femme toute menue, toute tremblante de peur. Encore plus jeune que moi.

—Je ne vois pas le rapport avec Vivaine ?

—Vivaine a peut-être tué celui que tu poursuivais, a fait Darran.

Le kerr Owain a désigné du menton le cadavre du « cochon pendu ».

—Cet homme en fuite aussi, quelqu'un l'a poursuivi et l'a tué.

— Vivaine était haute comme trois pommes, elle pesait cinquante livres toute mouillée ! Et elle aurait fracassé le crâne d'un homme et pendu un autre homme, à elle toute seule ?

Le kerr Owain a répondu d'un ton sinistre :

— Avec un peu de pratique, ce n'est pas bien difficile de tuer un être humain.

— Eh, attendez ! j'ai dit. Il y a un message qui dépasse de la poche de sa veste !

Je l'ai attrapé et défroissé. Il était un peu sanglant, mais on distinguait encore les lettres – une belle écriture fine tracée à l'encre noire. Edbert a lu derrière mon épaule :

« *Cadeau, Darran Dahl* »

— C'est quelqu'un qui nous connaît, a dit Tomey d'une voix blanche.

— C'est Vivaine, a conclu sombrement Darran. Je ne sais pas ce que veut cette fille, ni qui elle est, mais elle nous a suivis tout le long du chemin. Pire que ça : elle nous a précédés.

———————

Quand on est entrés, la grande salle de l'auberge était déjà bien remplie et le tenancier complètement débordé. Une quinzaine de voyageurs mangeaient en silence : une vraie petite armée pour le pauvre bougre et sa femme qui couraient dans la salle pour servir tout ce monde. Quelques-uns d'entre nous se sont glissés avec soulagement à l'intérieur : il ne faisait pas froid dehors, mais ici, on était à l'abri de la pluie.

— Aubergiste ! a tonné Erremon en entrant.

L'homme a accouru et, en jetant un coup d'œil au-dehors, il a vu la colonne et nos chariots.

— Kàn-aux-deux-visages, combien êtes-vous ?

300

Sa moustache tombante et ses sourcils broussailleux lui donnaient un air renfrogné. Il s'essuyait sans cesse le dos des mains sur son tablier crasseux.

— Il y a un cadavre accroché à votre enseigne, a fait Darran en guise de salutation.

Comme d'habitude, il n'a pas vraiment parlé fort, mais sa voix a porté jusqu'au fond de la salle. Ça a jeté un froid.

Plusieurs clients sont sortis et ont poussé des cris effarés. Tout le monde a juré ses grands dieux qu'ils n'avaient rien vu et rien entendu. Un domestique a décroché le corps pendant que l'aubergiste répétait sans arrêt : « Ô Grand Kàn ! Ô Grand Kàn ! », jusqu'à ce qu'il disparaisse en cuisine et qu'on ne les revoie plus, ni lui ni sa femme.

Les clients de l'auberge ont tout de suite reconnu le cadavre : cet homme venait juste d'arriver, il avait payé pour passer une nuit au sec, au grenier, et pour un bon repas chaud. Personne n'avait remarqué qu'il était sorti.

Une jeune serveuse est venue vers Darran avec un beau sourire. Elle avait un visage parfait et le jour où il avait dessiné sa silhouette, le bon Kàn avait eu la main sacrément heureuse. J'aurais bien aimé qu'il ait été aussi généreux avec moi. D'ailleurs, sa façon de s'habiller devait lui attirer pas mal de regards en coin, les soirs de fête. Sur le devant, sa robe plongeait directement là où les hommes regardent – à en faire pâlir d'envie cette garce de Gràinne avec ses décolletés. Et sur le derrière, ça vous laissait admirer une chute de reins qui a fait loucher plus d'un gars dans la colonne.

— Bonjour, je suis Vatia, pour vous servir. Je suis désolée, nous recevons justement deux marchands et leur suite, ce soir, ce qui fait environ vingt personnes. Mais en vous tassant un peu, vous pourriez peut-être coucher au grenier, si cela vous convient ? Il est vaste et la paille est fraîche.

Comme Darran ne répondait rien, c'est le kerr Owain qui l'a fait à sa place :

— Ce sera parfait. Pouvez-vous nous apporter à manger et trouver un endroit au sec pour nos chevaux ?

La fille de salle a répondu au kerr, mais sans quitter Darran des yeux :

— Le père Connor a vendu son troupeau, son étable est presque vide. Il acceptera sûrement de les loger. Je vais vous y conduire.

— Avez-vous aperçu une jeune fille de seize, dix-sept ans, étrangère au village ? lui a demandé Darran tout à coup. Elle se fait appeler « Vivaine ».

— Je ne crois pas, non. Venez, nous allons nous occuper de vos chevaux.

Elle l'a carrément empoigné par le bras pour l'inviter à la suivre. Il lui a emboîté le pas sans décrocher un mot et, quand Erremon a fait mine d'aller avec eux, elle l'en a dissuadé d'un sourire désarmant :

— Nous revenons dans une minute, le temps de vérifier que l'étable est libre.

Nos derniers hommes sont entrés en ôtant leurs chapeaux mouillés avec un soupir de satisfaction. Il n'y avait pas assez de tables et de chaises pour tout le monde, mais les gens de Kenmare se sont assis par terre et ont réclamé à boire et à manger. Je dois dire qu'ils ont réservé le banc qui restait aux quelques femmes de la colonne.

Le père Cairach a claironné joyeusement :

— Après cinq jours de route à manger des galettes, rien de tel qu'un bon repas chaud !

Ce qui lui a valu l'approbation générale.

En attendant d'être servis, nos gars ont commencé à sympathiser avec les clients déjà attablés. Ils faisaient tous partie du même groupe. Deux marchands avaient loué cinq mercenaires de métier lourdement armés, ainsi que huit hommes pour les bêtes et le transport. Apparemment, ils venaient du Nord. Ils traversaient le pays pour aller vendre à Quork une cargaison de pierres-de-froid à un riche armateur, qui allait ensuite l'expédier de l'autre côté de la mer vers l'Empire sapàn.

—Mais ça, ce s'ra pas notre affaire, moi j'ai le mal de mer! a crié un charretier en explosant de rire, comme s'il avait sorti la meilleure plaisanterie du monde.

Il n'avait pas bu que de l'eau.

—Ils aiment nos pierres-de-froid, les Sapàns? a demandé Tomey.

—Déserts brûlants, jungles torrides… L'Empire sapàn est un territoire immense au climat étouffant, a renchéri un grand bonhomme dans un étrange habit vert, qui nous a salués de son chapeau à plume. Gallopo, artiste itinérant, pour vous servir! J'accompagne ces messires et je me rends en pays sapàn pour y trouver l'inspiration, on prétend que l'empire est rempli de contes et de légendes!

C'était un gars plutôt rigolo et il avait du talent. Il nous a régalés de quelques chansons un peu drôles en jouant d'un petit tambourin. Il était assez vilain à regarder, ce Gallopo, avec son nez tordu et son menton en galoche, mais son sourire rattrapait sa laideur, et il avait une belle voix. Comme je riais beaucoup, il m'a même prise par la main pour m'inviter à danser devant tout le monde.

—Jolie demoiselle, votre chevelure flamboyante est un soleil dans cette journée de pluie! Savez-vous comment les Sapàns appellent cette couleur de cheveux? «Soleil de l'aube».

—Eh bien, le soleil de l'aube il vous demande de retirer vos mains de ses fesses.

—Toutes mes excuses, demoiselle.

Alendro n'a pas pu résister à l'appel de la scène et il lui a donné la réplique. Ils se sont mis tous les deux à nous faire une petite pièce improvisée sous les applaudissements et les vivats de la salle tout entière.

Au bout d'un moment, l'aubergiste est revenu avec une grande marmite fumante et toute la salle a poussé un grand « Aaah » de satisfaction. Sauf que le bonhomme est resté la bouche ouverte, figé comme une statue.

—Qui vous a dit de vous installer ici ?

J'ai eu un doute.

—C'est votre fille de salle, Vatia. Elle nous a réservé le grenier.

Il s'est tourné vers moi.

—Quelle fille de salle ? Je sers seul la clientèle avec ma femme !

—Mais alors qui est cette Vatia qui…

Je me suis levée d'un bond et j'ai couru à la porte. Une pluie tiède m'a trempée en un clin d'œil. L'obscurité était tombée d'un seul coup et, après la lumière de la salle, je ne voyais presque plus rien. Le cœur battant, j'ai levé les yeux vers l'enseigne de l'auberge : aucun nouveau corps ne pendait la tête en bas. On voyait encore les coulures de sang sur le bois, mais elles s'estompaient déjà sous l'effet de la pluie.

J'ai hurlé tout ce que j'ai pu :

—Darran ! Darran !

J'ai couru jusqu'aux formes noires des maisons, les pieds dans la boue et les cheveux battus par le vent, collés de pluie. J'ai tambouriné à une porte mais pour toute réponse, on a fait coulisser un loquet à l'intérieur. Et puis j'ai failli me cogner dans le puits que je n'avais même pas vu, au milieu du hameau. Perchée au bord, la tête dans le trou, j'ai hurlé encore une fois : « Darran ! »

Quand sa main s'est posée sur mon épaule, j'ai sursauté si fort que j'ai failli tomber dedans.

—Tu étais où, Darran ? Et la fille, Vatia ! qu'est-ce qu'elle t'a fait ?

Je ne me suis même pas rendu compte, sur le moment, que je le tutoyais. Il était vivant ! Personne n'avait accroché son cadavre à une enseigne d'auberge !

—Rien.

Il était comme un roc planté dans la terre, insensible à la pluie et au vent, le visage muré dans son habituelle expression de tristesse.

—Cette fille était peut-être dangereuse. Si elle t'a donné quelque chose à manger ou à boire, il faut te faire vomir !

—Elle ne m'a rien donné.

—L'aubergiste ne la connaît pas, personne ne sait d'où elle vient ! Alors qu'est-ce qu'elle t'a fait, putois ?

—Elle m'a proposé de coucher avec elle. Pour deux sous de cuivre.

J'ai ouvert grand la bouche et j'ai bafouillé :

—Et qu'est-ce que tu as répondu ?

—Que c'était ridicule. Une fille aussi jolie, ça peut demander au moins trois couronnes d'argent.

—Tu… tu…

—Je lui ai suggéré de suivre les marchands jusqu'à Quork, la prochaine ville. Elle aurait bien plus de clients et de plus riches qu'ici.

—Tu lui as dit ça ?

Il a haussé les épaules.

—Si c'est son choix… Mais c'est moi, qu'elle voulait. Elle s'est presque déshabillée sous mes yeux.

—Et alors ?

—Alors quoi ? Je lui ai donné ses deux sous et je suis rentré à l'auberge.

Un immense soulagement, totalement idiot, m'a emportée d'un seul coup. Je me suis blottie contre lui et j'ai éclaté en sanglots. Il m'a repoussé gentiment.

— Allez viens, il faut rentrer les bêtes.

On est revenus aux chariots.

— Tu crois que c'est elle, qui a égorgé et pendu notre voleur ? Alors ce n'était pas Vivaine ?

— Je ne sais pas. Tu dis que personne ne la connaît dans ce village ? Je n'aime pas ça.

On a interrogé plusieurs habitants : personne n'avait jamais vu cette « Vatia » ni ne savait d'où elle venait. Comme Vivaine, elle avait surgi de nulle part et elle avait ensuite totalement disparu.

— On est tous en danger, a-t-il dit sombrement. Ces deux filles sont dangereuses. Je veux que tu restes vigilante en permanence.

CHAPITRE 48

La nuit a été longue, entassés à près de cinquante sur la paille moisie du grenier. Et puis surtout, dans l'unique chambre sous le plancher, un couple nous a fait profiter de ses ébats toute la nuit. L'homme devait tenir une sacrée forme parce que, au chant du coq, on entendait encore le lit grincer et cogner contre le mur.

— Y en a qui ont de la chance, a grogné le père Cairach, à qui sa femme manquait.

Au petit matin, ça s'est arrêté mais je n'avais plus sommeil. Je pensais à la petite « Vivaine » et à cette « Vatia » qui avait sans doute égorgé le trafiquant en fuite, avant de le pendre à l'enseigne. Et qui aurait pu en faire autant avec Darran, peut-être…

Je me suis levée en grognant et en essayant de ne pas marcher sur les gars et les filles de la colonne qui ronflaient enfin tranquillement. Dans la salle commune, toute la suite des marchands était prête au départ. La porte de l'auberge était grande ouverte et les deux gros chariots, chargés de pierres-de-froid à en plier les essieux, étaient déjà attelés.

— Bonjour, jeune fille ! Déjà faim ? m'a fait un des mercenaires avec un franc sourire en me tendant un petit pain encore chaud.

Il ressemblait un peu à mon père adoptif, avec ses yeux rieurs qui lui donnaient un air coquin. Il a essuyé des miettes sur son tabar et il a pointé le pouce vers le grenier :

— Tu diras au revoir de ma part au père Cairach quand il sera réveillé, on a bien ri tous les deux, hier soir.

— Et au brillant Alendro, a renchéri Gallopo, l'artiste au costume vert et au nez tordu. Quel honneur d'avoir joué avec lui ! Quel acteur, quel talent ! Je n'avais jamais vu une telle imagination sur scène !

— J'y manquerai pas, messires.

— Dis donc, a repris le mercenaire, ce sont de vrais loirs, les gars de ton village. Encore tous au lit à l'aube ?

J'ai mordu à belles dents dans le petit pain qu'il m'avait donné.

— On n'a pas fermé l'œil de la nuit. Vous n'avez pas entendu votre patron dans sa chambre, cette nuit, vous ? Je ne sais pas avec qui il était, mais il tenait une sacrée forme !

J'ai pointé le menton vers l'unique chambre individuelle de l'auberge, et mon gentil mercenaire a eu un petit rire gêné.

— Ah, ça…

L'un des deux marchands est justement sorti de la chambre, le visage encore bouffi de sommeil. C'était un homme assez attirant, juste un peu trop vieux à mon goût, mais j'aimais beaucoup sa belle chemise en soie brodée de fils d'argent. Une petite lueur joyeuse dansait dans son regard, et vu la nuit qu'il avait passée, je pouvais comprendre pourquoi.

— Bonjour, messire, la nuit a été bonne ?

Il a dû entendre le ton égrillard de ma question, parce qu'il a rougi et baissé les yeux. Pas de chance, j'avais dû tomber sur un timide. Et puis le second marchand est sorti à son tour de la même chambre, et là, ma bouche s'est ouverte sur un parfait « O » de surprise. J'avais déjà entendu parler des « hommes à hommes », ces gens qui couchaient avec d'autres personnes du même sexe, mais j'avais toujours pensé que c'était une légende. J'habitais dans un petit village, après tout. Je n'ai pas pu m'empêcher de pouffer un peu : je comprenais mieux la gêne du premier marchand quand j'avais fait mon allusion déplacée. Mais quand une troisième personne est sortie de la chambre, ça a été un choc.

Ce n'étaient pas des « hommes à hommes ».

Ils avaient passé la nuit avec la même fille.

Et cette fille, c'était Eveer.

Ses cheveux rouges défaits encadraient un visage sillonné de larmes, elle gardait la tête baissée sur ses pieds nus. Sur le corps, elle ne portait qu'une chemise d'homme, à demi déboutonnée, qui lui couvrait à peine les fesses.

Je n'ai pas réfléchi, je me suis précipitée vers elle et je l'ai prise dans mes bras.

— Eveer ! Eveer ! C'est moi, Maura !

Elle a levé les yeux, les pupilles dilatées. Elle était tout contre moi et pourtant, son regard semblait lointain, à des centaines, des milliers de lieues de cette auberge minable. Quand je me suis tournée vers le plus jeune des marchands, quelque chose dans l'expression de mon visage l'a fait reculer d'un pas.

— On l'a… on l'a achetée légalement à des voyageurs qu'on a croisés sur la route il y a quelques jours. Elle s'appelle Coubana.

Est-ce que je me trompais ? C'était peut-être juste une fille qui lui ressemblait ? Mon Eveer à moi avait toujours le sourire, elle avait une énergie débordante – celle-ci réagissait à peine quand je lui parlais. Mon Eveer avait un visage extraordinairement expressif, alors que celle-ci n'avait que des cernes, des traits tirés et une apathie qui lui donnait un air stupide.

— Comment tu t'appelles ? Dis-moi ton nom !

Elle a émergé lentement du brouillard où étaient perdues ses pensées, elle a froncé les sourcils et, d'une toute petite voix, elle a articulé :

— Maura, c'est toi ? Tu as été capturée, toi aussi ?

Le plus jeune marchand a plongé la main dans un sac en tissu qu'il portait en bandoulière et en a sorti un petit rouleau de papier qu'il a ouvert devant moi.

— Coubana, c'est le nom qui est écrit sur ce document, voyez ? Les Sapàns aiment beaucoup les filles à la peau pâle de la région. Cette fille fait très jeune, c'est… c'est un excellent investissement pour nous.

— Je ne sais pas lire, messire.

Dans les paumes de mes mains, mes ongles se sont enfoncés si fort qu'ils en ont déchiré la peau et qu'une goutte de sang a perlé sous mon poing. Le chansonnier au costume vert a filé dehors, la tête basse. Les mercenaires, d'instinct, avaient senti la tension monter et tous les cinq étaient revenus dans la salle, disposés en demi-cercle derrière moi. Ces gens avec qui nous avions parlé, ri et chanté, qui avaient partagé notre soirée et notre repas : en un instant, ils étaient devenus nos ennemis.

— Maura, pardon, je… je t'ai menti, a murmuré Eveer.

— Qu'est-ce que tu racontes ?

De la main, j'ai voulu essuyer ses larmes, j'ai enfoui mon visage dans ses cheveux et je l'ai serrée fort contre moi.

— Je n'ai jamais couché avec tous ces garçons du village. Je… je te disais ça pour faire mon intéressante. En fait, j'étais vierge.

— Tu aurais dû coucher avec eux, Eveer, j'ai murmuré. Tu aurais dû…

Le marchand a eu un sourire embarrassé :

— Je… je jure que nous ne l'avons pas touchée. Vierge, elle vaut bien plus cher que si nous avions…

— J'ai tout entendu, cette nuit.

Je l'ai regardé droit dans les yeux et j'ai fait un énorme effort pour ne pas hurler.

— C'est une fille de mon village. Elle s'appelle Eveer. Eveer !

— Coubana.

Il était toujours nerveux, mais un peu moins, depuis que ses mercenaires s'étaient placés derrière moi.

—Elle a été enlevée à son père par des trafiquants de femmes. Je peux en témoigner.

—Ah ça, petite, il faudrait encore le prouver!

Il avait visiblement quelques scrupules pour ce qu'il avait fait subir à Eveer, mais il était bien plus à l'aise maintenant qu'on abordait son domaine : le droit, les affaires. Peut-être qu'il pensait que j'allais la lui racheter? Ou lui faire un procès?

—Le témoignage d'une fille n'a aucune valeur devant une cour. Tu le sais, n'est-ce pas?

—S'il vous faut le témoignage d'un homme, vous en trouverez quarante à l'étage de cette auberge.

Je n'ai rien pu faire quand une main s'est plaquée sur ma bouche, et que mes bras ont été tirés en arrière par le gentil mercenaire qui ressemblait tant à mon père adoptif.

—Désolé, gamine, a-t-il murmuré.

—Puisque tu insistes…, a continué le jeune marchand. Savais-tu que les princes sapàns sont prêts à payer des fortunes colossales pour une femme aux cheveux roux? Es-tu vierge, au moins?

Je me suis débattue comme une diablesse mais le mercenaire était beaucoup plus fort que moi.

—Filons d'ici! a chuchoté le second marchand en jetant un coup d'œil inquiet vers l'escalier.

C'est là qu'il a croisé le regard d'Alendro, arrêté au milieu des marches et qui observait la scène d'un air effaré, avec son haut chapeau et sa redingote noire si étrange en plein été. L'un des mercenaires a pointé son arbalète chargée sur lui et lui a fait signe de venir à lui sans faire de bruit. La bouche ouverte, les mains tremblantes, le magicien a descendu les dernières marches, et les autres ont ricané quand ils ont vu son pantalon se tacher d'urine à l'entrejambe.

—Ne le tuez pas ici, il pourrait crier, a chuchoté le second marchand à l'oreille d'un mercenaire. Vous nous en débarrasserez discrètement à la sortie du village. Et maintenant, on fiche le camp d'ici, vite!

Un homme est monté verrouiller la trappe du grenier, sans un bruit, et deux autres ont empoigné Alendro par les bras, pendant qu'on me forçait à avancer. Ce matin-là, un soleil éblouissant venait de se lever et filtrait à travers la porte ouverte. Eveer est sortie la première, en titubant, poussée sans douceur par le plus jeune des marchands.

—Mille pardons, messires, a fait Alendro dans mon dos.

C'était une petite voix, timide et effrayée.

—Qu'est-ce que t'as, l'artiste?

—Je crois que vous avez fait tomber quelque chose.

Mon gardien s'est retourné, et moi aussi du coup, puisqu'il me tenait toujours fermement.

Une dague était tombée sur le plancher : une lame sans grâce particulière, sans liseré d'or, sans pierreries, juste terriblement aiguisée et dépourvue de la moindre trace de rouille.

L'un des deux gardiens d'Alendro a interpellé son camarade :

—Imbécile, ramasse ça!

Ce qui s'est passé ensuite, je ne l'ai pas tout de suite compris. D'un mouvement fluide, Alendro a échappé aux deux poignes qui lui serraient les bras. Il s'est mis à courir vers l'escalier et quand ses deux gardiens ont voulu le poursuivre, ils se sont étalés par terre : une ficelle était nouée entre leurs chevilles.

Un autre mercenaire a saisi quelque chose à sa ceinture et l'a jeté à travers la salle jusqu'à Alendro. Mais ce qui a atterri au pied du magicien, ce n'était pas un couteau de lancer, c'était une grosse carotte dont on avait coupé les fanes. Le gars a poussé un «Quoi?» stupéfait.

Alendro avait de la magie dans les mains, elles valaient de l'or.

Quand mon gardien m'a lâchée pour prendre l'arbalète dans son dos, je me suis baissée. Mais avec le coup de pied que j'ai envoyé sur le fût de l'arme, le carreau est parti se ficher dans une poutre au plafond. Ça a fait un bruit mat. Et avant que le gars ne comprenne ce qui lui était arrivé, je courais déjà vers le comptoir.

Alendro a déverrouillé le loquet de la trappe et il a hurlé : « Alerte, ils ont une de vos filles ! »

C'est là que l'enfer s'est déchaîné.

CHAPITRE 49

U ne masse en mouvement a déboulé dans l'escalier à une vitesse surhumaine, faisant trembler toute l'auberge sur ses bases. Alendro a été bousculé sur le côté. Un cri de guerre surpuissant nous a tous déchiré les tympans, à nous glacer les sangs.

Et soudain, Darran s'est retrouvé au milieu de la salle commune, une hache de bataille à la main.

Mon gardien n'a même pas eu le temps de lâcher son arbalète pour sortir son épée qu'il avait déjà le bras tranché, et juste derrière lui, celui qui avait lancé une carotte s'est effondré comme une masse, la tête ouverte en deux jusqu'à la gorge. Le flot de sang a été tel que pendant un instant, l'air lui-même a été rouge. Une corde d'arbalète a vibré au-dehors, mais Darran n'était déjà plus sur la trajectoire du tir : il avait disparu de la salle et une seconde plus tard, j'ai vu l'arbalète voler dans la salle commune, une main toujours accrochée au déclencheur.

Un, deux et trois en moins, j'ai compté. *Il reste deux mercenaires.*

Bien sûr, c'étaient les deux qui se trémoussaient par terre, les jambes prises dans la ficelle qu'Alendro leur avait nouée autour des chevilles. Darran les a d'abord ignorés et il est ressorti de l'auberge. J'ai entendu les domestiques au-dehors pousser des cris de terreur.

—Ça va, petite partenaire ?

Alendro a posé une main sur mon épaule et j'ai sursauté de frayeur.

314

— Tu saignes ?

J'étais couverte de sang.

— Pas… pas blessée.

J'avais du mal à articuler. Je haletais comme un petit chien et je tremblais des pieds à la tête. Trop de sang. Trop de terreur.

Les deux mercenaires au milieu de la salle ont réussi à se libérer les pieds en tranchant la ficelle. Ils ont dû s'imaginer que prendre des otages serait leur meilleure chance de survie, alors, ils se sont jetés sur nous. Ce n'était pas une bonne idée.

Une tempête de sang et d'acier s'est abattue sur eux, si rapide qu'on n'a même pas vu Darran franchir l'encadrement de la porte. Il frappait à la tête, aux bras, aux jambes : là où s'arrêtait la cotte de mailles de ses ennemis, et avec une telle force que le tranchant de sa hache semblait passer dans la chair et l'os comme dans du beurre. Les autres n'ont pas pu porter le moindre coup. En fait, ils ont à peine eu le temps de se mettre debout qu'ils étaient déjà morts.

Une odeur nauséabonde flottait dans l'air. Par terre : cinq corps et des membres tranchés, des armes abandonnées. Et sur le plancher, le sang, les viscères, les visages des morts figés dans la terreur. Mon gentil mercenaire tressautait encore faiblement, le regard fixe, pendant que son corps se vidait de son sang par son moignon de bras.

— Ça va aller. Ne regarde pas, m'a dit Alendro avec douceur.

Il était blanc comme un linge et pas plus vaillant que moi sur ses jambes. Mais il m'a quand même pris la main pour m'emmener dehors. Il a essayé de me faire son sourire charmeur et sûr de lui, il a même murmuré :

— Ce n'est pas un spectacle pour une femme.

J'ai trouvé ça drôle de sa part… surtout quand, les yeux exorbités, il m'a lâché la main pour se retourner en catastrophe et vomir sur le mur de l'auberge. Ça m'a aidée à retrouver mes esprits bien plus que ses mots de réconfort : je me sentais moins seule.

Les deux marchands étaient dehors, la bouche ouverte, les mains en l'air en signe de reddition. Et leurs domestiques étaient figés comme des statues autour d'eux. Avec des yeux ronds, ils fixaient tous Darran qui, de son côté, avait l'air de s'en foutre comme d'une guigne.

Il s'était agenouillé auprès d'Eveer et lui passait la main sur la joue.

Je me suis laissée tomber à genoux à côté d'elle.

— Eveer ! C'est moi, Maura !

L'empennage d'un carreau d'arbalète dépassait de sa poitrine, qui se soulevait et s'abaissait beaucoup trop vite. Une tache de sang s'élargissait à une vitesse folle sur sa chemise d'homme. Eveer, si pâle qu'on aurait déjà dit un fantôme, avait les yeux rivés à ceux de Darran et un immense sourire illuminait enfin son visage.

— Je n'ai pas pu te sauver… Je n'ai pas pu…, a dit Darran en caressant ses cheveux du bout des doigts.

Eveer a murmuré, malgré le sang qui poissait les commissures de ses lèvres :

— Vous êtes un héros. Je l'ai toujours su. Bientôt… dans le monde entier… vous allez briller comme un soleil.

— Il a tiré son carreau avant que…, a murmuré Darran.

— J'aurais voulu vivre avec vous. Mais au moins, je mourrai… dans vos bras, a dit Eveer.

Quand son regard s'est figé et que sa tête s'est inclinée, Darran a enfoui son visage dans son cou et a éclaté en sanglots. Alendro et moi, on a échangé un regard. Il venait de massacrer cinq hommes en quelques secondes, il était couvert de sang et de morceaux de cervelle, et maintenant… il pleurait sur cette fille comme un bébé.

« Cadeau, Darran Dahl », disait le mot qu'on avait retrouvé sur le cadavre pendu à l'enseigne, la veille. Et si le cadeau, ce n'était pas le voleur égorgé, mais Eveer? Et si c'était pour nous prévenir qu'une de nos filles était dans l'auberge?

— Tu la connaissais? j'ai demandé timidement à Darran.

Est-ce qu'il était amoureux de cette fille de dix-sept ans? Est-ce qu'il m'avait caché ça? Kàn me pardonne, Eveer était mon amie et elle venait de mourir, mais l'aiguillon de la jalousie m'a transpercé le cœur.

À ma grande surprise, il a levé les yeux vers moi et a fait « non » de la tête. Il ne mentait pas : il ne la connaissait pas. Mais à le voir pleurer sur la dépouille d'Eveer, j'ai quand même compris qu'il ne me disait pas tout.

— Tu m'aurais prise dans tes bras si j'étais morte, moi aussi? Tu aurais pleuré?

Il m'a jeté un regard surpris et il n'a rien répondu. Je jure que si j'avais eu un couteau entre les mains à cet instant précis, je l'aurais planté dans son dos.

On a creusé deux trous. Le premier était pour les mercenaires, que deux gars ont jetés dedans les yeux bandés, pendant qu'une haie d'hommes leur tournait le dos. Ceux-là étaient morts en protégeant des voleurs, aucun des visages de Kàn ne devait les contempler dans le monde suivant.

Le second trou, plus petit, a été creusé pour Eveer au bord de la rivière, et avant qu'on ne verse la première pelletée de terre, le kerr Owain a prononcé pour elle la prière de la Lumière :

« Grand Kàn miséricordieux, toi qui nous protèges des deimonarans, les suppôts du démon, apporte-nous ta sagesse.

Gloire à ton Gottaran touché par ton premier visage, notre Roi Lumière, le vainqueur des dragons, le maître du feu, qui nous guidera vers ta foi. »

« *Qui nous guidera vers ta foi* », ont répété près de cinquante voix à l'unisson.

Le kerr, des deux mains, a fait le signe de la larme divine coulant sur ses deux joues et tombant sur le monde des hommes. Nous l'avons imité en silence.

« Toi qui as envoyé à nous tes fidèles mindarans, guides de nos villes et de nos villages qui ont vu ton Second Visage, apporte-nous ta sagesse.

Gloire à ton Gottaran touché par ton premier visage, notre Roi Lumière, le vainqueur des dragons, le maître du feu, qui nous guidera vers ta foi. »

« *Qui nous guidera vers ta foi.* »

« Toi qui as posé ton regard enchanté sur tes taïdarans, lieux, bêtes, objets et plantes touchés par ta grâce, apporte-nous la sagesse.

Gloire à ton Gottaran touché par ton premier visage, notre Roi Lumière, le vainqueur des dragons, le maître du feu, qui nous guidera vers ta foi. »

« *Qui nous guidera vers ta foi.* »

Après ça, le kerr Owain a prononcé quelques mots sur Eveer. Une fille « généreuse », « pleine de vie », et d'autres banalités, jusqu'à ce qu'il dise :

— Je me souviens qu'un jour, la petite Eveer avait huit ou neuf ans, et elle est venue me trouver après la messe. Il y avait sur son visage ce petit air malicieux que vous connaissez tous et qui n'appartenait qu'à elle.

Une larme a commencé à rouler sur ma joue.

— Elle s'est campée en face de moi pendant que je jetais le voile sur les pierres-qui-parlent, et elle a attendu là jusqu'à ce que je me penche jusqu'à elle. Et ce qu'elle m'a demandé, je m'en souviens encore comme si c'était hier. Avec sa toute petite voix d'enfant, elle a juste dit :

« Est-ce qu'ils brillent comme le soleil, les Gottarans, kerr Owain ? »

Je lui ai répondu que non, que seul le « Roi Lumière » avait ce pouvoir, mais que les autres Gottarans ne brillaient pas. Alors elle m'a demandé très sérieusement :

« Mais comment on les reconnaît, alors ? Si j'en voyais un, est-ce que je le saurais ? »

Et je lui ai répondu, oh, Kàn me pardonne ! je lui ai répondu que si Kàn le voulait, elle en verrait peut-être un jour un vrai, et qu'elle le saurait immédiatement que c'en est un.

Les larmes dévalaient mes joues. Et celles du kerr Owain. Et de Darran. Et celles de pas mal de gars de la colonne.

— J'espère que de là où tu es, à la droite de Kàn, tu vois maintenant tous les Gottarans du passé et tous ceux qui restent encore à venir. Repose en paix. Que les deux visages de Kàn te contemplent.

« *Que les deux visages de Kàn te contemplent* », a-t-on répété ensemble, sauf moi, qui sanglotais tellement fort que je ne pouvais plus prononcer un seul mot.

— Tous en selle, a dit Darran dès que le corps a été recouvert de terre. Gaollan a encore quatre jours d'avance sur nous.

Mais j'ai vu qu'il essuyait encore des larmes avec la manche de sa tunique.

Chapitre 50

Le conteur posa sa plume dans l'encrier et déplia plusieurs fois ses doigts endoloris.

—L'arthrose…, fit-il en soupirant. Mes mains ne me permettront pas d'aller plus loin pour ce soir. Je reviendrai demain matin, fit-il en se levant et en commençant à rassembler ses affaires. Vous avez l'air épuisée, Maura. Est-ce qu'on vous traite bien ?

La jeune fille bâilla.

—Les chaînes aux mains et aux pieds, ce n'est pas ce qu'on fait de mieux pour dormir.

—Je suis navré… je vais donner des ordres pour vous faire parvenir une couverture et un oreiller.

—Je n'ai jamais dormi avec un oreiller. Dites, il y aurait moyen de récupérer une épingle à cheveux en métal, comme j'en avais une à mon arrivée ? Ils me reviennent tout le temps sur le visage et je ne peux pas utiliser mes mains pour les écarter.

Il se leva en grimaçant, pendant que l'un des Dragons se saisissait des tréteaux et des planches de sa table improvisée.

—En métal, certainement pas ici. Mais je peux demander à vous faire couper les cheveux, s'ils vous gênent. Bonne nuit, et tâchez de dormir un peu !

—Couper mes cheveux ? Ça ne va pas la tête ?

Le conteur sortit en fredonnant, l'œil brillant et la tête perdue dans de joyeuses réflexions, repensant à la lettre des rebelles et à la perspective de revoir sa fille… lorsqu'il tomba nez à nez avec deux Dragons qui l'attendaient derrière la porte. Ils l'encadrèrent et lui firent signe de les suivre. Pendant une seconde, un frisson glacé lui parcourut l'échine.

— Messires ? demanda-t-il d'une voix tendue. Que me vaut l'honneur ?

Comment le roi avait-il su pour la lettre des rebelles ? Qui l'avait trahi ?

— Votre protection a été renforcée sur l'ordre du commandant Osgarat, dit l'un des deux soldats de sa voix métallique.

D'Arterac, son cœur tambourinant douloureusement dans sa poitrine, tenta de détecter dans sa voix une intonation de reproche ou de suspicion, mais le Dragon n'exprimait aucune émotion.

— Dois-je vous… vous suivre ?

— C'est nous qui avons l'ordre de vous suivre dans le moindre de vos déplacements.

On ne venait pas l'arrêter ! Le soulagement était si fort que ses jambes faiblirent sous lui. *Ne pas flancher*, se dit-il. *Ce serait suspect.*

— Vous voulez dire… jusque chez moi ? Jusqu'à ma porte ?

— Dans le moindre de vos déplacements. Ce sont les ordres.

Après le soulagement de ne pas être accusé de trahison, le conteur s'inquiéta pour une autre raison : il avait eu l'intention de se rendre le soir même au lieu de rendez-vous avec les rebelles, l'auberge du Démon, mais comment se débarrasser de ces deux gardiens ? Trois jours. Il n'avait que trois jours pour trouver un moyen.

— Mais enfin, allez-vous me dire quel danger je cours ici ?

— Nous avons reçu l'ordre de vous protéger, pas de vous en donner la raison.

Le Dragon arrêta le conteur à un couloir pour inspecter les lieux à la lueur de sa lanterne, puis fit signe à son camarade que la voie était libre.

— Vous avez peur de quoi ? Il y a un intrus dans Frankand ? Je veux parler au commandant Osgarat !

— Je suis navré, le commandant n'est pas à la forteresse. Il inspecte actuellement les deux régiments de miliciens qui seront affectés, en renfort, à la garde de la prison.

— Eh bien, je veux voir l'officier en charge, le sergent, le capitaine ou que sais-je encore ! Il y a bien quelqu'un qui commande en son absence, non ?

Les deux Dragons se consultèrent du regard.

— Soldat, le commandant Osgarat vous a clairement ordonné de m'aider dans l'accomplissement de ma mission, n'est-ce pas ?

Le Dragon hocha la tête et, de la main, l'invita à faire demi-tour.

— Nous allons vous conduire auprès du capitaine.

Ils s'engagèrent dans un escalier en colimaçon et croisèrent un groupe de commis de cuisine chargés de caisses en bois, qui chuchotaient à voix basse.

— Johann a entendu ses cris sur le toit, cette nuit.

— Pardi ! On y avait déjà retrouvé des cadavres de pigeons, l'autre jour. La bête rôde, je te dis !

Tiens, pensa d'Arterac, *quelques pigeons morts ont déjà donné naissance à une rumeur. Un peu de sang, quelques plumes, et voilà les imaginations qui s'enflamment !*

Au bout de trois tours d'escalier, ses jambes commencèrent à le faire souffrir et il comprit que les Dragons l'emmenaient à la tour de la Morte, la plus haute de la forteresse. Mais ils s'arrêtèrent dans les premiers niveaux et frappèrent à la porte.

Celle-ci s'ouvrit presque immédiatement sur un jeune homme portant l'armure des Dragons, sans le casque. Un passant vert sombre à l'épaule indiquait son grade de capitaine.

— Javols. Vous êtes le fameux comte d'Arterac, je suppose ?

Le conteur mit un certain temps à comprendre que « Javols » devait être son nom. Il ne lui fallut pas plus d'un coup d'œil pour cerner ce nouveau personnage : trop jeune pour avoir connu la guerre de Succession, trop sûr de lui pour rester longtemps en poste dans une prison. C'était l'un de ces jeunes officiers ambitieux que le roi avait placés aux postes clés après la guerre, pour se débarrasser de ses fidèles de la Licorne. De presque tous ceux, en fait, qui l'avaient connu prince et humain, avant qu'il ne devienne Gottaran.

— Mes respects, mon capitaine, commença d'Arterac.

— Que me vaut le plaisir de votre visite ?

— On me signale que je suis désormais sous la protection d'une escorte. Je refuse cet honneur.

Javols s'effaça pour le laisser entrer. C'était une salle de garde toute ronde. Il y avait là une cheminée, quelques chaises et des murs couverts de râteliers garnis d'instruments divers servant tous à ôter la vie de mille manières différentes. Le seul élément qui venait briser ce bel ordonnancement était le cadavre de Dragon étendu en plein milieu, l'armure fracassée. Le casque était tordu, la visière arrachée et les pliures du métal lui faisaient comme un grotesque dernier sourire. Un carré de visage était visible sur la joue droite, tellement pâle qu'on aurait dit la peau d'un mannequin de cire. Une épaulière manquait. Et une jambière était tordue au niveau du tibia comme si l'os avait été cassé en plusieurs morceaux.

— Kàn-aux-deux-visages, fit d'Arterac en traçant le signe du cercle sur ses joues. Cet homme est tombé de la tour ?

— Précisément.

Javols se tenait bien droit, les mains campées sur les hanches, et observait le vieillard d'un air détendu, comme s'ils causaient dans un salon à la mode.

—Je suis… navré pour cet homme, fit d'Arterac. Paix à son âme. Mais si un soldat tombe d'une tour, en quoi cela me concerne-t-il ? Je croyais que vous manquiez d'hommes ! Vous me voyez, avec des soldats à ma porte, dans mon petit logis ? J'ai passé l'âge d'être chaperonné de la sorte !

—La chute n'est peut-être pas la cause de la mort.

—Les Dragons vont toujours par deux, il me semble. Son camarade n'a-t-il pas vu la scène ?

—Sans doute, messire.

—Comment cela, « sans doute » ? Vous ne l'avez pas interrogé ?

—Il n'a pas été retrouvé.

———————

—Alors, mon petit Grantë, murmura Maura à l'oreille de son familier.

Il avait tellement grossi qu'il pouvait maintenant prendre la forme d'un jeune ours, lové contre sa maîtresse, et il grondait affectueusement.

—Tu as sacrément pris du poïds depuis ta dernière visite Qu'est-ce que tu as trouvé à manger, dans cette forteresse ? Des rats ? Des restes de cuisine ?

L'ours descendit du banc, fourra sa patte dans le trou d'aération et grogna, fourrageant dedans pour en ramener quelque chose.

—Tu as trouvé un petit trésor ? Un bouton doré, une cuillère ? M'as-tu rapporté un objet en métal comme je te l'avais demandé, pour couper les bandelettes autour de mes mains ?

L'ours, avec un petit cri satisfait, sortit finalement un bras humain à demi dévoré, dont la main encore recouverte de son gantelet d'acier tenait une épée brisée à la garde.

Maura ouvrit grand la bouche de surprise.

Puis un sourire ravi s'étira sur son visage.

—Les soldats, c'est un peu comme les homards, n'est-ce pas? Il y a cette fichue carapace à briser, avant d'y goûter…

CHAPITRE 51

L e lendemain, le conteur reparut dans la cellule, moins joyeux que la veille. Deux Dragons supplémentaires le flanquaient de part et d'autre, et cela semblait l'agacer terriblement.

— Bon. Où en étions-nous ? Ah oui, le hameau. La tuerie à l'auberge. L'enterrement d'Eveer. Darran qui ne cessait de presser la colonne. Eh bien, vous pouvez continuer !

Maura fut attendrie par cet accès de mauvaise humeur. Pauvre conteur ! Avec deux soldats à ses basques, il était maintenant presque aussi prisonnier qu'elle.

— Bonjour, fit-elle finalement, essayant de cacher l'entaille dans les bandelettes autour de ses mains.

L'épée brisée avait bien fait son travail. Ce soir, peut-être, elle aurait enfin les mains libres…

— La tuerie à l'auberge, tout le monde connaît déjà cet épisode de la légende, bougonna le conteur. J'espère que vous aurez quelque chose d'un peu plus personnel à m'apprendre, aujourd'hui.

———◆———

Darran était pressé de reprendre la poursuite, mais il y avait encore une dernière chose à faire, dans ce village.

Après le massacre de leurs mercenaires, les deux marchands ont été condamnés à la pendaison pour « recel de marchandise volée » et « rébellion contre la milice du baron de Kenmare ».

Du moins, c'est ce qu'Erremon et Edbert ont tenté d'expliquer aux habitants du village, en insistant beaucoup sur la légalité de l'action de notre colonne – l'action de Darran tout seul, en fait, mais ils disaient toujours « la colonne ». L'aubergiste et les villageois ont même été indemnisés pour les dégâts, ce qui a plus facilité les choses, à mon avis, que le parchemin du baron avec son joli cachet de cire : on leur a laissé la marchandise des deux associés et on a juste récupéré les chevaux.

La pendaison a eu lieu à l'entrée du village, sous un grand chêne. Les deux hommes ont prié Kàn-aux-deux-visages, ils ont beaucoup crié, ils nous ont demandé pardon pour leurs actes et imploré jusqu'au bout notre miséricorde, mais ça n'a ému personne. Dans la colonne, tout le monde aimait Eveer.

Les domestiques, eux, ont été relâchés et se sont empressés de ficher le camp. Quant à Gallopo, le chansonnier, il avait déguerpi dès l'aube.

Si seulement on avait su ce qu'il allait faire, on ne l'aurait certainement pas laissé filer…

———

Pendant la journée, Darran nous a fait cravacher pour avancer et tout le monde a été épuisé quand la nuit est tombée. Autour du feu de camp, l'ambiance était beaucoup plus triste que la veille. Notre victoire n'en était pas une, puisque Eveer était morte. Et peu de gens sont apaisés par la vision d'une scène de carnage. On se murmurait à voix basse que les autres filles avaient peut-être été vendues, elles aussi, et qu'on ne les retrouverait probablement jamais.

La plupart d'entre nous, en manque de sommeil, s'étaient déjà roulés dans des couvertures et allongés pour la nuit. Mais moi, je ne pouvais pas oublier la tristesse d'avoir perdu Eveer, ni la jalousie qui me tordait les entrailles à la vue de mon père en train de pleurer sur sa dépouille.

Je me suis couchée à l'écart en attendant que vienne le sommeil. À la place, c'est Alendro qui est arrivé.

— *Pardón*, mais je devais te dire une chose très importante, *rosë rouja*.

— Je m'appelle Maura. Quelle chose très importante ?

— Ce matin, tu sais…

J'ai senti un frisson me parcourir l'échine tellement je redoutais de repenser à ce qui s'était passé le matin.

— Quand j'ai uriné dans mon pantalon, devant les mercenaires… eh bien, c'était volontaire, hein ? Ça faisait partie de la mise en scène. Il fallait que je fasse semblant d'avoir peur.

J'ai éclaté de rire, ce qui nous a valu des « Chut ! y en a qui veulent dormir ! » un peu partout autour de nous. C'était donc ça, la « chose très importante » ?

— Et quand vous avez vomi sur le mur, après le carnage, c'est parce que vous étiez malade, hein ?

— Les légumes à la crème de l'aubergiste, hier soir… ils n'étaient pas frais.

Il a dit cela d'un ton très naturel, le menton fièrement dressé.

— En tout cas, heureusement que vous êtes descendu du grenier, Alendro. Sans vous, Kàn seul sait où je serais, aujourd'hui.

— Sans moi, Darran Dahl aurait poursuivi le convoi de ces marchands et il les aurait massacrés jusqu'au dernier… mais sur la route.

Pour Eveer, il l'aurait fait, j'ai pensé. *Même si je ne sais pas pourquoi. Pour moi, j'en doute…*

— En tout cas, a-t-il ajouté, je serais tranquillement resté dormir si une espèce de rat furieux – *maïcar !* – ne m'avait pas mordu à la main et hurlé dessus dans mon sommeil.

Je n'ai pas compris, sur le moment, l'importance de ce qu'il disait : un animal était venu à mon secours sans même que je fasse appel à lui. Ma magie se développait, mais je ne le voyais pas encore. Alendro s'est mis à faire le rat en plissant le nez et en agitant ses mains comme si c'étaient de petites oreilles, tout en essayant d'imiter un cri d'animal. C'était si drôle que je n'ai pensé à rien d'autre.

— Vous ne savez pas du tout faire le couinement du rat.

— Ah, pardon, petite partenaire, mais mon oreille est légendaire : je peux imiter à la perfection n'importe quel bruit que j'entends.

— Les voix humaines, peut-être. Mais les animaux, c'est mon domaine à moi.

Je lui ai fait une imitation de rat si parfaite qu'il en a été bouche bée. Mais c'était le genre d'homme à admettre les bizarreries des gens sans poser de question – et même à les apprécier, je crois. Il a dit en ouvrant les mains :

— *Himmayā*, Kàn est grand ! Mon amie Maura sait parler la langue des rats !

J'ai de nouveau éclaté de rire et je me suis rallongée en posant la tête sur ses jambes. Je me sentais bien, enfin apaisée, prête à m'endormir. Je ne pensais plus à mon père, ni à Eveer, ni au massacre.

— Alendro, je vous aime beaucoup, vous savez ?

— C'est normal, petite partenaire, toutes les femmes sont folles de moi.

CHAPITRE 52

Avant l'aube, alors que presque tout le monde dormait encore, je suis allée trouver Darran. Il était déjà prêt au départ, lui, mais il s'occupait en taillant un de ces fichus bouts de bois avec son petit couteau de menuisier, comme il le faisait souvent.

—Je veux apprendre à me battre.

Il m'a jeté un coup d'œil et m'a tendu le fameux bout de bois.

—J'étais en train de te préparer ça.

À moi ? Pour me battre ? Comment il avait su ce que j'allais lui demander ?

C'était la réplique – magnifiquement exécutée, je dois dire – d'une sorte d'arme. Ça ressemblait à une pioche, mais en plus petit. Il y avait un bâton avec une pointe au bout, légèrement recourbée. Deux fers à cheval rouillés étaient cloués de part et d'autre de cette pointe, pour une raison qui m'échappait.

—Tu l'as préparée rien que pour moi ? Tu t'es réveillé et tu t'es dit : « Maura va venir et me demander de la former au combat, ce matin » ?

—Je l'ai lestée au bout pour qu'elle ait presque le même poids qu'une arme en métal.

J'ai saisi l'arme en bois et j'ai fait quelques moulinets avec, dans les airs. C'était lourd, à cause des deux fers à cheval. Je devais la manier à deux mains.

— C'est la réplique d'un marteau de guerre. Mais bien sûr, un vrai serait bien plus lourd encore.

— Je ne pourrai jamais le manier !

— Contrairement à une épée ou une hache, un marteau de guerre n'a pas de tranchant, ce qui réduit les occasions de frapper. Et puis, il est difficile de parer les coups de l'ennemi avec le manche, à cause de son poids qui le rend peu maniable.

Finalement, il n'était bavard que quand il parlait d'armes et de batailles…

— Bon, et pourquoi tu me proposes cette arme, alors ?

— Parce que, contrairement à une épée, il peut percer facilement une armure ou une cotte de mailles. Surtout à cheval. Et puis…

Il s'est approché de moi et m'a regardé d'un air étrange. C'était exactement l'air qu'il prenait quand il regardait un morceau de bois, avant de le tailler, et qu'il entrevoyait déjà la forme de l'objet dans la matière encore vierge.

— … et puis, la pointe du marteau ressemble à une griffe animale ou à un bec d'oiseau, tu ne trouves pas ? En te regardant, je me suis dit que cette arme t'irait parfaitement.

Il a ramassé un second bâton tout droit, qu'il a pris en main fermement, et avec ça, il m'a donné un grand coup dans l'épaule.

— Aïe ! Qu'est-ce qui te prend ?

— Tu voulais apprendre, non ? Alors défends-toi !

J'ai eu l'impression de recevoir bien plus de bleus que de leçons, ce matin-là : il frappait, j'essayais d'arrêter le coup sans grand succès et de répliquer à mon tour. Il attaquait et parait à une vitesse stupéfiante. Au bout de deux minutes, j'ai été en nage, mon arme semblait peser autant qu'un âne mort, même portée à deux mains. J'avais beau tourner autour de Darran, esquiver, feinter, inventer des ruses et utiliser les défauts du terrain, je trouvais toujours son bâton sur la trajectoire de mon marteau de bois – et je me prenais un nouveau coup.

— Molasse! Trouillarde! C'est tout ce que tu as dans le ventre? grommelait Darran, qui ne semblait pas faire le moindre effort.

Je suis teigneuse et je n'aime pas perdre. Mon marteau de bois est devenu comme la longue griffe dont il avait parlé, et j'en fouettais l'air en grondant. Je bondissais toujours plus haut pour essayer de trouver une ouverture, je m'aplatissais au sol pour éviter les coups, j'utilisais ma main libre pour prendre appui contre la terre et me propulser de nouveau au combat.

Paf, j'ai pris un coup sur l'oreille.

— Réveille-toi un peu. Cul froid! Pisseuse! Fille de lavette!

Ça ne faisait pas plus de quelques minutes qu'on se battait, mais notre lutte nous avait déjà fait dériver un peu plus loin, dans une prairie plus plate où poussait un frêne solitaire.

— On dirait une vieille femme. Ta mère serait plus rapide que ça!

— Ma mère? Qu'est-ce que tu en sais, de ma mère?

— Qu'elle pleurerait de honte si elle te voyait.

J'ai grogné et ressenti de la haine. Au moment où il a voulu frapper, je me suis hissée d'un bond sur une branche basse, j'ai fait un soleil par-dessus, et d'une main, je me suis pendue la tête en bas et j'ai frappé dans son dos. Bien sûr, je me suis fait happer par son bâton et je me suis retrouvée couchée sur le ventre, des cailloux jusque dans la bouche et les reins en feu.

J'ai vu qu'Aedan nous avait suivis jusqu'ici et me fixait du regard.

— Toi, si tu te moques, je te cogne.

Darran m'a tendu la main pour m'aider à me relever, je l'ai refusée avec une haine froide.

— Ça va, j'ai compris. Pas la peine d'insister. J'ai été stupide de te demander ça… Les filles ne sont pas faites pour le combat, d'accord, d'accord!

J'avais mal partout, au dos, aux bras, aux fesses… On ne s'était battus que quelques minutes, mais je titubais de fatigue et j'avais tellement soif qu'à moi toute seule, j'aurais pu assécher le fleuve des dieux anciens. Et puis je me suis rendu compte qu'Aedan n'était pas le seul à nous avoir regardés nous battre : une demi-douzaine de curieux nous avait suivis jusque dans la prairie. Ils avaient dû trouver ça fascinant de me voir haleter, en sueur, me faire mettre une raclée à coups de bâton. Deux des filles de la colonne, tout spécialement, étaient carrément bouche bée.

— Et alors ? Vous n'avez jamais vu une fille se rouler dans la boue ?

Darran s'est tourné vers elles.

— Quelqu'un, ici, pense-t-il encore qu'une femme ne peut pas se battre ?

Et quand j'ai vu son dos nu, juste sous la cicatrice de sa brûlure à l'épaule, j'ai remarqué une fine zébrure rouge. Je l'avais effleuré ! Je l'avais touché avec la pointe de mon arme !

Il m'a toisé d'un œil froid.

— Tu seras une guerrière exceptionnelle.

— Mais… pendant le combat, tu…

— Il y a une force en toi. La peur ne suffit pas encore à la faire sortir. L'orgueil, si. Désolé si je t'ai dit des choses blessantes.

Il a réfléchi et ajouté :

— Et désolé aussi pour ton père. Je crois que je l'ai traité de lavette.

— Si tu insultes encore mon père, si tu insultes encore une seule fois ma mère, dis encore une seule parole offensante sur elle, tu le regretteras, Morregan Darran Dahl ! Ou quel que soit le nom ridicule que tu te donnes !

Ma réaction enragée l'a laissé totalement perplexe.

— Ce n'est qu'une technique. Mon père m'a appris son métier à coups de baguette et d'insultes. Et je suis devenu très bon pour tailler le bois.

— Mais tu n'es jamais devenu menuisier, hein ? Il y a d'autres manières d'apprendre quelque chose à quelqu'un, putois !

Je m'attendais à un silence, ou à un refus, mais il a simplement dit :

— Je vais essayer.

J'ai été tellement abasourdie par son revirement que je n'ai pas entendu Aedan s'approcher de moi, avec cet air stupide des gens qui viennent de voir quelque chose d'extraordinaire.

— Tu… tu pourrais le refaire ?

J'ai sursauté.

— Quoi ?

Il a désigné le grand frêne du menton, avec sa branche basse, où j'étais montée pour placer mon dernier coup. J'ai froncé les sourcils : la branche m'avait semblé *nettement* plus basse, pendant le combat. Je me suis mise sous l'arbre et j'ai tendu le bras : je n'arrivais même pas à la toucher.

— Co… comment j'ai pu sauter là-haut ? Ça devait être un autre frêne ?

Mais il n'y en avait pas un seul autre dans toute la prairie, à cent pas à la ronde. Et on voyait nettement la trace de griffes dans l'écorce de la branche.

— Un chat peut sauter jusqu'à trois ou quatre fois sa taille, a répondu Aedan.

— Je ne suis pas un chat !

— Tu as bondi jusqu'à cette branche. Tu as fait le cochon pendu pour surprendre Darran et le frapper par-derrière.

Il a ajouté, avec une lueur d'envie dans le regard :

— Moi, si j'avais eu un pouvoir comme toi, j'aurais voulu… je crois que j'aurais voulu devenir un grand homme, un guerrier, montrer à ma mère que j'ai réussi ma vie. Et si je rencontrais enfin mon père un jour, j'aurais voulu pouvoir lui dire…

Aedan n'avait jamais connu son père. Mais je ne l'ai pas écouté, j'étais trop épuisée pour faire des efforts de politesse.

—En tout cas, Darran avait raison, cette arme est faite pour moi. J'avais vraiment l'impression qu'elle était une extension de mon corps, comme une vraie griffe.

—Quelle arme?

J'ai baissé les yeux vers mes mains : elles étaient vides. J'avais dû perdre mon marteau de guerre au cours du combat et je ne m'en étais même pas rendu compte. Mais comment avais-je pu griffer Darran, alors?

Mon père s'est approché derrière moi et m'a chuchoté à l'oreille :

—Mindaran.

Il souriait – c'était rare de le voir sourire –, et du doigt, il pointait la petite marque de l'épée sur son épaule nue.

Putois, il ne manquait plus que ça… Mon secret : éventé, lâché devant toute la colonne! Alors tout le monde le savait, maintenant. Sorcière et fugitive : ce serait ça, ma vie, dorénavant!

—La colonne est ta nouvelle famille, Maura, a dit Aedan. Personne ne trahira ton secret. De toute façon, ils l'auraient su tôt ou tard.

Avec un soupir, j'ai remonté la manche de ma chemise et j'ai montré le petit bâton au creux du coude. Au fond, c'était aussi un soulagement de ne plus avoir à me cacher.

—Je l'ai toujours su, a dit Darran en me tapotant l'épaule. Tu dois apprendre à utiliser cette force que tu as en toi. Ce n'était pas une leçon de combat, ce matin. C'était une leçon de mindaran.

Il s'est tourné vers les autres :

—Qu'est-ce que vous foutez tous à nous regarder? Allez, tout le monde en selle!

Et il a ajouté pour moi, en me tendant la main :

—Frère et sœur de marque.

J'ai essayé de lui rendre son sourire, mais le cœur n'y était pas.

Pas frère et sœur. Père et fille, papa.

CHAPITRE 53

Ça faisait trois jours qu'on avançait sur la route de Quork.
Malgré tous les efforts de Darran pour faire accélérer la
colonne, on avait perdu l'espoir de retrouver les trafiquants
et de les surprendre sur le chemin : il semblait évident qu'ils
avaient déjà atteint une grande ville.

Heureusement, Alendro nous amusait un peu le soir par
ses tours de magie ou ses chansons paillardes. Ce jour-là, il a
remonté la colonne pour me parler après avoir essayé pendant
une heure, et en pure perte, de faire du charme aux autres
filles dans le chariot.

—Alors, tu en as séduit combien ?

—Bientôt toutes, *rosē rouja*, bientôt toutes.

—C'est ça, c'est çà.

—Mais je n'ai pas la partie facile avec elles, les pauvres
dames.

Tu parles. Après ce qu'elles avaient subi, elles n'avaient pas
la tête à la romance. Une brunette du nom de Iken éclatait en
sanglots pour un oui ou pour un non. Une certaine Yannah
passait son temps à hurler si un homme s'approchait. Et une
troisième – plutôt jolie d'ailleurs – n'avait pas prononcé un seul
mot depuis qu'on l'avait tirée des griffes des trafiquants. On ne
savait même pas son nom, alors on l'avait appelée « Muette »,
faute de mieux.

—Tu devrais peut-être tenter ta chance avec une *autre*
fille de la colonne.

Il s'est retourné d'un air étonné.

—Quelle autre fille, petite partenaire ?

Je me suis très bien tenue. Je n'ai rien dit, je n'ai pas pleuré, je n'ai même pas soupiré. Comme disait Eveer : quand c'est fichu avec un garçon, c'est fichu.

Dans les bois, les taillis mangeaient peu à peu le chemin de part et d'autre, et il fallait parfois se pencher ou s'écarter pour éviter les branches basses.

—Ça fait longtemps que tu n'as pas essayé de t'échapper, toi.

—Oh, a répondu Alendro, ce serait vraiment dommage de partir maintenant, alors que ces *damasellas* seront bientôt toutes à mes pieds.

—Ouais, et puis Darran te surveille de près.

—Cet homme a pour lui des arguments fort convaincants.

On avait tous les deux en mémoire le carnage à la hache, dans l'auberge.

—Tu irais où, d'abord ? Tu rentrerais chez toi ?

—Chez moi, fleur de printemps, c'est l'étoile au-dessus de ma tête. C'est la mousse sous les sabots de mon cheval. C'est la fine bruine sur ma peau brûlante. Je n'ai pas de chez-moi, j'en ai mille !

Je n'ai pas pu m'empêcher de pouffer un peu. La poésie à deux sous me fait toujours cet effet-là.

—Tu viens bien de quelque part, quand même ? Ton accent, il est d'où ?

Il a agité sa main en l'air.

—Ce petit accent séduisant, c'est veronien. La Veronao ! C'est le plus beau pays du monde, *rosẽ rouja* ! Il s'est mis à renifler autour de lui. *Maïcar !* Cette forêt empeste ! Pire que les égouts de Grandi Salom.

—Tu as raison, ça fait un moment que ça pue.

À l'odeur doucereuse des sous-bois humides et à celle, plus piquante, des sapins après la pluie, il se mêlait autre chose. Une sorte de pourriture stagnante. J'ai fait arrêter Rach et j'ai levé la main pour prévenir la colonne d'un possible danger. Darran a remonté la file au petit trot jusqu'à moi.

—Exerce tes sens, il a murmuré à mon oreille. *Tous* tes sens.

—Oh, ça va.

Maintenant qu'il avait découvert mon pouvoir, il voulait à toute force que je m'entraîne chaque jour pour l'améliorer. J'ai tendu l'oreille et j'ai essayé de faire le tri dans les bruits que j'entendais : le souffle chaud des chevaux et le bruit sourd de leurs mâchoires, en train de mâchonner les feuilles arrachées au bord du chemin, le grincement du cuir des selles, pour ceux qui en avaient.

—Mieux que ça ! m'a crié Darran.

La haine dans mon regard l'a surpris et, d'une voix plus douce, il a ajouté :

—S'il te plaît.

J'ai grommelé un peu et je me suis concentrée plus profondément.

Une brise au sol soulevait quelques feuilles mortes sur notre gauche. Un écureuil sautait de branche en branche : je pouvais entendre le léger craquement de chaque brindille se plier sous son poids minuscule. Derrière moi, il y avait aussi le raffut des mains qui se frottent aux étoffes, qui grattent un nez, celui d'un homme qui déglutit bruyamment en buvant de l'eau à sa gourde, des dizaines de respirations puissantes comme des soufflets de forge. Et, oh bon sang, de Tomey et Cairach en train de crier en faisant un boucan de tous les diables.

—Regarde-la se donner des airs, la rouquine !

—On va s'arrêter encore longtemps pour cette sorcière ? Je leur ai hurlé :

—On s'arrêtera le temps qu'il faudra, Tomey !

Et, en me tournant vers Darran :

—Je ne peux pas me concentrer sur les bruits de cette forêt avec ces braillards qui hurlent dans mes oreilles !

Il a jeté un coup d'œil en arrière et j'ai suivi son regard : Cairach et le petit Tomey se trouvaient en queue de la colonne, à plus cinquante pas. Ils ouvraient de grands yeux vers moi.

— Je crois qu'ils chuchotaient, a dit Darran.

J'ai demandé à Alendro :

— Ils chuchotaient ?

Mais lui aussi, me regardait avec des yeux ronds.

— Tu as entendu autre chose ? Une respiration ? a insisté Darran.

— Non, pas de respiration. Seulement celle de cet écureuil, là, sur la gauche. Et celle d'une biche, très loin devant nous, et… ce fond sonore agaçant, qui bourdonne dans mes oreilles !

Tout à coup, j'ai compris ce que c'était :

— Des… des mouches, voilà ! Des mouches par milliers, à cent pas environ.

— Des mouches ?

On a trouvé le second cadavre à une fourche du chemin.

À droite, « Quork, 10 lieues », a lu Alendro. À gauche, « Kiell-la-Rouge, cité royale, 50 lieues ». Et entre les deux, un homme aux yeux arrachés, la bouche remplie avec ses propres couilles – noirâtres à force de pourrir.

Le cadavre, à qui on avait taillé au couteau un sourire sanglant sur les joues, avait été disposé pour désigner du doigt la direction de « Kiell-la-Rouge, cité royale ». La puanteur et le nuage noir de mouches donnaient envie de regarder ailleurs. Il faut dire aussi qu'avec ses trous noirs à la place des yeux, il semblait rire d'un air dément.

— Maura, tu disais que deux trafiquants s'étaient échappés pendant l'assaut ? a fait Aedan qui était descendu de son cheval, blanc comme un linge.

J'ai flatté l'encolure de Rach que l'odeur mettait mal à l'aise, puis j'ai acquiescé de la tête.

—Oui. Je crois qu'on vient de retrouver le deuxième.

—Qu'est-ce qui est écrit, tracé en dessous, avec le sang? a demandé Darran qui ne savait pas plus lire que moi.

—Sur «Kiell-la-Rouge, cité royale», quelqu'un a barré «royale» et a écrit «pourrie» à la place, a expliqué Edbert de Kenmare, avant de détourner le regard. Comme pour l'enseigne de l'auberge: «cochon rieur» avait été remplacé par «cochon pendu». C'est sûrement la même personne qui a tué les deux hommes.

—Il n'y a écrit que «royal»? j'ai demandé. Ça fait plein de lettres pour un si petit mot.

—Il… il est aussi écrit, a fait Aedan: «Par ici, Darran, la visite continue»

Ça a jeté un certain froid, jusqu'à ce que Darran prenne la parole, toujours perché sur son grand hongre noir.

—Il faut aller à Kiell-la-Rouge.

—J'suis pas d'accord! a explosé le père Cairach derrière lui. On avait dit Quork. Pourquoi on irait à l'autre bout du royaume, juste parce qu'un inconnu a égorgé un pauvre bougre devant un poteau indicateur?

Je regardais ce grand gaillard barbu et je pensais: *Ce n'est pas la vraie raison pour laquelle tu ne veux pas y aller, Cairach. La vraie raison, c'est que tu as la trouille. Tu n'as jamais quitté ton petit village de Kenmare. De toute ta vie, jusqu'à combien de lieues es-tu allé au-delà? Cinq, dix? Ta maison aux vergers est déjà à cinq jours de cheval derrière nous. Dans ce pays inconnu, personne ne sait qui tu es. Les gens utilisent d'autres mots que les tiens, paient dans une autre monnaie et vivent dans d'autres paysages: tu es un étranger et c'est la première fois de ta vie que ça t'arrive.*

Je me suis raclé la gorge et j'ai chassé de la main les mouches qui tournaient autour des naseaux de Rach.

— À l'auberge, il y avait aussi un message pour nous. Quelqu'un avait voulu nous donner un indice ou nous mettre sur la voie. Je ne sais pas qui c'était, mais en tout cas, il y avait bien une fille à nous à l'intérieur de l'auberge.

Le visage si pâle d'Eveer est revenu me hanter.

— Foutrement sanglante façon de nous laisser des indices, a murmuré le kerr Owain.

— Mais qui tuerait quelqu'un juste pour laisser un message ?

Personne n'a répondu à Aedan. La fameuse « Vivaine », la fille qui avait disparu après la bataille des collines ? Ou « Vatia », la fausse fille d'auberge qui avait proposé à Darran de coucher avec elle pour deux sous, avant de disparaître, elle aussi ?

— Moi, je n'irai nulle part tant que je n'aurai pas d'abord été à Quork, pour vérifier que nos femmes n'y sont pas ! a gueulé le père Cairach.

— Ouais ! a crié quelqu'un d'autre.

— On s'arrêtera où, sinon ? a fait un troisième. On ne va pas aller au bout du monde, quand même !

— Kiell-la-Rouge est la capitale du Bas-Royaume, la cité du vice-roi, a murmuré Alendro d'une voix blanche, mais c'est aussi la plaque tournante du marché des femmes. Nous sommes à la saison des grandes foires : foire aux blés, foire aux vins, foire aux armes. Et la plus connue de toutes, c'est la « grande foire annuelle des épouses ». Dans tout l'Ouest, vous ne trouverez nulle part un plus grand choix de *damasellas* que sous les remparts de Kiell-la-Rouge.

J'ai eu envie de vomir, tout à coup.

— Une… une foire aux femmes ? Comme à Kenmare, notre foire aux bestiaux ?

— On l'appelle officiellement la « Foire aux épouses », mais… je suis comme toi, je ne vois pas de différence.

— Ils vendent et achètent des femmes ? Chez nous, en Westalie ? a chuchoté quelqu'un dans mon dos, effaré. Ils sont complètement fous !

— C'est répugnant, a fait le beau Cahal avec une grimace d'écœurement.

L'idée de cette foire, en fait, son *nom* même me faisait courir un frisson de rage le long de l'échine. « Cité pourrie », disait le panneau, hein ? Moi, maintenant, j'étais sûre que c'était un message pour nous. Nos filles étaient là-bas.

— Elle se tient à quelle date, cette… cette putois de foire annuelle ?

— Le dernier jour de l'été, à la sainte Gottaran Mathilda, a répondu Alendro.

— C'est dans trois jours, a fait Darran en tirant la bride de son cheval pour partir.

— Moi, je vais à Quork ! a continué à gueuler le père Cairach.

— Libre à toi, a répondu Darran sans se retourner.

Les paysans de Kenmare ont tourné la tête d'un homme à l'autre, ne sachant pas qui suivre.

— Erremon ! Eh, Erremon ! a braillé Cairach. Qu'est-ce que tu en dis, toi ? Tu vas laisser le fou de la colline nous emmener jusqu'à la fin des terres et des mers ?

Le capitaine de la milice a fait avancer sa monture jusqu'à Cairach et, d'un ton pincé, lui a répondu :

— On n'a pas daigné suivre mes ordres jusqu'à présent, et maintenant, on vient demander mon aide ?

— Ben… c'est toi notre chef, non ? a fait l'autre avec une sacrée hypocrisie.

Erremon a eu un sourire rayonnant et a parcouru l'assemblée du regard, persuadé d'avoir reconquis la troupe.

— Je ne vois ici qu'un cadavre jeté sur le bord de la route et un gribouillis qui s'adresse à « Darran » et non à notre colonne. J'ignore qui l'a tracé et quelles sont ses intentions.

Il a relevé le menton et tourné la tête vers les cinq miliciens de la troupe, qui étaient sous ses ordres directs.

—Nous allons à Quork.

—Moi, je vais à Kiell-la-Rouge, a répondu Darran avec une parfaite indifférence.

Erremon s'est planté devant lui, l'empêchant de faire manœuvrer son cheval. On pouvait dire ce qu'on voulait du capitaine de la milice, mais c'était un sacré bon cavalier.

—Vous avez tué cinq hommes sous nos yeux. Avec moi, vous êtes le représentant du baron de Kenmare, un serviteur de la justice. Sans moi, vous êtes un hors-la-loi et un meurtrier, sieur Morregan.

—Avec moi, votre colonne est une petite armée, a répliqué Darran. Sans moi, c'est une bande de paysans qui se fera massacrer au combat.

—Mon métier est d'arrêter les hors-la-loi et de les livrer à la justice, a répondu Erremon.

Darran a soutenu son regard haineux sans sourciller.

—Je vais là où sont nos femmes, c'est tout.

Erremon a fait un geste du menton et ses cinq miliciens ont éperonné leurs montures pour encercler Darran. Deux d'entre eux portaient des arbalètes et les autres des piques. Mon père s'est arrêté, le regard perdu dans le vague comme s'il ne les avait pas remarqués. Mais il avait déjà sorti un empan de son épée hors du fourreau.

Erremon n'avait pas vraiment *vu* Darran à l'œuvre à l'auberge, ou au camp des trafiquants. Il savait qu'il était dangereux, bien sûr. Mais avec ses miliciens, ils étaient à six contre un… Du moins avant que je ne fasse avancer ma monture à mon tour.

—Reste là, Maura, a grogné Darran. Et toi, Erremon, rappelle tes chiens de garde.

—Une dernière fois, Morregan : ne quittez pas la colonne. Et donnez-moi vos armes.

Morregan… Pour Erremon, il n'avait pas changé de nom.

Tout est allé très vite, les deux arbalètes ont craché leurs carreaux en même temps… Sauf que Darran n'était déjà plus sur sa selle et que les projectiles sont allés se perdre dans les taillis. Une lame a jailli entre les montures et a tranché une lance en deux, puis un milicien a été jeté à bas de son cheval et a poussé un cri d'horreur.

— Arrêtez ! a crié Edbert.

Toutes les têtes se sont tournées vers notre juriste. Darran tenait le milicien par le col et, à une seconde près, sa lame lui tranchait la gorge.

— La colonne n'est pas brisée : elle se sépare en deux ! Cela accroît nos chances de retrouver les femmes, ce qui est conforme à notre ordre de mission. Je… je pars à Kiell-la-Rouge avec le sieur Darran Dahl. En tant qu'homme de loi et fils du baron, je représenterai notre seigneur et légitimerai son action.

Edbert de Kenmare ? Soutenir Darran ? Mon père lui a jeté un regard surpris et, je crois, admiratif. Puis il a relâché le milicien qui s'est écarté en tremblant.

Erremon n'a rien dit, il était blanc comme un linge. Je crois qu'il commençait tout juste à comprendre que ses hommes venaient d'échapper à un carnage.

— Tous ceux qui voudront me suivre sont les bienvenus, a fait Darran en remontant tranquillement en selle comme s'il ne s'était rien passé.

Il n'est pas parti seul. Edbert, Aedan et quelques autres l'ont suivi. Les sept femmes rejetées par leurs familles n'ont pas hésité une seconde, elles non plus : elles sont toutes parties avec lui – Noreen qui ne lâchait plus Aedan, Yannah qui marmonnait sa haine des hommes, et Muette qui, bien sûr, ne disait toujours pas un mot. Kàn me pardonne, je ne me souviens plus du nom des autres, elles sont mortes trop vite.

Chapitre 54

Au bout de cinq cents pas, on est sortis du bois. Le soleil avait reparu, et après la pénombre des arbres, le blond éblouissant des blés nous a fait plisser les yeux. Je me suis approchée d'Edbert.

— Pourquoi avez-vous suivi Darran ?

Il m'a jeté un regard étrange, un peu amusé, assez… heureux, je crois.

— Ma sœur Rachaëlle a été fiancée à Darran autrefois, enfin, quand il s'appelait Morregan. Comme tout le monde, à l'époque, je désapprouvais totalement son choix, mais aujourd'hui je la comprends. Et… je ne sais pas comment l'expliquer… j'ai presque l'impression de retrouver un peu d'elle. Darran est un homme déroutant, mais il donne envie de le suivre jusqu'au bout du monde.

— C'est Alendro qui serait content d'entendre ça. Alendro ! Eh, Alendro, il y a quelqu'un ici qui partage ton amour pour Darran !

J'ai parcouru notre petit groupe des yeux, une fois, deux fois, et à ma grande surprise, je ne l'ai pas vu parmi nous. J'ai demandé à la première fille dont j'ai croisé le regard :

— Où est-il passé ?

La fille m'a souri et a papillonné des yeux avec ses longs cils, avant de faire le geste de souffler sur sa main, comme pour dire que le vent avait emporté Alendro. C'était Muette.

— Il est resté avec Erremon, a finalement dit Edbert.

J'ai senti mes entrailles se nouer et les larmes me monter aux yeux.

—Et vous, Maura, pourquoi avez-vous suivi Darran ?

—Oh Grand Kàn, je me demande bien pourquoi…

———◆———

Darran nous a fait cavaler comme des brutes pendant toute la journée, jusqu'à ce que la nuit soit si épaisse qu'on ne puisse plus mettre un sabot devant l'autre. On avait tous les fesses et le dos en compote. Pour le camp, il a choisi un emplacement idéal pour la défense : une ancienne ferme à moitié éboulée et perchée sur une colline, dont trois murs nous protégeaient encore. Côté confort, par contre, c'était nettement moins idéal. Le sol était couvert de cailloux et de plantes piquantes.

Notre chef se tenait en bordure du camp, droit comme un « I », et semblait encore passionné par ses graines rouges qu'il faisait jouer au creux de sa main. Moi, je me suis tournée et retournée dans ma couverture en essayant d'oublier l'absence d'Alendro.

Le salaud. Pas un au revoir, pas un signe d'adieu. Sans Darran pour le surveiller dans le reste de la colonne, il allait filer à la première occasion et personne ne le rattraperait jamais. J'essayais de graver dans ma mémoire chaque moment passé avec lui. C'était probablement tout ce qui me resterait de cet homme pour le restant de ma vie.

J'ai soudain senti un mouvement dans le noir et j'ai relevé la tête, pleine d'espoir :

—Alendro ? C'est toi, tu es revenu ?

Une voix un peu amère m'a répondu :

—Tu préférerais que ce soit lui ?

C'était Aedan.

—Oh, c'est toi. Qu'est-ce que tu veux ? Je suis fatiguée, je voudrais dormir.

—Je sais. Darran nous mène la vie dure.

D'un air embarrassé, il a commencé à me parler de notre enfance, de notre amitié malgré nos différences, et de fadaises de ce genre. Au bout d'un moment, je l'ai arrêté :

—Qu'est-ce que tu veux, exactement ?

Il a détourné les yeux. La lumière de la lune tombait sur son visage et je ne pouvais pas m'empêcher de me dire qu'il était sans doute encore plus beau qu'Alendro.

—Tu sais, Maura, quand on était gosses, je me disais que... toi et moi...

—Quoi, toi et moi ? j'ai demandé d'une voix que j'aurais voulue hargneuse, mais qui était plutôt faible et tremblante.

—Eh bien... j'ai toujours pensé que quand on serait grands, on se fiancerait et on se marierait.

Je me suis forcée à rire. Comme si l'idée ne m'était jamais venue, à moi aussi.

—On ne peut pas dire que tu te sois beaucoup démené pour mettre ton plan à exécution.

—Tu n'y as pas mis beaucoup du tien, non plus. Tu es... tu n'es pas facile à approcher, tu sais.

—La seule chose qui t'attire, chez moi, c'est que je suis une sorcière, comme ta mère. Tu ne l'es pas, toi, et c'est le grand drame de ta vie. Pas vrai ? C'est de ma marque que tu es amoureux, pas de moi. Tu voudrais te marier avec une fille qui plaise à ta mère, comme un bon petit garçon. Il faut grandir, Aedan.

Il a accusé le coup en silence.

—Tu es intelligente, a-t-il admis. Alors tu ne me pardonneras jamais, n'est-ce pas ?

On savait tous les deux de quoi il parlait. De l'inquisiteur. De sa mère sur le bûcher et de sa menace de m'y mettre, moi aussi.

—Non.

—D'accord, a-t-il murmuré d'un air triste, et il est parti.

Impossible de m'endormir après ça. Alendro puis Aedan. Qui me restait-il ? Messire Darran, avec sa hache et ses dragons ? J'étais entourée d'hommes qui se fichaient de moi comme de leur première paire de chausses et je me sentais atrocement seule.

J'ai fini par me lever pour satisfaire un besoin naturel derrière un mur. Et pendant que je me soulageais, j'ai entendu une respiration saccadée un peu plus loin. Je me suis rhabillée et j'ai sorti mon couteau. S'il y avait eu un danger, Darran aurait donné l'alerte, non ? Je me suis approchée à pas de loup et j'ai failli marcher sur quelqu'un qui remuait par terre.

— Aedan, c'est toi ? j'ai chuchoté.

Mais il ne m'a pas entendu, parce que, au même moment, Noreen a commencé à pousser des cris étouffés. Un nuage a glissé au-dessus de nos têtes et, à la lueur d'un quartier de lune, j'ai distingué leurs jambes entremêlées, les fesses blanches d'Aedan contractées sous l'effort et le bout pointu de seins dénudés. Leurs regards brillants étaient rivés l'un à l'autre, et une pointe de glace m'a traversé le cœur.

À ce moment, Darran m'a posé une main sur l'épaule. D'un doigt sur ses lèvres, il m'a fait signe de me taire et, de son autre main, m'a invitée à le suivre. On a laissé les deux imbéciles s'échanger leurs salives et autres fluides, et on s'est glissés à quelques pas de la ferme éboulée, derrière un tas de moellons. Darran a tendu le doigt devant lui et j'ai vu ce qu'il voulait me montrer : une torche flamboyante semblait flotter dans les airs, sur le chemin en contrebas. On distinguait à peine, derrière la lumière, les formes sombres et élégantes de trois cavaliers. Ils avançaient prudemment en passant au large de notre colline. Le premier tenait d'une main les rênes et de l'autre un brandon enflammé, ce qui leur donnait juste assez de lumière pour éviter à leurs montures de se casser une jambe. Ils étaient à plus de cent pas de nous et ne risquaient pas de nous voir dans l'obscurité ; je me suis tournée vers Darran et j'ai froncé les sourcils en écartant les mains : « *Où est le danger ?* »

Du menton, il a pointé les cavaliers, comme pour m'inviter à mieux regarder.

C'étaient des femmes.

—Je crois que ce sont elles qui sèment des cadavres, a murmuré Darran.

—Vivaine… et Vatia. Et une troisième inconnue.

Elles étaient enfin sous nos yeux, ces mystérieuses tueuses qui devaient nous épier depuis des jours. Lâchant un cadavre ici ou là pour nous mettre sur la piste des femmes de Kenmare. Quelle sorte de voyageuses étaient si pressées qu'elles parcouraient en pleine nuit les chemins du Bas-Royaume, à la lueur d'une torche ?

—Sens-les.

Les sentir ?

Il a désigné son nez du doigt, pour confirmation.

J'ai levé la tête, fermé les yeux et aspiré à petites goulées l'air de la nuit. Un millier d'odeurs m'ont soudain submergée. Pour ne pas être emportée dans le flot, j'ai tenté de les séparer les unes des autres. Odeurs végétales, minérales, animales… Les plus fortes étaient les odeurs corporelles venant de derrière la ferme, celle de Noreen et surtout de… Aedan, infiniment plus attirante. J'ai secoué la tête et je l'ai chassée de mon esprit, puis je me suis fiée aux mouvements du vent : les odeurs ne sont pas statiques, elles glissent dans les airs, elles avancent, s'arrêtent, montent et se distendent avec la brise… Par chance, un vent très léger montait du chemin. La sueur des chevaux, le cuir des selles… Soudain, pendant une seconde, j'ai reconnu les nuances plus discrètes et fugitives, de trois chevelures de femme. Chacune était aussi complexe, aussi unique que les notes d'une mélodie.

—Tu sauras les reconnaître ? m'a chuchoté Darran à l'oreille.

J'ai voulu lui répondre que oui, mais aucun son n'est sorti de ma bouche, si ce n'est une sorte de glapissement. Quand j'ai rouvert les yeux, j'avais les mains tendues devant moi, qui traçaient dans les airs des dessins étranges. C'était comme si je revenais d'un lieu très lointain ou d'un rêve intense. La tête me tournait et j'ai touché mon visage : sous mes doigts, il y avait quelque chose de long et dur, couvert de poils rêches.

C'était le museau allongé d'un loup.

Si Darran n'avait pas plaqué sa main sur ma bouche, je crois que j'aurais hurlé.

—Ce n'est rien, ça va aller. C'est normal, ça va disparaître.

Je me suis laissé bercer par ses murmures rassurants, par la chaleur de ses bras, jusqu'à ce qu'il me soulève comme une plume et m'enroule de nouveau dans ma couverture.

—Là… Il faut dormir maintenant.

Les yeux mi-clos, les cheveux en pagaille, j'ai murmuré dans un dernier souffle de conscience :

—Je… je ne suis pas un loup.

—Non, Maura. Tu es tous les animaux de ta forêt à la fois.

CHAPITRE 55

Interrompre Maura dans son témoignage était une obligation qui agaçait de plus en plus le conteur. Mais il avait un récit à écrire, et d'autres témoins à entendre. Il se gratta le menton devant cette nouvelle porte, cette nouvelle salle.

— Qu'en pensez-vous, messire d'Arterac ? Êtes-vous satisfait de cet endroit ? demanda la domestique avec sa serpillière à la main, encore rouge d'effort après avoir frotté le sol avec acharnement.

Le conteur fit le tour de la petite pièce au plafond bas, sans fenêtre, qu'il avait demandé à aménager pour ses entretiens. Un cachot, bien sûr. On y avait installé une table, quelques chaises et son écritoire. Le plus difficile avait été de désincruster de la pierre cette odeur des cellules mal ventilées, où des corps humains s'étaient succédé, avaient dormi, sué, vomi et s'étaient soulagés pendant des années.

En désespoir de cause, les domestiques avaient brûlé de la résine de pin, puis accroché au plafond des gousses d'ail et des branches de romarin.

— Cela fera l'affaire, merci infiniment.

Le conteur s'assit, sortit une feuille et fit plusieurs essais d'écriture, ajustant les pieds de la table, puis il posa sa lampe à huile à même le sol en soupirant. Il faisait toujours si froid dans cette forteresse, et jamais de cheminée nulle part…

— Bien, fit-il aux deux Dragons qui attendaient ses ordres. Nous allons commencer par les femmes. Et plus précisément par les compagnes du début…

Il consulta ses notes.

—Allez me chercher la fameuse Breena, puis nous verrons Yannah et enfin Muette.

Les Dragons ne dirent pas un mot. Ils se mirent en mouvement comme des automates et leur pas métallique résonna dans le couloir, de moins en moins fort à mesure qu'ils s'éloignaient.

Deux autres restèrent dans la salle.

—Allons, messires, n'êtes-vous pas curieux ? Le roi me demande de trouver les faiblesses du seigneur Darran Dahl, nous verrons bien si ce jeune homme se comportait en parfait chevalier avec les dames de sa troupe…

Les Dragons, bien sûr, ne lui répondirent pas. Le pas métallique des deux autres résonna de nouveau dans le couloir et bientôt, la silhouette parfaite de Breena, dont la chevelure noire était impeccablement peignée malgré ces dix jours de captivité, apparut dans l'encadrement de la porte.

—Messire d'Arterac, fit-elle d'une voix suave.

Elle avança d'une démarche chaloupée jusqu'à la chaise qui faisait face au conteur, puis s'assit en croisant les jambes, tirant par réflexe l'ourlet de sa robe de soie noire.

—Les guenilles qu'on donne aux prisonnières manquaient un peu de charme à mon goût, fit-elle en battant des cils, j'ai dû les arranger un peu.

De la main, elle essuya un grain de poussière imaginaire sur le tissu fluide qui recouvrait sa cuisse. Le conteur nota qu'elle n'avait pas les mains attachées comme Maura, sans doute parce que ses pouvoirs de mindaran étaient nettement moins puissants – et moins dangereux.

—Je suis Jean d'Arterac, conteur du roi. J'ai beaucoup entendu parler de vous.

—Et moi de vous.

—Je n'irai pas par quatre chemins : vous avez passé plusieurs mois au sein de l'armée rebelle, vous avez participé aux combats qui ont amené Darran Dahl aux portes de la capitale. Que pouvez-vous me dire de son comportement avec les femmes : était-il insistant ? Pressant ? Vous a-t-il manqué de respect ou fait des avances ?

Breena sourit. Toute trace de coquetterie ou de séduction disparut de son visage.

— Vous faites fausse route, conteur, ce n'était pas ce genre d'homme-là. Pour moi, Darran est toujours resté le petit Morregan. Ce garçon aux yeux doux, à qui les femmes du village demandaient parfois de s'occuper de leurs bébés, tellement il était patient avec eux.

Sa magie sembla soudain faiblir, son visage révéla des rides jusqu'ici masquées, et une certaine tendresse habita son regard.

— On l'appelait « l'Indestructible », mais c'était un homme fragile, toujours au bord de la rupture. Rien que sa façon de tenir ses graines dans sa main dans les moments de doute, comme un geste pour se rassurer...

Elle soupira.

— J'ai honte de ne jamais lui être venue en aide quand son père a commencé à le battre. J'ai aussi honte de n'avoir rien fait pour lui, quand il est tombé amoureux de la jolie Rachaëlle, qu'il a dû s'enfuir du village et s'enrôler dans l'armée du prince Erik. On a tous cru qu'on ne le reverrait jamais, vous savez.

Elle baissa les yeux, sourit dans le vide et posa une main sur la table. Puis elle redressa la tête et fixa d'Arterac droit dans les yeux.

— Il n'a jamais regardé aucune des filles de sa troupe. C'était un homme hanté par une seule femme, et celle-ci est morte depuis bien longtemps.

———————

—Lâchez-moi! cria Yannah en essayant de se dégager de la poigne des deux Dragons qui l'amenaient jusqu'à d'Arterac.

La jeune femme se tourna vers le conteur. Elle avait une vingtaine d'années, à peine. Son esprit n'était pas en paix, cela se voyait à tous les muscles crispés de son corps, à sa façon de se tenir – jamais au repos, ne tournant à aucun moment le dos aux Dragons, comme si elle craignait un coup en permanence. Du doigt, elle ne cessait de rabattre une mèche de cheveux imaginaire sur son oreille. Le conteur fut d'ailleurs surpris qu'on ne lui ait pas lié les mains.

—Dans l'Empire sapàn, il y a des prisons faites pour les femmes, où les gardiens sont des femmes elles aussi! J'exige de ne plus être gardée par des hommes!

—Lâchez-la, messires, dit d'Arterac aux deux soldats. Et reculez un peu. Demoiselle Yannah, vous pouvez vous asseoir.

Il poussa la table sur le côté pour qu'elle n'ait pas les Dragons derrière elle, et elle s'exécuta en grommelant, jetant un regard noir à tous ceux qui l'entouraient.

—Jeune fille, vous savez pourquoi je suis ici…

—Vous allez me demander de dire du mal de Darran, hein?

—Non, juste… votre point de vue, en toute honnêteté. J'ai besoin de témoignages.

—Et pourquoi mon témoignage, à moi?

—Vous êtes l'une de ces femmes que la colonne de Darran Dahl a libérées d'un groupe de trafiquants, au tout début de son périple. Et votre famille a refusé de vous rouvrir sa porte après cet épisode. C'est bien cela?

—Je ne vois pas en quoi ça vous regarde.

—Vous n'aimez pas les hommes, vous en avez peur, vous éprouvez même de la haine à leur encontre. Et pourtant…

—Les hommes tuent et violent les femmes, c'est dans leur nature. Même vous, avec vos airs de gentil grand-père.

Elle agrippa la table jusqu'à en avoir les articulations blanchies, et sa voix monta dans les aigus :

— Mon père ! Mon propre père m'a traitée de putain et giflée devant tout le monde ! Il m'a reniée comme une traînée !

— Vous n'aimez pas les hommes, disais-je, reprit d'Arterac. Et pourtant, vous avez servi Darran Dahl fidèlement, depuis votre rencontre avec lui jusqu'à sa mort. N'a-t-il jamais tenté d'abuser des femmes de la troupe ? De vous, par exemple ?

Elle secoua la tête et eut un étrange sourire.

— Vous n'avez toujours rien compris, hein ? Darran n'a jamais été un homme : c'est un dieu. *Gott-aran* veut dire «Visage de Dieu». Mais les Sapàns, eux, les appellent *Asapo'hamal'haddad*, les «Dieux qui marchent dans le monde», et c'est exactement ce qu'est Darran Dahl. Il est infaillible. Je le suivrai jusqu'au bout du monde ! Je me jetterais du haut d'une falaise s'il me le demandait !

Une lueur inquiétante s'était éveillée dans son regard. Sa voix était plus basse, intense. Elle éclata d'un rire strident.

— Oh, je sais bien ce que vous allez me dire : Darran Dahl a été tué à Homgard. C'est ça, hein, que vous pensez, dans votre petite tête ridée ?

Ses ongles rayaient le bois de la table.

— Foutaises ! Est-ce que les dieux meurent ? Darran Dahl ne prend jamais une mauvaise décision. Il ne perd jamais un combat, il n'échoue jamais. Sa prétendue défaite fait partie d'un plan d'ensemble. Vous verrez, Darran reviendra, et il rasera le palais de votre roi, il balaiera cette forteresse et cette ville tout entière !

Elle se leva, les deux poings sur la table, hurlant à en postillonner sur le comte :

— Il va revenir, je vous dis ! Il vous tuera tous jusqu'au dernier ! Et moi je serai là et je vous regarderai crever, pendu au bout de vos tripes !

— Gardes, fit le comte, pouvez-vous reconduire cette jeune personne dans sa cellule, je vous prie ?

———·———

— Bonjour ma demoiselle, fit le conteur en regardant la jeune femme suivante prendre place sur la chaise en face de lui.

Elle était très jeune, comme Yannah. Plus jolie, sans doute. Et infiniment plus douce. En fait, après l'entrevue avec Yannah, plonger dans son regard était comme tremper une brûlure à vif dans de l'eau fraîche.

— Maura vous appelle « Muette ». Je sais que vous ne parlez pas et que vous ne savez ni lire, ni écrire. Mais j'ai pensé que, peut-être, vous pourriez vous exprimer par le dessin.

Il lui tendit plusieurs feuilles blanches et un fusain taillé très fin. Muette contempla longuement la pointe noire d'un air interrogateur. Elle éprouva du doigt la texture douce et légèrement grasse du bois brûlé, avant de regarder le bout de son index noirci par le charbon. Une expression de joie traversa son visage et elle s'empara de l'outil pour tracer les lignes d'un croquis.

— Comme vous le savez, j'interroge les prisonnières l'une après l'autre pour recueillir différents points de vue au sujet de la personnalité de Darran Dahl. Je… je…

Pendant qu'il parlait, Muette avait déjà tracé la silhouette d'un homme couché à terre, portant un bouclier dans le dos et une hache à la main. *Darran mort, bien sûr.* La jeune fille était remarquablement habile. Mais il faillit s'étrangler quand il reconnut en face de ce personnage, taillée à grands traits, la silhouette du Roi Lumière – la couronne et la tête fendues en deux par une autre hache. La cervelle, brossée à la va-vite, jaillissait du crâne. Muette écrasa plusieurs fois le fusain sur le visage du roi en poussant des cris de rage, les traits déformés par la fureur, jusqu'à ce que l'outil se casse en deux. Alors elle tourna la tête vers le conteur, de nouveau souriante et polie, et lui tendit son esquisse.

—La rébellion… vengera Darran Dahl… en massacrant le Roi Lumière, c'est ça ? C'est votre réponse ?

La jeune fille reprit son dessin, pensivement, et cracha sur le personnage à la couronne.

—Et… et concernant le comportement de Darran avec les femmes ? Vous n'avez rien à me dire ?

Avec entrain, elle fit « non » de la tête.

CHAPITRE 56

— A lors ? demanda Maura. Vous avez parlé à d'autres filles ?

Le conteur déposa ses papiers sur la table en soupirant, présentant à la prisonnière un front barré de plis d'inquiétude.

— Vous cherchez encore quelqu'un qui pourra vous renseigner sur les faiblesses de Darran Dahl, je parie ? Et vous n'en trouvez pas.

— Je me dois de vous faire une confidence. J'avoue qu'en acceptant cette tâche, je m'attendais à découvrir un homme plus… contestable.

— Darran était loin d'être parfait, je crois que vous avez dû vous en rendre compte en m'écoutant. Mais c'était un homme bien, et il ne cachait rien.

— Ils cachent toujours quelque chose.

— Qui ça, les Gottarans ? Vous avez dû en rencontrer quelques-uns, pas vrai ? J'ai l'impression que vous ne les portez pas vraiment dans votre cœur.

Le comte eut un geste d'agacement.

— Quand elle est faible et orientée vers un pouvoir pacifique, la magie du *cal*… – je veux dire, du Premier Visage de Kàn – reste supportable pour un esprit solide. Mais si elle se fait trop puissante, tôt ou tard, ceux qu'elle envahit deviennent complètement f…

Il s'interrompit. Il avait deux Dragons dans son dos et ce n'était jamais une bonne idée de dire du mal de leur roi à ses plus fidèles serviteurs.

— … enfin, disons qu'ils deviennent très différents de nous.

— Si on oublie un peu les jolies légendes racontées à l'église, fit Maura, on s'aperçoit que nos reines ont toutes été des barbares sanguinaires à demi folles. Et notre roi actuel est encore pire.

Le comte ne la contredit pas.

— Vous vous souvenez de *La danse des amants maudits* ? poursuivit Maura. Alendro la chantait souvent, c'est ma ballade préférée. Jenn et Sandrëa, roi et reine de deux pays voisins et tous les deux Gottarans, finissent par s'entre-tuer malgré leur amour, parce qu'ils sont submergés par leur propre magie. C'est bien ce que vous pensez, hein ? Il n'y a pas de bon Gottaran ? Leur pouvoir les détruit tous ?

Le comte jeta un coup d'œil embarrassé aux deux Dragons derrière son épaule.

— Poursuivez votre récit, voulez-vous ?

— Je vais le faire, conteur. Mais souvenez-vous d'une chose : Darran n'était pas comme eux. Peut-être parce qu'il était trop malheureux pour penser à lui.

———

Le lendemain matin, le jour n'était même pas encore levé quand Darran m'a secouée brutalement dans mon sommeil.

J'ai ouvert les yeux et fait la grimace : si j'avais espéré que les courbatures de la chevauchée auraient disparu par miracle, je pouvais constater que non. Tout le monde était déjà levé. La seule chose qui m'a arraché un demi-sourire amer, c'est qu'Aedan et Noreen avaient eux aussi les yeux bouffis et le teint blême des réveils difficiles. J'ai donné à Aedan un petit coup de poing dans l'épaule, juste un peu trop fort, peut-être :

— Fatigué, ce matin ? La nuit a été agitée ?

J'ai adoré le voir rougir et bafouiller en détournant les yeux. J'ai moins aimé que Noreen passe son bras sous le sien et me jette un regard noir qui signifiait clairement : *« Pas touche. »*

Il a fallu encore toute une matinée de cheval pour qu'apparaissent enfin les premiers signes de la cité du vice-roi. Ça a commencé par des villages plus gros, plus riches, dont les cultures ressemblaient à d'immenses potagers plutôt qu'à des champs de céréales. On croisait aussi plus de monde sur le chemin : des marchands, des militaires, des fiacres et des coches, dont les voituriers s'échangeaient des insultes que je n'avais jamais entendues au village (j'ai noté soigneusement « face de cul », « fils de truie » et mon préféré : « saint Gottaran de mes fesses », il est toujours utile d'avoir une ou deux répliques bien senties dans son répertoire). Et puis, on est arrivés au pied d'une grande tour de guet au sommet d'un promontoire, qui dominait un cours d'eau gigantesque. Je n'avais jamais vu un bâtiment aussi haut, ni de rivière aussi large ! On aurait pu y mettre dix fois le ruisseau du Bendall ! Et on ne pouvait la franchir que par un pont en bois vertigineux.

— C'est… c'est énorme !

Le kerr Owain a gloussé.

— C'est juste la première fois que tu vois un fleuve, petite. Il y en a de bien plus larges. Et Kiell-la-Rouge est peut-être la plus grande cité du Bas-Royaume, mais c'est une tête d'épingle, comparée à Homgard, dans le Haut-Royaume.

— Homgard, la cité des dragons, la capitale des deux royaumes…, a murmuré Edbert. J'ai toujours rêvé d'y aller.

Moi, en tout cas, j'ouvrais des yeux émerveillés devant tout ce que je voyais : les fumées des grandes forges où on battait le métal, les chapelles aux murs peints, les cuirasses brillantes des chevaliers sur leurs montures… Et surtout ces vendeurs ambulants avec leurs vêtements colorés, qui couraient jusque dans les pattes de nos chevaux au risque de se faire écraser le pied, des tourtes au lard et des bijoux plein les bras, en braillant à qui mieux mieux. Au bout d'un moment, tout de même, quelque chose a commencé à me déranger dans leur comportement : ils ne venaient pas me voir, moi. Ni aucune des filles de la colonne. En bons commerçants, ils visaient uniquement Owain, Edbert et les autres hommes.

— Ici, les mœurs ont évolué plus vite que dans notre village des confins, a dit Edbert. Je pense que vous n'avez pas idée à quel point l'isolement de notre petite presqu'île oubliée, ainsi que la volonté acharnée de notre baron à protéger ses femmes, ont laissé de libertés à nos filles de Kenmare. Saviez-vous qu'il avait refusé d'appliquer plusieurs décrets royaux dans son fief ?

J'ai failli m'étrangler en entendant ça… À la mort de Karech, quel droit j'avais eu, moi, à part celui de devenir domestique au château ? Mais la suite a pourtant montré qu'il avait raison : partout ailleurs, pour les femmes, la situation était bien pire que chez nous.

— Je crois que votre mère, Maura, a été pour beaucoup dans son refus d'appliquer les décrets contre les femmes dans son domaine, a poursuivi Edbert. Elle avait énormément d'influence sur lui, ces dernières années.

Ma mère, Onagh ?

— Cinq sous ! a crié un jeune garçon à Edbert en arrêtant son cheval. Cinq sous pour ce collier d'argent ! Regardez comme il irait bien à votre belle !

C'était de moi qu'il parlait ?

— Seigneur, quelle belle vous avez là ! a dit un autre. Du rouge pour ses joues ? Du blanc pour ses paupières, à cette splendide rousse ? Trois sous seulement !

Il s'est enfin tourné vers moi :

— Eh ! Toi ! Tu ne voudrais quand même pas te montrer en ville sans rouge à joues, n'est-ce pas ? Dis à ton maître que sa belle ne peut pas aller dans les rues sans maquillage !

De ma vie, je crois que j'ai rarement envoyé un coup de pied aussi bien ajusté : son blanc et son rouge ont volé dans les airs, avant de retomber en pluie sur sa tête.

— J'irai en ville en pensant à tes cheveux poudrés, *face de cul* ! je lui ai crié.

Il s'est tourné vers Edbert avec rage :

— Vous me devez dix couronnes pour le maquillage ! Et pour l'affront de votre belle !

— Maura ne m'appartient pas, a répondu Edbert. C'est la domestique de cet homme, là, devant.

Il a pointé du doigt Darran, toujours aussi droit sur sa selle, aussi souriant qu'une porte de cachot. Le petit vendeur a avisé son bouclier dans le dos, son épée au côté et le tranchant de sa hache qui dépassait de ses fontes. Avec son bras lacéré de cicatrices, sa cotte de mailles trouée et son air taciturne, il avait toutes les apparences d'un homme qu'il serait stupide de fâcher. Le vendeur a dégluti et s'est retiré en murmurant, le moins fort possible :

— Quand on n'sait pas tenir ses filles, on ne les emmène pas à la ville…

Quelques centaines de pas plus loin, je suis restée un bon moment bouche bée sur mon cheval. J'avais trouvé que la tour de guet sur la colline était haute ? Les fortifications autour de la porte d'entrée étaient gigantesques ! Et la porte elle-même ! Quelle sorte de géant vivait ici pour qu'on lui fasse une ouverture de vingt pieds de haut ? On distinguait à peine les visages des gardes en cotte de mailles, tout petits, là-haut, perchés aux créneaux des tours ! À côté de cette muraille, le château de Kenmare était une chiure de mouche.

— Par Kàn, Maura ! C'est immense, hein ? m'a glissé Aedan, qui ouvrait des yeux grands comme des soucoupes.

J'ai fait de mon mieux pour paraître blasée :

— Et alors ? Tu n'as jamais vu de porte ?

On n'était pas seuls sur le chemin. Plus on s'approchait des murailles, plus la cohue se faisait dense. Et ce n'était pas exactement des grossistes en légumes qui faisaient la queue pour entrer dans Kiell : leur «marchandise» était exposée dans des charrettes ou en file indienne, parfois ligotée aux mains, souvent maquillée et habillée selon son âge ou ses compétences. C'étaient des marchands *de femmes*. Ils étaient là pour la fameuse «Foire aux épouses» dont nous avait parlé Alendro. On était arrivés à temps, elle ne commencerait que le surlendemain.

Une chance : sur ce point-là au moins, ce sale lâcheur ne nous avait pas menti, ni sur le lieu, ni sur la date.

— Laissez-moi parler aux gardes, a dit Edbert. Je jouerai le rôle d'un marchand. Les femmes de notre colonne passeront facilement pour des filles à vendre. Kerr Owain, pourriez-vous enfiler une soutane ? Vous jouerez celui qui atteste que nos filles ont été bien traitées. Aedan, tu seras mon jeune fils.

— Et moi ? a demandé Tomey.

— Darran et toi, vous serez les deux hommes d'armes que j'ai engagés pour notre protection. Tu fais un peu jeune, Tomey, mais tu as la carrure pour le rôle.

— Non, a répondu Darran d'une voix égale.

— Comment cela, non ?

— Nous venons reprendre nos femmes enlevées. Alors c'est ce que nous dirons.

Edbert n'a même pas essayé d'argumenter. Je crois qu'il commençait à comprendre le genre d'homme qu'était Darran.

Je ne saurais jamais si la ruse aurait réussi. Ce que je sais, c'est que, quand on s'est présentés à la grande porte, les gardes nous ont tout de suite pris pour des marchands :

— Aucune arme de plus de deux empans de long n'est admise dans la cité, lance, épée, hache, arcs, arbalète et autres, a déclamé un garde d'une voix monocorde, comme une litanie qu'il devait avoir répétée cent fois depuis l'aube. Les insultes au Roi Lumière et au vice-roi, le vol de marchandise et les blasphèmes sont punis de mort ; l'ébriété publique et le viol de la femme d'autrui sont punis de cinq coups de bâton.

—Tiens ? Vos femmes montent à cheval ? a fait un autre garde assis devant une table pliante, et qui recomptait des piles de monnaie. Drôle d'idée. Il vous en coûtera un sou par cheval et un sou par femme à vendre.

Darran n'a rien dit, il a fourragé dans sa bourse et en a tiré une poignée de piécettes, qu'il a plaquée de la main contre la table.

—Eh ! Le compte n'y est pas, l'ami. Il manque huit sous !

—Les femmes ne sont pas à vendre.

Le sergent de milice s'est gratté l'oreille d'un air perplexe.

—Ben alors, qu'est-ce que vous êtes venus faire à Kiell-la-Rouge, la veille de la Foire aux épouses ?

—Retrouver les filles de notre village et les ramener chez nous.

Le regard des gardes a complètement changé. C'était comme s'ils voyaient Darran pour la première fois : la cotte de mailles trouée, la panoplie d'armes passées dans ses sacoches, la haute stature et le cheval noir.

—Kàn-aux-deux-visages, a murmuré son camarade, blanc comme un linge. C'était pas juste une chanson, alors ?

—V… vous êtes Darran Dahl, c'est ça, comme dans l'histoire qu'on raconte partout ? Vous parcourez le royaume pour retrouver les femmes de votre village ? Vous êtes le guerrier à la hache ? Darran le vengeur ?

—Non.

—Non ?

Il y a eu un soupir de soulagement général chez les gardes. L'un d'eux a même éclaté de rire et braillé aux autres : « Il n'existe pas ! Je vous l'avais bien dit ! »

—Non, je ne cherche pas la vengeance. Juste nos femmes.

CHAPITRE 57

On nous a finalement laissés entrer. Pourquoi nous aurait-on arrêtés ? On était mandatés par le baron de Kenmare et, officiellement, aucun d'entre nous n'était recherché par les autorités. Alors Kiell-la-Rouge s'est offerte à nous comme un piège qui s'ouvre pour laisser entrer une proie.

J'ai vite compris d'où la ville tirait son nom. Elle n'était pas particulièrement sanglante ou violente, c'est juste que les maisons étaient bâties dans un bois de chêne de la région, à la couleur rouge orangé. Ça donnait presque l'impression que les rues étaient en feu. En tout cas, découvrir la capitale du Bas-Royaume m'a fait comprendre que je n'étais pas faite pour la ville. Les odeurs nauséabondes, les gens qui hurlent pour se parler, qui vous bousculent, qui courent dans tous les sens, ça me rendait malade. Et cette foule qui vous écrase, qui vous englue, comme une boue dans laquelle on s'enfonce… Je n'avais qu'une seule envie, c'était de passer les portes en sens inverse et de m'enfuir le plus loin possible de cet enfer. Avec nos chevaux, c'était encore plus difficile de se frayer un chemin dans les rues étroites, et les gens nous criaient dessus pour un oui ou pour un non.

On n'a jamais réussi à trouver une auberge qui voulait bien de nous. Elles étaient toutes pleines à craquer de clients venus pour la grande foire : des régisseurs qui cherchaient des ouvrières agricoles, des taverniers en manque de filles de salle ou même des vendeurs d'épouses professionnels… On a vite découvert tout un monde à mille lieues de celui de Kenmare, rempli « d'employeurs » qui venaient se fournir ici en main-d'œuvre féminine. Il y avait même un jeune paysan en bras de chemise qui allait comme nous d'auberge en auberge, pleurant pour qu'on lui fasse une place. Il racontait à tout le monde qu'il cherchait une femme honnête pour fonder une famille. Et qu'il n'achèterait que celle qui voudrait bien de lui.

— Je m'en fiche pas mal, si elle n'est pas aussi jolie que vous, me disait-il en me prenant à partie, je veux juste qu'elle me dise : « D'accord Roland, je veux bien t'épouser », et si elle me plaît, je la ramène avec moi. J'ai dix arpents de bonne terre, vous savez ? Et un troupeau de douze vaches !

J'ai eu un mal fou à m'en débarrasser. Je crois qu'il m'aurait bien achetée, si j'avais été d'accord. Heureusement, il a fini par trouver une place dans une salle commune.

C'est dans cette salle, justement, que j'ai entendu pour la première fois l'histoire de *Darran, le fou à la hache*, de la bouche d'une serveuse. Un groupe attablé dans le fond braillait une chanson à pleins poumons au moment où je suis entrée, ça faisait quelque chose comme :

Et Darran le vengeur, qui s'enivrait de sang,
répandait les cadavres, fautifs ou innocents,

D'autres tables ont repris en chœur :

il poursuivait ses femmes, volées à son hameau,
massacrant bêtes et hommes, jusque dans les berceaux.

C'était quoi cette chanson ? Qui avait pu écrire de pareilles âneries ?

Et Darran à la hache, le guerrier fou de rage,
croyait voir ses femmes dans le moindre village.

— La garde l'a fait entrer à Kiell ce matin par la porte de Quork, a dit la serveuse à la cantonade, ravie de l'attention que ça lui a aussitôt apportée.

— Il est aussi terrible qu'on le dit ?

La fille a posé son plateau sur la table et s'est penchée en avant.

— Dans le village des marais, le sol était devenu rouge de sang, on marchait sur de la cervelle et des bouts d'os. Et Darran, le fou à la hache, allait d'une porte à l'autre, traquant les mercenaires des marchands un par un, dans les maisons où ils s'étaient cachés pour lui échapper.

— Ils étaient combien, ces mercenaires ? a demandé un gars, qui portait la blouse d'un ouvrier du bâtiment.

— Au moins cent ! Et il y avait une compagnie d'archers sapàns avec eux. Mais chaque fois qu'on tirait une flèche sur lui, il était si rapide qu'il l'arrêtait du manche de sa hache !

Cent ? N'importe quoi ! Ils étaient cinq !

— Raconte-nous encore le moment où les mercenaires se mettent à dix contre lui ! a demandé l'ouvrier.

La fille a fixé du regard chacun des hommes de son auditoire.

— D'après le seigneur Gallopo, ils l'ont piégé à dix contre un dans une des maisons, il s'est défendu comme un lion, mais un des mercenaires lui a tranché le bras. Tchac, d'un seul coup d'épée !

Gallopo ! J'ai enfin compris le joli petit cadeau que nous avait fait le chanteur à la cape verte, qui s'était enfui après le massacre de l'auberge. Ce petit serpent se faisait appeler « seigneur », maintenant qu'il avait inventé de toutes pièces une chanson et une histoire qui fascinait les gens. Darran aurait mieux fait de l'étriper sur place !

— Eh bien, vous savez quoi ? Le bras a repoussé ! Avec une hache directement dans sa main !

— Dans sa main ?

— Ouais. Même que les maris vengeurs et la fille aux cheveux rouges ont ramassé le bras tombé par terre et se sont barbouillés de sang avec.

Je me suis éclipsée quand son regard s'est posé sur moi et qu'elle a ouvert des yeux ronds, me fixant d'un air stupide.

La fille aux cheveux rouges faisait déjà partie de la légende, apparemment, et c'était moi...

Je suis allée retrouver les autres dans la rue. Heureusement, Darran n'avait pas pu entendre : il attendait avec les autres filles et les chevaux.

Edbert est revenu de l'auberge, très pâle, et nos regards se sont croisés. Visiblement, les aubergistes avaient entendu l'histoire sanglante, eux aussi, et ils repéraient vite qu'on était la fameuse troupe de « Darran le vengeur ». C'était pour ça que les portes se refermaient devant nous. Personne ne voulait, sous son toit, un fou furieux capable de massacrer les clients sur un malentendu. Edbert m'a glissé à l'oreille :

—Ils nous reconnaissent facilement avec notre accent taëllique et nos huit femmes à cheval.

—Et mes cheveux rouges, aussi, hein ?

Mais alors qu'on attendait devant une dernière auberge, j'ai remarqué un vieillard, debout devant un grand bâtiment de pierre. Il portait un habit étrange, comme un drap plein de plis. C'était la première fois de ma vie que je voyais une toge. Du doigt, il m'a fait signe de m'approcher et je me suis frayé un passage à travers la cohue de la rue, en tenant Rach par la bride. Il m'a dit d'une voix rauque :

—*Haz'm Jallep.*

—Pardon ?

—La bénédiction des dieux sur toi : *Haz'm Jallep.*

J'ai incliné poliment la tête.

—Euh, enchantée, moi aussi.

Il avait un accent rocailleux, comme s'il avait passé toute sa vie à mâcher des cailloux. C'était juste l'accent sapàn, mais ça aussi, c'était la première fois que je l'entendais.

—Pourquoi ton *herrat* est pas venu ?

—Je suis désolée, je ne comprends pas votre langue.

—Ton maître : *herrat*. « Homme ».

J'ai haussé les épaules.

—Je n'ai pas de *herrat*. Je fais ce qui me plaît.

Il a semblé surpris par ma réponse.

—Pas de *herrat*? Et les autres femmes avec toi, elles aussi, pas de *herrat*? D'où ton groupe vient?

—La Taëllie. Très loin d'ici.

Il a souri.

—Cinq jours de cheval, la Taëllie. Deux mois de voyage, Empire sapàn.

Il s'est tourné vers le bâtiment derrière lui et m'a invitée à passer sous le porche. J'ai jeté un coup d'œil: un petit passage voûté menait à une cour intérieure où poussaient des hautes herbes.

—Ici, temple de déesse Addad. Aux femmes dédié. Temple fermé depuis cinq ans: pas assez de femmes viennent.

Rach a dû un peu courber l'échine pour passer, mais à la vue des plantes laissées à l'état sauvage dans la cour, son œil s'est arrondi de gourmandise et il ne s'est pas fait prier pour avancer. Le bruit infernal de la foule s'est estompé. On a déboulé dans un jardin étrange, laissé à l'abandon. Des statues de femmes en bois ou en pierre avaient été entassées ici, couchées ou debout, et disparaissaient presque sous les mauvaises herbes.

—Eh! Je la reconnais, celle-ci! C'est dame Hisolda, la sainte artiste. Il y avait une statue d'elle dans notre église, quand j'étais petite. Et là, c'est dame Ursel-la-guérisseuse. Oh, et ma préférée: Bianca-la-guerrière! J'ai toujours adoré son arc à double courbure!

Je me suis mise à déambuler dans ce cimetière des Gottarans oubliées, à m'émerveiller de les retrouver ici comme des amies perdues, à nettoyer de la main leurs orbites terreuses et à dégager leurs visages des ronces.

—Quand saintes ont été interdites dans églises, certains prêtres ici ont déposé leurs statues. Pour qu'elles pas détruites.

J'avais un peu de mal à comprendre son baragouinage, il fallait remettre ses mots dans le bon ordre. Mais j'étais prête à lui sauter au cou juste pour m'avoir permis de retrouver les héroïnes de mon enfance. Toutes celles qui m'avaient fait rêver, qui m'avaient donné envie de devenir tour à tour artiste, magicienne, capitaine de bateau – et chasseuse, bien sûr – et qui avaient été depuis bannies des églises. C'étaient les visages et les histoires de ces femmes qui avaient fait de moi la Maura que j'étais devenue.

— Ici pouvez rester. Avec tes amis, tous. Ici, pouvez dormir.

Je me suis tournée vers lui.

— Sérieusement ? Vous pourriez héberger huit femmes et sept hommes, avec leurs chevaux ?

Il a fait un geste large des deux bras, qui englobait la grande cour et le bâtiment. Ça devait être immense à l'intérieur. Pendant un petit moment, j'ai admiré les murs décorés de mosaïques : ils représentaient chaque fois la même femme dans un habit et une scène différente. Guerrière, Conteuse, Chasseuse… Il y avait même une Sorcière et une Courtisane.

— Comme la déesse, huit facettes a chaque femme. Et dans sa vie, chacune elle doit l'explorer.

Le vieux était-il en train de me dire que sa déesse Addad possédait, à elle seule, huit pouvoirs de mindaran ? On pouvait donc en avoir plusieurs ?

— Bon, je lui ai dit. C'est décidé, on va rester ici. Ce sera combien par jour ?

Il a souri plus largement, découvrant des dents encore belles, malgré son âge.

— Vous, les statues de vos saintes nettoierez et honorerez. Votre paiement sera. *Iner'Addad*. Au nom de la déesse.

CHAPITRE 58

J e suis revenue en courant jusqu'à notre petit groupe pour annoncer la bonne nouvelle à tout le monde, et je me suis violemment cognée contre un grand gars, tellement costaud que j'ai eu l'impression de rentrer dans une montagne. Le choc m'a jetée par terre, mais lui n'a pas bougé d'un pouce. Fichues rues pleines de monde !

— Excusez-moi, quelle gourde je fais.

— Ce n'est rien, ma demoiselle.

Il m'a galamment tendu la main pour m'aider à me relever. Il était vraiment bâti comme une armoire – c'était un guerrier visiblement. Et il avait une cicatrice sous le menton.

— Vous ne vous êtes pas fait mal ?

Il m'a souri gentiment, mais je ne lui ai pas répondu. Je suis restée la bouche grande ouverte, les yeux fixés sur cette cicatrice. Longue, un peu incurvée. Je l'ai reconnue aussitôt. Cet homme était le lieutenant de Gaollan, le chef des trafiquants de femmes. Je le revoyais comme si c'était la veille, au milieu du demi-cercle de cavaliers qui avaient menacé Morregan devant sa maison… C'était celui qui avait hésité, quand son chef avait donné l'ordre de foutre le camp.

Il m'a reconnue exactement en même temps que moi. La faute à mes cheveux rouges, je suppose. Son visage s'est décomposé, il a lâché ma main et il s'est mis à courir. Mais je l'ai pointé du doigt en hurlant et il a trouvé Darran sur son chemin. Le balafré a essayé de lui mettre un coup de genou au ventre, mais Darran a été plus rapide. Un poing dans l'estomac l'a presque plié en deux – ça ne l'a pas arrêté pour autant, et il a répliqué en pivotant sur lui-même pour envoyer un coup de coude d'une telle force qu'il aurait pulvérisé un mur de brique. Mais Darran l'a bloqué du bras et lui a retourné un direct en pleine poitrine. Le gars a eu le souffle coupé, il a bien tenté un coup de tête, mais trop court, et il n'a pas pu éviter une frappe en plein visage, qui lui a cassé le nez, puis un coup de poing sur la nuque assez puissant pour assommer un bœuf. Finalement, Darran lui a fait une clé de bras pour l'immobiliser. Il a bien remué dans tous les sens pour se dégager, mais essayer de se libérer de la poigne de Darran, c'était un peu comme de cogner un roc à coups de poing en espérant qu'il sera plus fragile que vos phalanges. Alors mon père s'est tourné vers moi et m'a jeté un regard interrogatif.

— Le menton ! j'ai dit. La cicatrice !

Il a enfin reconnu l'homme et il a resserré progressivement sa prise au bras, pendant que les autres se mettaient en cercle autour d'eux.

— Où sont les filles de notre village ? a demandé Darran d'une voix presque douce, pendant que l'autre devenait écarlate sous l'effet de la douleur.

— C'est… c'est vous, le fameux Darran Dahl ?

— Où sont les filles ? a répété Darran, un peu plus fort.

— Nous ne devrions peut-être pas l'interroger dans une rue aussi passante, a fait remarquer Edbert d'un ton hésitant, en vérifiant autour de nous qu'il n'y avait pas de soldats du guet.

— V… vendues à des marchands. Toutes vendues.

— Les noms, les dates.

— F… foutre-kàn, je ne m'en souviens pas !

Darran a encore serré sa clé de bras, et le balafré a hurlé. Les passants nous contournaient la tête basse, personne ne savait ce qu'on faisait, et surtout, personne ne voulait le savoir. À la campagne, si on s'entaille le pouce, le premier paysan venu

373

accourt pour vous aider. En ville, on peut se faire égorger devant dix personnes et aucune ne bougera le petit doigt.

—Attendez! a crié le gars. Ce que je sais, c'est qu'on les a vendues ici, à Kiell, à des marchands qui seront à la foire demain!

—Tu mens, a fait Darran.

Eveer avait été vendue sur le chemin.

—Sauf pour une fille! a crié le gars. Je l'avais oubliée. On en a vendu une, en cours de route, à deux marchands qui allaient à Quork. Ils avaient une cargaison de pierre froide dans un chariot.

On s'est regardés, Darran, Owain, Aedan, moi. Ça collait avec ce qu'on savait.

—Donc toutes les autres sont ici, à Kiell? Et elles seront emmenées à la foire demain?

—J'en sais rien! Mais y a des chances, les marchands de femmes sont tous ici pour la foire.

Le gars suait à grosses gouttes et roulait des yeux paniqués. Il se croyait déjà mort.

—Je suis… je suis désolé pour vos femmes. Je vous jure qu'on ne les a pas touchées, pas une seule. Maître Gaollan aurait tué le premier qui aurait posé une main sur elles. On les a bien traitées, elles ont eu à boire et à manger, on les a soignées quand elles étaient malades, je vous jure!

—Et elles vous ont rapporté beaucoup d'or? a fait Darran.

Une ombre est passée sur son visage, quelque chose de sombre et de haineux, qui ne lui ressemblait pas et qui m'a fait peur. Il avait un rictus effrayant, et il a serré le bras, serré, l'autre a hurlé encore plus fort, et on a entendu les ligaments craquer.

—Darran, arrête!

Quand j'ai crié, il a aussitôt relâché le balafré, qui pleurait comme un bébé en tenant son bras.

—Qu'est-ce qui t'a pris?

—Je… je ne sais pas, a bredouillé Darran.

Le gars en a profité pour bondir vers la foule, espérant s'y fondre et disparaître, mais Darran, d'un geste réflexe, l'a attrapé par le bras, l'a fait pivoter sur lui-même et lui a envoyé un coup de poing qui l'a percuté à la mâchoire. L'homme a été projeté sur les pavés de la rue et ne s'est pas relevé. Le kerr Owain s'est précipité sur lui et nous a dit, l'air effaré :

—La mâchoire lui est rentrée dans la cervelle.

—Merde, a fait Darran en guise d'excuse.

—Ça, c'est pour nos femmes ! a fait Tomey avec une lueur de triomphe dans le regard.

Il ne semblait pas se rendre compte que Darran reculait en titubant et en se passant la main sur le front, comme s'il sortait d'un rêve ou d'un cauchemar. Je n'allais pas pleurer sur le sort du balafré, vu ce qu'il avait fait à Eveer et aux autres, mais je n'aimais pas du tout l'état de Darran.

—Je connais un endroit pour cacher le corps et nous loger tous, avec les chevaux.

Tout le monde s'est tourné vers moi.

CHAPITRE 59

En découvrant le jardin du temple, où nous attendait le vieux Sapàn, les autres ont ouvert de grands yeux. Les hommes comme les femmes étaient heureux de retrouver les statues des saintes. Sauf Darran, bien sûr. Lui, il a jeté un regard circulaire et je pouvais presque voir les petits rouages tourner dans sa tête de guerrier : l'endroit était une vraie souricière avec pour seul point de fuite le passage étroit vers la rue. En cas d'attaque, on était cuits.

On a enterré le corps dans le jardin et le vieux n'a pas posé de question. Et puis on s'est installés à l'intérieur. Les bâtiments étaient immenses, dans le genre riche demeure qui avait connu des jours meilleurs, remplis de grandes salles poussiéreuses vidées de leurs meubles. Après avoir passé la journée dans des rues tellement étroites que les gens auraient pu se serrer la main d'une fenêtre à l'autre, cette débauche de vide avait quelque chose d'irréel. C'était comme si on avait changé de monde.

J'ai cherché Darran et je l'ai retrouvé dans une sorte de chapelle au rez-de-chaussée. Pour entrer, il avait dû ouvrir une double porte en bronze, dont il avait ôté les deux barres de sûreté. Cette salle était différente des autres : les meubles étaient là, renversés et fracassés. Des bancs de messe brisés, une grande chaire mise à bas, des présentoirs de chandelles répandus au sol… On marchait sur des bougies parfumées qui avaient été foulées aux pieds.

Darran se tenait devant une série de tapisseries brodées ; on pouvait y voir la déesse Addad dans différents décors. Mais chaque scène avait été souillée par des inscriptions et des dessins grossiers à la peinture bon marché. Le plus horrible à voir, c'était cette grande statuette en bois déposée sur l'autel. Elle avait dû être très élégante, autrefois, un petit bijou de travail du bois comme Darran ou son père auraient pu en façonner. Mais la déesse avait été défigurée à coups de burin, et une de ses jambes avait été tranchée net. Sa bouche n'était plus qu'un grand trou, où on avait fourré son propre pied grossièrement retaillé en forme de sexe d'homme.

Je ne sais pas s'il m'a entendue arriver. Son visage était rouge de fureur et sa poitrine se soulevait à un rythme rapide. Il a soudain pris un grand chandelier en fonte, à deux mains, et il a cogné sur la statuette profanée jusqu'à ce qu'il n'en reste que des miettes. Et puis, avec sa masse improvisée, il s'est mis à frapper sur les tapisseries. Le tissu de la première s'est déchiré et le chandelier est resté coincé dans le mur. Ivre de rage, il a tiré dessus de toutes ses forces et l'en a arraché, avec quelques éclats de pierre.

— Darran !

Il s'est retourné vers moi avec les mêmes yeux fous qu'il avait eus en serrant le bras du balafré. J'ai bondi en arrière, par réflexe, et son chandelier a pulvérisé un banc déjà renversé. Je suis restée une seconde les yeux rivés sur les éclats de bois, stupéfaite : si ça avait été moi, j'aurais été réduite en bouillie.

— Qu'est-ce qui te prend, Grand Kàn ?

— Où sont les filles ? Rends-moi les filles !

— Darran, c'est moi, Maura !

J'ai couru à l'autre bout de la pièce, mais c'était impossible de distancer Darran.

Bon Dieu, il va me tuer !

J'ai essayé de me souvenir de ses leçons de combat, quand il m'apprenait les esquives à coups de bâton. Sauf que cette fois, c'était pour de vrai. J'ai bondi le plus loin possible, pour gagner la porte. Mais il était toujours sur mes talons, je sentais son souffle et j'entendais le métal siffler dans l'air. J'ai couru jusqu'à la porte, mais je me suis pris le pied dans les débris de bois au centre de la pièce. Il m'a attrapée par les cheveux et a levé son arme au-dessus de moi. Je me suis retournée et j'ai griffé son poignet jusqu'au sang… Alors ses épaules se sont affaissées. Une ombre est passée sur son visage.

—Kàn-aux-deux-foutres, qu'est-ce que je suis en train de faire ?

Je ne pouvais pas dire un mot. J'étais déchirée entre deux pulsions contradictoires : me jeter dans ses bras ou m'enfuir en courant.

—Lâche ce chandelier !

—Ce quoi ?

C'est là que j'ai vu ce qu'il avait entre les mains : ce n'était plus un chandelier, c'était sa grande hache de bataille.

—Tu… tu ne l'avais pas laissée à l'entrée de la cité ?

Il a posé les yeux sur son arme et il a poussé un cri horrifié avant de la jeter loin de lui comme si elle lui brûlait les doigts. Elle est retombée sur les dalles avec un grand bruit de métal.

—« Darran, le guerrier fou à la hache », j'ai murmuré.

—Oh, foutredieu, Maura !

On s'est tournés tous les deux vers la hache sur le sol : elle n'était plus là, il n'y avait plus que le chandelier. Est-ce qu'on était fous ? Est-ce qu'on avait rêvé ? Mais sur le mur, à l'endroit où il avait déchiré la tapisserie, la pierre était fendue dans le sens de la hauteur comme par un tranchant bien net. Le chandelier n'aurait pas pu laisser une telle marque.

Je me suis éloignée de lui instinctivement, les mains tremblantes et la peur au ventre, et j'ai dit d'une voix blanche :

—Allons-nous-en, cet endroit est maudit.

—C'est pas l'endroit qui est maudit…

Il s'est pris la tête entre les mains et il s'est mis à hurler :

— Fous le camp ! Ne reste pas avec moi, fous le camp je te dis !

C'était sa manière de me dire qu'il tenait à moi, je crois.

On a été aussi surpris l'un que l'autre quand on a entendu le vieux Sapàn dans notre dos :

— Parfois, les hommes deviennent fous furieux. Tout casser, saccager.

Impossible de dire s'il parlait de Darran ou des gens qui avaient profané la salle de prière. Il se tenait sur le seuil, entre les deux grands vantaux de bronze.

— Ils sont venus pendant la nuit dans la maison de Addad. Ont saccagé et profané cette salle de prière ; comme déchaînés ils étaient ! N'ont pas pu passer les portes de bronze et détruire le reste du temple, *Hazz'n Addad*, bénie soit la déesse.

Dans cette foutue ville, la loi sur les femmes avait déjà profondément changé les gens : « Kiell, cité pourrie », disait le panneau sanglant sur la route. Eh bien, je commençais à partager ce point de vue.

— Vieillard, est-ce qu'il y a une cave dans ton temple ? lui a demandé Darran. Avec une porte solide et un verrou ?

Chapitre 60

—C'est ce qu'il a demandé? s'écria le conteur, en se levant de son tabouret, la plume à la main. C'est vraiment ce qu'il a demandé?

Une goutte d'encre s'écrasa sur sa belle veste en velours, mais il n'y prêta pas la moindre attention.

Maura fronça les sourcils.

—Quoi?

—Une cave? Une porte solide avec un verrou? Ce sont bien ses propres mots?

Elle désigna du menton les mains du conteur, aux paumes intactes.

—Si je mentais, vous le sauriez, non?

—Avez-vous la moindre idée de ce que cela signifie? Savez-vous combien de personnages légendaires ou prétendument légendaires, comme Darran Dahl, j'ai connus dans ma vie? Et combien, quand leur pouvoir a commencé à se manifester, ont demandé une cave et une porte avec un loquet?

Maura répondit d'une voix pincée:

—Je pense que Darran méritait un peu mieux que «prétendument» légendaire.

—Vous ne comprenez pas! Cette magie est un appel d'une force inouïe, c'est comme une vague irrésistible qui vous emporte! Jamais, je dis bien *jamais* je n'ai vu un homme ou une femme avoir le courage de refuser cet appel!

—L'appel *du démon*, hein? C'est bien ça, que vous pensez?

Le conteur eut assez de finesse pour reconnaître la colère sourde dans la voix de Maura.

— Je ne suis pas un homme d'Église, jeune fille. Dieu ou démon, cela m'importe peu. Cependant, je… je me méfie énormément des gens qui reçoivent cet appel, qu'ils soient simples roturiers ou souverains en titre. J'y vois plus une malédiction qu'un don. Le fait que Darran Dahl l'ait refusé, je trouve cela tout simplement…

— Inhabituel ?

— Extraordinaire ! Hors du commun ! Unique dans tous les récits sur le sujet à travers le monde !

La colère de Maura s'éteignit. Il ne restait plus que l'incompréhension.

— Mais Darran n'avait pas le choix. S'il avait succombé à cet appel, il serait devenu un fou sanguinaire. Il aurait massacré dix innocents dans les rues de Kiell avant de se faire tuer par la garde !

— Vous n'avez pas idée de la volonté acharnée qu'il faut pour ne pas y céder. Une cave, une porte et un loquet ! Je… je n'ai rien entendu de plus beau dans toute ma vie de conteur !

Il éclata de rire et agita sa plume en tous sens, avant de reprendre place sur son tabouret.

— Continuez, continuez !

———

Il n'y avait pas de verrou à la cave. Alors Darran est descendu au fond du puits, qui était asséché à cette époque de l'année, et nous a demandé de remonter la corde. Il est resté enfermé là-dedans et son état s'est dégradé d'heure en heure. On ne savait plus quoi faire. J'ai descendu le seau avec une gourde et des petits pains : le seau est remonté en miettes. On l'entendait pousser des hurlements et donner des coups sur les parois. On ne disait rien, on se regardait dans le blanc des yeux en se rongeant les sangs.

Edbert a proposé de faire venir un guérisseur, mais à quoi bon ? Le mal de Darran était au-delà de la médecine. J'avais vu cette hache dans ses mains, surgie de nulle part, Grand Kàn, je l'avais vue !

Ses cris résonnaient dans ma tête, à me rendre folle. Des mugissements de bête, qui s'élevaient du fond de son trou.

« L'appel du démon » : on avait tous en tête les prêches d'église et les Saintes Écritures. Un jour, le démon touchait un homme ou une femme de son doigt flétri. Il lui transmettait sa folie et sa magie de destruction. Sauf que le démon était censé choisir de mauvaises personnes, des gens cruels et malsains. Aucun de nous ne comprenait comment ça avait pu arriver à Darran.

Au bout d'un moment, j'ai craqué. J'ai enfilé une tunique informe et un capuchon, les cheveux attachés en arrière pour me faire passer pour un jeune garçon. Et je me suis jetée dans les rues de la ville pour m'étourdir de bruit, en essayant d'oublier le puits et mon père qui se trouvait dedans.

J'ai marché des heures, je me suis perdue dans le labyrinthe des rues et des ruelles. Le jour tombait et j'étais en train d'essayer de retrouver mon chemin, quand je suis tombée sur le « Palais des légendes » – un bâtiment tout en bois, à trois étages, presque aussi grand que le château de Kenmare. Ses colonnes, ses frontons et les personnages sculptés dans les façades m'ont tout de suite fascinée : des sirènes, des dragons, des navires… Et il y avait aussi des couples nus dont certains étaient en train de faire des choses… qui ont suscité chez moi un certain intérêt, je dois dire.

Ce n'était qu'une salle de spectacle, mais c'était la première fois que j'en voyais une et je l'ai d'abord prise pour un vrai palais. J'en étais encore à admirer les bas-reliefs quand j'ai remarqué un grand visage peint sur le mur. Il était à moitié effacé, mais je l'aurais reconnu entre mille : c'était celui d'Alendro.

Je suis restée là pendant un bon moment, la bouche ouverte, avant de trouver le courage de demander à un passant comment s'appelait cet homme qu'on voyait peint sur le mur.

— C'est Alendro Pracca, le faiseur de légendes ! Pourquoi, mon petit gars ? Tu as peut-être une histoire à lui raconter, toi aussi, pour qu'il en fasse un spectacle ? Ha ha !

C'était un ouvrier des abattoirs, qui portait encore son tablier ensanglanté.

— Alendro Pracca ?

L'homme a voulu me tapoter la tête d'un geste affectueux, mais je me suis écartée.

— Il avait disparu depuis des semaines et sa salle de spectacle était fermée, et voilà qu'il nous est revenu ce soir avec une nouvelle histoire ! Le Palais des légendes a fait salle comble. Ils ont même dû fermer les portes. Du jamais vu !

— Ce soir ? Il donne un spectacle *ce soir* ? Vous… vous voulez dire qu'il est ici, à Kiell-la-Rouge ?

Mon cœur s'est mis à battre comme un fou. Le gars a été appelé ailleurs et m'a plantée là, mais je n'y ai prêté aucune attention. En tendant l'oreille, on pouvait entendre à l'intérieur les applaudissements de la foule, et de temps en temps, des éclats de rire et des vivats. Tout à coup, les deux grandes portes du Palais des légendes se sont ouvertes et une masse compacte de gens s'est déversée dans la rue. Ils étaient tous très gais, ils chantonnaient des airs ou parlaient très fort entre eux. J'ai entendu des bribes de conversations comme : « C'était du grand Alendro Pracca ! » « Fabuleux, tout simplement fabuleux ! » Un petit gamin de six ou sept ans courait partout en agitant un bâton comme une épée et en hurlant : « Je suis Darran l'Indestructible ! »

Je me suis précipitée sur des gens au hasard :

— Excusez-moi, vous avez vu le spectacle ?

Deux hommes aux allures de marchands, bien habillés, se sont arrêtés pour me jeter un regard méfiant. Je devais avoir l'air d'un mendiant.

— C'était l'histoire de Darran Dahl, c'est ça ? L'homme dont Gallopo parlait dans ses chansons ?

Le premier a eu un petit rire méprisant.

— Ton Gallopo était une fripouille, qui chantait comme un crapaud ! Le vice-roi l'a fait pendre hier en place publique, pour commérage et diffusion de fausses nouvelles.

Pendu ? Pour avoir écrit une chanson ? Putois ! C'était dangereux d'être troubadour, dans cette ville !

— Mais Alendro Pracca, lui, a poursuivi l'homme, c'est un artiste !

— Et… et il dit quoi, son spectacle sur Darran Dahl ?

— Eh bien, paie ta place au Palais des légendes, gamin, si tu veux le savoir !

L'autre marchand a éclaté d'un rire joyeux.

— Ce Darran, quel homme ! Prie le ciel d'avoir la chance de lui ressembler un jour, petit !

J'ai joué des coudes pour remonter le flot de la foule. Le hall d'entrée était si haut qu'on aurait pu y faire tenir des arbres. Il y avait même au plafond des bougies noyées dans un nuage de cristal, je n'avais jamais rien vu d'aussi beau de ma vie. Mais je ne me suis pas arrêtée : j'ai foncé jusqu'à la grande salle. Des centaines de bougies étaient piquées sur des clous autour de la scène. Une armée de femmes en livrée blanche les éteignaient, ou passaient entre les tables pour ramasser les reliefs des repas.

— Alendro, petit coquin ! Tu ne m'avais pas dit que tu étais une célébrité dans cette ville ! j'ai murmuré tout bas en admirant les lieux.

Et dire qu'à Kenmare, il en était réduit à chaparder les bourses et les piécettes de son public. Qu'est-ce qui avait bien pu le pousser à quitter Kiell-la-Rouge, où il possédait sa propre salle de spectacle ?

Chapitre 61

J e me suis faufilée jusqu'au rideau rouge et je me suis glissée par-dessous. Je me suis retrouvée sur la scène et je me suis faufilée dans un couloir où s'entrecroisaient des hommes et des femmes maquillés, qui se chamaillaient les uns les autres. J'ai trouvé Alendro dans une grande loge, bien éclairée. En fait, j'ai reconnu sa jolie silhouette à travers un paravent. Il était en train de se changer pendant que trois jeunes femmes s'agitaient en tous sens dans la pièce, nettoyant, rangeant, pliant – et papotant, surtout, avec un bel entrain.

— Comment veux-tu qu'on prépare un nouveau costume en si peu de temps ? lui demandait la première.

— Et avec des instructions aussi précises ?

— Mes amours, je sais que vous avez déjà fait un travail fantastique pour le costume de ce soir, une merveille ! C'est un véritable miracle, oui ! Tout ce que je vous demande, c'est de tout refaire avec de nouvelles couleurs, ce n'est presque rien, pour vous trois… Vous l'avez déjà fait une fois, non ?

C'était bien lui. J'aurais reconnu sa voix entre mille.

— Eh, les filles ! j'ai crié. Les nouveaux tissus viennent d'être livrés !

Personne ne m'a demandé qui j'étais, et toutes les trois se sont bousculées pour sortir en poussant des cris excités.

— Greta, c'est toi ? a fait Alendro derrière son paravent.

J'ai attendu un peu avant de répondre :

— Oui ?

—Greta, fleur parmi les fleurs, passe-moi ma culotte, *je tã prioù*.

Fleur parmi les fleurs, hein? Apparemment, ce petit compliment-là ne m'était pas réservé… Je ne suis pas particulièrement jalouse, hein. Mais je n'ai jamais dit que j'étais indulgente, non plus.

—Vous avez le petit oiseau à l'air, c'est ça?

—Greta? *Maõ rossignol*, c'est bien toi?

J'ai renversé le paravent par terre et je me suis rincé l'œil. Il a poussé un cri et a bondi à l'autre bout de la pièce avant de se couvrir l'entrejambe avec une lyre – ce qui, bien sûr, ne couvrait pas grand-chose.

—Ça, c'est pour m'avoir laissée tomber comme une vieille paire de mitaines, sale lâcheur! Tu as filé comme un voleur! Je te préviens: tu as intérêt à avoir une bonne excuse, Veronien!

—Ma cu… culotte, s'il te plaît.

Je lui ai tendu le premier vêtement qui m'est tombé sous la main, et il l'a enfilé en me tournant le dos.

—Petite partenaire, où est le seigneur Darran? Je l'ai cherché dans toute la ville, mais personne n'a pu me dire où il se trouve.

J'étais surexcitée, partagée entre la rage et la pure joie de le revoir. J'avais envie de le gifler et de lui sauter au cou.

—Vous êtes une vraie célébrité, ici. Vous gagnez beaucoup d'argent? Vous couchez avec beaucoup de filles, je parie?

Il s'est frotté la tête avec une serviette humide et quand il m'a de nouveau adressé la parole, ses cheveux étaient dans un tel bazar que j'ai éclaté de rire. J'étais tellement contente de le revoir!

—On ne gagne pas beaucoup d'argent dans ce métier.

—Pourquoi êtes-vous revenu? Je vous manquais, hein, avouez?

—Le seigneur Darran n'a rien fait de… de violent? Je veux dire, il n'a tué personne? Il n'a pas attaqué la garde de la ville, j'espère? Trouve-moi mes chaussures, fleur parmi les fleurs.

—C'est incroyable que vous me posiez cette question! Il n'a tué personne mais… –j'ai baissé la voix, l'angoisse m'est retombée sur les épaules d'un seul coup– … on est tous très inquiets, il est devenu fou furieux. Il a essayé de me trancher en deux à coups de hache.

—*Maïcar!*

—Qu'est-ce que ça veut dire, ça?

—Ça veut dire que tu dois me conduire à lui! J'espère qu'il n'est pas trop tard.

Il a enfilé une chemise et il s'est précipité dans le couloir au moment où les trois filles revenaient en jacassant comme des poules.

—Qu'est-ce que vous me cachez, Alendro? Pourquoi vous êtes à Kiell?

—Rien du tout, *rosë rouja*, rien du tout! Je ne cache jamais rien à personne.

—Où sont passés Erremon, le père Cairach et tous les autres?

—Ils doivent encore être dans la ville de Quork, je suppose? Je leur ai faussé compagnie et j'ai fait la route tout seul.

—C'était pour faire un spectacle sur Darran, pas vrai? Son histoire était trop bonne pour la laisser à Gallopo, je parie. Elle attire les foules et les pièces d'or!

Je ne sais même pas par quelle porte on est sortis dans la rue. Je me souviens juste qu'on s'est retrouvés à marcher sur le pavé. Il faisait presque nuit, mais Alendro était dans cette ville comme un renard sur son territoire familier. Il connaissait chaque passage, chaque place ou venelle sûre, évitant d'instinct les endroits sombres et les groupes suspects. On est arrivés en un rien de temps au temple de la déesse et on a surpris les autres au jardin.

—Alendro! a crié Tomey.

—Sacré Veronien! a fait le kerr Owain en le prenant dans ses bras.

Ça a été un tonnerre d'exclamations. Edbert s'est levé pour lui serrer la main, pendant que le kerr Owain allait chercher quelque chose à manger. Et puis Muette a déboulé en agitant les bras et a embrassé mon magicien sur les deux joues. Je crois qu'elle avait le béguin pour lui. Seul Aedan n'avait pas l'air ravi de le revoir, il faisait la moue et ne décrochait pas un mot.

—Bonjour, *compadroùs*, bonjour. Je dois parler à Darran Dahl, où est-il? C'est urgent!

J'ai blêmi à cette idée.

—*Parler* à Darran?

—C'est qu'il est très… très perturbé, a fait le kerr Owain, qui revenait de la cuisine avec un pain aux noix entre les mains.

—Il va vous sauter dessus en hurlant, a dit Tomey.

Yannah a secoué la tête avec un petit sourire carnassier.

—Il va vous réduire en charpie. Il faudra une semaine pour ramasser les morceaux.

Alendro m'a lancé le même genre de regard que l'agneau qui s'apprête à se jeter dans la fosse aux lions.

—Peut-être, mais il… il a besoin que je lui parle.

—Alors, prenez au moins ça, a fait Edbert en lui donnant le pain aux noix et une cruche d'eau. Il mangera peut-être avant d'attaquer, ça vous laissera le temps de dire quelques mots.

Si j'avais été courageuse, je serais allée avec lui. Mais Darran avait déjà failli me trancher la tête et tout le courage que j'ai eu, c'est de supplier Alendro de ne pas y aller.

—Petite partenaire, c'est très important.

Il m'a regardée avec un air si sérieux que j'ai lâché prise. Je voyais bien qu'il tremblait des pieds à la tête, mais rien ne pouvait le détourner de son projet. On l'a donc descendu au bout de la corde, les pieds sur le nouveau seau – après avoir enfermé Muette à l'intérieur pour l'empêcher de le tirer en arrière de toutes ses forces.

À chaque grincement de la manivelle, la lueur de sa bougie disparaissait un peu plus, jusqu'à ce qu'elle soit soufflée par un courant d'air. Quand les gars ont senti qu'il lâchait la corde, on s'est tous regardés les uns les autres comme des imbéciles, à attendre les cris et les coups. Je me suis penchée autant que j'ai pu, fourrant la tête dans le trou noir, mais ça a été le silence. Alors ils se sont tous tournés vers moi :

— Tu savais qu'il viendrait à Kiell ? a demandé Aedan.

— Où sont passés les autres gars de la colonne ? a fait le kerr Owain.

Ça a été le signal pour un feu roulant de questions.

— Pourquoi veut-il voir Darran ?

— Comment il a su qu'il était malade ?

— Où tu l'as rencontré ?

J'ai relevé la tête, furieuse.

— Fichez-moi la paix, je n'entends rien !

On a attendu un bon moment. Il n'y a pas eu de hurlements ou d'appels à l'aide. D'en bas montaient des chuchotis, des éclats de voix étouffés, et parfois le bruit de bottes piétinant la boue comme si l'un d'eux sautait ou tournait sur place. «Non, non, non!» a crié une fois Darran, à quoi Alendro a répondu quelque chose dans sa langue, très vite, presque en criant, avant de se remettre à chuchoter. Et puis, pendant un bon moment, ça a été le silence.

Autour du puits, on s'est regardés sans oser dire un mot de plus.

Et soudain, il y a eu deux tractions sur la corde.

— Remontez-le, putois! j'ai crié. Vite!

Mais ce n'était pas Alendro au bout de la corde : c'était Darran. Couvert de boue et puant comme un bouc.

Il n'a rien dit, il n'a pas fait un geste, il s'est juste hissé dans le jardin. Et puis, on a entendu la voix d'Alendro, en bas :

— Eh oh ? Et moi, quelqu'un me remonte ?

———————

Assis en cercle dans le jardin aux statues, à la lueur de la lanterne, on avait la mine basse et personne n'osait regarder du côté de Darran. On avait tous très peur de le voir de nouveau faire une crise de folie. Yannah et Muette étaient là, un peu en retrait. Noreen était cramponnée au bras d'Aedan comme une moule à son rocher. Mais c'est Alendro qui a brisé le silence :

— Le vice-roi sait que nous sommes là.

— Le vice-roi ? a demandé Aedan, interloqué. Il sait qui on est ?

— L'histoire de Darran a circulé. Il y a eu Gallopo et sa chanson, et puis mon spectacle… Bien sûr que le vice-roi en a entendu parler, et il est terrifié.

— Mais pourquoi ? a demandé Tomey. On s'en fiche, du vice-roi, on veut juste retrouver les femmes du village.

Alendro a fait une grimace embarrassée.

— J'aurais dû vous le dire depuis le début, mais… *maïcar*, je ne savais pas comment m'y prendre. La Foire aux épouses de Kiell a besoin de femmes, n'est-ce pas ? Sinon, il n'y a pas de foire, pas de marchands, pas de foule dans la ville et pas de taxes.

— De taxes ? a grondé le kerr Owain. C'est donc une histoire d'argent ?

— Bien sûr, ça se voit que vous ne connaissez pas le vice-roi. Vous savez comment on l'appelle ici ? « L'accapareur ». Il n'a pas son pareil pour arracher leurs écus à ses sujets.

— « L'accapareur » ? a répété Tomey, choqué qu'on dise du mal d'un aussi haut personnage. Ce n'est pas très respectueux.

—La foire a besoin de femmes, a repris Alendro. Mais il est très rare qu'un homme vende sa fille ou son épouse, la plupart sont horrifiés à cette idée.

—Encore heureux, j'ai grommelé.

—Ils n'en font pas venir des pays étrangers? a demandé Edbert.

—Quelques-unes, c'est vrai, a concédé Alendro, mais le voyage coûte une fortune.

J'ai eu un rire nerveux.

—Oh non! J'ai peur de comprendre. Ne me dites pas que, pour faire tourner leur commerce, ils ont *besoin* des trafiquants?

Alendro a poussé un long soupir.

—Officiellement, l'enlèvement des femmes est interdit. Mais à Kiell-la-Rouge, tout le monde sait que les marchands louent des troupes de mercenaires pour aller arracher des jeunes filles à leurs villages, dans les campagnes alentour. Du moins celles des fiefs qui ne sont pas sous la protection du vice-roi. Le baron de Kenmare aurait-il fait quelque chose susceptible de lui déplaire, par hasard?

On s'est regardés entre nous.

—Breena, notre sorcière, j'ai dit. Elle a échappé à l'inquisiteur royal alors qu'elle était sur le bûcher. Et après ça, le fils du baron l'a épousée et protégée.

—Par Kàn, c'est vrai! a fait le kerr Owain.

—Alors le vice-roi a fait, comme vous dites en westalien, «d'une pierre deux coups»… Il a puni un baron qui l'avait défié et il a raflé les filles de son village pour sa foire.

—Ils ont enlevé trois femmes de son entourage: Tara, sa régisseuse, Breena, sa belle-fille, et ma mère, sa maîtresse, j'ai murmuré. Alors qu'elles n'avaient pas l'âge des autres. Ils devaient avoir des ordres précis pour prendre en priorité les femmes à qui il tenait.

Alendro a soupiré.

— Vous pouvez être certains que les trafiquants qui ont attaqué Kenmare ont été recrutés ici, à Kiell-la-Rouge, et peut-être par le vice-roi lui-même.

Tomey a dit, d'un air effaré :

— Mais c'est un vice-roi ! Presque un Gottaran ! Pourquoi il serait si méchant ?

Il était gentil, Tomey, mais pas toujours très malin.

— Personne ne vient jamais à Kiell pour se plaindre à Sa Seigneurie de l'enlèvement de femmes, a poursuivi Alendro. Les petits barons baissent les bras et les gens abandonnent leurs filles. Mais vous, à Kenmare, vous êtes les premiers à avoir fait le chemin jusqu'ici ! Vous imaginez dans quelle situation vous le mettez ? En venant réclamer justice à Kiell, devant sa propre cour, en toute légalité ? Avec le mandat de votre baron et votre juriste qui apporte les preuves de l'enlèvement des femmes ? Il a peur !

— … Et notre guerrier-né, j'ai ajouté.

— Oui, *rosē rouja* : et notre guerrier-né. Vos exploits, seigneur Darran Dahl, ont fait le tour de la province. Le vice-roi Guy sait qu'il sera aussi très difficile de se débarrasser de nous dans la discrétion, au fond d'une ruelle sombre.

Il avait dit « nous » : pour la première fois, Alendro semblait considérer qu'il faisait partie de la colonne et ça me faisait chaud au cœur.

— Darran, j'ai finalement demandé. Tu vas bien ?

Il y a eu un long silence. Un coup de vent a soudain soufflé la flamme de la lanterne, dont un des vantaux était resté ouvert. On s'est retrouvés dans le noir complet.

— Demain, nous irons à la foire, a dit Darran.

C'étaient ses premières paroles depuis la veille.

— Et s'il te plaît, Veronien, ne m'appelle pas « seigneur ».

Chapitre 62

— **D**is-moi la vérité, Alendro.

Être secoué en pleine nuit comme un sac de navets, ça fait toujours un petit effet. Il a arraché ses couvertures en criant :

— Laissez-moi partir ! Je n'ai rien fait, ce n'est pas moi !

Il avait un air tellement terrifié que j'ai presque eu des remords, mais pas longtemps. Les autres dormaient, allongés sur le plancher d'une ancienne chambre, et ronflaient comme des marmottes.

— Suis-moi. On va au jardin.

Je le tutoyais, sans même m'en rendre compte.

— *Quo soù passao, queper la camji ?*

— Et arrête ton charabia.

Il regardait partout autour de lui, comme quelqu'un qui se demande s'il est toujours dans son rêve ou s'il en est sorti. Je l'ai mis debout et je l'ai tiré par la manche à travers les couloirs du temple, jusqu'au jardin des statues. Sous les étoiles, les saintes femmes de pierre ressemblaient à une forêt de créatures fantastiques venues d'un autre monde.

— *Je tã prio…* petite partenaire ! Je faisais un rêve délicieux où toutes les demoiselles de la colonne me donnaient un rendez-vous le même soir.

— Alors c'était un cauchemar. Tu devrais me remercier.

Je ne lui ai pas fait remarquer que, quand un homme rêvait de filles et d'amour, il ne se réveillait pas en hurlant et en jurant qu'on n'avait rien fait.

—Bon, alors dis-moi ce qu'il y a de si important, pour que tu doives me tirer du lit à une heure pareille. Au fait, quelle heure est-il ?

—C'est à toi de me parler : je veux tout savoir. Qu'est-ce qui a rendu Darran fou furieux ? Pourquoi il a essayé de me tuer ? Pourquoi ton spectacle porte justement sur lui ? Qu'est-ce que tu lui as dit pour qu'il sorte de son puits ?

—Eh là ! Doucement, ça fait beaucoup de questions pour un pauvre petit magicien des routes.

—Pauvre petit magicien, tu parles ! Tu es une célébrité, ici, tu as ta salle de spectacle ! Alors pourquoi es-tu parti de cette ville pour aller courir les campagnes ? Qu'est-ce qui t'a fait fuir de Kiell-la-rouge ?

—Encore des questions ! *Maïcar !* Sais-tu que la nuit est faite pour dormir ?

—Je m'en fous de la nuit ! Réponds-moi !

Il a pris mes mains dans les siennes.

—Petite partenaire, tu te poses des questions, je comprends ça. Mais il n'y a rien à dire, rien à savoir. J'ai juste écrit une chanson sur Darran. C'est mon métier.

Il m'a regardée avec un air très doux – sûrement un de ses trucs d'acteur pour attendrir le public. Ça n'a pas marché sur moi.

—Tu mens. Tu sais quelque chose que tu as dit à Darran et tu me le caches.

—Je lui ai juste dit comment il pouvait lutter contre ce qui lui arrivait, c'est tout. Et maintenant, petite partenaire, je suis fatigué. Je voudrais retourner me coucher. Un artiste comme moi doit faire attention à bien dormir s'il veut garder le teint clair.

Il avait à peine fini sa phrase qu'il a fait un bond en arrière.

—Eh ! Qu'est-ce que c'est que ça ?

Un rat était en train de lui renifler les pieds. Il y en avait partout dans la ville – des petits, des gros, des gris, des noirs.

Tous affamés. Ça avait été un jeu d'enfant pour moi d'attirer celui-ci dans les jambes d'Alendro.

—Tu n'aimes pas beaucoup ces bestioles, hein?

Je devinais facilement la présence de leurs petites âmes fugitives, de leurs petits corps qui trottinaient dans les égouts, dans les rues, dans les couloirs autour de nous. *« Venez »*, je leur ai dit par la pensée. *« Par ici, il y a quelque chose de très intéressant à voir. »* Ils ont accouru nombreux… Et ils se sont mis en cercle autour d'Alendro, leurs narines frémissantes.

Il s'est mis à pousser des cris et il a reculé contre le mur.

—Ce sont des petites bêtes très curieuses, les rats. Je suis sûre qu'ils ont envie d'entendre tes secrets.

—*Rosē rouja!* C'est… c'est toi qui les attires?

J'ai fait quelques pas vers la porte du temple, faisant mine de le laisser tout seul dans le jardin avec eux.

—C'est autour de tes chaussures *à toi*, qu'ils sont tous agglutinés. Tu dois avoir une odeur intéressante, c'est tout.

—C'est… c'est très drôle. Un très joli tour de magie, si si, vraiment. Ça ferait un sacré spectacle dans une fête de village. Mais maintenant, rappelle-les, s'il te plaît!

—Ils vont d'abord grignoter les semelles de tes sandales, et puis, ils vont remonter le long de ton pantalon. Ils mordront dans ta chair et dans tes os. Tu auras beau hurler et essayer de les chasser avec tes mains, leurs mille petites dents vont te déchirer miette par miette.

Il m'a jeté un regard totalement effaré. Il me voyait réellement pour la première fois telle que j'étais. Dure comme la pierre. Prête à aller jusqu'au bout pour protéger mon père.

—Tu ne vas pas me tuer, quand même?

Je ne l'aurais pas fait. Enfin, je ne pense pas? Je voulais juste qu'il le croie.

—Bien sûr que non, puisque tu vas parler.

—Je ne peux pas, Grand Kàn!

—Ah! Alors, tu reconnais que tu me caches quelque chose.

Les rats se sont multipliés autour de lui, ils se grimpaient maintenant les uns sur les autres, s'agglutinaient et se battaient pour monter sur ses jambes. L'un d'eux mordait déjà dans sa ceinture, un autre lui remontait dans le dos.

— Oui, oui, par tous les saints, je te cache quelque chose ! On a tous nos secrets. Et alors ?

— Alors dis-le-moi, foutu putois ! Tu as peur pour ta vie si tu parles ? Regarde ces rats, ils la prendront, ta vie, si tu continues à te taire !

— Je n'ai pas peur pour ma vie, *maïcar* ! J'ai peur pour la tienne !

J'étais trop bête et trop focalisée sur mon but, cette nuit-là, pour bien prendre conscience de ce qu'il venait de dire : il était prêt à affronter les rats pour que je ne sois pas mise en danger. En dehors de ses compliments fleuris qu'il servait à toutes les femmes, c'était la première marque de tendresse et d'intérêt qu'il venait de me faire. Bien entendu, je suis passée complètement à côté.

Les rats formaient maintenant une masse grouillante qui lui arrivait presque à la taille, et il essayait de les chasser de sa poitrine où ils montaient en accrochant leurs petites pattes à sa chemise.

— Si je te le dis, a-t-il repris, haletant, tu seras maudite ! Tu seras en sursis chaque jour de ta vie, comme moi. Tu ne connaîtras plus jamais le repos. Tu soupçonneras tout le monde. Tu auras peur à chaque claquement de porte. Si je te le dis, je te condamne à mort ! Pourquoi veux-tu apprendre un secret qui te détruira ?

— Je suis restée toute la journée devant ce puits à entendre Darran meugler comme un taureau ! Je veux comprendre ce qu'il a ! Je veux tout comprendre de Darran !

Il a pris sa tête entre ses mains. Les rats commençaient à ronger le bas de son pantalon, on voyait leurs petites dents jaunes mordre dans le tissu avec voracité. On aurait dit qu'ils n'avaient rien mangé depuis trois jours.

—C'est bon ! C'est bon, tête de mule, *imbechila* ! Débarrasse-moi de ces bestioles, je vais tout te dire ! Et jure-moi de ne jamais répéter un mot à personne !

Je ne lui avais encore jamais vu cette lueur de terreur dans le regard, ni cet air si sérieux au visage, qui semblait le vieillir de dix ans.

—Tu n'es pas en position de négocier, mon joli.

—Jure-le, Maura.

C'était la première fois qu'il m'appelait par mon prénom, je crois.

—Ça va, je te le jure.

J'ai fait un geste de la main et les rats se sont un peu écartés en couinant, furetant dans le jardin des statues sans plus paraître s'intéresser à mon magicien. Le pauvre, il tremblait des pieds à la tête et frottait ses jambes avec ses mains comme pour être sûr qu'aucune bestiole ne s'était glissée dans son pantalon. Le tissu était déchiré sur les mollets et je crois même avoir vu un peu de sang dégouliner.

———————

—Je crois que vous devriez faire sortir vos deux chiens de garde, s'interrompit Maura. Alendro avait raison : c'était un fichu secret qu'il avait à me dire et il n'est pas pour toutes les oreilles.

Le conteur la regarda un instant sans comprendre, papillonna des yeux et poussa un juron.

—Évidemment ! Quel imbécile je fais !

Il se tourna vers les deux Dragons, debout de part et d'autre de la porte, et leur pria de sortir.

—Ce sera mieux comme ça, fit Maura quand la porte se referma sur les deux soldats sans visage.

— Et comment vais-je pouvoir rendre compte de cette partie de votre récit, moi? marmonna le conteur pour lui-même. Je ne peux pas rendre cela public!

— Vous ferez ce que vous avez à faire, conteur. Moi je vous ai promis la vérité, alors je vous la donne.

———

— Très peu de gens au monde connaissent ce secret, a murmuré Alendro, les yeux brillants de peur. Très très peu.

— Ça en fera une de plus.

— Et si jamais l'une d'elles apprenait que tu sais, alors tu serais égorgée dans l'heure qui suit, ou emmenée par la garde au fond d'un cachot dont tu ne sortirais plus jamais.

Il s'est assis en tailleur et il a levé la tête vers les étoiles.

— Je vais essayer de le dire simplement. L'Église donne une explication à ce qui est arrivé à Darran, n'est-ce pas? Tu la connais.

— Évidemment: le démon. Parfois, il prend possession d'un homme ou d'une femme, et il lui transmet ses pouvoirs de destruction.

Alendro a hoché la tête.

— D'un côté, les horribles «deimonarans» habités par le démon, et de l'autre, les saints et saintes «Gottarans», uniquement des rois et reines, touchés par le Premier Visage de Kàn.

— Oui, tout le monde sait ça.

— Et toi? Tu en penses quoi, de votre Roi Lumière, ce saint Gottaran? Est-ce que c'est un juste bienfaiteur de ton peuple, selon toi? Est-ce qu'il a protégé ta mère? Est-ce qu'il a protégé ces femmes enlevées par des trafiquants, qui seront vendues sur un marché dans une cité de *son* royaume?

Je ne savais pas quoi dire. Le roi, je ne l'avais jamais vu. Ce que je savais de lui, c'était ce que m'en avaient dit les pierres-qui-parlent de l'église. Un chevalier sans peur, qui s'était dressé contre la tyrannie, qui avait harcelé les armées de la Princesse Sanglante, tissé des alliances et, finalement, qui avait terrassé de son épée le dernier des dragons pour remporter la victoire… Un héros lointain, que j'imaginais grand et beau, sur un fier cheval blanc, dans une armure éblouissante. Bref, la légende écrite par le célèbre d'Arterac, l'homme dont les histoires ne mentent jamais.

—Qu'est-ce que tu essaies de me dire? Que le Roi Lumière n'est pas un saint Gottaran?

—Ce que j'essaie de te dire, c'est que… – il a encore baissé la voix et s'est penché vers moi – … il n'y a pas la *moindre différence* entre Gottarans et deimonarans.

—Quoi? Qu'est-ce que tu racontes? Les Gottarans sont touchés par la magie du Premier Visage de Kàn! Ils sont bénis par son souffle divin! Comment peux-tu prétendre que…

Alendro a secoué la tête d'un air navré. En chuchotant toujours plus bas, il m'a glissé à l'oreille:

—La magie du Premier Visage de Kàn n'existe pas. Et celle du démon non plus.

Je me suis redressée si violemment que j'ai failli lui casser le nez.

—Bien sûr que si, elle existe!

Il a hoché la tête.

—Si des milliers et des milliers d'âmes croient toutes ensemble que le roi est le «maître du feu», alors il *devient* le maître du feu. La légende fabrique le Gottaran. Est-ce que tu comprends ce que ça veut dire? Si des milliers d'âmes croient que Darran Dahl est un guerrier à la hache fou furieux, alors une hache apparaîtra dans sa main à chaque combat et il deviendra *vraiment* fou. Il n'y a pas de grâce de Kàn, pas de souffle divin.

Les yeux exorbités, le souffle court, j'ai bafouillé:

—Je ne comprends pas. Des milliers d'âmes? Les âmes de qui? Que viennent faire les âmes dans cette histoire?

— Une « âme », c'est juste un joli mot pour dire « une vie ». Toi, moi, tous les habitants de cette ville. Les sujets des deux royaumes et ceux de toutes les contrées de cette terre. Il n'y a pas d'autre magie Gottaran que celle des âmes, petite partenaire : ce qu'elles rêvent, ce qu'elles espèrent ou craignent. Entre eux, les initiés appellent cela le « *calame* », c'est un mot de sapàn. Il désigne un instrument d'écriture qui servait à écrire des chansons et des légendes. On pourrait le traduire par « célébrité » ou « popularité », mais en sapàn, le *calame* n'est ni bon ni mauvais, c'est seulement une force. Peu importe que les âmes aiment ou haïssent. Si des milliers d'entre elles se mettent à *croire* ensemble la même chose, alors cette chose devient vraie, quelle qu'elle soit.

J'aurais pu lui rire au nez. J'aurais pu le gifler. Ou hurler au blasphème. C'est ce qu'aurait fait n'importe qui d'autre, sans doute. Mais pas moi. J'avais vu Darran. Je connaissais mon père. Et je ne pouvais pas croire que le démon l'avait choisi pour sa malveillance. Non : j'ai su immédiatement qu'Alendro disait la vérité. Il avait le visage tellement gris de terreur à l'idée d'en parler que c'était une évidence. Les jambes tremblantes, j'ai déambulé parmi les statues des saintes, effleurant leurs mains, leurs toges, leurs visages souriants.

— Alors toutes ces reines… toutes ces femmes… Kàn ne leur a jamais apporté le souffle béni de son Premier Visage ? Il ne leur a jamais offert un don ? Il ne les a jamais investies de sa magie du bien ?

Alendro venait de faire voler en éclats dix-sept ans de certitudes.

— Ce n'est pas Kàn. C'est *vous*, qui avez fait cela. Vous, leur peuple. Si tout un royaume croit que sa reine est une guerrière mortelle, comme sainte Bianca, alors elle ne ratera jamais un combat. S'il croit qu'elle est une guérisseuse, alors ses mains soigneront toutes les blessures.

—Et comment… Pourquoi des milliers de gens se mettent à croire la même chose, en même temps ?

Il haussa les épaules.

—Le « calame » se cristallise sur telle ou telle personne pour toutes sortes de raisons. Parce qu'une femme a un tel talent qu'elle en devient célèbre dans sa ville. Parce qu'un homme est le fils d'un roi. Parce qu'un général gagne une bataille.

—C'est aussi simple que ça ?

—Ou bien parce que dans les cinquante mille églises des deux royaumes de Westalie, dans ses cinquante mille villes et villages, tous les sujets du roi citent son nom dans leurs prières et écoutent les pierres-qui-parlent raconter ses exploits ?

La légende du Roi Lumière, écrite par d'Arterac… Je n'ai rien répondu. Je n'avais plus de mots, plus de pensées. Ou plutôt, j'avais trop de mots et trop de pensées à la fois qui se bousculaient dans ma tête.

—Grâce aux églises…

—Le Roi Lumière a besoin de l'Église de Kàn pour que l'on parle de lui, oui. Cela attire sur sa personne beaucoup de calame. Mais il a de nombreux autres atouts dans sa manche. Il a fait écrire sa légende par un conteur de génie, par exemple. Il a aussi fait ériger une statue de lui dans chaque village. Et pourquoi avoir fait inscrire dans la loi que les femmes n'ont pas d'âme, crois-tu ? Pourquoi avoir fait se déchirer le peuple de son royaume en dressant hommes et femmes les uns contre les autres ? N'était-ce pas une habile manière de faire en sorte que tous ses sujets soient forcés de penser à lui en permanence, quitte à le haïr ?

La tête me tournait. Par réflexe, mes doigts ont effleuré la sainte reine Bianca, la guerrière, la Gottaran qui pouvait toucher n'importe quelle cible avec son arc… et j'ai ôté ma main comme si la statue m'avait brûlé la peau. Avait-elle passé sa vie, elle aussi, à hanter les esprits de millions de ses sujets par tous les moyens pour conserver ses pouvoirs ?

— Et si tout le monde se mettait à croire en même temps que… je ne sais pas… que le ciel n'est pas bleu, mais jaune, il deviendrait vraiment jaune ?

— Peut-être ! a répondu Alendro. Dans la ville de Homgard, il existe une prison gigantesque perchée dans les airs, sur une fine colonne de pierre. Elle a pour nom Frankand et elle a été construite morceau par morceau, à partir d'une première tour de pierre. Elle est si présente dans l'esprit des habitants de la ville qu'elle ne s'écroule pas. Comment penser qu'une forteresse qu'on voit tous les jours pourrait s'écrouler ? Le *calame* la tient debout.

J'ai senti en moi une rage sourde à l'idée du mal que nos rois faisaient à leurs sujets, à cet énorme mensonge qui leur servait à conserver leur pouvoir.

— Quand ce chansonnier, Gallopo, s'est mis à raconter partout que Darran était un fou sanguinaire, a poursuivi Alendro, cette histoire s'est répandue à une vitesse effrayante. Kiell-la-Rouge compte plus de trente mille habitants, et sa région cent mille. Un dixième, peut-être un vingtième d'entre eux a entendu parler de cet étrange personnage, et cela a suffi pour que Darran reçoive « l'appel » de la magie. Ce phénomène arrive bien plus souvent qu'on ne le pense, dans les grandes villes.

— Et pour guérir Darran de sa folie, il fallait un autre spectacle, c'est ça ? Une autre histoire à raconter. Il fallait le présenter aux gens de cette ville comme un sauveur de femmes. C'est pour ça que tu es revenu à Kiell-la-Rouge et que tu es remonté sur scène ce soir ? C'était pour changer la nature de son « *calame* » à lui ?

Il a eu un geste embarrassé de la main.

— Les pensées des gens sont changeantes et influençables, c'est ce qui rend le *calame* si fragile. « *Calam cham cão lou vann* », comme disait mon père : « Le *calame* tourne comme le vent. » S'ils oublient l'homme et qu'ils se préoccupent d'autre chose… cet homme redevient ordinaire. Son pouvoir disparaît. Et s'ils changent d'avis à son sujet, son pouvoir change aussi.

—Un spectacle ? Un soir ? Et ça a suffi pour changer l'image que les gens avaient de lui ?

—C'était un excellent spectacle, a-t-il répondu, un peu vexé. Ceux qui l'ont entendu ont été enchantés et en ont probablement parlé autour d'eux. Mais… je crois surtout que Darran a accepté ce *calame*-là. Et qu'il a refusé de toutes ses forces celui que lui avait donné Gallopo. Il a une volonté de fer, cet homme.

En faisant un spectacle à la gloire de Darran, Alendro n'avait pas juste défendu l'honneur de mon père : il lui avait aussi sauvé la vie. Je n'ai pas réfléchi. Je l'ai agrippé des deux mains et je l'ai attiré contre moi pour coller ses lèvres aux miennes.

Il a fait un bond en arrière comme si je l'avais brûlé. Pendant une fraction de seconde, un éclair d'angoisse est passé dans son regard. Et puis, il s'est forcé à rire et il a dit d'une voix qui sonnait un peu faux :

—*Maïcar !* Tu as jeté tes bestioles sur moi pour qu'elles me dévorent vivant, et maintenant, tu voudrais un baiser ? Je préférerais embrasser un de tes rats !

Ça a été comme un seau d'eau glacée sur la tête. Des larmes ont commencé à grossir au coin de mes paupières…

—Et maintenant, tu as intérêt à ne jamais le répéter à personne, à ne jamais montrer le moindre signe que tu connais la vérité. Ils tuent tous ceux qui la connaissent et, tôt ou tard, ils apprendront que tu sais tout. Ils l'apprennent toujours !

Dans d'autres circonstances, j'aurais sûrement remarqué toutes les zones d'ombre dans son petit discours. Comment savait-il, lui, le secret de la magie des Gottarans ? Pourquoi avait-il fui Kiell-la-Rouge pour faire des spectacles dans les fêtes de village ? Et pourquoi était-il revenu pour sauver Darran ? Mais j'avais dix-sept ans, toutes mes certitudes sur le monde venaient de voler en éclats et… j'étais amoureuse.

CHAPITRE 63

J e n'avais jamais vu autant de monde rassemblé en un seul endroit. En fait, je n'aurais jamais imaginé qu'il existait autant d'êtres humains sur la terre de Kàn. Ça faisait une masse compacte de gens contre les murs de la citadelle : sur la place, dans les rues avoisinantes et jusque sur les toits des maisons, où s'étaient postés les curieux. La foule était si serrée qu'on pouvait à peine respirer. La Foire aux épouses attirait du monde.

Moi, j'étais perdue dans mes pensées. Je regardais ces centaines et ces centaines d'hommes et de femmes qui ignoraient tous que leur Roi Lumière n'avait jamais été touché par le souffle divin du Kàn, que les deimonarans n'existaient pas – pas plus que les démons, d'ailleurs. Et que c'était eux-mêmes qui, sans le savoir, faisaient et défaisaient les Gottarans de ce royaume depuis des milliers d'années…

— Il y en a tellement ! a fait Aedan en tendant le cou pour essayer d'apercevoir leurs visages.

Lui non plus ne savait rien. Alendro et moi : on était deux dans le groupe à connaître la vérité. Combien d'autres la connaissaient, dans ce royaume ? Dix ? Quinze ? Vingt personnes ? J'avais l'impression de mentir à Aedan, rien qu'en lui cachant ce que je savais. Mais je comprenais maintenant Alendro, qui avait d'abord refusé de me dire la vérité : dire la vérité à un ami, c'était le condamner à mort si l'un des princes le démasquait. « Ils l'apprennent toujours », disait Alendro.

—Tu n'aurais jamais dû venir, Maura, c'est de la folie, a marmonné le kerr Owain.

J'ai soupiré.

—J'ai fait cent lieues jusqu'ici pour retrouver ma mère, je ne vais pas me défiler maintenant. Arrêtez d'essayer de me protéger tout le temps, c'est agaçant.

Toutes les autres filles étaient restées au temple. Seuls les hommes, bien entendu, étaient admis dans l'enceinte de la Foire aux épouses… sauf si vous étiez à vendre. J'avais donc dû me déguiser en garçon.

—Je m'en fiche de te protéger, a chuchoté Tomey. Moi si on te découvre, je dirai que je ne te connais pas.

Je l'ai ignoré. Je pensais à autre chose : si jamais je révélais un jour le secret du *calame* à Aedan, par exemple, est-ce qu'il me croirait ? Sûrement pas. C'était sans doute pour ça que le secret avait perduré jusqu'ici. Il était tellement difficile de jeter aux orties toute une vie dans le mensonge, et de se mettre à l'écart du monde entier qui y croyait encore. Je me sentais comme une paria, presque comme une étrangère avec mes propres amis.

—Trois heures qu'on attend…, a protesté Aedan, qui était encore plus mal à l'aise que moi dans cette cohue.

Finalement, la garde a commencé à laisser entrer les clients. La marée humaine s'est mise à onduler et à se comprimer pour se rapprocher de l'entrée. Au moment où on est enfin arrivés devant le bureau des inscriptions, j'avais les pieds en compote à force de rester debout.

—La garde est nombreuse, a murmuré Alendro.

J'avais à peine échangé quelques mots avec lui depuis notre conversation de la veille, il détournait le regard et moi aussi. Et s'il m'avait menti, s'il était fou ? S'il m'avait raconté n'importe quoi ? Je savais que non. Mais j'avais encore du mal à me faire à cette idée horrible que le Kàn n'existait pas et que son prétendu souffle divin était un mythe. Le « Grand

Kàn » avait probablement juste été un homme exceptionnel en son temps, sur qui on racontait beaucoup de légendes encore aujourd'hui. Le monde devenait d'un seul coup triste et désenchanté. Et rempli de mensonges.

Et la magie des mindarans ? Elle n'avait rien à voir avec le Kàn, elle non plus ? Il ne m'avait rien dit à ce sujet.

C'est Alendro qui m'avait déguisée en homme, au temple : fausse barbiche, vêtements amples, cheveux dissimulés sous un chapeau. Il savait y faire, l'artiste. Mais sa métamorphose à lui était encore plus impressionnante. Au petit matin, on avait croisé dans les couloirs du temple un ancien combattant balafré de quarante ans bien tassés, moustachu, botté de cuir, avec un bandeau sur l'œil. Il nous avait fallu un bon moment avant de comprendre que c'était Alendro. Pourquoi avait-il tenu à ce que personne ne puisse le reconnaître en ville, alors qu'il avait fait un spectacle public la veille ? Mystère. Mais en tout cas, c'était réussi.

—Ces gardes… ce n'est pas la milice de la cité ! s'est-il soudain écrié.

—Infanterie d'élite royale, a confirmé Darran. Excellents combattants. Bon équipement.

Un contingent d'hommes lourdement armés était posté devant la herse. Ils portaient un dragon peint sur leur cuirasse. Évidemment, Darran avait les yeux rivés à cette image, fasciné comme si la créature allait sortir de l'acier. Toujours ce fichu amour pour les dragons… Pour un peu, j'ai presque cru qu'il allait se mettre à leur lécher l'armure.

—Nom, motif de votre visite, moyens financiers disponibles, a demandé le garde à l'entrée, attablé devant des piles de monnaies.

Comme dans une scène soigneusement préparée, une vingtaine de soldats se sont postés de part et d'autre de notre petit groupe. Au-dessus de nos têtes, aux créneaux de la barbacane, cinq ou six arbalétriers se sont penchés pour pointer leurs carreaux sur nous. On était attendus, ça ne faisait aucun doute…

— Nos moyens financiers ? En quoi cela vous regarde-t-il ? a demandé Edbert.

— Il n'y a pas de place pour les curieux et les flâneurs. On ne laisse entrer que ceux qui ont vraiment les moyens d'acheter. Il faut cinquante couronnes d'argent sur vous, et par personne, pour avoir un laissez-passer.

Et il a répété :

— Nom, motif de votre visite, moyens financiers disponibles.

Darran s'est planté devant lui.

— Vous savez très bien qui je suis. Vous savez pourquoi je suis là. Et voilà ce que j'ai sur moi.

Il a ouvert son poing serré : il tenait une vingtaine de pièces d'or dans sa main. De vieilles pièces, certaines rongées ou tordues, à l'effigie de reines Gottarans que je ne reconnaissais même pas.

Il y a eu un flottement dans la ligne des soldats. Certains se sont approchés pour voir l'or, comme des bonshommes de fer attirés par un aimant. Mais leur sergent a aboyé un ordre et ils ont retrouvé leur bel alignement géométrique.

— Ça… ça ira, pour les moyens financiers, a fait le garde qui ne pouvait détacher les yeux des reines d'or. Il vous en coûtera deux couronnes par personne pour l'entrée.

Edbert a payé et on s'est avancés vers la porte. Mon cœur s'est mis à battre fort dans ma poitrine. J'ai oublié Kàn, le *calame* et tout le reste : après des jours et des jours de poursuite, les femmes de notre village nous attendaient enfin derrière ces murs ! Breena, Gràinne Braddy, ma tante Tara… et ma mère, surtout !

— Attendez ! Vous ne pourrez entrer que quand le drapeau à tête de bœuf flottera sur la grande tour.

Le soldat nous a tendu de petites tablettes en bois peint.

— Voilà six laissez-passer à tête de bœuf.

— Qu'est-ce que ça veut dire ? a fait Edbert. Nous avons payé !

— Certes, a concédé le garde. Mais à cause du manque de place, nous ne pouvons pas faire entrer tout le monde en même temps. Vous devrez attendre votre tour.

— Circulez ! a beuglé le sergent devant la porte.

On s'est regardés les uns les autres, perplexes. Le garde a mis ses mains en porte-voix et s'est tourné vers la foule : « Les portes seront fermées jusqu'au prochain drapeau ! Vous pouvez continuer à réserver vos places, deux couronnes d'argent par personne ! »

Les gens ont commencé à grogner et les soldats ont descendu la herse.

Il a été presque aussi difficile de sortir de la cohue que d'y entrer. Une fois dans une rue à l'écart, on s'est assis par terre et Tomey a bougonné :

— Pas de chance d'être arrivés juste quand ils ont fermé l'accès.

— Tu parles, j'ai répondu. Il n'y a aucun hasard là-dedans, ils ont fait exprès de nous…

Je me suis arrêtée net :

— Où est passé Alendro ?

Il avait disparu. J'ai senti une bouffée de colère contre lui monter en moi à l'idée qu'il nous avait encore abandonnés. Mais il est revenu très vite, toujours déguisé en ancien combattant – il jouait son rôle à la perfection, il fallait lui reconnaître ça. J'avais du mal à me figurer que c'était vraiment lui.

—Nous sommes absolument les seuls de toute cette foule à avoir reçu un laissez-passer à tête de bœuf, a-t-il dit à la cantonade. Quel honneur, n'est-ce pas ?

—Hein ? a fait Tomey.

J'ai pointé le doigt sur sa poitrine.

—Qu'est-ce que je te disais ? Ils nous ont pris pour des andouilles ! Je crois qu'on peut toujours l'attendre, leur foutu drapeau !

—Mais j'ai une bonne nouvelle, a poursuivi Alendro.

Il a ôté son vieux casque de soldat de façon théâtral et six tablettes de bois sont apparues dans sa main.

—J'ai récupéré sept laissez-passer à tête de faucon. Et je me suis renseigné : le drapeau du faucon sera hissé dans une heure.

On a crié de joie et on l'a tous félicité…

—Je vous en prie, mes dames et mes sires, ce n'était rien du tout !

… sauf Darran qui a demandé :

—Comment tu t'y es pris, Veronien ?

—Oh, il s'est vite formé un petit marché noir des laissez-passer. On trouve de tout, il suffit de s'adresser aux bonnes personnes.

—Et avec quel argent as-tu payé ?

Le magicien a perdu son sourire d'un seul coup.

—Il se trouve que… tout cet or que vous avez montré tout à l'heure a fait sensation dans la foule. Cela m'a grandement aidé à convaincre certaines personnes de…

—Tu as volé mon or.

—Pas du tout !

Sa main tremblait un peu quand il l'a tendue vers Darran, paume ouverte : une quinzaine de reines d'or s'y trouvaient bien alignées. Une quinzaine, pas une vingtaine.

—Je vous en prie… gardons notre calme. Nous sommes amis, n'est-ce pas ? J'ai quelque peu devancé votre profond désir d'acquérir ces laissez-passer, c'est tout !

Les regards se sont tournés vers Darran. La veille, il était au fond d'un puits à hurler comme un dément. Il m'avait attaqué avec sa hache et je revoyais encore la lueur de folie meurtrière qui habitait son âme.

— Tu es doué, magicien, a-t-il lâché finalement. Je n'ai rien senti.

CHAPITRE 64

Le garde à l'entrée a été sacrément surpris de nous revoir.

— Vous… vous ne pouvez pas entrer : le drapeau à tête de bœuf n'a pas encore été hissé. Je suis navré.

Il a jeté un coup d'œil à Darran comme s'il s'attendait à le voir sortir une hache de sa poche. Visiblement, la réputation de mon père l'avait précédé… Derrière lui, les soldats royaux se sont rapprochés. Mais Alendro a fait son plus beau sourire et tendu ses tablettes en bois.

— Voilà six faucons.

Une grosse goutte de sueur s'est formée sur le front du garde.

— Je vous ai donné des laissez-passer à tête de bœuf !

Il s'est tourné vers son sergent, derrière lui, et il a insisté autant qu'il le pouvait :

— Je leur ai donné des laissez-passer à tête de bœuf ! Je le jure ! J… jamais je ne leur ai donné des têtes de faucon !

Darran s'est avancé d'un pas assuré vers la porte et, devant le sergent qui ne savait plus quoi faire, il a franchi l'enceinte.

— Alors ? Il s'est retourné vers nous. Vous venez ?

———•———

— On se sépare pour les retrouver ? a proposé Tomey.

— Non, a répondu Darran sans expliquer pourquoi.

Mais j'ai bien vu qu'il lorgnait les arbalétriers sur les remparts et la patrouille de soldats qui ne nous lâchait pas d'une semelle.

Ils n'avaient pas pu nous empêcher d'entrer, légalement, mais s'ils pouvaient faire disparaître discrètement quelques-uns d'entre nous, ils ne s'en priveraient pas.

—En tout cas, a fait Aedan, si des femmes de Kenmare avaient été vendues ce matin, on les aurait vues sortir.

Alendro a secoué la tête.

—On était devant l'entrée, mais toutes les sorties se font par la poterne, côté nord. Certaines femmes ont déjà été achetées et emmenées loin d'ici.

Mauvaise nouvelle…

Au pied d'un donjon colossal où flottaient les armoiries du roi et du vice-roi, la grande cour était pleine comme un œuf, remplie d'étals protégés du soleil par des tentures en toile. Des centaines de femmes y étaient exposées, certaines dénudées et couvertes de bijoux, d'autres en habits de paysanne, de servante, de danseuse ou de cuisinière. Certaines portaient des liens aux poignets, mais la plupart étaient libres de leurs mouvements. Où auraient-elles pu aller, de toute façon ? Elles étaient entourées de murailles !

Les maquignons faisaient leur ignoble réclame, une baguette de bois à la main, désignant les bras, le visage, les seins, vantant les mérites de chacune pour faire monter les prix. Elles étaient propres, bien peignées, presque toutes jeunes et beaucoup, jolies. Et elles puaient le parfum, Grand Kàn ! Toute la citadelle empestait la lavande et la violette, c'était écœurant. La plupart des étals étaient couverts de fleurs coupées, de dentelles et d'images pieuses… La foire aux bestiaux de Kenmare aurait semblé un endroit sale et barbare à côté de celle-ci. Les apparences sont trompeuses, hein ?

Après quelques pas, Aedan et Tomey se sont mis à regarder autour d'eux d'un air complètement effaré, bouches bées devant cette horreur. À Kenmare, vendre une femme était totalement inconcevable.

Au milieu de la cour, on avait dressé une grande estrade en bois que plusieurs marchands utilisaient pour vanter les mérites de leurs demoiselles. L'un d'eux faisait justement monter des filles qui portaient une ardoise autour du cou. Les échanges entre les marchands et les acheteurs semblaient tout droit sortis d'un autre monde, celui des démons ou des cauchemars.

— Elle parle parfaitement le westalien en plus de son patois. Elle danse et chante divinement bien, elle a l'esprit vif et comprend tout ce qu'on lui dit, au geste et au regard. Elle fera une parfaite épouse pour vous, messire. Danse, allez, danse !

La fille s'est un peu trémoussée, lorgnant le nerf de bœuf que tenait son maître. Le client, un jeune homme à l'air sceptique, est monté sur l'estrade pour lui ouvrir la bouche en lui enfonçant les doigts dedans, comme si elle avait été une boîte à musique ou une horloge. Il lui a regardé les oreilles et reniflé la bouche.

— Non merci, a-t-il dit simplement.

On voyait des acheteurs, la mine réjouie, traîner derrière eux une file de deux ou trois femmes enchaînées, et se diriger vers la poterne de sortie.

Mais l'œil d'aigle de Darran ne manquait rien. Il s'est soudain rué vers une fille qu'il a empoignée par le bras. Je ne l'ai pas tout de suite reconnue, parce qu'elle était presque nue et maquillée, et ses cheveux blonds coiffés en tresses piquées d'aiguilles. Mais c'était Gràinne Braddy, la fille de l'aubergiste, celle qui m'avait jetée dans la boue avec ses amies, le premier jour de la foire de Kenmare.

— Excellent choix, messire ! s'est écrié le marchand, qui s'est avancé vers Darran. Dix-sept ans, le meilleur âge possible ! Jolie comme un cœur, très blonde, la peau bien blanche. Et voici le plus beau : elle est vierge, c'est garanti par un certificat d'Église !

Il brandissait un petit rouleau de papier scellé par un cachet de cire à l'emblème de Kàn-aux-deux-visages.

— Vous verrez : elle est remarquablement docile. Elle s'attachera très vite à vous. La mise aux enchères commence à 50 couronnes.

Le marchand a souri et tendu la main à Darran :

— Je me présente : Heinrich Bert, des établissements Bert et fils.

Mon père, qui tenait toujours Gràinne par le bras – elle n'osait pas dire un mot – s'est campé en face de lui :

— Darran Dahl.

L'autre a changé de couleur.

Sa bouche s'est ouverte en grand, j'ai bien cru que sa mâchoire allait tomber par terre. Il a reculé de deux ou trois pas et il a bousculé la table à tréteaux où s'étalait sa monnaie. Darran a ramassé des vêtements au hasard sur un cintre parmi des articles à vendre, et les a donnés à Gràinne, qui s'est rhabillée avec des gestes maladroits. Le marchand n'a rien dit, il a continué à fixer mon père du regard comme s'il venait de voir Kàn lui-même au jugement des âmes.

— Tu vas bien ? a demandé Darran à Gràinne. Pas blessée ?

Il semblait ému, et inquiet pour elle. Plus qu'il ne l'avait jamais été pour moi.

— Est-ce que cet homme a porté la main sur toi ? Si tu me réponds « oui », je le tue.

Gràinne a secoué la tête pour dire « non », trop terrifiée pour ouvrir la bouche. Pendant ce temps, le kerr Owain a arraché des mains du vendeur le certificat de virginité, signé par un homme d'Église, et il l'a jeté par terre où il l'a foulé aux pieds avec rage. Il était rouge de colère, le kerr, et j'ai bien cru qu'il allait se mettre à hurler, mais il s'est retenu.

Soudain, une autre fille s'est jetée sur mon père et lui a saisi la main. Elle était presque nue, elle aussi. Une vive intelligence brillait dans ses yeux.

— Je vous en prie, seigneur Darran Dahl! Je vous en supplie, libérez-moi! J'ai été arrachée de force à mon village, moi aussi!

Ça a été la ruée.

De tous les côtés, les filles ont quitté les enclos et les commerces aux cris de «Darran Dahl! C'est le seigneur Darran Dahl, il vient nous libérer!» Malgré les hurlements de leurs maîtres qui les sommaient de revenir, elles se sont précipitées sur lui et il a vite disparu sous la masse. Mais une escouade de soldats est intervenue à coups de bâton. Les filles ont été jetées au sol, traînées par les cheveux, et la silhouette toute droite de Darran est réapparue là où je l'avais perdue de vue. Gràinne à ses côtés, il n'avait pas bougé d'un pouce.

Il n'a pas dit un mot, il n'a pas fait un geste. Il n'a même pas eu un regard pour les filles qui, mises à distance par la garde, continuaient de l'appeler et de le supplier. Sans lâcher Gràinne de la main, il a franchi le cordon de soldats.

J'étais folle de rage:

— Tu ne vas quand même pas abandonner toutes les autres! Tu ne vas pas les laisser là!

Il m'a ignorée.

— Maintenant, on se sépare. Kerr Owain, à la poterne. Tomey, à l'entrée. Si une femme de Kenmare sort de l'enceinte, retenez-la.

Je me serais jetée sur lui, je crois, et je lui aurais enfoncé les ongles dans la peau jusqu'à ce que son visage de marbre exprime enfin quelque chose. Mais Aedan et Edbert m'ont saisie par les bras et tirée en arrière.

— Calme-toi, Maura! S'ils voient que tu es une fille, ils t'arrêteront! m'a soufflé Aedan.

— Le mandat du baron concerne uniquement les femmes de Kenmare, a dit Edbert. Si nous en prenons une seule autre avec nous, ils nous jetteront en prison pour vol et nous n'aurons rien gagné. Regarde les soldats, regarde-les bien: ils ne s'approchent pas de Darran, ils le laissent emmener Gràinne et ils vérifieront à la sortie.

Je savais qu'ils disaient vrai, tous les deux. Je pouvais parfaitement comprendre leur argumentation et suivre leur calcul. C'était logique. Raisonnable.

Mais ça me faisait vomir. Un seul regard à une de ces filles me donnait envie de hurler. Il n'y avait rien à comprendre, rien à négocier. Aucune d'entre elles n'aurait dû se trouver là. Cette foire, c'était une aberration !

—Alendro ! Alendro, Grand Kàn ! Tu ne vas pas les laisser faire, toi non plus ?

Il semblait complètement perdu, son regard passait de Darran à moi et il ne bougeait pas un ongle pour venir en aide aux autres filles.

—Que veux-tu que je fasse ?

Pendant ce temps, Darran arpentait les allées. Les marchands essayaient de dissimuler leurs femmes derrière des tentures comme ils le pouvaient, mais leurs étals étaient faits pour les montrer et non pour les cacher. Les mains en porte-voix, indifférent au chaos qu'il soulevait autour de lui et aux soldats qui l'entouraient, il criait partout : « Femmes de Kenmare, venez à moi ! » Plusieurs filles sont arrivées en courant, en pleurant, pour certaines. Et à chaque fois, les soldats guettaient la réaction de Darran. S'il faisait « oui » de la tête, ils laissaient passer la fille, s'il faisait « non », ils la plaquaient à terre et lui entravaient les mains. Derrière Darran trottaient maintenant une douzaine de nos villageoises. Je me suis mise à murmurer leurs prénoms du bout des lèvres : « Macha, Carmann, Caitrin… » Tara, habillée en nourrice, qui s'est jetée dans les bras de Darran en criant son nom – il l'a gentiment repoussée pour la mettre derrière lui avec les autres. Il y a aussi eu Breena, vêtue d'une belle robe noire comme si elle revenait d'une soirée au château. Elle a adressé un clin d'œil à Aedan, son fils, mais malheureusement, ça n'a pas suffi pour qu'il relâche sa prise sur moi.

Darran a fait trois fois le tour du marché et a récupéré vingt-huit femmes en tout. Eveer ne reviendrait jamais, bien sûr, il nous en manquait donc une seule.

Et cette femme, c'était ma mère.

— Refais un tour, je t'en supplie, elle doit être quelque part !

— J'ai fait trois fois le tour.

— Refais-en un quatrième !

Il s'est tourné vers les femmes et les hommes de Kenmare rassemblés autour de lui.

— On va tous appeler Onagh.

Toutes les autres femmes ont crié ensemble le nom de ma mère pour moi. Et Aedan, et Alendro, et chacun des hommes qui étaient à mes côtés. Leurs voix ont couvert le bruit de la foire et ont résonné sur les murailles autour de la grande cour. Si ma mère avait été là, elle n'aurait pas pu manquer de les entendre. Dans cette foire surpeuplée, dans cet espace noir de monde, il y a eu un long silence – on n'a entendu que le cri d'un corbeau solitaire sur la tour de la poterne.

Personne n'a répondu.

Ma mère avait peut-être déjà été vendue à la foire. Elle était peut-être quelque part à des lieues d'ici, et mes chances d'arriver un jour à la sauver s'approchaient maintenant de zéro. Je crois que c'est ça qui m'a enfin calmée. La tristesse et le désespoir ont remplacé la rage. Je suis tombée sur les genoux, je n'avais plus de force ni d'envie de me battre.

C'est Tomey qui est venu le premier me remettre debout et me prendre dans ses bras. Il n'était pas bien malin, Tomey, mais c'était un gentil gars. Et après lui, tout le monde est venu me réconforter d'un baiser, d'une caresse. Pour la première fois, je me suis sentie acceptée par les gens de Kenmare et reconnue comme l'une des leurs. Je me suis retrouvée au centre d'une masse humaine bienveillante. À l'exception de Darran, qui est resté droit comme un piquet et qui a évité mon regard.

CHAPITRE 65

À la poterne, le capitaine des royaux nous attendait.

—Messire Darran Dahl, je présume? Vous prétendez que ces femmes ont été enlevées à votre village par la force, je crois?

Darran n'a rien dit, c'est Edbert qui a pris la parole.

—Maître de Kenmare, homme de loi. J'ai là une liste écrite complète des noms de ces jeunes filles. Vous y trouverez à chaque fois leur âge, leur description physique et l'identité de leurs maris ou pères. Cette liste a été contresignée par le baron de Kenmare en personne. Je peux également produire des témoins.

Le capitaine de la garde a plissé les yeux.

—Ces documents seront examinés par Sa Majesté, a-t-il dit en tendant la main vers la liasse de papiers.

—Bien entendu. Vous pouvez les emporter : j'ai pris la précaution d'en faire des doubles.

Le capitaine des gardes n'a pas eu l'air ravi de cette précision. Sans doute qu'il avait eu l'intention d'égarer ces preuves une fois qu'il les aurait eues en mains…

Dans la grande cour de la citadelle, l'incident était clos et la Foire aux épouses battait de nouveau son plein sous un soleil de plomb. Le capitaine de la garde nous a fait entrer dans le corps de bâtiment principal et nous a conduits à travers des couloirs et des escaliers humides jusqu'à une grande cave mal aérée, où des serviteurs ont répandu de la paille et apporté un petit tonneau d'eau potable.

— Sa Seigneurie vous prie d'accepter son hospitalité, le temps que les formalités soient réglées, a fait le capitaine en nous plantant là.

Il y avait des latrines à l'étage et il faisait plus frais que dans la cour de la citadelle, mais on ne pouvait pas dire que c'était le grand confort. Ma forêt me manquait, avec ses parfums de sous-bois. À trente-cinq, même si c'était assez vaste, l'air a vite été saturé d'odeurs de transpiration. Il faisait très sombre, là-dedans. On ne nous avait pas donné de bougie pour ne pas provoquer d'incendie avec la paille, et seul un petit soupirail nous donnait un peu de clarté.

Autour de nous, les filles exultaient, elles riaient pour un rien, se tombaient dans les bras les unes des autres. Elles parlaient du village, de leurs familles et de leurs amies, nous demandaient des nouvelles de Kenmare, et voulaient tout savoir des événements de la poursuite. Moi, je n'avais pas le cœur à rire avec elles ; les voir ici me faisait ressentir plus cruellement l'absence de ma mère et d'Eveer. Leur bonheur, qui aurait dû me réjouir, me donnait encore plus envie de pleurer.

Darran restait dans un coin, avec Tara qui n'arrêtait pas de lui jacasser dans les oreilles, comme si elle avait accumulé trop de paroles pendant ces journées dans une cage, et qu'elles jaillissaient maintenant comme de l'eau d'une source. Lui, il n'avait pas l'air particulièrement joyeux, ni fier de ce qu'il avait accompli. Il était toujours aussi silencieux et aussi sombre.

— Tara !

Elle a tourné la tête vers moi.

— Oui ?

Tara, au moins, était bavarde. Alors, après une petite hésitation, je lui ai fait signe de me suivre pour lui parler à part – je ne sais même pas si Darran s'est aperçu qu'elle partait. Et une fois qu'on a été toutes les deux à l'autre bout de la pièce, je me suis lancée :

— Ça fait longtemps que je voulais te poser une question.

Tara était souriante. C'était une bonne régisseuse, coriace en affaires, à ce qu'on disait, et intraitable avec ceux qui ne faisaient pas correctement leur travail pour le baron. Mais moi, je l'avais toujours vue très douce, avec Darran et moi.

— Si c'est à propos de ta mère, j'ai été prisonnière avec elle pendant plusieurs jours et nous avons beaucoup discuté de toi. Je suis sûre que tu vas la retrouver.

— C'est à propos de Rachaëlle.

— De Rachaëlle ?

— Votre sœur. Darran était amoureux d'elle, mais il n'en parle jamais. Vous l'avez bien connue, vous. Alors, comment était-elle ?

Elle a hésité un instant, sans doute s'est-elle demandé pourquoi je lui posais cette question.

— Tu veux savoir pourquoi Darran l'aimait ?

Je n'ai pas compris son sous-entendu. Mais Tara était amoureuse de Darran, ça crevait les yeux, alors elle a dû s'imaginer que je l'étais aussi, peut-être. Les gens projettent souvent sur vous leurs propres désirs.

— Oui, enfin non. Je veux tout savoir sur elle. Ce qu'elle aimait, ce qu'elle détestait. Ce qu'elle voulait faire de sa vie. On dit qu'elle était belle, c'est vrai ?

Un sourire a flotté sur son visage au souvenir de sa sœur.

— Belle comme le jour, oui. Beaucoup plus que moi ! a-t-elle ajouté avec un petit rire forcé.

— Moi, je vous trouve jolie.

Ça lui a fait plaisir, je crois. Mais je le pensais vraiment.

— Elle avait les cheveux roux de Taëllie, un peu comme ceux de Macha ou de Caitrin. Ou comme les tiens, très rouges, avec des boucles. Ce qu'elle aimait ? Eh bien, elle aimait rire, elle avait toujours le sourire aux lèvres. Elle était gourmande, elle aimait jouer, chanter et monter à cheval…

—Elle aimait les animaux ? Elle avait un faucon, je crois ?

—Eh, mais tu sais déjà tout ! Elle adorait son faucon de chasse. Oui, elle se promenait souvent en forêt, c'est comme ça qu'elle a rencontré Morregan.

—Vous croyez qu'elle aurait fait une bonne mère ?

Là, j'ai commis une erreur. J'ai vu son visage se fermer.

—Je suis fatiguée. Je suis désolée, Maura. Ça fait des jours que je n'ai pas dormi.

Elle s'est levée et elle m'a plantée là. J'ai vu qu'elle pleurait, alors je ne lui ai pas couru après. Je me serais giflée d'avoir été aussi bête. Une bonne mère ? Quelle question idiote !

En colère contre moi-même, j'ai tourné en rond un moment dans la cave, jusqu'à ce que je me retrouve devant Darran, toujours assis en tailleur à la même place. Ma colère n'avait pas disparu.

—Alors, tu vas rentrer à Kenmare et me laisser tomber, hein ? je lui ai demandé. Maintenant que tu as retrouvé Tara, tu ne lèveras pas le petit doigt pour aller chercher ma mère !

Darran n'a pas tourné la tête vers moi. Il a juste murmuré :

—Je ne peux pas sauver toutes les femmes du monde à moi tout seul. Ce monde est pourri jusqu'à l'os, on ne peut rien y faire.

J'avais l'impression de l'entendre, le jour où il avait refusé de racheter Onagh à Erremon, quatre ans plus tôt. Il n'avait pas changé sa vision du monde d'un quart de pouce…

Je n'ai pas dormi de la nuit. Je suis partie à l'aube avec Aedan, j'ai parlé aux gardes et ils m'ont laissée franchir les portes. Aedan est allé au temple de la déesse pour aller chercher les autres filles et les ramener à la citadelle. Moi, j'ai récupéré les pièces d'or dans le filet de Rach : six reines d'or, c'était sûrement suffisant pour racheter ma mère si je la retrouvais, non ?

Pendant que les autres retournaient à leur cave, moi, je l'ai cherchée dans tous les quartiers. J'ai interrogé les gardes des quatre portes de la ville, je suis allée voir des marchands, des taverniers, des kerrs, j'ai même payé des mendiants pour savoir s'ils avaient vu quelque chose. Ma mère était une très belle femme et elle ne passait pas inaperçue, en général, mais personne n'a pu me donner le moindre renseignement valable. Alors le soir, je suis rentrée à la citadelle, la tête basse et les larmes aux yeux. La Foire aux épouses était fermée pour la nuit, ça m'a épargné la rage de revoir ces femmes traitées comme du bétail, et peut-être une grosse bêtise que j'aurais commise contre les marchands. En tout cas, on m'a laissée passer les portes quand j'ai dit que je faisais partie de la colonne de Darran.

Mais à la cave, j'ai eu une sacrée surprise : Erremon, Cairach, Braddy et tous les hommes de Kenmare étaient revenus !

Apparemment, le vice-roi avait envoyé un coursier au reste de la colonne pour convier chacun des gens de Kenmare à Kiell, dans sa demeure. Le coursier les avait trouvés sur la route de Kiell et ils venaient juste d'arriver, après avoir forcé l'allure.

Le vice-roi en personne ? Il avait envoyé un coursier ? J'ai trouvé ça étonnant de la part de ce messire. Il semblait plutôt correct, en fin de compte.

———◦———

Le conteur interrompit Maura d'un geste.

— Et vous, qu'alliez-vous faire ? Vous n'aviez toujours pas retrouvé votre mère.

La jeune fille poussa un soupir.

— Pour moi, il n'était pas question de rentrer au village, évidemment. Que la colonne retrouve toutes les autres filles sauf ma mère, c'était ce qui pouvait m'arriver de pire. Les gens de Kenmare n'allaient pas continuer la poursuite jusqu'au bout du monde pour une seule femme, et encore moins pour une femme qui n'était même pas vraiment du village. J'ai attendu un peu avec le groupe parce que… eh bien, parce que je ne savais pas quoi faire et que j'étais complètement perdue. Mais je savais que je n'avais pas le choix : j'allais devoir quitter la colonne et reprendre la poursuite toute seule.

— Grand Kàn ! s'écria le conteur. Le jour baisse déjà.

Il se leva et commença à rassembler ses feuillets, puis rangea sa plume dans son étui.

— Vous partez ? demanda Maura.

— Ce serait avec grand plaisir que je continuerai à entendre votre récit. Mais je dois, hélas, interroger un autre témoin. Je serai de retour au matin.

CHAPITRE 66

U ne fois le conteur et ses Dragons sortis, alors que le bruit de leurs pas dans le couloir s'éloignait peu à peu, l'épuisement s'abattit de nouveau sur les épaules de Maura. Ses paupières lui semblèrent peser soudain aussi lourd que toute la forteresse de Frankand. L'appel du sommeil était si puissant qu'elle se sentit sombrer malgré tous ses efforts.

—Gr... Grantë?

La couleuvre qui sortit lentement du trou d'aération était plus énorme qu'aucun serpent de la forêt de Kenmare. Épaisse comme le tronc d'un jeune arbre, bien plus longue qu'un homme. Déjà à demi endormie, Maura contempla cette créature étrange et monstrueuse, qui ne ressemblait plus à rien de connu. Comment avait-elle pu la créer?

Ta volonté, disait Darran. Le Second Visage de Kàn, c'est ta volonté. Il n'y a rien de plus à comprendre.

—Je ne peux plus garder les yeux ouverts. Ré... réveille-moi dans quelques minutes, tu veux bien?

Grantë s'enroula affectueusement autour de sa cheville et posa sa tête sur ses genoux. Le sommeil emporta alors Maura, si intense, si doux qu'elle s'y perdit aussitôt. Elle rêva de Grantë. De ses formes fantasques. Dans son rêve, c'était une créature hybride, tantôt ailée, tantôt griffue, un mélange sans cesse en mouvement. Et quand l'animal lui mordilla l'oreille pour la réveiller, ce fut une torture que d'ouvrir à nouveau les yeux.

—Je suppose que je dois te dire merci, murmura-t-elle.

Inquiète que son sommeil ait été si profond, elle guetta chez lui les signes d'un affaiblissement, d'une dégénérescence. Avait-elle trop relâché son attention? La tête écailleuse de Grantë portait des touffes de poils bruns et ses grands yeux noirs n'étaient déjà plus ceux d'un serpent. Ces incohérences étaient-elles un prélude à sa disparition? Ou au contraire, à un renforcement de son corps de magie?

Grantë changeait et elle sentait qu'elle en perdait peu à peu le contrôle.

La créature pencha sa longue tête vers la planche à trous, où l'une des mains de sa maîtresse était toujours prisonnière, et il ouvrit la bouche pour découvrir ses dents. Avec stupéfaction, Maura constata qu'elles avaient perdu la couleur blanche de l'émail. C'étaient de petites lamelles d'acier, récupérées sur l'armure du Dragon et maintenant enchâssées dans ses mâchoires. Elles s'enfoncèrent dans le bois de la planche et en arrachèrent rageusement de gros copeaux.

CHAPITRE 67

Dans la petite salle d'interrogatoire qu'il avait demandé qu'on lui aménage, le conteur s'assit avec un soupir sur son tabouret, puis fit signe aux Dragons de s'approcher.

— Faites venir le capitaine de la milice de Kenmare, je vous prie.

Les deux soldats ne réagirent pas. Finalement, l'un d'eux demanda :

— La milice de… quoi ?

— Le sieur Erremon. Vous le trouverez dans la même cellule que le kerr Owain.

Il prit une feuille vierge et commença à lister les questions qu'il allait poser à son nouveau témoin.

— Si tu veux connaître la face cachée d'un homme, interroge celui qui vivait dans son ombre…, marmonna-t-il en grattant le bout de sa plume pour en faire tomber l'encre séchée.

Le capitaine Erremon pénétra dans la pièce, encadré par ses gardiens. Un bandeau ensanglanté lui cachait un œil et une partie de la joue. Le reste était mangé par une barbe fournie et de longs cheveux sales. Il plissa les yeux et baissa la tête pour se protéger de la lumière de la bougie.

Maura l'avait décrit comme un homme grand et solidement charpenté ; elle n'avait pas menti. D'Arterac fut même surpris par sa carrure, son large cou et ses épaules robustes. Au fil du récit de la jeune fille, il avait fini par se faire une autre image du capitaine.

—Messire d'Arterac, mes respects, fit l'homme avec une voix posée, chaude, étonnamment puissante.

—Asseyez-vous, je vous en prie. Je vous avais promis de vous entendre et je suis navré d'avoir été si long. Êtes-vous bien traité? Bien nourri? Recevez-vous des soins pour cette blessure à la tête?

—Oui, répondit Erremon.

Comme le kerr Owain, il portait des chaînes aux poignets et aux chevilles, mais la peau à ces endroits ne semblait pas blessée. Il prit place en face du conteur et se tint bien droit sur sa chaise, presque au garde-à-vous.

—Vous souhaitiez, je crois, protester de votre innocence et demander une entrevue aux autorités.

Erremon se racla la gorge.

—Si je réponds à vos questions, j'aurai votre parole que vous parlerez de moi au responsable de la forteresse?

—J'irai voir le capitaine Osgarat. Vous avez ma parole sur ce point, même si je doute du résultat.

—Un espoir de sortir d'ici, même infime, et que le capitaine Erremon soit lavé de toutes ces accusations… c'est tout ce que je demande.

Cet homme parlait de lui-même à la troisième personne, ce détail amusa d'Arterac.

—Bien, fit-il, alors commençons. J'ai, je l'avoue, fort peu d'informations vous concernant. En fait, je n'ai aucun dossier à votre nom et je n'ai appris votre existence que par la jeune Maura.

—Cette petite peste a dû vous dire du mal du capitaine Erremon. J'espère que vous n'avez pas cru tout ce qu'elle vous a raconté.

Le conteur sourit.

—Elle ne vous porte pas dans son cœur, je vous l'accorde. Cependant, je ne pense pas qu'elle ait menti sur les faits. Maura vous décrit comme un officier intègre, incorruptible, très attaché – trop, selon elle – à sa fonction et au respect de la loi.

D'Arterac espéra une réponse ou un commentaire, mais n'en obtint aucun. Sa main droite, celle qui détectait le mensonge, ne lui causait aucune douleur. La gauche, en revanche, celle des omissions, le lançait fortement : Erremon avait ses petits secrets et lui cachait des choses, comme tous ses témoins…

— À vrai dire, capitaine, reprit-il, je me demandais comment un homme tel que vous avait pu basculer dans la rébellion armée. D'autant plus que vous vous êtes opposé à Darran Dahl depuis le tout début de la colonne de Kenmare, avant même la guerre civile.

Erremon ne bougea pas un muscle. Il ne chercha pas le regard du conteur. Il se contenta de répondre d'une voix sourde, tout en fixant le mur des yeux.

— Darran était un bon à rien, un raté, et un homme d'une rare stupidité.

— Vraiment ? fit le conteur, surpris. Il a pourtant réussi un certain nombre d'exploits, à la tête de son armée.

— Regardez le résultat aujourd'hui : vous appelez ça un exploit, vous ? La moitié de son armée massacrée ! Les survivants jetés au cachot comme des cancrelats !

Erremon se leva à demi, les mains crispées sur le rebord de la table, les yeux flamboyants de rage. D'Arterac retint sa respiration : l'expression sur le visage de cet homme était si effrayante que pendant un instant, chaînes ou pas, il crut que le capitaine allait renverser la table et se jeter sur lui. Et il ne doutait pas qu'il eût la force de le réduire en bouillie d'un seul coup de poing.

Les Dragons le saisirent par les épaules et le forcèrent à se rasseoir. D'Arterac croisa les doigts et attendit patiemment. La haine d'Erremon pour Darran Dahl était évidente.

Si cet homme n'était pas capable de lui livrer un secret honteux sur le chef rebelle, alors personne ne le pourrait.

— Je vais vous dire une chose, commença-t-il. Une chose que pas un seul autre de ses compagnons ne vous dira.

Le conteur ne put s'empêcher de se pencher légèrement en avant, l'oreille tendue, la plume prête à gratter le papier. Erremon baissa la voix et murmura dans un souffle :

— Darran Dahl n'était rien de ce qu'on a pu vous dire jusqu'à présent. Il n'était ni un visionnaire, ni un stratège, ni un génie. Il n'était pas courageux. Il n'était pas touché par le Premier Visage de Kàn.

Un silence suivit ces quelques mots.

— Pourtant…, commença d'Arterac.

— Oh, je sais ! l'interrompit Erremon. Les autres vous ont certainement juré l'inverse. Et ils ne mentent pas : ils le pensent réellement.

— Et vous, non ?

— Ils se trompent tous, conteur. Vous voulez connaître le grand secret de Darran Dahl, qui explique chacun de ses gestes, chacune de ses paroles ? Vous voulez la vraie raison qui l'a poussé à prendre les armes pour aller sauver ces filles ? Vous voulez que je vous dise pourquoi ses stratégies étaient si imprévisibles, si inexplicables ? Pourquoi son comportement était aussi étrange, et pourquoi il allait au bout de ses convictions contre vents et marées ?

— Vous avez une réponse à ces questions ?

D'Arterac fouilla dans ses notes et retrouva celle qu'il avait écrite en marge de son récit, quelques jours plus tôt :

> « *Chercher la véritable raison du départ de Darran Dahl :*
> *Maura croit la connaître mais se trompe peut-être.* »

Erremon se pencha encore. Le son qui franchit ses lèvres était si ténu que le conteur dut tendre l'oreille :

—*Kar-vaët.*

—Je vous demande pardon ?

—En taëllique, ça veut dire «le taureau blessé» ou «le taureau fou». La vérité, conteur, est d'une simplicité enfantine : Darran Dahl était *complètement fou.*

Il se renversa en arrière et éclata de rire.

—Les autres s'émerveillaient de son génie. Mais il n'en avait pas plus qu'un rocher qui dévale une pente !

Avec ses deux mains, Erremon figura une grosse boule en mouvement.

—L'énorme rocher roule, roule. Il sauve la vie d'une biche en percutant un loup, la biche le prend pour un dieu. Il écrase une armée et un château, les soldats le prennent pour un grand général. Rien ne peut l'arrêter, il effraie tout le monde, personne ne peut deviner où le conduira sa course. Et quand il arrive enfin jusqu'en bas de sa montagne, les gens l'applaudissent et crient au génie !

Erremon rit encore, mais d'une façon amère, forcée.

—Un rocher fou, d'Arterac, il n'y a rien d'autre à comprendre ! *Kar-vaët*, je vous dis.

Au-dessus du papier, avec sa plume, le conteur traça en l'air quelques petits cercles hésitants. Il eut un sourire crispé, ne sachant ce qu'il devait dire à cet homme pour éviter de faire exploser sa colère. Mais Erremon retrouva très vite son calme.

—Vous n'y croyez pas, évidemment. Oh, c'est bien normal. Vous avez déjà entendu tant d'histoires au sujet de Darran Dahl. Pour bien comprendre, vous devez juste voir les événements sous un angle différent. Prenez le temps de repenser à chaque élément, avec honnêteté, avec recul.

—Bien. Essayons.

—Vous vous souvenez que Maura l'avait retrouvé, à moitié mort, dans un ruisseau près de Kenmare ? Oui ? Et quand il a repris conscience à l'auberge des Braddy, quel a été son premier geste ?

Le conteur resta muet.

—Il a essayé de se trancher la gorge ! répondit lui-même Erremon. Est-ce que c'est le geste d'un homme à l'esprit solide, hein ?

—Certes non.

—Et pendant les années qui ont suivi, savez-vous comment l'appelaient tous les gens de Kenmare ? « Le fou de la colline » ! Le *fou*, d'Arterac ! Les gens étaient lucides, à cette époque ; ils n'étaient pas encore aveuglés par la perte de leurs femmes. Darran ne parlait pratiquement à personne, sauf à ses oiseaux. Et on l'entendait parfois hurler tout seul dans sa maison, à en effrayer les enfants. Est-ce que c'est le comportement d'un homme qui a toute sa tête ?

Erremon remua dans ses chaînes et s'agita tant qu'il fit craquer sa chaise.

—Quand les trafiquants de femmes sont arrivés devant sa porte, quelle a été sa réaction ? Il n'a pas bougé quand on lui a lancé un javelot. Et ensuite, il a foncé seul et à mains nues, en braillant comme un âne, vers des dizaines de cavaliers armés jusqu'aux dents ! Bien sûr qu'ils ont eu peur, il devait être effrayant à voir. Mais croyez-vous vraiment que c'était du courage ? Connaissez-vous une seule personne saine d'esprit qui ferait une chose pareille ?

Le conteur se frotta le menton, guère convaincu par les arguments du capitaine.

—Voyez-vous du génie, là-dedans ? De la tactique ?

—C'était un bon guerrier.

—Ah ça, vous avez bien raison ! Pour le sang et les massacres, il savait y faire, le bougre !

Il se leva de nouveau et mima la boule avec ses mains.

—Le rocher, conteur, le rocher ! Bien sûr qu'il était dangereux ! Bien sûr qu'il détruisait tout sur son passage ! Mais est-ce qu'il savait ce qu'il faisait ?

Erremon secoua la tête.

—Vous allez comprendre pourquoi les gens n'ont pas vu l'évidence, poursuivit-il. Vous avez dû entendre dire que Darran n'était pas un bavard, je suppose ?

—En effet. Sauf sur le sujet des oiseaux ou des armes.

—Ses compagnons pouvaient jacasser pendant des heures sous son nez, et pendant tout ce temps, il regardait en l'air ou taillait un bout de bois. Alors les autres se demandaient ce qu'il pensait. Ils scrutaient ses réactions, prêts à se contenter du moindre indice. S'il se levait, ils croyaient qu'il était d'accord avec eux. S'il tournait la tête, ils cherchaient une explication. Ils *s'imaginaient* en permanence toutes les pensées qui devaient tourner dans l'esprit du grand génie. Sauf qu'il n'y avait rien, vous comprenez ? Le néant ! Le grand vide ! Il n'y avait rien à comprendre ! Ils projetaient sur lui tout ce qu'ils avaient envie de croire. Cette illusion les a rassemblés et leur a fait accomplir de grands exploits, peut-être. Mais c'était une illusion…

D'Arterac écrivit quelques mots sur le papier, légèrement ébranlé. Erremon avait une force de conviction peu commune, une voix sûre et posée qui donnait à chaque mot l'accent de la vérité.

—Il est bien normal que la petite Maura ait été impressionnée par le personnage. C'est une gamine. Elle avait perdu ses parents et, du jour au lendemain, elle a vécu toute seule sous le même toit qu'un maître plus âgé. Ce n'était pas un mauvais bougre avec elle, alors elle l'a idéalisé et placé sur un piédestal. Pendant l'attaque du village, quand il l'a sauvée des trafiquants, elle l'a pris pour un héros. La petite se cherchait une sorte de père de substitution, sans doute.

Il se rassit finalement, passa sa main dans sa barbe hirsute et regarda le conteur droit dans les yeux.

—Mais *vous*, Jean d'Arterac. Vous, le grand légendier, vous avez plus de jugement qu'une gamine de dix-neuf ans, non ? Et vous avez tous les éléments en main pour voir la vérité telle qu'elle est, pas vrai ?

—Je… je ne sais quoi dire.

—Il est temps que vous appreniez quelque chose que personne ne vous a encore dit. Une chose que d'autres ont sûrement remarquée, mais dont pas un seul n'osera vous parler.

Un silence plana un instant dans la pièce. Dans le couloir, derrière la porte, le pas métallique de deux Dragons s'approcha puis s'éloigna, la lueur de leur torche filtra sous la porte avant de disparaître peu à peu.

—Pour prendre ses décisions, vous savez ce qu'il faisait ? Vous croyez qu'il écoutait ses amis ? Qu'il réfléchissait intensément ? Ou qu'il s'en remettait à Kàn ou au démon ? Non, non, la vérité est beaucoup plus triste.

—Quelle vérité, sieur Erremon ?

Le capitaine eut de nouveau un petit rire, puis il leva la main en coupe sous ses yeux, comme un mendiant qui demande l'aumône.

—Il prenait ses graines dans sa main. On vous a déjà parlé de ses fameuses graines, n'est-ce pas ? De grosses graines rouges qu'il emportait partout avec lui.

—Oui, Maura les a évoquées. Il leur parlait, je crois ?

—Oh oui. Ça paraît déjà complètement dément, non ? Parler à des graines ! Mais ce n'est même pas ça, le pire.

Erremon hocha la tête avec un sourire.

—Il les *écoutait*. Il les mettait à son oreille et il hochait la tête. Il fronçait les sourcils, il marmonnait une réponse : « Oui », « Non », « Vraiment ? » Oh, je ne dis pas qu'il faisait ça devant tout le monde. Il était discret, il n'attirait pas l'attention, Darran savait remarquablement bien se faire oublier quand il le voulait. Mais après sa petite conversation avec ses graines, il se levait, il revenait vers les autres et il annonçait ses décisions.

Il ouvrit les mains, agita la tête et se renversa en arrière.

— Et tout le monde se pâmait d'admiration devant ses traits de génie. Mais ces décisions, c'était *les graines*, qui les prenaient ! Imaginez-vous un peu, d'Arterac : la guerre civile la plus effroyable que ce royaume ait jamais connue, du début à la fin, a eu pour cause les voix qu'un homme entendait dans des *graines* !

Les yeux d'Erremon étaient mouillés de larmes quand il se reprit finalement :

— On pourrait continuer longtemps ainsi, la liste est longue… Vous saviez qu'il avait été à deux doigts d'égorger la petite Maura, à Kiell-la-Rouge, dans le temple de la déesse ? Pendant une journée, il est resté au fond d'un puits, à brailler et à cogner les parois en pierre, jusqu'à s'en écorcher les mains. Vous croyez vraiment qu'il était en train de préparer un plan génial ? Une *journée*, messire d'Arterac !

Le conteur ne répondit rien. Erremon venait, sans le savoir, de balayer toutes les certitudes acquises ces derniers jours. Les faits, vus sous cet angle, étaient si simples. Si limpides. L'argumentation d'Erremon était assez sommaire, mais les faits, eux, étaient très convaincants.

L'éphémère folie meurtrière de Darran Dahl, décrite par Maura, il l'avait d'abord interprétée comme le fameux «appel du démon». La magie. Une force supérieure qui l'avait submergé et qui ne faisait pas partie de lui. La petite avait parlé de hache miraculeuse, de force surhumaine. Elle avait presque réussi à le persuader que Darran y avait résisté par un énorme effort de volonté. D'Arterac était si prompt à s'enflammer et à croire à l'incroyable. Et elle, elle était si convaincante, cette gamine en manque de père, si touchante, si… si semblable à sa propre fille au même âge.

Une cave et un loquet. Le refus de l'appel.

Et si cela n'avait pas été l'appel, mais un simple accès de folie furieuse, chez un homme à l'esprit dérangé ?

Quel idiot il avait été !

Les faits étaient là : *personne au monde* n'avait jamais eu la force de rejeter l'appel. Résister à la magie ? D'Arterac n'avait jamais entendu parler d'un tel exploit, dans aucun royaume, sur aucun continent. Aucune légende ne l'avait jamais mentionné. Alors que devait-il croire ? Une hypothèse impossible avancée par une gamine, ou celle d'Erremon ? La folie était une explication tellement évidente, et il l'avait sous les yeux depuis le début !

—Complètement fou, répéta Erremon.

Le conteur reposa sa plume et éprouva une sorte de vertige en pensant à l'erreur qu'il avait peut-être commise depuis le départ. Voilà la vérité qu'il devait au royaume pour sa légende. Voilà aussi ce que le roi attendait de lui, pour discréditer Darran Dahl. La folie ! Le grand mystère de Darran tenait dans ce simple mot.

—Pourquoi avez-vous suivi Darran Dahl jusqu'au bout, dans ce cas ?

—Cela me semble évident. Il n'y avait aucun autre choix possible pour un serviteur du baron. Le capitaine de la milice de Kenmare ne pouvait pas abandonner les habitants de son village, même s'ils se fourvoyaient. Cette charge était à la fois un honneur et une malédiction.

Le conteur tourna la paume de sa main gauche vers lui : de profondes entailles saignaient abondamment, tachant les feuillets de ses notes.

—Vous ne me dites pas tout, sieur Erremon.

—Nous avons tous nos secrets, conteur. Le capitaine Erremon n'est pas parfait. Qui le serait ? Mais une chose est sûre : chaque mot qui a été prononcé ici a été pesé et pensé du fond du cœur.

Il avait raison : la main droite du conteur était parfaitement lisse et intacte. Erremon n'avait pas prononcé le moindre mensonge. Cet homme avait été sincère de bout en bout.

— Je vous remercie pour votre témoignage, capitaine, vous pouvez disposer.

— N'oubliez pas de parler de moi au commandant de la forteresse, messire d'Arterac ! cria Erremon quand les deux Dragons le saisirent sans ménagement pour le reconduire dans sa cellule. Je veux bien mourir, mais pas au nom de Darran Dahl !

Et quand la porte claqua, le conteur entendit encore l'autre crier dans le couloir :

— Et quand vous verrez Maura, dites-lui bien que j'avais raison, son maître était *kar-vaët* ! Dites-le-lui bien de ma part !

CHAPITRE 68

— Vous vous sentez bien, conteur ? lui demanda Maura quand il s'assit de nouveau en face d'elle sur son petit tabouret pliant. Vous avez l'air bizarre.

D'Arterac resta un moment perdu dans ses pensées. Toute la nuit, le mot de « folie » avait tourné en boucle dans sa tête. Les Grands Kerrs ne lui avaient pas vraiment demandé de ménager Darran Dahl, dans sa légende : ils ne s'intéressaient qu'à Maura. Et le Roi Lumière, lui, attendait du conteur qu'il livre un portrait à charge du général, et le menaçait de représailles sur sa fille s'il n'obéissait pas. En somme, d'Arterac avait toutes les raisons du monde d'insister sur la folie du chef rebelle…

Il n'avait jamais eu beaucoup d'estime pour le personnage, avant qu'on lui confie cette mission. Mais après avoir entendu Maura et les autres témoins, il s'apercevait aujourd'hui que l'idée de détruire son image auprès de la nation tout entière, sans lui laisser une dernière chance, lui faisait horreur.

C'était peut-être la raison pour laquelle, plutôt que de courir jusqu'au palais pour y claironner ce qu'Erremon lui avait dit, il avait d'abord préféré entendre la voix jeune et confiante de Maura défendre son père.

— Vous aviez retrouvé les femmes de Kenmare, je crois ? fit-il distraitement en essayant de remettre de l'ordre dans ses notes. Reprenons, voulez-vous ?

Il ne remarqua même pas les cernes violacés sous les yeux de la jeune fille, son air inquiet et sa voix éteinte.

— Oui, fit-elle, pensive. On avait retrouvé *presque* toutes les femmes.

Les greffiers sont revenus interroger chacun des hommes de la colonne, sous la surveillance d'Edbert, et ont noté leurs témoignages dans les moindres détails. Pendant ce temps, les maris et les femmes du village, tout au bonheur de s'être retrouvés, se câlinaient dans tous les coins et roucoulaient comme des jeunes époux. Ça chantait, ça dansait dans cette cave où la chaleur est rapidement devenue insupportable. Quant à celles qui n'étaient pas mariées, elles retrouvaient un père pour la plupart, comme Gràinne Braddy dont le papa ne lâchait plus la main et qui riait à tout bout de champ, tout à la joie de retrouver sa fille. Et moi je me sentais flouée au milieu de tous ces gens heureux, sans mon père qui ne décrochait toujours pas un mot, et sans ma mère surtout, que j'étais venue chercher à l'autre bout du monde et qui était la seule femme de Kenmare à manquer à l'appel.

J'éprouvais une haine sourde envers le monde entier. Je suppose que ça fait de moi une égoïste, mais l'absence de ma mère me rendait folle. Alors, pendant la nuit, j'ai décidé de filer. Comme ça, sans dire au revoir à personne. C'était plus facile.

J'avais d'abord eu comme idée d'attendre que tout le monde s'endorme, sauf que certains couples étaient visiblement très contents de se retrouver et ça s'entendait dans l'obscurité. Finalement, j'ai profité du niveau sonore ambiant pour me glisser jusqu'à la porte dans l'indifférence générale – j'ai dû écraser quelques mains et quelques jambes en me faufilant parmi les corps allongés, mais il faisait trop noir pour que leurs propriétaires puissent m'identifier. Au moment où je tâtonnais pour essayer de trouver la poignée de la porte, mes doigts se sont refermés sur la main de quelqu'un et j'ai poussé un cri.

—Chut, *rosē rouja*!

Alendro!

—Tu sors, toi aussi? j'ai chuchoté.

—Je ne peux pas rester ici.

Il a ouvert la porte en silence et s'est glissé dans le couloir, où baignait une vague lueur de lune grâce à une meurtrière en forme de croix. Je l'ai suivi, savourant l'air plus frais qui régnait ici. Je lui ai glissé à l'oreille:

—Alors, tu me parles de nouveau, toi?

Il a haussé les épaules.

—J'ai bien réfléchi: tu n'aurais jamais laissé ces rats me dévorer. Aucune femme ne ferait une chose pareille à mon corps.

J'ai gloussé un peu. Ça faisait du bien de retrouver mon Alendro. Et je découvrais une facette de sa personnalité que j'ai tout de suite adorée: il pouvait se fâcher avec moi, mais ça ne durait jamais longtemps. J'en ai éprouvé un soulagement immense. J'aurais voulu me jeter sans ses bras, mais vu que ma dernière expérience n'avait pas été une franche réussite, je me suis retenue.

—Darran a besoin de mes chansons et de mes spectacles sur lui, m'a-t-il dit tout bas. Son pouvoir est très fragile, il faut encore travailler son *calame*.

La lumière était mauvaise dans ce couloir, mais je distinguais sa fausse barbe poivre et sel, ses yeux brillants. Il y avait quelque chose d'étrange en lui, une intensité, une exaltation que je ne lui avais connues que sur scène.

—Tu ne pourrais pas lui ficher la paix? Travailler son *calame*! Comme s'il avait besoin de *calame*!

Alendro s'est arrêté et s'est tourné vers moi.

—Évidemment, qu'il en a besoin.

—Alendro, je ne te reconnais plus! Je croyais que ton but, c'était de t'échapper de la colonne et de vivre la belle vie, et voilà que tu es obsédé par Darran et son histoire! Qu'est-ce que tu lui veux, à la fin?

—C'est que… j'ai fait beaucoup de mal, par le passé, *rosē rouja*. Maintenant, je voudrais en sauver un. Au moins un.

Je me suis vraiment inquiétée quand j'ai remarqué les larmes qui coulaient sur ses joues. Je n'avais jamais vu Alendro pleurer.

—Quel mal? Qu'est-ce que tu as fait, exactement?

Il a baissé la tête et quand il m'a répondu, c'était d'une voix que je ne lui connaissais pas. Aiguë, tremblante.

—Tu te souviens de ce que je t'ai dit, dans la cour du temple? La vérité sur les Gottarans?

—Je ne vois pas comment j'aurais pu l'oublier.

—Sais-tu combien de personnes connaissent ce secret, dans ce royaume? Treize ou quatorze, pas plus. Quinze, peut-être, maintenant que tu en fais partie. Le Roi Lumière, le vice-roi et leurs héritiers, quelques très rares personnes dont ils ont besoin – comme d'Arterac, le conteur. Trois ou quatre hauts dignitaires de l'Église de Kàn, aussi, peut-être. Et tu ne t'es pas demandé comment, moi, je l'avais su?

—Je… je…

En fait, non. J'avais été tellement abasourdie que je n'y avais pas pensé.

—Tu ne t'es pas demandé non plus comment je pouvais faire des tours de magie impossibles, tout en jouant d'un instrument et en chantant à la perfection? À Kenmare, sous les yeux du public, je t'ai ôté ta robe et je l'ai remplacée par une autre en un clin d'œil. Aucun artiste ne peut faire cela sans magie.

— J'ai pensé que tu étais mindaran, comme moi. Un mindaran saltimbanque.

— Tu m'as vu entièrement nu, au théâtre, derrière le para-vent. As-tu aperçu une marque sur ma peau ?

Aucune. Je l'avais cherchée des yeux pourtant. Mais une marque peut se cacher sous les cheveux ou sur un autre endroit du corps et… à vrai dire, la plus grande partie de mon attention avait été ailleurs, quand j'avais vu Alendro les fesses à l'air.

— Je ne suis pas mindaran, petite partenaire.

— Alors comment as-tu fait tous ces tours de magie ?

— Je suis Gottaran.

J'ai pouffé de rire, je n'ai pas pu m'en empêcher.

— Alendro, sois sérieux, par le Kàn !

— Oh, j'ai beaucoup moins de *calame* que votre roi, certes. Je suis un « tout petit » Gottaran. Et je suis l'un des princes héritiers de Veronao, mon pays. Plus précisément, je suis l'un des deux neveux encore en vie du roi Muillao – qui n'a pas de descendance à ce jour.

— Je suis désolée, Alendro, mais… tu veux vraiment me faire croire que tu appartiens à une famille royale ?

— Tu n'avais encore jamais vu de prince, petite fille de garde-chasse. Tu t'imagines sans doute qu'ils sont différents des autres hommes et qu'une lumière divine émane de leurs corps comme sur les vitraux d'église. La vérité, c'est que les princes sont des hommes comme les autres. Mon vrai nom est Alexao Enpraccoù de Dropracca.

— Al-en-dro. Ça fait moins princier.

— Depuis que je suis enfant, je manifeste des dons pour la musique et le spectacle. Et lorsqu'on est fils de prince, les gens vous regardent, ils épient vos moindres faits et gestes, ils parlent de vous en permanence. Toute la cour du roi applaudissait à mes tours d'enfant, toute la capitale admirait son petit prince magicien prodige. Et qu'arrive-t-il à ceux qui deviennent célèbres auprès de milliers et milliers d'âmes ?

—Eh bien… ils… ils deviennent comme Darran.

—À l'âge de huit ans, le *calame* sur ma personne a été suffisamment abondant pour que je reçoive «l'appel» de la magie. Cela a failli me détruire. Imagine-toi être envahie soudainement, et totalement, par un pouvoir qui te dépasse… Et l'injonction terrible qui vient avec lui : *Chante, danse, sois l'enfant que tout le monde pense que tu es.* J'aurais pu en être anéanti, mais par chance, j'aimais réellement le spectacle, j'étais heureux dans ce rôle. Le don naturel que j'avais s'est changé en un pouvoir qui a fait de moi un enfant prodige, par le seul fait que les gens… y croyaient. Ils m'appelaient «le phénomène» et c'est ce que je suis devenu : le plus brillant chansonnier du royaume, le plus célèbre magicien. Quand mon père faisait produire un spectacle en mon honneur, des foules entières venaient m'acclamer ! Aujourd'hui encore, des milliers et des milliers de gens de mon pays se souviennent de moi.

—Alors, qu'est-ce que tu fais ici, à Kiell ?

—J'ai été recueilli et protégé, dans ce royaume. Depuis l'âge de quatorze ans, je vis en exil et sous la menace constante d'être assassiné.

—En exil ? Mais pourquoi ? Tu as commis un crime ?

—Mon père a tenté d'empoisonner le roi son frère pour lui ravir son trône.

—Oh.

Je n'ai rien trouvé de mieux à dire.

—Le vice-roi du Bas-Royaume, Guy de Haumel m'a recueilli ici même, dans sa citadelle de Kiell-la-Rouge. Et il m'a proposé un marché.

—Le vice-roi savait que tu connaissais le secret des Gottarans et il t'a laissé la vie sauve ?

—Mieux que cela : il m'a offert sa protection.

—En échange de quoi ? Un spectacle ?

— Pas vraiment, non. Je devais exercer mes talents, c'est vrai. Mais ce qui intéressait «l'accapareur», ce n'étaient pas mes chansons. C'était mon inspiration.

— Je ne comprends pas.

— Pour écrire une bonne chanson, il faut une bonne histoire. Une légende. Regarde Gallopo : il avait flairé le filon avec Darran, et il l'a aussitôt exploité pour écrire une chanson qui a fait le tour de la ville. Savoir reconnaître les personnes dont la vie et les actes peuvent passionner tout un parterre de théâtre, voilà une partie importante du don que j'ai reçu. Et voilà ce qui intéressait le vice-roi.

— Je ne comprends toujours pas.

Il a soupiré.

— J'ai croisé la route de Darran : ce n'est pas un hasard, cela fait partie de la magie qui est la mienne. Malgré moi, j'ai le pouvoir de rencontrer et de reconnaître les personnes qui ont le potentiel pour rassembler du *calame* et devenir Gottaran.

J'ai froncé les sourcils.

— Tu… tu lui livrais ces gens ? Tu les découvrais pour lui, pour le vice-roi, et tu les lui pointais du doigt ?

L'air m'a manqué, je suffoquais dans ce couloir en demi-sous-sol.

— En… quelque sorte, a-t-il répondu.

— Tu lui disais : «Elle, lui, ce seront des Gottarans», et il les tuait ? C'est ça que tu faisais ? Alors c'est pour cette raison qu'il t'a laissé la vie sauve et qu'il t'a protégé. Tu lui servais de rabatteur, comme ces chiens qu'on siffle et qui font courir le gibier jusque dans les filets de ces messires, dans les chasses à cour…

Je sentais me monter à la tête une rage presque aussi dévorante qu'à la Foire aux épouses, quand j'avais vu ces femmes vendues comme esclaves.

— Je rencontrais des gens extraordinaires, a fait Alendro en éclatant en sanglots. Pleins de talent et d'avenir, des gens capables de changer le monde, et… et moi, je les dénonçais à sa garde!

—Voilà pourquoi tu as ton théâtre rien qu'à toi, c'est le vice-roi qui l'a fait bâtir? Une petite faveur en échange de ces dizaines de génies qu'il a fait assassiner grâce à tes bons services!

—J'avais quatorze ans, par le Kàn! J'étais loin de chez moi, mon père venait d'être décapité et les tueurs à la solde de mon oncle me poursuivaient partout! Essaie un peu de comprendre!

—Tu as livré des innocents à un monstre. Tous ceux qui auraient pu menacer son pouvoir.

—Mais je me suis enfui pour ne plus avoir à le faire! J'ai changé de nom! J'ai vécu comme un magicien itinérant, j'ai fait des spectacles dans les villages pour gagner ma vie. J'ai échappé à la garde du vice-roi qui était à ma poursuite pour me ramener à Kiell et… Et *putaca!* je sais que j'ai fait du mal autrefois, mais reconnais aussi ce que je suis en train de faire aujourd'hui: j'aurais pu tranquillement m'enfuir, prendre un bateau à Quork et refaire ma vie ailleurs. Je risque ma peau en revenant à Kiell. Pourquoi crois-tu que je n'ai fait qu'un seul spectacle? Et que je me déguise depuis? Si le vice-roi me met la main dessus, il me fera torturer à mort pour m'être enfui! Je suis entré jusque dans la citadelle de mon pire ennemi, j'ai claironné à toute la ville que j'étais de retour, et je l'ai fait uniquement pour sauver Darran Dahl! En sauver un, au moins un! Voilà pourquoi j'ai changé d'avis et que je suis revenu!

Soudain, j'ai pris conscience de l'endroit où on se trouvait. De la présence d'Alendro, en pleine nuit, dans ce couloir. Dans l'antre du vice-roi.

—Si jamais…

Dans mes paumes, j'ai senti la morsure des griffes qui poussaient à la place de mes ongles.

—… si jamais tu t'es levé cette nuit pour aller dénoncer Darran à ton maître, je te jure que…

—Le vice-roi n'a aucun besoin de moi pour découvrir le potentiel de Darran : toute la ville parle déjà du « guerrier à la hache ». Au contraire, sans moi, Darran serait encore au fond de son puits, souviens-toi !

Il a pris mes mains dans les siennes et m'a murmuré tout bas :

—Si je sors, cette nuit, c'est pour chanter sa légende dans les rues, en espérant échapper à la garde. La chanson est ma seule arme, mais c'est une arme puissante, elle peut rendre Darran plus fort. Je veux le sauver, je *vais* le sauver.

—Lâche-moi, j'ai grondé d'une voix si sourde que c'était presque un grondement de fauve. Ne pose plus JAMAIS la main sur moi, traître.

—Mais enfin, petite partenaire…

—Je ne suis PAS ta partenaire ! Tu as dénoncé des gens comme Darran au vice-roi ! Hors de ma vue ! Disparais avant que je te réduise en bouillie !

Une escouade de gardes royaux a déboulé de chaque escalier et ils ont pointé leurs hallebardes vers moi. Ils m'ont expliqué que je ne pouvais pas sortir de la forteresse pendant la nuit, que la citadelle serait d'ailleurs encore fermée « toute la journée » en raison de troubles à la Foire aux épouses, et que si je voulais franchir les portes, je devrais attendre le surlendemain. Je les écoutais à peine. Je cherchais des yeux Alendro, son capuchon, sa fausse barbe… Et je ne le voyais plus. Il s'était fondu parmi les gardes, il avait disparu. Cet homme avait un talent surnaturel pour le déguisement.

Après tout, il était Gottaran.

Chapitre 69

On a attendu toute la journée dans notre cave. Les gardes ne me laissaient toujours pas sortir – les autres non plus, d'ailleurs. Et moi, j'essayais d'oublier ma tristesse dans la colère : ils allaient tous m'abandonner, et Alendro avait été un traître au service du vice-roi. Mais malgré mes efforts, c'était la tristesse qui l'emportait.

— Et s'ils nous tuaient tous ? m'a glissé Aedan quand des domestiques sont venus nous apporter du pain et des viandes froides pour le déjeuner. Ici, au fond d'une cave, pendant que personne ne peut le voir ?

La cave était trop petite, on était entassés les uns contre les autres. Mais pour une fois, j'ai été contente de le voir, celui-là. Il me changeait les idées.

— Près de quatre-vingts personnes ? je lui ai répondu. Ça ferait du bruit.

— Le vice-roi n'osera pas porter la main sur des représentants de son vassal, a confirmé Edbert. À moins, bien sûr, que nous nous mettions en état de rébellion.

— En état de rébellion ? j'ai demandé. Qu'est-ce que ça veut dire, en état de rébellion ?

— Refus de l'autorité royale, recours à la force contre ses représentants… Mais nous n'avons aucune raison de faire cela. Nous sommes les envoyés du baron de Kenmare et le vice-roi nous écoutera : il a besoin de ses vassaux.

— Et puis, qu'il essaie un peu de tuer Darran, pour voir…, j'ai renchéri en ricanant.

— Le vice-roi, hélas, dispose probablement de guerriers mindarans, lui aussi. Du moins, je le suppose. Ces hommes sont très rares, mais ils existent.

On a été interrompus par un laquais, un grand gars qui portait une magnifique tenue brodée d'or, qui s'est planté à l'entrée et qui a déclamé bien fort :

— Dans sa grande générosité, Son Altesse Royale convie tous les représentants du baron de Kenmare à un banquet, en attendant le verdict de ses greffiers et hommes de loi concernant l'enlèvement des femmes.

La plupart d'entre nous ont poussé des cris de joie. Moi non. Mais j'étais bien obligée de suivre.

—————

Rien que de monter les escaliers du donjon royal, j'avais déjà l'impression de poser les pieds dans un autre monde ! Le luxe inouï de chaque lambris sculpté, de chaque porte ouvragée, de chaque torchère au mur, c'était comme si on entrait dans le palais d'un dieu. Les hommes de Kenmare tenaient leurs chapeaux dans leurs mains, les doigts crispés, les femmes baissaient la tête et avaient honte de leurs vêtements grossiers.

— Les représentants du baron de Kenmare, a annoncé le laquais, quand on est entrés dans la grande salle.

Deux soldats raides comme des piquets ont levé leurs hallebardes en guise de salut.

C'était la pièce la plus immense que j'avais jamais vue. Tous les gens du village auraient pu y tenir ! Elle était si haute de plafond qu'on aurait pu s'y tenir à cheval et agiter un drapeau au-dessus de sa tête ! Les murs étaient entièrement drapés de tapisseries en soie, à la gloire du Roi Lumière. Il y avait des lustres grands comme le feuillage d'un arbre, des fenêtres gigantesques. Et l'immense tapis ! Des rouges, des ors, des bleus profonds ! Les couleurs étaient d'une beauté à couper le souffle et les motifs étaient d'une finesse incroyable. Grand Kàn, je n'en avais jamais vu un pareil !

Tous ces paysans, ces petits éleveurs et culs-terreux qu'on était, eh bien, on est restés serrés les uns contre les autres, timides, on osait à peine poser nos sabots ou nos bottes sur le tapis. Ceux de devant hésitaient sur le seuil et ceux de derrière poussaient pour voir. Même cette grande gueule de père Cairach ne pipait plus un mot, il regardait autour de lui, effaré, comme si tout ce luxe allait lui tomber sur la tête.

Des jeunes filles en livrée de domestique nous ont conduits à nos places à une table de chêne, presque aussi longue que la place du village : on était près de soixante et il y avait encore des places libres. Ces filles tiraient les chaises devant nous et nous faisaient des courbettes pour nous inviter à nous asseoir. On n'en revenait pas, elles nous donnaient même du « sieur » et du « demoiselle ». Aux places d'honneur, elles ont installé Darran et Erremon. Mais Darran m'a prise par la main et a traîné une chaise pour moi juste à côté de lui, obligeant les domestiques à disposer un troisième couvert. J'ai regardé mon couteau et ma fourchette en argent, et cette assiette en porcelaine qu'on m'avait donnée : comment j'étais censée manger avec ça, moi ? Au village, on se servait avec les doigts.

— Je veux que tu aies une vue sur toute la table, m'a-t-il soufflé à l'oreille. En cas de piège, je compte sur ton nez et tes yeux pour nous avertir.

Je n'ai rien dit, mais j'ai été remplie de fierté à l'idée que Darran me confie une mission. Tellement fière, en fait, que pendant un moment, j'ai presque oublié d'être méfiante.

À l'autre bout de la table se tenait un personnage très droit, à l'habit couvert d'or et de dentelles.

— C'est lui, le vice-roi ? j'ai demandé à Darran, à l'oreille.

— Kàn-aux-deux-visages, non ! a répondu Tara à ma droite. C'est son grand chambellan.

— C'est quoi un chambellan ?

— Une sorte de... de grand chef des domestiques.

À sa gauche se tenait un guerrier qui trouvait apparemment commode de manger avec une cuirasse toute dorée – sans doute un officier de la garde. Et à sa droite était assise une jeune fille de quinze ou seize ans, qui croulait sous les bijoux et qui avait l'air furieuse d'être là.

— L'une des filles naturelles du vice-roi, a murmuré Tara pour ses voisins en inclinant gravement la tête quand elle a croisé son regard.

— Elle a l'air aussi douce qu'une chienne enragée.

— Nous sommes des roturiers, Maura. C'est un immense honneur que d'être conviés à la table de ces personnages de haut rang.

De haut rang ? Malgré le joli décor, le vice-roi nous avait envoyé un domestique, un soldat et une bâtarde... Il se faisait représenter par quelqu'un qu'il croyait « sans âme », est-ce que ce n'était pas une manière de nous signifier son mépris ? D'ailleurs, vu que la table était aussi grande qu'un pont-levis et qu'ils s'étaient assis à l'autre bout, ces trois-là n'avaient visiblement aucune envie de nous faire la conversation. Et puis soudain, un dernier personnage est entré dans la pièce. Grisonnant, la cinquantaine. Il n'avait ni armure d'or ni bijoux précieux, mais ses beaux vêtements et son air fier m'ont aussitôt rappelé le baron de Kenmare.

— Le baron Yves Gatevois Maleterre de Neuvic ! a annoncé le laquais pendant que les deux gardes décroisaient leurs hallebardes pour saluer son entrée. Vassal et féal sujet de Sa Majesté le vice-roi.

— Qu'est-ce qu'il fait là, celui-là ? j'ai demandé à Tara en chuchotant.

À vrai dire, il semblait se poser exactement la même question. Il regardait notre assemblée de roturiers en guenilles et il avait l'air totalement abasourdi de nous trouver là.

Visiblement, on ne l'avait pas averti du genre de convives qui allait partager son repas.

— Je l'ignore, m'a répondu Tara, mais il faut le saluer.

On a tous salué le baron, dont personne n'avait jamais entendu parler.

— Ne mange rien, ne bois rien, m'a soufflé Darran au moment où je portais la première bouchée à mes lèvres.

J'ai regardé avec regret mes cuisses d'oie confites à la sauce au vin, qu'un domestique venait de me servir dans une assiette en porcelaine.

— Rien du tout?

Les autres n'ont pas eu tant de méfiance : la belle timidité des paysans de Kenmare a disparu dès que le vin a commencé à couler dans les verres en or. Ils engloutissaient les plats avec leurs doigts, comme ils l'avaient toujours fait, et léchaient directement l'assiette quand le goût leur plaisait — en signe de politesse pour montrer qu'ils avaient apprécié la nourriture. Et quand les artistes sont entrés dans la salle et ont commencé à donner leur spectacle — le montreur d'ours, la ménestrelle et le «sorcier» qui disait la bonne aventure —, ils ont tous ouvert des yeux ronds comme des soucoupes et applaudi à tout rompre. C'est le sorcier, surtout, qui a fait le plus grand succès. Une énorme barbe lui cachait la moitié du visage, et un bandeau noir sur les yeux le rendait totalement aveugle. Ça ne l'a pas empêché de s'arrêter plusieurs fois en face d'un convive pour lui prendre la main et lui dire son avenir.

Le père Cairach a eu la tête d'un petit enfant pris en faute quand l'autre lui a annoncé, rien qu'en touchant sa paume du doigt, qu'il buvait trop et qu'il lui arriverait bientôt malheur. Muette, le petit Tomey et le père Braddy, le père de Gràinne, sont passés chacun à leur tour. Le sorcier a promis «la solitude» à Muette, «l'esclavage» à Tomey et «une mort violente» au père de Gràinne. C'était tellement sinistre que les villageois ont fini par prendre ça pour une blague, et ils éclataient de

453

rire à chaque fois que le sorcier ouvrait la bouche. Ça m'a fait un peu glousser, moi aussi, jusqu'à ce qu'il prenne la main de mon père.

Les autres convives ont attendu en silence qu'il nous dévoile l'avenir du grand Darran Dahl. Ils en souriaient à l'avance, au début, mais ils ont été de plus en plus embarrassés : ça durait longtemps, beaucoup trop longtemps. Le regard de mon père s'est voilé. La main du sorcier tremblait en serrant la sienne. Au bout d'un moment, je me suis levée de ma chaise et j'ai empoigné le bonhomme par l'épaule.

—Ça suffit !

Il a sursauté violemment dès que je l'ai touché.

—Je… je suis navré, a-t-il balbutié.

Darran a cligné des yeux, il semblait perdu, le regard dans le vague. L'espace d'une seconde, j'ai même cru voir une larme perler au coin de sa paupière.

Le sorcier a déclamé à voix haute :

—Messire, je vois pour vous… un… un chemin de lumière !

En titubant comme s'il avait trop bu, le bonhomme a gagné la porte et disparu dans le couloir, laissant tout le monde perplexe et, à vrai dire, mal à l'aise. Mais au même moment, une nouvelle fournée de domestiques est venue nous apporter le premier dessert, un gigantesque flan aux fruits rouges, recouvert de liqueur, qu'un maître cuisinier a fait flamber sous nos yeux. Tout le monde a oublié le sorcier et poussé des vivats, les hommes et les femmes ont tendu leurs assiettes. Pas mal d'entre eux, échauffés par le vin, se sont mis à tambouriner sur la table en poussant des cris de joie.

J'ai croisé le regard méprisant de la fille du vice-roi, à l'autre extrémité. Pour cette gamine aux jupons de soie, on ne valait guère mieux que les cochons de la bauge, et je me suis sentie sale dans ses yeux.

C'est peut-être à cause de cette fille que je n'ai pas été assez attentive. Il faut dire aussi que les odeurs d'alcool, de rôtis et d'épices emplissaient toute la pièce. Il a fallu que Tara hume son vin et me dise d'un air gourmand : « Quel arôme ! », pour que ça me frappe tout d'un coup. Il y avait dans cette pièce une odeur que je reconnaissais. Les odeurs sont traîtresses. Parfois, elles vous sautent à la gorge et, parfois, elles se cachent. Comme ces mots qu'on a sur le bout de la langue. On tend le nez, on renifle par à-coups, on essaie de retrouver quelque chose.

J'étais presque sûre d'avoir senti l'odeur d'une des trois cavalières de la route, que Darran m'avait ordonné de mémoriser. Ces trois femmes qu'on avait vues passer devant nous en pleine nuit, une torche à la main. Probablement la petite Vivaine, la belle Vatia et une troisième inconnue, ces femmes tueuses qui avaient égorgé deux hommes, juste pour nous guider jusqu'à Kiell…

— Darran ! Darran ?

Il avait le regard vide. Je l'ai secoué par les épaules mais il était complètement perdu dans ses pensées ou dans ses souvenirs – dans ces moments-là, il n'y avait pas grand-chose à en tirer. L'odeur de cette femme commençait déjà à disparaître et, si je voulais la retrouver, il fallait que je me lève de table. Cette odeur m'attendait dans le couloir, j'en étais sûre, c'était comme une promesse, un fil invisible qui m'entraînait hors de la salle.

CHAPITRE 70

Personne ne m'a remarquée quand j'ai filé. Mon nez n'avait pas encore les poils du museau de loup, mais il avait déjà commencé à s'allonger un peu, alors j'ai baissé la tête et mis ma main dessus. Je n'ai donc pas vu le sorcier dans le couloir, et je l'ai percuté au menton si fort qu'il a failli tomber en arrière.

—Je suis désolée, j'ai marmonné en me frottant le front.

—Ce n'est rien, jeune fille.

Je l'avais surpris en grande conversation avec la jolie ménestrelle.

—Chante-lui ça, lui a-t-il dit à voix basse en lui tendant un feuillet, où j'ai cru voir un texte et des notes de musique griffonnés à la hâte.

Et elle s'est aussitôt éclipsée dans la salle.

J'ai contourné le sorcier pour continuer mon chemin, mais il m'a attrapée par le poignet. Son bandeau noir était baissé et il a plongé ses yeux dans les miens. Ils étaient d'un noir étonnant, qui m'a tout de suite rappelé quelque chose. J'avais déjà vu ces yeux quelque part, mais où ?

—Lâchez mon bras, s'il vous plaît.

Je n'aimais ni la manière dont il serrait ses doigts, ni celle dont il me regardait. Il a fini par me laisser partir à contrecœur, comme s'il essayait de graver mes traits dans sa mémoire. En tout cas, à cause de ce sorcier de malheur, l'odeur de la femme tueuse avait disparu. Au bout d'un moment, frustrée et furieuse, je suis revenue sur mes pas.

La jolie ménestrelle était en train de finir une chanson triste, et l'atmosphère de joyeuse rigolade avait laissé place, chez les villageois, aux larmes et aux visages mélancoliques. Il m'a fallu un moment pour me rendre compte qu'elle chantait en taëllique : c'était une de ces chansons d'amour qui me faisaient chavirer le cœur, aux fêtes de village. *Rachaëlle-la-mindaran* – l'histoire d'une femme sorcière qui, quand l'homme qu'elle aime part et l'abandonne, se change en arbre pour toujours. Une légende de Taëllie qui avait inspiré beaucoup de poèmes et d'histoires. Depuis que je savais que c'était le prénom de ma vraie mère, je la trouvais encore plus poignante. Mais quand j'ai jeté un regard à Darran, j'ai complètement oublié la chanson : il buvait du vin à grands traits. Un domestique était derrière lui avec une carafe en cristal et, dès que le verre était vide, il le remplissait de nouveau.

— Darran ! Putois, qu'est-ce que tu fais ?

J'ai arraché la carafe des mains du domestique et je l'ai jetée par terre. Sur l'épais tapis, le cristal ne s'est pas brisé, mais le vin a giclé dans toutes les directions.

— On ne mange rien, on ne boit rien, j'ai chuchoté à son oreille.

Ses joues étaient inondées de larmes. Il avait les yeux rivés sur la jolie ménestrelle et il était secoué de sanglots.

— Je l'ai abandonnée, je l'ai laissée toute seule au village ! Et elle en est morte !

— PAS de vin ! j'ai crié en écartant son verre.

Et j'ai ajouté tout bas :

— Tu sais bien qu'il pourrait être empoisonné.

— Quelle importance ? il a gueulé. Quelle importance, hein ? Donne-moi une seule chose qui ait de l'importance !

Moi ! j'ai voulu crier. *Moi, ta fille !*

Mais ces fichus mots ne voulaient pas franchir mes lèvres, si brûlants, si impossibles à dire que la seule émotion qui pouvait encore sortir de ma bouche, c'était la rage.

—Tu as raison, va! Crève comme un chien! Va la rejoindre, ta Rachaëlle!

Tara m'a jeté un regard horrifié. Darran, lui, a saisi une autre carafe sur la table et a commencé à la boire directement au goulot à grandes gorgées, la tête renversée en arrière. Un filet rouge a dégouliné sur son menton et imbibé peu à peu sa tunique, pendant que ses yeux ronds fixaient le plafond d'un air vide.

À la dernière note de musique, j'ai repris conscience de la présence de la ménestrelle. Elle scrutait Darran du regard.

—Eh! toi, la chanteuse!

Avec sa mandoline à la main, elle m'a jeté un coup d'œil effrayé, puis elle a fait volte-face en courant et elle a disparu par la porte.

Quelle andouille j'étais! Le sorcier, les messes basses dans le couloir, la chanson sur *Rachaëlle-la-mindaran* choisie soigneusement pour faire craquer Darran…

—Alerte! j'ai beuglé. C'est un coup monté! Tout le monde dehors, avant qu'il ne soit trop tard!

Je n'ai suscité que quelques regards surpris. La plupart des villageois étaient soûls, avachis sur leurs grandes chaises, certains avaient leurs femmes sur les genoux, d'autres étaient assommés par le vin et la bonne chère, les yeux vitreux. Et, comme par magie, tous les domestiques avaient disparu.

Alors, les soldats sont entrés dans la salle de banquet par rangées de cinq. C'étaient des hommes disciplinés, qui portaient de grands boucliers frappés du dragon royal.

Ils vont tous nous massacrer, j'ai pensé. *Ce sera un bain de sang.*

Quelques hommes et quelques femmes se sont levés en titubant.

—Fuyez, vite! j'ai crié.

Il n'y avait que deux issues dans la salle : la porte par laquelle les soldats déboulaient en bon ordre et les fenêtres.

Mais on était au quatrième étage du donjon, et en contrebas, c'était la Foire aux épouses, entre les murs de la citadelle. Les soldats ont pris position tout autour de la table au pas cadencé, nous encerclant complètement. Ils étaient au moins trente.

— Maura, fille de Karech, a tonné une voix dans mon dos. Je vous arrête pour refus de l'autorité royale!

C'était le capitaine à la cuirasse dorée, celui qui avait mangé en face de nous.

— Refus de l'autorité royale? Moi?

— Toute femme disposant de pouvoirs de sorcellerie doit se présenter aux autorités et soumettre sa personne à la volonté du roi. Or un témoin vous a vue pratiquer la sorcellerie!

Je suis restée immobile, comme une mouche prise dans la toile d'une gigantesque araignée. «Ton secret t'appartient, c'est ton bien le plus précieux», avait dit Breena.

— Quel témoin?

Finalement, l'officier s'est tourné vers la grande silhouette du père Cairach, qui s'était déjà un peu écarté de ses camarades avec sa jeune épouse, et qui affichait un sourire embarrassé.

— Tout le monde sait que tu es une sorcière, Maura, hein? a-t-il dit en évitant de croiser mon regard. C'est pas un secret!

— Soldats, laissez passer cet homme et son épouse.

Le cordon de gardes s'est entrouvert devant eux et ces deux traîtres ont filé comme des rats. Ils avaient dû bien négocier leur liberté, ces deux-là…

— Emparez-vous de cette jeune fille et dénudez son bras gauche!

— Ne vous fatiguez pas, bande de vautours, je vais le faire pour vous.

J'ai tiré sur la manche de ma chemise et j'ai fièrement montré la marque des sorcières à la saignée du coude, bien visible sur ma peau laiteuse de rousse. L'officier à la cuirasse dorée a eu un sourire de triomphe et s'est remis à brailler comme un âne :

— Sujets du baron de Kenmare, vous saviez tous que cette demoiselle était sorcière. Par conséquent, à l'exception du sieur Cairach, vous êtes tous coupables de ne pas l'avoir dénoncée.

— Cairach, sale vendu ! On est avec toi, Maura ! a crié le petit Tomey.

Il a reçu un coup de manche de hallebarde dans le ventre.

— Cependant, a continué l'officier, dans son infinie bonté, Sa Majesté le vice-roi vous accorde son auguste grâce, pour ce crime royal.

Sur les visages hébétés des villageois ont flotté quelques sourires de soulagement.

— À la condition que vous retiriez votre plainte à l'encontre d'un prétendu groupe de trafiquants, et que vous remettiez toutes les femmes ici présentes aux honnêtes marchands qui les ont achetées, afin qu'ils puissent enfin en faire librement commerce.

Un murmure abasourdi a gagné les convives. Les villageois secouaient la tête, stupéfaits. Et à mon immense gratitude, je n'ai plus vu un seul sourire : ils étaient tous indignés.

— J'ajoute, a poursuivi l'officier devant leur réaction de rejet, que Sa Majesté, dans son extrême bienveillance, accordera à chacun dix couronnes de Kiell pour vous dédommager de votre voyage et du temps perdu loin de vos champs et de vos bêtes.

J'ai entendu quelqu'un demander : « En sous de cuivre de Taël, ça fait combien ? », mais dans leur grande majorité, les gens de Kenmare ont refusé son offre ridicule.

Erremon s'est levé de sa chaise, tout droit, et a répliqué d'une voix glaciale :

— Notre baron nous a confié une mission. Nous ne retirerons pas notre plainte.

Pour cette seule raison, je ne peux pas totalement détester cet homme. Je peux même dire que, l'espace d'un court instant, je l'ai aimé de toute mon âme. Mais évidemment, ça n'allait pas nous sauver. Pour ça, il nous aurait plutôt fallu un grand guerrier.

—Darran! a crié Erremon. Avec moi!

C'est là qu'on s'est aperçus que Darran avait le buste affalé sur la table, les yeux ouverts, les joues d'un rouge brique et, au visage, l'expression figée d'une grande souffrance. Le kerr Owain lui a tiré la tête en arrière : il n'a pas eu la moindre réaction, il a glissé de sa chaise et il s'est écroulé par terre, inerte.

—Une congestion, peut-être? a fait l'officier à l'autre bout de la table, l'air narquois. Cet homme buvait tant!

Mon regard s'est posé sur le tapis à mes pieds : là où le vin s'était renversé de la carafe, le tissu avait perdu ses couleurs et il semblait avoir été rongé. Cette carafe, un domestique l'avait apportée tout spécialement pour Darran et pour lui seul… J'ai à peine eu besoin de renifler pour détecter une très légère odeur mêlée à celle du vin.

—De l'extrait d'amer…, a murmuré le kerr Owain, déjà penché sur lui.

Je me suis jetée sur Darran.

—Quel est l'antidote?

Le kerr m'a prise par le bras et tirée en arrière.

—Éloigne-toi! Ne respire pas le vin renversé!

—L'antidote! j'ai hurlé.

—C'est fini, le cœur ne bat plus.

—Non! Non, il ne peut pas être mort!

Il m'a retenue de toutes ses forces, j'avais la vue brouillée de larmes et je ne voulais plus qu'une seule chose au monde : me coucher contre mon père, lui prendre la main et lui dire que je l'aimais.

—Alors, sujets de Kenmare, a péroré l'autre salopard en cuirasse dorée, derrière son cordon de soldats. Avez-vous bien réfléchi à la proposition de Sa Majesté ? Que ceux qui reviennent sur leur témoignage fassent un pas en avant !

Pas un seul homme n'a bougé. Pas un seul n'a accepté de livrer les femmes qu'ils aimaient. À cet instant, j'ai compris une chose : il n'y avait pas de lutte entre les hommes et les femmes, dans ce royaume, il y avait une lutte entre ceux qui acceptaient la loi royale et ceux qui la refusaient. L'officier a attendu en silence, puis son sourire a disparu et un rictus a crispé son visage.

— Comme vous voudrez, paysans.

À notre grande surprise, il s'est tourné vers le petit baronnet assis à l'autre bout de la table, qui n'avait pas pipé mot depuis le début du banquet et qui semblait toujours totalement ignorer ce qu'il faisait là.

— Baronnet Yves Gatevois Maleterre de Neuvic, l'a interpellé l'officier, au nom des vassaux du Bas-Royaume de Westalie, je vous prends à témoin : ces hommes sont entrés en état de rébellion contre l'autorité de Sa Majesté le vice-roi, leur suzerain.

— Qui ça ? M… moi ?

Il venait enfin de comprendre pourquoi on l'avait invité à ce banquet. Il devait servir de témoin, c'est tout. Il devait pouvoir dire aux autres barons que nous étions entrés en rébellion, que nous avions perdu toute la légitimité du baron de Kenmare et de ses sauf-conduits.

— Baron, a repris l'officier, vous pouvez vous retirer à présent.

Il ne s'est pas fait dire deux fois, le bonhomme : il a détalé jusqu'à la porte, pressé de ne surtout pas assister au massacre, et il a disparu dans le couloir. Alors l'officier a aboyé à ses soldats :

— Emparez-vous des hommes et jetez-les au cachot ! Reconduisez les femmes à la Foire aux épouses !

Autour de la table couverte de reliefs de nourriture et de vin renversé, les hommes et les femmes se sont serrés les uns contre les autres. Aucun n'avait d'armes. Certains ont ramassé des fourchettes, des couteaux à bout rond, et ont fait mine de résister. Les soldats ont frappé au hasard avec le tranchant de leurs hallebardes. Les hommes du village se sont jetés sur eux en hurlant, mais les soldats avaient de si longues armes qu'ils les fauchaient avant même d'être approchés. En quelques secondes, le sang a giclé dans toute la pièce et dix corps sont tombés. J'ai senti la colère monter en moi, mes ongles se sont changés en griffes, des crocs pointus ont percé mes gencives. Tara et son frère Edbert faisaient front côte à côte devant moi, et Erremon avait soulevé sa lourde chaise à bout de bras pour tenir à distance nos assaillants.

Je vais mourir, j'ai pensé. *Mais avant ça, je vais effacer ce sourire sur leurs visages.*

Ma bouche s'allongeait, noircissait, mon dos s'arrondissait, et de ma gorge sortait un grondement sourd. Une pensée simple se dessinait au fond de mon esprit où l'humain disparaissait peu à peu : le corps de Darran, mon chef de clan, était au sol. Et je le défendrais contre quiconque essaierait de s'en approcher. J'ai bondi sur un soldat, si fort, si vite que je suis passée entre deux hallebardes et que je l'ai renversé à terre. Mes crocs ont mordu dans son cou et sous mes mâchoires, j'ai senti le craquement des os.

C'est alors qu'un cri déchirant a soudain retenti dans toute la salle :

—Papa ! Papa !

C'était Gràinne. Elle venait de voir son père se jeter devant elle et se faire taillader la poitrine de haut en bas. Le hurlement de sa fille a été si strident que plusieurs soldats se sont même arrêtés un bref instant.

Quelque chose a remué derrière moi, et soudain, une haute silhouette s'est dressée, dépassant toutes les autres.

—Gràinne ? a grondé une voix sourde.

Darran était debout, les yeux injectés de sang. Il avait la peau violacée, les mâchoires saillantes. Il a d'abord avancé en titubant, comme un pantin soulevé par une force étrange, et d'un seul coup, son regard s'est éclairci.

—GRÀINNE!

CHAPITRE 71

D arran a démoli l'une des lourdes chaises en bois et en a récupéré un barreau. Mais quand il l'a brandi au-dessus de lui, c'était sa fidèle hache de bataille qu'il tenait dans la main. Il s'est hissé sur la table et, d'un seul coup, il a sauté à travers la salle. C'était un bond impossible. Il est passé par-dessus les chaises, par-dessus les gens de Kenmare et même par-dessus les pointes des hallebardes.

— Emparez-vous de lui ! a hurlé l'officier.

La tête tranchée d'un des soldats a roulé sur le tapis et il y a eu un flottement dans leurs rangs. Darran s'est dressé derrière la ligne ennemie. Titubant, mais debout.

Des murmures ont parcouru les combattants, soldats et villageois confondus :

« Darran le *guerrier* à la hache. »

« Darran l'*Indestructible*. »

« Darran le *sauveur* des femmes. »

Pris à revers et effrayés par sa terrible efficacité, les soldats reculaient à son approche. En quelques secondes, le vide s'est fait autour de lui – un vide déjà encombré de cadavres et de membres tranchés. Alors Darran, en boitant, s'est retrouvé de nouveau parmi les villageois. Du sang imbibait l'étoffe de ses chausses et il grimaçait à chaque pas : il avait été blessé à la jambe.

— Avec moi, vite ! il a crié. Tous de mon côté de la table !

Les villageois n'ont pas réagi tout de suite, ni les soldats d'ailleurs. Ils ne comprenaient pas.

—Faites ce qu'il dit, Grand Kàn ! a hurlé Tara.

Tous ceux de Kenmare qui se trouvaient près des fenêtres ont sauté parmi les assiettes et les plats, et ils se sont rassemblés autour de lui. Alors, d'une incroyable poussée, Darran a commencé à renverser la table, aussitôt aidé par dix hommes et dix femmes. C'était un trait de génie : elle offrait une muraille inespérée sur tout un côté de notre position.

—Poussez ! Poussez fort !

« Poussez » ? Pourquoi « poussez » ? J'ai compris d'un seul coup que ce n'était pas une muraille, qu'il voulait… c'était une arme. Côté fenêtres, les soldats sont restés figés comme des statues. Ils nous ont regardés, bouche bée, nous arc-bouter et pousser la table à toute vitesse. Elle glissait sur le tapis et les soldats piégés de l'autre côté ont commencé à pousser des cris et à jeter des ordres paniqués. Je crois qu'aucun d'entre eux n'y a cru jusqu'à ce qu'il soit trop tard. Ceux qui se trouvaient devant les fenêtres ont brisé les carreaux de verre et sont allés se fracasser sur les pavés de la grande cour, on a entendu des cris horrifiés monter de la Foire aux épouses, en contrebas. Les autres ont été écrasés entre la table et le mur, leurs hurlements couvrant le bruit du métal tordu de leurs armures. Une telle masse de bois, qui aurait pu imaginer qu'une force humaine pouvait s'en servir comme d'une arme ? Mais la force de Darran n'avait déjà plus rien d'humain.

Face à nous, maintenant, ne se dressaient plus qu'une dizaine d'hommes terrifiés. Ils avaient toujours leurs halle-bardes et leurs armures d'acier, ils avaient pour eux leur entraînement, leur habitude du combat et du sang. Mais la peur jouait désormais pour notre camp : c'était une alliée contre laquelle aucune armée ne pouvait rien.

—Je vais compter jusqu'à trois, a dit mon père en levant sa grande hache. À trois, je vous tue tous.

Ils n'ont pas attendu qu'il se mette à compter, ils ont tous détalé en désordre.

———◆———

Darran a crié aussitôt :

—Gràinne ? Tu vas bien ?

Elle était couverte du sang de son père et sanglotait devant son corps. Mais apparemment, elle n'avait pas été blessée.

—Ce n'est pas… ce n'est pas possible, marmonnait le vieil officier à l'armure dorée, tombé à genoux. Il a bu la moitié de la carafe ! Ils avaient dit que c'était une dose de cheval, de quoi étendre raide mort toute une escouade !

Darran s'est avancé jusqu'à lui en boitant.

—Quel est le meilleur moyen pour sortir d'ici ? Parle et tu auras la vie sauve.

Mais l'autre secouait la tête, la sueur dégoulinait de son front. Il s'est mis à réciter à toute vitesse :

—« Gloire à ton Gottaran, Le Roi Lumière, touché par ton visage flamboyant et qui nous guidera vers ton Royaume béni. Protège-nous du démon et de ses suppôts, flétris par son souffle maudit… »

Le tranchant de la hache l'a cueilli en plein visage, il n'a même pas fait un geste pour se défendre. Son corps a basculé en arrière. Mais derrière lui se tenait, recroquevillée contre le chambranle de la porte, la jeune fille qui nous avait regardés d'un air méprisant pendant tout le repas. Elle tremblait comme un petit animal, ses mains crispées sur sa médaille de Kàn-aux-deux-visages.

—Quel est le meilleur moyen pour sortir d'ici ? lui a demandé Darran à son tour.

La fille a marmonné :

—Vous allez me tuer ? Vous allez me violer et ensuite me tuer, n'est-ce pas ?

— Je veux juste sortir de cette citadelle. Avec les femmes de mon village.

Elle n'était pas blessée, ses jambes refusaient simplement de la porter. Du sang perlait en fines gouttelettes sur son visage, mais c'était celui de l'officier.

— Vous ne pourrez pas sortir d'ici ! Mon père vous tuera, il vous tuera tous ! C'est ce qu'il sait faire de mieux, tuer les gens !

Elle a été secouée d'un petit rire nerveux et elle a regardé Darran.

— Vous, il vous jettera dans un puits. Jusqu'à ce que vous soyez gonflé d'eau, tellement, tellement gonflé que votre peau éclatera quand il fera jeter des moellons sur vous.

J'ai d'abord cru qu'elle le menaçait, qu'elle se réjouissait à l'avance des supplices qui nous attendaient, jusqu'à ce qu'elle ajoute :

— C'est ce qu'il a fait avec ma sœur.

C'est ce jour-là que j'ai enfin compris que les femmes de chambre, les draps de soie et les desserts parfumés… toutes ces jolies choses ne donnaient pas aux enfants de nobles une vie meilleure que celle que j'avais eue, avec mon père et ma mère adoptifs dans notre petite cabane. Et ma mère m'a manqué encore plus.

— Vous ne pourrez pas passer par la porte principale, c'est une vraie forteresse et ils ont sûrement déjà descendu la herse. Il n'y a qu'une seule autre sortie, c'est la poterne. Mais il faudra monter à la tour de Sainte-Bianca, qui en commande l'ouverture. Et si vous traversez la cour, vous serez abattus par les arbalétriers postés sur le chemin de ronde.

Darran a hoché la tête.

— Vous allez me tuer, maintenant ?

— File te mettre à l'abri, gamine. Et restes-y.

Elle a disparu dans le couloir, osant à peine croire à sa chance. Alors Darran s'est assis par terre avec un gémissement de douleur. Tara était blanche comme un linge, pétrifiée à côté de lui.

J'ai saisi mon père par le bras.

—Comment tu te sens ?

Il haletait comme un vieillard et l'air sifflait dans sa gorge. Ses joues étaient d'un rose intense, presque rouge. Ses mains en sueur glissaient sur le manche de sa hache et son corps était agité de tremblements involontaires. Il m'a désigné sa jambe et j'ai détourné les yeux en voyant sa plaie : un coup de hallebarde avait dû lui briser un os. Il pissait le sang. Je ne comprenais même pas comment il avait pu rester debout et se battre avec une telle blessure.

—Kerr ! Venez vite !

Darran a hurlé quand Owain lui a retiré sa botte. Le kerr a fait ce qu'il a pu avec un bout de tissu déchiré pour préparer un pansement de fortune.

—Co… comment j'ai pu faire ça, kerr ? a murmuré mon père.

Il y avait de la terreur dans son regard, une totale incompréhension.

—Calmez-vous, a dit Owain, qui se concentrait sur sa tâche.

—Qu'est-ce qui m'arrive ? Qu'est-ce qui se passe avec moi ? D'où vient cette…

Il a posé le regard sur l'arme qu'il tenait à la main : c'était de nouveau un barreau de chaise. La hache avait disparu.

—Vous avez absorbé une forte de dose d'extrait d'amer. Vous allez avoir des vertiges, des troubles du cœur, et surtout beaucoup de mal à respirer.

Darran s'est tourné sur le côté et il a vomi tout ce que contenait son estomac.

—C'est parfait, vous venez d'éliminer une partie du poison.

469

—L'officier a dit…, a encore murmuré Darran en s'essuyant la bouche d'un revers de main, il a dit : « de quoi étendre raide mort toute une escouade ».

Il a soudain agrippé Owain par le col et il a attiré son visage tout près du sien.

—Dites-moi la vérité, kerr Owain ! La dose était fatale, hein ? Alors pourquoi je ne suis pas mort ?

On aurait dit qu'il le regrettait. Qu'il le réclamait presque. Le kerr Owain a roulé des yeux effrayés.

—Je… je ne peux pas l'expliquer.

Mais il avait le regard fuyant.

—« Le démon les touchera de son doigt maudit et son pouvoir les habitera », a récité Darran en fixant le prêtre droit dans les yeux. « Ils marcheront parmi nous, ivres de sang, et ils ouvriront les portes du royaume des enfers… » Il m'a touché, Owain, c'est ça ? Je suis un deimonaran ! Foutredieu, répondez-moi, c'est vous, le kerr !

—Je n'en sais rien ! cria Owain. Laissez-moi vous soigner cette jambe, par tous les saints !

Je brûlais de lui dire tout ce qu'Alendro m'avait révélé, là, tout de suite, devant tout le monde. Juste pour effacer cette horrible angoisse et cette peur de lui-même que je lisais dans son regard. Mais l'avertissement du Veronien résonnait encore à ma mémoire : « *Si je te le dis, je te condamne à mort.* »

—Tu n'es pas ivre de sang, Darran, j'ai dit. Ce n'est pas le démon qui t'a pris !

Il s'est tourné vers moi et j'ai récité à mon tour :

—« Kàn tournera vers eux son visage de lumière, et sa beauté en eux se reflétera comme le bleu du ciel sur le bleu de la mer. Ils se lèveront, ils combattront pour nous, et la mort leur refusera ses bras. Les Gottarans. »

—Je ne peux pas être un Gottaran ! Il faut être roi ou reine ! Je n'ai pas pu m'empêcher de crier :

—Pas du tout !

—Pas... pas nécessairement, a confirmé Owain. L'Église officielle le prêche, évidemment, mais je pourrais vous donner des exemples, certes anciens ou étrangers à notre royaume, de roturiers touchés par la grâce divine.

—Vous pourriez? Vraiment?

—Des dizaines.

Darran s'est tourné vers moi et il m'a regardée comme si c'était moi qui détenais les réponses.

—Qui habite mon corps, sacré foutre-au-cul! Kàn ou le démon?

Je me suis penchée jusqu'à toucher son oreille de mes lèvres, en montrant de la main les gens de Kenmare derrière moi.

—Je n'en sais rien, j'ai chuchoté. Mais pour eux, tu es « Darran l'Indestructible » et ils attendent que tu te lèves.

De force, je lui ai tourné la tête vers Gràinne. C'était son cri qui avait arraché Darran d'entre les morts. C'était bien pour sauver cette peste qu'il avait bondi au milieu des soldats, non? Ce n'était pas pour moi, en tout cas...

Il a dégluti et quelque chose de nouveau est passé dans son regard. À défaut d'apaisement, c'était une sorte de rage froide. Le rose violacé a légèrement reculé sur ses joues et Owain a poussé un juron : la plaie à la jambe qu'il était en train de soigner s'était arrêtée de saigner. Il a murmuré :

—Mais il n'est pas cassé, cet os! J'aurais pourtant juré que...

Darran a renfilé sa botte en grimaçant de douleur, il s'est appuyé sur moi pour se remettre debout et il a brandi son arme : une hache, de nouveau. Gluante de sang et de cheveux collés.

Sur les visages autour de lui, les expressions de nos compagnons ont changé. Certains ont fait le signe sacré des larmes coulant sur les deux joues de Kàn, d'autres ont récité des prières. Plusieurs femmes ont avancé la main et l'ont touché du bout des doigts, en signe de bénédiction, murmurant les paroles rituelles : « *La grâce soit sur toi, Gottaran.* »

— Je vais essayer de vous faire sortir d'ici, il a dit.

Et on y a tous cru.

CHAPITRE 72

— Ça sent la fumée, j'ai dit en entrant dans le couloir.
Par-dessus le parfum de vin et d'épices qui flottait encore dans la salle, par-dessus la puanteur du sang et des viscères, l'odeur du bois brûlé montait en puissance et commençait à recouvrir toutes les autres.

— Les cuisines ? a demandé Owain.

J'ai secoué la tête.

— Non, ça ne vient pas de ce côté-là.

— Quelqu'un a mis le feu à la forteresse, a conclu sombrement Darran. Ramassez des armes et suivez-moi.

— Ça ira ? je lui ai demandé. Tu vas tenir le coup ?

— Quand tu m'as trouvé dans le ruisseau, j'étais plus mal en point, non ?

Sa réponse m'a glacé les sangs. Alors il se souvenait. Il se souvenait de tout. Et probablement même du couteau que j'avais failli enfoncer dans sa gorge.

— Je n'ai jamais compris pourquoi tu ne m'avais pas achevé, ce jour-là, a-t-il ajouté.

───────※───────

Les hommes et les femmes ont récupéré quelques poignards ou épées courtes sur les cadavres des soldats. Les hallebardes étaient bien trop difficiles à manier sans entraînement. On n'était plus qu'une petite soixantaine encore en vie et certains d'entre nous étaient blessés. Dans la grande salle du banquet gisaient pêle-mêle vingt hommes et femmes désarmés, et à peu près autant de soldats. Mais on n'avait pas perdu que des camarades : ce qui nous avait été enlevé, c'était notre liberté. Nous étions tous devenus des hors-la-loi dans tout le pays.

Il nous était désormais impossible de rentrer chez nous, de reprendre nos anciennes vies et d'espérer le pardon du vice-roi. Il nous ferait rechercher dans les deux royaumes jusqu'à ce que chacun d'entre nous se balance au bout d'une corde. Plus d'un villageois s'est demandé, une fois passée l'excitation du combat, ce que les soldats feraient à leurs familles à Kenmare, aux fils, aux mères, aux épouses que certains avaient laissés derrière eux.

Le couloir était désert, Darran courait en tête et me tirait par la main.

—J'ai besoin de toi, petite. De ton flair et de ton oreille.

Apparemment, sa jambe le portait de nouveau.

Dans l'escalier, j'ai failli trébucher sur les premiers cadavres : il y en avait dix. C'était les soldats qui s'étaient débandés dans la grande salle. Ils semblaient être tombés les uns sur les autres. Certains avaient été égorgés par-derrière, pris dans un traquenard, d'autres tués à l'arbalète.

—Quelqu'un a tendu une fine corde en travers de l'escalier, a marmonné Darran en lorgnant une meurtrière qui avait servi de point d'attache à une cordelette à crochet.

—Qui ça ? Alendro ?

Mais ça ne pouvait pas être lui, évidemment. Jamais Alendro n'aurait égorgé dix hommes à lui tout seul. Et pourquoi l'aurait-il fait ?

Nous avons prudemment enjambé les corps. Darran a récupéré un casque et a fait passer quelques nouvelles armes derrière lui. Au premier étage de la tour, la porte de la salle de garde était entrouverte et il flottait une odeur de sang frais. Darran s'est glissé à l'intérieur et m'a fait signe de l'attendre. Il est revenu très vite, les bras chargés de haches et de couperets qu'il a distribués aux gens de Kenmare. Il m'a tendu une petite masse d'armes, bien équilibrée, puis il a refermé la porte derrière lui.

— Ne regarde pas à l'intérieur. C'est pas beau à voir.

— Il y a des cadavres ? Qu'est-ce qui se passe ici, putois ?

— Une armée a profité de notre présence ici pour attaquer la citadelle.

— Une armée ? Mais laquelle ? On n'est pas en guerre !

Quels que soient ces gens, en tout cas, ils avaient bien choisi leur jour et leur allié forcé : Darran et les gens de Kenmare avaient mis hors de combat une bonne partie de la garnison, sans parler de la magnifique diversion que nous avions créée en mobilisant les meilleurs soldats de la citadelle.

Darran s'est faufilé sans bruit jusqu'à la salle circulaire du rez-de-chaussée, plongée dans l'ombre, et il m'a fait signe d'avancer. Plus aucun garde n'était de faction à l'entrée de la tour. Le lourd battant de la porte était entrouvert et, à travers l'ouverture, le soleil couchant était si éblouissant que je n'ai pas tout de suite vu l'homme étalé par terre. J'ai juste senti que je marchais sur quelque chose de poisseux.

— D… Darran, a gargouillé une voix à peine audible. Pitié !

J'ai plissé les yeux pour essayer d'y voir quelque chose. Derrière moi les autres se massaient encore dans l'escalier en attendant que la voie soit libre. Alors j'ai vu l'inscription sur le mur : de grandes lettres rouges peintes avec le doigt, comme celles qu'on avait retrouvées près des deux cadavres, celui de l'auberge et celui du panneau indicateur.

— « Cadeau, Darran Dahl ! » a lu le kerr Owain dans mon dos.

— Darran ! a de nouveau gémi la voix.

Et cette fois, je l'ai reconnue : c'était celle du père Cairach. Ce traître gisait face contre terre et ses mains essayaient d'atteindre le manche du couteau de lancer, planté entre ses omoplates.

—S'il te plaît, re... retire-le moi.

Darran s'est penché sur lui.

—Si je le retire, tu vas mourir.

—Je... je sais.

Darran a empoigné le manche.

—S'il... s'il te plaît, a murmuré Cairach. Ma femme, Karen... Je te demande de...

Mais il n'a pas pu finir sa phrase : Darran a tiré brutalement le couteau et le corps de Cairach s'est cabré tout entier, avant de se relâcher complètement.

—Il ne faut pas rester là, a dit Darran.

Il a jeté un coup d'œil au-dehors par la porte entrouverte et je me suis faufilée juste derrière lui.

En apparence, rien n'avait changé dans la grande cour reconvertie en « Foire aux épouses » : l'espace était toujours occupé par les étals des marchands : des estrades de démonstration, des tentures, des comptoirs de bois, des étagères remplies de bijoux, vêtements et statuettes de saintes. Mais elle était déserte. Plus une fille, plus un marchand. La chute des soldats qui avaient traversé les fenêtres, pendant la bataille du banquet, avait dû faire fuir tout le monde. Leurs corps fracassés gisaient sur le pavé ou sur des toiles d'auvents renversés sous le choc.

Mais il n'y avait pas que ça.

On n'entendait pas un bruit, pas un cri de panique. Et sur les comptoirs, les piles de pièces de monnaie avaient été abandonnées. Une goutte de sang s'est écrasée à mes pieds et j'ai levé les yeux : une dizaine de marchands avait été pendus depuis les fenêtres de la salle de garde, au-dessus de nous, la tête en bas et la gorge tranchée. On leur avait ôté leur pantalon, ils avaient les deux yeux crevés et l'entrejambe ensanglanté.

Leur mort ne m'a pas vraiment émue, vu ce qu'ils avaient fait, mais le spectacle était écœurant à voir.

— Et les femmes à vendre ? Où elles sont passées ?

Darran m'a fait signe de parler plus bas, puis il a pointé le menton sur la gauche : il y avait trois corps à terre, un peu plus loin. Les deux premiers portaient l'uniforme de la garnison, ils étaient couchés face contre terre. Le troisième était celui d'un combattant très différent, plutôt petit et vêtu de protections légères. On s'était battu ici, et on se battait peut-être encore.

Un piquier en cotte de mailles a soudain déboulé entre les tentes, l'air complètement paniqué, il courait droit vers la tour de garde à notre gauche. Un carreau d'arbalète lui a transpercé l'épaule alors qu'il était à découvert, l'homme a tournoyé sur lui-même comme un pantin et il s'est écroulé sur les genoux. Un second carreau lui a presque arraché la tête. Apparemment, quels qu'ils soient, les gens qui avaient attaqué la citadelle tenaient déjà au moins une tour et ils savaient viser juste…

— Le corps de garde brûle, a murmuré Darran. Le coup a été soigneusement préparé.

J'ai dû m'avancer d'un pas pour le voir : un grand bâtiment fortifié, à notre droite, flambait comme un feu de joie. Les flammes montaient des étages inférieurs et léchaient déjà les toits. Plusieurs soldats, bloqués en haut, étaient perchés aux fenêtres et suppliaient qu'on vienne les aider. Une jeune domestique s'est jetée en hurlant dans la cour et s'est écrasée sur les pavés.

— Kàn-aux-deux-visages…, j'ai murmuré en faisant le signe des larmes divines. Mais on n'est pas en guerre ! Qui attaque qui ?

— Je ne sais pas. Mais c'est notre chance, petite.

Sa jambe saignait de nouveau. Dans la pénombre, j'avais l'impression que sa hache avait rétréci. Quel que fût le pouvoir qui lui donnait sa force, il n'était pas très fiable – ou alors, il atteignait ses limites. Darran respirait trop vite, trop court, comme quelqu'un qui a perdu beaucoup de sang. Il m'a désigné du doigt la poterne, une porte massive à côté d'une énorme tour – la fameuse «tour Sainte-Bianca», que nous avait décrite la fille du vice-roi.

— Le mécanisme qui ouvre la porte est au sommet.

Je l'ai retenu par la manche : la poterne était dans l'axe de tir d'une tour de garde à notre gauche – celle que le piquier avait essayé d'atteindre. Des arbalètes pointaient des meurtrières et des casques de soldat y brillaient à la lumière des flammes. La garnison avait subi de lourdes pertes, mais elle n'avait pas rendu les armes.

Si Darran traversait la cour, les mystérieux guerriers qui attaquaient la citadelle ne tireraient peut-être pas sur lui. Après tout, il les avait débarrassés de pas mal d'ennemis. Mais les soldats du vice-roi, eux, n'hésiteraient pas une seconde à l'abattre.

— Ils auront dix fois le temps de te tuer, si tu vas à la poterne.

— Je les ai vus, petite.

Il a pointé du doigt les tours, une par une :

— C'est une bataille d'arbalétriers. Sur la poterne, personne. Sur la tour que tu montres : quatre soldats. Sur les six autres tours : des femmes. Et sur la barbacane de la porte principale : des soldats, mais pas de tireurs.

— Des… des femmes ?

— Regarde le cadavre dans la cour.

J'ai plissé les yeux pour mieux y voir.

Putois ! Il avait raison. Le combattant étrange couché contre le mur, ce n'était pas un homme ! Des cheveux longs dépassaient du casque et surtout, son corps n'avait pas les proportions grandes et massives des soldats d'élite, il avait des formes féminines. Cette femme était vêtue de tissu rembourré, une protection idéale pour la discrétion, mais bien moins solide que les cuirasses de cuir bouilli des soldats. Un coup d'épée ou de hallebarde lui avait presque tranché le cou alors qu'elle tenait encore une hachette entre ses doigts crispés. Un peu plus loin, à moitié dissimulé sous une tenture renversée, j'ai vu un second corps allongé sur le dos. Des femmes ! C'étaient des femmes en révolte ! J'ai senti une bouffée de fierté monter en moi, comme si on m'avait rendu mon âme volée.

Enfin, quelqu'un faisait quelque chose contre l'enfer de cette foire aux esclaves ! Enfin, les marchands avaient été pendus pour leurs crimes ! Et c'étaient des femmes qui avaient fait cela. J'étais prête à les rejoindre et à me battre moi aussi à leurs côtés.

— Elles ont pris le contrôle de presque toute la citadelle, m'a soufflé Darran, mais l'effet de surprise passé, elles manquent de puissance au corps à corps pour s'attaquer aux derniers soldats d'élite du vice-roi.

Je me suis tournée vers lui.

— Comment vas-tu faire pour…

Mais il avait déjà disparu. Il courait dans la cour, droit vers la porte fermée de la dernière tour encore tenue par les soldats munis d'arbalètes.

Il est fou, j'ai pensé. *Il est complètement fou.*

L'angoisse m'a serré le cœur, comme un poing énorme qui se serait refermé sur ma poitrine.

Les carreaux d'arbalète ont sifflé autour de lui. Un premier l'a touché au bras. Le choc a failli le faire tomber. Du sang a giclé sur sa chemise, mais ce n'était qu'une grosse entaille et il s'est remis à courir. Un second est passé au-dessus de sa tête et a claqué sur les pavés de la cour. Et puis Darran a fait un moulinet de sa hache, si rapide que je n'ai presque rien vu. Avec un son métallique, un troisième carreau a rebondi sur le tranchant et il a fait un arc de cercle dans les airs pour terminer sa course à mes pieds. La pointe était toute tordue.

Je me suis tournée vers le corridor, derrière moi :

— Kerr Owain !

Le visage du kerr était dans l'ombre, ainsi que tous ceux qui se pressaient derrière lui. Je l'ai empoignée des deux mains :

— Il va entrer dans la tour. Préparez vos bandages ! Vos potions ! Vos onguents !

Il a hoché gentiment la tête, sans oser me contredire. Il n'avait pas le moindre matériel sur lui, bien sûr : on sortait d'un banquet.

— Du calme, Maura. Il a survécu à l'amer d'amande.

C'était mon dernier espoir. La magie. J'ai prié pour Darran. J'ai appelé le Premier Visage de Kàn sur lui, malgré tout ce qu'avait pu dire Alendro.

Quand je me suis de nouveau tournée vers la cour, il avait disparu. Il y avait un trou dans la porte de la tour, comme si un géant avait donné un énorme coup de pied en son milieu. Des hurlements ont retenti à l'intérieur, puis au sommet. Le fer d'une hache a brillé à la lueur des flammes, un arbalétrier a basculé par-dessus les créneaux en criant et, un instant plus tard, j'ai aperçu le visage ensanglanté de Darran entre deux merlons.

Merci Grand Kàn : il était encore vivant !

Ça a été comme un signal. D'un seul coup, la cour est entrée en effervescence. Comme si elles n'avaient attendu que ça, des silhouettes furtives ont surgi des écuries, des tours, du corps de logis seigneurial. Certaines ont grimpé sur les murailles par les escaliers de pierre, se ruant sur la barbacane de la porte principale, qui commandait la herse et les engins de siège. J'ai entendu des cris, çà et là, quand un soldat ou un laquais isolé opposait encore un peu de résistance. Mais les derniers arbalétriers qui pouvaient interdire l'accès à la cour aux assaillantes venaient de mourir : Darran les avait massacrés. Il n'y avait plus personne pour empêcher les femmes en révolte de prendre le contrôle de la grande porte.

— Protégez la colonne, j'ai glissé au kerr Owain. Je vais voir si je peux aider Darran.

Chapitre 73

J e me suis glissée en silence dans la cour et j'ai enfin vu les femmes esclaves de la Foire aux épouses : plus d'une centaine d'entre elles étaient massées contre le mur du logis seigneurial et semblaient attendre en silence. Elles étaient toujours nues ou presque, mais leurs belles coiffures étaient défaites et certaines avaient des traces de sang ou de suie sur la peau. J'avais d'abord cru que c'étaient ces femmes-là qui s'étaient révoltées, mais à l'évidence, je m'étais trompée. Elles semblaient complètement terrifiées. Deux ou trois combattantes, équipées d'armes légères, les gardaient comme des chiens de berger devant un troupeau. Celles-là ne montraient aucune peur.

Ces femmes sont entrées depuis l'extérieur. C'est une armée organisée, entraînée.

Mais je n'avais pas le temps de me poser des questions. À ma droite, le corps de garde n'était plus qu'un brasier ardent. Des hurlements déchiraient la nuit tombante : hommes ou femmes, le feu ne faisait aucune différence. Il dévorait tous ceux qui étaient piégés dans les étages.

Darran est sorti en titubant de la tour de garde où il avait massacré les soldats, et a commencé à traverser la foire déserte pour atteindre la poterne en face : notre porte de sortie. Je l'ai rejoint en courant et il a passé un bras autour de mon épaule pour ne pas tomber.

— Tu es blessé ? Laisse-moi voir ! Le kerr Owain va te soigner !

Son bras gauche saignait et il boitait de plus en plus, mais c'était surtout sa respiration qui était inquiétante. Il aspirait chaque goulée d'air comme si c'était la dernière, on aurait dit un homme en train de se noyer.

—Je suis f… foutu, petite, a-t-il murmuré.

—Ne dis pas ça ! La grâce de Kàn va te sauver !

Peut-être que si je répétais cette phrase encore et encore, elle finirait par devenir vraie.

—Il me reste un… un peu de force. Il y a peut-être encore des soldats dans la tour. Tu vas m'aider à… à atteindre la porte et à monter jusqu'en haut.

Un claquement et un grondement sourd nous ont fait tourner la tête vers la grande barbacane de la porte principale : le contrepoids d'une catapulte venait de se mettre en branle et un gigantesque bras de levier a basculé en avant, projetant une boule de feu vers la ville.

Vers la ville ?

—Kàn-aux-deux-visages ! Kiell va flamber à son tour !

Les mystérieuses combattantes avaient pris le contrôle des grandes tours de l'entrée principale, où se trouvaient les engins de siège. Et elles s'en servaient maintenant pour tirer des projectiles incendiaires vers l'extérieur. Mais pourquoi ? Darran a dégluti bruyamment et s'est concentré sur sa respiration. L'air est passé de nouveau dans sa gorge, un peu mieux.

—Ces… ces femmes ont leurs propres buts. Ce ne sont pas nos affaires. Emmène-moi jusqu'à la tour de la poterne.

Dans la grande cour, deux ou trois filles ont commencé à sortir de derrière des tentures et des auvents : c'étaient des filles de la foire qui s'étaient mises à l'abri comme elles avaient pu pendant les combats, et qui quittaient maintenant leurs cachettes.

—C'est vous, Darran Dahl, l'homme qui libère les femmes ? a murmuré une gamine d'à peine quatorze ans, qui l'a regardé avec de grands yeux.

Il n'a rien répondu, alors je l'ai fait à sa place :

— On va ouvrir la poterne. Quand ce sera fait, tu pourras t'échapper, et les autres aussi !

Je faisais mon possible pour soutenir Darran, mais son bras autour de mes épaules pesait autant qu'une montagne et j'avançais courbée, en haletant sous l'effort.

— Je vais vous aider ! a dit la fille, qui l'a soutenu de l'autre côté. Comment on ouvre la poterne ?

— Au sommet de la tour Sainte-Bianca…, a murmuré Darran. Il doit y avoir une poulie à actionner.

On s'est dirigés cahin-caha vers la tour, à travers les étals désertés, toussant un peu à cause de la fumée qui nous prenait déjà à la gorge. La cour de la citadelle avait des allures de fin du monde, éclairée d'un côté par les derniers rayons rouges du soleil, de l'autre par l'incendie. Et partout, des présentoirs vides.

Au moment où on atteignait la grande estrade centrale, où les marchands avaient fait défiler leurs femmes pendant toute la journée, quelque chose m'a soudain mise en alerte. Un bruit, une odeur. J'ai regardé partout. À ma gauche, il y avait un comptoir couvert de statuettes de saintes et de bijoux de femmes. Il y avait aussi de grandes étagères remplies d'étoffes et de lingerie fine. Je n'ai rien vu de suspect, mais à l'instinct, j'ai exercé une pression sur le bras de Darran. Aussitôt, il s'est figé. J'ai senti son corps se redresser et se faire moins lourd sur mon épaule. Il s'est campé sur ses jambes, aux aguets, et nous a repoussées derrière lui, la fille et moi. Entre ses mains, sa hache intacte avait réapparu.

J'ai entendu un bruit venant de derrière l'estrade, à notre droite. On ne pouvait rien voir de ce côté-là, à cause des toiles de tente tendues sur trois côtés qui protégeaient l'estrade du soleil pendant la journée.

— Venez vous mettre à l'abri, Votre Majesté, a fait une voix d'homme. La tour Sainte-Bianca est juste derrière ces étals.

«Votre Majesté» ? J'avais bien entendu ?

J'ai brandi ma petite masse d'armes et Darran a empoigné une hachette de lancer, sans doute récupérée dans la tour de garde.

Deux hommes ont surgi à l'angle de l'estrade, le premier était un soldat en cotte de mailles qui tenait une arbalète chargée à la main. Il ne nous a pas vus, parce qu'il avait la tête tournée vers l'arrière, sans doute vers «Sa Majesté». Le deuxième était dans l'ombre, en retrait. Darran s'est avancé vers le premier en silence, et quand le soldat s'est enfin retourné, il n'a pas pu esquiver un coup de hache en plein visage. Il y a eu un craquement d'os et il a été couché à terre comme un fétu de blé.

Le second homme était déjà en position de défense. Il ne portait pas la moindre pièce d'armure, mais un simple vêtement noir en tissu. Ce gars devait être sacrément sûr de son esquive pour se battre sans protection. Dans sa main, il tenait une arme très étrange qui ressemblait d'un côté à une grosse masse d'armes et, de l'autre, à une pique acérée. Le tout était relié par un manche en acier très épais. Son poids devait être colossal, mais il ne semblait éprouver aucun mal à la porter.

Il n'a pas fait un geste contre nous. Il a reculé de quelques pas et nous a regardés, la tête penchée, comme s'il calculait quelque chose. En tout cas, il nous coupait l'accès à la tour Sainte-Bianca, et donc au mécanisme qui servait à ouvrir la poterne.

J'ai plongé sur l'arbalète du premier soldat. Je n'en avais jamais utilisé de ma vie, mais apparemment, il suffisait d'appuyer sur le levier bizarre, en dessous, pour tirer un trait mortel. Le gars n'a pas bougé le petit doigt. Mon carreau d'arbalète a filé droit vers sa tête, exactement en même temps que la hachette de lancer de Darran.

La masse-pique s'est transformée en un tourbillon argenté et il y a eu un cliquetis de métal : mon carreau s'est retrouvé par terre et la hachette s'est fichée dans le bois de l'estrade.

Arrêter deux projectiles en pleine course avec une masse ? De toute ma vie, je n'avais vu qu'un seul homme au monde capable de ce genre d'exploit. Et cet homme était à côté de moi, blessé, hors d'haleine et le sang empoisonné.

La gamine qui m'avait aidée à soutenir Darran a tourné les talons et détalé en sens inverse. Une fille intelligente, apparemment. Le guerrier en noir a roulé sur lui-même et un couteau a traversé les airs en tournoyant, si vite que je n'ai même pas vu à quel moment il l'avait lancé. La lame se serait fichée entre les deux yeux de Darran s'il ne l'avait pas évitée d'un mouvement réflexe.

Mon père a empoigné sa hache de bataille et les deux hommes se sont jaugés du regard. C'est là que j'ai remarqué, sur le front du guerrier en noir, le signe de mort que les soldats du monde entier redoutaient de voir apparaître un jour devant eux : l'épée mindaran du guerrier-né.

— Recule, petite, m'a dit Darran.

Un troisième homme est alors sorti de derrière les tentes, à la suite du guerrier en noir, mais ce n'était pas un soldat, cette fois. Avec ses longs cheveux gris et ses vêtements flottants, on aurait presque dit une vieille femme. Mais sa houppelande était brodée d'or et il portait sur la tête une couronne où étincelaient des diamants gros comme des yeux de loup : c'était Guy de Haumel, le vice-roi du Bas-Royaume en personne !

Il a foncé vers la tour Sainte-Bianca, mais un carreau d'arbalète, tiré depuis la barbacane, s'est fiché dans un montant en bois à un pouce de sa main. Alors il s'est réfugié derrière l'estrade pour se mettre à couvert.

En reconnaissant Darran, il a poussé un juron.

— C'est lui ! Massacrez-le, imbécile ! a-t-il glapi. J'ai besoin de vous pour me protéger des tirs !

Le guerrier en noir a obéi à son maître et bondi vers Darran. Moi, j'ai ramassé ma petite masse d'armes et j'ai couru jusqu'à lui pour le frapper deux fois de toutes mes forces : chaque coup a été bloqué. Puis j'ai senti un choc métallique entre mes doigts et mon arme a volé dans les airs, pendant qu'une force prodigieuse me projetait au sol. Un coup de pied, je crois, même si je n'ai absolument rien vu. La douleur a été si aiguë que j'en ai eu le souffle coupé.

Le guerrier m'a toisé du regard.

— Va-t'en. La guerre est une affaire d'hommes.

Une autre fille l'aurait peut-être remercié de ne pas l'avoir tuée. Moi, je l'ai haï encore plus.

Un tourbillon d'acier s'est alors abattu sur Darran, mais mon père a réussi à détourner chacun des coups : la masse et la pique mortelle n'ont accroché que le tissu de sa tunique et le fer de sa hache.

J'ai serré les poings et ramassé mon arme.

C'est mon père. Je parie que tu n'en as pas souvent rencontré, des gars de sa trempe.

Le guerrier en noir a reculé d'un pas.

— Je n'ai jamais perdu un combat, Darran Dahl. Et tu n'es pas le premier guerrier-né que j'ai eu à affronter.

Il était plus jeune que mon père – vingt ou vingt-cinq ans peut-être. C'était un homme plutôt petit, qui se déplaçait avec la souplesse d'un félin. Son corps gracieux contrastait avec la force effrayante de ses coups. Darran a tenté un assaut, mais l'autre l'a esquivé sans la moindre difficulté.

— Laisse-moi passer, frère mindaran, a fait Darran. Tu ne vois pas que tu n'es qu'un outil pour ton vice-roi ?

L'homme a répliqué par une attaque basse, que Darran a arrêtée de justesse. Les armes des deux guerriers se sont entrechoquées dans un jaillissement d'étincelles.

J'ai essayé de me relever, mais la douleur m'a déchiré la poitrine. Côtes cassées, sans doute. Il fallait absolument que je retrouve mon arbalète. Putois, qu'est-ce que j'en avais fait ? Le tranchant de la hache de Darran, dévié par une parade, a explosé l'escalier de l'estrade, défonçant planches, clous et rambarde. Des éclats de bois ont atterri sur moi, un des mâts de la tenture est tombé en grinçant et un immense carré de toile s'est affalé au sol.

Les deux combattants se sont retrouvés devant un présentoir spécial pour mettre en scène une femme à la cuisine : un marchand avait fait installer des étagères remplies de casseroles en fer-blanc, avec des pots et des grandes cuillères en bois. Il y avait même un faux fourneau, une grande table avec quelques carottes coupées en rondelles et une fausse porte avec des tabliers sur une patère. Le guerrier en noir a frappé de nouveau, mais Darran a esquivé et l'arme étrange, mi-masse, mi-pique, a pulvérisé les huit rayonnages de l'étagère derrière lui, avec tout ce qui se trouvait dessus. Le coup suivant s'est abattu sur le comptoir lui-même, fendu en deux. Le coffret en acier qui contenait la recette du jour a été fracassé sous le choc, et les pièces de monnaie projetées dans toutes les directions. Je commençais à comprendre pourquoi Darran préférait la hache à l'épée : pour un guerrier-né, une lame fine était beaucoup trop fragile.

— Tu n'as pas volé ta réputation, a lâché le guerrier en noir qui essayait pour la première fois de cacher un début d'essoufflement. Tu te bats bien, pour un vieux soldat.

Darran, lui, était hors d'haleine et pissait le sang de partout.

Je tâtonnais désespérément la toile à la recherche de ma masse d'armes, et ma main a soudain rencontré quelque chose de dur : c'était mon arbalète ! J'ai rampé jusqu'au cadavre du premier soldat pour lui prendre son carquois. Mais quelque chose a fait résonner comme une alarme en moi. Il paraît que certains animaux ont un sixième sens, une prescience qui les avertit du danger. Accroupi, le dos collé à un étal pour se protéger des tirs des tours, le vice-roi avait cessé de gémir. Il levait les mains devant lui et une boule de poussière tourbillonnante se formait peu à peu dans les airs.

Le vice-roi : c'était un Gottaran ! Pas très puissant, sans doute, mais il avait reçu « l'appel de la magie », lui aussi. Putois, son pouvoir, c'était quoi, déjà ? Qu'est-ce qu'Alendro avait dit à son sujet ?

J'ai essayé désespérément d'armer mon arbalète, mais je ne savais pas comment m'y prendre et chaque goulée d'air avalée me causait une douleur lancinante dans les côtes. La boule de poussière a grossi devant le vice-roi, et progressivement, elle s'est concentrée sur elle-même… Elle s'est solidifiée et elle a pris la forme d'un objet allongé. Une hache ! C'était une hache ! Il était en train de fabriquer une arme de poussière et de vent !

D'un seul coup, il a agrippé sa création et l'a brutalement ramenée à lui. Comme tirée par une corde invisible, la hache de Darran lui a été arrachée des mains, au moment où il s'y attendait le moins, et a volé dans les airs pour atterrir aux pieds du sorcier.

« L'accapareur », avait dit Alendro. Le pouvoir additionné de milliers d'âmes, toutes persuadées que cet homme pouvait leur arracher leur or, leurs biens et tout ce qu'elles possédaient…

Le guerrier en noir a esquissé un sourire. Exactement au même moment, mon arbalète a enfin émis le « clic » de l'arc tendu et bloqué, et j'ai pressé sur l'espèce de levier en dessous. Le carreau est parti en sifflant, mais il a manqué sa cible : il est passé à un cheveu de la tête du guerrier en noir et la longue pointe de son arme étrange s'est enfoncée dans la poitrine de mon père. Un empan d'acier dans la chair.

Un sourire de victoire a éclairé le visage de ce salopard en noir, mais il s'est changé en stupeur quand j'ai foncé sur lui, avec tant de rage que je sentais mes dents s'allonger et pointer hors de ma mâchoire. Mon cri n'était déjà plus humain, c'était un hurlement de loup. Cet homme calculait tout en permanence, les mouvements, les distances, la force des coups.

C'était pour ça qu'on ne pouvait jamais le prendre en défaut. Sauf qu'il me croyait hors de portée, blessée et à terre, et quand, d'un seul bond, il m'a vue traverser une distance humainement impossible, ça n'a plus cadré avec ses calculs. Pendant une fraction de seconde, il a hésité.

Pour Darran, c'était suffisant : il n'avait plus d'arme et il était embroché sur la pique, mais son bras est parti en avant. Je jure que je l'ai vu s'allonger d'au moins deux pouces, la distance qui séparait sa main d'une aiguille à cheveux en bois, qui traînait sur une planche à tréteaux. Elle était longue comme ma main et sa tête était incrustée de verroteries à deux sous – un objet vulgaire, clinquant, mais suffisamment pointu pour s'enfoncer dans les cheveux d'une femme. D'une main, Darran a saisi le guerrier par le col et l'a violemment tiré à lui, s'empalant un peu plus sur sa pique en acier pour s'approcher de son adversaire. De l'autre main, il l'a frappé au visage.

C'était son dernier coup, ses dernières forces, et l'autre, d'un mouvement réflexe, a bloqué son poignet au dernier moment. Ce qu'il n'avait pas prévu, c'était moi. Le bond en avant que j'avais fait s'est achevé sur eux deux. Un choc puissant, imprévisible. On s'est retrouvés par terre tous les trois. Quand j'ai relevé le cou, la tête de l'aiguille, avec sa verroterie à deux sous, dépassait de l'œil crevé du guerrier en noir. Tout le reste avait pénétré à l'intérieur de son crâne.

CHAPITRE 74

—**D**arran! Oh, Kàn-aux-deux-visages! J'ai bondi sur mes pieds, la douleur dans mes côtes s'estompait un peu avec le sentiment d'urgence. J'ai tiré vers moi, d'un grand coup sec, le manche de l'arme étrange du guerrier, plantée dans le torse de Darran. Il a étouffé un cri et un flot de sang s'est répandu par terre. Mais sa large poitrine trouée de part en part continuait à se soulever et à s'abaisser.

« Ma chanson est ma seule arme, avait dit Alendro, mais c'est une arme puissante, elle peut le rendre plus fort. » Darran l'Indestructible… Est-ce que le magicien avait chanté sa chanson toute la journée ? Toute la nuit ? Combien de gens l'avaient entendue et applaudie, et jusqu'à quel point ça avait vraiment rendu Darran plus résistant ? J'ai enfin compris qu'Alendro ne nous avait pas abandonnés : il était là, avec nous, à sa manière. Et il nous avait aidés de toute son énergie.

Mon père a jeté un coup d'œil au guerrier inanimé à ses pieds. Puis au sorcier.

—J… joli coup, petite.

—Quoi ?

J'ai suivi son regard : l'accapareur était couché par terre, avec sa belle houppelande couverte d'or et de bijoux, les yeux grands ouverts. Mon carreau d'arbalète avait manqué le guerrier en noir, tout à l'heure, mais il avait continué sa course et il avait transpercé la gorge du vice-roi. Peut-être que cet homme avait été l'homme le plus puissant du Bas-Royaume, une minute plus tôt, mais maintenant, c'était juste un cadavre allongé dans la boue avec une expression stupide sur le visage.

Darran s'est remis debout en grimaçant. Je l'ai aussitôt soutenu, malgré ma propre douleur.

— Ne bouge pas, je vais appeler le kerr Owain.

— Le mécanisme d'ouverture… au sommet de la tour…

Il postillonnait du sang.

— Laisse-moi voir cette blessure, par Kàn! Assieds-toi!

Avec le petit couteau de ma mère, j'ai déchiré la tunique noire du guerrier. J'en ai fait une bande grossière, que j'ai utilisée pour comprimer les deux plaies de part et d'autre de sa poitrine, tant bien que mal. Darran s'est remis à avancer vers la porte de la tour en s'appuyant de tout son poids sur moi. Son sang me poissait les bras.

— Ça va aller. On va te soigner. Tu vas t'en sortir.

J'aurais pu crier, lui ordonner de s'arrêter, j'aurais pu tambouriner sur cette tête de mule jusqu'à ce qu'il entende raison. Mais la vérité, c'est que j'étais terrifiée à l'idée qu'il n'avance plus. J'avais l'impression que s'il s'arrêtait, il mourrait. Que ce qui le maintenait encore en vie, c'était uniquement la volonté de faire ce qu'il avait à faire. Ouvrir la poterne. Sauver les filles de Kenmare.

La porte n'était pas fermée et débouchait sur une salle plongée dans l'ombre, d'où partait un escalier en colimaçon, alors on a commencé à monter. Je ne sais pas combien il y avait de marches, dans cette fichue tour. J'ai eu l'impression qu'elles étaient des milliers, des foutues centaines de milliers. Quand on est enfin arrivés au sommet, on a été éblouis par la lumière intense de l'incendie du corps de garde.

Mais devant la poulie qui commandait la porte, une femme nous attendait et nous barrait la route. Elle était très grande, large de carrure, elle portait une tunique matelassée déchirée en plusieurs endroits. Et elle tenait à deux mains une épée bâtarde dont la lame était maculée de sang.

— Reculez, vous deux ! Cette tour est à nous !

Darran pesait de plus en plus lourd sur moi, j'avais du mal à garder mon équilibre.

— Ouvrez la poterne ! j'ai répondu. Il faut faire sortir nos amis !

La guerrière a eu l'air sincèrement surprise.

— Ouvrir la poterne ? Alors qu'une armée essaie d'entrer ?

Ça a été comme un coup de massue. Tout à coup, j'ai pris conscience de la rumeur sourde de l'autre côté des murailles. Je me suis approchée des créneaux, toujours en portant Darran, et la femme m'a laissée faire. La première chose que j'ai vue, c'était que la moitié de Kiell flambait déjà : c'était le résultat des projectiles enflammés jetés avec les catapultes. La seconde chose, c'est qu'au pied des murailles, des centaines de casques s'agitaient comme des scarabées.

Quelle imbécile ! Évidemment. Deux casernes royales étaient situées hors de la citadelle. Et la milice de la cité avait dû se mobiliser, elle aussi. Les troupes du vice-roi venaient en aide à leur souverain.

Alors, on était assiégés ? Dans une forteresse à moitié en flammes ? Je ne savais pas qui avait imaginé ce plan brillant, mais ce n'était pas un génie… Une vague de désespoir m'a envahie. Darran était mourant. On devait défendre cette poterne contre toute une armée. Et la porte elle-même flambait déjà.

— Toi ! m'a dit la guerrière. À partir de ce soir, tu es une femme libre. Prends une arme et bats-toi pour tes sœurs.

L'odeur ! L'odeur de cette guerrière était celle de l'une des trois cavalières de la route ! Elle a fait quelques pas et s'est penchée côté cour : au fond à gauche, les filles de la foire étaient massées contre une muraille, toujours encadrées par quelques femmes armées. Et sous nos pieds, les gens de Kenmare étaient sortis du donjon et se tenaient devant l'estrade centrale, là où Darran et moi, on avait vaincu le guerrier en noir. Ils étaient encerclés par une douzaine de combattantes dont certaines pointaient sur eux des arbalètes. Alors, la guerrière s'est mise à crier ses ordres depuis la tour, d'une voix puissante :

— Les hommes, jetez vos armes, vous êtes nos prisonniers. Les femmes, vous êtes enrôlées à partir de ce soir ! Battez-vous pour votre liberté. Allez ! Allez !

— Enrôlées ? a coassé Darran. Enrôlées de force ?

Le poids sur mon épaule a soudain disparu. La chaleur du corps de mon père a laissé place à la caresse froide et poisseuse de son sang collé à ma chemise. En deux pas, il s'est jeté sur cette femme, un poignard à la main. Surprise, elle a fait un moulinet de son épée bâtarde, mais Darran a été plus rapide : il est passé sous sa garde. Elle a voulu se dégager d'un coup de genou. Darran l'a esquivé par miracle et a essayé de lui mettre son poignard sous la gorge pour la faire prisonnière. Ses gestes avaient toujours de la force, mais ils manquaient de précision : la lame d'acier a échappé à son contrôle et tailladé le visage de la guerrière de bas en haut.

Elle n'a pas poussé un cri, n'a pas émis une plainte. Pourtant, le sang coulait si fort qu'elle a dû fermer un œil. Quand Darran lui a mis la pointe de son arme sur la base du cou, un bref éclair de frayeur est passé sur son visage, aussitôt maîtrisé.

— Je ne sais pas qui tu es, toi, a-t-il soufflé. Mais les filles de mon village ne sont aux ordres de personne. Elles partiront d'ici libres.

— Et comment vas-tu les aider, exactement, couillard ?

— Lâche ta bâtarde.

La grande guerrière a jeté son épée au sol.

— Ordonne à tes femmes de relâcher les filles de mon village.

— Dans deux minutes, tu seras mort. Pourquoi j'obéirais ?

— Calme, Dounia, a fait une voix derrière nous.

La première fois que j'ai vu la chef de ces guerrières féroces, j'ai été surprise par sa petite taille et par son sourire angélique.

On l'aurait presque prise pour une fillette à peine sortie de l'enfance, sans ces légères rides au coin des yeux qui accusaient la trentaine passée. Mais ce qui la caractérisait le plus, c'était la manière dont son visage inspirait extraordinairement confiance.

J'ai aussitôt reconnu son odeur, malgré le sang et la fumée : c'était celle que j'avais sentie dans la salle de banquet et que j'avais essayé de poursuivre jusque dans le couloir. Une autre des trois femmes tueuses de la route.

Elle portait des vêtements de domestique : la robe sombre à manches mi-longues, la coiffe blanche, les petits souliers fins. J'étais prête à parier qu'elle était venue nous servir des plats dans la salle de banquet, déguisée en servante, rien que pour nous observer de plus près. Le seul détail qui détonait dans cette jolie panoplie de soubrette, c'était la rangée de couteaux de lancer enfilés dans une ceinture à bandoulière. Il en manquait plusieurs : c'était peut-être elle qui avait tué Cairach d'une lame dans le dos.

— Vous êtes qui ? Je reconnais votre odeur.

Je suppose que c'était quelque chose de complètement stupide à dire, mais c'est tout ce qui m'est venu.

— Je suis Véra de Homgard, comtesse de Sahl, Princesse de Matavie et de Taëllie, Suzeraine des îles du Dragon, de la Nouvelle Westalie et du désert de Ougrie, Seigneurine de Brom, Duchesse de Kehen et de Homgard, héritière légitime des deux royaumes de Westalie. Je suis aussi la fille de la princesse Ameguéra, injustement appelée « la Princesse Sanglante ».

J'ai essayé désespérément de me rappeler si j'avais entendu ce nom quelque part, mais ça ne me disait rien du tout. Elle s'est approchée de moi et a tendu la main pour me caresser les cheveux.

— Ravie de te revoir, petite Maura. Tu reconnais mon odeur, dis-tu ? C'est une étonnante magie, que tu possèdes.

— Comment? fit soudain le conteur, levant la tête de ses papiers d'un air stupéfait. La princesse Véra de Homgard? Vous n'êtes pas sérieuse?

Maura lui jeta un regard agacé.

— J'ai l'air de plaisanter?

— Je n'ai pas voulu vous interrompre tout à l'heure, mais vous avez sans doute mal compris la situation à l'époque : c'est bien Darran Dahl qui a mis le feu à la ville! Enfin, vous connaissez aussi bien que moi son surnom : «le Fléau de Kiell» ! Je veux bien croire qu'il ait été aidé par quelques soubrettes du château en révolte, mais pas par les célèbres panthères de la princesse Véra!

— C'est pour connaître la vérité que vous m'interrogez, ou pour que je vous serve les âneries que tout le monde répète sans rien savoir? C'est Véra qui a ordonné de tirer sur la ville à coups de projectiles enflammés, avec les catapultes de la citadelle. La seule obsession de Darran, c'était de protéger les filles de son village. Ça n'aurait eu aucun sens, pour lui, de mettre le feu à Kiell. Pourquoi aurait-il fait une chose pareille?

— Pourquoi? Mais parce qu'il était complètement f…

d'Arterac buta sur ce dernier mot, incapable de le prononcer sans heurter sa conscience et son instinct de conteur.

— Quoi? rugit Maura, écarlate de colère. Vous le prenez pour un fou, c'est ça?

— J'ai rencontré quelqu'un de sa troupe qui le pensait. «Kar-vaët», ce sont ses propres mots. Cela veut dire «taureau fou», dans votre patois taëllique.

— Kar-vaët? Qui a dit ça? Quel traître ou quelle traîtresse a osé utiliser ces mots?

—Quelqu'un qui n'a pas été conquis, comme les autres, par la personnalité du grand Darran Dahl… et qui vous passe le bonjour, d'ailleurs. En tout cas, Darran avait toutes les raisons de devenir fou et de nombreux signes tendent à prouver que c'était le cas. Il aurait très bien pu mettre le feu à Kiell dans une crise de démence. Vous avez dit vous-même qu'il avait essayé de vous tuer avec un chandelier !

Maura sembla faire un gros effort pour se contenir. Finalement, elle murmura du bout des lèvres :

—Avant de me traiter de menteuse, regardez vos mains.

Le conteur baissa les yeux : ses paumes étaient lisses et intactes. Il toussota dans son poing et reprit sa plume entre ses doigts.

—Continuez, jeune fille.

Véra de Homgard s'est approchée de Darran, qui tenait toujours à sa merci Dounia, la grande guerrière, une lame sous le menton.

—Attendez ! Une dernière question : à cette époque, vous n'aviez *jamais* entendu parler de Véra de Homgard ?

—J'habitais à Kenmare. Prenez une carte : il n'y a pas de village plus isolé et plus reculé dans les deux royaumes de Westalie. Le seul personnage royal que je connaissais de nom, eh bien, c'était le roi… Et encore, uniquement à cause de votre légende, que j'avais entendue par les pierres-qui-parlent dans l'église. Je ne savais même pas qu'il existait un vice-roi, alors la fille d'une princesse oubliée…

— Et les « panthères » ? Ces femmes rebelles qui tuaient des marchands et des exploiteurs de filles ? Jamais entendu parler non plus ?

— Vous avez toujours vécu dans une grande cité, conteur. Mais dans un village, on vit en vase clos. Le hameau d'à côté, c'est déjà l'étranger. Ce qui se passe à dix lieues ou à mille, ça ne fait aucune différence : ça n'existe pas vraiment.

— Bien, admettons. Continuez, je vous prie.

———————

Véra de Homgard s'est approchée de mon père, comme je vous le disais, qui tenait toujours un couteau sous la gorge de sa lieutenante. Un petit sourire flottait sur son visage, que je n'ai pas su définir. De la curiosité, peut-être ? Un brin d'impatience, aussi, je crois.

— Mon cher Darran Dahl, une question me brûle depuis longtemps les lèvres : dans quel camp as-tu fait la guerre, autrefois ?

Il était d'une pâleur de mort, et sa respiration était beaucoup trop rapide.

— J'étais dans la Licorne.

Un fugitif éclair de rage est passé dans le regard de Véra de Homgard, mais elle s'est maîtrisée aussitôt.

— Un « licornier ». Intéressant. Et comment le prince t'a-t-il remercié pour tes hauts faits, dis-moi ? Exilé dans une garnison de province ? Mis à la porte de la caserne avec une demi-solde ? Il n'a guère récompensé de présents et d'honneur ses plus fidèles soldats. Il semble que la gratitude ne soit pas au nombre de ses qualités. Dis-moi que je me trompe ! Dis-moi qu'il t'a couvert d'or !

De l'or, Darran en avait plein ses fontes quand il était revenu de la guerre, mais était-ce un cadeau du prince ? Il a cligné des yeux, deux fois, comme pour chasser un souvenir qui le hantait.

—Mais aujourd'hui, a-t-elle poursuivi, toi et moi, nous voulons la même chose : la liberté pour ces femmes. Voilà plus d'une semaine que je t'observe de loin, avec de plus en plus de... curiosité. Je t'ai même apporté mon aide. N'ai-je pas semé sur ta route de petits indices pour te guider vers les femmes de ton village ?

—Des cadavres.

—Nos chemins sont faits des mêmes pavés, Darran Dahl : le fer et le sang. Relâche Dounia, maintenant. Il ne sera fait aucun mal aux gens que tu protèges et je donnerai l'ordre qu'on soigne tes blessures. Nous pouvons encore te sauver, tu as ma parole de duchesse.

—Vous autres nobles... vous mentez comme vous respirez...

Il était à bout de forces. Encore une minute et il s'écroulerait comme un pantin. J'ai peut-être eu tort d'agir, mais qu'est-ce que j'aurais dû faire, hein ? Tout ce qu'il allait gagner à son petit jeu, c'était une lame d'acier en plein cœur ! Alors c'est moi qui lui ai arraché son poignard des mains ; il n'a opposé aucune résistance et il est tombé sur les genoux. Il n'y avait pas de reproche dans le regard qu'il a posé sur moi. Juste de l'épuisement.

Alors je me suis tournée vers Véra de Homgard.

—Sauvez-le maintenant, ma dame ! Vous avez donné votre parole !

—Merci, petite Maura. Toi et ton ami, vous m'avez été d'une aide précieuse pour débarrasser cette forteresse d'une bonne partie de sa garnison.

Elle a éclaté de rire avant de couler un regard vers Dounia, puis elle a désigné les gens de Kenmare en contrebas.

—Désarme les hommes, enrôle les femmes de force. Et continue de tirer sur la ville jusqu'à ce qu'il n'en reste plus que des cendres.

La rage en moi est montée si fort que ma vue s'est brouillée. Trompée, trahie… et par une femme. Un grondement est monté dans ma gorge, et soudain, la scène sous mes yeux a changé d'aspect : les sons se sont faits plus nets, la lumière des flammes plus vive, un monde d'odeurs a submergé mes sens. Dans ma tête, les pensées sont devenues simples et fugitives, la peur, la colère, la haine…

Et c'est la haine qui a tout emporté quand je me suis jetée sur Véra de Homgard. La dernière chose que j'ai vue, ce sont mes bras couverts de poils noirs, et mes griffes de loup prêtes à déchiqueter cette petite humaine au rire méprisant. La dernière, parce qu'une arme dure et tranchante a percuté violemment ma tête.

Chapitre 75

J e ne sais pas combien de temps je suis restée inconsciente. Probablement pas très longtemps. Quand je suis revenue à moi, la première chose dont j'ai pris conscience, c'est que la chaleur était devenue intense. L'air était irrespirable, chargé de fumée et de cendres en suspension. Les flammes ronflaient dans mon dos et toute la citadelle était illuminée d'orange et de jaune. J'ai senti une bosse sur ma tempe, de la taille d'un œuf de caille : la grande guerrière à l'épée bâtarde avait dû frapper du plat de sa lame.

— Comment vous sentez-vous, demoiselle ?

J'ai sursauté. Un homme était accroupi à ma droite. Recroquevillé sur lui-même, la tête entre les jambes, il avait le visage caché contre ses genoux.

— Où… où sont les autres ? Où est Darran ?

— La princesse de Homgard m'a chargé de soigner votre blessure.

J'ai tâté ma tête : quelle blessure ? Je n'avais aucun bandage, aucun point de suture.

— Qui êtes-vous ?

— Personne. Je soigne.

— Comment vous appelez-vous ?

— Soi… Soigneur. La princesse a dit : Soigneur.

Je me suis levée. La douleur dans mes côtes, due au formidable coup de pied du guerrier en noir, avait mystérieusement disparu.

—Où est Darran? Le grand, avec la hache. Il a eu la poitrine perforée! C'est lui qu'il faut soigner! Il a besoin d'un bandage!

—J'ai aussi soigné Darran Dahl.

Le visage toujours contre ses jambes, Soigneur a fait un vague geste de la main vers le bas. Sur la muraille, à travers la fumée de l'incendie, j'ai vu le tranchant d'une hache se lever et retomber. On se battait sur le chemin de ronde.

—Comment tu as fait pour le soigner? Il était presque mort!

L'homme était toujours accroupi. Ça me faisait bizarre, maintenant que j'étais debout.

Il a levé ses dix doigts en l'air, toujours sans me regarder.

—Je l'ai soigné avec mes mains.

—Oh! Tu es un mindaran, c'est ça? Un soigneur? Et tu lui as sauvé la vie?

Vivant, mon père était vivant!

—Quelle magnifique magie! j'ai crié, le cœur gonflé de soulagement et de reconnaissance.

Une bouffée de tendresse au cœur, j'ai pris dans mes bras mon frère mindaran. Il a poussé un cri et s'est jeté en arrière. Alors, pour la première fois, j'ai vu son visage: à la place des yeux, il y avait deux horribles vides boursouflés de cicatrices.

—Je ne dois pas… dois pas… ne dois jamais…

Il tournait la tête dans tous les sens en se protégeant des bras comme s'il s'attendait à recevoir un coup. Et une gifle s'est en effet abattue sur sa joue avec une violence inouïe. Il a poussé un cri aigu, la peau a éclaté sous sa pommette et le sang a commencé à couler.

C'était Dounia, la grande guerrière à l'épée bâtarde, qui venait de monter l'escalier de la tour.

Elle m'a jeté un regard dur.

—Soigneur ne doit jamais toucher une femme.

Elle portait maintenant une bande de tissu en travers du visage, qui lui cachait un œil : petit souvenir de Darran et de son coup de couteau.

— Ne t'en fais pas pour ce vieux couillard, il va se soigner tout seul.

Un esclave, j'ai pensé, *elles en ont fait un esclave parce que c'est un homme, exactement comme ces marchands qui vendaient des femmes.*

Elle avait raison : l'aveugle a dirigé la paume de sa main au-dessus de sa joue et le sang s'est arrêté de couler. Dounia, qui portait des gants en cuir, l'a saisi par le bras pour le remettre debout. Et puis, elle s'est tournée vers moi :

— Tu peux dire merci à Véra, c'est elle qui a ordonné qu'on te soigne. Moi, je vous aurais laissés crever, toi et ton couillard à la hache. Et maintenant, il va falloir faire un choix, l'animal.

— Je m'appelle Maura.

— Moi, je t'appellerai l'animal. Il y a un souterrain qui part de la tour carrée, et Véra connaît le mécanisme d'ouverture. Viens avec nous et deviens une panthère, fais de toi une femme libre. Ou alors…

Elle a pointé du doigt la muraille où l'on se battait.

— … ou alors tu peux rester ici avec ton couillard et te faire tuer pour rien.

Un passage secret ? Ça expliquait comment les panthères avaient pu s'infiltrer dans la citadelle. Et ça nous donnait surtout un espoir de sortir d'ici vivants !

— Choisis bien, l'animal. Mais vite. Tu as exactement dix secondes pour me suivre, je ne t'attendrai pas.

J'ai tâté ma bosse à la tête et cette fois, mes doigts ont senti les contours d'une cicatrice très légèrement creusée dans la peau. Dounia n'avait peut-être pas frappé du plat de la lame, en fin de compte. Et j'avais été sauvée de la mort par cet homme du nom de « Soigneur ».

— Tu as la tête dure, a-t-elle ajouté comme si elle lisait dans mes pensées. J'avais frappé pour tuer.

Elle m'a tourné le dos et a commencé à descendre l'escalier.

J'ai regardé la cour – où Dounia n'allait pas tarder à réapparaître. Puis la muraille – où j'avais vu la hache de Darran se lever.

La vie ou mon père ? Mon père ou la vie ?

Quand j'y repense aujourd'hui, c'était la même chose. J'avais l'impression que je n'aurais pas de vie tant que je n'aurais pas dit la vérité à Darran. Tant qu'il ne saurait pas que j'étais sa fille.

Tout mon esprit me hurlait de courir après Dounia et d'échapper à cette fournaise, mais ça n'a pourtant pas été pour la rejoindre que j'ai dévalé l'escalier : c'était pour aller à la muraille.

La fumée s'était infiltrée par les meurtrières de la tour. J'ai descendu deux étages, j'ai tâtonné jusqu'à trouver la porte qui débouchait sur le chemin de ronde et je me suis précipitée au-dehors. Je toussais à m'en déchirer la gorge et je voyais à peine ma main devant moi.

Côté cour, à la place du corps de logis, je ne voyais plus qu'un grand flou lumineux où grondait un feu d'enfer. La Foire aux épouses n'était plus qu'une mer de fumée où pointait encore le haut des tentures. Et du côté de la ville, d'autres flammes perçaient aussi l'obscurité : Kiell tout entière commençait à flamber, elle n'avait jamais aussi bien porté son nom de « Kiell-la-Rouge ». La rumeur de dizaines de voix bourdonnait de ce côté, des cris, des ordres inquiets… La fumée était si brûlante et si épaisse que j'ai dû avancer les yeux fermés, en tâtant les créneaux de la main pour être sûre de ne pas tomber.

— Darran ?

J'avais toujours les paupières closes, mais j'ai entendu un bruit de métal sur du métal, tout près de moi. Quelqu'un a poussé un hurlement qui s'est prolongé plusieurs secondes, comme celui d'un homme qui chute des murailles. La citadelle avait encore un défenseur.

—Darran! Il faut absolument que je te dise quelque chose!

Quelqu'un m'a soudain saisie par le bras.

—Je suis… je suis ta fille! C'est moi qui ai la seconde moitié de l'appeau de Rachaëlle! J'ai été adoptée à la naissance, mais ma vraie mère était…

—Maura, c'est toi? Kàn-aux-deux-visages, que fais-tu encore ici, espèce d'idiote?

J'ai rouvert les yeux: c'était Erremon. Il portait un casque de soldat un peu cabossé, une cotte de mailles trop petite pour sa carrure, et… il tenait une hache de bataille à double tranchant, tachée de sang. C'était cette hache que j'avais vue d'en haut, et non celle de Darran… Il avait les yeux rouges et toussait comme un damné.

—Cours au souterrain de la tour carrée. Il y a un passage secret dans la cheminée du rez-de-chaussée. Tu verras des moulures sur le parement: appuie sur la tête de la Gottaran Bianca. Les soldats essaient de monter par des échelles. Je… je les retarde pour que vous puissiez tous vous enfuir!

J'étais tellement stupéfaite que j'ai à peine pu articuler:

—Où est Darran?

—Darran, Darran… C'est bien le moment! Cours, petite!

Il avait fui avec les autres. Dounia m'avait menti. Probablement pour savoir quel choix je ferais et si j'étais digne de confiance.

Il est parti et il m'a laissée derrière.

La tête m'a tourné un instant, j'ai failli tomber dans la cour.

—La poterne est en flammes, a crié Erremon. Ils vont enfoncer le battant d'un instant à l'autre! Ne reste pas là, Grand Kàn, tu vas te faire tuer!

Erremon était devenu un hors-la-loi, et sans doute avait-il trouvé cela insupportable. Cet homme était une tête de mule et, par bien des aspects, un imbécile. Mais il était le capitaine de la milice de Kenmare et il avait décidé que sa place était ici, sur cette muraille, à protéger la fuite des gens de son village. Il ne manquait ni d'honnêteté, ni de courage. Et lui, au moins, ne s'était pas enfui.

Une saute de vent a dégagé un instant la fumée. Il s'est précipité en hurlant aux créneaux et cette fois, j'ai vu le visage d'un soldat ennemi : les yeux écarquillés par la peur, il montait à une échelle et essayait de se faufiler par un créneau. Il a reçu un formidable coup de hache de la part d'Erremon.

J'ai peut-être encore une chance. La tour carrée. La cheminée. Le passage secret.

Un grand craquement en contrebas m'a fait sursauter : la lourde porte de la poterne n'était plus qu'un brasier et elle venait de céder sous les coups d'un bélier, projetant dans les airs une énorme brassée d'escarbilles.

—Va-t'en, Maura ! Vite ! a crié Erremon.

Les soldats se ruaient déjà dans la cour. On distinguait à peine leurs silhouettes sombres, mais on les entendait tousser, cherchant leurs ennemis parmi les étals vides des marchands, dans cette fumée de plus en plus opaque. La tour carrée était à peine à trente pas devant moi, je pouvais y accéder depuis la muraille. De ce côté, la fumée était un peu moins dense. Peut-être que je pouvais encore retrouver le passage secret, à l'intérieur, et échapper à cet enfer ?

Je devais pouvoir y arriver ! J'ai couru vers la tour, j'ai ouvert la porte en grand et… je me suis retrouvée face à un visage que j'ai reconnu aussitôt. C'était le sorcier de la salle de banquet, sans sa fausse barbe. Il a eu l'air aussi surpris que moi.

—Maura, fille de Karech…, a-t-il murmuré, l'air ravi. Vous êtes en état d'arrestation pour acte de rébellion.

Deux soldats en cotte de mailles se tenaient derrière lui, les épées tirées.

— Soldats, emparez-vous d'elle et attachez-lui bien les mains, c'est une sorcière.

— Co… comment connaissez-vous mon nom et celui de mon père ?

Il a souri pendant que les deux brutes me tiraient les poignets en arrière et me liaient les mains dans le dos.

— Ce n'est pas le nom de votre père, voyons. Le vrai, nous le connaissons tous les deux.

J'ai écarquillé les yeux de stupeur. Il savait ? Il savait pour Darran ?

— Je connais toute votre vie, petite Maura. Vous ne pensiez pas être la seule personne à posséder un pouvoir, n'est-ce pas ? Je suis si heureux que nous ayons enfin l'occasion de nous parler.

Sans sa barbe, il faisait à peine vingt-cinq ans et il était particulièrement beau. Il m'a caressé la joue et un frisson de terreur m'a traversé l'échine. C'est seulement à ce moment-là que j'ai reconnu ses yeux noirs : c'étaient les mêmes que ceux d'Alendro. Ils leur ressemblaient tellement que j'avais presque l'impression de voir mon bel étranger en face de moi.

— Je suis Bragal Enpraccoù de Dropracca, prince de Veronao. Vous avez déjà fait la connaissance de mon frère cadet, je crois ?

CHAPITRE 76

L e conteur ôta ses lunettes et les essuya soigneusement avec un petit carré de soie. Maura, les paupières papillonnantes, fixait le sol de sa cellule et semblait plus épuisée que jamais.

— Kiell-la-Rouge a brûlé pendant trois jours, fit le conteur. Il n'en est resté que des cendres. On dit que cinq mille hommes, femmes et enfants ont péri dans les flammes – presque un cinquième de sa population.

— C'était une ville en bois et il n'était pas tombé une goutte de pluie depuis des semaines. Les panthères ont balancé de la poix enflammée sur les quartiers du centre avec les catapultes de la forteresse, alors que les gens dormaient et que personne ne s'attendait à une attaque. Ces imbéciles de soldats ont accouru dans le piège tête baissée : au lieu de sauver Kiell en éteignant les flammes, ils ont concentré tous leurs efforts pour entrer dans la citadelle et porter secours à leur fichu vice-roi. Et pour quel résultat ? Ils ont retrouvé sa tête au bout d'une pique, trois jours plus tard, dans un village des environs.

— Une manière, pour Darran Dahl, de montrer qu'il avait échappé à l'incendie.

— Pour Véra de Homgard ! C'était sa signature *à elle* !

Le conteur soupira.

— Je sais, je sais… pour vous, c'était l'œuvre des panthères de Véra de Homgard.

— Évidemment que c'était l'œuvre des panthères ! Vous savez ce qui s'est passé ? Brûler Kiell-la-Rouge et assassiner le vice-roi étaient des actes barbares, mais c'était aussi de grands exploits militaires, qui ont fait date dans l'histoire des deux royaumes. Un vrai coup de génie de la part de Véra pour rallier des partisanes. Sauf que les gens n'ont pas voulu croire qu'une poignée de filles avaient réussi toutes seules, sans un mâle pour leur tenir la main. De faibles femmes, massacrer la garnison ? Assassiner Sa Majesté et s'échapper sous le nez de ses soldats ? Non, non… Ils ont cherché une autre explication et leur tout nouveau héros leur en a fourni une : Darran Dahl, un grand guerrier à la hache, dont les chansons disaient qu'il était invincible, ça leur a paru beaucoup plus crédible. Les gens de Kiell lui avaient pris les femmes de son village, pas vrai ? Alors, c'est à lui qu'ils ont collé ça sur le dos. Il est devenu « le Tueur de roi » et « le Fléau de Kiell » sans jamais avoir rien demandé à personne.

Maura secoua la tête. Des larmes perlaient au coin de ses paupières.

— D'ailleurs, ce n'est même pas lui qui a tué le vice-roi, c'est moi.

Elle ajouta dans un murmure :

— Et encore, je visais le guerrier en noir…

———

Quand le conteur quitta la cellule de la jeune fille, il n'avait toujours pas la réponse à la question qui le taraudait : Darran Dahl était-il fou ou sain d'esprit ?

Mais quand il franchit les portes de Frankand, une autre pensée chassa tout à fait celle-ci. Il s'était écoulé trois jours depuis le message des rebelles et leur promesse de libérer sa fille. S'il voulait enfin des réponses, c'était ce soir ou jamais. Et il n'avait toujours pas la plus petite idée d'un plan pour se débarrasser de son escorte.

Il neigeait à gros flocons quand le vieil homme descendit l'interminable escalier enroulé autour du pilier de Frankand. La neige rendait les marches glissantes et le vent sifflait en tourbillonnant. Il lui fallut un long moment pour arriver jusqu'en bas, essoufflé et épuisé. Deux tours de garde encadraient l'entrée de l'escalier – ces mêmes tours que les rebelles avaient attaquées trois jours plus tôt. Les torchères faisaient scintiller les flocons de neige tombant dans la nuit.

L'escalier s'enfonça sous une arche de pierre entre les deux tours, où un détachement de vingt hommes regarda passer d'Arterac. On avait doublé la garde, mais celle-ci était maintenant composée pour moitié de Dragons et pour moitié de miliciens de la ville. Des hommes mal rasés qui sentaient la crasse, transis de froid dans leurs uniformes miteux.

— Il va en cracher ses poumons, le vieux d'Arterac, fit un balafré à l'un de ses compères, à qui il manquait une botte.

Les deux Dragons qui escortaient le conteur s'arrêtèrent aussitôt. Ils tournèrent vers le milicien les petits miroirs en triangle qui marquaient l'emplacement de leurs yeux et s'avancèrent jusqu'à lui. Leur regard froid et lisse était si effrayant que l'homme déglutit et présenta ses excuses au comte, regrettant son manque de respect pour le légendier officiel du roi.

Mis mal à l'aise par cet incident, d'Arterac manqua de trébucher sur les pavés inégaux de la rue, à la sortie de la tour. Un homme l'attendait ici. Il portait le dragon royal sur sa livrée de cocher et, sur son visage, l'expression dénuée d'émotion qu'on attendait d'un domestique.

— Mes respects, comte Jean d'Arterac.

Le conteur leva la tête, surpris.

— Je suis navré, je n'ai pas commandé de coche.

Il remarqua soudain que, malgré la vive clarté qui illuminait les pavés, l'homme ne portait pas de lanterne. Puis il comprit que la lumière émanait du coche tout entier, bien que ses portes soient fermées et ses rideaux tirés. Des portes en métal, des rideaux en métal…

D'Arterac et ses deux Dragons d'escorte mirent aussitôt un genou en terre et s'inclinèrent. La neige, autour du coche, avait fondu et laissé place à une boue noire. Sa Majesté devait être en pleine crise.

—Votre Illustrissime Sainteté…

—Approchez-vous, mon ami, résonna la voix du Roi Lumière à l'intérieur, teintée d'une inquiétante excitation.

D'Arterac fit quelques pas en avant, presque jusqu'à toucher la portière. Celle-ci était en acier noirci et un Dragon royal y était peint, pourpre et or. Le métal était si bouillant que, sous l'effet de l'air surchauffé, la créature légendaire semblait remuer et prendre vie.

—Votre Illustrissime Sainteté, fit d'Arterac d'une voix étouffée. Souhaitez-vous parler ici, au milieu de la rue, auprès de votre cocher et de vos soldats ? Ne pensez-vous pas que cela pourrait s'avérer imprudent ?

Pendant le silence qui suivit, d'Arterac se demanda avec angoisse s'il n'avait pas été outrageusement insolent.

—Nous avons entendu dire que vous aviez fait de grands progrès dans l'accomplissement de votre mission, depuis notre dernière entrevue, fit le roi d'une voix plus basse.

—Des… des progrès ? bafouilla d'Arterac.

—Ne soyez pas modeste, mon vieil ami. Vous avez enfin découvert le mystère de notre ennemi. Cette âme tortueuse aux motivations étranges, aux coups de génie défiant toutes les prévisions de nos armées. La clé de son secret, d'Arterac !

Le conteur sentit les battements de son cœur s'accélérer. Le roi avait-il un espion dans la place pour épier ses entretiens ?

— Je suppose que vous faites allusion au témoignage du capitaine Erremon…

— La *folie*, d'Arterac! Voilà la clé de son mystère! Darran Dahl n'était qu'un pantin ivre, livré aux caprices absurdes de la folie! Il n'y a jamais eu le moindre plan secret, le moindre génie, le moindre dessein divin. Il n'y avait qu'un esprit en miettes, une rage aveugle dépourvue de sens, à qui le hasard seul a donné ses victoires! Voilà qui détournera définitivement de lui tous nos sujets qui se cherchent encore un chef rebelle.

— Il me reste encore un énorme travail à accomplir pour recueillir tous les témoignages, Votre Illustrissime Majesté.

— Bien sûr, bien sûr. Nous savons que vous passez beaucoup de temps à écouter votre petite protégée. Un peu trop, à notre goût.

Le roi avait-il deviné les intentions du Conseil des Grands Kerrs? Rendre célèbre le témoin plutôt que l'homme de la légende? Créer une nouvelle Gottaran suffisamment puissante pour le défier, une fois que l'histoire serait racontée à travers les pierres-qui-parlent et connue de tout le royaume? Le conteur entendit un grincement contre la portière, comme si des ongles la raclaient de l'intérieur. Le métal commença à fumer, jusqu'à ce qu'apparaisse, chauffée au rouge, la forme très nette des cinq doigts dépliés d'une main.

— Cependant, vos méthodes ont porté leurs fruits et nous pensons que vous pourriez déjà rédiger les premiers feuillets. Une sorte d'introduction, de… prologue. Où vous pourriez glisser l'information capitale que vous venez d'apprendre.

Le visage rougi par la chaleur intense du métal, le conteur crispa ses paupières fermées pour protéger ses yeux.

L'espion qui lui rapporte mes entretiens pourrait être n'importe quel soldat ou domestique, pensa d'Arterac. *Il va falloir se montrer beaucoup plus prudent.*

Le roi laissa passer un silence, puis reprit d'une voix plus douce :

— Oh, mais nous avions presque oublié… Vous vous inquiétiez pour les oreilles indiscrètes qui pouvaient entendre notre petite conversation, n'est-ce pas ?

— Je vous demande pardon, votre Illustrissime Majesté ?

— Le cocher. Les gardes. La rue… Voyez comme vous vous faites du souci pour peu de chose.

Le conteur entendit un hurlement et sentit derrière lui le souffle d'une nouvelle chaleur. Il se retourna : le cocher s'était enflammé comme une torche, le feu monta si haut qu'il en dépassa les toits des maisons alentour. Cela ne dura que quelques secondes, et puis, il ne resta plus de lui qu'une odeur de graisse brûlée. Les deux Dragons, qui n'avaient pu faire autrement que d'entendre l'échange entre le conteur et leur souverain, se regardèrent un instant, puis se mirent à hurler à leur tour. Le métal de leurs armures, chauffé à blanc, se gondola et dégagea une épaisse fumée, pendant que les deux hommes agitaient une dernière fois bras et jambes, se tordant de douleur. La neige siffla et produisit une abondante vapeur quand les deux carcasses métalliques touchèrent le sol, répandant des cendres noires.

— Si peu de chose, d'Arterac ! Souvenez-vous-en ! Souvenez-vous-en bien si vous aimez votre fille ! hurla le roi dans son coche.

Les maisons autour d'eux s'embrasèrent l'une après l'autre, du sol jusqu'au toit. Un feu d'une blancheur intense les dévora en quelques instants, pendant que les habitants poussaient des cris terrifiés. Une silhouette en flammes sortit en courant dans la rue, c'était un père avec un enfant dans les bras, qui ne furent bientôt plus tous deux qu'une traînée de cendres dans la boue.

Les chevaux partirent au galop sans leur maître, tirant le coche dans la direction du palais où se trouvaient leurs écuries, tandis que les carcasses noircies des maisons s'éteignaient aussi soudainement qu'elles avaient pris feu.

— Kàn-aux-deux-visages, murmura le conteur en sanglotant.

Il s'était recroquevillé sur lui-même, roulé en boule dans la boue encore chaude, et des larmes de terreur dévalaient ses joues pendant qu'une neige mêlée de cendres retombait en silence autour de lui. Il resta un long moment ainsi, sans penser à rien d'autre qu'aux horreurs qu'il venait de voir. Puis il se remit lentement sur ses jambes.

Et une idée le frappa soudain : il n'avait plus d'escorte.

CHAPITRE 77

Devant l'auberge du Démon, d'Arterac ferma les yeux et essaya de se rappeler chaque mot du message des rebelles. Par bonheur, il avait encore une excellente mémoire, et il se mit bientôt à marmonner pour lui-même :

> *NOUS AVONS FOI EN VOUS, NOUS CONNAISSONS VOS DONS, NOUS POUVONS VOUS PRÉSENTER D'AUTRES TÉMOINS. VOUS DEVREZ VOUS LIBÉRER DE TOUTE ESCORTE. À L'AUBERGE DU DÉMON, DEMANDEZ VOTRE CHEMIN, PUIS SUIVEZ LES INSTRUCTIONS DE LA FILLE DE SALLE. NOUS ATTENDRONS TROIS JOURS.*

> *SI VOUS ÊTES D'ACCORD, VOUS PORTEREZ UNE ÉCHARPE JAUNE.*

L'auberge du Démon n'avait d'auberge que le nom. C'était une maison close de luxe, fréquentée par les ministres et officiers du roi. Ici, les clients arrivaient en calèche, le visage dissimulé par un chapeau ou un masque, et les quatre gardiens à l'entrée laissaient entrer ces messieurs en silence.

—Je… je suis perdu, bafouilla d'Arterac une fois devant les quatre brutes, tenant à la main le bout de son écharpe jaune.

Ils étaient vêtus avec élégance, mais ils portaient leurs beaux vêtements comme des ours à qui on aurait enfilé un déguisement : leurs visages de rustres des bas quartiers cadraient mal avec la soie fine et les boutons dorés.

— On t'connaît pas, vieillard, fit le premier gardien.

C'était un homme immense, de sept pieds de haut, qui devait se pencher pour lui parler.

— Je… je vous *demande mon chemin*.

Quelque chose s'alluma aussitôt dans le regard du géant et, d'une voix soudain plus basse, il demanda avec un peu plus de respect dans la voix :

— Qui pourrait vous renseigner ?

— La *fille de salle* ? fit d'Arterac avec un peu plus d'assurance.

— Il n'y a pas de fille de salle, ici, répondit l'autre, encore méfiant.

— C'est… c'est dommage, elle m'a dit de passer la voir avant trois jours. Et c'est aujourd'hui le dernier soir.

Le gardien fit un signe de tête à l'un de ses hommes, qui prit d'Arterac par le bras et lui fit franchir les portes. Il se retrouva dans une grande pièce silencieuse où brûlaient des bâtonnets d'encens. Elle était entièrement recouverte de tapis et de tentures d'une grande finesse, représentant des scènes de bataille.

Étrange décor, pour une maison close, pensa d'Arterac, qui ne se sentait pas du tout à l'aise.

L'homme conduisit le conteur jusqu'à une porte entrouverte, d'où filtraient des éclats de rire et l'écho de chansons paillardes. C'était un grand salon où s'étalaient quatre ou cinq petites tables dans des alcôves, semblables aux boudoirs d'un château. Une douzaine de jeunes filles fardées, vêtues de robes légères, étaient assises avec des officiers débraillés. Elles riaient fort à leurs plaisanteries et les encourageaient à boire, sous la surveillance d'une grosse femme d'âge mûr, nichée derrière un comptoir. En pointant d'Arterac du menton, l'une d'elles jeta à la vieille un coup d'œil interrogateur. La grosse femme sursauta en l'apercevant et se précipita à sa rencontre.

— Messire! Vous, enfin! fit-elle en ouvrant de grands yeux.

Les jeunes filles dans la salle s'arrêtèrent de rire et regardèrent le vieil homme avec un air respectueux. Le silence gagna le salon tout entier jusqu'à ce que l'un des officiers se tourne vers lui, à son tour, et se mette à brailler:

— Kàn-aux-deux-visages! Vieillard, tu as tout mon respect! Tu as donc encore de la sève à revendre, à ton âge?

— Que je sois pendu! cria un jeune homme barbu, le pantalon défait. C'est un héros! Alors l'ancêtre, face à ces dames, on est toujours au garde-à-vous?

Il se leva en titubant et se tint debout devant d'Arterac, qui baissait la tête sous son chapeau pour maintenir son visage dans l'ombre.

— Dis-moi, l'ami, es-tu général? Es-tu ministre? De quel droit viens-tu ici toucher à ces femmes qui sont réservées aux grands hommes de cette ville?

Il empestait l'alcool. Sur un geste de la grosse femme, deux jeunes filles se levèrent, un sourire enjôleur plaqué sur leurs visages, et prirent le jeune officier par la main pour le ramener à leur table en lui susurrant des mots doux.

— Du vin, je veux du vin! brailla-t-il une fois dans son fauteuil. Et je veux qu'on chante pour nous! De la musique, par les deux bites de Kàn!

— Messire, nous sommes honorées par votre visite, fit la grosse femme. Laissez-moi vous présenter quelques-unes de nos plus charmantes hôtesses. Sonia! Viens ici, mon enfant!

Une jeune femme d'une grande beauté se leva d'une table et, souriant largement, s'avança jusqu'à d'Arterac pour lui offrir sa main.

— Messire, je suis votre obligée, fit-elle d'une voix cristalline en effectuant une petite révérence.

516

Elle lui glissa tout bas :

— Nous n'espérions plus votre visite. Suivez-moi.

Ils traversèrent un couloir puis entrèrent dans une chambre fermée à clé, plongée dans la pénombre. Deux hommes bâtis comme des armoires attendaient derrière la porte : ils enfoncèrent un mouchoir dans la bouche du conteur, lui bandèrent les yeux et le soulevèrent pour le fourrer dans une grande malle, malgré ses protestations étouffées.

D'Arterac se sentit secoué dans tous les sens – il bénit alors l'âme généreuse qui avait tapissé l'intérieur de couvertures. Il crut entendre le déclic d'un panneau secret que l'on ouvre, puis la malle fut frottée contre des murs comme si le passage était étroit. Le voyage sembla durer une éternité mais, au moment où l'air commençait à manquer, la malle fut enfin reposée sur le sol. Il n'avait pas la moindre idée de l'endroit où il se trouvait. Quelqu'un ouvrit le couvercle et défit le bandeau qu'il avait sur les yeux.

Une lampe à huile était posée au sol, éclairant ce qui ressemblait au chœur d'une église dont une partie du plafond et des murs s'était effondrée. Cela sentait la peinture, ainsi que l'odeur fraîche et minérale de la chaux : l'église devait être en plein chantier de réparation. Des outils traînaient au sol, des blocs de pierre étaient disposés en pyramides et des rangées de ferrures de fenêtres étaient alignées contre le mur. C'était, de toute évidence, un bâtiment qui avait été en partie détruit la semaine passée, au cours de l'assaut des rebelles.

Pendant un bref instant, il se demanda si tout cela n'était pas une mise en scène des agents de l'Église : un nouveau changement de mission ? Un test ? Une entrevue secrète avec l'un des Grands Kerrs ? Mais ce fut une voix féminine qui résonna dans le chœur.

— Messire d'Arterac.

C'était une voix si douce et si aimable qu'elle donnait immédiatement envie de se confier à elle. Il se retourna et vit qu'on avait disposé près de lui une chaise et une écritoire, ainsi que de l'encre, une plume et du papier.

— Je suis la princesse Véra de Homgard, fille de la princesse Ameguéra, comtesse de Sahl, duchesse de cette cité et héritière des deux royaumes de Westalie, si toutefois…

Elle eut un petit rire comme si elle trouvait cela follement amusant.

— … si toutefois cela a encore le moindre sens, depuis dix longues années que le Roi Lumière occupe le trône de ma mère.

Le conteur s'extirpa de la malle puis s'inclina devant elle. Les deux colosses qui l'avaient porté attendaient patiemment à bonne distance derrière lui, les mains sur les oreilles.

— La «fille de salle», c'était vous! Une référence à votre titre de «comtesse de Sahl», bien sûr! J'aurais dû comprendre.

Rencontrer la plus ancienne et la plus acharnée des ennemis du roi, c'était évidemment l'un des pires crimes que l'on pouvait commettre en Westalie.

— Ma dame, c'est un immense honneur pour moi de…

— Trêve de politesses, comte d'Arterac. Nous n'avons que quelques minutes. Vous êtes censé passer du bon temps avec Sonia dans une chambre de l'auberge. Mais même une passe haut de gamme ne dure pas plus de trente minutes — et il faut compter les temps de trajet. Alors asseyez-vous et écrivez. La légende que vous rédigez pour l'Église sera d'une importance capitale et je veux avoir mon mot à dire.

Le conteur resta un instant les bras ballants. Maura avait parfaitement décrit la princesse: un visage aux traits communs, facile à déguiser ou à travestir. Quant à sa voix et à son sourire, ils inspiraient une confiance immédiate. C'était l'espionne parfaite.

— Je sais que c'est la vie de Darran Dahl, que l'on vous a demandé d'écrire. Apparemment, celle d'une femme n'intéresse personne, et encore moins la mienne…

Elle ignore mes véritables instructions concernant Maura, pensa le conteur.

— ... Mais s'il n'avait pas croisé ma route, Darran ne serait jamais devenu un chef rebelle. Nos deux histoires sont liées, et vous ne pouvez pas raconter sa vie sans parler de la mienne.

— Je vous écoute.

— Je vais tâcher d'aller vite. Je suis née héritière des deux royaumes de Westalie, fille de la princesse Ameguéra, celle que l'Histoire écrite par les vainqueurs a désignée sous l'horrible nom de « Princesse Sanglante ». La tradition de nos royaumes prétendait que seules les femmes avaient suffisamment de douceur et de raison pour résister aux effets destructeurs du *calame* – et pouvaient donc être reines. Les hommes, eux, en devenaient fous.

La princesse parlait vite, et le conteur restait les yeux rivés sur sa copie, écrivant frénétiquement chaque phrase qu'elle prononçait.

— J'ai pourtant vu ma mère devenir folle, elle aussi. Le *calame*, d'Arterac ! Vous savez ce que c'est, bien sûr : je suis certaine que vous avez reçu l'appel. Vous n'êtes pas uniquement mindaran. Après tout, vous êtes presque aussi célèbre que moi dans ce royaume, « l'homme dont les histoires ne mentent jamais ». Vous aussi, le *calame* vous enferme dans un rôle, dont vous ne pouvez plus sortir. Tout comme il m'enferme, moi, et le roi lui-même. Comme il a enfermé Darran Dahl et ma mère avant nous... Et pourtant, nous en voulons tous toujours plus !

Elle s'était arrêtée, les deux mains tendues vers le ciel, mais elle sembla reprendre soudain conscience de l'endroit où elle se trouvait.

— J'avais douze ans quand ma mère est montée sur le trône, et vingt-deux quand le prince Erik le lui a pris par la force. Je me souviens des hurlements dans les rues, quand les soldats de mon cousin sont entrés dans ma ville de Homgard, de la fumée des incendies, de ces brutes ivres de sang qui couraient dans mon palais, forçant les filles, pillant mon héritage.

Un bruit de pas monta de la rue et l'un des deux colosses, qui faisait le guet à travers un trou dans le mur, se précipita sur la lampe à huile pour l'éteindre. Ils restèrent un instant ainsi, dans le noir, suspendus au bruit de ces pas qui s'estompa lentement dans la nuit. Alors le colosse ralluma la lampe et hocha la tête vers sa maîtresse, pour signifier qu'il n'y avait plus de danger.

— Je me suis déguisée en femme de chambre, en cuisinière, puis en mendiante, reprit la princesse d'une voix plus basse. Pour échapper aux « licorniers » du roi qui me cherchaient partout. J'ai réussi à fuir la capitale, alors que toute la ville était couverte d'affiches offrant une récompense pour ma capture, et montrant mon visage sous différents déguisements. On me décrivait comme dangereuse, avide de pouvoir et de richesses comme ma mère. Les cent mille âmes de Homgard ont tourné leurs pensées vers moi ! C'est ce jour-là que j'ai reçu « l'appel ». Grand Kàn, quel délice ! Ils m'appelaient « la dame aux cent visages » et c'est ce que je suis devenue. J'ai acquis la faculté de modifier à ma guise ma voix, mon visage et mon corps.

— « La dame aux cent visages », murmura le conteur pour lui-même. Je n'avais pas fait le rapprochement avec le récit de Maura, mais voilà qui explique bien des zones d'ombre…

— La suite, vous la connaissez : je suis devenue l'obsession du prince Erik, j'étais l'héritière des reines, la dernière de la lignée des saintes Gottarans. Il m'a fait chercher partout, mais il ne m'a jamais retrouvée et j'ai juré, moi, de lui reprendre le trône qui me revenait de droit. J'ai recruté des filles. Des esclaves, des prostituées, des femmes brisées par sa loi sur les âmes et par la violence des hommes, qui criaient vengeance. Le *calame* me poussait en avant. En tant que fille de princesse et ennemie du roi, j'étais toujours un personnage célèbre – son acharnement à me traquer me rendait plus célèbre encore ! Je suis restée «la dame aux cent visages», crainte, mais admirée, tueuse d'hommes et libératrice de femmes. On appelait mes filles «les panthères», et moi, j'incarnais l'espoir… Du moins, je le croyais au début. Il m'a fallu des années pour comprendre que je n'avais pas la moindre chance de renverser mon cousin. Erik avait une armée pour lui, un *calame* cent fois plus fort que le mien. Et moi? Juste quelques pouilleuses à moitié mortes de faim qui devaient piller des fermes pour survivre.

Le conteur hocha la tête.

Des pouilleuses qui avaient tout de même versé beaucoup de sang.

— Un jour, poursuivit la princesse, notre camp a été découvert et pris d'assaut par les Dragons du roi. Par miracle, j'ai pu m'enfuir avec quelques fidèles, mais les trois quarts de mes «panthères» ont été passées par le fil de l'épée. Pendant des mois, nous avons été traquées comme des bêtes. La faim, le froid, les blessures qui s'infectaient et qui emportaient mes femmes… Et surtout, le *calame* que je sentais, jour après jour, s'amenuiser et disparaître. Les gens de ce royaume m'oubliaient peu à peu. C'était comme une torture, un arrachement de mon être, miette à miette, j'étais en rage contre le monde entier.

La princesse, essoufflée par sa tirade, s'arrêta et crispa ses poings dans ses cheveux, comme si elle allait se les arracher par poignées.

— Vous ne parlerez pas du *calame* dans votre légende, bien entendu, reprit-elle.

— Je comprends mieux, maintenant, certains éléments du récit de Maura. Vous avez dû fuir au Bas-Royaume, où vous étiez moins connue. Vous deviez absolument y enrôler de nouvelles femmes et, surtout, y commettre une grande action d'éclat pour renforcer votre *calame*. N'est-ce pas?

La princesse eut un demi-sourire. Elle effleura de la main les visages des statues alignées contre le mur. Des Gottarans mâles, des rois guerriers très anciens aux mines sévères.

— Continuez, d'Arterac, je vous en prie. Vous parlez si bien à ma place.

— Vous avez cherché des trafiquants de femmes peu aguerris, pour les tuer et pour enrôler leurs victimes dans vos rangs. Avec deux complices, vous avez repéré l'une de ces bandes dans la presqu'île de Taëllie, et vous vous êtes glissée parmi les prisonnières sous l'apparence d'une très jeune fille, avec le faux nom de « Vivaine ». Changer de visage, pour vous, était un jeu d'enfant.

La princesse hocha pensivement la tête et, d'un geste machinal, griffa de ses ongles la joue d'un roi de pierre. Quand elle releva son visage vers d'Arterac, c'était une gamine de quinze ans, aux grands yeux effrayés. Elle semblait si douce et si perdue que le conteur dut se faire violence pour ne pas se lever et la réconforter. C'était sans doute la jeune « Vivaine », que Maura avait rencontrée ce jour-là.

— La colonne de Kenmare a donné l'assaut du camp et ruiné mes plans, poursuivit la princesse. C'est cette nuit-là que j'ai parlé à la petite Maura pour la première fois. Il y avait quelque chose de spécial chez cette fille. Une force, une volonté hors du commun. Mais j'avoue que je l'ai vite oubliée quand elle m'a présenté Darran Dahl. Ce guerrier-là ne ressemblait à rien de ce que je connaissais en matière d'homme à poigne : ni noble, ni célèbre. Il ne cherchait pas la gloire pour lui-même et, malgré cela, il avait convaincu tout un village de partir à la poursuite des brutes immondes qui avaient pris leurs femmes. Jamais aucun village n'avait fait cela avant eux.

Mais quelques trafiquants de femmes s'étaient échappés pendant la bataille, alors j'ai abandonné l'apparence de Vivaine pour les poursuivre avec mes deux panthères. Nous avons retrouvé le premier à l'auberge des marécages. Je l'ai attiré dehors, nous l'avons égorgé sans bruit et pendu à l'enseigne pour renseigner Darran et sa colonne : une de leurs filles était à l'intérieur, mais les cinq mercenaires qui la gardaient étaient un peu trop coriaces pour nous.

—Vous avez aussi essayé de tenter Darran, n'est-ce pas ? Je veux dire, par vos charmes ?

—Il m'intriguait. Je voulais savoir comment il se comportait avec les femmes, et s'il était vraiment le chaste sauveur de filles qu'il prétendait. J'ai choisi l'apparence de Vatia. Un visage et un corps qui attirent pratiquement tous les hommes.

La princesse sourit et son visage se transforma peu à peu, s'affina et rajeunit. Ses lèvres s'épaissirent légèrement, ses pommettes se dessinèrent de façon plus marquée, ses yeux prirent une couleur bleue intense. Sa silhouette se modifia, plus féminine, plus aguicheuse.

—J'étais certaine qu'il dirait « oui » à Vatia, comme tous les hommes. Je m'apprêtais à lui trancher la gorge au moment où il s'y attendait le moins – c'est ce que je fais d'habitude à tous les porcs qui abusent des femmes en situation de faiblesse.

—Mais il a refusé vos avances.

Elle passa le doigt sous le cou d'un roi barbu.

—En effet. Il n'avait pas ce défaut-là. Et quand il a massacré les mercenaires des marchands, j'ai vu pour la première fois quel combattant formidable il était. C'était non seulement un guerrier-né, mais l'un des meilleurs que j'aie jamais vus. Alors, j'ai décidé d'en tirer parti pour mes plans. Il m'avait privée d'une récolte de cinquante femmes, mais à lui seul, il valait vingt soldats au combat : il nous suffisait de le guider jusqu'à Kiell-la-Rouge, lui et sa colonne, pour mettre le vice-roi dans une position intenable.

—Comme un chien dans un jeu de quilles…, l'interrompit le conteur. Votre plan a fonctionné au-delà de vos espérances. Vous avez pu infiltrer vos panthères dans la ville et jusque dans la citadelle. Darran Dahl a mobilisé toute l'attention du vice-roi, il a éliminé une bonne partie de sa garde, y compris son guerrier-né.

— Notez dans votre récit que le vice-roi avait *trois* guerriers-nés à son service. J'en ai moi-même égorgé deux, l'un après l'autre, le soir de l'attaque. Savoir adopter le corps de la femme idéale et susurrer de douces paroles, cela confère quelques avantages à qui veut tuer un homme. Je leur ai promis un rendez-vous galant et quand ils ont été à ma merci, je l'ai honoré avec une lame d'acier. Le troisième, hélas, n'était pas attiré par les femmes mais par les hommes… Pourtant c'est vrai : Darran a joué son rôle à merveille, le jour de l'attaque, je ne m'étais pas trompée sur son compte. La forteresse est tombée entre nos mains pratiquement sans pertes pour nous. Il m'a même apporté la tête de Sa Majesté comme sur un plateau !

— En somme, vous vous êtes servie de lui de bout en bout.

La princesse, qui avait abandonné son roi de pierre pour faire les cent pas devant d'Arterac, s'arrêta soudain.

— Je lui ai aussi sauvé la vie, en faisant soigner ses blessures. Puis, quand nous avons emprunté les souterrains, je l'ai fait transporter avec nous, encore inconscient — je connaissais par cœur cette forteresse, j'y avais passé plusieurs étés, quand j'étais enfant.

Le conteur changea de feuillet et trempa sa plume dans l'encrier, pendant que la princesse souriait au souvenir de la bataille.

— Pourquoi ne l'avez-vous pas laissé mourir ? Étiez-vous tombée amoureuse de lui ?

Elle éclata franchement de rire.

— Grand Kàn, d'Arterac, vous êtes bien un homme ! Vous est-il possible d'imaginer qu'il existe des femmes qui n'éprouvent absolument *aucun intérêt* pour les baisers, les billets doux et les beaux serments des amoureux ? Je n'ai jamais rien éprouvé de tel ni pour Darran ni pour personne.

— Ce que vous n'aviez pas prévu, ma dame, ce fut la notoriété grandissante de messire Dahl. Les poètes et les troubadours ont chanté ses exploits de Kiell alors qu'on n'a jamais parlé de vous : il a reçu, sans le vouloir, tout le prestige de votre extraordinaire victoire militaire.

Les yeux de la princesse brillèrent de colère dans l'ombre.

— Il m'a volé ma victoire et mon *calame*. Ces imbéciles, dans toute la région, ont chanté ou craint son nom, au lieu de chanter et de craindre le mien ! Mais je ne suis pas une idiote : j'ai vu que son histoire passionnait les foules, et j'ai compris qu'il pouvait devenir le chef d'une rébellion bien plus large que la mienne. Pour la toute première fois depuis des années, j'entrevoyais enfin une petite chance de reprendre mon trône à Erik !

— Quitte à rester dans l'ombre du sieur Dahl et qu'il récolte tous les honneurs ?

Elle campa ses deux mains sur l'écritoire du conteur et posa sur lui son regard, un abîme vide et glacé.

— Darran Dahl n'avait pas la moindre ambition pour lui-même. Tout ce qu'il demandait, c'était l'abrogation de la loi sur les femmes et l'amnistie pour tous les gens qui l'avaient suivi. Nous avons passé un accord, lui et moi : à la fin de tout ceci, il devait se retirer dans son petit village pouilleux et c'est moi qui aurais hérité de la couronne, comme cela aurait toujours dû être.

— Et une fois sur le trône, vous alliez vraiment laisser en vie une telle menace pour votre pouvoir, un Gottaran plus puissant et plus admiré que vous ?

Trois petits coups frappés à la porte de la sacristie l'interrompirent.

— J'aurais encore mille choses à vous dire sur moi et mes exploits dans cette guerre, fit la princesse. Mais vous savez l'essentiel : n'oubliez pas mon rôle dans cette légende, à Kiell et ailleurs, rendez-moi le *calame* qui me revient de droit ! À présent, vous devez rencontrer un autre témoin qui a quelque chose d'important à vous dire. Quelque chose qui fera comprendre au peuple de ce royaume que Darran Dahl n'a jamais voulu la couronne et que c'était à moi qu'il la réservait.

—Princesse ! Et ma fille ? Dans la lettre, vous disiez que vous pourriez la libérer !

—Elle se trouve à Frankand, répondit-elle, la main sur la poignée.

D'Arterac eut un coup au cœur. Chaque jour, il montait à cette maudite forteresse et en arpentait les couloirs. Il était peut-être passé, sans le savoir, à deux pas de la cellule où sa fille vivait depuis dix ans !

—Avec votre aide, fit-elle, nous réussirons peut-être une évasion de grande ampleur. Nous vous recontacterons.

—Une évasion de Frankand ? Êtes-vous sérieuse ?

Il n'eut pour toute réponse que l'écho de ses pas rapides dans un couloir. Il se leva et s'apprêta à la suivre, mais se retrouva nez à nez avec un nouvel arrivant.

CHAPITRE 78

C'était un homme encore jeune mais aux tempes déjà grisonnantes, plutôt petit, et son sourire semblait sincère.

— Comte Jean d'Arterac, c'est pour moi un immense honneur.

Le conteur serra la main qu'on lui tendait.

— Edbert de Kenmare, poursuivit l'autre. Ancien homme de loi du baron de Kenmare et actuellement conseiller spécial de la rébellion en matière de… eh bien, de droit.

Devant l'air sceptique du conteur, il ajouta :

— Oh, je sais, je sais, tant que les combats ne sont pas terminés, tout cela semble bien dérisoire. Cependant, n'oubliez pas que c'est une loi qui a déclenché la rébellion. Je rédige des projets de chartes et de décrets. Rétablissement de l'existence légale des femmes, loi d'amnistie, instauration du « crime contre les âmes »…

— Pardonnez-moi, mais je crois que nous sommes pressés, fit d'Arterac.

— Toutes mes excuses, je m'égare. Vous ne devez pas rentrer en retard à l'auberge du Démon ; la princesse tient beaucoup à ce que vous restiez en vie.

— Je… je suis très touché de sa sollicitude.

— Il se trouve que je dispose, en ma qualité d'homme de loi, d'une information capitale au sujet de Darran Dahl. Je ne l'ai révélée à personne en raison du secret auquel je suis tenu par ma profession… À personne, excepté à la princesse.

—De quoi s'agit-il?

—De la raison qui a poussé Darran Dahl à reprendre les armes, à poursuivre les trafiquants de femmes et à devenir un chef rebelle. Vous vous étiez peut-être interrogé à ce sujet? Eh bien, je peux vous éclairer.

Le conteur, qui ne s'attendait pas à cela, ouvrit de grands yeux.

—Cette raison, vous… vous la connaissez?

La raison! pensa-t-il. *Ce n'était donc pas sauver Tara, comme le croyait Maura? Ni la folie, comme le croyait Erremon?*

—Darran Dahl, vous le savez, ne cherchait ni la gloire, ni la richesse, ni même l'absolution de Kàn pour ses crimes passés. Il était beaucoup trop en colère contre lui-même pour cela : il ne se pardonnait pas d'avoir abandonné autrefois la femme qu'il aimait.

Derrière d'Arterac, l'un des deux colosses s'ébranla, marcha pesamment jusqu'à lui et lui tapota l'épaule.

—C'est l'heure, messire.

—La raison, je vous prie! cria le conteur à Edbert, tout en ramassant fébrilement ses feuillets qu'il serra contre son cœur, pendant que l'homme lui nouait le bandeau sur les yeux.

—J'y viens, j'y viens… Vous avez peut-être cru qu'il était fou? Si vous le pensez, alors vous faites fausse route. Il savait exactement ce qu'il voulait.

—Par pitié, dépêchez-vous!

—Eh bien, quand il est revenu au village après la guerre de Succession, à demi mort, il se trouve que j'étais présent à son réveil dans l'auberge des Braddy.

—Oui, oui! Maura m'a raconté votre arrivée dans sa chambre.

—Je devais lui remettre les dernières possessions de son père, Kerry le menuisier, mais il a refusé son héritage. Il a même tenté de se trancher la gorge.

Quand le conteur eut les yeux bandés, le colosse le porta dans ses bras jusqu'à la malle sans le moindre effort, comme un paquet.

—Ce que vous ne savez sans doute pas, c'est que j'étais aussi venu avec une lettre pour lui. Une lettre, conteur! Vous m'entendez toujours?

—Baissez la tête, messire, fit le colosse.

—Elle était signée de Rachaëlle de Kenmare, poursuivit Edbert, la femme qu'il avait aimée autrefois – ma sœur. C'était uniquement pour la revoir une dernière fois qu'il avait traversé trois cents lieues à cheval, à demi moribond.

—Je sais tout cela! Et que disait-elle, cette lettre?

D'Arterac se sentit déposé sur les couvertures au fond de la malle, et les mains du colosse lui écartaient maintenant les mâchoires pour y fourrer un mouchoir roulé en boule.

—Attendez, attendez encore un peu! fit le conteur en remuant la tête.

—Je dois vous mettre ce bâillon, messire.

Edbert s'approcha de la malle.

—La lettre disait que Rachaëlle avait donné naissance à une fille, et qu'elle l'avait abandonnée sur le parvis de l'église pour qu'elle y soit recueillie. Elle ne donnait ni la date ni le prénom de l'enfant – je crois qu'elle craignait qu'une certaine personne ne trouve la lettre et ne fasse du mal à sa fille. Elle disait seulement que Morregan «saurait la reconnaître» quand il la verrait.

D'Arterac comprit enfin un élément essentiel. Dans les Saintes Écritures, «Morregan» s'écrivait aussi «Mau-rë-gan», et «Maura», un vieux prénom westalien, était formé du début des deux prénoms de ses parents. «Mau-Ra». C'était un message de Rachaëlle pour son amant, le prénom de sa fille était l'indice qui aurait dû lui permettre de la reconnaître. Mais Morregan n'avait sans doute pas assez d'instruction pour l'avoir compris.

Le conteur voulut parler, mais il était à présent bâillonné. Il fut tassé dans la malle comme un colis, du plat de la main.

— Morregan a pleuré quand je lui ai lu la lettre. Pendant des années, il a fait des recherches dans le village et jusqu'à dix lieues à la ronde pour savoir qui était sa fille. Il partait parfois de longues journées à cheval avec Tara, dont cette enfant était aussi la nièce. Ils ont rencontré quantité de fillettes, parlant à leurs parents, essayant de savoir lesquelles enfants avaient été ou non adoptées. Ils cherchaient une preuve, ou au moins une ressemblance, éliminant toutes celles qui étaient nées loin du village ou en dehors de la période. Ils ont même demandé mon aide pour consulter avec moi les archives des églises. Mais les gens, lorsqu'ils adoptent un enfant, ne l'avouent pas toujours, et ils ne voient pas d'un bon œil un père leur ravir la fille qu'ils ont élevée. Morregan n'a donc jamais pu savoir qui c'était, malgré tous ses efforts. Il y avait au moins vingt filles qui correspondaient en tout point aux dates possibles. Gràinne Braddy, Eveer, Avelen et d'autres encore. Pour lui, elles étaient toutes sa fille, et aucune ne l'était tout à fait.

Quelle avait été la première question que Morregan avait posée à Maura, dans sa chambre de convalescent ? D'Arterac se souvenait parfaitement des petites lettres noires qu'il avait lui-même tracées sur ses feuillets :

« Tu n'es pas de la région, petite, hein ? »

Par erreur, Morregan l'avait d'emblée éliminée de sa liste. D'après Maura, au moment de sa naissance, son père adoptif Karech avait été convoqué par le baron à Kenmare. Les seigneurs de cette région, pour leurs chasses d'hiver, réunissaient une fois par an tous leurs forestiers depuis leurs domaines éloignés – Morregan devait ignorer cela. C'était à cette occasion que Karech avait trouvé l'enfant sur le parvis de l'église alors qu'il s'apprêtait à rentrer chez lui, et qu'il l'avait emmenée vivre à quinze lieues plus au sud.

> *« Dans un village, avait dit Maura, on vit en vase clos. Le hameau d'à côté, c'est déjà l'étranger. Ce qui se passe à dix lieues ou à mille, ça ne fait aucune différence : ça n'existe pas vraiment. »*

Maura et sa famille étaient considérées comme étrangères à Kenmare. Et Morregan n'avait pas étendu ses recherches au-delà de dix lieues… Cela lui paraissait inconcevable que sa fille ait pu grandir plus loin que cela.

—C'est pour cela, poursuivit Edbert d'une voix encore plus forte, qu'après l'enlèvement des filles du village, Darran est parti à la poursuite des trafiquants. Ces crapules avaient choisi beaucoup de jeunes femmes de dix-sept ou dix-huit ans. À cet âge, elles se monnaient très cher sur les marchés, et c'était précisément l'âge de sa fille. Il devait les sauver *toutes* pour être certain de sauver la sienne. Vous comprenez ? Comte, vous m'entendez ?

C'était donc sa fille que Morregan était parti sauver, car il avait toujours su qu'il en avait une, songea le conteur pendant que les deux hommes soulevaient la malle et la portaient à travers la ville.

CHAPITRE 79

L e jour n'était pas encore levé.

Ce n'était pas la première fois que d'Arterac grimpait l'interminable escalier de la colonne de Frankand. Mais aujourd'hui, il savait qu'Hélène, sa fille, se trouvait quelque part entre ces murs sinistres. Et malgré l'épaisse couche de neige, c'était comme si les marches étaient moins hautes que les jours précédents, moins nombreuses, et que ses jambes avaient vingt ans de moins.

— Au début, ça a commencé avec les pigeons sur l'toit, il paraît.

Son escorte avait changé : deux miliciens avaient remplacé les Dragons consumés, la veille, dans le feu du Roi Lumière.

— Ensuite, la bête a tué un soldat en le jetant du haut d'une tour. Et elle en a carrément dévoré un autre ! Un Dragon en armure, avec son épée et tout ! On n'a rien r'trouvé de lui !

Le premier milicien était un petit homme au regard morne, qui tenait une lanterne à bout de bras et dont l'uniforme était troué aux coudes. Le second était un grand bonhomme tout maigre qui sentait le fromage et la sueur. Celui-là était terriblement bavard.

— Après ça, on a signalé des disparitions de domestiques dans la forteresse et de pauv' gens dans les quartiers autour. Elle les bouffait, la créature, oui ! Alors, ça a commencé à causer dans les tavernes. On ne peut pas empêcher les gens de se poser des questions… Vous m'entendez, messire ?

L'haleine du milicien formait des bouffées de vapeur dans l'air glacial du matin, et il se frottait les mains l'une contre l'autre pour les réchauffer à travers ses mitaines en lambeaux.

—Je vous entends, mon garçon.

—Ils l'appellent « la Bête de Frankand ». Dans toute la ville, les gens barricadent leurs fenêtres pour ne pas se faire dévorer pendant la nuit !

D'Arterac écoutait d'une oreille distraite, tout son esprit focalisé sur une tâche unique : s'imaginer le visage qu'avait aujourd'hui sa fille, après dix ans de captivité. Elle devait avoir quelques cheveux blancs. Des rides au coin des yeux, probablement, comme sa mère à son âge. Avait-elle gardé son sourire coquin, avec ce regard qui semblait toujours rire ?

—Elle vole comme un oiseau, elle tue des hommes en armure, elle dévore des corps entiers ! Et voilà qu'hier soir – oui messire, pas plus tard qu'hier soir –, elle a bouté le feu à trois maisons au pied de la forteresse ! Trois grandes maisons, cramées jusqu'à la pierre, comme qui dirait. Et elles ont flambé en un clin d'œil ! 'Pourront pas dire que c'est naturel, ça, hein ? Vous êtes pas d'accord, messire ?

—Certes, mon ami.

Et si elle ne le reconnaissait pas ? Il avait vieilli, lui aussi. Chaque année avait compté double depuis que le roi la lui avait arrachée pour la retenir enfermée.

—C'est plein de diableries de deimonarans, dans cette forteresse maudite ! De toute façon, depuis des siècles qu'elle est là, elle n'a jamais apporté que le malheur à cette pauv' ville ! Ça ne lui vaut rien de bon, à Homgard, d'être la cité des Gottarans.

Et le milicien ajouta en se frottant les mains :

—Par les deux culs de Kàn, il fait un froid de gueux.

Le conteur serra contre lui la dernière lettre de sa fille. Un simple feuillet de sa belle écriture.

« Cher papa, j'ai rêvé de maman cette nuit. Cette année encore je ne pourrai pas fleurir sa tombe. J'ai tellement hurlé sur mon gardien qu'il a été remplacé par un autre, ce matin. Je lui avais peut-être aussi égratigné la peau du visage avec mes ongles… un tout petit peu.

Mes westaliennes ont éclos à la première neige et font de belles fleurs rouges et orangées. En les regardant, j'imagine le jour où le Roi Lumière flambera comme une bûche dans ses propres flammes, ce qui me redonne toujours le sourire. »

D'Arterac frissonna en songeant que Sa Majesté avait dû relire chaque mot…

« En attendant, c'est moi qui meurs à petit feu dans cette maudite prison… Je compte les années. Mon ventre sera bientôt trop sec et trop vieux pour porter des enfants. »

« À la première neige », disait-elle en parlant des fleurs : il avait justement neigé à Homgard. Certes, Hélène ne donnait jamais le moindre indice permettant de deviner l'emplacement de sa prison, sans quoi ses gardiens auraient refusé d'envoyer sa lettre, mais à présent qu'il savait que c'était Frankand, d'Arterac essaya de se remémorer tout ce qu'il avait déjà vu de la forteresse. Où pouvait bien se trouver une cellule confortable, avec un balcon, une chambre de bonne et une pièce pour la toilette ? La question l'angoissait, car elle en appelait d'autres qu'il ne voulait pas encore affronter. Comment les rebelles comptaient-ils s'introduire dans Frankand ? Et si Hélène était tuée pendant l'évasion ? Et même si ce n'était pas le cas, où iraient-ils, après ? Que leur ferait subir le roi, s'il les rattrapait ?

Il fut surpris d'être arrivé si vite au grand pont-levis. Le milicien avait parlé tout du long. De quoi exactement ? Il aurait été bien incapable de le dire.

— Conduisez-moi à la cellule de la jeune Maura, je vous prie.

CHAPITRE 80

Aujourd'hui, c'était le grand jour. Le jour de l'évasion. La première pierre fut la plus difficile à arracher du mur. Les grosses pattes d'ours d'Ava Grantë avaient une force colossale, mais elles manquaient d'habileté. Qu'importe, Maura, elle, avait enfin les mains libres. Fini la planche à trous. Fini les bandelettes serrées autour de ses doigts. Fini, le collier de métal fermé par un verrou.

Avec le moignon d'épée que lui avait remis Grantë, elle acheva de ruiner le mortier autour d'un autre moellon, et la créature n'eut qu'à pousser fort pour le déloger.

Maura ignorait exactement où la conduirait le trou d'aération qu'elle agrandissait ainsi, mais elle savait que Grantë l'avait déjà utilisé pour explorer la forteresse. Il menait donc bien quelque part… Cela faisait deux jours que Frankand n'avait pas changé de configuration. Et il lui restait encore une heure ou deux avant que le soleil se lève : d'ici là, elle serait libre.

— Si je n'étais pas obligée de concentrer tout mon pouvoir pour te contrôler, Grantë, je pourrais me glisser là-dedans sous une forme plus petite et leur fausser compagnie.

La bête jeta un regard penaud à sa créatrice.

— Ne t'inquiète pas, grand nigaud, je ne vais pas t'abandonner ! Et puis, qui me défendrait en cas de mauvaise rencontre, hein ?

À présent que les premières pierres étaient délogées, Grantë arrivait beaucoup mieux à arracher les suivantes, aidé par les efforts de sa maîtresse. Il ne fallut pas plus de quelques instants pour que le trou soit suffisamment large.

Qu'allait-elle faire une fois dehors ? Fuir Homgard ? Rentrer à Kenmare ? Ou tenter de se faire oublier dans une autre ville ?

— Tu sais très bien que non, Maura, grommela-t-elle pour elle-même.

Elle entrerait en contact avec les partisans et reprendrait le combat, d'une manière ou d'une autre. Véra était encore tapie quelque part dans cette cité et, telle que Maura la connaissait, elle n'abandonnerait la lutte que le jour où on la pendrait au bout d'une corde.

Fort heureusement, Maura était mince et, en s'écorchant la peau sur les parois, elle réussit à faire rentrer tout son corps, pouce par pouce, dans l'étroit conduit. Les toiles d'araignée s'accrochèrent à ses cheveux et les pattes des petites bêtes affolées coururent sur sa nuque. L'odeur du conduit n'était pas désagréable, quelque chose de minéral, de poussiéreux. Pourquoi fallait-il autant de conduits pour aérer une forteresse déjà pleine de courants d'air ? Elle se demanda soudain si ce n'était pas, en réalité, des espaces nécessaires aux transformations périodiques de Frankand. À vrai dire, cela lui était bien égal.

Il faisait encore nuit, elle ne pouvait donc pas compter sur la lumière du dehors pour la guider. Mais, pestant et rampant sur la pierre, elle savait qu'elle avançait peu à peu vers la source d'air frais.

— Putois !

Après une distance de deux ou trois pas, le conduit devenait soudain plus étroit. Beaucoup *trop* étroit. Et elle ne pouvait pas espérer l'élargir moellon après moellon, cette fois, car à cet endroit, il était percé à même un gigantesque bloc de pierre. C'était la muraille extérieure de Frankand, faite de rocs taillés, aux proportions colossales. Elle pouvait sentir la brise de la nuit sur son visage et deviner la grille noire qui débouchait au-dehors, presque à portée de main. Mais elle ne pourrait jamais passer par là. Il aurait fallu pouvoir se changer en rat ou en souris.

La panique commença à la gagner. En haletant, elle essaya de faire le vide dans sa tête et de maîtriser les battements de son cœur.

— Calme, Maura. Calme. Grantë ? Tu es toujours là ?

Il répondit par un bruit étrange derrière elle, mélange de grognement et de sifflement. Il avait du mal à rester sous la forme d'un seul animal, désormais. Son corps avait tendance à se transformer en permanence à ses extrémités, en partie serpent, en partie ours, en partie félin…

— J'ai… je crois que je sens aussi de l'air au-dessus de ma tête. Un second conduit, peut-être, qui mène à une autre pièce ? Grantë, peux-tu me dire s'il débouche sur l'extérieur ?

Grantë, évidemment, ne pouvait pas parler. Mais cela faisait du bien à Maura de le lui demander quand même.

Ses doigts trouvèrent le vide au-dessus de sa tête : il y avait bien un autre passage vers le haut. Tordant le cou, tassant tout son corps, elle put y rentrer la tête et le buste, puis pousser avec ses jambes. Il faisait si noir, et elle était si comprimée de tous côtés, qu'elle eut l'impression d'être enterrée vivante.

— Courage, ma vieille, murmura-t-elle. Tu es petite et maigre : pour une fois que c'est un avantage…

Elle avança pouce après pouce, utilisant l'étroitesse du conduit comme un atout pour grimper malgré l'absence de prise.

— Non, murmura-t-elle, essayant de refouler sa terreur. Non, normalement, la forteresse ne devrait pas changer de forme maintenant.

Pousser avec la plante des pieds, bloquer avec les bras, comprimer ses épaules et ses hanches…

— Eh ! tu vois ça, Grantë ? On dirait de la lumière, non ?

Le conduit fit un nouveau coude et revint à l'horizontale. Une vague lueur s'intensifiait au fur et à mesure qu'elle progressait. Les cellules n'étaient pas éclairées, c'était donc autre chose. Un couloir, peut-être ? Un escalier ? Ses doigts tâtèrent de nouveau le vide ; ils trouvèrent une arête de pierre en guise de prise et elle sut qu'elle était arrivée quelque part. Elle tira de toutes ses forces, jusqu'à ce que sa tête couverte de poussière sorte enfin du trou.

Une salle de garde, c'était une salle de garde !

Son trou se trouvait tout contre le plafond, entre deux poutres énormes. Juste en dessous d'elle, quatre miliciens jouaient aux cartes à la lueur d'une bougie. C'était à la fois un dortoir et une salle de repos. Une rangée de lits doubles, impeccablement alignés, disparaissait dans la pénombre. Chacun était muni de chevalets d'armure et de crochets pour déposer les armes. Aux murs s'étalaient des gravures de femmes nues, dessinées au fusain, comme on en trouvait dans toutes les casernes du monde.

— Gottaran ! s'écria soudain l'un des miliciens en abattant une carte.

Les autres joueurs le regardèrent rafler les mises au centre de la table.

— Montre tes manches ! fit son voisin.

— Quoi, mes manches ?

— Günter ! Dans chaque paquet de cartes, il n'y a qu'un seul Gottaran et ça fait deux fois que tu en joues un !

— Tu me traites de tricheur ?

Pendant qu'ils se disputaient, Maura s'extirpa un peu plus du conduit : ses épaules, son deuxième bras, son ventre… Elle remarqua alors une seconde porte, plus petite, qui se trouvait près d'une armoire, sur la gauche. Et elle était entrouverte ! Avec un peu de chance, elle n'aurait qu'à se contorsionner pour atteindre le dessus de l'armoire, puis se glisser jusqu'à la porte, pendant que les joueurs étaient absorbés dans leur partie de cartes. Il lui suffisait de… Mais ses hanches glissèrent sur la pierre, le poids de son corps l'entraîna en avant et elle bascula dans le vide en poussant un cri.

Quand elle releva la tête, elle était étendue sur la table au milieu des cartes à jouer, et quatre paires d'yeux ahuris étaient fixées sur elle.

Celui qui avait posé la carte du Gottaran fut le premier à réagir. Il se leva en faisant basculer sa chaise en arrière, et saisit le manche de son poignard à sa ceinture. Il n'eut jamais le temps de le tirer de sa gaine. Une masse de muscles et de crocs lui tomba sur le dos et, dans un grognement rauque, Grantë referma la gueule sur sa tête. Le malheureux ne poussa pas un cri quand la moitié de son visage fut arraché dans une bouillie d'os et de chair : une griffe longue comme un stylet avait aussi transpercé sa gorge au niveau du larynx.

La bougie sur la table fut projetée à l'autre bout de la pièce par une patte griffue, et la flamme en fut soufflée. Mais les yeux de chat de Grantë luisaient dans l'ombre. Il envoya un deuxième homme se fracasser le dos contre un mur. Dans le même temps, avec sa puissante queue de serpent d'eau, il broyait le cou d'un troisième, dont le visage écarlate saigna de la bouche et des narines avant de se figer dans la mort.

Le quatrième homme n'avait pas bougé de sa chaise, pétrifié par la vue du monstre. Il tenait toujours ses cartes et ses mains tremblaient.

—La… la Bête de Frankand…, murmura-t-il juste avant que les griffes de Grantë ne lui traversent le crâne de part en part.

La créature se tourna alors vers sa maîtresse, roulant des yeux et bavant du sang. Ours, lynx, serpent géant, il était tout cela à la fois. Une gigantesque aile noire avait poussé dans son dos, sa patte de félin deux fois trop grande se mua en patte de cheval et sa tête d'ours s'allongea peu à peu pour devenir celle d'un taureau hors d'haleine.

—Grantë, mon petit Ava Grantë, tu vas bien ?

La créature émit un gémissement plaintif, qui commença comme un miaulement pour se changer en meuglement sourd, et de ses pattes arrière de bovin, elle frappa le sol en tournant sur elle-même, comme en proie à une crise de démence.

—*Kar-vaët*, murmura Maura. « Le taureau fou ».

Elle se précipita vers lui, blottit sa tête contre son corps chaud et caressa ses flancs.

—Pourquoi souffres-tu comme ça ?

Ses yeux commençaient à s'habituer à l'obscurité. Les quatre cadavres des miliciens ne lui arrachèrent pas un regard de compassion, mais la douleur de Grantë lui déchirait le ventre.

—Tu es devenu trop grand, c'est ça ? Trop grand pour un seul animal ?

La créature finit par adopter une forme un peu plus stable, mi-ours, mi-cheval, et réussit à maîtriser ses mouvements désordonnés. Ses gémissements se firent plus brefs puis cessèrent tout à fait. Elle semblait avoir retrouvé une sorte d'équilibre précaire.

Maura lui sourit. Puis elle passa la main sur son museau, essuyant le sang qui avait giclé autour des yeux.

—Mon grand guerrier…

Elle trouva sur l'un des cadavres un trousseau de clés dont elle s'empara, ainsi que d'un poignard, puis elle ouvrit la porte avec précaution et passa la tête dans l'ouverture. De l'autre côté : un couloir éclairé par une torchère. Fermant les yeux, elle renifla plusieurs fois, essayant de détecter la plus infime variation de l'air qui lui permettrait de trouver une sortie. Grantë la précéda, d'une démarche grotesque, sur quatre puis sur deux pattes, ne sachant comment maîtriser ses trop grands membres désaccordés. D'un grognement, il l'invita à le suivre. Ils croisèrent un premier couloir, manquant de se faire repérer par une patrouille de Dragons, puis ils tombèrent enfin sur ce qu'ils cherchaient : un escalier qui montait.

Elle tendit l'oreille. Personne en haut. Les pattes de Grantë se modifièrent légèrement, l'extrémité ressemblait maintenant à des pattes de félin, plus discrètes et plus adaptées aux constructions humaines. Puis il s'engouffra dans l'escalier en colimaçon, devançant sa maîtresse.

—Attends-moi, bougre de…

Il y eut un craquement de bois et, quand elle arriva en haut des marches, Grantë la regardait un peu honteux à travers une porte défoncée.

—J'avais les clés, grand nigaud, fit-elle en gloussant et en jetant par terre le trousseau des gardes.

C'était une petite terrasse sur les toits, au pied d'une tour de garde. La caresse de l'air glacial fut la chose la plus douce qu'elle eût jamais éprouvée. C'était comme de la soie, comme un baume sur sa peau écorchée. Elle ferma les yeux et inspira avec délice l'air pur de la nuit, tournant sur elle-même et retenant à grand-peine le fou rire qui lui montait à la gorge.

—Grantë ! Grantë ! chuchota-t-elle. On est libres ! On a réussi, mon grand ! Viens là que je t'embrasse !

Le poil de la créature était doux contre sa joue, elle y enfouit son visage tout entier et se cramponna à cet animal chaud et tendre, qui avait été son seul ami et son seul espoir pendant ces journées en enfer. Il gronda doucement et elle en ressentit la vibration dans tout son corps.

—Tu as raison, Grantë, il est temps de partir. Le conteur n'aura qu'à se débrouiller avec les autres prisonniers pour finir son histoire, hein ?

D'un coup d'œil, elle vérifia qu'aucun garde de faction n'était en train de se pencher à la tour. Non : tout allait bien de ce côté.

—Bon, maintenant, il va falloir que tu nous descendes tous les deux jusqu'en bas et en douceur. Voyons, il nous faudrait des ailes…

Grantë la regarda avec espoir.

—Je ne sais pas, tu pourrais te changer en…

Sous ses yeux, le cou de Grantë s'allongea, sa bouche se mua en un monstrueux bec de corbeau, les poils d'ours se mêlèrent de plumes noires. Non, le corbeau n'allait pas, il fallait autre chose. Le bec se ternit alors, se courba comme celui d'un aigle, puis d'une chouette, puis d'un héron, puis d'un faucon… Dans la tête enfiévrée de Maura, tous les oiseaux de sa forêt défilèrent sans qu'un seul lui semble suffisamment énorme, même avec un volume dix fois augmenté, pour convenir à une créature d'une telle masse.

Et soudain, Grantë échappa à son contrôle et perdit toute cohérence. Des griffes lui poussèrent sur les joues, des pattes lui sortirent du dos par dizaines, certaines noires et velues, d'autres fauves ou brunes. Sa peau se couvrit de plumes, d'écailles et même de morceaux de carapace d'insecte. Il poussa des cris désespérés, se tordant au sol, souffrant mille morts à chaque nouvelle forme qui sortait de sa chair.

—Grantë, oh, par Kàn, Grantë!

Puis le taureau émergea de nouveau : le buste puissant, musclé, la tête gigantesque, les cornes longues comme des sabres… Le reste du corps était disgracieux et instable, mais Grantë semblait s'accrocher à cette forme comme à un dernier espoir.

—*Kar-vaët*, fit Maura. «Le taureau fou». Pourquoi adoptes-tu cette forme? Elle te soulage? Grand Kàn! Dis-moi ce que je dois faire pour que tu ne souffres plus!

Et soudain, elle comprit enfin. *Kar-vaët*, c'était ainsi que le conteur avait qualifié son père. Et depuis, c'était l'image qui tournait en boucle dans sa tête. Grantë restait sa création : si elle pensait à un taureau, alors il *devenait* un taureau.

—Il faut que j'évacue cette image de mon esprit.

—Rrrrrr, répondit Grantë, en un son grave et assourdi.

—Quelles ont été les paroles exactes du conteur ? Il se demandait si Darran était fou. « J'ai rencontré quelqu'un de sa troupe qui le pensait. « *Kar-vaët* », ce sont ses propres mots. » Pourquoi est-ce que je ne peux pas m'ôter ça de la tête ?

Un vent froid, venu de la ville, la fit frissonner dans ses vêtements légers de prisonnière.

—C'est du taëllique, *Kar-vaët*. Donc ce témoin était une fille ou un gars de Kenmare.

—Rrrrr, grogna Grantë, sur un ton de protestation.

Elle réfléchit et fit appel à son excellente mémoire.

—Non : tu as raison, ça ne peut pas être une fille, parce que juste après ça, il a dit : « Quelqu'un qui n'a jamais été conquis, comme les autres, par la personnalité du grand Darran Dahl… » Conquis. Pas conquise. Donc c'est un homme. Voyons, Aedan adorait Darran. Owain le vénérait comme un saint, Edbert l'a toujours soutenu…

—Rrrr !

—J'ai oublié quelqu'un ? Qui ?

Grantë secoua la tête de droite à gauche, et sur son front de taureau, elle lut plus d'intelligence qu'il n'y en aurait jamais dans la cervelle de bien des humains.

—« Quelqu'un qui n'a jamais été conquis ». « Jamais », Grantë ! Qu'est-ce que ça veut dire ? Parmi les hommes de Kenmare, je ne vois qu'un seul imbécile qui s'est toujours opposé à Darran, c'est Erremon, mais…

—RRRR ! rugit Grantë, soudain surexcité.

—Erremon ?

La créature sembla réfléchir intensément. Elle leva la tête, dans un geste visiblement difficile pour elle. Puis la baissa. La releva. La rabaissa. Grantë disait « oui ».

—Mais Erremon est mort à Kiell-la-Rouge. Erremon est MORT à Kiell !

—Rrr, confirma Grantë.

—Tu as *vu* Erremon ? Non, ça c'est impossible. Tu as entendu le conteur demander à lui parler ? Tu espionnais par les conduits, c'est ça ? Et tu as entendu le conteur parler à Erremon ?

—Rrr.

—Mais comment…

Une vague de chaleur traversa tout son corps. Elle se laissa tomber sur les genoux, sans force. Son cœur battait comme un fou, presque à lui faire mal. Mais c'était une douleur douce et bienvenue, tout comme les larmes qui coulaient à présent sur ses joues.

Elle oublia complètement la tour au-dessus d'elle, les gardes, les arbalètes, les chiens et l'échafaud qui l'attendait. Elle ne pensait plus qu'à une seule chose : quelqu'un s'était fait passer pour Erremon. Quelqu'un qui parlait le taëllique. Quelqu'un qui avait si peu d'estime pour Darran qu'il était le seul à en avoir dit du mal au conteur. Quelqu'un qui lui « passait le bonjour », comme pour la prévenir de quelque chose. Quelqu'un qui devait avoir le même âge qu'Erremon, la même forte carrure, la même grande taille…

Elle leva les bras en l'air, la vue brouillée par les larmes, et éclata de rire.

—Il est vivant ! Mon père est vivant !

La créature souffla par les naseaux et ferma plusieurs fois les paupières, comme pour signifier sa joie de voir que sa maîtresse avait enfin compris. Maura s'imagina Darran, inconscient après la bataille, grièvement blessé, très affaibli. Elle s'imagina la file des prisonniers et les Dragons qui demandaient leur nom à chacun. Enchaîné, la tête bandée, le visage brûlé dans sa lutte avec le Roi Lumière, il avait choisi le nom d'un mort – c'était plus prudent. Et celui du seul compagnon de Kenmare qui l'avait détesté jusqu'au bout.

—Darran a survécu, murmura-t-elle. Il se fait passer pour Erremon. Il est ici, à Frankand, tout près, peut-être même que je suis passée devant son cachot…

Comment avait-il pu tromper la magie de d'Arterac ? Sans doute avait-il choisi ses mots avec soin pour ne pas proférer un seul mensonge. Il avait caché sa véritable identité et le conteur avait dû se rendre compte de quelque chose, mais d'Arterac ne s'arrêtait pas pour une simple omission.

Elle leva la tête et, cette fois, le taureau fou avait disparu. Dans l'esprit de la jeune fille, il avait cédé la place à une autre image plus belle et plus forte. Une image d'enfance. Celle d'une créature de légende dessinée à la pointe d'un couteau sur toute la surface du plancher d'une maison de bois. Devant ses yeux, Grantë déploya ses ailes immenses, apaisé, adoptant enfin la forme qui convenait à sa nature.

Darran adorera ça, pensa-t-elle, les larmes aux yeux, en caressant la tête écailleuse de la magnifique créature.

—Sois libre, Grantë. Vole de tes propres ailes.

Cette nuit-là, la race magique des dragons renaquit de ses cendres.

CHAPITRE 81

Une heure plus tard, le conteur retrouva Maura dans sa cellule, épuisée, les cheveux poussiéreux et les joues écorchées. Il s'imagina qu'elle avait dû tomber de son banc pendant la nuit.

— Bonjour, jeune fille.

— Bonjour, conteur.

Il arrivait à l'heure de la toilette. Honorine, la vieille domestique, souleva la robe de la prisonnière et nettoya son corps à l'eau et au savon, pendant que d'Arterac détournait poliment les yeux.

Il ne prêta aucune attention aux pierres disjointes autour du conduit d'aération et à la poussière de mortier sur le sol. Il ne remarqua pas les yeux exorbités de la vieille Honorine, ni son expression d'intense surprise lorsqu'elle ouvrit la planche à trous à moitié rongée et qu'elle nettoya les mains de Maura, dont les bandelettes blanches avaient été sectionnées puis enroulées de nouveau à la va-vite. Pas plus qu'il n'entendit la prisonnière, en chuchotant, supplier la vieille :

« Par pitié, ma sœur, pas un mot ! »

Il ne vit pas le visage confus de la domestique, son angoisse intense et, finalement, le bref coup de tête qui marquait son assentiment. Son entrée de femme dans la rébellion, par son silence. Honorine ne dirait pas un mot aux Dragons de la tentative d'évasion de la prisonnière. Maura resterait à Frankand et continuerait son récit. Et quand elle essaierait de s'échapper, la prochaine fois… ce serait avec son père.

Le conteur ne vit rien de tout cela, car il était tout entier plongé dans ses pensées : il rêvait à sa fille.

— Vous êtes prête, Maura ? Reprenons le récit où nous l'avions laissé : Kiell-la-Rouge et sa citadelle en flammes, ce sorcier qui vous capturait, le frère d'Alendro.

— Oui, fit la jeune fille, j'ai encore tant de choses à vous dire. Comment j'ai retrouvé ma mère. Comment nous avons vaincu trois armées. Et comment j'ai vu naître un dieu…

Elle bâilla.

— Mais pas maintenant, je vais d'abord dormir. Je crois que je pourrais dormir pendant trois jours entiers.

Remerciements

Merci à Élodie, pour son soutien de tous les jours ; merci à Stéphane Marsan, pour m'avoir dit que le texte était bon, mais que si je le travaillais, travaillais, et travaillais encore, il pourrait être super bon ; merci à toute l'équipe de Bragelonne pour sa bonne humeur, sa créativité et sa gentillesse ; merci à Anaïs La Porte, pour avoir bêta-lu une première version et apporté de judicieux conseils ; merci enfin à Lilie Bagage, pour avoir suivi l'écriture de ce roman chapitre après chapitre, pour avoir traqué sans pitié petites erreurs et maladresses, pour m'avoir écouté et porté conseil quand je m'arrachais les cheveux, et pour avoir donné des coups de pied dans une partie charnue de mon anatomie quand la suite tardait trop à venir. Merci enfin aux copains et copines de la communauté d'écriture de CoCyclics, ils et elles se reconnaîtront, pour leur présence et leur soutien chaleureux.

Achevé d'imprimer en février 2020
Par CPI Brodard & Taupin à La Flèche
N° d'impression : 3037470
Dépôt légal : mars 2020
Imprimé en France
2810773-1